大明风云录

王宇飞 著

江苏凤凰文艺出版社
JIANGSU PHOENIX LITERATURE AND ART PUBLISHING, LTD

目录

第一回　通惠河风云际会　继大统惹出纷争

明朝洪武末年，北平。

农历七月十五，是通惠河放灯的日子。

权贵富贾都在御河桥、什刹海放灯，一放一大片，争奇斗艳。还有人包下游船，搂着风尘女子，边看灯边喝酒。穷人买不起灯，但也得放，这是祖辈传下来的规矩——买不起就自己动手做，最省钱的就是从庄稼地里摘两个大茄子，一切对半，在茄子瓣儿的四周插上竹帘子片，中间插上小蜡烛，点亮后往河里一放，又平又稳还不怕风，飘飘悠悠，星星点点，布满河面，煞是好看。

两岸上人头攒动，河面上游船如织，热闹异常。

突然一条大船乱了起来，船上的人纷纷叫嚷："船漏了！进水啦！"附近的人都往这条船上看，但谁也没动弹。

那条大船算得上是通惠河上最大最豪华的船了，此时却几乎翻了个个儿！

船上的人喊道："三宝，三宝！快把小船划过来！"

围上来几条船，十几个人穿着黑衣，手里似乎有明晃晃的东西。上得大船，二话不说，"唰"的一声就把刚才喊人的人砍了！

附近的人吓得大叫，边跑边喊："杀人啦！杀人啦！大船上杀人啦！"

黑衣人们上了船，一声不发，见人就砍，直奔船舱而去！船舱里跑出几个女人，尖声喊叫，慌不择路，有的掉进水去，有的瘫在地上。黑衣人们快步走进船舱，里面"叮叮当当"，打了起来。

一个小个子划着小船过来，不等停稳，飞快跃上大船，显有轻功在身，三步并作两步，跑进船舱，加入战团。

两岸上的人都停了脚步，驻足观看，却也没人敢上去阻止。

这时，大船船舷边浮出一个人来，利索地爬上船，站定了，大喝道："哪路混的敢在这通惠河行凶？吃了运河里的王八啦？"

岸上一个老妇人听见喊声，赶紧颤颤巍巍跑出来，急着大喊："狗剩儿，赶紧回来，别多管闲事！快回来！"

那狗剩儿也不回头，喊了一声："通惠河打架，哪能少得了我！"话音未落，已经钻进船舱。

老妇人大急，央求跟前的人前去把狗剩儿拉回来，别人哪肯过去，纷纷躲避。老妇人抹着泪，边哭边骂道：“天杀的，你爹咋死的你都忘了！还多管闲事！呜呜……”

这时，一个书生模样的人走过来，手里拿着一壶酒，醉醺醺地问老妇人：“老太太，放灯节，又有打架看，你哭什么？”

老妇人急忙拉住那书生的手，央求道：“你，你是？啊，你就是庆丰桥的何举人吧？求你救救我儿子，我那死鬼可是为了救你才……”

那何举人点点头，松开了老妇人的手，老妇人失望极了，狠狠地说：“我就说不让管闲事，不让管闲事，死鬼搭上命，又有啥用？连自己儿子也……”

却见那何举人已经跳下船，吩咐下人解开缆绳，划起船，向那快要完全沉没的大船驶了过去。小船顺风，很快来到大船边上。何举人朗声道：“诸位，朗朗乾坤，众目睽睽，在这放灯节公然杀人，成何体统！我是当地举人，已经报告官府，识相的赶紧自己出来，不要枉杀无辜！”

大船此时却寂然无声，好像什么也没发生一样。

下人害怕，劝道：“少爷，咱们回去吧，老爷要是知道了，非得把我用秤砣砸死不可！”

何举人并不理会，仔细看着已经几乎完全倾覆的大船，喃喃道：“一定还有人活着，一定……”

大船“哗啦”一声，钻出三个人来，中间的人身材魁伟，衣着华贵，虽处险境依然镇定自若，一左一右扶着两个人，一个是狗剩儿，另一个是刚才被叫作三宝的小个子。

那狗剩儿看见何举人，大喊道：“哎，你是不是何富贵？赶紧划过来救人啊！还愣着干啥？”

何举人笑道：“我就知道你‘通惠白条儿’不是盖的，不会这么轻易挂了……”一边说笑，一边指挥下人划船过去。几个人七手八脚，都上了小船。那衣着华贵之人刚刚坐定，大船“扑通”一声，完全沉没在河里了。

一个黑影悄悄爬上对岸，挤进人群溜了。

岸上早就有人报了官，官府的人这时才赶过来，嚷嚷着驱赶围观的百姓。

三宝走上前，低声和官府的人说了几句。当差的赶紧凑上前，向坐在岸边衣着华贵之人行礼，还没开口，就被三宝阻止，又低声嘱咐了几句。当差的变了脸色，赶紧回头喝令几个属下，将骑来的两匹马牵过来，交给三宝。

那华贵之人站起来，向狗剩儿和何举人拱拱手，说道：“我已知道两位恩公大名，容日后报答，后会有期！”说完，骑上一匹马，扬长而去。三宝紧随其后，匆匆隐入夜色之中。

狗剩儿看着两人背影，骂咧咧道：“妈的，这就走了？怎么也得请顿酒喝不是，有钱人咋就这么小气！”看向何举人，没好气道，“哎，你咋又到河边了？你那财主老爹不是不许你再到河边来了吗？”嘴里说着，脚步不停，朝家走去。

何举人拦住道：“哎，狗……你大名该怎么称呼？”狗剩儿转回头，冷冷道：“什么大名？我爹为救你死翘翘时还没给我起名哩！我又不认字，要什么大名小名！”

何举人尴尬一笑，道：“狗剩儿哥哥，你比我大两岁，我尊你为大哥……”狗剩儿打断道：“有屁快放，我老娘还等着骂我哩！”

何举人抱拳道：“去年蒙令尊搭救……”狗剩儿挥手打断，转身就走。何举人赶紧道：“云大哥，今夜你我合力救人，何不一起痛饮 杯？”

狗剩儿本来迈出的脚停住了，抬头看看天，又看看何举人。何举人也奇怪地看看天，不知道什么意思，又向狗剩儿拱拱手。狗剩儿笑道：“我说今年的放灯节奇了怪了，一会儿是有人搞打劫杀人，一会儿是‘北平第一抠’的何家大少爷要请我喝酒，不知道这天上挂着的，是月亮还是太阳啊！”

何举人笑笑，向前两步，略有醉态，诚恳道：“恳请云大哥赏脸！”

人群散尽，通惠河恢复了夜里的宁静。星星点点密布的小灯，点缀其间，醒目灿烂。

河边酒楼靠窗位置，坐着狗剩儿与何举人。狗剩儿见了酒比见了亲爹还亲，自己连倒了三杯，“滋溜滋溜”喝下去，满足地闭眼享受。

何举人却看着窗外，不喝不动，呆呆不语。

狗剩儿连说好酒，看见何举人发呆，奇怪道：“哎哎，哪有这样请客的！自己不喝，还唉声叹气的，是你死了爹，还是我死了爹！”

何举人尴尬一笑，端起酒杯，道：“云大哥，我敬你一杯！”狗剩儿却按住何举人胳膊，冷笑道：“我狗剩儿虽然是睁眼瞎，却不是瞎子，你请我喝酒，肯定有事！你家老爷子北平第一抠！你小子估计也大方不了，能请我到这荷花楼喝酒，说吧，啥事？”

何举人自己一饮而尽，又倒了一杯，还要再喝，却被狗剩儿一把抢过去喝了。狗剩儿放下酒杯，骂道：“你有病是吧？读书读傻了？不会说话呀！”

何举人长叹一声，这才说出原委。

原来，这何举人是庆丰桥货栈老板何东来的独子，名叫何富贵，自小被父亲要求读书上进，考取功名。何富贵自幼聪明，学富五车，却对做官兴致不高，反倒对父亲的生意颇有兴趣，经常偷偷翻阅账簿，向掌柜打听漕运事宜。货栈老板何东来，从山西洪洞举家搬来北平，从庆丰桥小贩干起，做生意很有一套，特别是对这运河上的买卖，熟门熟路，表面上他是货栈老板，收取各路货商仓储费用，其实暗地里却是私盐贩子。明朝朝廷严令，盐业统归朝廷，民间贩盐一律重处，但当时是洪武末期，皇帝朱元璋年老，各级地方官员又都暗地里收着份儿钱，对盐商买卖睁一只眼闭一只眼。何富贵虽然不喜欢读书科举，却不敢违抗父命，几年间接连考取了秀才、举人。何东来一反吝啬本性，吩咐伙计买来鞭炮，在自家货栈前燃放庆祝。河边街坊前来道贺，何东来却又只收礼，不请客，继续坐实“北平第一抠”的美名。

去年，何富贵在家读书气闷，来到河边遛弯，遇见一位中年美妇坐在船头赏景。两人在河边眉目传情，无奈青天白日，船上仆人众多，何富贵未敢轻举妄动。中年美妇显然轻车熟路，吩咐丫鬟在手绢上写了时辰地点，偷偷交给何富贵。何富贵本就心性轻浮，受到美妇青睐鼓励，心中大喜过望。

到了放灯节，何富贵早早去了大通桥——这里是穷苦人家聚居之地，大户人家很少到此，约来此处，就是为了避人耳目，行事方便。何富贵来到桥下，看见一艘大船停在河边，船上有人招手让他上船。何富贵上了船，还没进舱，就被闯出来的几个打手绑了双手，扔进河里。何富贵虽在河边长大，却不识水性，何况还是双手被绑，只好挣扎着大喊救命，嘴也被堵上了。岸上虽然有人看见，但见这阵势，哪还敢上前？

危急时刻，大通桥边渔民云秃子跳进河里，将何富贵架起来，往岸上拖，却被大船上的打手拦住去路，众人一阵厮打，忙乱中，云秃子不幸毙命，何富贵却被得到消息赶来的何东来带人救了。

狗剩儿已有些醉意，嚷嚷道：“你到这大通桥前前后后打听打听，谁不知道我老爹云秃子，打鱼出身，又去武当山练过武，能被几个小毛贼害了？那天我老爹得了大病，在床上动都费劲，我去双桥请大夫去了，你可倒好，早不来，晚不来，偏偏这个时候喊救命，我老爹是什么人？那是通惠河响当当的云大侠！他能不管吗？不能！这不出手了！”

何举人拱手道：“兄弟我心里感激得很……”狗剩儿挥手打断，道：“我爹从小就告诉我，路见不平，拔刀相助，这都没啥，谁让他是大侠啊！可是，我们生气的是……”狗剩儿打一个酒嗝，才道：“我生气的是，你忘恩负义！为救你一命，我爹搭上一条命，你却没影儿了！”

何举人站起身，连连作揖，低声道：“岂敢，岂敢！是家父……那天我本不该到这里来，实在是有难言之隐……”狗剩儿骂道：“说人话！”

何举人赔笑道：“那天我有，有点事到这大通桥，不过不愿意被人知道，被人撞见……”狗剩儿已经喝了几大坛子酒，醉意渐浓，冷笑道：“你以为我不知道，我老爹死了，我不四处打听去！你小子到这儿来搞破鞋，却被人拿住，要不是我爹出手相救，今年放灯节就是你的忌日！可惜呀，却成了我爹的忌日……我娘哭瞎了双眼，心里老是担心，就怕我也出事，我在外面混得再晚，晚上也要回家睡觉……免得她担心……呜呜……”狗剩儿一边哭着，一边趴在桌上呼呼睡了。

狗剩儿迷迷糊糊醒来，却是被人背着，那人身体瘦弱，弱不禁风，一个趔趄，两人都摔在一块大石头上。

狗剩儿看那人，正是何举人，笑骂道：“你个没用的书呆子！没力气还非要背我，要是把我摔到河里淹死了，我老云家可就绝后了！”

何举人笑道：“小爷我好歹是个举人，家里虽算不上大富大贵，可也从没干过这活儿！你可真是死沉死沉的！累死我了！”

狗剩儿笑道：“你何举人有钱，为啥不让店里伙计背我？”何举人笑道：“你知道现在什么时辰啦？店里老板认识我，也不好哄咱俩，于是告诉伙计都撤了，就剩咱俩霸着这荷花楼了！上哪儿找人去！你又说你晚上必须回家睡觉，要不然老太太担心，我只好费力背你了。”

狗剩儿躺在石头上笑道：“这我都说了？酒量不行了！”何举人笑道：“你知道你喝了多少？足足五坛子荷花酒！”狗剩儿忽然道：“哎，我再告诉你件事，知道这块儿石头不？”

何举人翻个身，摸了摸石头，摇摇头。狗剩儿道：“大通桥上有块避蚊石……”何举人点头道：“哦，我听说过，据说通体冰凉，在这四周没有蚊虫叮咬。”狗剩儿望天笑道：“对了，对了，就是这块！我告诉你，这块石头本来没有主儿，可后来就归咱了！”

何举人不解。狗剩儿笑道：“我有个相好，叫杉杉，我俩从小一块长大。小时候我们一群小孩儿在桥上争着躺这避蚊石，杉杉抢不过，急哭了，说谁要是帮她抢到了，她就嫁给谁！我一听，就跟那群小孩子打架，他们谁也打不过我，只好把这石头让给我了……”

何举人边听边笑，点头道：“青梅竹马，两小无猜啊！”

狗剩儿问道：“啥意思？净会拽词儿！”何举人笑笑，吟道：“寄语飞南归北雁，大河两桥是家川。”狗剩儿擂他一拳，骂道：“越说你还越来劲儿了！”何举人笑道：“好，好，你接着说你的相好。”

狗剩儿道：“后来，我跟老爹打鱼，拉纤，晒漕粮，啥活儿都干。杉杉跟着她爹卖水果，白天水果摊就摆在这石头上。有一年，积水潭的吕半仙说这避蚊石有古怪，说有啥玩意儿……”

狗剩儿再次醒来时，却睡在自家阁楼上。

他定定神，伸头往下一看，矮桌上照例摆着两碗剩菜，一碗米饭，上面罩着罩子。狗剩儿不用打开就知道，那是一碗酥鱼和一碟咸菜，是老娘做了十几年的早饭。

狗剩儿爬下床，还没站定，后背就被结结实实打了一下，身后响起熟悉的骂声：“你个天杀的！又去河里寻死！咋跟你说的？你那死鬼老爹就是去年放灯节死在河里的，早就告诉你不要去河里，不要去河里，偏不听，偏不听！你要是有个三长两短，呜呜……”

狗剩儿挨了几下打，赔着笑，扶着老娘坐下，哄道：“娘，亲娘，我知道了，那块儿水可浅了，我从小……好好，我不去了，行吧？”

这时门口光线一黑，过来几个人，看打扮是当差的，为首的拱拱手说：“请问这是云狗剩儿家吗？”老娘停了哭，望向狗剩儿，又望向门口，眼睛大睁，却没有光彩。

狗剩儿大剌剌地站起来，道：“找大爷啥事？”

其中一人想要上前喝止，却被为首的摆手示意退下。为首的笑道：“云公子，这是我家四爷吩咐小的们送来的东西，一点小意思，请您务必笑纳……”

狗剩儿一摆手，道：“你家四爷是谁呀？他跟我一样没大名儿啊！自己没长腿不会自己来啊！”

为首的脸色变了变，仍道：“我家四爷今日有要事会商，先派小的们……”狗剩儿娘在里面道：“无功不受禄，我家虽穷，也不能随便收人东西。”

狗剩儿看向那人，笑道：“听见了？我老娘发话了，滚蛋吧！”

为首的终于按捺不住，想要发作，却被一个尖利的声音制止道：“哎，买驴，既然人家不要，那就把东西带回去，先把那十坛荷花酒搬回荷花楼……”

听见有酒，狗剩儿立马来了精神，几步走出去，提高声音道：“我说这声儿耳熟呢，原来是你呀！”说完拉住那人的手，就要往屋里拉。

那人笑道：“亏你昨晚喝得大醉，还能记起我来。”正是三宝。

狗剩儿一边携着三宝的手往里走，一边喊道：“娘，这是我昨晚认识的……”见老娘脸色不好，吓得没敢说完，向三宝使个眼神，走了出来。狗剩儿低声道：“三宝兄弟，你能来我挺高兴，别的东西都带回去，酒就放下吧！”

三宝机警地看一眼屋里，低声道：“东西我都带回荷花楼，放柜台上，就说是云家狗剩儿大爷的，你随时过来拿，拿多少、拿几次，随你便，怎么样？”

狗剩儿伸出大拇指，赞道：“兄弟果然上道！一看就是混大事的！哎，你家四爷到底是干啥的？云山雾罩的！”三宝笑笑，道：“狗剩儿哥，兄弟还有事，后会有期！”

拱拱手，悄悄带着众人走出胡同。

狗剩儿心里奇怪，想不明白，便不再想了，回屋安慰老娘。

吃完饭，狗剩儿闲来无事，去桥头找人赌钱，玩了几把，手气不好，身上的碎银子都输光了，心里懊丧，嘴上骂骂咧咧仍不服输。众人回家吃午饭，剩下狗剩儿一个人坐在桥头，正要回家，忽然想起早上三宝说的话，也不知道是真是假，左右无事，便信步去了荷花楼。

荷花楼是通惠河畔最贵的酒楼，云秃子在河边打鱼一辈子，最大的愿望就是带狗剩儿来这里喝一顿大酒，说了无数遍，却从未实现过。昨晚，放灯节，他的周年祭日，儿子却第一次来这里喝了酒。今天，第二次来。

狗剩儿一进门，伙计赶紧弯腰凑过来，一看他的打扮，立马直起身嚷道："出去，出去，这是你来的地方吗？"狗剩儿一瞪眼，骂道："你个狗眼看人低的货色！你不出去打听打听，你家狗剩儿爷爷……"伙计气急，招呼后厨几个伙夫就要把他打出去，楼上一个声音道："哎，小二，干什么就要动粗？我的客人也是你随便能打的？"

狗剩儿抬头看见是何举人，笑道："活见鬼，这几天是不是忘了拜河神，老是碰见你小子！"白了一眼伙计，径直上楼，走了几步，又叫住伙计，吩咐道："柜台上是不是有人寄存东西？云家狗剩儿爷爷的！"伙计一愣神，旋即明白过来，忙不迭赔笑道："正是，正是，您老就是云家狗剩儿爷爷？"

狗剩儿笑骂道："你个猴崽子，算你机灵，来，拿几坛子好酒送到刚才那位举人房里，你狗剩儿爷爷要喝个痛快！"

狗剩儿走上楼，和何举人一起进屋，屋里的脂粉气兀自未散，开着窗户透气。狗剩儿冷笑道："有钱就是好啊，举人老爷天天叫姑娘陪着耍！"何举人讪笑一下，给了门口伙计一锭银子，吩咐他们走了，重新关上门，笑道："哥哥见笑了，读书气闷，聊以解忧罢了。"

狗剩儿先喝了一杯酒，闭眼享受下，才道："你呀，别看你有学问，举人大老爷，你这一辈子，倒霉就倒在女人头上！天天喝花酒，你老爹多少钱也不够你造的！"

何举人笑笑，道："钱要会花，才能会挣！像我爹那样抠抠搜搜，也就发点小财当个土财主罢了。"两人碰了杯，一饮而尽。

狗剩儿问道："哎，昨晚咱们救的人是谁啊？来头不小，给我家送了好些东西！"何举人点点头，道："是啊，给我家倒是没送东西，估计是知道我家不缺这个。"

狗剩儿又喝了一杯，问道："那送了啥？"何举人压低声音道："给我家送了贩盐牌照，要知道，我父亲上下打点了几年，花了不少钱也搞不到，人家，一天工夫不到，就把牌照送到了，我爹高兴坏了！”

狗剩儿说道：“难不成是个当官的？哎，说到当官的，你小子可知道去年，你勾搭的那娘们啥人？”

何举人大感兴趣，凑上前问道：“什么人？我托人打听了很久也没消息，本来快要问到了，线索就断了，快说说，你咋知道的？”

狗剩儿咬牙切齿道：“那帮人不光揍了你——揍你也是活该，可他娘的害死了我老爹！我能不报仇吗？我是没钱，可我云家在这通惠河混了几十年，道上的朋友总是有一些的。”

何举人不再着急，自斟自饮，慢慢听他吹牛。狗剩儿绕了半天，这才说道：“我听说那妇人是……”

这时门口响起一个尖利的声音：“是云大哥和何大哥在里面吗？”

狗剩儿听出是三宝，朗声道：“三宝兄弟，你可真是神通广大，哥哥到哪儿都能找到！”开了门，正是三宝。

三宝也不行礼，进门查看一番，才道：“二位大哥好雅兴！”接着压低声音道：“一会儿四爷过来，兄弟在外面伺候着。”说完径直出去了，留下狗剩儿与何举人面面相觑。

很快，门再次打开，昨晚遇险被救的贵人昂然而入，器宇轩昂，使得狗剩儿与何举人心里不自觉地一惊，暗暗对视一眼。

三宝在外面关了门，那贵人到主位坐定，这才笑道：“两位恩公请坐啊！我是不是打扰两位雅兴了？”

狗剩儿泼皮本性上来，谁也不怕，大剌剌坐到那人身边，笑道：“呦呵，这位大哥好气派！看这架势，我俩倒像被救的，大哥倒像是恩公了！”

那人仰天大笑，声振屋瓦，道：“好，这才是兄弟！这才痛快！”何举人也慢慢坐上席，赔着笑。

那人笑道：“不瞒两位说，这些天全是倒霉事，一件接着一件，只有昨晚遇见你俩是桩好事，来，咱哥仨儿喝一杯！”

狗剩儿笑道：“你这么有钱，还能有倒霉事？总不会也像何举人去偷人老婆？”何举人连打眼色，阻止狗剩儿信口开河。

那贵人又是大笑，道：“好，我就喜欢你这直性子！”三人又喝了几杯，话也越来越多。狗剩儿喜欢喝酒，更加喜欢人多喝酒，喝了酒还有一个爱好，就是与人拜把子。他端着酒杯站起来，笑道：“大哥，何举人，咱仨儿也是有缘，今儿个在这荷花楼，何不学那桃园三结义，拜个把子？”

何举人也端着酒杯站起来，赔笑道："在下何富贵，祖籍山西，也算是关老爷家乡人，不知道能否高攀得上大哥？"

那贵人略一犹豫，挥手道："好！那就结拜！不是亲兄弟，胜过亲兄弟！"

何举人开门吩咐伙计摆上香烛供品，找来关公画像，正要点香，却被狗剩儿一把拉住。狗剩儿笑道："等我一下！"说完，也不等两人反应，"噌"地从窗户跳了出去。

很快，狗剩儿爬了上来，手里多了一把绿草，笑道："你俩是有钱人，不知道这通惠河边的规矩，这叫问荆草，通惠河边最是茂盛，能治病治伤，最要紧的是，都说关老爷当年护送皇嫂找刘皇叔，走到这个地界，干粮快吃完了，关老爷把干粮留给嫂嫂，自己和马一起吃起了问荆草！所以，在这地界长大的苦孩子，拜把子都不点香，只撮土插上问荆草。咱哥仨也来一把这个，咋样？"何举人看着那贵人，那人甚是痛快，笑道："好，兄弟有这心意，当哥的自然依你。"

三人就在雅间里结拜为异姓兄弟，说了年龄，那贵人最长，是大哥，次之是狗剩儿，何举人最小，为老三。

何举人吩咐人重新摆了酒席，三人再次坐下痛饮。狗剩儿嘴里不停，将家中情况像倒豆子一般，一一说来。何举人本来谨慎，但酒量不大，又受了狗剩儿怂恿，也将家里情况说了个大概。

狗剩儿趁着酒意，拍着那贵人肩膀，咧着嘴说："哎，大哥，我就说你不够意思，说了半天，我俩的祖宗八代你都知道了，你是啥情况可是一句没说啊！"

那人笑道："你想知道什么？"狗剩儿道："评书里说的，姓甚名谁，报上名来，你大名也没说啊！"那人笑了，喝口酒道："你狗剩儿也没说你大名叫什么吧？"

狗剩儿笑道："大哥，不怕你笑话，二弟我不认字，老爹也是睁眼瞎，要大名儿没用，我从小就叫狗剩儿，没大名儿！"

那人点头道："不瞒两位兄弟，我也是在七岁那年才有了自己的大名。我在这屋里排行老大，可在家里排老四，我姓朱。"狗剩儿兀自点头，旁边的何举人却已经"扑通"跪在地上。

狗剩儿奇怪道："你干吗，何老三？大哥姓朱你磕啥头？"何举人使劲拉狗剩儿衣袖，低声道："还不快跪下！这是，是燕王殿下！"

狗剩儿再次醒来，是第二天早上，自己又躺在自家阁楼上。

头痛欲裂，正要下床，听见阁楼下有人说话，狗剩儿探头一看，吓了一跳，屋里坐了好几个人，围着老娘问东问西，说的都是病情之类。

狗剩儿赶紧跳下床，喝道："你们都什么人？谁让你们来的……"其中一人站起来，施礼道："云大爷，我等是三宝派来为老太太看眼疾的……"

狗剩儿明白过来，问道："我娘咋样？能治不？同仁堂的大夫都来过，说是治不了！"

那人躬身道："在下就是同仁堂坐堂大夫，来南城出诊的是在下的徒弟。"狗剩儿还要再问，那人道："四爷吩咐过，说等云大爷酒醒了，跟在下一起去府上，具体病情我会一并交代。"

狗剩儿坐在轿子里，十分新鲜，东摸摸西瞅瞅，新鲜够了，探出头，招呼一个骑兵头目过来，要和他换坐骑。骑兵自然不敢，但拗不过狗剩儿死乞白赖，只好把马让给他骑，自己徒步跟着。

狗剩儿一路骑马，神气十足，东看西望，盼着街坊都来瞧瞧，又想起什么，催马往后便跑，骑兵们和大夫们面面相觑，不明所以，跟还是不跟？

狗剩儿催马到了大通桥桥头，远远望见西瓜摊上的一个姑娘，大喊道："杉杉，杉杉！"

那姑娘听见喊声，紧张地看了一眼父亲，向狗剩儿连使眼色，催他快走，看他骑着高头大马，眼里露出惊异之色。

狗剩儿这次却不避不让，大剌剌直冲西瓜摊而来，由于缰绳拉晚了，马蹄子还踢在了西瓜摊架子上，腾起一片尘土。

杉杉父亲"霍"地站起来，提着西瓜刀喝道："狗剩儿，你小子还敢来！上次挨的打忘了是不？骑匹马就神气活现，尾巴翘上天了！"

狗剩儿赔着笑脸，道："老丈人，您老人家……"杉杉父亲喝道："再敢乱喊我拿刀割了你舌头，你信不信？一个小混混，还想打我家杉杉的主意！你也不在通惠河边照照，家里穷得叮当响，还做梦娶媳妇哩！"

狗剩儿觍着脸说："以前，是我狗剩儿配不上，以后……"杉杉父亲打断道："以后也配不上！我告诉你，赶紧滚蛋，把马牵走，也不知道是从哪儿偷的马。"

狗剩儿还要再说，杉杉父亲急了，挥舞西瓜刀冲着狗剩儿脑袋虚砍过去，这当然是吓唬他，却把杉杉吓得尖叫一声。孰料，只听"当啷"一声，西瓜刀掉在地上，震得老汉右手发麻！

狗剩儿回头一看，却是那位骑兵头目，伸出长剑将西瓜刀打落在地。狗剩儿急忙道："兄弟好功夫！不过，这是我老丈人，犯不着来真的。"老汉气得直哆嗦，却也不敢再说。

那骑兵说："云大爷，请吧。"狗剩儿朝杉杉说："杉杉，等我回来，我找媒婆来提亲！"杉杉脸上一红，低了头不说话。狗剩儿又朝摊主说："老丈人，彩礼多少您尽管提！"

老汉气得扭过头，一声不吭。

到了王府，狗剩儿眼睛就不够使了，东瞅瞅西看看，房屋一间连着一间，灯笼挂了一片连着一片，走廊里站着许多兵丁，个个严肃异常。

狗剩儿由那骑兵带路，七拐八拐，走到一间大屋前。骑兵通了口令，里面开了门，有人向里禀报，很快，三宝迎了出来，笑道："云大哥，又见面了！"

狗剩儿开口道："好家伙……"一开口就觉出自己声音大了，在这安静的王府里十分不好，于是压低声音笑道："三宝兄弟，这王府也太气派了！拐得我都迷路了！这家伙，走廊这么多当兵的！"

三宝一边往里让，一边笑道："燕王殿下军旅出身，枕戈待旦，时刻不忘保家卫国！训练士卒更是亲力亲为，毫不懈怠！"

走到一间大厅前，三宝站住，狗剩儿也站定。听得里面一个声音道："王爷，证据确凿，我看就是宁王派人干的！"厅里七嘴八舌，议论纷纷，多是附和的意见。

狗剩儿看见三宝微微摇头，不知道什么意思。狗剩儿抬头看天，无意间却突然放了个屁。他出身贫寒，平时结交的人都是下九流，粗鲁惯了，当众放屁、脏话满嘴，都是家常便饭，这两天在燕王和何举人面前还是拘着，收敛了许多，可是憋多了，总要释放的。

三宝一惊，示意噤声。大厅里却也听到了，一个声音道："三宝，是狗……云公子来了？"三宝急忙回答："是，王爷。"

燕王道："带他进来吧。"狗剩儿跟着三宝进得大厅，见大厅里坐了十几员将军，神情肃然，目不斜视。狗剩儿看见三宝向他使眼色，于是恭恭敬敬向燕王施礼道："大……王爷好！"称呼不伦不类，众将却谁也没敢笑出来。

燕王笑道："起来吧，云公子，三宝，看座。"

狗剩儿坐在角落，听众将又开始讨论事情，好像是说那天夜里是何人主使暗杀燕王的事，有说是宁王的，有说是太孙的，各说各有理，谁也说服不了谁。

狗剩儿听得气闷，昨晚又没睡好，渐渐打起瞌睡……

猛听得燕王道："贤弟睡得好香嘛！"一激灵醒了过来，看见燕王笑吟吟站在面前。

狗剩儿吓了一跳，赶紧跪下道："大……王爷饶命……"燕王扶起他，笑道："贤弟何出此言！现在没人，你我可以兄弟相称，有外人时再叫什么大王爷，哈哈。"

狗剩儿笑着爬起来，道："大，大哥，你这儿好气派！好阔气呀！"燕王笑道："这还阔气？那是你没去过应天府，没见过金銮殿。"狗剩儿连连点头。

燕王问道："狗剩儿，今天大厅里说的事你都听懂了吗？"

狗剩儿心里打鼓，大着胆子说："大哥，兄弟我大字不识，没听太懂，不过，我爱听戏，听评书，也不知道对不对路。"

燕王点点头，道："一个爷爷创下一份儿家产，下面有几个儿子，儿子下面又有孙子，主事权你说，这爷爷该给谁？"

狗剩儿虽然没文化，却也不傻，也早听出了话里有话，半天不敢言语。燕王见他没说话，笑道："哎，你紧张什么？你就说老百姓家里咋办？"

狗剩儿咽口吐沫，道："给儿子呗。"燕王看着他："给哪个儿子？"狗剩儿汗都下来了，结结巴巴道："四儿子？"燕王仰头笑道："你这小滑头，要你说老百姓，你就爱自作聪明！这家没有四儿子，该给谁？"

狗剩儿道："那就大儿子主事！兄弟们都得服大哥，老百姓都是这样办的。"燕王点头道："没错，那如果大儿子死了呢？"狗剩儿接口道："二儿子。"

"二儿子也死了呢？"

"那就三儿子！"

"三儿子也死了！"

"那这家也够倒霉的，连着死了……那就四儿子呗。"

燕王沉吟道："如果爷爷非要把主事权给孙子，不给儿子呢？还让儿子们为这孙子保家护院，孙子不但不领情，还想派人杀了叔叔们呢？"

第二回　负使命遭遇暗算 战太监真人乍现

狗剩儿吓得跪在地上，不敢吭声。

燕王俯下身子，问道："你说？"

狗剩儿胆气一壮，脱口道："那这孙子也太孙子了！"说完觉得不妥，赶紧又跪下了。

燕王笑道："你不认字，懂得的道理却不一定少。哎，你再说说，你如果去人家家里偷东西，会怎么办？"

狗剩儿笑道："大哥真是明什么毫毛，兄弟真偷过东西，不过不是值钱的东西，是去年我老娘眼睛瞎了，同仁堂大夫给瞧了瞧，配了几味药，说是不能大好，能让我娘好受点，可是这些药太贵了，我没钱买，就……就半夜里去药房里，偷了药。"

燕王点点头，道："你有孝心，这是好事。那你说说，你去偷药时，会把你的衣服扔在药房吗？衣服上还绣着你的名字？"

狗剩儿头摇得像拨浪鼓，道："那不是大傻子吗？要有名字，我也得穿着绣着'长生'的衣服去！"燕王奇怪道："长生是谁？"

狗剩儿笑道："他是大通桥上卖猪肉的，他也喜欢杉杉，哦，杉杉是，是兄弟的相好。"燕王哈哈笑道："这就对了，这就对了！这么简单的道理，这些将军们讨论了一天还是没结果。"

狗剩儿似懂非懂，看着燕王来回踱步。

燕王忽然站住，问道："狗剩儿，我这几天派人了解你和何富贵的底细，应该说都很清白，尤其是你，也算得上侠肝义胆、义薄云天了，呵呵。"

狗剩儿低头道："兄弟，我跟着老爹打过鱼，拉过纤，晒过漕粮，可是，我都不爱干，就爱领着大通桥的兄弟们出去玩，赌个钱，唱个戏，河里比憋气，捞王八钓鱼，要不就去找杉杉……可这都挣不来钱，老被我娘骂。"

燕王笑道："我知道你是孝子，这样，我把你老母亲接到王府，派两个丫头专门伺候着。"狗剩儿"扑通"跪倒，激动道："大哥，大王爷，这可咋使得？"

燕王笑道："我让大夫瞧了，你娘这眼睛一时半会儿治不好，得去京师寻访一味药才行，就让你娘住在大哥府上，你去找药，啥时候找到了，就回来给你娘治病。"

狗剩儿连连磕头，说不出话来。燕王继续道："大夫说了，这味药就在京师，你去了以后，还得帮大哥办些事。"

狗剩儿抹干眼泪，道：“大哥您尽管吩咐。”

狗剩儿坐在马车里，心里乱成一团。他生性洒脱，从不拖泥带水，可是今天，和燕王大哥谈了一场话，就被直接派去了京师。他长这么大，可从来没出过北平城，这下可好，直接去了戏文里唱的京师——应天府。他想回家跟娘说几句话，想去大通桥找杉杉告个别，让她等着他，也想去找大桥上的兄弟们吹几句牛，还有何富贵，可是，送他上船的骑兵头目根本不答应，沉着脸说：“燕王吩咐，不许再和任何人接触，直接坐船南下！”

天色擦黑，狗剩儿已经坐上一艘大船，船上前后几个艄公，也都是兵丁扮的。在船舱里喝了几口酒后，狗剩儿径直上了甲板。这时，他看见了大桥上的杉杉，在跟她父亲收拾摊子，准备回家。他原本想向岸上打个招呼，可是他知道这样不好，对杉杉更不好。忽然，桥头出现了那个长生，老爱去桥头买水果——说是买水果其实就是去找杉杉搭话。狗剩儿看见长生拉住了杉杉的推车，他心里发急，脑子一木，晕了过去。

狗剩儿悠悠醒来，觉得头都要炸了——记起小时候，有一次爹娘都去赶集，他第一次偷着喝了老爹藏在床板下的老酒，醒来后就是这感觉。他躺着，一动不能动，心里很懊丧，以前觉得自己酒量和打架在通惠河畔甚至是北平都没有对手，可是近来连续喝得酩酊大醉，不省人事，唉！还有，那个长生，该死的屠户！竟然还敢去找杉杉搭话，非把他骟了送给燕王大哥当太监不可！跟我抢女人！

正胡思乱想，忽听得舱外“扑通”一声，像是有什么重物被扔进水中，狗剩儿顿时警觉起来，不对，这肯定不对！可是哪里不对，他也不清楚，还没等他想清楚，船体一阵晃动，船舱进来五六个人，也不说话，进来就冲他而来。狗剩儿心里大急，想动才发现双手都被捆绑，嘴刚要大骂，也被堵上了东西，他刚要看清楚是什么人，脑袋就被蒙上麻袋！他左右剧烈晃动想要挣脱，但他还是人抬到了船舱外。狗剩儿心里清楚，下一步就是被扔进河里喂王八了。

狗剩儿曾经无数次投身河里，每一次都很愉快、很坚决、很享受，只有这一次他感到了害怕，说不出的害怕，刺骨的河水裹挟着他，往下漂流，似乎没有尽头。

俗话说：“靠山吃山，靠水吃水”，生在河边、长在河边的狗剩儿就是在水里泡大的，在这十几年里，跟着老爹打鱼，带着小伙伴们在水里追逐、打闹、做游戏，其中有一项叫作“找唐僧”的游戏，就是选一个水性好的孩子，捆住双手，扔进水里不许出来，其余几个孩子分头扎猛子进水去找他，谁先找到谁就赢，但是如果“唐僧”自己挣开了捆绑，浮了上来，“唐僧”就是大赢家——狗剩儿常常就是这个大赢家！

此时的狗剩儿已经浮了上来，趴在岸边，手揪住了一把问荆草，呼呼喘气，岁数大了，很久没玩“找唐僧”了，憋气的功夫是不是退步了？不对，肯定有问题，自己的酒量肯定没问题——是这酒里被人动了手脚！正在想着，忽然瞥见河里冒出一串气泡，狗剩儿知道，那是有人喘气，他二话不说，立即又扎了下去，水很凉，却很清，惯于在河里摸东西的狗剩儿看见那是一个麻袋，里面鼓鼓囊囊似乎还在动。他拉住麻袋口，使劲往岸边拉，凭分量，他知道这是一个男子。

到了岸边，狗剩儿解开麻袋口，露出一个脑袋，头发凌乱，一动不动。狗剩儿赶紧把那人头发扒开，定睛一看，却是何富贵！此时的何富贵早已没了富贵，连口气都没了，脸色煞白，身体冰凉。

狗剩儿并不慌张，将他翻个个儿，胸口搭在自己大腿上，很快从何富贵嘴里流出很多水来。狗剩儿又把他平放在岸边草丛里，解开上衣，在胸口连续推拿搓揉，又揪了一把问荆草，放在自己嘴里大嚼起来，嚼碎了，涂在何富贵胸口，又把剩下的在他口鼻处熏着，很快，何富贵“哇”的一声吐一大口水出来，接着自己翻起身，对着草丛狂吐不止，像是要把五脏六腑都吐出来似的。

狗剩儿刚要问他话，忽然看见河里划过来一条大船，船上还亮着灯，似乎还有人说话。他立即示意何富贵静一静，何富贵瞥见是他，惨然一笑，慢慢躺在草丛里。狗剩儿悄悄起身，悄无声息潜入河中，几个动作，已经靠近大船，他伸手扒住船舷，隐约听见船上人的谈话。一个说：“干爹，咱这趟回去，您老就升官了吧？”其余几人也随声附和。

一个尖利的声音笑道：“猴崽子，就会哄干爹高兴，刚才活儿干得不错，回去干爹给你们请赏！”狗剩儿心里一动，怎么有点像是三宝兄弟说话呢！不可能，不可能是他要害我，哦，原来他们都是太监！长在北平，狗剩儿见多了王府里的太监们出来耀武扬威，打着王爷的旗号在街市上、码头上搜刮抢掠，最是让人厌恶。

船上又有人说：“干爹您再喝一杯。”另一个说：“干爹，这都第七拨了，咱啥时候能回京师复命？”干爹冷笑道：“怎么？想你相好了？”那人讪讪道：“不是，您看咱们都大半年在这北平，吃的用的都不习惯，而且您老的身体……”

狗剩儿心想，与其在水里听，不如上去抓住了再问，一个翻身，已经爬上船。他的动作虽然不大，却也惊动了船上的人。几个人冲了出来，喝道：“什么人？敢……”还没说完，就被拦腰抱住，扔进河里，其余几个各执兵刃，纷纷上前，可还没看见人影，就被抱住腿扔进河里。

狗剩儿捡起一把刀，慢慢靠近船舱，刚要喝问，突然听见风声飒然，急忙闪躲，有东西从耳边擦了过去，狗剩儿眼尖，认出是一双筷子！狗剩儿心里急眼了，妈的，一双筷子就敢吓唬老子！一个闪身就要进去，却被迎门一脚踢中小腹，立即疼得蹲了下去！头发被揪起来，抬眼看却是一张惨白的脸。

狗剩儿没好气地问："哎，好好的装什么鬼吓唬人？"那人尖着嗓子冷笑道："我不用装鬼，我让你做鬼！"说完掐住狗剩儿脖子，狗剩儿立即喘不上气，手脚乱打乱踢，却也根本打不着那人。狗剩儿急忙道："哥们服了，行不！这顿我请！"

狗剩儿在大通桥上与人打架，一旦打不过，立马求饶，说要请客喝酒，十有八九会奏效，眼下小命不保，让他请客保命，自然是求之不得。那人冷笑道："别废话，你把划船的都扔河里了，他们要是上不来，你小子就给我划船！"

狗剩儿眼见这人一时半会儿不会杀他，心下高兴，立马道："得嘞，小爷我就给您老当艄公！"河上的一切活计，狗剩儿在他爹的管教下自然都会，只是他生性偷懒，不爱干罢了。他划着船，心里盘算着如何脱身，打是打不过，只有瞅准机会溜之大吉。

那人似乎看出他的心思，冷笑道："你小子想着找机会开溜，对不对？"狗剩儿赔笑道："哪有……"那人出手如风，已经用绳索将狗剩儿捆在船舵上，只能站着划船，却不能离开一步。狗剩儿心里叫苦，将那人的祖宗十八代逐一问候了个遍。

借着点点星光，可以隐约看出前方出现一团黑乎乎的障碍物。狗剩儿对通惠河南北全程了如指掌，知道是湖心小岛到了，接着就是高碑店闸，心里一动，已经有了脱身的办法。

狗剩儿回头一瞥，趁那人打盹儿的空当，加速朝湖心岛冲去！那人功夫甚是了得，为人也非常机警，猛然发现，喝道："你干什么？没看见前面是……"话音未落，船已靠近小岛，那人见避无可避，只好凌空飞起，落在小岛之上，船应声撞在小岛上，顷刻翻了。

狗剩儿落入水中，大喜过望，迅速从小腿绑带中掏出匕首，将捆绑自己的绳索割断，探身出水，却见那人在小岛上飞腾纵跃，不禁哈哈大笑，朗声道："哎，死太监，这下尝到小爷的厉害了吧……"话音未落，却见那人几个起落，已经飞到狗剩儿近前，吓得他再次入水，一个猛子扎了进去。

原来那湖心小岛全是沼泽水草，常人根本无法立足，狗剩儿本想借湖心岛将那太监困住，却不料这死太监轻功了得，居然在上面翻腾飞跃，不曾陷了进去。

狗剩儿在水下一个猛子，已经游出去十几丈，探头出水，顺流而下，直奔通州而去，心想上了岸，到了驿站，必有燕王大哥属下接应，到时先喝他娘的几坛子荷花酒，为大哥办事，办大事，果然他娘的要命，差点要了老子的小命！还好我……蓦地抬头换气，却见那个死太监在岸边飞奔，与自己同步前行！

狗剩儿这一惊可是非同小可，这个死太监真是阴魂不散，居然像狗皮膏药一样粘上了老子！狗剩儿边游边想，在河里死太监不是我对手，在岸上我又不是他对手，可我终究不能在河里一辈子不吃不喝，这可怎么办？正思忖间，身后响起船桨划水之声。狗剩儿一听，知道是官船无疑——他在通惠河见过大大小小无数条船，无论是官船、民船，还是运粮船、盐商船，只要听得几声划船声，立刻就能猜得八九不离十。

狗剩儿回身一跃，招手道："官老爷，行个方便！"话音未落，人已经爬了上去。船上官差刚要喝问，待看清来人，彼此交换个眼神，微微点头。

狗剩儿察言观色，猜到他们是燕王派来的人，叫道："各位官爷，我是燕王兄弟……"那几人勃然变色，为首的低声道："云公子，不可如此……"话未说完，脖子已被一剑刺穿，登时毙命！

船上众人顿时大乱，纷纷呼喝着向一个黑影围攻。狗剩儿躲在船边，知道是那死太监追了过来。眼见那几人不是对手，狗剩儿抄起一支船桨，朝太监脑袋砸落，却被那人轻易避过，自己还与一个官差撞了个满怀。狗剩儿心里气恼，自己在大通桥长大，天天和地痞流氓厮混，干的最多的就是逞强斗狠。他仰仗跟老爹学的几招，加上自己身体强壮，在通惠河畔很少碰见对手，如今却被一个干巴巴的死太监追得屁滚尿流，实在丢人得很。

须臾之间，五六个官差都被扔进河里。狗剩儿眼见众人为救自己而落水，退无可退，大喊道："死太监，骑小爷脖子上撒尿，看小爷手段！"那人站在船头，正等狗剩儿出招，却见他一个翻身入水，不禁怒极反笑，喝道："狗杂碎，滚上来！"

狗剩儿绕着船来回游移，暗中拔出匕首，朝船底使劲刺落。那人已有发觉，喝道："狗杂碎，赶紧停手，爬上船来！不然……"话音一落，扬手一下，寒光一闪，水里一个官差已然毙命。

狗剩儿咬紧牙，继续在船底使劲捅刺，死太监也不着急，又是一下，又有一人惨叫一声。狗剩儿气得大叫："好啦好啦！小爷陪你便是！"说着爬上船来，嚷道："死太……哎，只要你不叫我狗杂碎，我便不叫你死太监，好不好……"话没说完，脸上就被结结实实扇了一下，登时肿了起来。狗剩儿张口刚要开骂，却被塞了一粒东西进去，还被捂住口鼻，不能动弹。狗剩儿挣扎半天，不能解脱，嗓子一松，就将那粒东西咽了下去。

那人松开手，冷笑道："小子，你吃了我武当山的丹药，就好好给咱家划船，要不然就会七窍流血而死！"狗剩儿骂道："这套骗小孩子的玩意，小爷三岁就会了，搓个泥球……"太监冷笑道："小子，你摸摸你的下丹田——肚脐眼下三寸，有没有麻酥酥暖融融软趴趴的感觉？”

狗剩儿嘴里骂着，手却不自觉地摸了摸，果然像有东西，心下不禁怔住。那人冷笑道：“凭你水性再好，一个流氓，却怎是我武当高手的对手……”

水中一只响箭“吱”的一声升上天空，“啪”地炸开。

太监出手如闪电，将水中几人全部杀了。

狗剩儿暗道：大哥，不是兄弟怂包，是这死太监实在狠毒！

太监慢慢走到狗剩儿身边，道：“你我踪迹已露，前边就有燕王接应，水路是不能走了，留你无用，你就下去和他们做伴吧！”伸手就要抓落！

狗剩儿急道：“大侠！大侠！这顿我请！”太监顿了一顿，骂道：“你的命都是我的，还要……”说着伸手掐住狗剩儿脖颈，举了起来。狗剩儿直眉瞪眼，四肢乱抓乱踢，嘴里含糊道：“救命啊……救命啊！”

狗剩儿渐渐窒息，没了知觉，却忽然听见凌空“嗤”的一声，太监尖叫一声，松开手来。狗剩儿重重落在船上，剧烈咳嗽起来。

太监拔出长剑，喝道：“何方高人出手？李某倒要领教！”

四下寂静，除了潺潺流水，别无动静。太监又喊几声，仍无答应，便道：“再不现身，咱家可就不客气了！”长剑一动，冲着狗剩儿刺落！只听又是“嗤”的一声，长剑断落，“当啷”掉在船上。

太监大惊，急忙跪倒，哀求道：“莫非真是师祖爷张真人到了？小的有眼不识泰山，请师祖爷饶命！”四下寂静，仍无人声。太监伏在地上，一动也不敢动。狗剩儿眼见有便宜可占，立即站起来喊道：“张真人，你这徒孙不是东西，你这当爷爷的是不是也老脸无光？要想小爷我……”忽然屁股被踢了一脚，立即喊道，“张真人，你这徒孙，连着杀了好几个人哩……”吓得太监再次跪下，使劲拉狗剩儿裤腿，低声求饶。

顺杆爬是狗剩儿的拿手本事。他笑道：“死太监，快给小爷拿解药，否则我就把你杀人的事全都嚷出来！”

太监斜眼看看四周，寂然无声，默默不语。狗剩儿等得不耐烦，大声嚷道：“哎，张真人，张真人，真不是人！”太监一个箭步，半截长剑刺出，直取狗剩儿咽喉！

狗剩儿眼见这个张真人始终不露面，知道不能全然依靠于他，在胁迫太监之时，早就小心提防，这时眼见太监刺来，一个翻身，跃入水中。

狗剩儿在水里几个起落，已经游出数丈，抬头一看，燃灯塔就在眼前，心中一喜，道：“在小爷地面，还能让你欺负了不成！”一边向前游，一边吹起口哨，声音尖利，划破黎明！

此时，狗剩儿在水里急游，那太监借着轻功，在岸边疾奔，手中暗器不时飞出，落在狗剩儿近前，狗剩儿心中叫苦，暗道：眼见到了通州，却要小命不保！通州四癞子，你们他娘的是不是睡死过去了！？

一只飞镖没水“嗤”地刺中狗剩儿胳膊，手臂顿时麻了！他大叫一声，速度顿时慢了。

太监半截长剑刺出，身子飞在河面之上！

狗剩儿闭眼道：“生在河边，死在河里，老爹呀，儿子来啦！”

只听“叮”的一声，狗剩儿睁眼一看，却是半截长剑落入水中！再看那太监，空中起落，与一个青衣人打在一起。

狗剩儿忍住疼痛，只用左手划水，努力往前，右臂失血过多，很快就要支撑不住，抬眼看见前方出现一排船队，打着四色大花旗，咧嘴一笑，昏了过去……

再次醒来，狗剩儿躺在一艘船上，阳光极好，照得眼睛几乎睁不开。一张马脸挡住阳光，露出白森森的牙齿，笑道：“你小子也有今天，你的‘通惠白条’让给我们得了！”

狗剩儿笑骂道：“你娘的赖大，就知道趁火打劫！没看见小爷受了伤，要不然你们哥四个一起来……”还没说完，牵动伤口，疼得龇牙咧嘴。

赖大笑道：“我们通州四癞子是不算啥，可也没让人家在河里追着打，还让一小娘们救了！”狗剩儿奇道：“什么小娘们？”

赖大笑道：“你还装！我们哥几个赶到时，明明看见一个小娘们打跑了一个瘦竹竿儿，俩人一前一后，上岸就没影了。”

狗剩儿心里奇怪，却也知道问不出什么，只好作罢。在通州将养几天，与四癞子耍钱喝酒，好不快活，把燕王托付之事忘了个干净。

这天晚上，狗剩儿喝了酒，在船舱里与哥几个侃大山，将近半夜，才回到自己船舱，刚刚躺下，一柄凉飕飕的长剑就架在了脖子上！

狗剩儿刚要求饶，却是一个酒嗝打出来，呛得那人赶紧捂住口鼻。狗剩儿看准机会，翻身去夺长剑，那人没料到狗剩儿居然如此反应，猝不及防竟被狗剩儿夺了宝剑并反制了下去。

狗剩儿心中得意，将那人脸上面纱摘去，那人娇斥道：“放肆！”一个耳光打过来！狗剩儿一愣，没想到居然是个女子，愣着不动，脸上就被结结实实打了一下。

狗剩儿还没反应，那人动作迅捷，将宝剑再次夺回，立即翻身出舱。狗剩儿平白无故被人夜袭，又被打了一巴掌，哪肯罢休，立即跟了出去。

两人一前一后，腾挪跳跃，很快到了岸上。狗剩儿随手抄起一支船桨，刚要掷去，却见那人站住脚步，低声道：“到塔里再说！”说完一个箭步，掠进燃灯塔。狗剩儿平素自吹自擂，觉得自己身手了得，加上老爹年轻时曾在武当山学武，自己也算“家学渊源”，可这几天的遭遇，使他意识到老爹教训他的“人外有人，天外有天”真是太对了！

狗剩儿紧跑几步，追进燃灯塔，刚要迈步，却听里面一个声音说：“等着，在门口站着！”狗剩儿平素天不怕地不怕，除了老娘的打骂，谁都不放在眼里，可听见这女人的声音，不自觉地站住，停在门口。

过了一会儿，那女人说：“进来吧。”声音比刚才柔弱许多。狗剩儿走了进去，借着塔里的灯光，看见一个青衣人靠在石凳上，右手支着长剑，微微喘气。

狗剩儿开口道：“您……”那女人抬起头，冷笑道：“我谅你不知道我是谁！我是你大哥家的……”

此女正是燕王妃徐丽慧。她能文能武，与朱棣感情甚笃。朱棣就藩北平以后，徐丽慧带着孩子随同而来。朱棣多次受命参与北方军事活动，两次率师北征蒙古，但又担心自己的根据地北平遭到渗透，身边武将很多都是皇太孙朱允炆派来的卧底。一筹莫展之际，燕王妃主动请缨，为他驻守通州，负责秘密盘查南方过来的客货船，同时，对北平针对京师的秘密活动予以接应。

徐丽慧勉强坐起，道：“四哥，就是你大哥，知道被皇太孙监视，只好派人去京师打探消息，怎奈皇太孙笼络多方高手，在大通桥一带施以毒手，前期派出的几拨人连通州也没到就都折了。”

狗剩儿恍然大悟，笑道：“嫂子，兄弟在湖心岛差点被那死太监宰了，后面赶来的官差也都被这老小子宰了，幸亏有你……”徐丽慧道：“湖心岛？那不是我，我也是看到湖心岛放出的响箭才出来接应的。”

狗剩儿道：“哦，那个死太监却好像认出是谁，磕头说是什么师祖爷爷张真人啥的。”徐丽慧一怔，喃喃道：“难道真是他老人家？不可能吧……”狗剩儿问道：“嫂子您说是谁？”

徐丽慧摇摇头道：“我与太监交手，看出他是武当弟子，哎，你那两下子怎么也像武当功夫？”狗剩儿刚要开吹，想起这几天的遭遇，知道自己根本不是眼前这嫂子王妃的对手，也瞒不过她的眼睛，只好老老实实道：“我爹是武当弟子，我只跟他学了两下子。”

徐丽慧道：“跟我不必作伪，你大哥早将你的情况通报了我，不过，你此次身负重任，对外人可要守口如瓶……”狗剩儿不懂，点头道：“是，是，嫂子，您放心，你交给我的瓶子我一定给您好好守着……”徐丽慧笑道：“你呀！也不知道四哥看中了你什么。”

顿了一顿，又道："那太监功夫非常了得，应是武当派年轻一代中的佼佼者，可惜为皇太孙卖命，甘心做了太监，与四哥为敌。他求饶的师祖爷自然就是……"狗剩儿抢口道："莫不是武当真人张三丰爷爷？"

徐丽慧牵动伤口，不禁"啊"了一声，隐隐觉得伤口发麻，像有中毒症状，心里发急，指着胸口对狗剩儿道："快，我这里有药……"话未说完，已然晕了过去。

狗剩儿大急，奔到近前，刚要找药，伸出的手却又缩回，返身出塔，跑到河边，借着月色星光，拔了许多问荆草，一边返回，一边把草放进嘴里大嚼，到了塔内，奔到徐丽慧跟前，低声道："嫂子，得罪了。"动手撩开徐丽慧下摆，露出受伤的小腹，跳出一个红色小囊，里面零零碎碎，像是火石，小腹上面已经缠了几层纱布。狗剩儿轻轻解开纱布，右手接住嘴里吐出的汁液，小心涂抹在伤口，心里紧张，老是抹不匀，又手忙脚乱地将纱布裹上，放下衣服。

过了一盏茶时分，徐丽慧悠悠醒转，看看守在塔口的狗剩儿，看看自己的伤口，低声道："是你为我包扎的……"

狗剩儿听见动静，回头道："嫂子，我……"话没说完，听得徐丽慧厉声道："什么人？"

狗剩儿急忙回头，却是那太监！

狗剩儿知道自己不是对手，如果只有自己，撒个谎，吹个牛，趁机下了河，死太监也就没招儿了，可是塔里是王妃嫂子，自己无论如何也不能逃脱！

狗剩儿笑道："人都说北平的狗皮膏药黏得很，可见了你我才知道……"话没说完，脖子已被太监拿住，登时喘不过气来！

狗剩儿自小在河里长大，惯于下水憋气，又和地痞流氓打架无数，对于近身肉搏颇有心得，眼见脖子被掐住，两脚踹向太监下体，使得太监伸腿格挡——狗剩儿出脚乃是虚招儿，右手食指和中指立即插向太监双眼！

太监大惊之下，急忙松开，向后几步，骂道："小子无礼！"疾步上前，施展武当擒拿手法，不到五招，就又将狗剩儿摁在地上。狗剩儿趁他不备，张口咬在太监手背，痛得太监又松了手。没等太监再出手，狗剩儿一个箭步跳起来，直扑过去，抱住太监双腿，使出蒙古摔跤手法，结结实实将太监摔了出去！这是他在大街上跟人打架学的招数，活学活用，常用常新。

徐丽慧斜靠在柱子上，喘气不稳，却为狗剩儿喝了声彩。狗剩儿听了，心中得意，更加卖力，一个"黑虎掏心"冲过去，却被太监反身掐住脖颈，动弹不得，心中又急又气，两手使劲回够，却哪里够得着。太监狞笑道："三脚猫的功夫，也敢跟咱家叫板！

现在咱家让你看看什么是流氓打架，什么是高手过招！”一边说着，一边展开擒拿手法，将狗剩儿摁着脖子“滴溜溜”打转，竟如耍弄一个陀螺一般！

狗剩儿愤怒至极，却根本无从下手，平生第一次被人如此戏弄，还是在王妃嫂子面前。忽然听得近前一声“当啷”，听见嫂子“啊”了一声，倒在地上。原来徐丽慧眼见狗剩儿不敌，上来援手，却被太监看破，他左手掐住狗剩儿，右手突然袭击徐丽慧，一击得手。

太监大笑道：“今日正该我李彦升官发财，本来只是抓几个卧底，没想到在这荒郊野外还能抓到燕王妃！”狗剩儿心里窝火，嘴里“哇哇”乱叫，却也无法脱身。徐丽慧躺在地上，无法动弹。

太监道：“好了，你小子我也玩够了，宰了你，抓了她，回去领功！”说完，右手挥起长剑，朝狗剩儿刺落！

狗剩儿突然一个后踢，又快又准，直接踢在李彦“要害”，虽然太监没了那活儿，但依然疼得弯了腰。狗剩儿不等李彦反应，“唰唰唰”凌空三记“登云梯”都踹在李彦身上，李彦身子就像断了线的风筝，腾空飞起，重重掉在地上！

面对这般的突变，不仅李彦不明所以，徐丽慧更是看傻了眼，就连狗剩儿自己也直愣愣站在原地，不相信这几下功夫出自自己。

李彦爬了起来，亮出长剑，低声道：“没想到北平也有武当弟子！咱家倒要领教了。”狗剩儿本想说自己无门无派，但转念一想，自己老爹出自武当派，自己也学了几招，按说勉强也算武当弟子，何况有牛不吹不是狗剩儿爷爷的风格，于是道：“武当弟子，名满天下，有张真人冠什么古今，也有你这等死太监丢人现眼……”他平素看戏、听评书，学得几个成语，却也说不准确，也不管说得对不对，直接拿来就用。

李彦仗剑缓缓前行，眼睛不敢丝毫放松，见狗剩儿兀自吹牛，直接一招“劈风破云”向他砍去，中途变为刺招，到了近前，却又变为横剑挡格，这是他学了武当剑法之后进行的改良，也是他遇到高手之后的试探招数，攻敌其次，自保才是首要。这一招步步为营，从未失手，是他生平得意之作。

狗剩儿眼见长剑或劈或刺或横，看得眼花缭乱，心里一急，正不知如何应对时，身子“唰”地跃起一丈有余，直奔李彦后背而去。李彦大惊，回身便刺，哪知狗剩儿也是虚招，空中踏步，踩在李彦头上，凌空再起！

李彦眼睁睁看着，脸色青一阵白一阵，很快便面如土色，哆哆嗦嗦跪下道：“师祖爷，师祖爷饶命……”

狗剩儿身子在半空起落，心中既高兴又纳闷，自己除了在水中翻腾自如，什么时候在空中也可以如此跳跃？难道是我老爹显灵，将他的武当功夫全数给了我不成？

狗剩儿轻轻落在地上，稳定心神，清清嗓子，道：“死太监，打不过就叫人师祖爷，你够狠！你狗剩儿爷爷最多不过请人喝酒。大孙子你起来吧！”李彦狠狠瞪他一眼，依然在地上哀求道：“师祖爷，您老人家成仙成尊，放过小的吧！小的家里贫寒，老爹老娘常年瘫痪，没钱治病，小的才去学了武功，指望靠这个赚钱养家，可是武当派戒律严禁门下弟子恃武赚钱，小的无奈才进宫当了太监……呜呜！”

狗剩儿骂道：“你可怜？你他娘的杀人时可是威风得很哩！”上前一脚踢向李彦胸口。李彦猝不及防，也未运功抵抗，倒在地上，哭得更厉害了。

狗剩儿听了李彦哭诉，特别是家中老母亲等等，心中不忍，加上他也是“武当弟子”，于是道：“好啦好啦，你走吧……”一旁的徐丽慧强作精神，道：“不可，狗剩儿，这种人留不得！”

狗剩儿回头看向徐丽慧，却见她大睁双眼，再看李彦，已经飞奔而去。

徐丽慧摇摇头，勉强道：“兄弟，嫂子知道你宅心仁厚，可是斩草不除根，必留后患。”狗剩儿似懂非懂，点头道：“嫂子，兄弟放他一条生路，再让我碰见他干坏事，我绝不轻饶！”

徐丽慧笑道：“李彦不是瞎子，嫂子也不是，你以为你凭空就会了绝世武功，就连江湖上多年未见的‘登云梯’都使了出来。”狗剩儿讪笑道：“嫂子眼睛看得准，兄弟也不知道咋地，手脚自己就会打会踢，凭空还能飞起来……就像喝醉了一样。”

徐丽慧叹道：“四哥之前找了多路高手，始终不能打破李彦的防线，现在却派你一个愣头青来，必有他的道理。有福气没福气，也是命里定的。”狗剩儿听不懂，问道：“嫂子，您说有贵人帮我？”

徐丽慧点头道：“贵人几次出手，却又不肯现身，这般身手和气势，想来就是张真人了吧。”

狗剩儿道：“可我听说张真人已经几十年都没露头了，他的弟子也都死得差不多了，现在的武当派掌门人好像是他的徒孙吧。”徐丽慧点头道：“神龙见首不见尾，兄弟你有福报，想来与张真人有缘。”

天色大亮，徐丽慧撩开衣服，狗剩儿急忙闪躲回避。徐丽慧微微点头，取出红色小囊，拿出一粒火石，交给狗剩儿，道：“兄弟，你去外面点了。”狗剩儿依言点了火石，心里明白这是互通消息。

徐丽慧道：“兄弟，此去京师不是儿戏，乃是生死大事，不可鲁莽行事，不可轻易暴露自己身份，更不能吐露燕王半点风声……”狗剩儿连连答应。

第三回　使者草民赌国运 才子佳人订私情

徐丽慧顿了一顿，道：“你虽然胸无点墨，却是义薄云天，我想你大哥没看错人，”递过那只小囊，“里面还有几颗火石，靠近北平，点上一颗，燕王救兵即刻便到。”

狗剩儿接过小囊，连声感谢，正要放入怀里，却被徐丽慧叫住，道：“火石拿走，小囊却得留下，那是……”面色一红，“是……不能给你。”

自打认识这位王妃嫂子，狗剩儿一直觉得她是女中豪杰、英姿飒爽，第一次看见她红了脸，不禁脱口道：“哦，这玩意一定是我大哥送你的定情信物吧！”

徐丽慧脸上更红，啐道：“兄弟不要胡说！”门口响起马蹄声，很快就到了近前。徐丽慧由狗剩儿扶着走了出去。到了门口，徐丽慧道：“你、何富贵与四哥结拜之事，除了我没人知道，这也是为了你们便宜行事，此去京师，万事小心，外面众人不必见了。”说完，直起身子，强忍疼痛，走了出去。

狗剩儿听到外面有人低声见礼，很快蹄声“嘚嘚”，渐渐远了。

四下寂静，狗剩儿走出来，早已不见人影。他仰起头，喊道：“是不是武当老神仙张真人来了？我老爹也是武当弟子，您老人家又几次帮了我，能不能当面受我一拜？”喊了几声，毫无动静，只得跪下拜了几拜，起身走了。

狗剩儿在四癞子家小住期间，曾经差人在通惠河边寻找何富贵，回来人说河边没有人影，想来已经走了。

狗剩儿振作精神，重新上路，出了通州，就是北运河了。天气阴冷，河上船只不多，等了半天，才有一只大船行来，甲板上站着许多兵士，穿着打扮却又不像中土人士。狗剩儿认得这是艘官船，平头百姓不许搭乘，可狗剩儿哪管这些。他招手让艄公停船，艄公却佯作不见。气得狗剩儿大叫：“你不就是通州乔四吗？你叔叔还是跟我混的！”一个猛子扎进水里，几个起落，已经勾住船舷，一翻身，爬上大船。

几个兵士吆喝着围上来，嘴里“叽里咕噜”说着什么，脸上一脸戒备。乔四赶紧对一个大官打扮的人赔笑说：“鲁爷，他是大通桥打鱼的，水性好，跟着咱们倒是多个水手，您看行吗？”

那鲁爷瞥了一眼坐在船上死皮赖脸的狗剩儿，轻笑道：“我还以为中土都是礼仪之邦，一路之上却也见了不少这样的无赖。我鲁爷手里不养闲人，艄公说你水性好，我就试试你，刚才一位公子的玉佩掉在河里，好像就在那里，你能捞上来，我就让你搭船。”

狗剩儿歪着头道：“小爷水性是不赖，可万一这玩意随河漂远了呢？”鲁爷冷笑道：“捞不上来，你也不用上来了！”说完示意兵士拿着武器对着狗剩儿，自己走进船舱，不再理会。

狗剩儿一翻身跃入水中，却朝反方向游去。兵士们哈哈笑道：“原来是个傻瓜！太师明明说东西掉在哪里，他却反着游！”

乔四道：“这狗剩儿在通惠河下了十几年河，哪能不知道，这块儿地势陡，那个水闸又有水草，掉的东西十有八九会漂到那儿。”

话音未落，水里冒出人头，头发甩水四溅，仰头大喊道：“找到了，找到了！”正是狗剩儿。

一个兵士伸手接住玉佩，慌忙往里跑，交给听见喊声走出来的鲁爷。鲁爷看一眼狗剩儿，点点头，走了进去。

狗剩儿爬上船，对乔四笑道：“你小子，看我回去不让你叔抽你鞋底子！敢不让你狗爷上船！又不是不给钱！”看见其余兵士直愣愣看着自己，表情古怪，不禁喝道：“看什么看？没见过老叔教训大侄子啊！”

兵士怒目瞪他，却也无人理他。狗剩儿气闷，听见船舱有人赌钱，于是撇了甲板众人，直奔船舱，看见一个空位，自己一屁股坐在椅子上，加入赌局。赌桌几人看有外人进来，都是一愣，也不作声，居然默许狗剩儿入局。让出座位的是一个年轻公子，拿着那块玉佩，似乎心不在焉，见有人占了座位，居然也不发作，直接坐在下家身后。

打的是牌九，赌注不大，但打得很快，几轮下来，狗剩儿的盘缠就输光了，这才想起坐船钱还没给，心下大急，嚷道：“来，来，再开一局！”

对局就是刚才那位鲁爷，狗剩儿这才看清楚，他竟然长着绿色眼睛，棕色头发。此时，鲁爷翻着大眼睛问道：“你还有什么可以赌？”口音古怪，模样怪异，显然不是汉人。

狗剩儿学着鲁爷口音道：“狗爷别的没有，烂命一条，谁赢了谁拿走！”

上家哈哈大笑道：“你一个臭打鱼的，命有什么值钱的！”狗剩儿生在北平，自是从这位上家的穿着打扮上看出他是个蒙古人，听他嘲笑，立即大声道：“我的命不值钱，那是在元朝，可如今是我大明王朝洪武爷坐天下，什么胡人蛮子才不值钱哩！”

上家勃然变色，站起来就要拔刀，被身后一个声音打断道：“哎，这位打鱼的，你们中土马上就要天下大乱了，你知道不知道？”狗剩儿头也不回，撇嘴道：“天下再乱，跟我有毛关系？我只管喝酒赌钱，别的咱管不着！”

上家喝道：“不得无礼，这是……”身后那人道：“好胆气！够豪爽！小兄弟，你这说话气魄倒像我们蒙古人！”狗剩儿这才转身道：“哎，小爷生来如此，脾气随老爹，天不怕地不怕，就怕蒙古人说汉话。说了半天，你们到底赌不赌？”身后那人蒙古贵族打扮，气质不俗，只是眼神黯淡，精神不振。

下家一直没开口，此时才道：“好了，我有一个提议，各位看怎样？”狗剩儿等得不耐烦，催促道：“有屁快放！”

下家眼里流露出狠毒之色又瞬间消失，继续道：“我们玩了半天，大家都提不起兴致，看来都不如北平杏林苑的姑娘好玩，对不对，鬼力赤兄？”那身后之人笑道：“胡老哥何必明知故问。”

下家继续道：“现在已经离开北平，而且这儿除了这个打鱼的，没有外人，我们就拿这朱棣如何应对作赌，如何？”

鬼力赤伸个懒腰，道：“阿鲁台，你看呢？”那位鲁爷沉吟道：“胡先生怎么看？”下家转向身后，问道：“公子，您说呢？”

狗剩儿看见下家身后那位年轻公子站起来，怏怏道：“师父，您说怎样就怎样吧。”说完径直走了出去。

胡先生笑道：“好，我们认定朱棣必然不会甘于人下！”鬼力赤问阿鲁台道：“太师您说呢？”阿鲁台缓缓道：“既然是赌，那当然要立场不同，胡先生说了朱棣不会甘于人下，我等只好猜他会老老实实等着被撤藩。”

上家开口道：“我与朱棣也算交过手，深知此人绝非等闲，估计不会顺利等着被撤藩。”鬼力赤道：“我看那朱棣痴痴呆呆，没啥本事，太师咱们就赌朱棣老老实实，不敢造反。”

阿鲁台看向狗剩儿，笑道：“小兄弟，咱们是对桌，赌这燕王不敢起事造反，怎么样？”狗剩儿扬手道：“看你们罗里吧嗦地说了半天，小爷早就不耐烦了，赶紧的！”

那胡先生与上家一点头，道：“我和马哈木就赌这朱棣必然造反！”狗剩儿打断道：“哎，各位大爷，说得这么热闹，咱赌点啥？”

鬼力赤笑道：“那还用说，到了应天府，自然是找秦淮第一名妓范丽华，谁赢了谁就第一个来！”胡先生道：“第一个来，那其他人还是有份儿，不够刺激，不如谁赢了谁就包了范丽华，输的只能干瞪眼！”

鬼力赤拍手道：“好，好！这个我喜欢！”阿鲁台微微摇头，也只好笑道：“好吧。”

胡先生道：“我想大明国丧消息传开只在这几日，咱们到达应天府，还得个把月，咱就约定八月十五中秋节，看看各路探子是否有朱棣起事的消息……”

正在这时，外面一片喧哗。

阿鲁台使了个眼色，一个侍从跑了出去，很快回来禀道："公子，太师，是陈公子要进底舱，禁军不允，故而吵了起来。"

胡先生摇头道："儿女私情，难成大事啊！"说着向在场人拱一拱手，走了出去，众人也一起跟了出去。

狗剩儿见有热闹看，哪能错过，直接跑在前面去了。远远看见那年轻人正与几个兵士理论，抓住一个兵士胸口衣服就要动手。胡先生喊道："哎，公子，何必跟他一般见识！"

那年轻人放开手，低声道："师父，弟子……"

胡先生向随后到来的鬼力赤和阿鲁台道："王爷，太师，爱徒情根深种，不能自拔，让两位见笑了。看在你我同在北平公干，又一起去京师，可否将那女子交给在下？她虽冒犯王爷，但终究不过是一介江湖女子，何必为此置气。"

鬼力赤还未开口，阿鲁台笑道："想不到安南陈王爷英雄盖世，生的公子却是多情种子！也罢，王爷，不如做个顺水人情……"

话未说完，远处突然响起一片哨声，喧哗一片。一个兵士跑上来，禀道："王爷，太师，对面有一大帮船队赶到，看装束是江湖中人！"

这时，赶上来的船队打起旗帜，青黑底大白字，写着"沧"字。狗剩儿看阵势知道是沧临派到了。

鬼力赤惊道："怎么会围上来这么多江湖人？我们可是大明的贵客啊！"阿鲁台沉吟道："恐怕和我们抓的那小子和女子有关。"

船队靠近，一个水手上前喊道："大船听了，我等是运河水帮沧临派，还请借一步说话！"

胡先生与阿鲁台相互看看，谁也不开口。

狗剩儿走上前，喝道："沧临派的弟兄们听了，我是北平大通桥狗爷，有啥话跟我说说！"

那水手一愣，道："我们得到消息，说这艘船带了我们一名女弟子，特来问询，敢问阁下可曾知道？"

狗剩儿还要再说，却被阿鲁台打断道："我们远来是客，大明燕王爷送我们这艘船去应天府，却不想大明朝还有民船拦截官船的道理，真是见识了！"

那水手语塞，后面走上一位老者，看年纪约有六十上下，边走边咳嗽道："敝派不才，在这儿运河沿线讨饭吃，如果不是得到确切消息，我等也不会贸然拦截官船，是在下关门女弟子初入江湖，不懂规矩，冲撞各位，还望各位高抬贵手……"

鬼力赤狞笑道:“关门女弟子!关起门来,那就不光是弟子了吧!哈……”话音刚起,脖子就被一条绳索套住,鬼力赤急忙挣扎,却被缠得越紧,黑脸憋得发紫。

阿鲁台迅捷出手,一掌劈向绳索,绳索登时崩断,鬼力赤连连喘气,大声咳嗽起来。

阿鲁台喝道:“这位老头儿,我家公子开个玩笑,尊下何必如此狠辣?”那老者依然弯腰咳嗽,半天才道:“北方蛮子不懂教化,小老儿不辞辛苦,替他积点口德。”

鬼力赤喝道:“他奶奶的死老头儿,抛绳子谁不会,我们蒙古人天天套马,你有本事自己找回你的关门女弟子!”

阿鲁台眼见不妙,大声道:“小心!”已然晚了,老者绳索再次出手,已将鬼力赤套住,一抖手,鬼力赤腾云驾雾般飞了起来,直接摔在小船上。

老者道:“我知你是波斯高手,可是却甘心为这位怂包卖命,想来这位身份不低,用他来换我弟子,这买卖可做得?”

阿鲁台阴着脸,道:“我们应大明朝廷邀请而来,燕王爷都对我们礼敬有加,可你的什么女弟子,哼!”

老者缓缓道:“教不严,师之惰,弟子带回,小老儿必定严加管教,还请即刻换人,免生事端。”

阿鲁台挥挥手,兵士很快带上来一名女子,青衣素裹,婀娜娇美。一旁的年轻人上前道:“李姑娘……”那姑娘白他一眼,扭过头去。

阿鲁台道:“尊下,人已带来,不必多言……”后面一个声音道:“慢着!”阿鲁台皱眉道:“何人多嘴?”

狗剩儿听着声音耳熟,一看之下,心下大喜,正是结拜兄弟何富贵!

何富贵之前也被燕王单独召见,交代去京师各项机宜。何富贵心思缜密,为人精明,知道自己虽与燕王、狗剩儿结拜为兄弟,可是对方贵为王爷,自己也只是奉命办差而已,事情顺利与否,只能尽力而为。

燕王缓缓道:“三弟,你的底子当然没有二弟干净,听说去年你还因为与一名官家妇女调情,害得狗剩儿父亲惨死。”何富贵赶紧跪下,道:“王爷言重了,小弟,确实,确实与那妇人眉目传情,可是,可并没有……”

燕王哈哈笑道:“你怕什么?我又不会抓你定个通奸罪名!可是,你知道,那妇人是谁?妇人的夫家又是谁?”

何富贵紧张道:“小弟不知,大哥知道?想来二哥也好像知道了。”燕王笑道:“二弟虽然没读过书,交的朋友也都是下九流,可是下九流有下九流的好处,想来他也打听出他的杀父仇人是谁了。那名妇人乃是当今北平布政使张昺的小妾柳如香，当年也是京师名噪一时的头牌，后来岁数大了，遇到多情多金的张昺张大人，于是赎身嫁了。”

何富贵汗如雨下，结结巴巴道：“小弟该死……”燕王冷笑道：“该死的是张昺！说是北平布政使，其实就是朱允炆安插的钉子！想要玩卸掉老五那一套，但那一套在北平可不好使！”

何富贵跪在地上，不敢吭声，心中却安定许多——张昺是燕王对头，这摆明就是机会！于是道：“大哥，有任何差遣，小弟赴汤蹈火，在所不辞！”

燕王道：“你是读书人，人也精明，可是书读多了，心思就活泛了，怕是没有二弟忠义。如果没我燕王，你们想要找张昺报仇，谈何容易。”燕王顿了一顿，又道：“老爷子已然归天，可这朱允炆跟齐泰、黄子澄居然敢秘不发丧！其心可诛！”燕王来回走几步，咬牙道，“朱允炆果然早有准备，下手够快，居然三天之内就将周王、代王、岷王、湘王和齐王先后削夺，可怜我弟湘王，气急自焚，其余众人全都被废为庶人！”

何富贵听见皇家密秘，吓得匍匐在地，不敢吭声。燕王冷笑道：“齐泰、黄子澄知道我在北方军队声望极高，不敢贸然裁撤，可是如果撤了其他各王，单凭我一个燕土，又怎能和朝廷为敌？哼，为了我一人，先是调张昺为北平布政使，接着是任命谢贵、张信掌管北平行都指挥使司，今早我得到消息，又以都督宋忠、徐凯等人屯兵开平、临清和山海关一带，形成合围之势。”

何富贵壮着胆子道：“小弟今早进门，好像听见什么检阅事宜。”燕王冷笑道：“他们假传圣旨，说是要检阅我燕王府护卫军士，加强防北措施，真是岂有此理！我府里只有几百兵士，怎么能和防北扯上关系！”

何富贵小心道：“大哥想怎么办？”燕王笑道：“三弟，你说话不必如此小心，二弟在我这儿可是想说啥说啥，我读书也少，不如你学问大。”何富贵赶紧道：“大哥折煞小弟了！大哥垂询，小弟岂敢不尽心尽力！”

燕王坐回椅子上，沉声问道：“你有什么想法？尽管说，说错了，这里只有大哥，说对了，燕王赏你！”

何富贵道：“皇太孙秘不发丧，原因无非是忌惮大哥势大，在北方军队声望尤高，多年来更是兢兢业业，军功极高，他们没有借口一概裁撤。小弟想，皇太孙下一步很可能炮制罪名加在大哥身上，然后密令张昺、谢贵等人到王府奉命抓人，一旦被抓，罪名安定，到那时，大哥就算军功再多，也百口莫辩了。”

燕王点头道：“三弟说的是，如今局面怎么破？有什么想法，说来听听。”何富贵道：“要想破局，得看大局。小弟斗胆请问大哥志向如何？”

燕王轻笑道：“三弟有话直说。”何富贵摇头晃脑道：“‘秦失其鹿，天下共逐之’，自古天下，有德者居之！”

燕王一拍案几，喝道：“大胆何富贵！口出悖逆之言！你可知罪？”何富贵跪在地上，不慌不忙道：“小弟为大哥进言，死而无憾，请燕王把在下送往京师，千刀万剐，燕王甘心撤藩，降为庶人……”

燕王哈哈笑道：“你呀，二弟是傻大胆，你比猴还精！行了，具体怎么办，说说吧。”

何富贵坐轿出了王府，心情复杂。老爹经商一辈子，却非要自己考功名，自己无意科举，虽然中了举人，进士却名落孙山，这下可好，无意中和燕王结拜，想不蹚这趟浑水都难。

他撩开轿帘，看见前后都是兵士，知道已经回不了家，若不去京师，老爹辛苦抠搜攒的家产都要打水漂不说，全家性命也要不保。唉，那就去吧。

何富贵上得大船，心情愁闷，喝了几杯酒，倒头就睡，醒来时却在水中挣扎，惊恐之际，还以为是燕王指使。他本就不会游泳，加上又被困了手脚，堵了嘴巴，塞进麻袋，真是“叫天天不应，叫地地不灵”，绝望之际，却被狗剩儿救起。

何富贵瞥见是狗剩儿，心知有救，惨然一笑，却见狗剩儿又下了河，游向一艘大船。于是仰面向天，调匀呼吸慢慢恢复平静。

何富贵在河边等了良久，也不见狗剩儿回来，身上又湿又冷，于是挣扎起身，沿着岸边寻找人家，可是半夜时分，家家安静入睡，哪有亮灯？

天色发白，开始有人出船打鱼，何富贵上前用银子换了干净衣服，又吃了早饭，打听到上午会有客船南行，于是依言前往。

何富贵上了船，看见已有十几个人，内中一名女子，青衣素裹，腰挎佩剑，模样甚是娇美。心中大动，寻思伺机搭讪。

何富贵平时自恃有才，常在漂亮女子面前吟诗作词，赚得青睐。于是他故作深沉，慢慢踱到女子跟前，脸朝河面，缓缓吟道：“白河长堤路，临河古戏台。月下卧柳处，疑是嫦娥来。”吟诗后偷眼观瞧那女子，却是丝毫不动。便立刻变换策略，坐下对身边一位客人攀谈道：“大哥哪里人氏？”那人道：“顺德府的。”何富贵问道：“哦，哪儿离开封府不远，你可曾听过有关包公的唱词？”那人问道：“那一句？”

何富贵高声唱道：“听说包公要出行，忙坏了娘娘东西宫。东宫娘娘烙大饼，西宫娘娘剥大葱！”船上众人都哈哈大笑，前仰后合。何富贵瞥眼看那姑娘，也是莞尔一笑。

这让何富贵心中愈加得意，于是慢慢踱到姑娘身边，笑着问道：“姑娘，木头做的门，是什么门？”

姑娘虽然没有先前那么拘谨，但也警惕地看了何富贵一眼，冷冷道：“木门。”

“铁皮做的门，是什么门？”

“铁门。”

“那缘分做的门，是什么门？”

姑娘眨眨眼睛，茫然不解。何富贵笑着坐到她身边，笑道：“缘分做的门，是我们！”

船上众人哄笑，气得姑娘红了脸，拔剑喝道：“哪里来的轻薄无赖，竟敢戏耍本姑娘！”

何富贵赔笑道：“姑娘息怒，小生无意冒犯，只是看见朝霞虽美，却比不上姑娘容貌半分。人生最孤独的事情，莫过于遇到美景却无人分享，今日小生三生有幸，得遇姑娘，实在是……”那姑娘脸上更红，喝道：“再敢胡说，本姑娘即刻动手割了你的舌头！”

何富贵笑着求饶，心知姑娘面上动怒，心里已然卸下防御。船行半日，何富贵找出各种借口，与姑娘嬉笑聊天，逗她开心，渐渐地，原本冷若冰霜的脸上开始不时浮现笑容，甚至开始挥拳捶打何富贵，打得何富贵心里一阵暗爽，甚是得意。

嬉笑中，何富贵得知姑娘名叫李云婷，乃是近年崛起的运河水帮沧临派女弟子，因为与师父置气，独自逃了出来。何富贵察言观色，知道李云婷出身娇贵，江湖经验严重不足，此次出逃，身上盘缠带的不够，于是出手更加阔绰，以求博得芳心。

船行至高碑店闸，遇上一艘官船。何富贵打眼细瞧，知道是陪同外邦使节的朝廷官船。

两船相遇，船上几个外邦人看见李云婷，纷纷出言调笑，虽然嘴里“叽里咕噜”听不懂，但船上众人都知必是污言秽语。李云婷听了几句，忍不住霍然站起，就要拔剑，被何富贵拦住道：“婷婷，何必与蛮子一般见识，算了算了。”李云婷气得脸色发白，扭头坐下。

官船上一名年轻公子直勾勾盯着姑娘，一动不动，他的师父叫了几声，都没答应。何富贵低声笑道：“姑娘美貌至此，外邦人见了也是魂不守舍。”李云婷啐了一口，拧了何富贵一下。何富贵夸张大笑，得意地看那年轻公子，心想：你身份尊贵，说不定是什么外邦王储贵族，可是眼前这姑娘却是我何富贵的！

那年轻公子与师父低语几句，几次看向这边。何富贵心里打鼓，不知道这人要干什么。那师父思忖半晌，站在船头，对李云婷喊道：“姑娘去往何处？官船宽大舒服，可愿意一同航行？”

李云婷别过头不予理会，何富贵心中得意，刚要回绝，想起燕王的嘱咐，看看眼前情景，忽然道：“这位大人，咱们萍水相逢，何敢登船骚扰？不知尊驾如何称呼？”

那师父拱手道：“我等是安南使节，前来大明公干，这是我家公子陈天平，在下不才，乃是其师父胡季犛，都是与大明交好之人，绝非歹人，两位若是不嫌弃，可愿一船同游？”

何富贵朗声道：“如此就叨扰了！”低声与李云婷说了几句，她虽扭捏，还是跟着站了起来，紧紧跟在何富贵身后。何富贵向胡季犛师徒行礼见过，换了行船。

胡季犛对何富贵道：“看公子饱读诗书，可否给我等介绍中原风土一二。”何富贵笑道：“岂敢岂敢，大人贵为尊使，必有过人之处，岂是我这酸书生可比的。”胡季犛道：“公子不必过谦，比如这通惠河的由来，公子便可指点一二。”

何富贵笑道：“指点不敢，小生生于斯长于斯，自然知道一些。说起这通惠河，倒与大人同行的蒙古朋友有关。白浮泉的引水和这通惠河的疏通是前朝实施的，用时一年，由顺德府邢台人郭守敬负责设计规划，不但有民工挖河，朝廷官员也都要参加劳动。工程在第二年秋天竣工，我看北平地方志里记述，当时江南的漕粮船队在积水潭挤得满满当当，在御河上也是排成几队，浩浩荡荡，蔚为壮观，老百姓们都争相观看，热烈欢呼，就像过年一般热闹。元世祖忽必烈从上京回驾，在万宁桥上看到河面上全是粮船，于是把从万宁桥到通州的河道命名为‘通惠河’，寓意是‘通航惠民’。”

胡季犛赞道：“何先生熟知典故，果然不凡。”何富贵眼见李云婷对自己眼含佩服，心中得意，接着道：“哪里哪里，多读了几年书而已。说是‘通航惠民’，得实惠的还不是皇亲国戚！搜刮民脂民膏才是运河修建之本意吧！”

胡季犛沉吟道：“何先生对中原修建长城和运河有何见教？”何富贵道：“长城重在防御，是中原大地之脊梁；而这贯通南北的大运河则是全身之血脉。”胡季犛拱手道：“先生见解不俗，大不同于胡某在中原所见的科举书生，想来先生日后必有作为，前途不可限量！”

两人一番客套，说些无关痛痒的话题，渐渐熟络。何富贵眼观六路，耳听八方，瞥见那陈天平凑近李云婷，低声说着殷勤话语。

四人正在谈话，船舱突然冒出一个蒙古大汉，边走边喊：“老胡，小陈，你们还玩不玩啦？你……”看见李云婷，登时住了嘴，咧嘴笑道：“哦，老胡，你可不地道啊！昨天非说大明国丧不让船上带女人，你自己倒是给徒弟找了个好的，嘿嘿嘿！”

胡季犛微微一笑，道：“王爷误会了，这是举人何富贵，这位是李女侠，我等一见如故，特邀一同……”那王爷摆手笑道：“什么酸文，老子听不懂，我只认得中原女子个顶个儿的漂亮！陈公子，要不你先来，你完事了便是在下如何，哈哈……”

那王爷话音未落，蓦地看见一把长剑冲着自己咽喉而来！他虽然一身酒气，疲态十足，却也不是怂包，急忙闪身避过。出手之人自然是李云婷，她听这个蒙古王爷言语无礼，早就忍耐不住，不顾何富贵连使眼色，拔剑便刺！

那王爷还要调笑几句，却被李云婷凌厉狠辣的攻势打得连连后退，毫无还手之力，几个回合下来，外衣也被削了一块，兵士们围拢上来就要动手，被陈天平挥手斥退。

蒙古王爷乃是东蒙古王子鬼力赤，平素沉湎酒色，功夫荒废，却未料在此遇险，又见兵士不能过来相救，心中大急，只好喊道："太师！太师救我！"

何富贵此时心里着急。他与燕王盘算战局，知道如果只是燕王一股力量根本无法与朝廷相抗衡，但若是可以联合剩下的宁王，北方的蒙古力量，甚至还有南方的安南势力，几方合击，倒是可以与朝廷对抗。他此次出航，竟然可以同时遇上蒙古与安南使节同行，想来也是燕王的刻意安排，制造偶遇机会，以便顺利接洽。可是"成也女侠，败也女侠"，有了李云婷的陪伴，他才可以顺利登上官船，可是这李云婷贸然出手，若是伤了这蒙古王爷，这事也就泡汤了。

李云婷越战越勇，打得兴奋，一剑挑了鬼力赤的帽子，扔入水中，又一剑当胸刺来，鬼力赤身后是河水，身前是长剑，当真避无可避、退无可退！

鬼力赤大喝一声"啊"，心知不妙，却被一手拉住，凌空飞起，落在船中央。鬼力赤一摸胸口，衣服已被刺穿，还好未伤到皮肉，登时放心，立即大声喝道："太师，你怎么才来！给我好好教训这个臭娘们儿！"

何富贵急忙上前，拱手道："各位大人请了……"鬼力赤骂道："请个狗屁！先把你小子宰了！"李云婷打得兴起，立即变向，朝救下鬼力赤的阿鲁台刺去，攻势狠厉，快如闪电。阿鲁台赞道："好剑法！"脚步变换，绕着圈子接了李云婷十几招。

胡季犛在一旁冷眼观瞧，仔细观察阿鲁台身手。二十回合后，阿鲁台突然改变步法，出手如风，快如闪电，"当啷"一声，李云婷长剑脱手落地，已然被制住咽喉。这一下迅疾无伦，除了胡季犛，旁人都没看清如何变化。鬼力赤大为兴奋，拍手笑道："太师好身手！不愧是我蒙古大汗请来的绝世高手！这个小妞交给小王，我要慢慢消遣……"

何富贵急忙出来笑道："各位，有些误会……"话未说完，脸上已被鬼力赤重重扇了一巴掌，顿时脸如火烧，热辣生疼。

鬼力赤转向李云婷，狞笑道："小妮子脾气不小，我可先要绑了你……"旁边一人出手阻止道："小王爷，如此硬来，恐怕有失蒙古王爷的体面吧！"正是陈天平。

鬼力赤没好气道："今儿是咋了？我堂堂蒙古王爷干点啥都有人敢管是吧？"陈

天平傲然道：“你是王爷，我就不是王爷了？这艘船还是燕王送给我们安南的呢！你们蒙古躲在北方荒漠，还有什么作为！”

鬼力赤骂道：“好你个交趾小儿！竟敢如此无礼！”出手就要殴打陈天平，陈也不甘示弱，拔剑相迎。胡季犛出来打圆场道：“两位公子何必生气！为了一个江湖女子伤了两国和气，传出去都要让人笑话，传回本国，也要被王上责罚。”

阿鲁台道：“这样吧，先把这女子押下去，严加看管。”蒙古兵士答应一声。胡季犛只好顺水推舟，道：“也好，我安南也出人看护，以防变故。”阿鲁台笑笑，点头答应。

狗剩儿看见兄弟何富贵，心中欢喜，就要叫出声来，却见何富贵连使眼色，示意他不可相认，只好生生把张开的嘴闭上。

阿鲁台刚要换人,听见有人喊停,喝道:“何人插嘴？”何富贵双手被缚,慢慢走出来，道：“此事因我俩而起，其实都是一场误会，诸位都是身份尊贵之人，哪能像街头无赖一般争风吃醋大打出手？话既然已经说开，何不双方放人，我和李姑娘仍在船上为各位充当向导，岂不是好？”

阿鲁台狐疑地看了眼何富贵,又看了下胡季犛。胡季犛与陈天平对视一眼,立即道:“何举人说的是，既然如此，那就解开两位绑缚！”说完示意身边的兵士去解开李云婷和何富贵绑缚。小船上老者喝道：“云婷，还不过来！”

李云婷看他一眼，却没有过去，居然走到何富贵身后，不顾老者几次呼唤。鬼力赤眼见干戈化解，叫骂兵士过来帮他解开绑缚，又让士兵扶着，登上大船。

老者怒道：“云婷，再不过来，休怪师父动用帮规了！”李云婷站出来，大声道：“帮规算什么？有本事你就用家法，像对付我娘一样把我沉了河！”

众人面面相觑，情知二人关系绝非师徒如此简单，但又不好发问。

狗剩儿早就不耐烦，出来道：“老头儿罗里吧嗦个没完，女大不中留……”老者脸色大变，怒道：“谁说她是我女儿……”出手如电，竟向狗剩儿打来！

狗剩儿知道他手段厉害，连滚带爬，急忙躲避，边跑边喊：“师祖爷救命啊！师祖爷救命！”说话之间，身上已经挨了一下，摔在地上，哎哟不止。

阿鲁台拱手道：“这位兄台，想必是沧临派掌门人李炳森了！”老者阴沉着脸，也不回答，一个飞身，到了何富贵面前，厉声道：“她若是有半点差池，我杀你全家！”说完，飞身跃起，落在小船上。船上一个青年吹起哨声，船队快速后撤，井然有序，丝毫不乱。

胡季犛低声道：“运河沧临派，果然名不虚传！”阿鲁台也道：“传说这李炳森隐居多年，江湖上只有他的传说，从未得见真容，想不到你我第一次来到中土，就能得见，实在难得。”

鬼力赤不屑道：“我看这老儿手段也是平常，要不然见了太师也不会吓得撤了。”阿鲁台摇头道：“中土武林高手如云，知道我名头的人却是不多。”

胡季犛笑道：“鲁爷何必过谦，我在南方，也早知道您冠绝西域，辅佐蒙古，功不可没！”阿鲁台摆摆手笑道：“你我不必相互奉承，这中土卧虎藏龙，除了这位李炳森，更有武当开派祖师张三丰，据说已经在世一百八十岁，实在是活神仙了！”

胡季犛点头道：“张真人的名头自然是无人可及，但我听说他已经六十年未在江湖上出现，现在的武当掌门人马建成也只是他的徒孙辈了。”

第四回　学武艺内功外功 首比武少林武当

狗剩儿听见他们夸赞祖师爷，心中得意，插口道："在下不才，学过几招武当功夫。"阿鲁台笑道："哼，武当派什么时候有了逃跑的功夫了？"转身要进船舱。

狗剩儿气恼，抓住阿鲁台道："好你个老头儿，竟敢看不起我武当功夫……"阿鲁台不愿与他纠缠，道："现世的武当功夫，在我手下走不过十招！"

狗剩儿狗脾气上来，天不怕地不怕，叫嚷道："知道你外蛮子厉害，想不到吹牛也是大什么不惭！"从舱里出来的马哈木接口道："大言不惭！"

狗剩儿见杆就爬，大声道："这位蒙古人说的才像句人话。"转向阿鲁台，叫板道，"你这外蛮子，满口大气，却不知道有啥真本事？"

何富贵阻拦道："误会解除，我何某人请各位喝一杯如何？"狗剩儿气急之下，不管不顾，嚷道："喝个屁呀，外蛮子骑在我武当脖子上拉屎，要是不先挣回这面子，我老爹非得从坟里蹦出来骂我！"

阿鲁台本不想与这无赖纠缠，但见他揪住不放，眼见今日不教训他一下难以收场，又想在胡季犛面前立威，免得安南方轻慢蒙古，于是沉声道："小子，你可想好了？"

狗剩儿骂骂咧咧，道："老子打的人比你见的人都多，敢跟武当叫板，先过小爷这一关！"

阿鲁台冷笑道："我刚才说的是现世武当派武功在我手下走不了十招，你小子，三招足矣。"狗剩儿激动之余，依然发扬有便宜就占的风格，接口道："好，那咱就过个三招！"

阿鲁台面无表情，道："拳脚无眼，伤了死了，可要自己承担……"狗剩儿不等他说完，一招"乌云掩月"双臂掼向阿鲁台脑袋。

武当派功法特点是强筋骨、运气功。强调内功修炼，讲究以静制动，以柔克刚，以短胜长，以慢击快、以意运气，以气运身，偏于阴柔，主呼吸，用短手，不主进攻，然而亦不可轻易侵犯，犯则立扑。狗剩儿从老爹处学了皮毛的皮毛，学了招式变化，却完全没有内功修为，自然全不像样。阿鲁台矮身避开，想要绕圈观察，却见狗剩儿乱踢乱打，早就不是武当拳法，而是他赖以成名的"王八拳"了。

阿鲁台又气又笑，喝道："你三招已过，该我出手了！"嘴里说着，右手变为爪形。狗剩儿还未看清，脑袋已被利爪拿住。胡季犛惊呼道："九阴白骨爪！"

何富贵大急，叫道：“太师手下留情！”话音未落，只听“咯吧”一声脆响。

众人看去，狗剩儿兀自站立不动，那阿鲁台却是脸色狰狞，惊疑不定，右手微微颤抖，似乎十分疼痛。

这下大出意外，众人都对这狗剩儿刮目相看。狗剩儿心知师祖爷驾到，心中得意，接着嚷道：“来来来，外蛮子，接着向小爷招呼啊！”

阿鲁台运功恢复，打起精神，围着狗剩儿上下打量。狗剩儿依然站得吊儿郎当，满不在乎，刚要开口相讥，那阿鲁台已经出手，攻势凌厉，罩住全身，直取要害。狗剩儿眼花缭乱，但心想有师祖爷护体，便硬接了这招，孰料，胸口如被雷击，登时仰天吐出一口鲜血，重重落在甲板之上。

阿鲁台一击得手，心中疑虑，也不敢贸然再攻，看着狗剩儿爬了几下，站不起来，才道：“说是三招，怎么两招就认输了？”

胡季犛在一旁暗自心惊，知道自己绝非阿鲁台的对手，幸好先前没有撕破脸皮，于是上前道：“太师果然不愧是西域第一高手！蒙古第一高手！实在是名不虚传！兄弟佩服得紧。”

阿鲁台心中得意，面上不动声色，道：“胡兄何必过谦，适才不过是小试身手，教训这无赖……”眼见对面胡季犛面上露出惊异之色，情知有异，急忙回头，却见那狗剩儿摇摇晃晃站了起来！

阿鲁台看那狗剩儿，嘴角鲜血兀自流淌，身子歪歪扭扭，却愣是站立不倒。蒙古人敬重耿直汉子，一边的马哈木劝道：“算了，算了，两位又没有深仇大恨，何必如此相拼？”何富贵也趁机喊道：“好啦好啦！阿鲁台贵为蒙古太师，在中原打死渔民，也非光彩之事，两位武也比了，气也出了，当下扯平如何？小弟做东……”他不自觉停住，眼见狗剩儿摇摇晃晃又向阿鲁台走去，伸手比划，攻了上去！

阿鲁台杀心已起，心想第一招九阴白骨爪失手，当场出糗，这第三招就还用九阴白骨爪结果这小子性命！于是出手狠辣，再无余地。

众人齐声惊呼，李云婷扭头闭眼不忍再看。何富贵也是心中凄然，却又束手无策，只好借机抱住李云婷安慰。

一声“咯吧”脆响，众人再看，顿时目瞪口呆：狗剩儿兀自站立不倒，阿鲁台却倒在地上，惨叫连连，右手已然变形！

胡季犛拱手朗声道：“尊下手段超凡，可否现身一见？”众人四下环顾，根本没有人踪。

鬼力赤命兵士扶阿鲁台回舱养伤，对狗剩儿又怕又敬，颤声道：“阁下深藏不露，小王得罪了。”说完命令兵士为狗剩儿收拾出单独客舱，以备休息。

胡季犛请狗剩儿、何富贵等人到自己船舱叙话。陈天平跟在李云婷身后，默不作声。

胡季犛亲自为狗剩儿倒茶，笑道：“中原武林深不可测，少侠这样年少，竟有如此武功，实在罕见！”何富贵见他眼神不定，上下打量狗剩儿，心知他嘴上虽如此说，心里定然不信。其实何富贵自己也是捉摸不透，这狗剩儿有几斤几两他是清楚的，但眼见他单单一人就将蒙古太师打伤，实在是百思不得其解。

陈天平吩咐属下叫来随行大夫，为狗剩儿治伤调养。何富贵心下疑惑，暂时按下，又与胡季犛攀谈，隐约猜到安南、蒙古在京师宫里设有内应，所以老皇帝驾崩消息已然传到国外，而国内百姓依然用着洪武年号，毫不知情。想起与燕王大哥的谈话，何富贵心里清楚，朱允炆在抓紧为登基为帝做着万全的准备，接连假借皇爷爷之手，除去了周王等人，只剩下的宁王与燕王，也在逐步控制裁撤中。

何富贵回到客舱，沉默不语，忽然发觉李云婷始终跟在自己左右，不禁笑道：“婷婷，你是舍不得我吗？”李云婷扭过头，狠狠道：“这个讨厌的胡先生说只剩一间客舱，只能……”何富贵心里高兴，嘴上却说：“哦，那我就睡到外面甲板上可好？要不就去兵士舱里凑合一宿？”

李云婷故意道：“好啊，你去吧！”何富贵假意出舱，等着她叫回自己，孰料，迈步出去，她居然一动不动。

何富贵心里懊恼，本以为已经拿下李云婷，岂料，还是高估了自己！心里盘算如何找借口回去，却被一个声音叫住：“哎，还不进来！”正是狗剩儿。

何富贵看看四周无人，闪身进舱，关上门道：“二哥今日好身手啊！”狗剩儿得意一笑，道：“你二哥的名头可不是白给的！”

何富贵也不客气，笑道：“兄弟我想着，今天阿鲁台的九阴白骨爪如何破解，二哥也是丈二和尚摸不着头脑吧？”狗剩儿见他揭穿，也不尴尬，笑道：“哥哥我有神仙保佑，刀枪不入！”何富贵道：“总有你说的。”

狗剩儿又吹几句牛，才说：“哎，三弟，大哥是不是也派你到京师，办大事、搅翻天？”何富贵四下看看，才说道：“二哥，四下耳目众多，此事机密，不可再说。”狗剩儿醒悟，打了自己一巴掌，点头道：“对，对，不能说。”

何富贵低声道：“大哥自然英明神武，可是派你我去京师……”狗剩儿道：“大哥够意思，兄弟们肯定赴汤蹈火，在所不辞呀！”何富贵面色忧虑，半晌才道：“我听大哥话里话外说要派人保护我家，其实，唉！”

狗剩儿不明其理，追问道：“咋了？大哥也说派人去接我老娘，给我娘看病，还派了丫鬟侍候她，我娘一辈子都没享过福，这下可好了。”何富贵沉吟道：“二哥心底良厚，可知……说是照顾老娘，其实也是看住老娘，以防咱有变罢了。”

狗剩儿愣住，急急辩解道：“哪儿的话！三弟你咋能这样想大哥！”何富贵示意他小点声，低声道：“但愿兄弟想多了。你我兄弟，全家性命都系在我俩之手，不能不小心啊！”

狗剩儿道：“大哥交的差事，我一定拼了命去办好，大哥还有啥话说！”何富贵点头道：“三弟我从小考科举，却不愿当官；二哥从来不读书，倒是一块儿当官的料。”

两人正说话，听见舱外脚步轻盈，有人走过。起初两人都没在意，听见此人再次路过。何富贵突然醒悟，将窗户打开一条缝隙，张眼一看，顿时眉开眼笑，又悄悄关上窗户。狗剩儿追问情由，何富贵只是含笑不说。

狗剩儿骂道：“当初结拜时咋说的，有难同当……”何富贵笑道：“这个没法共享，”顿了一下，“二哥，此次咱二人责任重大，干同非常，又身系全家安危，不能不做提防，这样，咱二人也留下暗号密语，以防不测。”狗剩儿虽然不情愿，还是被何富贵强逼着记下了几句暗语。

见狗剩儿勉强记住了，何富贵便急着离开。狗剩儿奇道：“正事说完了，正该好好喝一杯才行！”何富贵正色道：“如今你我重任在肩，怎能胡乱喝酒？喝酒误事，二哥难道不知道吗？”说得狗剩儿无言以对，只好让何富贵离开了。

何富贵疾步走近客舱，放慢脚步，稳稳情绪，嘴角浮上一丝笑意，轻轻道：“婷婷，你睡了吗？”

何富贵走后，客舱只剩狗剩儿一人。他心性本就好热闹，白天勇克强敌，本打算找人大吹特吹，孰料现在空无一人，实在空虚乏味得很，看着桌上的酒，实在是心痒难耐，心道：只喝一碗，喝完就把酒坛封上。结果却是喝了一碗，又喝一碗……这间船舱本就是放酒的所在，狗剩儿酒瘾上来，一口气居然喝了六坛！嘴里兀自说着好酒，沉沉睡去……

狗剩儿看见老娘站在城墙上，兀自迈步向前，急忙大喊道：“娘，娘，你别走了！再走就掉下来了！”老娘似乎听不见，还是往前走，吓得狗剩儿凌空飞起，一把抱住老娘，哭喊道：“娘啊，你老眼睛瞎就算了，耳朵咋还聋了？”

狗剩儿娘说道：“儿啊，娘不能拖累你，你能出去干大事，娘高兴，可不能拖你后腿哩！”狗剩儿哭道：“娘，你说啥哩？有娘的人才能办大事呢！”

狗剩儿娘说：“唉，你跟娘一样，没念过书，不懂大事，你那王爷大哥本不是正宫娘娘亲生，为了做大事，还不是把亲娘舍了……”狗剩儿摇头道：“儿子不信，娘也不要听人瞎说，我大哥待咱家多好，给您老看病，还派人伺候您……”

狗剩儿娘叹息一声道：“娘宁可啥都不要，就要你平平安安就好，你那死鬼老爹在外面为这个救那个，到头来死了都没人理呀！”狗剩儿哭道：“娘，您别生气，害死我爹的仇人我早就打听清楚了，是个大官，等他啥时候走了单，我就送他见阎王，给我爹报仇！”

一个声音喝道：“谁让你回来的？赶快跳！”狗剩儿抬起头，却是模糊一片，什么都看不清楚。那声音又喝道：“老太太，不想让你儿子平安回来了是吧？还不快跳！”

狗剩儿娘打了个激灵，哆哆嗦嗦又往外走，一只脚迈出了城墙，急得狗剩儿大叫，身子却像被定住了一般，动弹不得！

狗剩儿大叫一声坐了起来，嘴巴兀自大张，汗水涔涔流出，心道原来是一场梦啊！还好，还好！突然惊觉不对，自己睡前不是在船舱里喝酒吗？现在怎么躺在一个悬崖之上，冷风吹来，刺骨寒冷。狗剩儿挣扎起身，四处张望，空无一人，心下奇怪，却又茫然不解。

不一会儿，一只大鸟俯冲而下，狗剩儿急忙躲入旁边一棵大树底下，却见大鸟利剑一般直插到底。狗剩儿心下大奇，偷眼一看，大鸟在一处山坎企图啄食一条大蛇。这让狗剩儿好奇心大起，忘了自己身处险境，伸着脑袋看热闹。

大鸟尖嘴锋利，使劲下啄，却被那蛇轻巧避过，大鸟不甘，再次下击，蛇蜿蜒滑动，再次闪开，大鸟在空中来回盘旋，几次下啄，都被蛇轻易闪开，不禁大为着恼，仰天长啸，突然下击，却结结实实啄在石头上，疼得来回摆动，忽闪翅膀，蛇瞅准机会，一击而中，咬在大鸟脖颈，大鸟剧烈扑腾，却又无法脱身，渐渐没了动静。

狗剩儿看得目瞪口呆，想不到这半死不活的蛇居然咬死了威风无比的大鸟，这其中的道理一时实在难以想通，却又好像咂摸出了点什么。

狗剩儿自小到大，从来不读书不想事，想到什么就去干，干了再说，闯了无数的祸事，惹下了无数的麻烦，可是心性如此，难以改正。直到老爹意外惨死，老娘哭瞎双眼，他才稍微收敛，稳重了些，却又不能完全改变习性。看到方才一幕，心念电转，无数个想法涌进脑海，索性躺在地上，仰头望天，晴空万里，闭眼思索，思绪万千。

突然感觉眼前有人，狗剩儿一惊，睁眼一看，却是一名男子站在眼前，灰白头发披散在肩，长长胡须迎风晃动。狗剩儿翻身坐起，喝道：“什么人？竟敢暗算小爷！”

那人笑道：“小兄弟，躺在石头上干什么？想生个小石头？”狗剩儿听他口音，像是辽东人士，没好气道：“小爷本来在喝酒，醒来后却在这儿喝西北风了，真他娘的见鬼了！”

那人微微一笑，唱道：“无根树，花正幽，贪恋荣华谁肯休。浮生事，苦海舟，荡来飘去不自由。无岸无边难泊系，常在鱼龙险处游。肯回首，是岸头，莫待风波坏了舟。”

狗剩儿哪里听得懂，喝道：“哎，能不能说人话？小爷听戏文都比你这个好懂些。”那人兀自继续道：“要知端的通玄路，细玩无根树下花。”狗剩儿不耐烦，伸手吓唬道：“信不信小爷对你不客气！”说着将右手伸出来作势要打，却放不回去了，使了几次劲仍然动不了。

那人笑道：“说了就做，做了再说，小兄弟为何说了不做了？”

狗剩儿情知有异，见他举止轻忽，透着一股说不出的仙气，顿时大叫道：“师祖爷爷，是您老人家吗？狗剩儿孙子不是孙子，得罪您老人家了！”说着连连磕头，右手居然也能动了。

那人静坐一旁，含笑不语。狗剩儿磕了一会儿头，忽然觉得不对，自言自语道：“不对啊，都说师祖爷爷一百八十岁了，这人也就五十岁吧，怎会是师祖爷爷？这小子又占小爷便宜，实在该打！”扬手就要打在那人身上，却又停住不能动弹，喃喃道：“哎，如果不是师祖爷爷，谁又有这番仙气？”来回思量，想破了脑袋，也想不出答案，只好问道，“您老到底是谁？是不是我师祖爷爷张真人？”

那人脸上似笑非笑，高深莫测。狗剩儿终于拜倒在地，道：“师祖爷爷在上，请受小狗剩儿一拜！”

那人笑道：“这回不改了，不怕拜错人了？”狗剩儿摇头道：“错就错了，反正我心里拜的是师祖爷爷就对了。”

那人笑道：“不认字不等于没文化，心细致更可能有开化。你有慧根，不会错的。”狗剩儿似懂非懂，只是点头。

那人道：“你为何拜我？”狗剩儿一怔，才道：“我老爹也是武当弟子，可他没教我多少功夫，以前我在北平大通桥，喝酒打架，没人敢惹，可是出来闯江湖，却没几个能打得过，要不是您老人家暗中帮我，我早就见老爹了！我那瞎眼老娘可就苦了。”

那人微微摇头道：“学武艺，只是为了打架斗狠，这是最要不得的，若是如此，别说学了艺出去打人，从今往后，你就待在这儿，再也休想出去！”

狗剩儿急道：“我不学武艺，遇见坏人可怎么办？”那人摇头道：“你性虽朴拙，人品端正，对父母孝顺，对朋友忠义，对女流尊重，可是你戾气太重，睚眦必报，虽然能够知恩图报，却也会有仇必报，绝非我派传艺之宗旨。”说完起身要走，狗剩儿抱住那人小腿，却抱了个空，心下一惊，更无怀疑，大声道：“师祖爷爷，您说我哪里不好，我改还不行吗？”

狗剩儿脱了衣衫，扔在一旁，赤条条扎定马步，一盏茶时分再次变换，一套十八种步法，同时又练手法，脑子使劲回想那人教的“残、推、援、夺、牵、捺、逼、吸、贴、蹿、圈、插、抛、托、擦、撒、吞、吐”，嘴里念念有词道：“夺字猛如虎，迎风招架中。回身势莫夺，分推气更雄……”

练功期间，山间蚊虫甚多，“嗡嗡”飞来，落在狗剩儿身上脸上，开始狗剩儿完全无法忍耐，蚊虫一来就要驱赶，渐渐地，耐性越来越久，直至最后完全不再理会。

那人见狗剩儿进步神速，又让他到河里静坐，河水漫过头顶，憋气忍耐。狗剩儿自小在运河边长大，水性极好，憋气也是一绝，但在那人看来，都不值一提。更让狗剩儿头大的是，还要记诵什么口诀，“一缩形周身无缝隙，一撒臂通身皆有手”“拉大架犹如铺天盖地，使小式则为仙人变形”，招法怪异，攻守生威，直把狗剩儿练得筋疲力尽。

那人还让狗剩儿运气吐纳，练习什么“阴阳同体”，运功之时，男性特征缩进小腹，外面空无一物。狗剩儿大为惊奇，反复施为，兴奋异常。

这日河水猛涨，在河里睡着的狗剩儿惊醒，正要起身上岸，被一个声音喝止道：“且慢！如要功成，必遭没顶，水淹火燎，忍雨经风。你现在河里，听我言语，尽力操练。武当拳法之打法着眼于劲、打二字。劲有蓄劲、乘劲之别，打有等打、赶打之分。未打之先，蓄劲为主；已打之后，乘劲为佳。开手之始，等打为优；发手之后，赶打为上。”

狗剩儿气闷至极，口鼻完全没入水中，心中奇怪为何这人声音仍能清清楚楚传入耳中？但此时无暇细想，只能拼力施为。

也不知道过了多长时间，河水渐渐退却，狗剩儿露出水面，见旭日东升，清风拂面，心中像有无穷气体炸裂开来，只感到通体舒泰，轻松自在，想着游水上岸，孰料，刚一使劲，已到岸边，腿一弯曲，居然已经上岸！狗剩儿站在岸边，心中又惊又喜，莫不是自己真的已经练成武当神功？老爹若是地下有知，该多高兴啊！

正在欢天喜地，那人却在身后道：“小子，刚刚上道，不用如此激动，武当功夫，重在修为，不可能一朝一夕练成，不过对于一般危险意外，你足可自保。”

狗剩儿脑子电闪，问道：“哎，师祖爷爷，那我爹练了武当功夫，为啥去河里救个人都会遇害？我一直想不通啊！”

那人慢慢往回走，缓缓道：“世间本有许多事，真相虽然重要，却也不复再现。你爹，想来是……你爹师承是谁？”

狗剩儿一愣，自小就知道老爹去过武当，却从未听说他的师父是谁，当下摇头茫然。那人叹口气道："武当俗务我早已不理，你爹我更是从未得见，你若是有心，可以日后详查。不过眼下，我倒有一事相托……"

狗剩儿立即磕头下拜，道："师祖爷爷尽管吩咐，我……"那人轻轻挥手一托，狗剩儿直感到如被定住，拜不下去。那人接着道："既想入我门，以后头就不能乱磕。我已经六十年不曾入世，做的几件事也都是假手他人，六十年前，我传位给大弟子孙碧云，他学艺刻苦，天资也好，而且品质端正。收徒弟看天资，选掌门人却要德才兼备，以德为先。孙碧云自己是德才兼备，单眼光却不太灵光……"

狗剩儿道："您是说……"那人摇头道："兴许我老眼昏花，看走了眼，孩子，万事万物，皆有因果，佛家道家并无不可融合之差异，我本出自少林，更无与少林为敌的道理。"狗剩儿似懂非懂，只能点头答应。那人又道："几十年来，我寻访武当俗家弟子及其子弟，算得上'品质端正，天资尚可'八个字的也只有你了，做老头子的关门弟子，你可愿意？"

狗剩儿大喜过望，急忙下拜，嘴里激动得说不出话来。那人笑道："我退位之时，早已说过不再插手武当俗务，孙碧云在任几十年，武当算得上稳稳当当，可他门下弟子，宵小之徒甚多，为了功名利禄，唉！若是日后真有祸国殃民之徒，你可代为师清理门户，以免危害武林，损害我武当威名。"

狗剩儿听得大概意思，连连点头。那人转身笑道："去吧，你在这山上时日不短，世间俗务等你去料理清楚。教你记的口诀，时时念诵……"

狗剩儿急道："师父，弟子还能回来见你吗？"那人也不回答，扔给狗剩儿一个发簪，道："百日不梳头，逍遥做神仙。这玩意跟了我好多年，各地武当道观住持都该认得，你若有事，可去叨扰他们。"又道，"若是有缘，自会相见；无缘之人，枉自对面。无根树，花正幽，贪恋荣华谁肯休……"人早已消失不见，声音虽小，却也听得清清楚楚。

狗剩儿拜了三拜，起身下山，走了许久，才遇到一位山中樵夫，打听之下，才知道此处乃是武当山。樵夫问他从何而来，狗剩儿刚要吹牛，想起师父教导，立马改口道："我上山找点药材给老娘治病。"

樵夫笑道："人有进步，即已成仙。师祖爷爷的手段，不服不行。"说着迈步进山。狗剩儿见他说话奇怪，不禁好奇心起，追着问道："哎，你是不是……是张真人徒弟啊？怎么说这些？"

樵夫脚下不停，几个拐弯，已经人影皆无。狗剩儿忽然想起，这人有些面熟，好像是在通惠河畔见过，却又不能肯定，心里疑惑，想不清楚。

狗剩儿惦记燕王交付的重任，买了匹快马，昼夜赶路，一刻不停，累了就在马上闭目养神，让马自己缓缓前行，待自己养足了精神继续飞奔。

这天，狗剩儿进了一家酒馆，将马交给伙计后进店坐下，打听近来京师有没有大事发生，伙计们一脸茫然，都说不知，只是端菜上酒。

狗剩儿虽心下奇怪，但因为急着赶路，便没有再问。吃完饭，牵马出来，迎面看到四个僧人匆匆走过，有两人还在窃窃私语，不时偷笑。

狗剩儿小孩心性，好奇心起，于是又将马重新拴好，悄悄跟在那些僧人身后。四名僧人坐定，要了素菜素酒，吃了起来。狗剩儿又要了一碗面条，坐在他们身后偷听。

僧人们开始时只是吃饭，但很快一名僧人忍不住笑道："这下咱们少林可要露脸了，不把武当……"内中一人训斥道："吃饭都堵不住你的臭嘴！"吓得那名僧人赶紧闭嘴吃饭，不再言语。

几个僧人吃完饭，又买了些干粮和水，再次上路。狗剩儿悄悄跟在身后，尾随他们来到一处山坳，此处山林茂密，杂草丛生，极为隐秘。两个小和尚上前，一个牵出一匹马来，另一人使劲从草丛里拖出一个人来，那人手脚被绑，嘴里塞了杂草，兀自瞪眼怒视，嘴里"呜呜"出声，显是极为气愤，大是不服。

一个小和尚骂道："老实点，动都动不了，还猖狂什么！还以为你是威风八面的军爷哩！"为首的和尚喝道："不得无礼！怎么可以对王将军如此轻慢！还不赶紧把王将军扶上马！"

两个小和尚依言将那人扶上马，并将其嘴里的杂草摘了。那人呼呼喘气，骂道："贼秃驴！暗算害人，算什么武林正宗！辱没了少林名声！"

为首的和尚上前，双手合十道："王骥将军心浮气躁，不知道如何带兵指挥？元蒙余孽单靠破口大骂就可以一举平叛吗？"

那王将军道："看来你知道军爷是谁？识相的赶紧放了军爷，可以饶你们不死。"为首的和尚笑道："不知道你是谁，咱们出家人又怎会乱抓人？王将军，打蒙古人，贫僧佩服得紧；可要是跟错了人，就算你有多少军功，都不能安身立命，反倒会落得个家破人亡的下场！"

王将军冷笑道："口口声声出家人，可为何对朝局如此关心？吃斋念佛不才是你们该干的事吗？"那和尚也不生气，笑道："这个不劳你费心，你只要老老实实跟着和尚走，到了京师，面见圣上……"

王将军冷笑道："圣上？那个圣上？"和尚笑道："咱们明人不说暗话，皇太孙有令，捉拿燕王朱棣部将者，重重有赏！”

狗剩儿听了半天，理不出头绪，待听到“燕王朱棣”才恍然大悟，原来这几个和尚都是朱允炆这头儿的，这位王将军倒是燕王的人了。

王将军冷笑道：“王某只是一介武夫，当了几年兵而已，谁给饭吃，就为谁卖命，不知道朝局如何。”和尚笑道：“王将军何必过谦，当年你带兵三千一举击溃敌军五万，名声大噪，为燕王所赏识。我说的可对？”

王将军道：“既然知道，何必再问？”和尚笑道：“你之所以可以以一敌十，靠的不光是智谋韬略，还有你的手艺——火枪火炮，还会改装兵刃，啧啧啧，科举出身的读书人，居然通晓军事，还痴迷火枪改造，现在燕王府的神机营，一半以上的人都是你调教出来的吧？文武双全，实在难得！即便你的武功没有多高明，却也难怪皇太孙把你列为燕王属下第一武将！点名要你，赏金也是最高。”

王将军冷笑道：“王某不才，燕王知遇之恩，不可不报。”和尚笑道：“常言道‘识时务者为俊杰’，眼下皇太孙登基在即，燕王顷刻覆亡，你是皇太孙指名要的人才，当然要弃暗投明，归顺我们了。”

王将军扭过头去，不再理会。和尚也不着急，慢慢讲了朱允炆许诺的诸多优厚条件，并让小和尚送上干粮和水，让王骥在马上吃饭。

狗剩儿心里大急，他虽未读书，却知道一个道理：人性与人心，最是不能考验。只要条件足够好，谁也不敢保证一定忠于谁、背叛谁、离开谁！

和尚正在劝说，忽然看见一个小和尚猝然倒地，心中一惊，耳听得风声掠过，另一个小和尚也已倒地，知道有人偷袭，大喝道：“武当派的人越来越不长进了，什么时候学会暗中偷袭了？”

狗剩儿施施然走出来，笑道：“你这和尚有点眼力，知道小爷的手段。识相的，赶紧滚蛋！”

那和尚对另一人道：“成化，你整天说要代表少林挑战武当，眼下机会来了，这家伙的身手，必是武当年轻一代中的高手，正好与你交手！”那成化喜道：“师兄，你的意思我也是咱少林年轻一代的高手喽？”

师兄笑着点头，道：“那是自然。武当有多可恨，你自然清楚？李彦的手段你可忘了？”成化怒道：“哪里能忘了！哇，我打死你个武当派！”说完，向狗剩儿发疯般冲来。

狗剩儿眼见此人头脑不太灵光，摆明被这师兄利用，自己完全不认识他，却对被其视如仇敌，一边闪避成化刚猛的少林长拳，一边道：“哎，大和尚，你认识我吗？

打架也得有个说法，瞎打乱打，那是最不要脸的流氓打法……”

那师兄在一边挑拨道：“成化，他不仅是武当仇人，还是李彦的弟弟，刚才还在骂你是流氓哩！”

成化更加愤怒，出拳如风，招招致命，完全不像出家人打拳的路数。狗剩儿被逼得连连后退，放在以前，他早就出手打他了，可是经过师父的一番教诲，知道不能有架就打，至少应该话讲分明，可是眼前这成化如发疯一般，攻势不停，自己也被逼得退无可退，心想今日不拿出点手段，只怕难以善了，于是抬手迎面接住成化打出的右拳，顺势一带，想要借力打力，给他个下马威。

孰料这成化天生神力，加上拳法纯熟。狗剩儿初学太极，完全不懂如何糅合运用，接住对方拳头，顿时发觉力道非常，还未运功，就被一拳打飞，落在身后树上，顺势一滑，摔在地上。

狗剩儿不禁大为气馁，想不到苦学狠练，却被这弱智和尚一拳打倒！成化不等他多想，跑来又是一拳，虎虎生风，刚猛十足，直冲面门，避无可避！

狗剩儿忽然想起在悬崖上看到的蛇斗人鸟的情景，立即变换身形，左右扭动，躲开了成化的重拳。少林功夫本就走刚猛一路，少林长拳更是刚猛中的刚猛，而这成化和尚，身高体壮，脑子虽然愚笨，练习功夫却是极为刻苦，在这少林长拳上钻研三十余年，在当今少林同辈当中已经没有对手。

幸好，虽没有招架之功，狗剩儿却将武当阴阳八卦图演绎得出神入化，无论成化如何猛打，始终打不到狗剩儿身上，倒把身边泥土野草打得纷纷乱飞，一会儿功夫，周边一个小沟都打了出来。

那师兄见状，疾步上前，就要来攻狗剩儿。王骥大声道：“小兄弟，小心了……”还没说完嘴巴已被师兄堵住。

狗剩儿听得喊声，知道另一个和尚要过来合击。自己一个和尚都打不过，再来一个必死无疑，只是一味闪躲不是办法，不如……

狗剩儿倏地站起，成化一愣，立即扑了过来。狗剩儿边跑边喊：“傻瓜和尚，敢跟我到里面打过吗？”成化也不说话，满心要逮住他狠揍一顿，见他向里跑去，拔腿便追。

狗剩儿跑进树林，担心成化跟不上，嘴上还在调笑：“和尚拳头厉害，脚却不行，你追不到我！”那成化紧追慢追，不肯放过。进了树林深处，大树小树参差期间，两人都放慢脚步，距离也越来越近。成化一声大喝向前扑来，狗剩儿一个闪身躲了过去，顺势拉住一棵小树，朝着过来的成化一松手，小树飞快打过去，成化满不在乎，挥拳挡格过去，树枝树叶纷纷落下，眼睛不自觉闭了起来，一睁眼，却见狗剩儿已到眼前，登时一惊，待要反击，已然晚了，面门遭了重重一击！

狗剩儿一击得手，心情大振，多日苦练的手法步法全都上了身，围绕成化左冲右突，不时出手。成化大为气恼，明明一拳就可以打倒对方，却被这野草小树搅扰得心情大乱，挨了几次打，愤怒已极，不顾一切全身扑了上去！狗剩儿嘴角一笑，道：“着了！”

第五回　扮太监立获提拔 诉衷肠哄得入港

那师兄见成化冲进树林，心里隐隐约约觉得不妙，但守着王骥，不能离开，听见里面呼喝打斗，心里觉得那人不是师弟对手，自己只要耐心等待即可。孰料，等了半天，里面的呼喝声渐渐息了，仍然不见师弟出来。心下疑惑，自己是大师兄，这次出来本就违抗了方丈命令，只有自己师父一人支持，如果四人出来，却只剩自己一人回去，自然无法交代。想到这里，他将王骥捆在马上，将马拴在树上，向着师弟跑进的方向追了进去。野草茂盛，看不见路，顺着师弟的脚印，他很快追到一处，却又不见两人踪影，不禁喊道："师弟，师弟，你在哪儿？"

四周寂然无声，无人回应。他跃上高树，四下眺望，茫茫野草小树，无从寻找，正在着急，忽然听到一阵"呜呜"之声，他听音辨地，很快飞奔过去，拨开杂草，见到头扎到地里的师弟成化！

但他却不急于救出师弟，而是先四下查看，确定无人埋伏后才伸手将成化拉了出来，心里一惊道：坏了，中计了！

狗剩儿见成化直冲过来，心中一喜，伸腿一绊，野草丛生，成化哪里看得见，登时向前摔去，狗剩儿顺势将成化脑袋使劲前按，扎进泥土当中！跟着师父学了点穴，从未用过，就在这和尚身上试一把，"唰唰唰"点了和尚身上几处大穴。

狗剩儿迅速爬上树，看见那师兄等了一会儿，进到树林寻找。知道得计，便悄悄下来，绕路过去，见到那被绑的王骥，嘘了一声，上前为其解开绳索，拍拍马屁股，让王骥骑马，自己疾奔，沿路飞奔而去。

奔了半天，眼见和尚们再也追赶不上，王骥停了马，向狗剩儿拱手道："兄弟救命之恩，王某永不敢忘！不知英雄尊姓大名，可否见告？"狗剩儿笑道："你一个武将，干吗文绉绉的，我叫狗剩儿，北平人。"

王骥笑道："在下王骥……"狗剩儿笑道："知道，刚才大和尚不是给你一顿猛夸。"王骥笑道："王某何德何能，都是燕王爱才用才……"

狗剩儿笑道："我不怕你笑话，我在通惠河边长大，从来不读书不识字，你是文化人，说那些话我都不爱听。"王骥赔笑道："是王某不对，这就向英雄赔罪，不知……"

狗剩儿道："我叫狗剩儿，打鱼的，运河边的活计我也都干过，不比你军爷威风八面！”王骥翻身下马，单膝跪地，道：“英雄折煞王某了！不瞒您说，王某自幼家境贫寒，从小没了父亲，母亲一个人把我抚养成人……”

狗剩儿听说他也死了老爹，顿时转怒为喜，道：“行了，行了，你也别废话了，看看前面有没有酒馆，请我喝酒就行。”王骥大喜，与狗剩儿并肩前行，一路上说些军中事务，听得狗剩儿十分神往。狗剩儿也把在通惠河畔的“骄人业绩”吹得云山雾罩，天花乱坠，说得王骥连连点头。

两人进了一家酒馆。王骥问道：“现在大乱将起，兄弟如此本事，何不跟我一起从军，为燕王效劳？”依照狗剩儿以往的性子，早就将燕王密令等事开始大吹特吹，但经过一路坎坷，尤其是在武当山练功修行，性子已经大为收敛，只道自己出身低贱，从未找到进身之阶。

王骥笑道：“这可太好了，你救了我的命，以后的前程荣华包在哥哥身上……”正在说笑，酒馆路边尘土飞扬，一排排车队疾驰而过，车驾甚是豪华，马车也有上百辆之多。

王骥看那旗帜，低声道：“宁王到了。”狗剩儿随口问道：“这是打哪儿来的呀？”王骥低声道：“大宁，宁王的封地。”

王骥问道：“兄弟来自北平，自然了解燕王之事了？”狗剩儿佯装不知，故意道：“阎王？阎王爷吗？死了不就都去见他老人家了吗？”

王骥微微摇头，不再说话。店家上来酒菜，二人开始吃喝。狗剩儿本来心存戒心，但是几碗好酒下肚，往日豪气顿生，主动与王骥开怀畅饮，话也多了起来。

王骥也是酒中豪杰，干了一碗，笑道：“兄弟，你还是不拿我当朋友，方今世道，大乱将起，嘴上有个把门儿的倒也好。”狗剩儿心里过意不去，笑道：“大哥说哪里话来，朝廷大事，又和我一个打鱼的有啥关系？我犯得着……”

王骥摆手道：“我刚才说了，英雄莫问出处，当今圣上出身苦不苦？穷不穷？还有比他老人家更穷更苦的人吗？当过和尚，要过饭，家里除了他全都饿死了！可他敢打敢拼，闯了出来，打败张士诚，围剿陈友谅，推翻元末朝廷，为我中华大地恢复大好河山！”

狗剩儿笑道：“皇上那是真龙天子，老天爷、大河神、大菩萨都要保佑他老人家的！”

王骥喝口酒，又道：“燕王，再说燕王爷！也不是从小荣华富贵，锦衣玉食的，他虽出生在应天府，可是当时战况紧急，当今圣上都没来得及看上他一眼，就直奔前线与陈友谅打仗去了！他在中都住了好几年，过过几年苦日子，对咱老百姓的事那是清楚得很。二十岁去了你们北平当藩王，多次带兵，其中就有哥哥我跟着，到塞北与那些元蒙余孽真刀真枪地干，我是亲眼见到这么尊贵的一位王爷，亲自上马，冲锋陷阵，砍掉敌人脑袋，自己也被敌人砍伤，这是一般人能干的吗？是那没出过宫的皇太孙干得了的吗？‘燕王善战，宁王善谋’，不是瞎说的……”

王骥喝了酒，唠唠叨叨，说起来没完。他身穿军服，本就扎眼，又在酒桌上大声说话，引得众人纷纷侧目。狗剩儿心知不妥，于是道：“王将军……”王骥一挥手，道：“什么王将军！你分明还是把我当外人，不当兄弟！哥哥我给你交心，你却……”

狗剩儿笑道：“好，大哥要咋样才算交心？”王骥嚷道：“拜把子！小二，拿香烛摆供品，我要与这位兄弟结拜！”

狗剩儿道：“好，就依大哥。”两人到了后堂关公牌位前，叙了年齿，王骥为兄，狗剩儿为弟，磕头纳拜。

狗剩儿心里苦笑，王骥喝醉酒后的说话做派，倒有自己的几分风采！问了店小二，后院尚有客房，于是给了伙计赏钱，让他们将王骥送到客房休息。

狗剩儿心里思忖，这王骥绝不能落到皇太孙手里，可这宁王车队奔向京师，必有要事，自己也要设法探听消息，告知燕王才好。

想到师父所说，各地道观多有武当派分院，于是向店伙计打听了左近的武当道观，飞驰前去，见了道童，说要见住持，未等道童通报，直接闯入，取出师父发簪，请求住持出手援助。住持半信半疑，犹豫不决。狗剩儿心急火燎，出手讨教。住持和他一交手，就知道眼前此人绝非凡俗，于是立即听命差遣。狗剩儿嘱咐住持亲自到酒馆后院接了王骥，秘密护送到北平城，送到何处、何人接应、如何对接，都一一说了。

狗剩儿出了道观，骑马直奔宁王车队方向，好在车队行动缓慢，追了不久，就远远看见了前方车队的漫天旗帜。狗剩儿下了马，步行跟随。天近擦黑，车队到了驿站，前方传令下马吃饭休息。

狗剩儿趁着夜色，悄悄潜入驿站，见一个太监走到厕所，出手扼住他的咽喉，低声道：“别动……”话未说完，太监软趴趴倒了下来。狗剩儿心中大奇，自己也没使劲，这太监怎会如此不济？难道自己功力又有长进？

他无暇细想，换了太监衣服，匆匆走了出来，还没想好去哪儿，身后一条皮鞭抽过来，响起尖利骂声：“猴崽子！你掉粪坑里了？撒个尿这么半天！”

狗剩儿欲待发作，转念一想，低头道：“我知道错了。”那人是主事太监，掐着腰骂道：“知道错了还不快去！让王爷干等着！”又是一鞭子，还塞过来一个托盘。

狗剩儿接了托盘，慌慌张张就往里走，背上又挨了一鞭子：“他娘的往哪儿走，去前厅！”

狗剩儿心里骂着："好你个死太监！一会儿小爷办完事，就来料理你！"一边端着托盘，进了前厅。

几个女子正在侍候王爷更衣，狗剩儿刚刚呈上托盘，就被一个女子低声斥道："怎么这么慢！？又是新来的？"狗剩儿低着头，"嗯"了一声，站在一旁。

王爷换了衣服，伸手拿茶碗喝了口茶，漱口。狗剩儿见状，立即走过去，用托盘接了王爷吐出的茶水。王爷瞥他一眼，摆手道："都下去吧！"众人答应一声，刚要出去，主事太监慌慌张张跑进来，结结巴巴道："王，王爷，有旨意……"

王爷斥道："慌慌张张，怎么就改不了！天塌下来，还要你个阉货顶着！"主事太监跪下道："王爷，奴才该死！是京师又来了旨意！"

王爷哼道："什么旨意！不就是那小子搞的小动作！一天一道旨意，不就想把我除了，再把老四灭了，他就顺当了！"踢一脚主事太监，"滚起来，接旨。"

传旨太监到了，众人跪下迎接。传旨太监朗声道："奉天承运，皇帝诏曰，特来查问宁王为何领旨后迟迟不来京师？是何居心……"

狗剩儿听着声音耳熟，偷眼一看，竟是在运河上几次差点杀了自己的太监李彦！

王爷脸上阴晴不定，接旨，谢恩，打发主事太监送人。主事太监忙不迭地招呼李彦往外走，嘴里低声唠叨着："李公公到了司礼监，兄弟还没表示……"

狗剩儿站在角落，看见宁王烦躁不安，拿起茶杯，喝了一口，又吐了出来，"啪"地把茶杯摔在地上，骂道："什么狗屁茶叶……"

主事太监赶了回来，赶紧斥责端茶的侍女，让她们换了一杯，自己夸张地吹着，赔笑道："王爷，这个应该不烫了……"双手递上，满脸谄笑。

王爷接过茶杯，却不喝茶，也不说话，冷冷盯着主事太监，主事太监吓得赶紧跪在地上，使劲磕头，头上的汗也随着磕头溅了出来。

狗剩儿低声对侍女说："换茶叶来！"侍女们赶紧下去换茶，还没走出前厅，只听身后一声惨叫，主事太监已经倒在地上，胸口鲜血涔涔流出。宁王手里握剑，脸上似笑非笑。吓得侍女们尖叫一声，随即使劲憋住，跪下来，瑟瑟发抖。

王爷让驿站的人打扫干净，向狗剩儿看了眼，踱出前厅，去了主客房。

狗剩儿也不知道这位残暴王爷葫芦里卖的什么药，但觉得自己有武功在身，也不害怕，随着跟了进去。

刚进屋站定，王爷慢慢走过来，冷冷看着狗剩儿，也不说话，突然抬起一脚，踹向狗剩儿裆部！

这下变起仓促，狗剩儿不自觉地运气防御，"阴阳同体"附身！王爷踢了个空，却轻笑道："哼，好歹是个真太监。"狗剩儿脑子极速旋转，也想不明白这位王爷打的什么主意。

王爷转回身，问道："你叫什么名字？家是哪儿的？"狗剩儿一怔，旋即答道："奴才叫狗剩儿，生在北平，十岁时跟着爹娘逃难到了大宁，后来爹娘都饿死了，我就阉了自己，进了王府。"

王爷笑道："好，主事的死了，以后你就是主事太监！"狗剩儿几乎不相信自己的耳朵，什么情况？这就升官了？这宁王爷到底咋想的？

王爷冷笑道："你还不谢恩？"狗剩儿赶紧跪下谢恩，兀自大惑不解。

宁王接过侍女新沏的茶，喝了一口，冷笑道："小王虽然杀人无数，砍个太监就跟捏死只蚂蚁一样，可是我也从不无故杀人。这个张璇林，当我的主事太监不到两年，上上下下上百个太监，全换成了他的人！他觉得我粗枝大叶，不在意这些小事，是不是？以为自己做得多高明！我细查之下，这个狗东西居然勾结宫中太监李彦，图谋不轨，你说该不该杀？"

狗剩儿心中恍然，磕头道："吃里扒外的玩意，实在该死！"宁王沉吟道："明日到了京师，一旦进宫，定是凶多吉少；可若不去，正好授人以柄，抗旨不遵，不但王位不保，估计全家老小都要……"

狗剩儿道："王爷难处，做奴才的不大懂，可是王爷去哪儿，奴才陪着去哪儿，上刀山、下油锅，绝没有二话！"这些话他在戏文里见的多了，张嘴就来。

宁王笑道："树倒猢狲散，不管真心假意，你有这份儿心，本王记住了。"

第二天，车队启程，狗剩儿随在宁王车驾跟前。底下侍从都不认识狗剩儿，但见他如此受宠，不仅未加盘问，反都过来巴结近乎，云公公长、云公公短地叫得极是亲热。

宁王车驾到了京师城外，派人前去通报。很快传来旨意，说今日已晚，让宁王暂时住在十王府。

狗剩儿不明其理，问一个身边太监怎么回事。那太监道："本朝王爷成年后都要去封地就藩，没有成年、没有封号的小王爷都是集体住在十王府。而且本朝王爷没有奉旨不得进京，私自进京会被冠以谋反罪名的！"

到了十王府，安排已定。狗剩儿伺候宁王更衣。宁王似乎心事重重，阴沉着脸，一言不发。众侍女小心伺候，大气也不敢出。更完衣服，宁王一挥手，众人如蒙大赦，都悄悄退了出去。

狗剩儿刚要迈步，却被宁王叫住："哎，狗剩儿，你这什么破名字！本王给你改个名字……"狗剩儿心里不服，嘴里谢恩道："多谢王爷赐名。"宁王略一沉吟，叹道：

“我这次南来京师，也不知道能否平安回去，你就叫北归吧！”狗剩儿心里暗骂：“你才乌龟哩！凭什么把你狗爷叫什么龟！”

宁王见他不说话，喝道：“你小子不愿意？你是北平人，来这京师有啥好的？还不想早点回去？”狗剩儿这才明白，磕头道：“云北归，云北归，小的这才有了大名，谢王爷赐名！”

宁王喃喃道：“也不知她现在怎样了？”云北归壮着胆子问道：“王爷是说谁？”宁王霍地站起，恨恨道：“明日进宫能不能活着出来都是未知，今晚一定要再见她一面！北归，换上便服，跟我出去一趟！”

云北归心里纳闷，堂堂一位王爷，为何天黑换衣服出门？而且不带禁军、不走正门走后门，还命令撤了后门看守？心知此事一定不简单，虽然心中打鼓，但又很兴奋。

宁王一身富家公子打扮，坐在一顶轿子内，云北归紧紧跟在轿子旁边。一行人行色匆匆，很快到了一条河边，河水潺潺，人声鼎沸，好不热闹。

宁王下了轿子，示意众人退了。众轿夫显然熟门熟路，很快便隐没不见。宁王看着这繁华景象，摇头道：“千算万算，还是老爷子说了算！可惜这繁华京师，可惜……”嘴里说着，迈步进了一个花楼。北归虽然不认得花楼的名字，却猜得出这是一家妓院，看这排场，也是这河边最大最贵的了。狗剩儿在北平时虽然不曾光顾过杏林苑，却听那些流氓地痞时时说起，好像那里的姑娘谁都可以抱、谁都可以如何如何，他心里虽然好奇，但是碍着杉杉，哪里敢去光顾？

走到大厅，老鸨迎面走来，笑道：“哎呦喂，十七公子你可想死奴家了！”手帕夹着一股脂粉气，扑在宁王身上。宁王一脸嫌恶，伸手拿出一张银票，摔在老鸨胸前，低声喝道：“顶楼如香阁，丽华姑娘，其余一概不要！”

老鸨一怔，旋即笑道：“十七公子果然出手不凡，可是丽华姑娘正有客人……”北归上前骂道：“要谁来谁就得来，废什么话啊！”宁王一摆手，道：“我就去如香阁等，半个时辰我要见到丽华姑娘！要是见不到，你这秦淮坊也就开到头了！”说完转身上楼，北归吓唬老鸨道：“听见没有？再不快点，小爷一把火把你这破楼烧了！”

宁王在前大步前行，云北归紧紧跟着，到了顶楼，七拐八拐后停在了一间房门前。云北归急忙打开门，请宁王进去，然后喊人过来侍候。慌慌张张来了两个侍女，忙着收拾房间，端茶倒水。

云北归对侍女们骂道：“快点让丽华姑娘过来，不知道贵客到了吗！”

侍女一边收拾，一边应道：“是，是，十七公子是贵客，我们都知道，可，可……”云北归骂道：“可什么？”

侍女结结巴巴道："今，今……今天，有几……几拨客人为了丽华姑娘已经打了一场……她现在……现在有，有客人。"宁王听罢，将刚放在桌上的茶杯摔在地上。

侍女们吓得跪下道："十七爷是贵客，如香阁是秦淮坊最好最贵的房间，平常也不给客人用的，奴婢都知道，可……"云北归眼见宁王眼里露出杀意，急忙一把揪住侍女喝道："少废话，丽华姑娘现在在哪儿？"

侍女结结巴巴说了半天也说不明白，云北归等不及，让她起身带路，两人顺着楼梯一路下走，七拐八拐，到了一处地下暗室，侍女指着里面，低声道："丽华姑娘就在最靠里的房间，这是要紧地方，奴婢可不敢闯进去的。"

云北归放了那侍女，自己信步进去，一路阴森潮湿，越走越亮，很快到了一个房间门口，正要进去，忽听得里面"当啷"一声，接着是人的喊叫声。

云北归心知有异，便没急着进去，自己的"武当神功"时灵时不灵，实在难有把握，于是出得暗室，到了大厅，四下寻摸，看见一个伙计提着水壶送水，立即喊道："哎，你过来！"

那伙计斜了一眼云北归，也不理睬，径直要走。云北归急了，疾步奔到对面，扬手一个耳光打在他脸上，喝道："大爷叫你，你耳朵聋了？"

那伙计刚要发作，却见一张银票打在自己脸上，立即摸着脸赔笑道："大爷您说的对，小的真是耳朵塞驴毛了，塞了好多……"

云北归拉住伙计肩膀，低声道："小子，我屋里的姑娘脾气不小，有啥办法没有？"伙计一梗脖子，道："大爷您说的是哪屋的姑娘？小的这就帮你收拾她！"

云北归笑道："来硬的没意思，我……"伙计心领神会，笑道："小的明白，小的给你拿包药，放进酒里，保管让您做回神仙……"云北归压低声音道："这个来些，还有，有没有那个……"

云北归再到地下暗室外，听见里面没有声音，心下起疑，便沾湿了窗户纸轻轻捅开，拿出一个竹筒，伸了进去。

须臾，云北归推门进去，见是一个大套间，外屋一片狼藉，进得里屋，先看见一个青衣姑娘倒在地上，对面桌旁似乎是个男子，琵琶台前趴着另一名白衣女子。

云北归心里骂道："这帮有钱人，有钱了就喝花酒，什么东西！"快步走到琵琶台前，扶起那位姑娘，扫眼一看，顿觉喉头哽住，那女子虽然双眼紧闭，昏迷不醒，脸上也无光彩可言，但单凭五官位置，就知道是个大美人无疑。云北归不及细想，便架起她急急往外走。

走到桌旁，云北归玩心又起，向那昏迷男子踢了一脚，心里骂道："有钱烧的……"

那男子“扑通”倒在地上，仰面向天。云北归扫了一眼，顿时愣住，此人却是结义兄弟何富贵！云北归急忙放下琵琶女子，将何富贵扶到椅子上，喊了几声，兀自未醒。云北归再看那青衣女子，正是沧临派女弟子李云婷！

何富贵离开狗剩儿船舱，回到自己舱门外，嘴角浮起笑容，低声道：“婷婷，睡了吗？”里面寂然无声。何富贵轻笑一下，假装迈步离开，听到里面有了动静，心中得意，迈步进去。

烛火摇曳，闻香醉人。

何富贵走近床边，笑道：“婷婷，小生担心你夜里害怕，我便回来了……”话音未落，一柄长剑架在自己脖子上！

何富贵赔笑道：“婷婷，何必动刀动枪！漫漫长夜，你我共饮一杯如何？”李云婷冷着脸，道：“谁要你陪，还不去你的甲板上睡觉？”

何富贵慢慢移开长剑，笑道：“我在甲板上本来睡得好好的，可是三番五次老是有人过来偷看……”李云婷又要举剑，却被他一把抱住，刚要挣脱，听得他说：“婷婷，婷婷，你一定不知道你有多累！”

李云婷挣开，喝问道：“你说什么？”何富贵认真道：“你在船上走了两趟，可你在我心里走了无数趟。”李云婷羞红了脸，啐道：“不要脸！”何富贵接口道：“我不要脸，只要和你在一起。”

李云婷别过脸，低声骂道：“再敢胡说，我……”何富贵趁热打铁，笑道：“你的声音有多好听，连船上的铁锚都要融化了；你生气时有多美，我不喝酒都要沉醉……”

何富贵软语甜美，肉麻多情，哄得李云婷再急的脾气也恢复了小女儿情态。

船舱里软玉温香，春色旖旎。

李云婷靠在何富贵身上，低声讲了自己的身世。

沧临派起源于元末，起初是大运河沿线渔民的自发组织，为的是统一客航和货航的价码，避免恶性竞争，后来组织发展壮大，渐渐成为江湖上的一支不可小觑的力量，总舵有两处，分别设在沧州和临清。第三代帮主李炳森武艺极高，却生性孤僻，御下极严。大弟子萧德志一次犯错，本想一逃了之，最后却带着表妹去见师父，说表妹愿意嫁给师父为妾。李炳森中年无后，眼见丁秀丽姿色俏丽，于是答应下来。丁秀丽过门不久，就为李炳森生下了一个女儿。李炳森大喜，为其取名李云婷，自此之后，对江湖事务不再过问，帮中杂事大都交给萧德志管理，自己过起了退隐生活。

女儿李云婷渐渐长大，出落得极为水灵，武功也很不错。李炳森本来非常高兴，可是一次无意间听到下人们闲话，说大徒弟萧德志与小妾丁秀丽根本不是什么表兄妹！他们言语窃笑之间，似乎萧丁二人竟有奸情！李炳森怒极之下，当场打死几个下人，还命人传萧德志过来问话。萧德志经营帮中事务日久，早将李炳森身边人买通，一得消息，立即携款潜逃。

李炳森暴怒之余，不管女儿李云婷如何苦苦哀求，将丁秀丽以家法处置，沉入运河溺毙，女儿大闹一场，离家出走。

李炳森设坛作法三日，沧临派上下如履薄冰，战战兢兢，却也半信半疑什么运河巫术。第四天一早，果然有人发现萧德志惨死在运河石兽旁，浑身上下，一丝不挂，头发蓬乱，跪向师父家门方向。自此之后，帮中民众无不敬畏。

何富贵听了讲述，安慰道："长辈的事，我们也插不上手，不过以后你有了我，也就不愁了。"李云婷捶了他一拳，哭道："人家哭得伤心，你却还要取笑！"

何富贵正要开口，听见外面一个声音道："何公子，您起来了吗？"

何富贵听出是胡季犛，答应道："胡先生，有何见教？"

胡季犛道："确有要事相商，何公子能否出来一见？"

何富贵不疑有他，示意李云婷躲入帐中，自己起身开了门，还未问话，就见胡季犛带着几个人闯了进来。何富贵急道："各位为何如此行事？此是本举人私处，你们……"还未说完，身子已被两个兵士架住。

冲在最前面的就是陈天平。他撩开帐子，只看一眼，便怔在当场。胡季犛走过来，拍了拍他肩膀，叹道："小王爷，我早就跟你说过，自古女人多水性杨花之辈，你贵为王子，何愁以后后宫佳丽……"

陈天平失魂落魄，踉跄走了出去。胡季犛走到何富贵身边，抬手道："何公子，得罪了，老夫为了爱徒前程和安南江山社稷，不得不出此下策，还望见谅。"

何富贵冷冷道："江湖人心险恶，何某今日才知。昨日胡先生谦谦君子，今日却为何如此行事？算得上是君子所为吗？"

胡季犛朗声道："胡某久居安南，醉心武学，无意什么中土儒家经典，自然算不上什么君子，而阁下，身为天朝举人，居然勾引未婚良家女子，行止不端，不知道又算得上什么君子！"

何富贵一时语塞，急道："男女欢好，你情我愿，有何不可？"胡季犛拱手道："如此，领教了！"转身出门而去。

何富贵嘴上着急，心里却甚是得意，看胡季犛走了，嘴里哼着小曲去看李云婷，孰料，一把长剑"唰"地架在脖子上，剑往下压，力道非常！

何富贵顺势跪在地上，道：“婷婷，好好的，这是干什么？”李云婷气红了脸，冷冷道：“我一世清白，毁在你手！我先杀了你，再将船上的人杀个干净！然后我再自行了断！”

何富贵一梗脖子，闭目道：“对，你杀吧，杀吧，千错万错都是我一个人的错！”李云婷一愣，旋即道：“你少来花言巧语，今日一定不能放了你！”

何富贵流泪道：“那个胡季犛说得对，枉我读了这么多年圣贤书，见到婷婷你仍然不能把持住……”李云婷气道：“你住口！”手上使劲，剑刃划破何富贵脖子，鲜血流出。

何富贵心里害怕至极，但知道此时一句话说不对，小命必会当场报销，要装就装到底，当下仰头哈哈大笑。

李云婷气急，喝道：“你还敢笑？”何富贵表情肃然，摇头道：“俗话说‘龙生龙，凤生凤，老鼠的孩子会打洞’，当娘的糊涂，怨不得女儿也跟着糊涂！”

李云婷柳眉倒竖，喝道：“你敢骂我娘！”说着就要抽剑刺落！

何富贵摇头道：“娘死得冤，太冤了！”说完摆出一副低头就死的模样。

李云婷问道：“你说什么胡话？”何富贵摇头道：“糊涂人偏要说别人说胡话，可笑啊可笑！”

李云婷急脾气，那里等得了，喝道：“你说不说？”何富贵这才道：“我是可怜你娘死得冤，你，唉！年纪轻轻，想不通其中的道理。”

李云婷一怔，问道：“你说什么？”何富贵道：“看你的容貌，可以想见你娘自然也是花容月貌、绝世无双了！”李云婷举起的剑一挺，道：“关你什么事？”

何富贵缓缓道：“不关我事，却关你的事。从你告诉我的你娘的经历来看，你娘落难的时候，遇到萧德志，以身相许，本无不通之理……”李云婷沉默不语。萧德志仪表堂堂，在沧临派算得上是头号俊杰，娘当年遇到他，即使不是自己被他搭救，恐怕也会芳心暗许。

何富贵眼见奏效，继续道：“成人男女，两情相悦，一见钟情，有何不妥？我未婚你未嫁，郎才女貌，到那里都说得通！”李云婷一言不发，死死盯着何富贵，眼里流出泪来。

何富贵接着道：“你娘从了萧德志……”李云婷打断道：“胡说！胡说！不要说了！”何富贵站起身，道：“好好，就算你娘没有跟他，你是你娘跟李炳……帮主生的，那又如何？你娘后来与他不也有……”

李云婷蓦地惊觉，喝道：“谁让你起来的！跪下！”

何富贵依言跪下，兀自镇定道：“即便你娘红杏出墙，那也不能沉河淹死！大丈夫生于天地，怎么可以对与自己相守十几年的女人如此狠心！我何富贵纵然不才，也绝不会如此对你！”

李云婷抛了剑，掩面痛哭。何富贵心中窃喜，起身抱住她，软语安慰道：“好了，好了，刚才不是说的好好的，以后你就是我的人了，也不用回什么沧临派了，都怪这些南蛮子，闯进来坏咱们好事……”

李云婷捶着何富贵胸口哭道：“都怪你，都怪你，让人家都看见了，我以后还怎么见人……”

何富贵笑道：“你不想见人，咱就不见，你说怎样就怎样，好不好？”李云婷眨巴着大眼睛道：“嗯，要不到了下个码头，咱们就下船，找个去处，再也不见这帮南蛮子了好不好？”

何富贵轻轻揽过她，劝道：“好，好，咱们和他们非亲非故，到了地方自然就要分开，不过……”低声耳语了几句。李云婷一惊道：“这，真的假的？”

何富贵神秘一笑道：“婷婷，我什么时候骗过你啊？所以，这船咱们还是要坐几天，待我有了交代，咱们即刻下船如何？”李云婷嘟囔道：“我本就没了家，没有地方去……”

何富贵笑道：“好啦，好啦，总之以后我去哪里都带着你，好不好？现在，我要去外面找他们算账，谁让他们闯进来坏咱们好事，你去不去？”

刚才豪情万丈、义愤填膺的李女侠此时已经泄了气，嗫嚅道：“被他们撞破，他们会不会笑话我，说我轻浮……”何富贵故意道：“他们敢！我去会会他们！”

何富贵出了舱，心中得意，人逢喜事精神爽，何况身体也爽了。到了大客舱，正见胡季犛师徒叙话，马哈木与鬼力赤一边喝酒，一边叽里咕噜争辩什么。

何富贵向众人一拱手道：“各位请了！”胡季犛向他一拱手，算是回礼，其余众人并未理他。何富贵自觉没趣，但他擅长的就是没趣找趣，于是朗声道：“昨儿我可听说有人打赌没赌完，中原有句俗话叫‘打赌没赌完，急死活神仙’，不知道打赌的有没有各位？”

鬼力赤笑道：“小兄弟说话风趣，也说得在理，昨天本来说好的，到了应天府，就能见到大美人范丽华了，我们在漠北苦寒之地，也早知道她的名声！”

何富贵胡诌道：“我可听说这范丽华并非江南女子，而是在北平长大，心里对燕王爷倒是仰慕得紧哩。”

众人都是一愣，互相对视一眼。胡季犛道：“哦，这可没听说，何公子的意思是，这范丽华……支持燕王？”

何富贵打哈哈道：“哪里哪里，小生也是道听途说，做不得数，如此，小生下一个码头就要下船，在此向各位话别，叨扰一日，承情了！”拱拱手，出了大客舱。

何富贵慢慢踱步，心里默数：“一二三……”数不到五，鬼力赤出来嚷道：“哎，小兄弟，何必着急走嘛！看你知道的倒不少，何不一同前往应天府，要个痛快！”

何富贵低声道：“王爷，可否借一步说话。”鬼力赤一怔，领着何富贵去了自己客舱。

到了客舱，何富贵拱手道：“王爷雄才大略，以后自然要继承蒙古大统，成就一代大汗之雄图霸业！”鬼力赤笑道：“小兄弟说得好听，不过我们蒙古人一向看重实际，不讲究说话中听。”嘴上如此说，嘴角倒是咧开了。

第六回　风流才子显身手 第一美人酿醋波

何富贵道："明人不说暗话，跟大汗直说了吧。燕王爷一旦与皇太孙开战，王爷会支持谁？"

鬼力赤一怔，道："你，我，为什么这么问我？"何富贵一反常态，目光炯炯，道："燕王爷自小生于军旅，长于马上，几十年都在行军打仗，最不怕的就是与人开战，你说，他会怕一个在后宫里长大的毛头小子吗？"

鬼力赤挠挠头道："不会，应该不会吧，不过，我们见朱棣时，他疯疯癫癫，说话……"何富贵一笑，道："你们蒙古人善于打仗，难道不知道'兵不厌诈'的道理，我说个你能听懂的，狼要吃羊，它会一直亮着狼牙吗？"

鬼力赤恍然大悟道："哦，我明白了，装疯卖傻，然后突然袭击，就——"右手一握，做个拿住的动作。何富贵赞道："王爷英明，"又压低声音，"现在，燕王爷联合了宁王、安南等方面，聚集各方力量，只等时机成熟，就会对应天府发动攻击，一击必中！"

鬼力赤奇道："朱棣明明同时会见了我们蒙古和安南特使，为啥只联合了安南，不来联合我们？是不是小瞧我们？哼！"何富贵笑道："哪里，王爷想多了，燕王爷只是觉得他和你们打了多年仗，觉得要提联合，怕你们不答应不是。"

鬼力赤笑道："哦，中原人就是死要面子活什么？"何富贵接口道："死要面子活受罪！王爷说得对。燕王爷一时拉不下脸来跟您提，所以派小人过来，知会您一声。"

鬼力赤道："这等大事，我还要回去和大汗商量一下，还有闷葫芦马哈木。"何富贵点头道："正该如此，"压低声音，"燕王爷亲口允诺，若是蒙古愿意出兵相助——只需出兵，不必参与打仗，他日燕王爷一旦登基，必厚厚优待蒙古，更会将什么范丽华赏赐给有功之人。"鬼力赤又惊又喜，兀自犹疑道："真有这事？"何富贵认真点头，表情郑重，道："可是，若是蒙古执意和皇太孙交好，燕王爷的手段，王爷也是知道的。"

两人又说了几句，何富贵这才走了。

何富贵出了门，鬼力赤道："太师，您怎么看？"阿鲁台从屏风后走出来，手上缠着绷带，神色已经恢复如常，冷冷道："装神弄鬼，故弄玄虚。"

何富贵施施然往回走，看见过来的胡季犛，笑着拱手道："胡先生，小生正要过去道谢，您却亲自来了。"

到了安南客舱，胡季犛开门见山，问道："我早知何公子绝非等闲，想来是燕王爷的特使了？”何富贵不置可否，笑道：“中原人夜郎自大，没有‘人外有人天外有天’的敬畏心，殊不知所谓交趾小儿也有见识超凡之人。”

胡季犛冷冷道：“何公子不必再兜圈子，我不是鬼力赤这种酒色之辈，还请阁下有话直说！”何富贵道：“好，小生直说了。燕王爷希望战事一起，安南可以出兵相助——只需出兵，不必打仗。”

胡季犛半信半疑，道：“出兵相助，于我安南方有何利益？”何富贵笑道：“利益有两种，一种是受实惠，另一种是不损害。受实惠的可以以后再说，不损害可是近在眼前。”

胡季犛道：“你的意思是，如果我们不出兵，燕王日后……”何富贵冷笑道：“‘燕王善战，宁王善谋’，这句话不知传到安南没有？”胡季犛沉思不语。何富贵瞥一眼里舱，笑道：“胡先生不需要和小王爷商议一下吗？”

胡季犛半晌不语，最后道：“请阁下回禀燕王，安南方至少可以做到不会帮助皇太孙，这也是我们诚意的底线，至于出兵与否，还需请示国王定夺。”

何富贵笑道：“如此有劳了。”拱手告辞。

何富贵出得安南客舱，心里满意至极：早先他与燕王商议，若有蒙古、安南方面联合夹击，自然是好上加好；只要他们不明确支持朱允炆，燕王就会减少很大压力。

船到淮安，何富贵携了李云婷，在船头与众人作别。阿鲁台与陈天平未曾出来——一个手上有伤，一个心里有伤。

何富贵雇了一条画舫，与李云婷热恋腻乎，羡煞旁人。

不几日，靠近京师，沿途的盘查愈加紧密。何富贵两人弃舟登岸，买了马匹，骑驰而行。到得一家酒馆，将马交给伙计，去楼上点菜，相对就座。何富贵忽然压低声音道：“婷婷，别声张。”李云婷不明就里，定住不动，却被何富贵狠狠亲了一口，不禁飞红了脸，几乎就要拔剑，喝道：“你，你……”

却见何富贵急使眼色，示意她坐下。李云婷不再上当，哼哼道：“你再敢随意轻薄，我必，必不能饶你！”何富贵压低声音道：“婷婷，不要回头，你身后隔两桌那几个人跟了咱们半天了。”

李云婷吃了一惊，又要站起来拔剑，却被何富贵拦住道：“哎，婷婷，不要动不动就拔剑，是敌是友，还不清楚。我刚才试了一下，就想看看他们是皇太孙的人，还是燕王的人，再或者是……”

李云婷一瞪眼，道：“再或者什么？”何富贵叹道：“看来这个‘再或者’才是对的——他们是你父亲的人。”

何富贵话音未落，李云婷已经起身过去，何富贵拦都没拦住，只好坐等看戏。

李云婷疾步走到那桌人面前，喝道：“我爹派你们来的？胆子不小哇！”

那几人面露尴尬，对视几眼，为首的道：“大小姐，我等是帮主派来保护您的……”李云婷质问道：“我怎么从来没见过你们几个？”那为首的讪讪道：“我等是临清分舵的。”李云婷“唰”地拔出长剑，磕在桌上，喝道：“他杀了我娘，我与他已经不是父女，你们几个趁早回去，若再跟着，休怪姑娘我下手不留情！”说完手上再一使劲，桌子被劈为两半，碗筷杯碟纷纷落地。

李云婷坐回座位，长剑回鞘，脸露得色。何富贵低声道：“李女侠，姑奶奶，你看看店里的客人都被你吓跑了！”李云婷哼了一声，道：“他们走关我什么事？”何富贵道：“我跟你说过，我此行是带着任务的，可你……”

李云婷不管不顾，道：“那又怎样？你带着任务，我就得老老实实做缩头乌龟啊！”何富贵无可奈何，摇头道：“唉，如此行事，哪有什么秘密可言！”李云婷柳眉倒竖，冷冷道：“嫌我碍事？本姑娘也不伺候了！”说完拿起长剑，扬长而去。

何富贵本要叫住她，可转念一想，京师近在眼前，朝廷密探众多，凭这大小姐的行事做派，自己肯定什么事都做不成，眼见跟踪的那几人还在前边路口张望，心中一动，立即走了出去。

何富贵与那为首之人说了几句，转身去了马棚，却见自己的马已经不知去向，问了伙计，说是已被一个姑娘都牵走了。何富贵赶紧出去一看，却发现李云婷已不知去向，从夕阳下扬起尘土的方向判断，应该是去京师了。

何富贵叹口气，苦笑摇头，只好给伙计一些银两，让他再去买了一匹马。

何富贵到京师时已是半夜时分。他以前来京师参加过几次科考，算得上是轻车熟路，很快就找到了一家旅店安顿休息。

第二天日上三竿何富贵才起床出门，四处闲逛，见到了许多稀奇玩意，心里叹道：以前来京师，每次都是考试考试再考试，最后竟还没考中，一次也没好好逛过街市，京师毕竟是京师，如此多的稀罕玩意，倒可以运些回到北平去卖。他心道，自己平白无故，很难探听什么消息，莫如傍晚去秦淮坊，据说那儿达官贵族很是密集，正是交换消息的好去处。眼下闲着也是闲着，何富贵商人基因作祟，一口气订了许多货物，并联系漕运即刻发往北平老爹的货栈。

天色已近傍晚，何富贵诸事办妥，溜溜达达去了秦淮河边。夜色中的秦淮河，灯光初上，华灯倒映在水里，呈现出五彩斑斓的奇妙景致，来往的画舫间或穿插，钩织出一片繁华景象。

何富贵心道：“老皇帝驾崩，百姓无知无觉，依然过着神仙般的日子。”信步走去，情不自禁吟道：“江南佳丽地，金陵帝王州……”

话音未落，河边响起一片喧哗，很多兵士忙着驱赶行人，后面一排排车队扬长而过。何富贵问一路人道：“劳驾，刚刚过去的是何人？车驾排场如此之大？”

那人道：“宁王，要不就是燕王！”何富贵一想，可不是嘛，如此车驾排场必是藩王无疑，而其余藩王都已经被裁撤，只有燕王和宁王仍在死撑。

何富贵信步去了秦淮坊。

虽然之前去过秦淮坊几次，却从未见到名动京师乃至名满天下的名妓范丽华，据说见她一面，富贵人家都要提前三个月排号，定时打发人送去花篮果品，不时打点老鸨、龟公，若是一切顺利，三个月后才能登上秦淮坊顶楼，和一大帮人坐在外屋听范丽华姑娘在里屋弹一曲琵琶。如果再下血本，才可以进得里屋，得见一面，当然，丽华姑娘坐在琵琶台，客人只能坐在下首，距离少说也有八丈远。近几年据说范丽华已被皇亲包养，平素权贵富贾想要亲近已难上加难，更不要说一亲芳泽，那不仅要背景深厚、花钱如海，同时也得看自己的造化……

何富贵心里想着，人已到秦淮坊楼下。洪武帝严禁官员狎妓，但是“上有政策，下有对策”，官员如有需要，可以化装前来，或是派人来接，所以这秦淮坊正是官员及其下属流动密集之所在。何富贵掂量怀里的银票，顿觉囊中羞涩，父亲苦心经营，算得上家有余财，但是一到这繁华京师，立即降为穷人。

何富贵抬脚进门，老鸨春风满面迎出来，笑道：“哎呦，公子您可好长时间没来了，可想死奴家了！”何富贵笑道：“妈妈你好，春芳姑娘可有空？”

老鸨提高嗓音道：“春芳姑娘，出来接客人！西楼春华厅！”

前年科举，何富贵第一次来到京师，本来踌躇满志，满以为可以轻轻松松中个进士回去交差，然而最后却名落孙山，打击着实不小。

他心情愁闷间，约着几个同学去了传说中的秦淮坊，接待他的就是这位春芳。当时的何富贵“含苞待放”，嘴上胡言乱语，却笨手笨脚，见了春芳豪放的举止打扮，顿时吓得傻了！慌里慌张就要迈步出门。春芳好不容易等来一个客户，而且看起来细皮嫩肉、白白净净，哪肯放过！嘴里哄骗说喝几杯酒就让他走，暗里却下了迷药。

何富贵一觉醒来，发现身上已脱得赤条条……心里的廉耻也丢掉不少。临走时，他还顺手拿走了春芳香囊里的迷药。出了秦淮坊，何富贵天性解放，也变得放浪形骸起来。

春芳急急忙忙迎出来，看见何富贵，顿时眉开眼笑，笑道：“何公子，您可来了！

您再不来，奴家都要投河寻短见了！”

何富贵被她挽着，一步步上楼，一面打情骂俏，一面四处观察。

春芳嘟着嘴说：“何公子，奴家记得您，您却把奴家忘了个干净！”何富贵眼睛四下望着，嘴里笑道：“哪儿能呢，这不是过来看你来了！”

春芳冷笑道：“你以为你肚子里想啥奴家不清楚？你都快一年没来了，这次来，肯定也是来参加什么劳什子诗词大会的！”

何富贵心中一动，故意道：“什么诗词大会？我是专门来看你的！”春芳依旧得理不饶人，边走边道：“那个小蹄子，人家宁王不要她了，架子支不起来了，偏偏死撑着，还搞什么诗词大会，摆明了就是挣那些冤大头的钱罢了。”

何富贵问道：“去这诗词大会也要花银子？”春芳停了脚步，哼道：“平常想着见一面都要花不少银子，这次说是露面出题，那可不得又要捞钱哩！”

何富贵心中盘算已定，笑道：“春芳姑娘，你大可放心，我来这秦淮坊几次，每次可都有你作陪，这次我也不去什么诗词大会，就是与你约会！”说得春芳开心不已，还没进屋，就在何富贵身上蹭来蹭去。

一名侍女进来布了酒菜，退了出去。春芳斟满酒，笑吟吟端给何富贵，何富贵故意道：“春芳，你穿这么多，莫不是要从良了？”

春芳放声浪笑，放下酒杯，去床边脱了衣服。何富贵趁机在她的酒杯里下了迷药，心道：“以彼之道，还施彼身！”

春芳换了一件薄纱，穿在身上，浑如不穿，笑吟吟过来道：“小色佬！”说着还掐了何富贵一把。何富贵商人本性，从不吃亏，也使劲拍了一下春芳滚圆的屁股。

二人调笑几句，喝了几杯，春芳就趴在桌上不动了。

何富贵出得门来，直奔顶楼而去，还没上楼，就听得人声喧哗，很是热闹。门口几个大汉示意何富贵交钱，问了价格，着实不低。何富贵咬咬牙，忍痛拿出一张银票递上去。

大厅里已经座无虚席，过道也是挤得水泄不通。

何富贵挤了半天，才在一个角落站住脚，细细打量全场。

这时一个侍女走出来，高声道：“众位客官听了！”人群逐渐没了声音，都在细细静听。何富贵心道：“这位姑娘也是不错，声音好听，长得也标致。”

那侍女继续道：“今晚所谓诗词大会不过是本院为提高声势牵强附会，丽华姑娘并无附庸风雅之意。来的各位想必也都是麒麟才子，若是本院出题浅陋，还望各位包涵一二。”

台下一个汉子操着古怪口音喝道：“哎，小娘子，快别废话了，赶紧让范丽华出来！”何富贵听得耳熟，打眼一看，原来是蒙古王子鬼力赤。再仔细一看，阿鲁台与马哈木也在鬼力赤身后坐着，不过二人兴致不高，只是坐在桌旁喝酒。

侍女异常淡定，笑道：“这位贵人少安勿躁，待我讲完规矩不迟，平素要见丽华姑娘可是要等三个月的呀。”吴侬软语，温文尔雅，说得不紧不慢，听得人极为受用。

鬼力赤嘿嘿傻笑，嘴里嘟哝道：“除了范丽华，小娘子我也要一起带走，嘿嘿！”

侍女不再理他，接着道：“奴家是丽华姑娘的本家小妹，名唤范丽云。今晚诗词品鉴，共有三道题目，答对第一道题者，即可跟随奴家上得台来，余下客官退还进门资费；答对第二道题者，随奴家去到内室；这第三道题，乃是由丽华姑娘亲自出题，亲自品评……”

楼下众人大感意外，纷纷嚷着“不要退钱，只要丽华”，原本还算安静的大厅顿时乱了。

侍女也不慌张，看人群一时静不下来，便拔出一只火枪朝天开了一枪，“啪”的一声，大厅顿时安静了下来。侍女笑道：“丽华姑娘本意就是如此，怪只怪本院主事的存心炒作，无事生非——规则原本如此，绝非丽华姑娘临时更改！”

众人虽然不满，却也不再议论。

侍女朗声道：“第一题，请各位客官将答案写在桌上所备纸条上，我会一一查看，”顿了一顿，又高声道，“‘娉娉袅袅十三余’，请问下一句如何对答？各位请独自答题。”

何富贵一听之下，顿时轻松。他在四书五经、八股文章上不肯下功夫，平时就爱琢磨诗词文章，去了老爹货栈，也爱翻看账簿流水，自从在京师破了处男之身，更加醉心于男女辞藻、才子文章。侍女刚一开口，他就知道这是唐代诗人杜牧的《赠别・其一》。

何富贵很快将下句写了，又写了自己名字，慢慢挤向前台，半路忽然手中一空，急忙去看，却是鬼力赤夺了过去。何富贵冷笑道：“几日不见，王爷又长本事了！哦，不！抢人东西本就是你们的本事！”

鬼力赤满不在乎，抄了答案，扔还给何富贵，笑道：“能见着大美人，随你酸书生怎么说！”何富贵与阿鲁台、马哈木点点头，算是打了招呼。

侍女检查纸条，答对者不足十分之一，于是高声道：“我唱了谁的名字，谁就可以上得台来，其余客官便可随意了，出门退还银两，绝无拖欠。”

答对者自然高兴，争先恐后上得台来，落选者虽然不满，却也无话可说，出门领了银两，去别处逍遥去了。很快偌大大厅，只剩下一桌客人——阿鲁台与马哈木对座喝酒，默不作声。

侍女高声道："台下客官便可随意，台上诸位小心了！"马哈木高声道："我等花了钱，就在此处喝酒，有什么不可呀？"几个大汉围上来。

何富贵还未看清，自己脚下一空，随即掉了下去！

众人齐声惊呼，鬼力赤更是"呜哩哇啦"怪叫，手脚乱打乱踢。好在下坠时间不长，很快就落到了实处。众人惊魂未定，纷纷爬将起来。何富贵眼见这是一处暗室，却有一台，台下又有潺潺流水。众人新奇不已，纷纷猜测议论。

何富贵发觉范丽云并未随大家一起下来，心生疑惑，忽然听见那个好听的声音粗着嗓子唱道："大江来从万山中，山势尽与江流东。钟山如龙独西上，欲破巨浪乘长风……"

曲调苍劲有力，绝非南方旖旎小调，俨然是北方唱曲。众人大都是南方富贾权贵，平素也多住在京师，何曾听过北方唱曲？鬼力赤虽然来自北方，可是对这汉族唱曲更是一无所知，只听得心急火燎，加上被摔得生疼，心里懊恼，几乎就要骂将出来。

侍女歌声甫歇，还未开口说话，便听得暗室响起一个男声接口唱道：

"……江山相雄不相让，形胜争夸天下壮。

秦皇空此瘗黄金，佳气葱葱至今王。

我怀郁塞何由开，酒酣走上城南台。

坐觉苍茫万古意，远自荒烟落日之中来。

石头城下涛声怒，武骑千群谁敢渡？

黄旗入洛竟何祥，铁锁横江未为固。

前三国，后六朝，草生宫阙何萧萧！

英雄乘时务割据，几度战血流寒潮。

我生幸逢圣人起南国，祸乱初平事休息，

从今四海永为家，不用长江限南北。"

范丽云一反常态，语带娇媚咯咯笑道："这位客官好才情！未等奴家出题，便已轻松应答。"

和唱者自然便是何富贵了。他仰头笑道："登金陵雨花台望大江，姑娘提示的很明显哩。"侍女笑道："如此，何公子便可进入下一题了。"何富贵笑道："可我如何上去呀？"

侍女笑道："你信我吗？"何富贵调笑道："若论守诚信，谁比范丽云！我自然信你喽！”

侍女又是一阵娇笑，叹道：“可惜呀可惜，”收起笑容，“请何公子跃入台下小河便可！”

何富贵虽然心下起疑，可是风流本性，为了心仪女子纵使受苦受罪也甘心情愿，何况今日不光为了名妓范丽华，还有这亲切可人的范丽云，当下再无犹豫，纵身跳下。

身在半空，何富贵猛然惊醒——自己根本不识水性！一旦掉入水中，可算千险万难！想要呼救，已经来不及了，“扑通”一声，已经掉入水中，潺潺流水顿时变为汹涌波浪，一波波冲向何富贵。呛了几口，顿时咳嗽不已，又被灌了几口，终于昏了过去。

何富贵悠悠醒来，扑鼻而来一股浓郁的香气，刺激直接，犹如上好老酒，又如冬日凉水兜头，身体每一个毛孔都被吸引、被指挥被控制，他甚至不愿睁眼，以免破坏这从未得闻的扑鼻香味；接着是听见一曲琵琶曲，曲调悠扬抒情，旋律优美雅致，开始是鼓声、箫声相搭配，疏密有致，悠然兴起。何富贵听得舒服，嘴里伴奏轻哼。接着是琵琶委婉倾诉，诗情画意、多情江南的主题曲娓娓道来。何富贵心里赞叹，“此曲只应天上有，人间难得几回闻”，古人诚不欺我呀！其后，琵琶变奏，使出紧缩、扩展、移易音区和“换头合尾”等手法。何富贵闭眼享受，嘴里不停，适时以口技点缀以水浪翻滚、桨橹声，他在运河边长大，这些声音耳熟能详，张口就来。

渐渐地，曲调转为柔和幽远，声音越来越小，直至完全听不到了。何富贵沉浸其中，不能自拔，半天才长叹一声：“听了此曲，即使现在将小生耳朵割去也没有遗憾了！”

近处有人“嗤”地笑了一声，何富贵翻身坐起，定睛去看。他这几年见到的美女自然多之又多，亲近芳泽的也不算少，何况近日又遇见脾气冲动可爱、为人直爽洒脱的李云婷。可是，看到对面琵琶台旁坐着的女子，他心里知道——那些女子都是浮云！

何富贵呆呆坐着，良久说不出话来。那女子显然早就习惯了男人见到她时的失态失语，起身道：“何公子虽然不是小女子要见之人，可是这世上本就知音难求，得遇公子也是上天垂怜。”

何富贵听了她的话，痴痴点头同意，心里边想说出一句精彩的话，出口却是：“姑娘好生眼熟，你我是不是在哪里见过？”话说出口，才觉出老套至极，不禁就要扇自己的嘴巴！那姑娘淡淡一笑，微微摇头。

看她神情，何富贵心头一动：我怎的真的觉得眼熟哩？嘴里喃喃道：“春江潮水连海平，海上明月共潮生。滟滟随波千万里，何处春江无月明。”起身向那姑娘拜了一拜，道：“多谢姑娘赐曲共赏，多谢姑娘谬赞小生。”

那姑娘也不起身，淡淡道：“公子才学卓著，见识不凡，可否对小女子所奏之曲品评一番？”

何富贵朗声道：“这曲《夕阳箫鼓》旋律柔婉，情调安宁，姑娘运用推、拉、揉、吟等技法，恍然描绘出一幅清丽悠远的山水画卷，人间的良辰美景不过如此：暮鼓送走天边的夕阳，箫声迎来圆月的傍晚，有情人泛着轻舟，荡漾在春江之上；两岸有青山叠翠，花枝倒影，水面波心荡月，桨橹佐声。小生以为，唐诗虽多，唐朝却只有一个，《春江花月夜》也只有一首。刚才姑娘演奏的《夕阳箫鼓》的妙音，绘声绘影，如临其境，把《春江花月夜》所描述的那种画韵诗境尽现于小生眼前，使我有如梦回唐朝，进而无限感怀大唐盛世之万千气象。”

那姑娘微微点头，叹道：“他自然没你懂得多、说得好。”何富贵侃侃而谈，乘着兴头，刚要询问她所说是谁，突然门口“当啷”一声，闯进一个人来，来人也不说话，“唰”地一剑刺向琵琶姑娘！

何富贵急道：“婷婷，不得无礼！”来人不是别人，正是李云婷！

李云婷哪里肯听，剑势凌厉，又快又狠，眼见琵琶姑娘就要命丧当场！

只听“叮”的一声，一个白影硬生生接了李云婷一剑，李云婷一愣神，对方舞起水袖“唰唰唰”连续攻击，逼得她连连倒退，退到墙角。李云婷又气又急，长剑再次掠出，一记“沧海横流”气势极为可观。对方“咦”了一声，很快变换招数，长袖舞得密不透风，隐隐有太极八卦阵的气势。两人你来我往，各不相让，越打越快，虽然只是堪堪交手，却已有五十招。

何富贵早已看清，这个人影就是刚才在上面出题的侍女范丽云，温柔可爱的她此时如同变了一个人，气定神闲，淡定自信，一招招回击着李云婷的狠厉剑法。何富贵虽不会武功，却也看得明白，侍女未尽全力，倒是李云婷出剑狠厉，毫不留情！于是喊道：“婷婷，剑法又有进步，实在厉害得很呢！不过不要伤了和气，大家切磋得差不多了，坐下来说说话也是好的嘛！”

李云婷攻击之余白他一眼，骂道：“谁跟她们讲和气？我今天定要杀了她们！”侍女见状，手上逐渐加快速度，水袖已经完全罩住李云婷。李云婷左冲右突，却根本找不到破解之法，只好胡乱劈刺，剑上已经没了章法。

何富贵向范丽华拱拱手，示意她手下留情。范丽华点点头，道：“丽云，收手吧！”范丽云点点头，右手一抖，将李云婷长剑“唰”地卷了过去，“哚”的一声，扎在墙上！李云婷仍是不服，还要上前，却又被范丽云水袖缠住了脖子！

何富贵上前道：“婷婷，你……”话未说完，脸上已被她打了一记耳光。范丽云水袖收紧，李云婷登时呼吸困难，双手挣扎，却也挣脱不开。

范丽华笑道："丽云，你下去吧！"范丽云松开李云婷，点头退了出去。李云婷松了一口气，兀自盯着范丽华，气愤难平。

范丽华似乎司空见惯，自始至终并未站起。何富贵上前道："多谢丽华姑娘手下留情。"李云婷喝道："你说什么？我沧临派功夫哪里需要别人留情！何况是这个脏女人！"

范丽华冷冷道："姑娘长得斯文秀气，嘴巴却是污秽不堪。本来我办这诗词大会无非是心情愁闷，思念故人，约何公子来此不过是听听曲子喝喝茶，并无其他打算，不过姑娘如此无礼，丽华只好不客气了。"

李云婷一怔，喝道："你要怎样？"范丽华向何富贵嫣然一笑，虽没开口，何富贵却觉满室生春，自己骨头酥麻之极，几乎就要站立不稳，急忙伸手扶住桌子。

范丽华眼波流转，笑道："何公子才华横溢，可愿与小女子共赏明月？"何富贵咧嘴笑笑，张口还未说话，已然晕了过去。

李云婷正要骂人，自己也觉得头脑发昏，还没张嘴也晕了过去。

使她们晕倒的自然就是云北归了。他进了暗室，扶起琵琶台的范丽华，正要出去，却看见了结义兄弟何富贵，还有沧临派女弟子李云婷，不禁又惊又喜。

云北归先将范丽华扶了出去，亲自将她扶到如香阁门前，道："十七爷，丽华姑娘来了！"话音刚落，门就开了，宁王站在门口，神情激动，见了昏迷中的范丽华，喝道："谁把她灌醉的？是谁？！"

云北归早就想好了说辞，赔笑道："十七爷，我去的时候，丽华姑娘就是一个人喝闷酒，还说是思念什么十七爷啥的……"宁王半信半疑，一手接了范丽华，一手示意云北归退下。

云北归回到暗室，却不见了李云婷的踪影，心下奇怪，也不及多想，先喝口茶水，喷在何富贵脸上，他"嗯"了一声，登时悠悠醒来。

何富贵睁眼看到云北归，又惊又喜道："二哥，怎么是你？那谁……"云北归没好气道："谁，还有谁？你何富贵就知道喝酒泡妞，大哥交办的事都忘了吧！"

何富贵嘿嘿一笑，道："猫有猫路，狗有狗道。大哥交办的差事时刻记在心里呢，这不我刚跟京师第一名妓搭上线，据说她跟许多皇室都有关系，攀上她，不就套出消息了！"云北归不以为然，但知道他生性风流，只得道："反正今天你跟那什么范丽华不行了，有大主顾。"

何富贵奇道："你带来的？"云北归得意道："三弟，二哥我也不简单，搭上了宁王，明天就要进宫！他还给我改了名字，叫什么云北归。”

何富贵竖起大拇指，赞道：“还是哥哥厉害，哎，你说的大主顾就是宁王？”云北归眨巴眼睛笑道：“可不咋地，难不成你要跟王爷抢女人？”

何富贵愤愤不平道：“仗着权势地位霸占美女，算什么本事！有本事咱比比才学，比比诗情！”云北归道：“哎，你那个小相好李云婷呢？刚才还在这儿啊！”

何富贵也是奇怪，不明究竟，也就不再寻思。两人简略说了各自来京师的过程。何富贵听云北归说跟随张三丰习练武功，心中大是不信，心里清楚这个二哥本就喜欢吹牛胡侃，遇事如果没有夸大其词反而不是他二哥了。

二人约定，何富贵暂且回去，明日再来找范丽华。云北归跟随宁王进宫，见机打探消息，每日傍晚酉时到五龙桥头见面。

云北归回到如香阁，在门口静听一会儿，悄无声息，心下奇怪，于是故技重施，沾湿窗户纸，搭眼一看，不禁愣住了，此时的宁王不再是杀人不眨眼的尊贵王爷，只是一个细心侍候自己女人的温柔暖男，在用毛巾为躺在床上的范丽华擦脸，动作轻柔，眼神怜爱。

云北归正要离去，忽听得楼下喧哗一片，像是有什么事情发生。正要向下探头看，却忽然觉得头脑发昏，站立不稳，丹田处更是隐隐作痛，浑身都没了力气，软软倒在地上。

云北归再次醒来，却身处一个极为狭窄的所在，抬头是一个木板，四周漆黑，什么都看不见，心里惊慌，想要挣扎却怎么也动不了，像是身上穴道被点，连嘴巴也发不出半点声音。他仔细回想，记起晕倒之前是在宁王与范丽华房间之外，再之前是和何富贵见面，可晕倒之后为何到了这里，穴道还被点住，实在是丈二和尚摸不着头脑。

云北归试了几次想要发出声响，无奈全部失败，心里正懊丧时，忽然觉得头顶上的木板在动，发出有节律的“吱吱”声，同时伴有女人的呻吟！

虽然云北归泼皮本性，却对杉杉极为专一，打架、赌钱、耍无赖，他都是一把好手，却唯独对地痞们热衷的调戏姑娘们从不参加。云北归也不理那些混混儿们如何笑话奚落，他就只认杉杉一人，从不去招惹别的姑娘，更不会去什么妓院。

可是，云北归毕竟血气方刚，听到这酥人筋骨的呻吟声，也不禁心魂荡漾，心里骂道：“是哪个王八蛋把我塞到这来受罪？老子知道了非得把他扔河里喂王八！”

幸好，时间不长，木板之上不再动弹，天地恢复安静。

一个男人道：“怪不得那些王公贵族冒着被老皇上剐了的风险也要来会会你，只这一回，死也值了。”又是半晌无话。

云北归心道："听着声音不是宁王，有些耳熟，却又不太像，难道是……"

男人又道："别跟死鱼一样，咱家就不信你陪太孙陪宁王也是这副德性！"

云北归心里大动：什么？陪宁王、陪太孙！什么情况？怎么这么乱？

这时，一个女子的声音低低道："你来也来了，玩也玩了，还不走吗？"声音娇柔悦耳，却又虚弱无力。

男人呵呵冷笑道："怎么？打扰了你跟老情人约会，心里不爽？"女子没有说话，却突然"哎呀"尖叫一声，木板也剧烈晃动了一下，把云北归也吓了一跳——当然，只是心脏剧烈跳了跳，身子还是纹丝不动的。

女子求饶道："哎，李公公，你，你……饶了我吧！"声音颤抖，显得极为害怕。

第七回　灭冤家再换身份　战禁军当众立威

云北归心中电闪：是了，上面的男人就是太监李彦无疑！哎，不对，既然是太监，怎么还会玩女人？云北归没读过书，对这男女之事也见得少，想破了脑袋也是不懂。

李彦一边“呵呵”怪笑，一边问道：“京师第一名妓，舒服不舒服？说！”污言秽语，嬉笑不止。

那女子自然就是范丽华了，此时一边呻吟，一边求饶道：“李公公，李公公，您饶了奴家……”声音逐渐转为凄厉，显是痛苦不堪。

云北归此时可谓义愤填膺，肺都要气炸了！这太监欺负过自己好几次，打伤过燕王妃，现在居然在小爷头上欺负女人！胸中气愤难平，刚猛无比的热血男儿云北归，此时就如火炭一般，灼烧得自己几乎就要原地爆炸！

云北归哪里知道，这李彦本就是武当弟子，在武当山值守炼丹炉期间，趁师弟睡着后将其打昏，然后盗走了方寸乾坤炉里的所有丹药，连夜转移埋到山中一棵大树下，回来后伪造了失窃现场，并将自己打伤装昏迷。第二天事发，师父马建成震惊之极，狂怒之下就要亲手杀了他们！他们苦苦哀求，其他师兄弟也帮忙求情，说他二人丢失丹药确有过错，但错不至死，何况追查窃贼才是当务之急。李彦本就是马建成徒弟之中武功最好的。马建成冷静下来后，心里也不忍下手，最后决定，将二人逐出武当山。

这下正中李彦下怀，他来武当本就抱着投机之心，仗着天生聪明，学武极为上手，不到五年，武艺已经高出师兄弟不少，正琢磨着伺机下山追逐功名利禄呢。他平日观察，知道师父马建成对这炼丹术极为热衷，炼制的外丹，早晚服用，似乎极为受用，心里痒痒，想着临走之前偷来一些。

李彦被逐出武当后迅速下山，在一个半夜潜回，找到那棵大树，挖出外丹，逃之夭夭。下山之后，他依然练功不辍，同时也学着师父早晚服用外丹。一次他服用了一颗紫色丹药，孰料，很快便觉出气血不畅，经脉运行紊乱无序，人也无法站立或坐正。他在山上学艺日久，知道这是意通八脉的关键时刻，换作常人，早就一命呜呼了。他按照偷来的经书所述，取坐势，二目垂帘，含光凝神，闭口藏舌，心不外驰，一意归中，待气息调匀后，用鼻根呼吸……

也不知过了多长时间，他才醒了过来，醒后觉得周身经络气血通畅，精力充沛，十分惬意，只是脸上烫得厉害，照了镜子才发现脸色竟已蜕皮粉化，满脸都是紫色，面容已和从前大为不同。

更可怕的还在后面。他方便时才发现自己的阳具居然消失不见了！惊骇之余，四下乱摸，始终找不到，不过，尿液倒是顺着一条缝隙潺潺流出，竟如女人一般！

李彦惊愕之余，灵机一动，就进宫当了太监，谋求以此升官发财。在做太监的几年内，由于他聪明机警，加上拳脚功夫又好，很快得到重用，更被太孙朱允炆秘密指派到北平截杀燕王奸细。截杀云北归（狗剩儿）、何富贵失败后，他逃回京师，一路上，自然早就编好了一套说辞哄骗朱允炆。在他嘴里，自己孤身入敌穴，查清了燕王的军事部署和联络方式，还将燕王妃的所在及承担任务一一说了。

此时，老皇帝业已驾崩，朱允炆始终下令秘不发丧。他得到线报，司礼监太监冯希文暗通燕王朱棣，于是便找了个借口处死了他。朱允炆早就发现李彦办事得力，武艺又高，迅速将其提拔上位，先是调到司礼监，派他去大宁宣旨，催促宁王迅速来京。李彦返回京师，回禀说宁王开始傲慢无礼，竟派高手与自己比试武功，不过见派出的高手都不是自己对手，宁王便再也不敢无礼，乖乖前来京师，云云。

朱允炆此时的消息来源极为有限，又亲眼见过李彦的身手，自然对他的话很是信任，司礼监群“监”无首，于是便将李彦提拔为司礼监掌印太监。

在北平北运河，李彦为了胁迫云北归，喂了他一粒紫色丹药，说没有自己的解药他必死无疑云云。其实，李彦自己也没有解药，心里认定云北归必死无疑，解药云云无非是骗他为自己划船罢了。但他哪知道他走之后，张三丰亲自带回云北归，教他习练上乘武当内功外术，其自身潜能已经远超李彦，但是由于习练时日较短，任督二脉尚未打通，故而几次运功受阻，在如香阁外更是晕了过去。

云北归在床下醒来，经受淫欲之考验、怒气之勃发，体内真气上涌，经脉的流注从肺经开始，依次循环到肝经，再由肝经入胸，上行经前额到头顶，再沿督脉下行至尾闾，经阴器而通任脉上行，然后再回流注入肺经。渐次通了道家之三关——尾闾、夹脊与玉枕，行“周天”运转之意。躺在地上的云北归此时觉得四肢百骸通体舒泰，从未有过的惬意美妙，忍不住叫道：“太得劲儿啦！”

喊声一出，不仅惊动了床上的李彦与范丽华，也把困了许久的云北归自己吓了一跳：我能说话了！手也能动了，脚……

木板腾地跃起，李彦已有防备，急忙跳了开去。云北归慢慢站起来，只觉得小肚子烧得厉害，胸中更是有一股浑浊之气，憋得呼吸极为急促，更难受的还是脸，火辣辣的，从未有过的滚烫！

他定睛一看，李彦躲在一旁，目光惊异，自己右手边，双手反吊着一名女子，赤身裸体，已经昏死过去，想必就是范丽华了。

云北归见了李彦，恨恨道："死太监，冤家路窄啊！"嗓音沙哑凄厉，竟不像自己原来的声音。李彦镇定下来，冷冷道："阁下尊姓大名，还望赐教？"

云北归骂道："死太监，几天不见就不认识老子了！"李彦警惕问道："你，你是师父派来的？"云北归一想，自己师父张三丰只拜托自己一件事，那就是替武当派清理坏蛋，眼前的李彦，可不就是让自己最恨的坏蛋了！当下冷冷道："师父说了，武当出了坏蛋，要我一定收拾了！"

李彦沉声道："你，你，你也吃了紫色丹药不成？"一提这个，云北归再也忍不住，骂道："你还装？"说着一个箭步蹿上来，出手如电，直攻李彦面门，想不到刚一迈步，就到了李彦面前，两人几乎撞个满怀！李彦一惊，云北归自己也是吓了一跳！他虽然在大通桥打架无数，可武林对决经验毕竟不足，登时一愣，呆在当场。

李彦瞅准机会，一招"仙人指路"直取云北归心口，这招出手奇快，是武当派功夫中少见的快招，而且力道非常，近距离袭击对手从不落空。

哪知，李彦右手一碰云北归胸口，犹如捅进一团棉花，柔弱无力，竟无着力之处！李彦变招极快，立即变为"顺水推舟"，双手顺势前推！

云北归眼见李彦一掌攻来，速度极快，心想：死太监功夫又有长进，小爷又要挨打了！可他明明打了过来，自己竟莫名其妙地几次避开，就像上次在悬崖看到的蛇躲避大鸟攻击一般！又见李彦变招，不自禁脱口道："顺水推舟！小爷也会！"双手也顺势推出——直到此时，他才真正出手。

两个人，四只手，招式一样，力道各异，打在一处。云北归觉得死太监不过如此，甚至还听到对方胳膊"嘎嘣"响了一下，心里痛快，接着就是"双风贯耳"直取死太监头部，哪知，对方倏然倒地，两只手软趴趴搭在胸前，脸色极为痛苦。

云北归骂道："几天不见，死太监怎地这么不禁打了！"他哪里知道，不是李彦功夫退步了，而是自己际遇非常，先是跟着张三丰练就武当内功，根据心法口诀时时修习，还吃了李彦本要害他的降尘丹，更在床下无意中气血循行，开通了奇经，意通了八脉，其中的任督二脉更是倏然打通，畅快异常！此时他的武当功夫又上了一个新台阶，岂是这武当叛徒李彦可比的。

李彦挣扎道："大侠饶命，孽徒知罪了！您老抬抬手，放过……"云北归想起燕王妃的嘱咐，恨恨道："嫂子说的没错，放过你，你还干坏事！"心中却在犹豫，自己虽然爱打架，却从未害人性命，这李彦虽然着实可恨，可真要自己杀人，好像还是……

李彦费力爬起来，跪在地上，哭得凄惨异常，哀求道："大侠，你我同出武当，您老看在同宗同门的份儿上放我一条生路，我今后一定痛改前非……”看见云北归神情茫然，眼神犹豫，立即一招“金鸡独立”腾空而起，紧接着一招“仙人放剑”直取云北归天罡灵穴！

李彦其人本就聪明异常，在武当学艺也是极为刻苦，武当年轻一辈早已无人可及，入门太极十三式更是纯熟无比，可说是他保命的底牌。入门之时，师父马建成在一次练功时，告诉几位爱徒，武当功夫深不可测，可是正如万事万物，相生相克，凡事所长，必有所短，切记武当功夫也有死穴，乃是天罡灵穴，与人比试武艺，切不可将其卖给对手。

李彦双掌虽然受伤，但知道现在是生死时刻，对方江湖经验明显不足，一旦明白过来，立时就会要了自己小命，此时不攻，更待何时？“仙人放剑”乃是武当派的标志性功夫，特点就是“快”与“准”，加上李彦的“狠”，可谓他闯荡江湖的必杀技！

云北归临敌经验不足，虽已看清是李彦卑鄙偷袭，却是反应不及，心里骂道：死太监，下三滥！闭眼等着被打中。

“哚”的一声闷响，接着是一声惨叫。云北归睁开眼，自己毫发无损，李彦却躺在地上，痛苦挣扎。云北归知道有人出手相救，拱手道：“大侠……”窗外响起一声低低的佛号：“阿弥陀佛，罪过，罪过！”

云北归奇道：“大侠，您是大和尚吗？”窗外已经没了声音，四周归于寂静。

云北归回想自己和少林寺的唯一一次打交道，就是与成风、成化交手，并救下王骥，按说他们如果见了他，非得扒了他的皮不可，不可能出手相救，而且听窗外人嗓音苍老，显是年纪很大，绝不会是成风成化。

云北归不及多想，看着躺在地上的李彦，恨恨道：“小爷有心放你条生路，你非要找死，也罢，小爷拿你开开荤！”两脚分开，起势，仍用对方的“仙人放剑”打在李彦身上，李彦嘴里“咕哝”两声，当场毙命。

云北归松口气，将吊在屋顶上的女子解开，放在床板上，拿件衣服盖在她身上。他心中气愤，朝着李彦尸体又狠狠踢了一脚，骂道：“龌龊腌臜，什么玩意儿！”李彦尸体被踢到床下，隐然不见。

云北归仔细回想，也想不起来自己明明在宁王与范丽华房外晕倒，为何却被点住穴道困在床下，更奇怪的是自己武艺好像一下就强了很多，甚至能轻易击败曾经可以随意杀死自己的李彦。想不明白就不再想，向来是云北归的个性，不过，眼下最要紧的是找到宁王，要不然自己无法入宫，不进宫也探不到任何消息。当下，他走到床边，扳起范丽华问道：“哎，哎，醒醒……”

范丽华悠悠醒来，看见眼前的云北归，颤声道：“李公公，你饶了奴家……”话未说完，就又晕了过去。

云北归心里奇怪，嘴里骂骂咧咧道："什么小娘们，竟把老子当成了死太监！我们怎会长得一样……"哎，对啊，她怎会把自己当成死太监李彦？莫非……

云北归找来镜子一照，吓了一跳，镜子里的人紫皮满脸，形容枯槁，真与那李彦有几分相像！自己本来最恨死太监李彦，现在可好，自己怎么长成了死太监李彦！今晚的经历可谓匪夷所思，完全想不明白。想不明白就不想，走一步，算一步，可是眼前局面应该如何收拾……

云北归出了门，尖着嗓子骂道："都死哪儿去了！"两个小厮模样的人急急忙忙跑过来，裤子都还没提好，跑到云北归面前跪下道："干爹，干爹饶命，您说，说让小的们放开玩，小的就……"云北归心道："一帮死太监到妓院还能怎么玩？"板着脸骂道："光知道玩，要误了小……咱家大事！看我不扒了你们的皮！赶紧跟咱家回去！"

云北归起身下楼，两个小厮急忙搀扶，走出花楼，一辆马车早已等在门口，云北归正要撩帘子上车，一个小厮抢着撩开帘子，赔笑道："干爹，哪敢劳您玉手，您请上。"

云北归坐在马车里，心里既新奇又兴奋，觉得比第一次坐轿去燕王府更加刺激——那次狗剩儿还是狗剩儿，这次，狗剩儿先变成宁王的太监云北归，再变成当朝司礼监掌印太监李彦！

兴奋之余，云北归自然心里打鼓，这李彦行事做派他虽然见过，但要直接扮成他，自然并不容易。

云北归撩开车帘，一个小厮凑过来，问道："干爹有何吩咐？"云北归学着李彦的慵懒，慢条斯理地问道："猴崽子，知道今晚咱们出来干吗的？"那小厮急忙道："知道，知道，出来探察民情……"话还没说完，就被云北归啐了一大口！云北归尖着嗓子骂道："他娘的，不会说人话呀！"

小厮吓得战战兢兢，急忙道："是，是，干爹出来为，为，太孙……"云北归听见"太孙"，浑身一机灵，低声喝道："你闭嘴！你想让满大街的人都知道是吧！"

小厮急忙压低声音，颤声道："干爹奉太孙令，秘密出宫将范丽华转移到行宫……"

云北归打断道："那咱们办完了吗？"小厮小心回答道："没，还没……"云北归再次尖声骂道："那还不回去办！等着找死呢！"

小厮心里骂奶奶——云北归的娘自然就是他干儿子的奶奶了——委屈之极，嘴上急忙招呼车夫掉头返回秦淮坊。车驾到了楼下，小厮撩开车帘，云北归正要下来，忽然看见宁王被人架着走了出来。宁王此时已经昏迷不醒，搀扶他的人像是秦淮坊的伙计——正是他给了云北归一包迷香。

云北归心中疑惑，思忖之下退了回去，借着缝隙看见宁王被搀进轿子，很快隐没于夜色之中。云北归向小厮招招手，耳语几句，重新坐了回去。

云北归回到皇宫已是黎明时分。在从行宫回来的路上，云北归命令小厮上了马车与自己同乘，以查考为名义、提拔为诱饵，让小厮将太孙的情况、李彦自己的情况、宫中的各种规矩，一一问了个底朝天。小厮心里纳闷：虽说这位李公公是半路出家做太监，又一路火箭般当了司礼监掌印，可是好些规矩他是懂得呀！这不，就连“宫里除了皇上还有比我李公公还大的官儿吗”“你他娘的又算什么官儿呀”“我们太监要怎样上厕所撒尿”之类的问题也被问到，实在气闷至极。但是气闷归气闷，每一个问题自己都要认真回答，赔尽小心。

到了皇宫门前，小厮下了马车，低声对云北归说：“干爹，这个时辰太孙已经起来了，您老人家得复旨去了。”云北归学着李彦道：“知道了，猴崽子，一路上讲得不错，干爹很满意，以后会赏你，出去了你就给人说干爹我在查考你、要提拔你，啊？”小厮急忙道：“小的不敢，借小的一百个胆子也不敢出去瞎说！”云北归还不放心，低声叮嘱道：“这几天，要是宫里没啥风言风语，干爹我就升你小卓子做什么掌班；要是走漏了风声，哼哼，你小卓子就去做小桌子吧，干爹我‘喊里喀喳’废了你！”小卓子连连作揖，满口应承。

云北归点点头，放下车帘。车驾进门时，禁军守卫过来盘查。小卓子得了势，趾高气扬地训斥禁军首领。那首领并不与他争辩，却也不予放行。

云北归在车里听了半天，心情烦躁，撩开车帘骂道：“小卓子，怎么回事？进个门说这么半天！”小卓子赶紧凑上来，赔笑道：“干爹，那个死脑筋禁军首领非说什么非常时期，皇上严旨盘查，夜里出入皇宫必须要有御赐腰牌，否则……”

云北归递给他一块牌子，冷冷道：“有了这个，再不让进，直接打死！”小卓子捧了腰牌，气哄哄去找禁军首领。

禁军首领看了腰牌，冷笑道：“皇上多少年的规矩：半夜太监一律不许出宫门！我不知道昨晚当班的老黄为何放你出宫，可是遇着我，别管你是谁，今儿个就是不能进！”

小卓子气得回到马车前，一个劲儿拱火。云北归却冷静下来，问道：“这个首领是谁？为啥非要和司礼监过不去？不许添油加醋，实话实说！”

小卓子急急道：“干爹这个您还不清楚？这禁军崽子们向来看不起咱们太监，隔三差五就来找茬！”云北归不解道：“可是太监天天伺候皇上，你小子不是说司礼监掌印太监在宫里最大吗？是不是你小子信口胡说！”

小卓子指天发誓，道：“干爹，儿子我句句实话呀！可是……”压低声音，“皇上爷更喜欢禁军，对咱太监一直防着，也就这太孙监国以来，对咱太监才变得好了，对您老人家更是没的说……”

云北归道：“也就是说，这禁军管事的只听皇上的，看不起咱们太监了？”小卓子使劲点头，补充道：“昨晚值班的黄兴林黄统领倒是与咱们一条心，时常到司礼监打个卯，露个脸，对您老人家更是好的。”

云北归点点头，心里快速盘算，笑着对小卓子说道：“猴崽子，想不想看戏？打人的戏！”小卓子不解，问道：“打人？打谁？”云北归一指宫门，问道：“这个禁军首领是谁？”小卓子道：“李维邦呀，最不是东西了！拿咱们太监不当人……”云北归冷笑道：“打的就是李维邦！”闪身下车，快步走到门前。

李维邦借着宫灯定睛一看，冷笑道：“看来小卓子没说瞎话，真是李公公半夜出宫，不知道所为何事呀？”云北归走到他面前，冷冷道：“咱家奉了密旨，出宫去干正事，现在急着回去复旨，如果耽搁了，不知道李统领能不能担得起责任？你脑袋上的帽子还想不想带、脑袋还要不要了？”

李维邦冷笑道：“奉了密旨，谁的密旨？皇上的还是太孙的？啊！”云北归一时语塞，旁边小卓子壮着胆子喝道：“旨意只有皇上才能下，太孙只能‘下令’。”李维邦自知口误，咳嗽一声，道：“禁军向来只听皇上旨意，其余一概不理！”

云北归高声道：“哦，那李统领的意思是不听太孙的命令了？”李维邦赶紧道：“哪儿有！你，你个阉货不要信口雌黄！”

云北归得理不饶人，高声道：“咱家揣着皇上的御赐腰牌，带着太孙的命令出来干正事，你个小小统领就敢拦截我什么拿印太监，是不是吃了熊心豹子胆？”李维邦压力之下，反而镇定下来，冷冷道：“我李维邦自当了禁军统领以来，从来没见过什么太监半夜出宫公干，皇上早有严旨，太监不得半夜出宫，否则……”话音未落，脸上已被扇了一记耳光！宫门内外登时大乱！禁军副统领喊道：“全体戒备！有人夜闯大内！”

李维邦冷不防被云北归打了一巴掌，完全没加防备，气得直打哆嗦，却摆手制止了禁军的动作，并向副统领叮嘱几句，才转身道：“李彦阉货，向来有人吹嘘你武功了得，不把我们禁军放在眼里，今天李某倒要领教领教！”

云北归一拱手，道：“不知道胜了咋说，败了又咋说？打架也得有个说法不是。”

李维邦不假思索，道：“你若输了，以后见了我都要跪在地上磕三个响头！说一句‘我们阉货不是禁军的对手！’”禁军低声喝彩。

云北归不紧不慢，问道：“李统领要是输了呢？”李维邦一愣，禁不住仰天大笑，禁军兵士也跟着哈哈大笑起来。李维邦笑完，冷冷道：“一个半路进宫的阉货，那点三脚猫的功夫也就糊弄糊弄太孙罢了……”

云北归逮住话柄，喝道：“大胆李维邦，竟敢言语冒犯太孙！”一个巴掌随之扇了过去。

李维邦武将世家出身，父亲跟随洪武帝南征北战，军功赫赫。他本人完全不把太监放在眼里，听说这李彦进宫没几年，便火箭般做了司礼监掌印太监，心里从不以为然，可是宫里近来传言，这李彦是武当高手，功夫竟在禁军所有首领之上——这是他李维邦最不能容忍的。刚才又被这太监扇了一巴掌，是可忍孰不可忍！如果认怂，李家的军功和全体禁军的荣耀都要被自己丢光了！他吩咐副统领带人封锁现场，不许任何人靠近宫门，自己要好好教训这个红得发紫的太监！

李维邦眼见巴掌扇来，不闪不避，右手直接挡格，“哚”两手碰在一起！云北归手臂一麻，嚷嚷道：“嚯，人个子手劲不小哇！”李维邦心里更惊，自己右手臂当场脱臼，几乎要被震断！

云北归笑道：“再来啊，李统领！”李维邦咬着牙，左手拔出腰刀，疾步劈了过来。云北归闪身避过，一脚踹在李维邦右臂上！李维邦忍不住“啊”了一声，显是痛苦异常。太监们纷纷喝彩，小卓子更是带头喊道：“干爹威武，干爹威武！”

禁军不禁大哗——李维邦是禁军中有名的高手，却在“李彦”手下走不过三招！副统领挥手，禁军都亮出兵刃，准备群攻。叫好的太监们都吓傻了，立即闭了嘴，慢慢往后缩。

云北归毫无惧色，喝道：“李统领，单挑不行，要打群架啊？”李维邦向后一挥手，喝道：“都给我退下！”直起身，“再来！”

云北归本来生气，想要好好教训这李维邦，但见他个性耿直、为人讲究，端的是一条好汉，心里不免爱惜，于是道：“李统领，咱二人不打不相识，交个朋友咋样……”李维邦单刀一指，喝道：“你先赢了我这把刀再说！”一招“力劈华山”砍向云北归！

云北归心里主意已定，绕着李维邦腾挪脚步，太极步初学乍练，已经有了几分风采。李维邦学武出身，刚才一交手就知道自己今天必败无疑，可是眼前局面，自己无论如何不能认输投降，唯有以命相搏！

云北归瞅准机会，使出太极步的障眼法，前后夹击李维邦，众人看得眼花缭乱，不明究竟，只听得“啊”的一声，紧接着一个声音笑道：“李统领真不是白给的！武艺真是不赖！李彦佩服得紧！”

众人定睛看时，却见李维邦已经换成右手持刀，刀架在了云北归脖子上！只是他神情恍惚，孰无半点得意之色。

云北归慢慢将刀拨开，笑道：“李统领，今天打得痛快！我打了你一巴掌，你用刀制住了我，咱们算是打个平手，咋样？改天我请你喝酒！”

李维邦喃喃道：“好，好，喝酒。”云北归一拱手，道：“一言为定，我……咱家先去复旨了。”一挥手，带着一众太监进了宫。

此时，天已大亮。小卓子吩咐小太监将车驾归还御马监，自己为云北归引路，去向太孙复命，路上几次欲言又止，想说又不敢说。云北归拉过他，道：“你小子想问啥，直接说！”小卓子赶紧道：“小的们觉得，觉得那李维邦不是干爹对手，是干爹让他的吧？”云北归笑笑，吹牛的毛病刚要发挥，忽然瞥见大殿前黑压压跪着一群大臣，于是问道：“小卓子，这些官儿们，大半夜不睡觉，还是起得这么早？”

小卓子满脸惊奇，随口道：“这些大人们在这里跪了几天了，昨晚出宫您不还吩咐绕路吗？”云北归自知失言，哼道：“咱家还不知道这个！掌嘴！”小卓子吓得一哆嗦，只好扇起了自己嘴巴子。

云北归冷冷道：“好了，以后问你啥你就答啥，哪儿那么多废话！”小卓子连连答应，肿起的腮帮子火辣辣地疼。

云北归又一瞪眼，小卓子赶紧答道：“是，是，是皇上爷病重，半个多月没上朝了，太医院的太医也都被留在宫里，大人们打听病情打听不着，都来找监国的太孙爷，太孙爷除了齐泰、黄子澄两位大人谁都不见，大人们不服气，于是集体跪到端本宫外，非要太孙爷出来对话！宫内宫外都说，说……”

云北归心中雪亮，故意道：“说什么？”小卓子壮着胆子道：“说，说皇上爷驾崩了！也不知道真假，小的可好久没见着……”

云北归喝道：“好大的胆子！信口什么黄！”眼瞅着跪着的大臣中有几位晕了过去，几个太监迅速快步上前将他们架了出去，显然不是第一次这么干了。

小卓子吓得跪在地上，辩解道：“小的，的，也，也是听说，干爹要问，小的实话实说而已，小的这就掌嘴……”云北归却扶起他来，温言道：“这些话跟咱家说说也就算了，别再出去乱说了！要不然脑袋没了都不知道咋没的！”

小卓子诺诺答应，爬起身来。云北归边走边说：“跟咱家说说这齐大人、黄大人的底细……”

云北归走进端本宫外室，心里打鼓，脸上却没有丝毫表露——紫色脸庞阴沉着，本就是李彦的一贯形象。门口的禁军一动不动，小太监们麻利地悄悄给他请安，低声说里面太孙正和齐大人、黄大人议事，不让别人进去。

云北归点点头，慢慢踱到门口，挥手让小卓子和那些小太监们都退下了。云北归侧耳静听，里面一个年轻的声音道："方大人怎么还没到？"

一个沉稳的声音答道："太孙，方大人远在海南讲学，得到旨意，已经在赶来的路上了，臣派去了三拨人马，务必将方大人安全护送到京师。据前哨探子来报，方大人已到京郊，今日应该就到了。"

那年轻人"唔"了一声，叹口气道："皇爷爷千叮咛万嘱咐，一定把你们三人聚齐了才能宣布国丧，继位登基，如此迁延时日，只怕北平、大宁有变，唉！"

一个苍老的声音道："太孙孙何必烦忧，依老臣愚见，到目前为止，撤藩的计划进行得很是顺当，各地藩王都已乖乖裁撤，就算有一两个不满的，那也怪不到太孙身上。"

沉稳的声音道："黄大人说的是，臣身为兵部侍郎，时刻不敢忘记肩上的责任，各地将领及其部署情况，臣绝非妄言，心里清清楚楚、丝毫不差。"

太孙道："这件事我自然知道，皇爷爷说，有一年谨身殿遭了雷击，皇爷爷要去祷庙祷告祭祀，想要选一批九年之内没有犯过任何过错的大臣随驾，可谓是百中选一，你齐大人就是其中的佼佼者。"

齐大人道："谢太孙谬赞。臣一定不负先皇重托，尽心辅佐太孙登基！"

苍老的声音咳嗽一声。太孙随即道："黄大人是我恩师，长年教诲，一刻也不敢忘！"苍老的黄大人缓缓道："太孙不必顾虑，用不着齐大人拿着小本本跟我说老朽也知道，燕王、宁王虽然手里有兵，但是兵力也就够打打北方元蒙余孽。要是他们敢造反，朝廷一旦发兵讨伐，不日就可取胜！汉朝七国之乱的典故，太孙不是耳熟能详吗？"

太孙的声音激动起来，道："二位大人说得不错，只等方大人一到，咱们筹划周详，即刻宣布国丧，之后我顺应……"门口"吱呀"一声，打断了太孙的慷慨陈词。

黄大人喝道："什么人？"

原来，云北归在门外听得里面谈话，开始时全神贯注，生怕遗漏什么重要讯息，可是他昨晚一夜没睡，又先后和李彦、李维邦打斗，困倦至极，本来想靠在门柱上眯瞪会儿，孰料，一闭眼就睡着了，还撞开了内室大门！

云北归立即跪在地上，心念电转，思索着应对的说法，忽然听见身后小卓子道："方大人到了！"立即重重磕头，道："太孙爷，方大人到了，方大人到了！"

太孙大喜，疾步走了出来，拍手道，"好好好，天助我也！"黄大人在边上提醒道：

“太孙，莫忘君臣仪礼！”又对在地上跪着的云北归说：“毛毛躁躁，来个大臣至于如此！还不出去！”

云北归正要退出，却被太孙叫住，问道：“哎，黄大人，这是我新近提拔的司礼监太监李彦，李彦，还不见过黄大人、齐大人！”云北归分别向二人行礼，自然是不太像样。齐大人一言未发，黄大人老大不乐意，别过脸不理。

太孙还要询问云北归，欲言又止，最后才道：“李彦，你过来在边上侍候。”云北归急忙过去，忙不迭为太孙续茶。

太孙低声问：“都安排好了？”云北归心领神会，低声道：“都妥了。”太孙奇怪道：“你，你说话怎么？去了几个月北平，口音也变了？哎，你的脸怎么了？”

云北归心中打鼓，准备的说辞刚要说出口，门口一个太监道：“太孙，方大人来了！”

太孙立即起身，笑道：“方大人，你可来了！久旱盼甘霖、曹操迎许攸不过如此啊！”

方孝孺进门行礼，道：“臣方孝孺因故来迟，请太孙治罪！”太孙扶起他，笑道：“你远在海南讲学，一路辛苦，何罪之有？来来，先坐下喝杯茶。”

方孝孺再次跪下，郑重道：“太孙来信说有朝廷要事相商，臣一刻不敢耽误，虽日夜兼程赶路，但若因为微臣一人而耽误社稷大事，臣罪该万死！臣不需要休息，还请太孙开议正事！”齐大人道：“好，方大人忠心为国，精神可嘉。”黄大人过来道：“精神是可嘉，但不知道对于这件大事如何看法？”

方孝孺道：“请黄大人直言。”黄大人眼神灼灼，忽然道：“朝中人都说方孝孺乃一代奇才，洪武帝识人辨才慧眼如炬，可是为何单单对你方先生不曾重用？”

屋子里空气一下子凝固了。云北归本来听得无聊，听到这里，立即精神了。

方孝孺正色道：“‘明王道，致太平’本就是我读书人的本分，至于黄大人说什么重用与否，皇上圣心独裁，岂是我辈所能猜测？何况，称呼当今圣上，黄大人似有口误。”

第八回　五龙桥兄弟接头 大运河同乡相坑

黄大人面露尴尬，一时语塞。太孙面露悲色，凄然道：“皇爷爷，皇爷爷他驾崩了！”齐泰与黄子澄都跪了下来，伏地磕头。方孝孺向着洪武帝寝宫方向伏地跪拜，放声大哭。云北归不得已，也跟着跪了下来，趴在地上装哭。

齐泰先是收了泪，劝慰太孙，又请黄子澄和方孝孺起来。黄子澄恢复常态，再次发问道：“方大人，洪武帝驾崩，他当年的良苦用心你可明白了？”

方孝孺满脸悲戚，摇头道：“孝孺愚钝，还请黄大人明示。”黄子澄道：“我比你虚长几岁，也一直在朝为官，倚老卖老说你几句，当年你名满天下，又是开国帝师宋濂先生的得意门生，所以傲气凌人，不但难与同僚共事，甚至对皇上的旨意也是阳奉阴违，暗自腹诽。”

方孝孺伏地道：“臣，臣早就……当年年轻气盛，不懂变通……”黄子澄继续道：“皇上有意压制你一下，打打你的傲气，其实却对你极为关注，从未放松对你的考察。在当年的‘空印大案’中，本来你也是被株连的，皇上朱批时看到，特意赦免了你……”方孝孺磕头在地，额头渗出了血。

太孙看一眼云北归，云北归赶紧拿了软布敷在方孝孺额头，并扶他起来。方孝孺推开云北归，摇头拒绝。

太孙道：“皇爷爷驾崩时，黄大人、齐大人都在场，千言万嘱，切切用好方孝孺、黄子澄、齐泰三位赤心忠胆的社稷重臣！”三位大臣齐齐跪在太孙脚下，齐声道：“臣等肝脑涂地，万死不辞！”

几位大人都走了，内室只剩下太孙与云北归。云北归侍候太孙更衣，又换了新茶奉上。太孙问了范丽华的情况，十分满意，点点头道：“李彦，我没有看错你，果然精干得力！上次去北平还有这次办这事，都干得不错，我要好好赏你！”

云北归低头跪下道：“为太孙爷办差是奴才上辈子修来的福气，哪还敢要啥赏赐哩！”

太孙笑笑，忽然问道：“哎，我刚才就奇怪，你去一趟北平口音变了，脸也好像变了些。”云北归磕头道：“回太孙话，奴才在北平，为了不让人嘀咕，就跟他们当地人苦学北平话，还在渔船上学着划船打鱼啥的，一般人应该已经看不出来奴才不是北平人了。”说到这里，心在胸口怦怦乱跳——这些话刚才在脑子里来回琢磨，也不知道能不能过关。

太孙笑道：“好，如此真是辛苦你了！”云北归重重磕头，道：“为太孙爷办差，上刀山下油锅在所不辞……”太孙听到这些江湖话哈哈大笑，道:“你李彦不愧是江湖人，说话有趣得紧。”

云北归见他高兴，趁机道：“太孙爷，您封我做了大官儿，可我是半路出家，不太懂得宫里规矩，得需要个帮手帮衬着，您看？”太孙道：“哦，你想要谁？”

云北归小心道：“那个小卓子我看着不错，嗓门高，人也机灵，您看能不能升他个掌班啥的，给我打下手……”太孙一挥手道：“这些琐事你来定，不要来烦我！眼下可都是大事！刚才你没听几位大人说嘛！”

云北归道：“太孙爷，奴才也没读过书，听不大懂刚才几位大人的话。”太孙笑笑，道：“也对，皇爷爷最是看不惯后宫太监，也不让你们读书，”喝口茶又说，“不过，你不一样，你半路进宫，身负武功，以后要想着为我办些大事的。”

云北归诺诺答应，等着太孙往下说，太孙却闭了嘴，呆呆出神。

云北归只好试探道：“刚才几位大人说起什么藩，莫不是要商量着给皇爷爷打幡儿送葬？”太孙“噗嗤”笑了，又迅速正色：“胡说八道！什么打幡儿送葬！你呀，就是没文化！”

云北归觍着脸赔笑道：“太孙教训的是，小的不懂。”太孙道：“不懂就完了？不懂就要学嘛！刚才我和几位大人说的就是藩王——我那几位好叔叔！”云北归故意道：“哦，哦，这个奴才知道，上次去北平不就是为了这个。”

太孙点点头，缓缓道：“皇爷爷深谋远虑，眼下诸王都已经裁撤完毕，宁王也到了京师，就剩这难啃的骨头了。”云北归爹着胆子问道：“太孙要咋办？”

太孙像是自言自语道：“几年前皇爷爷也是这样问我，我答说，大明王朝是以孝治天下，奉儒家教义为经典，自然是先以我的德行争取他们的心，然后用礼教约束他们的行为了。”

云北归听得似懂非懂，不敢插话。太孙意识到了这一点，笑道：“跟你说这些你也不懂，直接说吧，就是先礼后兵，先跟他们客气着来，来软的。”云北归故意道：“如果他们不领情呢？”太孙冷冷道：“不领情？那就减少他们的封地，再不听就改了他们的封地，就像周王，我把他从河南改封云南，所有王府将士不得随行，看他还有什么作为！”

云北归小心问道:“要是北平的燕王呢？”太孙面沉似水，一字一顿道:“明知故问！”

云北归赔笑道：“可不嘛，他敬酒不吃吃罚酒！派了好几拨探子来京师，奴才不跟他客气，‘叽里咕噜’全给他扔河里了！”

太孙笑笑，道：“好了，让御膳房备些南洋水果点心，给宁王送去，人我是不见了，不过可得好好安抚一番。”

司礼监新晋掌班小卓子尖声宣布：“皇上龙驭宾天啦！”皇宫上下顿时陷入一片痛哭之中。太孙冲在最前面，扑在皇爷爷身上，哭得稀里哗啦。后宫嫔妃们也都哀声凄惨，不绝于耳。方孝孺、齐泰和黄子澄三位顾命大臣神情严肃，缓缓走上台前。方孝孺宣读圣旨，大意是洪武帝将皇位传给长孙朱允炆，各地藩王务必辅佐云云。

云北归眼见天色擦黑，就悄悄溜了出来，到得偏门，守卫都认得是李公公，也都听说了他出手打败了禁军统领李维邦，对他毕恭毕敬，不敢阻拦。

出了宫，云北归找个无人所在，换了便服，溜溜达达去了五龙桥——他与何富贵约定，每日酉时，五龙桥桥头相见。

五龙桥没了平时的热闹繁华，代之以漫天的素衣白布。云北归心想，这皇帝老儿死讯刚刚宣布，京师上下即刻进入国丧，还不说明太孙党早有准备？

他找了家酒馆，点了酒菜——几天没有好好喝酒，嘴里都要淡出鸟来了！酒送上来，云北归倒了一碗，仰脖灌了进去，只喝一口，顿时呛住了，嘴里骂道：“这什么玩意？是酒吗？”伙计听见骂声跑出来，奇怪道：“这位客官，这可是本店上好的金陵春了，客人喝了都说好呢！”

云北归咧嘴道：“酸不拉几，什么味儿？是白酒吗？”伙计恍然道：“哦，客官是北方人吧？怪不得喝不惯这京师的黄酒了。”云北归道：“少废话，把这个拿走，给小爷拿白酒！荷花酒有没有？”伙计正要答话，却听见一个声音道：“客官要喝荷花酒，可得劳动尊驾北上千里才有得喝！”

云北归见是何富贵到了，正事要紧，于是跟伙计摆摆手，道：“把这酒撤了，小爷不喝了！”

云北归低声道：“你咋才来呢？”何富贵一怔，笑道：“这位客官何出此言？”云北归骂道：“能不能说人话？”

何富贵这一惊非同小可，颤声道：“你，你是……”云北归这才意识到自己容貌大变，何富贵一时没有认出自己，于是笑道：“‘寄语飞南归北雁，大河两桥是家川’，也不知是哪个酸秀才教我读了这句酸诗！”

何富贵再无怀疑，重新坐下，注视着云北归的脸，道：“二哥，你，你……”云北归满不在乎，给何富贵斟了一碗伙计新换的白酒，举起碗道：“来，咱哥俩有日子没喝了。”何富贵接过碗，却没有喝，继续问道：“二哥，到底怎么回事？”

云北归先喝了，道：“你怎么那么磨叽！大老爷们换张脸咋了？”何富贵道：“是，二哥说的对，大老爷们换张脸咋了，你娘光听声音也能知道是你，可是我记得有个叫杉杉的姑娘，不知道她还认不认她的老情人喽……”

云北归端着碗愣住了，这几天忙得头昏脑涨，变脸之后还真没想过这事！他放下碗，喃喃道：“是啊，是啊，杉杉，这可咋办？”何富贵抿了一口酒，道：“还能咋办，兄弟我给你作证呗！不过丑话说在前头，做担保、起毒誓，我何富贵都没问题，可是就算人家杉杉信了，但保不准人家就是不喜欢你现在这张脸，又该咋办？”

云北归一拍桌子，却又不知道该骂谁，不禁懊丧道：“大哥，为了您的事，兄弟我可是啥都豁出去了。我也没明白咋回事，咋就变脸了！”何富贵若有所思道：“我看过不少江湖册子，你这种应该就是练功练得走火入魔的那种。”

云北归仰脖喝了一碗酒，道：“管他呢！运河边就信一句话——船到桥头自然直。我就不信回了北平，杉杉真就不要我了！”何富贵端起一碗酒，道：“这回也算得上同病相怜了，我又去过秦淮坊了，没见到范丽华，花银子找伙计打听，居然说是被人接走了，去哪儿都不知道！”

云北归“啊”了一声，脑子里迅速闪念“要不要告诉他范丽华的去向”。何富贵察言观色，立即道：“二哥，你知道她在哪儿？对不对？”

云北归叹口气，道：“二哥劝你，这范丽华可不是咱平头老百姓享受得起的——就算你家有点钱，你还是个举人，可也差得远了！”何富贵惆怅道：“二哥说得对，谁让咱没生在帝王家哩！”仰脖灌了一大碗酒，起身就走。

云北归喊道：“你干吗去？话还没说完呢！”何富贵头也不回，兀自往外走。云北归上前把他拉回来，喝道：“你小子！早晚毁女人手里，你至于吗？”

何富贵抬起头，两眼竟然饱含热泪。云北归惊道：“你，你，这是干啥？”何富贵叹口气，道：“我别的不要，只想再见她一面就成。”

云北归只得道：“好，二哥告诉你地方，可是你记住了，咱还有正事要办哩！”何富贵破涕为笑，道：“谢谢二哥，你说吧，我听着呢！”

云北归说了地址路线，又道：“说好的，你见一面就拉倒啊！”何富贵心里默记地址，嘴上道：“这个自然。”云北归一拍桌子喝道：“你有点北平爷们气儿吗？为个姑娘跟丢了魂儿似的！”

何富贵勉强道：“二哥教训的对，弟弟记住了。”云北归低声道：“我在宫里可是听到了不少信儿，一会儿我得回宫去，你赶紧把消息飞鸽传书告诉大哥！”何富贵刚刚回过神，道：“飞鸽传书？”

何富贵辞别云北归，独自去了紫金山。他按照云北归的嘱咐，从后山慢慢攀了上去，到了半山腰，已经累得气喘吁吁，歇了一会儿，正要再爬，忽听山上有人喝道：“什么人？竟敢擅闯皇家禁地！”

何富贵高声道：“李彦李公公派我来的，过来搭把手，拉我上去！”

兵士们将信将疑，声音却弱了些，问道：“你是宫里的？怎么从来没见过你？”

何富贵一边喘着粗气上来，一边道：“废话，我还没见过你们呢！这是什么地方？大内行宫禁地！哪儿能派一个谁都认识的人过来！”兵士头目仍是满脸狐疑，道：“李公公可说了，不是他本人过来，谁都不能进！”

何富贵冷冷道：“除非呢？”兵士一愣，旋即道：“没有除非！这是李公公亲自交代的。”何富贵拿出一块腰牌，道：“这是李公公刚才亲自交给我的，你们要不要摸摸看！”

云北归回到皇宫，偏门禁军守卫急忙连打眼色，里面快步走出一个大汉，白衣素甲，正是李维邦。他一挥手，守门禁军立即放了行。李维邦向云北归拱拱手，向属下喝道：“你们都给我听好了，以后见了别的太监，该咋样还咋样，但是见了李公公，就跟见了我一般！听见没有！”众兵士齐声答应。

李维邦打手势请云北归往里走。云北归笑道：“李将军威风得紧哩！”李维邦笑道：“兄弟取笑了！末将是武将出身，粗鲁得紧，昨日冒犯还请见谅。”云北归笑道：“李将军，要说粗鲁，咱家大字不识；要说出身，您李将军是世家子弟，我可是，是穷苦人家出来的。”他忽然发现这李彦出身来历自己也是不甚清楚。

李维邦笑道：“公公说的哪里话！有句话说得好，英雄莫问出处，李公公年轻有为，深得太孙爷信任，太孙爷不日登基，您可是前程远大、不可限量啊！”云北归知道他在拍自己马屁，却听不大懂，于是道：“李将军书读得多，来给咱家讲课吗？”

李维邦旋即明白过来，道：“公公取笑了！李某只是……”云北归一挥手，笑道：“客气话不要讲了，请咱家喝酒吧！”

何富贵站在院子里，远远眺望阁楼之上，道：“我什么都看不着，回去如何交差？”兵士道：“我们奉了密令，任何人不能靠近屋里之人！”

何富贵道：“任何人都不能靠近，那她饿死了或是上吊了咋办？”兵士道：“自然会有宫女侍候，你有腰牌，进了院子，这就回去复命吧！”

何富贵仍不死心，从怀里掏出一沓银票塞给兵士，恳求道：“小哥哥，这少说也有五千两银子，你干一辈子也挣不了这么些，来，拿着！”

兵士脸上变色，低头看着银票。何富贵心中得意：老爹说得对，有钱能使鬼推磨，银子能把运河通！

孰料，兵士喝道：“大胆刁民！竟敢冒充大内密探前来紫金山！”何富贵一惊，道：“什么？”兵士哼道：“刚才还说是李公公派来的，派来的会使银子打点吗？”

何富贵心里暗骂，嘴上却道：“小哥哥我是看你站岗辛苦，慰劳你的，我回去也好交差不是！你不要就算了，何必如此诬陷于我！我要是冒充的，哪儿来的皇宫腰牌？”

兵士撇撇嘴，冷冷道：“识相的，赶紧离开，别妨碍我们值守！”眼睛却盯着银票。

何富贵明白他的意思，却将银票全部塞进怀里，道：“不要拉倒，死要面子活受罪！”悻悻走出院子。

何富贵出了院子，走远之后又悄悄绕到院子后方，抬头一看，见院墙高耸，根本看不见里面。何富贵看着旁边的竹林，心里叹道：“要是狗剩儿哥哥来了，随便几下子就能爬上去了，可惜呀可惜！”正在惆怅，忽然听得院内传出一阵琵琶弹奏之声，正是《夕阳箫鼓》！何富贵心里激动，静静聆听，如痴如醉。

一曲终了，何富贵兀自站在墙外，不动不走，半晌叹道：“美人锁珠帘，书生心内忧。听得琵琶曲，不负此一生！”突然一个声音大喝道：“哎，你怎么还在这儿？！来人啊，把他给我抓起来！”

很快，墙内一阵急促的跑步声传来，几十名兵士冲了出来。

何富贵吓得掉头就跑，寻花问柳的好心情荡然无存，只恨爹娘没让自己学武艺——当然让他学他也不会学的——跑了几步，脚也崴了，衣服也扯了，跌坐在树下，看着兵士们张牙舞爪地跑过来，嘴里叹道：“丽华姑娘，你我今生无缘，来世……”

何富贵还没叹完，后背一紧，身子已在半空，他“啊”了一声，不明究竟。他想回头，刚一扭脖子，迎面一黑，晕了过去。

何富贵悠悠醒来，感到脸上湿淋淋的，心里一惊，想要坐起来，腰部一酸，只好又躺了下去——四肢被绑，想要动弹，对于手无缚鸡之力的何举人来说，实在太过为难。他看看四周，漆黑一片，什么都看不清，想要叫人，嘴里又被塞了东西。他隐约觉得自己好像在一条船上，晃晃悠悠，又似乎在梦里。

也不知过了多久，何富贵被人揪起来，拔掉嘴里东西，扶着坐起来，喂着吃了几口糙米饭。何富贵虽然不是大富大贵出身，却也养尊处优惯了，哪曾遭过这份儿罪，只吃两口，就被噎住，被灌了一口水又呛住了，不自禁地咳嗽起来。那人骂道："真难伺候！自己吃吧！"

何富贵咳嗽完，央求道："哎，你不给我解手，我咋吃饭？"那人一愣，道："你要解手？"何富贵点点头。

那人出了船舱，看看四下无人，喊了一个同伴一起将何富贵架着出了船舱，站在甲板上后伸手要解他的裤子。何富贵大惊，喝道："士可杀不可辱，你，你干什么？"

那人奇怪道："你不是说要解手吗？老子给自己老子还没这样伺候过呢！"何富贵反应机敏，问道："大侠可是山西洪洞人氏？"

那人和同伴对视一眼，急忙又将何富贵架着回了船舱。何富贵察言观色，知道所料不差，便回头对那人说："你波揎饿！"（洪洞方言："你别推我！"）那两人都是一愣，一起问道："你是洪洞的？"

何富贵心里暗叹：跟着老爹基本啥也没学着，学了几句家乡话倒要救命了。当下哈哈笑道："老乡见老乡，两眼泪汪汪。大水淹了龙王庙，一家人不认一家人了呢！"

那二人对视几眼，犹疑不定。

何富贵道："不瞒两位兄弟，我家现在北平，我小时候是跟着爹娘从山西洪洞大槐树老鸹窝迁出来的！"那两人眼神闪烁，仍是将信将疑。一个忽然问道："那刚才你说'解手'，到底啥意思？"

何富贵道："我跟老爹出来十几年了，平时在北平做点小买卖，跟北平人说话，口音就变了，哪会反应过来是这个'解手'？你要不信，我还知道'背手''连手'哩！"

那二人明显信了，却又不给他松绑。何富贵试探道："两位老乡要是缺钱花，直接管我要呗，我这儿要是不够，回了北平我跟我爹要！"看这两人仍然不动，何富贵咬咬牙，道："大兄弟，你从我怀里掏，还有个几千两银票，你给我留下点盘缠，别的都拿走！"

那人也不客气，伸手到何富贵怀里，掏出一沓银票，借着月色星光，看了看数额，顿时大喜！

何富贵笑道："咱山西人最讲诚信，银票你们拿走，我……"那人打断道："你却还不能走！"

何富贵心里既气愤又绝望，反问道："真是'秀才遇见兵，有理说不清'，盗亦有道，你们拿了银子，还不放人！"那人歉然一笑，道："你要是别人，我们早就放你走了，可是……"何富贵心里打鼓，不知道自己的底细被他们知道多少。

那人继续道："我们也是奉了上头的命令，前来京师拿人，你放心，我们既然拿了你的钱，就绝不会为难你，只要你不跑，啥都好说。"

何富贵看看四周的水，心道："你现在就是放我走，我也走不了。"那人见何富贵放松下来，才道："公子是不是得罪了沧临派？"

一提沧临派，何富贵猛然惊觉，心道："莫不是李云婷派人……"那人道："我们都是老乡，不妨跟你讲，我等都是洪洞派的，帮内教众都是洪洞移民，当然，洪洞移民却未必是我洪洞派的。"

何富贵试探道："比如我和我爹这样的？"那人道："正是，公子是洪洞人，却并非我洪洞派教众。"何富贵进一步道："那，我要是入了咱洪洞派……"

那人谨慎道："这个我可做不了主，我只是……"旁边一人道："这位是洪洞派七绳长老柯艾胤，我是柯长老弟子吴飞。"何富贵恳求道："我与二位素不相识，何来仇怨？你们拿了银子，咱们又是同乡，既然不肯放我，就请告诉小生为何抓我？"

柯艾胤沉吟道："不是我们要与你为难，是……"压低声音，"沧临派近来传出风声，要来京师拿人，我们帮主神通广大，能掐会算，知道他们要拿的人就是阁下。"何富贵心里猜出几分，故意道："所以贵派帮主让你们先拿住了我，再和沧临派谈条件。"

柯艾胤惊奇道："你怎知道？"何富贵装得莫测高深，心里却在寻思脱身之策。

柯艾胤又道："既是同乡，也不妨告诉你，这沧临派掌门人李炳森十几年前娶了一个小妾，乃是我洪洞派的一个叛徒。"

何富贵心里一惊，心道这李云婷母亲看来也非善类。他还想接着听，柯艾胤却住了嘴。何富贵要引他说下去，故意道："你说的不就是丁秀丽吗？"

柯艾胤又是一惊，看着他道："你到底是什么人？"何富贵笑笑，却道："丁秀丽脱离洪洞派，嫁给了沧临派掌门人，按理说，沧临派在这运河沿线势力庞大无人不知，洪洞派为何非要与他们过不去呢？这个我却搞不懂了。"

柯艾胤道："这个，这个，沧临派势力大，我们洪洞派也不是吃白食的！"何富贵激他道："看来你也不知道具体原因了，唉！"

柯艾胤道："我身为七绳长老，自然知道，只不过不愿告诉你罢了。"何富贵问道："哎，这七绳长老到底是个什么东西？"一旁的吴飞呵斥道："不得无礼！"

柯艾胤冷笑道："你身为山西洪洞人，虽不是洪洞派教众，却对老夫如此无礼，着实可恨！"何富贵道："常言道'不知者不为罪'，我是洪洞人没错，可那时我还小，爹娘到了北平忙着做买卖，又成天逼着我读书考科举，从来也没人给我讲过那段移民故事，我上哪儿知道去！"

柯艾胤道：“这话倒也在理，不过我们帮主早就说过，如果全天下洪洞人一条心，哼哼！看看谁还敢欺负我们！怪就怪像你爹娘这样的人，成天就知道算计自己的小买卖，过自己的小日子，任凭官府欺压敲诈，也不敢反抗，才会被官府像赶牲口一样从山西赶到这里。”

吴飞接口道：“移民东迁的路上，官府当兵的怕人跑了，就用绳子把人一个个捆上，登记名册，到了一处地方，按照名册点名，名册与人对上了才会解开绳子放人。走的半路上，有人想要上厕所方便，都要报告官兵，当兵的替他解开手，他才能方便。”何富贵点点头，道：“这个我倒听说过，可是移民就移民，为什么会出来一个洪洞派呢？而且什么叫七绳长老你还没说哩！”

吴飞刚要说，听见柯艾胤咳嗽两声，急忙闭了嘴。何富贵笑道：“徒弟想说，师父不让，想来这洪洞派帮主也是见不得人的了！”柯艾胤哼哼两声，道：“我们帮主武功盖世、超凡绝伦，而且会飞天遁地之术、呼风唤雨之法，端的是古往今来最最了不起的大人物了！”

何富贵嘿嘿冷笑，却不说话。柯艾胤怒道：“你笑什么？居然敢……”何富贵道：“贵帮帮主如此神通，却为何也被官兵从洪洞押了过来？他这么大本事，与沧临派结怨多年，为何不敢上门与李炳森一决高下？”

柯艾胤一时语塞，急得满头大汗，便催促吴飞道：“你，你来说！”吴飞伶牙俐齿，道：“我们帮主虽然也是洪洞人，却并非被官兵欺压而来，哪个官兵能对付得了我们帮主？她老人家上天彻地、无所不能……”

何富贵打断道：“他的本事你是亲眼所见了？”吴飞道：“我，我父亲就是帮中长老，他老人家说，有一年，他们好多老百姓被官兵驱赶，走到北运河时，一个小孩子走不动了，他母亲已经背了两个，实在没法再抱他，当兵的二话不说抱起孩子就扔进了河里，孩子掉进河里后，飘飘荡荡就是没有沉下去，百姓们都说是河神显灵，官兵们不信邪，竟然朝着孩子射箭！箭到了河里，却也没了力道，飘飘荡荡，随着河水漂了开去。官兵们也害了怕，跪地求饶，我们帮主这才现身。”

何富贵故意道：“哦，那贵帮帮主想来现在也是一个七老八十的糟老头子了……”话未说完，脸上已被扇了一个耳光。吴飞气愤道：“大胆狂徒，竟敢出言侮辱我帮帮主！她，她明明是一位年轻貌美的女，女帮主嘛！”

何富贵一怔，随即道：“就算她是个女的，可是算算岁数，也得七八十岁了嘛！你又干吗打我？”柯艾胤冷笑道：“打你是轻的！要是让我们其他教众听了，非得把你舌头割了！我帮的苏帮主端的神通广大、长生不老，才会益寿延年、永葆青春！”

何富贵听得柯艾胤笨嘴拙舌却将这些词说得十分顺嘴，想来也是平时说得惯了。于是试探道：“苏帮主年轻貌美，神通广大，还心地善良救人水火，却为何出了丁秀丽这样的叛徒？”

吴飞道：“是她偷了我帮……”柯艾胤大声喝止，道：“跟他说什么！不想活了！”此后二人都闭了嘴，不再和何富贵说话。

何富贵心里思忖，想来是丁秀丽先是偷了苏帮主的什么宝贝，然后假装移民混在队伍里，被萧德志看中后花钱买了出来，后来却又嫁给李炳森为妾，生下李云婷。洪洞派估计是得到消息，前来沧临派索要宝贝被拒，才会因此结怨。

何富贵暗中留意，发现小船不大，除了自己外，船上还有三人——柯艾胤师徒和一个又聋又哑的老艄公。柯艾胤师徒也不为难何富贵——取了他的银票，又料定他不会武功，所以只是轮番看护，不再拿绳索捆绑。

船沿着运河一路往北。

这天，小船到了一个码头，柯艾胤打发吴飞上岸去买些吃的用的，艄公喝了酒，倒头就睡。何富贵一直寻思脱身之法：船在水上航行，他不敢冒险；现在到了码头，他觉得机会来了。

他看着码头景色，自言自语道：“故人西辞黄鹤楼，烟花三月下扬州。”柯艾胤一惊，警惕地看他，虽没开口，眼神里却是：你怎么知道是扬州？

何富贵正要再说，旁边驶过一艘大船，一个粗哑的声音喊道：“哎，酸秀才，我就说是你吧！太师他们还不信！”

何富贵定睛一看，却是蒙古小王爷鬼力赤，身后站着太师阿鲁台，以及蒙古贵族世子马哈木。

原来，那天在秦淮坊诗词大会，鬼力赤眼睁睁看着何富贵连续闯关成功，进入最后一题，不禁大发雷霆，怒不可遏，开始打砸大厅。侍女范丽云出手制止，鬼力赤不是对手，命令阿鲁台出手，打伤了范丽云，直到听说大批官兵来到，才在马哈木、阿鲁台的劝说下离开了秦淮坊。

他们回到驿馆，不几日接到大明朝廷正式照会，说是大明洪武帝驾崩，邀请特使参加国葬云云。他们早已知晓消息，来到中土不过是奉命刺探大明防线虚实，趁机花天酒地而已。葬礼还未结束，安南胡季犛陈天平师徒就先行回国，鬼力赤也拉着阿鲁台、马哈木北返，却在这里偶遇何富贵。

何富贵心念电转，笑道：“王爷别来无恙！太师可好，马先生好！”柯艾胤大为紧张，道："他们是什么人？快别说话了！"

鬼力赤笑骂道："你小子艳福不浅，那么多人参加什么大会，就你小子占了便宜！"何富贵心中惆怅，嘴上笑道："缘分天定，岂能强求！"

阿鲁台出来道："何公子风流本色，不但拿下沧临派女弟子，还能得到京师第一名妓范丽华的垂青！不过，中土有句话叫'几家欢喜几家愁'，你何公子风流快活，却苦了那安南小王子陈天平了！"

鬼力赤哈哈笑道："我来一趟应天府没见着范丽华，气不顺就跟他们打一架过过瘾，可那姓陈的小子，成天耷拉个脑袋，像是斗败的公鸡，哪会有姑娘喜欢！"

何富贵还要再说，腰眼已被一把匕首顶住。柯艾胤低声道："让他们快走，不许啰嗦！听见没有？！"何富贵向阿鲁台连打眼色，嘴上说道："今日匆匆，他日再见，何某一定请各位喝酒，不醉不归！各位，请了！"

鬼力赤还要说话，却被阿鲁台抢着道："好，何公子请了！"大船未在码头停靠，继续朝北行驶。

柯艾胤仍不放心，用匕首割断缆绳，小船晃晃悠悠离开岸边，他才沉声道："你到底是啥人？怎么还和这些胡人勾勾搭搭？"何富贵道："你可知道他们的身份？"

柯艾胤道："我哪儿知道？不是问你吗？怎么倒问起我来了？"何富贵淡淡一笑，道："你直接问他们吧！"

柯艾胤一惊，身子已被拿住，惊怒之下，急掠而出，反手一条绳子打向后方！绳子又急又快，如同一条铁棍直插对方面门，那人脚步飘忽，轻易避过，嘴里赞道："好绳法！"

何富贵自然知道那人便是阿鲁台。刚才他与他们几人对答，便向阿鲁台连打眼色求救，心想在他三人之中，也只有阿鲁台有能力快速制住柯艾胤。

柯艾胤与阿鲁台快速变招，堪堪将苦练多年的"洪绳九连环"全部打完，虽使阿鲁台不能靠近，却也没有占得半点便宜，心里知道对方功夫在己之上，心里登时怯了。何富贵眼见有了空子，岂有不钻之理，悄悄移动脚步，走到已被惊醒的艄公跟前，向他连打手势，示意他靠近码头。

小船晃晃悠悠靠岸，何富贵拼尽全力跳上岸，心道："可算有救了！"脚步未稳，便觉脖子一凉，一把匕首已经架在上面了！

何富贵抬头一看，苦笑道："吴飞兄弟，你倒来得正是时候！"吴飞急怒之下语无伦次，问道："他，他们，是什么人？你干吗逃跑……"

何富贵道："哎，吴飞，你来得太好了，他们是外邦强盗，要打劫你师父，你还不快上去帮忙！”吴飞立即放开何富贵，奔向小船，又回头喊道：“你，你不许跑啊！”

何富贵心里暗笑，脚下不停，拼尽全身力气向人多处跑去，孰料，刚跑几步，就被一条绳索绊倒，摔了个狗吃屎。他狼狈地爬起来，摸着生疼的小腿和手掌，嘴里不禁骂道：“谁这么缺德……”眼睛所见，嘴巴就停了——眼前是个装扮奇特的年轻女子，脸上似笑非笑，却有一种令人不敢冒犯的凛然气质。

何富贵立即转怒为喜，道：“姑娘这是要去哪儿？”那姑娘低低一笑，道：“相公急着跑什么？是害怕打架吗？”

何富贵见了漂亮女子，豪气顿生，立即道：“哪里，哪里，我怎会怕那个！我是见了佳人为之倾倒罢了！”

姑娘捂嘴轻笑，姿态柔媚，看得何富贵心里一荡。姑娘道：“我看那船上打架甚是有趣，相公可愿陪我去看看？”美目凝视何富贵，撒娇之中兼有坚决，让本就走不动道的何富贵如何割舍得下？

第九回　宫廷政变计中计 晋民东迁情内情

何富贵心里告诉自己："喂，赶紧走啊，回去可就是自投罗网了！"可是脚步完全不听使唤，乖乖跟着那女子往回走，心里骂道："狗剩儿哥骂得对，我何富贵早晚死在女人手里！"

小船上，柯艾胤师徒联手抗敌，两条绳子上下翻飞，煞是好看，却丝毫打不到阿鲁台身上。旁边大船上站着鬼力赤和马哈木，带着众兵士一起叫好。

那姑娘看了一阵，笑道："相公，你看是这外邦人的功夫好，还是这师徒的功夫好？"何富贵痴呆呆地看着姑娘，喃喃道："姑娘说谁好，谁自然就好。"心里也在奇怪，自己见得美女绝不算少，只有遇到绝色美女范丽华时才会如痴如醉，眼前这姑娘虽有几分姿色，但绝不能与范丽华相比，相较之下，甚至不如李云婷娇媚可爱，怎的自己如此魂不守舍，欲罢不能？

姑娘又是捂嘴轻笑，道："怪不得你能把'阴森森'的掌上明珠骗到手。"何富贵莫名其妙，不明所以，正要开口询问，只见姑娘高声道："好了，柯长老，你们退下吧！"

柯艾胤和吴飞听见喊声，一起住手，手中的绳子却被阿鲁台全都抽了过去。柯艾胤师徒一起跃上岸，奔到姑娘面前，磕头拜道："帮主，我师徒学艺不精，罪该万死！请帮主责罚！"

何富贵惊恐之下，却见那姑娘冷冷道："与外人对敌落败，绳子也丢了，该当何罪，柯艾胤你应该是清楚的。"柯艾胤与吴飞对视一眼，脸上出现一丝惧意，旋即脱下鞋袜，扬起匕首，"唰"地砍向脚趾！何富贵赶紧捂住眼睛，不忍直视。

伴随着吴飞的哭喊和柯艾胤低低的斥责，阿鲁台哈哈笑道："打不过就要砍自己脚趾，这倒有趣得紧！"

那姑娘冷冷道："阁下想必就是西域第一高手阿鲁台了？我帮七绳长老技不如人，丢了绳子，自砍脚趾，知耻后勇向来是本帮奋发习武的动力！"

阿鲁台还未说话，大船上的鬼力赤哈哈笑道："中原真是好地方，怪不得老祖宗拼了命地打下中原，中原的小妞各有各的味、各有各……"话音未落，但见长绳起落，阿鲁台相救不及，鬼力赤已经腾空而起！

何富贵眼见这姑娘手法几个起落，鬼力赤就已经在半空"吱哇"乱叫了。阿鲁台飞身跃起，想要截住再次飞向高处的鬼力赤，却见长绳倏然下降，鬼力赤"扑通"掉进河中。

阿鲁台赶紧吩咐兵士下河捞人，转身对姑娘道：“姑娘面貌姣好，装束奇特，又将一条长绳使得如此出神入化，自然是洪洞派帮主苏炳华苏帮主了！”

那姑娘笑容不改，道：“阿鲁台身在漠北，却对中原武林关心得很，想必别有企图吧？”

阿鲁台不置可否，却道：“前几日我与你师兄……”苏炳华打断道：“我没有师兄！”阿鲁台笑道：“儿女情长，因爱生恨，中原武林除了张三丰，好像没人可以躲开这条魔咒，所以也没人可以把武功练到登峰造极的地步。”

苏炳华冷冷道：“对付你，不必登峰造极。”阿鲁台道：“‘洪绳九连环’我适才领教过了，不过如此，苏帮主不也是靠此成名吗？其他什么飞天遁地、呼风唤雨的所谓妖法，老朽可全然不信哦。”

苏炳华一扬绳子，道：“对付你，还用不着作法！”话音甫落，长绳已经抖落开去，直逼阿鲁台面门。何富贵站在身边，却觉得她的手法似乎比柯艾胤柔弱许多，绳子也是软绵绵的，全不像柯乂胤的刚猛有力，心里不禁替她捏把汗。

阿鲁台也是“咦”了一声，迅速迈开“乾坤大挪移”全力应对，再也不敢轻忽。柯艾胤苦练绳法，将一条绳子练成一条铁棍般已是极为难得，而苏炳华却又将其练了回去，何富贵眼见她手腕翻飞，已经使出了击、答、缚、勾等多种手法，眼花缭乱，精彩纷呈，不禁赞道：“姑娘手法奇绝，古今罕见！”

苏炳华啐了一口，娇笑道：“你如今知道我是谁了，还不叫声阿姨！”何富贵故意道：“如此年轻就叫阿姨，那我岂不是三岁小孩子了。”苏炳华与何富贵不住调笑，手上却是丝毫不慢，堪堪已与阿鲁台过了几十招。

阿鲁台心里着急，自已枉称西域第一高手，居然几十招都拿不下这“小丫头”——纵然知道她就是成名已久的洪洞派帮主，但在鬼力赤、马哈木这等外行面前还是觉得面上无光。

此时的鬼力赤已被兵士救了上来，站在一旁对这小姑娘怒目而视，眼见阿鲁台竟然只与她战成平手，不禁怒道：“阿鲁台你行不行？上次打不过一个狗剩儿，这次连一个小丫头都干不过，我们大蒙古请你做太师是瞎了眼吗？”

阿鲁台脸色极为难看，手上加快进攻节奏。苏炳华虽然只用双手抖绳应付，似乎姿态轻松，却也是全神贯注，不敢大意，也不再和何富贵调笑了。

何富贵眼见鬼力赤烦躁异常，对着一个兵士骂了几句，踢了一脚，那兵士急忙奔回大船，像是去拿什么东西。很快，兵士跑回来了，手里多了一个东西——何富贵心里一惊，认得那是火枪！

何富贵心里害怕，却还是高声提醒道：“姑娘，小心！”苏炳华临敌经验丰富，听见喊声，当即平地跃起，听得一声惨叫——这一枪却打在何富贵腿上！

苏炳华大惊，半空之中长绳起落打向鬼力赤，鬼力赤一边后退，一边招呼所有兵士都取了枪——全然不顾马哈木极力劝阻，说是回去献给大汗的宝贝云云。

兵士们取了火枪，列成一排，朝着苏炳华等人举枪站定。阿鲁台心有不甘，还要再战。鬼力赤喝道：“太师，赶紧回来，不然老子可就不客气了！”阿鲁台向苏炳华连击三招，倏忽跃回，脸色阴沉，一言不发。

苏炳华面对火枪阵，低声喝道：“柯艾胤，撤！”还没听见答应，却见对面火枪已经开火！她长绳舞起，架起受伤倒地的何富贵，瞅了眼同样倒在地上的柯艾胤师徒，却见吴飞早已晕死过去，柯艾胤却在他身上翻找。

苏炳华怒骂道：“柯艾胤，你干什么？还不快走！”柯艾胤嘴里答应，手上却不停，很快翻出一大沓银票，大喜过望，想要塞进自己怀里，却倏然不动——胸口多了几个枪眼，登时嘴角吐出鲜血，倒地毙命，手里兀自捏着那一沓银票。

苏炳华暗骂一声，架着何富贵跃在半空，长绳起落，打在火枪阵前排几个兵士身上，其余兵士们纷纷躲避。趁着这个空隙，苏炳华已经几个起落，飞出几十丈之外。

何富贵中枪之后，觉得大腿火辣辣的疼，意识模糊，神情恍惚，只知道一个人架着自己飞在半空，闻得她身上有着淡淡的檀香味道……

国丧已近尾声，为新君登基的各项筹备工作也在有条不紊地进行。云北归作为太监头子，只需要使唤好下面几个太监小头目就够了，其余时间一门心思侍候好朱允炆。

这天，朱允炆正召集方孝孺、齐泰和黄子澄在端本宫议事，身边只有云北归侍候。正说到如何处理现在在京的宁王时，大门突然打开，一人昂然而入——正是宁王。

众人都是一愣，相互对视，居然谁都没有说话。云北归忍不住喝道：“大胆宁王，这里是太孙的端本宫，不是你大宁的王府，你这样闯进来算怎么回事？你就是去别人家串个门还得敲门不是？”一番话说得不伦不类、似通非通，却也理直气壮、大气凛然。

宁王冷笑道：“毛孩子假传圣旨裁撤藩王，甚至逼死叔父，将本王催命般召来却又不闻不问，叔父过来问话，一个堂堂亲王却被一个阉货质问，不知道我刚死的亲爹在天有灵看到了会怎么想？”

朱允炆恢复镇定，道：“十七叔莫要听信传言，裁撤藩王本就是皇爷爷的意思，侄儿只是奉旨办差而已。”宁王道：“奉旨办差？我不相信父皇会让一向体弱多病的老五去鸟不拉屎的云南，还从一个亲王贬为庶民！他被第一个拿来开刀不就是因为他是老四的同母兄弟，封地又靠近北平，你担心他们联手，不是吗？”

朱允炆脸色铁青，一言不发。黄子澄看了齐泰一眼，出来道：“宁王殿下，是有人告发周王贪虐残暴，在封地开封草菅人命、屡行不轨，先皇才会命李景隆大人带着圣旨亲自缉拿归案，与太孙何干？”

宁王哼了一声，道：“那接下去呢？代王、岷王又都犯了什么事？还都偏偏一起犯了事！他们都老实，乖乖地任你摆布，可老十二有骨气，你以什么罪名去抓的他？”

齐泰道：“湘王私印钞票、扰乱市场、兼并土地……”宁王打断道：“私印钞票，哪个亲王不印钞票？父皇何曾下旨查禁过此事？怎会突然想起来严查此事？”

方孝孺道：“亲王询事，自有法度。宁王虽是太孙叔父，可是君臣之礼难道就不遵守了吗？”

宁王瞥他一眼，道：“枉你方孝孺名满天下，父皇一直不用你，太孙给你个甜头你就靠过来了是吧？”方孝孺还要再说，却被宁王摆手制止道：“我当他是侄儿，他当我们是叔父吗？上个月十五，北平放灯节，有人穿着我宁王府兵士服、拿着刻有宁王的兵刃去刺杀老四，不知道方大儒知晓吗？”

方孝孺一时语塞。云北归看见朱允炆与黄子澄对视一眼，旋即避开。宁王冷笑道：“天下说什么‘燕王善战，宁王善谋’，如此‘有谋略’的我居然会派人穿着自己府邸的衣服、拿着刻有我的名字的刀去杀人！真是笑话！天大的笑话！”

黄子澄道：“燕王已经上报此事，北平布政使正在调查，尚无定论。”宁王步步紧逼，盯着黄子澄道：“北平布政使张昺在北平屁股还没捂热，他调查个屁！总算苍天有眼，我手下几个江湖人回老家北平过节，就在现场抓了条漏网之鱼。”

朱允炆急急看了一眼黄子澄，黄子澄急忙低了头。宁王继续道：“据他们几个讲，在北平通惠河行刺的几十个人都被老四和几个手下当场打死，只有一个游上了岸，当然，我的人也没让他跑了，现在就关押在我宁王府的大牢里，黄大人，你知不知道他招出的幕后主使是谁啊？”

云北归蓦地想起来，当时他扶着燕王上了何富贵的船，确实看见一个黑影游上了对岸。

黄子澄板着脸，面无表情。宁王道：“他说指使他的人叫黑三，是京师出了名的地痞头子，而黑三有个发小叫刘安，这个刘安年纪轻轻死了爹娘，就投奔了一个远房亲戚，进到一个大官府上当了家丁，改名黄安，黄安人长得精神，办事又机灵，很快就当了黄府的管家……”

黄子澄打断道：“宁王有话直说，老夫受得起。”宁王高声道：“别人都说黄大人身为太孙之师，为人耿直、脾气火爆，脾气我是知道了，可是耿直却未必了。”

黄子澄道：“此事从头至尾都是老夫派人所为，与他人无干，宁王有话对我讲则可。”宁王笑道：“我与你、老四与你，皆是远日无仇近日无怨，你为何要杀他、诬陷我？”

黄子澄傲然道：“老夫身为朝廷命官、太孙孙之师，最是看不惯无礼藩王搅乱朝纲、不遵法纪、为祸地方，既然事情不谐，老夫情愿承担一切罪责，宁王要杀要剐，老夫等着便是！”

宁王竖起大拇指赞道：“行！你是个爷们！太孙有你这样的奴才也是福分！”

太孙站起来，激动道：“十七叔，你，你到底要干什么？”宁王笑道：“是你先动的手，就别怪叔叔不客气了！来人！”

门口响起兵士应答之声。宁王狞笑道：“把他们都给我抓起来！”大门霍然打开，几十名兵士迅速进来把住了几个出口，外面依然脚步声不断，显然是有更多兵士赶来。

太孙脸上变色，颤声道：“你，你，你敢……”宁王笑道：“拿下！”

一声令下，几个兵士上来先拿住了宁王！

这下变起仓促，众人都是一愣。只有方孝孺淡淡道：“宁王犯上作乱，罪不容诛！”接着向太孙禀报情况。云北归听得稀里糊涂，知道大意是方孝孺整顿大内守卫，发现有人暗自调换值守人员名单，而且出现了许多新名字，知道情况有异，来不及禀报太孙，临时动用太孙令牌将报上来的新晋值守人员全部撤换云云。

太孙吁了一口气，道：“方大人，多亏有你，”转向宁王，“宁王目无法纪，犯上作乱，押入天牢，听候……”还没说完，却见几个御林军慢慢放开了宁王，恭恭敬敬跪在一旁。

宁王仰天大笑，走到方孝孺面前，道：“‘宁王善谋’是句屁话吗？我好歹也是带兵打了几年仗的，能被你这书呆子玩儿了！”

方孝孺兀自不信，盯着那几个兵士，怒道：“你，你们……”宁王拍着他的肩膀笑道：“方大人，本王也不能说你愚蠢，只能说你太多年不在朝中，人生地不熟，两眼一抹黑，不错，你拿着太孙令牌换了人，报了新名单，可是你要知道，负责报名单的人也是我的人！”

方孝孺目瞪口呆，太孙呆坐在椅子上。黄子澄大步向外走，喝道：“谁敢拦我！”两个兵士立即围了上来，却被愤怒的黄子澄一把推开，立即又围上来几个兵士，拔出兵刃挡住了他。

黄子澄怒道：“宁王，你，你真要违背先皇遗旨、犯上作乱吗？”宁王沉着脸道：

"箭在弦上，不得不发！"

方孝孺昂然道："宁王，你的朵颜三卫想必就在外面了？"宁王笑道："对付一个毛孩子加上几个书生还用得着朵颜三卫！再说了，我这次要是带了朵颜三卫，能进京师半步吗？"

方孝孺与太孙对视一眼，便嘬嘴为哨，发出尖利的声音！宁王一惊，往外一看，却见大殿之外呼啦啦又围上来更多兵士，不过距离较远，看不清是何兵种。

方孝孺冷笑道："锦衣卫，只听命于先皇的锦衣卫，想必宁王爷收买不了吧！"

宁王脸色大变，嘴里道："他，他们，他们不是……"方孝孺道："他们自然不该出现在端本宫，可是宁王在京师，我等可不敢大意！一道保险根本不够啊！"

宁王脸色铁青，忽然飞起一脚踹向方孝孺，又在众人的惊呼声中奔向太孙，出手如电！

方孝孺、黄子澄与齐泰都是大吃一惊，他们都知道宁王自幼好武，各个门派的武功都有涉猎，身手自是不错，加上与蒙古余部交战多年，可谓身经百战，他要对长在深宫、手无缚鸡之力的太孙动手，胜负不言自明。其实最吃惊的乃是太孙身后的云北归，他在瞬息之间看见宁王出手手法乃是阿鲁台曾经对他使过的、中原武林臭名昭著、失传已久的——九阴白骨爪！

宁王久经战阵，瞬息之间做出判断，自己几百号人围住了太孙几个人，外围却又被上千锦衣卫包围，为今之计，只有拿下太孙，自己才能安然脱困。他的九阴白骨爪习练已久，今日终于派上用场！

太孙吓得浑身哆嗦，闭上眼睛，只听"哚"的一声巨响，接着传来骨头碎裂的声音，他睁开眼来，却见刚才凶猛异常的宁王叔叔此时委顿在地，右手虚张，不住颤抖。

太孙惊愕之下，回头看见云北归正收回马步，两手回势站定。太孙惊道："李彦，是你，是你救了我！"

云北归跪下道："奴才出手慢了，惊吓了太孙爷，太孙爷别怪罪呀！"

太孙笑道："你小子！总让我想不到！你到底还有多大本事没使出来？"云北归笑道："太孙爷法力无边，奴才为您打下手。"

室内的兵士见宁王被击倒，茫然不知所措。云北归站起来喝道："还愣着干吗？还不扔了家伙投降，真要找死啊！"

御林军纷纷扔了兵器，跪倒在地，嘴里向太孙求恳，说是受了宁王蒙骗上了贼船云云。方孝孺与太孙低语了几句，旋即走出大门，高声道："全体御林军听了：太孙有令，即刻放下兵器，迷途知返，太孙爷既往不咎，不会追究今日之事，若是执迷不悟，负隅反抗，锦衣卫即刻动手，格杀勿论！”

外围的锦衣卫齐声答应，声振屋瓦，威风凛凛。云北归心道：“当个锦衣卫头头倒是不赖！想必李维邦大哥就在外面了。”大殿外的御林军听了，犹豫片刻，开始有人放下兵器，很快都跪倒在地，口喊：“太孙恕罪！太孙恕罪！”

太孙在云北归的搀扶下慢慢站起来，刚才的几次惊吓，几乎让他体力耗尽。强撑着来到门口，挥手道：“宁王弄权，大逆不道，国丧期间不遵孝道、觊觎大位，刺杀储君，是可忍孰不可忍，令押至天牢，严加看管，没有我的命令，任何人不得靠近！御林军助纣为虐，危害储君，姑念初犯，暂时交付锦衣卫看管。”

方孝孺高声道：“李统领，将宁王和御林军押下去！”很快，有人过来架着宁王，其余锦衣卫押着御林军，迅速退了出去，刚才剑拔弩张的端本宫恢复了平静。

太孙疲惫至极，靠在木榻上，半天才道：“今天凶险至极，幸亏有，有你们几位大人，还有……”回头看着云北归，“多亏小李子身手不凡，挡住了宁王。”

云北归低头道：“太孙爷洪福齐天，旁的人哪能动得了您呢！”

齐泰问道：“太孙，臣请示如何处置刚才犯上作乱的御林军？”方孝孺出来道：“这还用问吗？犯上作乱，诛灭九族！”

云北归心里一惊，觉得太孙和方大人答应了不杀御林军，怎么会说话不算话？他们不都是读书人吗？

太孙阴着脸说：“这是自然，全体御林军诛灭九族，不留活口。锦衣卫重赏！”又道：“今日之事，你们几位都有救驾之功，日后自会重赏！”

几位大人低头谢恩，只有云北归心里不以为然。

方孝孺道：“太孙，宁王犯上作乱被抓，此事干系重大，臣请太孙立即登基，主持大局！”黄子澄、齐泰也都跪下求恳。

云北归侍候太孙爷早早睡下，自己溜溜达达出了宫门。他轻车熟路换了便服，径直奔了五龙桥头，又在那家酒馆坐定，特意说了不要黄酒要白酒，又点了几个招牌菜，边喝边等何富贵。

何富贵，注定是等不到的了。

此刻的何富贵正靠在一个船舱里的软床上，静静注视着对面床上熟睡的苏炳华。他年纪不大，却已算得上是阅女无数。对于如何判断一个女人的真实模样，他有一个独到的心法：那就是在女人睡着的时候。女人是天生的好演员，演技远远高于死要面子的男人——除了她们真正睡着的时候。何富贵一向认为，所谓女人素颜，其实就是另一个女人眼中矫情的淡妆而已。

何富贵开始反省自己：女人见多了，欣赏品位自然就高了，虽然自己好色，却不至于见一个爱一个，可是眼前这个眉头紧锁、呼吸粗重的女人，怎么会让自己在危急关头停下逃跑的脚步，情愿跟她回到狼窝？他越看越觉得她姿色平常，而且皱纹明显很重了，皮肤也粗糙，还有不少的白发！

正胡思乱想，何富贵忽然觉得月光暗了下来。他向外探头一看，大大的满月缺了一角——知道这是“天狗吃月亮”，小时候奶娘给他讲过，后来渐渐长大，读的书多了，知道这叫月食，汉代的张衡就说……

他还没想起张衡的话，就听见对面床上响起一阵磨牙的声音，“吱吱吱吱”，越来越响，越来越快。

何富贵本就胆小，听见这个更是吓得抱着被子不住哆嗦，在被子缝隙里看见苏炳华来回扭动，似乎痛苦异常，又似乎是在享受打滚儿，动作越来越大，整个小船都在晃动。

何富贵怕得要死，却听一个声音喝道：“干吗呢？鬼打架呀，回家打去！”他吓了一大跳，听清是艄公，才露出嘴巴说：“船家，船家，我，是……”

艄公还要再说，却突然发出“呃呃”的声音，显是被人扼住了喉咙！何富贵大吃一惊，蓦地发现艄公正被一条绳子勒住脖子往上提，绳子的那一头却在对面床上。何富贵心里害怕，可越害怕越想看——那绳子跨过船上的晾衣竿，最后攥在一个个子不高、披头散发的白衣人手里！

白衣人形容枯槁，老迈不堪，可是，他还是认出来了——正是白天时还年轻漂亮、笑容柔美的苏炳华！

何富贵捂紧了被子，吓得浑身筛糠，冷汗涔涔，却又憋住呼吸，妄想不让她发觉自己。

也不知道过了多长时间，何富贵听着外面似乎安静了下来，心里好奇，慢慢掀开被子，突然，一张惨白的脸迎面凑上来！吓得他尖声大叫，使劲撩开被子，跪在地上不住磕头求饶，“观音菩萨、洪洞派女神”地乱叫。

一个苍老的声音冷笑道：“如果‘阴森森’的宝贝女儿见了你这副德行，是不是得挖了自己的双眼啊！哈哈哈！”笑声中有嘲讽、有凄惨，却无半点欢乐之意。

何富贵跪了半天，求了半天，不见对方动手，胆子逐渐大了些，想悄悄抬头看一眼，但想起那张惨白的脸后，又迅速低下头，嘴里道：“苏帮主，苏帮主，您大人有大量，饶了小生一命，您要什么我都答应您！”

苏炳华阴森森地说：“现在不叫我小姑娘了？不跟我嬉皮笑脸了？”何富贵惊恐之下，裤子都被尿湿了，哆哆嗦嗦道：“小生无礼至极，请苏帮主不要见怪！”

苏炳华长叹一声，不再理他，转身去了船头。

何富贵听到脚步声远了才敢抬起头，拿袖子擦汗才发现袖子也湿了——地上一片水迹，想来都是自己的杰作了。

他渐渐恢复镇定，理智也浮了上来。他看着四周静谧的河水，知道本就手无缚鸡之力的自己绝对不可能逃得出她的手心，与其跪地求饶让人厌弃，不如发挥自己所长，即使死了也要像个样子，用狗剩儿哥的话讲——“像个爷们儿！”

何富贵心里敲鼓，脚步却慢慢往外走，向着苏炳华走去。

苏炳华头也不回，冷冷道：“怎么？你还敢出来？”何富贵一张嘴，牙齿相互撞击，脱口道：“苏……姑娘！”苏炳华一怔，冷冷道：“哦，又敢叫我姑娘了！？”

何富贵硬着头皮道：“姑娘，刚才你是不是做了噩梦？我看你……表情痛苦，像是受了莫大委屈，是不是有心事啊？”他发现一旦张了嘴，平素的口才似乎立即恢复了，口舌也顺溜了许多，搭讪姑娘的套话空话立即源源不断。

苏炳华瞥他一眼，道：“你就是靠这些勾搭了‘阴森森’的宝贝闺女？”何富贵不解道：“姑娘，我听你说什么‘阴森森’，什么宝贝闺女，你指的是……是谁？”

苏炳华笑道：“是啊，富家公子，风流才子，本就是多情种了，哪里记得勾搭过哪个良家女子？男子负心薄幸，自古如此！‘阴森森’生个女儿，被人勾搭，想来也是报应！”

何富贵试探道：“姑娘所说的‘阴森森’可是指沧临派掌门人李炳森……”苏炳华打断道：“住口！不许在我面前说他的名字！”

何富贵情商恢复，立即道：“可不是嘛，‘阴森森’，大坏人！”话刚说完，脸上却被重重抽了一鞭子，登时火辣辣地疼，脸皮也肿了起来。

何富贵心里暗骂：“老女人，老变态，夸也不是，骂也不是，没见过你这样的！要是狗剩儿哥在这儿，非替我收拾你不可！”嘴上却道：“打得好！打得妙！打得书生开了窍！”

苏炳华虽然住了手，却仍不看他。何富贵心里揣摩：白天时，随便一个笑话就逗得她捂嘴发笑，现在拼了命、不要脸地讨好，还是不见效。

何富贵察言观色，试探道：“姑娘，心事太重，当心发胖哦！现在左右无事，你就把我当成一个垃圾桶，把你的心里的难过、委屈、愤怒、不开心，统统倒给我！好不好！我何富贵……”

苏炳华打断道：“哎，叫什么何富贵，俗气死了！一个读书人，为何要取一个这么财迷的名字？”

何富贵笑道："姑娘真是料事如神！我爹外号北平第一抠！他在货栈就不让给伙计烧开水，点蜡烛时老是让丫鬟剪灯花，我考上举人，亲友来道贺，他只收礼不请客，出门验货遇到内急，愣是憋着不拉，非得急吼吼回来把屎拉到家里。"

苏炳华听得格格娇笑，浑不似刚才那个杀人不眨眼的女魔头了，笑完道："越说越恶心，你说你爹倒是豁得出去！"

何富贵虽听她嗓音仍是尖利刺耳，可是笑起来比磨牙好听多了，越发得意，笑道："他做得出来，儿子就能说得出来！"忽然伤感起来，"也不知道他现在咋样了？我这次出门的时日真是不短了，以往，他都打发两个伙计跟着我，伺候我……他自己舍不得吃舍不得穿，却，却……"声音哽咽，说不下去了。

苏炳华叹了一声，道："想家了？在家时恨不得离家越远越好；离开家了，却总是想家。"

何富贵偷瞄一眼，觉得她模样仍是可怖，听声音却是柔软许多，于是试探道："姑娘，你也想家了？给我讲讲呗。"

苏炳华靠着船舱，慢慢讲了一段江湖故事。

几十年前，当时还是蒙古统治中原大地，由于连年灾荒加上几次农民起义军与蒙古军队的激烈战斗，中原地区人烟稀少，土地荒芜。蒙古朝廷于是采纳宰相脱脱的建议，驱赶山西百姓到中原定居。

山西洪洞首富苏福才，与官府关系甚为密切，上下打点，买回全家不必东迁的资格。苏福才原配过世很早，只留有一个女儿，名唤苏炳华，年轻漂亮，只是脾气任性，不服管束，与苏福才后娶的妻妾更是闹得不可开交。苏炳华暗自爱慕佃户李炳森，常把家里吃的用的送给对方，二人感情悄悄滋长。

朝廷移民东迁令正式发布，李炳森被迫踏上离家之路，虽然舍不得情意绵绵的苏炳华，无奈胳膊拧不过大腿，只好洒泪走了。苏炳华被父亲命人锁在家中，不得外出。她一连绝食三天，等着看守松懈后，在一天夜里离家出走，一路往东追赶李炳森。经过千辛万苦，苏炳华终于赶上了移民队伍，找到了李炳森，情愿跟着他吃苦受罪。

移民队伍因为饱受官兵欺凌，怨气沸腾。元朝蒙古官兵向来不把汉人当人看，这次驱赶移民更是变本加厉，欺压剥削，打骂侮辱，都是家常便饭。一次，一个蒙古头目发现了脸上虽然涂有污泥却依然楚楚动人的苏炳华，于是强行非礼，李炳森忍无可忍，愤怒中依靠蛮力杀死了他。蒙古官兵哗然，集体暴揍李炳森！李炳森招架不住，眼看就要被当场打死，却被一位山中方士出手救了。

何富贵听得神往，不由问道："哎，这位方士也是在移民途中出手救人，倒与姑娘的行事有几分相似。”苏炳华笑笑，道：“我这点道行哪儿能与师父相提并论！他在起落之间就将我和师……‘阴森森’救了出来，并出手惩治了蒙古官兵，释放了全体百姓。”

何富贵赞道：“江湖大侠，令人钦佩！不过，如此高人，我却从未听过他的典故哩！他的名讳如何称呼？”

苏炳华神情肃然，缓缓道：“他老人家端的是菩萨心肠，搭救众生却不愿留名，所以获救百姓并不知道他的名讳，因而这些事迹并未流传开。”

何富贵忽然明白过来，抢着道：“后来我知道，你和那个‘阴森森’拜了这位方士为师，学得了绝世武艺，对不对？那你们算是哪一门派的武功呢？”

苏炳华缓缓点头，表情神秘，道：“我和‘阴森森’拜在他老人家门下，却从未得知他老人家的师承来历，甚至，他老人家的样貌，我也不能确定……”

何富贵大为奇怪，问道：“这是为何？”苏炳华微微摇头道：“说起来不但你不信，我至今仍是想不通，师父辛辛苦苦教我俩学得一身武功，却从不透露自己的身份来历，武功种类也是极为繁杂。只有一次，他老人家说，他十分厌倦武林中的派别之争，出来隐姓埋名传授武功就是为了打破门派成见，若是天下武林人士团结一心，自然就可以打败蒙古，还我山河。”

何富贵点点头，道：“宗师情怀，侠之大者，这才是大宗师、大侠客的胸怀与格局！”苏炳华缓缓道：“读书人虽然百无一用，见识却是高的。我和‘阴森森’当时只懂得苦练武功，却未领会师父的良苦用心。他让我们自行选择所练武功门类，却从不讲这门武功出自何门何派。我和‘阴森森’都被官兵长绳捆绑过，所以也都学会了绳法。”

何富贵奇道：“你刚才说跟着师父学艺却不敢确定他的样貌，这实在更是匪夷所思了。”苏炳华道：“他老人家常年游历江湖，行侠仗义，却从不以真实样貌示人，加上他出神入化的易容手法，所以每次出现都是不同样貌不同身份的人，不过说来奇怪，我和‘阴森森’却每次都能确定他就是师父。”

何富贵大感兴趣，道：“易容术，这倒有趣得紧，以前在志怪小说里看到过，想不到真有人会，我要学了，没准以后用得上。”苏炳华冷冷道：“你学会了还不是拿去祸害良家妇女！”

何富贵尴尬讪笑，赶紧道：“这么说来，你和‘阴森森’学的武艺虽然出自同一人，却并不完全一样喽？”苏炳华微微点头，道：“正是。我俩男女有别，选的武艺门类确是并不一样，但是有两样功夫却是一种。”

何富贵反应极快，道：“一个是绳法，另一个是什么？”她冷冷道：“还有一个其实我们迄今并未练成，乃是师父临别赠予我俩的一本书，说，说日后我俩若是出现纷争，见到此书如见师父，应当放弃成见，勠力同心。”

何富贵大惑不解，问道："什么书？武功秘籍吗？"苏炳华道："阴阳合修于运河风霜，自持守节采天地精华。”说完不再言语，望着河水呆呆出神。

何富贵不弄明白就不死心，问道：“小生听得一知半解，姑娘能否叙述详情？”苏炳华喃喃道：“成之飞天遁地呼风唤雨无所不能，败之恐日惧月怕风畏光形如朽木！可还有什么好说的。”

何富贵思维敏捷，上下联想，猜测道：“小生猜想，一定是那‘阴森森’变了心，这个阴阳双修也就没修成，自然，什么飞天遁地呼风唤雨也就泡汤了，后来丁秀丽偷了姑娘的什么宝贝，却跟李炳森好了……”

第十回　武当内斗遇酷吏　后院起火辨内奸

苏炳华腾地站起身，向何富贵一步步走来，沉声道："那小贱人偷了我的《悟真篇》，害得我……怕风怕雨，怕这怕那，人不像人鬼不像鬼！她先和'阴森森'的徒弟好了，却又嫁给了……'阴森森'，又生下一个贱种！你和那贱种好了，自然也是贱的！"伸手一扬，长绳在月光下飘飘荡荡，吓得何富贵魂飞天外！

何富贵立即跪下，恳求道："姑娘，'阴森森'没眼光，小生可是最会看女人的呀！那丁秀丽我虽未得见，但她女儿我是知道的，脾气暴烈，不通人情，哪里比得上姑娘菩萨心肠、普度众生！"

苏炳华冷冷道："你少花言巧语，我救人，是遵照师父所托，沿路搭救洪洞同乡而已。至于你，你……"何富贵急忙道："我，我微不足道，何劳姑娘玉手！您留我一条命，以后我为您苏帮主传世扬名，好不好？"

苏炳华走得更近，道："孤独终老，传世扬名又有何用？"绳子慢慢搭在何富贵脖子上，吓得他浑身筛糠，却也不敢反抗，知道反抗只会死得更快。绳子越收越紧，他感觉呼吸越来越困难，挣扎道："姑娘，你不是……拿我，我去找……找阴森……"

何富贵睁开眼，重重喘气之余却闻到一股浓烈的檀香味儿，立即道："谢姑娘不杀之恩！"

苏炳华道："胆子小的人我见多了，可是像你这样醒着怕死，做梦更怕死的人倒是头回见到。"何富贵笑道："漂亮女人我见多了，可是像姑娘这样外表好看，内心更是救苦救难菩萨心肠的人我也是第一次碰上！"

苏炳华冷笑一声，道："做梦在哄女人，醒了还敢胡说八道，看我不……"作势抽出绳子，吓得何富贵赶紧捂住脖子，求道："姑娘，我可不能死，死了，'阴森森'就不跟你谈判了！"

苏炳华一扬手，绳梢儿重重打在何富贵脸上，骂道："再敢胡言乱语，就把你沉到河底！"说完转身出了船舱。

何富贵这才发觉自己又被绳子捆了起来，蓦地想起自己当初离开北平也是这般光景，还被人扔进北运河，幸亏狗剩儿哥出手及时，否则自己早就去见了河鬼。这次自己又被人捆住，不知道狗剩儿哥还能不能及时出现呢？

他所思念的狗剩儿哥——如今的云北归——表面上的李彦大太监，又去了几次五龙桥，始终未能见到何富贵，心里不明究竟，担心他出了事，却又不知如何营救，另外，关于京师的动态消息他也要设法传回北平。

云北归心里有事，一个人喝酒更觉无趣，便起身回宫，路过虎头街时迎面遇到一队车马走了过来。他不想遇到熟人，便闪到一边，却听到一个声音道："哎，是李公公吗？见了大哥为何闪躲呀？"

云北归回头，却见高头大马上坐着的正是禁军统领李维邦，不禁笑道："啥地方都躲不开你李大统领！咱家出来散散心，却不想遇到大哥了。"

李维邦四处一张望，奇道："李公公位高权重，为何一个人出宫？想必是那些猴崽子偷奸耍滑了……"云北归笑道："李统领真的要问吗？"

李维邦一怔，旋即道："是，是，末将鲁莽了！李公公必有要事，是末将多嘴了！"

云北归正觉心里烦闷，想找人喝酒聊天，于是笑道："李统领干吗见外，现在咱家的差使也办完了，正想请大哥喝酒哩，不知道李统领给不给面子？"

李维邦仰头笑道："真是打瞌睡有人递枕头！愚兄晚上正要在府中设宴款待几位朋友，本来第一个就想请兄弟到府上坐坐，可是担心新君登基，您李公公诸事繁杂、抽不得空哩！"

云北归笑道："说出大天来，这酒咱家喝定了！"两人大笑声中，一起乘马向李府行进。

一路上，李维邦向云北归介绍了晚上的几位客人：一位是从北平燕王府出来的幕僚陈瑛，另一位是武当高手李新建，此次设宴主要是为他们接风洗尘，陪客乃是李维邦的堂兄李景隆，乃是当朝三品武将。

到了府中，李维邦亲自为云北归设座看茶，极为殷勤。

云北归好奇道："大哥，今晚的客人倒是有点意思啊！兄弟想不出大哥咋会与他们混在一起。"

李维邦笑道："乍一听确实有点怪，不过仔细一想也自然。这陈瑛父亲原来是家父的一位师爷，陈瑛也是我发小，后来他参加科举，屡试不中，就在我府上做幕宾，后来也不知道怎么地，他就被燕王指名要了去，这一去就是好几年了。李新建，这可不得了，乃是当今武当派掌门人马建成的得意弟子，武功高强，为人精明，我有一次在湖北平叛暴民作乱，与他在战场中结识，惺惺相惜，很是投缘。"

云北归问道："什么星星月亮的？咱家听不懂。"李维邦笑道："是大哥不对了！

我与李新建就像与兄弟一样，交过手，知道彼此的分量，不打不相识，后来就成了朋友。至于李景隆，更不用说了，是我堂兄，光着屁股长大的，知根知底，请他给我撑撑门面，不过，贤弟这一来，可就没他啥事喽！”

二人正说着，外面一个声音道：“没我啥事，那我就回去了！”下人迎着一位白面将军走进来。

李维邦笑着站起来，道：“大哥这次出京，差使办得着实不错啊！来，我给两位介绍，兄弟，这就是我的堂兄，开国将军、曹国公李讳文忠之子李景隆李将军！大哥，这位是宫里新晋司礼监掌印太监李彦李公公！”

李景隆一怔，旋即笑道：“兄弟你这可是大惊喜呀！早早与新晋掌印太监有了交情，也不跟大哥知会下！”向云北归拱拱手，笑道：“末将在外奉旨办差，近期少在京师，却早就听说李公公办事得力，颇受先皇和皇上的赏识，今日得见，李公公果然风采俊然、出类拔萃、不同凡响，今日得见真人实是三生有幸啊！”

云北归心里嘀咕，自己现在这副德行，脸色又是紫不溜秋，还谈什么“风采俊然、出类拔萃、不同凡响”？虽听不大懂，也知道他在拍马屁，于是笑道：“李将军的大名，咱家可是如雷什么耳啊！想不知道都不行！”话说得不伦不类，李氏兄弟也都知道他没念过书，也不在意，一起落座品茶。

李景隆喝了一口茶，笑道：“李公公，说来您可别见怪，先皇在世时可是不许太监结交外臣，您这……”云北归正要开口，一旁李维邦抢着道：“是我偶遇李公公，平时在宫里又承蒙李公公照顾，甚是感激，于是强拉来府上的。”

李景隆点点头，问李维邦道：“哎，这李新建和陈瑛怎么还没来？我这堂堂曹国公都到了，他们怎么……”正说着就见下人进来通报道：“老爷，客人到了。”

云北归想要站起来，却被李景隆一把拉住，道：“李公公，您可是堂堂司礼监掌印太监，平时这些人想要见您一面可比登天还难，这次居然先等着他们！给他们脸了！”

云北归重新坐下，心里却在盘算：这陈瑛不知道是友是敌？如果真是燕王大哥的亲信，大可以把消息告诉他，让他传回北平；如果是敌人，那就设法整他一把；至于这李新建，居然是武当弟子，如果陈瑛是敌人，是不是可以让李新建设法将消息传到北平呢？

他在盘算的时候，两位客人已经进到大厅。李维邦与他们一番寒暄，好不亲热。云北归暗中观察，这李景隆多半是虚张声势，摆个臭架子；进门两人，一个中等身材，身材略微发福，像是一个读书人；另一个身材极瘦，尖嘴猴腮，两眼炯炯，显然有武功在身。

李维邦回头，连向李景隆使眼色，嘴上热情介绍道：“李公公，大哥，这位就是燕王府的首席幕僚陈瑛陈先生，这位就是武当派掌门人得意弟子李新建，武艺甚是了得呀！”又转向后，“这位乃是李某堂兄、曹国公李景隆李将军，刚刚奉旨办差回京，听说二位驾临，特地前来；这位乃是当今圣上最宠信的司礼监掌印太监李彦李公公！”

陈瑛听说是李景隆时，眼神掠过一丝不屑，待听说掌印太监后，立即眼前一亮，向云北归施礼道：“李公公大名，小可如雷贯耳啊！”

云北归笑道：“好说好说！”瞥见李新建先向李景隆行了礼，才向自己见礼。一番忙乱，宾客终于落座。

李维邦站起来，笑道：“李某是个粗人，只懂得带兵打仗，要不就是带兵守卫宫城，为皇上还有李公公保驾，不会说场面话，大家肯赏脸到舍下小聚，可见也还看得起在下，这第一杯李某敬诸位！”说完一饮而尽。众人也都干了。

李景隆也不等李维邦坐下，就道：“维邦，你这位发小，我以前好像见过，在北平跟着燕王待了几年，回来眼界就高了是吧？”李维邦正要解释，陈瑛已经站起来，淡然道：“曹国公见笑了，陈某一介布衣，无官无职，眼界哪里会高？”

李景隆冷笑道：“亏你还知道自己是一介布衣！我还知道你陈瑛是和方孝孺同年，可人家已经做了托孤大臣，你，哈哈！跟着老四混，亏你想得出来！”

李维邦见陈瑛面色难看，赶紧打圆场道：“哪里，常言道‘良禽择木而栖，贤臣择主而侍’，这次陈瑛回来不就是为了向圣上效力的嘛！”

李景隆道：“李公公进宫晚，有一个当朝典故很有意思，想必您没听过。”云北归笑笑，道：“李将军要讲故事吗？咱家最爱听故事了。”

李景隆摇头晃脑道：“话说有一天，有一位老先生有事出门，他那一直考不上的宝贝儿子一在家读书，发现家里案板上放着的肉不见了，这家穷得叮当响，这是快过年了才买的肉，这下不见了那还得了！老先生回来后就打这书呆子儿子，这儿子也不含糊啊，他猜是老鼠偷吃了肉，挨打后就掘开了老鼠洞，抓住了偷肉的老鼠，还找到了老鼠吃剩下的肉……哎，李新建，你倒胃口好啊！”

李新建一边吃着肉，一边笑道：“曹国公尽管说，在下照吃不误，这一向在山上吃得清淡，嘴里没有味道，淡出鸟来！”

李景隆笑笑，继续道：“前面倒还平常，不平常就在于书呆子开始立案审问老鼠了！”云北归“噗嗤”一笑道：“曹国公说笑话吧？真有这事？”说着看向陈瑛。陈瑛低头喝酒，兀自不理。

李景隆洋洋得意，接着道：“可不是嘛，我第一次听人讲也是不信，后来据说这书呆子先是拷问这只老鼠，接着是传布文书再审，劲头十足，非要彻底追查，还把老鼠窝里的小老鼠们、附近的老鼠们，统统捉了来……”云北归笑道：“也难为这书呆子竟然是个捕鼠高手喽！”李景隆哈哈笑道：“也是，也是，后来我听说这家伙当场宣布老鼠犯了重罪，写下判罪文书，自己亲自操刀，将老鼠施以磔刑——就是将老鼠四肢斩断，再将老鼠肉一层层剥下来，最后割了喉咙……”

云北归咂舌道：“噎，这也太狠了吧？”李新建依然吃得津津有味，抹了一下嘴，道：“李公公久在宫里，不知道江湖险恶，别说一只老鼠，随随便便杀个人都是常事。”

云北归心里思忖，这李新建心肠一定歹毒，哪里有一点张真人武当派的风范？嘴上却道：“哦，没见过，没见过。”

李景隆接着道：“故事还没完，要不说人走了狗屎运，挡都挡不住，这书呆子在家里发疯胡闹，还写下判罪文书，附近邻居见了都当笑话，可是传来传去，传到了燕王爷耳朵里，居然派人过来带走了书呆子……”

李维邦瞅准机会插嘴道：“燕王爷看了这位仁兄写的文书，大为赞赏，后来听说书生亲自操刀施刑，更是大感兴趣，于是亲自召见了他，这位仁兄就是陈瑛兄弟了！”

云北归尽管已经猜到，但还是难以相信——眼前这文弱书生，实在很难和故事里那个“变态刽子手”联系起来，不禁摇头道：“看不出，看不出，人不可什么相来着？”李维邦与他接触日多，知他文化有限，却又很爱说成语、引俗话，当即接口道：“人不可貌相！”担心陈瑛着恼，赶紧道：“家父在世时，常说陈老先生博学多才，家教想必也是严的了。”

陈瑛哼了一声，道：“是，我父亲本就是幕僚出身，虽然当过几年官，可哪能与开国将军曹国公相提并论——哎，我说的曹国公是在下敬重的曹国公，而非因袭爵位的曹国公！”

李景隆脸色大变，喝道：“大胆陈瑛！”将手中酒杯猛地掷向陈瑛！李维邦大惊，起身制止，已经不及，酒杯正打在陈瑛脸上，登时溅得满脸满身。

李维邦一边招呼下人侍候，一边向李景隆低声道：“大哥，何苦来着！”

云北归一直冷眼旁观，眼见陈瑛虽被扔了酒杯，却是不慌不忙，站起身任由下人擦拭，然后自己慢慢倒了一大杯酒，举起来道：“曹国公敬我酒，来而不往非礼也！请了！”话音未落，一大杯酒已经掷向李景隆！

云北归坐下之后没喝几杯酒，却被几个人绕来绕去说了半天，接着就是互扔酒杯，简直跟大通桥的小流氓小地痞没啥两样！不禁有些气闷，眼见酒杯冲着李景隆飞来，而且陈瑛显然不会武功，酒杯歪歪斜斜，酒水也洒了出来，眼看就要洒到自己身上，当下伸手一接，顺势一带，将酒杯掷向桌外，“嗒”的一声落在远处的痰盂里！

李景隆与李维邦齐声喝彩。陈瑛面色铁青，一言不发。李新建脸露惊异之色，暂停了吃喝。

云北归用桌布擦手，笑道：“两位不喝酒就算了，不要糟蹋呀！”

李景隆笑道：“李公公小试身手，果然不凡，怪不得圣上如此器重！”李维邦笑道：“李公公武当出身，新建兄弟你可与李公公多亲近亲近。”

李新建此时酒足饭饱，这才正眼看了一下云北归，道：“在下对李公公尊敬得很，只是听说武当派昔年曾有一位半路下山的弟子，叫什么我不知道，只知道也姓李，却是被我师父逐下山的。”

李维邦脸上变色。他也派人了解过李彦的底细，自然知道李彦乃是被武当除名的叛徒。李新建当面直言，很是不给“李彦”留情面。

云北归干了一杯酒，对李景隆道：“曹国公，兄弟我干过的事多了，打鱼、小流氓、武当弟子，干哪一个兄弟我都不怕，因为啥，”举举拳头，“咱家从来不是靠嘴上说的，是靠这个！”

李新建冷笑道：“阁下虽然是大内太监，如果有辱我武当门派，在下也只好请教几招了！”说完也不等众人反应，长身而起，向云北归拱手，意思很明显：要与对方单挑！

李维邦急忙拦住道：“新建，何必如此……”李新建向他一拱手道：“维邦兄的酒是好的，菜是好的，只是这有些客人嘛，却未必好！”

云北归早就看不惯所谓武当得意弟子的做派，想着找借口揍他一顿出气，见他挑战自己，于是起身道：“李统领，这位李少侠骑我脖子上拉屎，我再没点表示，可就太怂包了吧！”

李维邦没想到一顿饭吃成这样，只好道：“既然各位想切磋，那就到舍下演武厅去比划比划。”

到了演武厅，李维邦出来道：“各位，今天李公公与李新建兄弟算是同门比试武艺，话先说到头里，切磋功夫，点到为止，不可伤了和气，我堂兄、陈瑛和我做个见证。”

李新建长剑在手，喝道：“请李公公赐教！”云北归慢慢走上前，心里慢慢攒着怒气。他以往打架有个习惯，那就是憋着一肚子气，气势就会很足，先把对手吓唬住了，然后再打，多半会打赢。他思前想后，与李新建从无冤仇，对方又是武当派的得意弟子，自己犯不着与他打架，但是自己顶着李彦“武当叛徒”的身份，说不好也只得打一架了。

李新建大喝一声“武当正宗，气吞长空！”一招“斩断孽丝”迎面劈来！云北归知道这是太极剑法，脱口道：“行如蛟龙出水，静若灵猫捕鼠，运动之中，手分阴阳，

身藏八卦 ，步踏九宫，内合其气，外合其形……”当初他在武当山受教张三丰，曾被强迫背了许多口诀。大字不识的他为了记住口诀，只好配合上剑法、身法才记得住，时间一长，犹如条件反射，一练武功，就背口诀；一背口诀，就记起了武功。

李新建嘴里喝道:“这套剑法是武当山的镇山之宝,秘传之法,哪容得你信口乱说！”嘴里说着，手中不停，“唰唰唰”剑影翻飞，罩住了云北归!

云北归看蒙古太师阿鲁台几次出手，都是绕着对手移动，却不先出手，待观察已定才一击而中。云北归依葫芦画瓢，想要依法施为，无奈李新建出剑迅速，而自己也不会阿鲁台的“乾坤大挪移”，如何能够伺机观察?

眼见李新建上下翻飞，出手狠辣，云北归心里火气渐旺：师父早就叮嘱他，若是见到武当不肖之徒，一定要清理门户——虽未见到李新建为非作歹，却绝非良善之辈。

云北归打定主意，眼见李新建一剑刺来，侧身避过，信手一点李新建虎口，旋即低头避过他的反手一剑，在他腋下给了一拳，不等对方反应，又一拳打在他小腹之上!云北归知道自己力道难以做到收放自如，出手之时已经极为小心。

李新建长剑脱手，脸色大变，喝道:“你，你……”终于没忍住，嘴里吐出一口血来。云北归虽然常年打架，但如此三招两式就将对手打到吐血，自是从未见过，不禁又是兴奋，又是不解。

李景隆拍手道：“李公公好身手，三拳两脚就将什么武当高手打得口吐鲜血，依我看来，朝廷也别吵吵着重武当还是重少林，就重李公公便是了。”

云北归笑道：“咱家也是武当派的呀！”李景隆尴尬笑道：“也是，不过武当派有眼无珠，还是放走了李公公。”

李维邦招呼下人扶着李新建下去治伤。李新建推开下人，向云北归怒视一眼后气冲冲走了出去。李景隆不屑道：“江湖莽夫，没有教养，打输了还不服气！”

李维邦招呼剩下几人在前厅看了歌舞，吃了夜宵，半夜才散。

云北归佯装大醉，由李维邦派人驾着马车护送。云北归进了马车后即翻身坐起。根据他的打架经验，有些人打输了不服气，就会在附近潜伏，等着对手走了单后伺机报复。果然，他在马车后缝里，看到一群黑影尾随而来。他不想让李维邦的家奴枉自送命，更不想让此事传开，于是撩开车帘，说到前面路口停下，让马车夫回去。

云北归慢慢走在街口,听得身后脚步声越来越重,喝道:“出来吧,架没打够,是吧?”当先走出一人，拱手道：“李公公，请了。”

云北归听得声音有异，回头一看，却是陈瑛。

云北归心里奇怪，嘴上笑道：“陈先生是没喝好？”暗中观察，对方竟然有几十人之多。

陈瑛面无表情，淡淡道：“李公公若是能到舍下小坐，想必这河坊街附近的居民也不会被半夜吵醒了。”

云北归嘴上道：“陈先生倒真是为老百姓着想，正该做做父母官哩！”心里思忖，这陈瑛始终未能确认是友是敌，是打一架还是直接跟他走？

陈瑛冷冷道：“陈某的前程不劳公公费心，可否到舍下小坐？”嘴里说着，手势却在招呼属下将云北归围起来。

云北归本想找个台阶跟他走一趟，正好探探对方的虚实——可是如此威逼，也激起了他的狗脾气，当下道：“你们一个个来，还是一起上啊？”

陈瑛后退几步，命令道：“留口气，上！”黑衣人们各执兵刃，已将云北归围成一圈。

云北归的打架经验有两条：一是先动手的往往占便宜；二是逮住一个狠揍，能把其他人吓唬住。他不能确定自己的所谓武当神功到底练到了什么程度——他在秦淮坊范丽华床下的突然爆发，至今也想不明白。但是，今天这场架看来少不了了，于是笑道：“来啊！”

一个黑衣人当先冲了过来，单刀划过夜空，猎猎生风。云北归心道：“就是你了！”侧头避开，一把揪住那人衣领，刚想把他使劲摔出去——这是大通桥狗剩儿的拿手本领，孰料，刚揪住他衣领，手一提，就将那人扔出老远！其余黑衣人“呼啦”围上来，纷纷扬刀劈砍。

按照云北归的经验，围殴势必要乱打一气，可是招架几下，却见对方虽然人多势众，却绝非流氓打架——他们进退有章，攻守有素。云北归心里一动，这些人不就是燕王大哥手下的兵？自己下手也轻了，每次挨着对方，只是轻轻击倒便了。孰料，对方阵法车轮般旋转，围着他打而不绝，竟是要把他活活累死的节奏。

云北归心中火起，只好拿出平时打架的路数，冲着进攻最为猛烈的方向冲了上去，几个重拳，接连打倒几个，自己后背也被对方砍了几下，好在受伤不重。

云北归拿出流氓打架的气势，顾头不顾腚，仍是冲着一处狠打，并不顾及身后汹涌而来的人，他有太极迷踪步护身，听见风声，基本都能巧妙避过。

这套流氓打法很快有了效果，敌阵顿时乱了，前边的被击倒，后边的跟不上，中间断了层，演练的阵法很快失去了章法。云北归心中暗喜，开始在这群黑衣人中左冲右突，施展太极十三式，借力打力，竟将几十人打得团团乱转。

陈瑛站在远处，气定神闲，孰料，很快从战团中走出一人，却是云北归！自己带来的黑衣人居然仍在一起缠斗！不禁一愣。云北归笑道：“官府的人应该很快就到了，你想到大理寺喝茶吗？”

云北归知道半夜进宫颇费思量，一路上编了几个故事，想想都不满意，思忖间已到宫门口。禁军守卫也都认识他，竟然未加盘问就放了行，小头目见他受了伤，赶紧通知了值班的黄兴林统领。

黄兴林急急出来，一边走一边穿衣服，嘴里道："哎呀呀，李公公实在辛苦，为国操劳，夙兴夜寐……”云北归身上受的伤虽然不重，可也火辣辣生疼，听他啰嗦，没好气地说："黄兴林，老子受了伤，你这罗里吧嗦，烦不烦啊！”

黄兴林吓得连赔不是，赶紧让人去请太医，一路护送云北归回了寝室。云北归心里清楚，自己没有必要向他解释受伤的前因后果，可也知道下人们人多口杂，背后嚼舌头也不得不防，于是道："黄统领，你是聪明人，知道咱家身家性命都是皇上的，为圣上上刀山下油锅也不皱眉头的。”黄兴林点头笑道："那是，李公公对皇上的赤胆忠心，我等都佩服得紧。”

云北归故意压低了声，引得黄兴林低头来听，借机一把揪住他的脖子道："今晚咱家奉密旨出宫办差，为国负伤，你就让你那些手下们多多出去宣扬啊！”

黄兴林双手抱拳，紧张道："李公公放心，小的这就回去，让小子们都把嘴巴闭紧喽！”

黄兴林走了，太医还没来，云北归摸着受伤的后背刚要趴上床，就听得门口一阵急促的脚步声传来。小卓子急急喊道："干爹，干爹，您回来啦？出大事了！”

云北归骂道："你大半夜的嚷什么！进来说！”

小卓子麻溜跑进来，凑到床边，刚要开口，却见云北归背上在流血，一惊道："干爹，您这是……”云北归没好气道："说，啥事？”

小卓子道："要打仗了，要打仗了！皇上跟几位大人议了一下午的事，后来我听当班太监说，皇上要对燕王动手，方大人拟了旨，说什么讨伐燕王，按规矩，内阁拟了旨，要司礼监掌印太监用印的，可，可您没在，小的差点把宫里翻个遍，也没找到您，那老不死的柴俊平，非说您勾结燕王，出去通风报信去了！”

云北归虽然性格急躁，真遇到事了倒能稳下来，知道此时情况危急，必须先问清情况。他以前听小卓子说过，这柴俊平是司礼监的老太监，盯着司礼监掌印太监的位子十几年了，本以为前任出了事，很快就会轮到自己上位，孰料，居然被一个半路进宫的李彦接了班！他心里哪能受得了！所以一直派人暗中盯着云北归，想要抓住他的把柄，狠狠整他一番。

云北归心里快速盘算，凭着自己的武功，从宫里杀出一条血路应该不难，但是这样做自己也就算彻底暴露了，燕王大哥的事自然也就泡汤了。混混儿出身的他自有一股倔强脾气：这个老不死的柴俊平盯着我，我偏不让你得逞！

云北归也不让已经进门的太医诊治，对小卓子耳语几句，让他快去。自己迅速出了门，向皇上寝宫走去。

云北归与皇上相处日久，知道他心里搁不住事，现在他一定还没睡觉。今晚自己若是没有交代，到了明天，自己真就要交代了。走到皇上寝宫外，看见亮堂堂的屋子，他心里一定——猜得不错。

门口太监看见是他，大为紧张，立即进去通报，很快跑出来，眼神极是警惕，迅速招来禁军，先将云北归制住才押了进去。

云北归走进去，心里登时一惊：自己猜皇上没有睡是对的，可是却没想到屋子里站着这么多人，方孝孺、黄子澄、齐泰，还有几个武将他不认识——当然，皇上身后的太监柴俊平，他是认识的，此时正笑吟吟地看着自己。

云北归流氓本性上来，进门也不给皇上行大礼，直接跪下哭道："皇上，皇上，大事不好了，出大事了！"

皇上冷冷道："是出大事了！朕和内阁还没议决的事，就有人出去通风报信！其心可诛！"

云北归虽然听不太明白，但也知道后果严重，兀自哭道："奴才跟燕王派来的人拼命，居然还有人给奴才脑袋上扣屎盆子……"

黄子澄怒斥道："李彦，皇上驾前，你嘴巴放干净点！"

云北归耍赖到底，哭道："奴才出生入死全是为了保全皇上，却被人背后捅刀子！黄大人，要是换了你，你能受得了吗？"

黄子澄还要再骂，却被皇上拦住道："李彦，我听说你一大早就出去了，在五龙桥酒馆坐了半天，是不是去找燕王的人接头了？"

云北归气哼哼道："皇上，有些话奴才能不能跟您一个人说？"皇上还未开口，方孝孺大声道："心中无愧，有何难言？"皇上只得道："对，方大人说得对，你有何藏着掖着的，这里没有外人，你就在这儿说！"

云北归抽抽噎噎，道："奴才奉密旨去北平公干，其间交了几个朋友……"柴俊平插嘴道："皇上，您看，奴才没有胡说吧！"

黄子澄大声呵斥道："你插什么嘴？掌嘴！"柴俊平心中不服，但知道他是帝师，地位尊崇，只好扇了自己几个嘴巴。

云北归道："奴才跟他们交朋友是为了打听消息，今儿早上他们派人告诉奴才说，约奴才在五龙桥桥头那家小酒馆见面，有消息相告，可奴才去了后，左等也不来，右等也不来，奴才喝了几杯酒就走了，请问柴公公，奴才说的是实话吧？"

柴俊平捂着嘴巴刚要说话，看一眼黄子澄，却又闭了嘴。皇上不耐烦道："不让你说时你偏要插嘴，让你说了你又哑巴了！"

柴俊平急忙跪下，道："是，回皇上话，奴才早就觉得李彦心里有鬼，常常一个人出宫进宫，行踪可疑，就派两个小太监悄悄跟着他。"

云北归心里暗惊，自己还是太大意了，出来进去竟然没有留意后面跟了尾巴。

柴俊平继续道："小太监回禀说，李彦经常在换班之后，不带随从，一个人溜到五龙桥，还跟一个书生模样的人叽叽咕咕，说好半天的话。"

方孝孺问道："说的什么知道吗？"柴俊平说道："因为酒馆很小，小太监不敢进去，怕他认出来，所以……"

云北归暗自喘口气。孰料，柴俊平又道："小太监自是不会干等，等他二人走了，就进去盘问了酒保伙计。"云北归再次大为紧张，紧急回想与何富贵的谈话，当真说了不少内容，而且声音还不小！

柴俊平得意洋洋地说："伙计说有个人喝不惯南方的黄酒，非得要北平的什么荷花酒，两个人又哭又笑，说了好半天，还说了去什么紫金山……"云北归心里大惊，心道这个柴俊平要坏事，自己这次真悬了！

皇上脸色阴沉，道："他说去紫金山什么？"柴俊平听见皇上发问，嗓音从未有过的吓人，急忙磕头道："也没说什么，就是提到了紫金山！"云北归抬眼偷看，正与皇上对视一眼，看见他眼神可怕，令人胆寒，当即低了头。

皇上道："别的还有什么？"柴俊平害了怕，不敢再长篇大论，试探着道："他今天去，去五龙桥酒馆，一个人喝了半天酒，回来时碰上了禁军统领李维邦，一起去了他家，一直到了半夜才被李维邦下人扶上马车。走到河坊街时，李彦非要自己下来走，结果却遇到一群黑衣人，两帮人说了没几句话就打了起来，后来又叽叽咕咕说了一会儿话，他才回到宫里。"

皇上冷冷道："李彦，柴俊平的话你都听见了？说说吧，有一句说不对，当场打死！"

云北归死到临头，倔脾气上来，重重磕了一个头，道："皇上，奴才实在该死！"皇上道："你该不该死，你说了不算，朕能让你当太监头子，就能让你当太监没了头！老实交代！"

云北归直起身，道："奴才在北平一年多，确实结交了不少江湖人，通惠河跟前的财主大都被奴才收买……”方孝孺打断道：“这些与此何干？”

云北归道：“这些人路子广，消息灵，燕王府一有风吹草动，奴才很快就知道了。”方孝孺不以为然，道：“鸡鸣狗盗之辈，不足为道。”

云北归向皇上一磕头，道：“方大人是学问人，自然看不上这些人，奴才大字不识，也只能这样……”皇上脸色缓和些，道：“说说你这几天的行踪。”

云北归道：“是，奴才前几天去五龙桥见了一个书生，他说有重大消息报告……”皇上问道：“这书生是谁？你们怎么认识的？”

云北归早有准备，眼睛不眨，直愣愣道：“他是北平的，老爹是个货栈老板，家里有点钱。这书生也没考上官儿，最爱去妓院。”

皇上讶异道：“怎么又扯到妓院了？”云北归道：“奴才没去过妓院，奴才被阉了，去了也没用……”众人低声哄笑，气氛有所缓和。

第十一回　金銮殿庇护朋友 建初寺戕害师伯

柴俊平却道："你胡说！小太监明明看见你去了秦淮坊，还点名要了头牌范丽华！"众人一惊，屋子里顿时静得吓人。

方孝孺冷冷道："大内太监私自出宫本就坏了规矩，居然还去了风化场所，你还有何话讲？！"

云北归心里笃定，却显得极为害怕，抬头看一眼皇上。皇上眼神如刀，盯着他道："李彦，说实话，有一句说的不对，朕有一百种方法让你死！"

柴俊平洋洋得意，凑趣道："是，奴才这就……"皇上怒斥道："有你什么事？掌嘴！"柴俊平吓得赶紧闭了嘴，低头开始掌嘴。

云北归道："奴才虽然半路进宫，却也知道宫里规矩，奴才从未去过什么秦淮坊，奴才听下面人说柴公公倒是去过几次……"正在掌嘴的柴俊平立即扭过头喝道："你胡说！血口喷人！"

云北归不慌不忙道："奴才有证人。"柴俊平急忙道："皇上，您别听他胡说八道，他是狗急了跳墙，死到临头乱咬人啊！"皇上道："李彦，你的证人呢？"

云北归道："奴才进宫时间不长，承蒙先皇和皇上提拔做了掌印太监，奴才早知道柴俊平恨透了奴才，所以时时处处要与奴才作对，奴才也是不得已，才派人跟踪柴公公……"皇上不耐烦，道："传你的人证！"

李彦让门口太监传了小卓子觐见。小卓子向皇上行礼，道："回皇上，奴才受李公公差遣，跟着柴公公出了几次宫，柴公公大都是去西郊一个老'对食儿'家里……"柴俊平脸色铁青，却不敢言语。

皇上问道："'对食儿'家里？"小卓子道："宫里太监宫女大都离家在外，难免寂寞，就……结伴安慰，寻求寄托罢了……"方孝孺喝道："住口，御驾面前，竟敢口出这等龌龊之言！还不掌嘴！"

小卓子依言开始掌嘴。皇上顿一顿，道："好了，你说柴俊平去了'对食儿'家，这么说他并没去秦淮坊了？"小卓子道："有一次，柴公公去了秦淮坊，但是奴才胆子小，没跟进去。"

皇上看向嘴巴已经肿得像香肠的柴俊平，道："小卓子胆子小，你柴公公胆子却大是吧？"柴俊平又急又气，浑身哆嗦，结结巴巴道："皇上，奴才对天发誓，奴才真的没去过什么秦淮坊，倒是派人……”

皇上道：“你还派人！派什么人？”柴俊平伏在地上，道：“奴才派人跟踪李彦，去了秦淮坊……”

皇上冷笑道：“一会儿说去过，一会儿又说没去过，你这奴才倒是狡猾得紧！”

黄子澄出来道：“皇上，这柴俊平固然可恶，但他所言应是派人去过秦淮坊，自己倒是没有去过，是不是柴俊平？”

柴俊平捂着出血的嘴巴，使劲点头，感激地望望黄子澄。

小卓子跳起来，口齿伶俐，红口白牙指认柴俊平，说他去过秦淮坊；柴俊平气得浑身哆嗦，一直摇头否认，还使劲指着云北归。

方孝孺叹道：“皇上，眼下情势紧急，这等事情实在不该大加追究，莫如全部押入大牢，听候处置。”黄子澄却道：“皇上，老臣倒以为，这件事看起来是两个太监勾心斗角的小事，背后却是牵扯重大，尤其是如果涉及勾结北平，那更是天大的事了！所以必须彻查，不留后患！”

皇上眼神复杂，道：“哼，你们‘狗咬狗，两嘴毛’，说，你们谁还有旁证？”

柴俊平忽然兴奋起来，嘴里嘟哝道：“皇上，请传小李子和小云子，他们跟李彦好多天了，一定可以说得清！”皇上还在犹豫，看见小卓子直起身，却又趴下了，就问道：“小卓子，你有话说？”

小卓子嗫嚅道：“请皇上为奴才做主！”皇上奇怪道：“做什么主？”

小卓子一脸委屈，道：“皇上，奴才自小进宫，受皇上隆恩，新近做了司礼监掌班，可是底下两个小太监小李子和小云子就是不听奴才使唤，天天说什么只听柴公公的话，别的人说什么都不好使！”

皇上问柴俊平道：“这是真的？”柴俊平连连摆手道：“没有的事，没有的事，皇上您别听小卓子瞎说八道！”

小卓子兀自道：“皇上，奴才对天发誓，说得句句是真，这俩奴才说‘生是柴公公的人，死是柴公公的死人’，愿意为柴公公做任何事，成天在奴才手下什么事都不干，就是听柴公公的招呼，每天出去瞎转悠，奴才也不知道他们去干什么。因他们是奴才底下的人，万一出了事奴才也得连坐不是，就派人盯了他们一回，结果发现他们是去盯李公公。”

柴俊平逮住话头，急道：“皇上，对啊，就是他俩发现李彦勾连北平，还去过秦淮坊！”

黄子澄出来道：“那还等什么？还不快把这俩奴才找来？”门口禁军立即得令去了。

一直没言语的齐泰忽然道：“皇上，这两拨都说对方去过秦淮坊，那何不找来秦淮坊的老鸨、伙计，让他们指认一下岂不更加清楚明白？”

皇上还没说话。方孝孺道：“让风月场所污秽之辈进得宫来，成何体统？” 黄子澄却道：“老臣倒觉得齐大人所言有理，这小卓子是李彦的奴才，那两个什么小李子小云子又都是柴俊平的奴才，说是旁证，其实不足为信。”

事到如此，皇上狠狠瞪了一眼云北归，道：“传！”

禁军很快回来奏报，说到处都找遍了，仍是不见小李子和小云子的踪影。柴俊平大急，道：“皇上，一定是李彦知道了要与奴才对质，派人杀了他俩啊！”

云北归哼道：“真是猪八戒倒打一耙！我从宫外刚回来，哪儿有工夫去杀人？”

小卓子道：“皇上，奴才可以证明，小李子与小云子的宿舍除了他俩，只有柴公公有钥匙！”柴俊平兀自张大嘴强辩。

禁军黄兴林统领禀报，说秦淮坊老鸨及伙计带到。众人闪到两边，像是嫌弃他们身上有味似的。

皇上盯着跪在地上的老鸨和伙计，阴沉着说：“这里是什么地方，你们都清楚吗？”那老鸨吓得身如筛糠，过了半天也说不出话。那伙计倒是说了句：“回皇上，草民知道。”

皇上低声道：“想好了再说，说错一句，全家问斩！”那老鸨吓得趴在地上，晕了过去。

黄子澄出来道：“来人，把这老鸨子弄醒！”皇上却道：“别忙，这位伙计，你在秦淮坊是干什么的？”

那伙计答道：“回皇上，草民是秦淮坊的大伙计，平时在那儿打杂，招呼客人，啥都干。”皇上道：“这么说，去那儿的客人你都见过了？嗯！”

伙计道：“草民都见过。”皇上道：“朕听说去那儿的客人多得很，你一个人怎么会都见过？想好了再回话！”

伙计并不惧怕，道：“回皇上话，草民都见过，但不一定都记得。”皇上指着李彦与柴俊平，道：“你去看看他俩，说说见过谁去过你们秦淮坊？”

伙计跪着挪到云北归面前。云北归登时一怔，这不就是那天为自己找来迷香的伙计吗？素来脸皮超厚的他也不禁红了脸——紫色的脸更紫了，心也剧烈跳动起来。

伙计盯着他看了会儿，就从他身边挪了过去。擦身而过时，云北归心里一动：这个味儿好像在哪儿闻过……

伙计盯着柴俊平看了下，就面向皇上道：“回万岁爷话，草民认出来了！”皇上沉着脸，道：“何人？”

云北归大为紧张，心里急急盘算脱身之计，事到如今只能打出去逃命要紧，大哥的任务只有以后再说了。

孰料，伙计却指着柴俊平道："回万岁爷话，是这位客官去过秦淮坊，他还说他是个什么大老爷……"

云北归松了口气，眼见柴俊平气急败坏，还要争辩。皇上喝道："腌臜奴才，还当什么大老爷！拖出去，砍了！等等！争权夺利，贻误国事，兹事体大，必须严惩！拖出去，剐了！亲族全部问斩，以儆效尤！"

柴俊平当即吓晕了过去，被两个禁军拖了出去。

黄子澄道："皇上，这李彦……"云北归抢先道："皇上，奴才是司礼监掌印太监，管教属下太不像话，有句话叫'上梁不正下梁歪'，下梁歪了，奴才这个上梁肯定也不是啥好鸟，奴才请求皇上重重责罚！"

这番话说得不伦不类，却也情真意切。皇上道："李彦，朕一向奖罚分明，你最近虽立了几次功，但这次却差点耽误大事，你知罪吗？"

云北归赶紧道："皇上，奴才知道错了，以后奴才……"皇上一摆手道："少来这套，先跪一边去！谈完正事朕再收拾你！赶紧，方大人、各位大人，先把正事定了……"

众人都退了，两个小太监侍候皇上更衣。皇上瞅一眼仍跪在角落的云北归，没好气地道："还在哪儿挺尸呢！还不过来！"

云北归迷迷糊糊睡着了，听见皇上喊自已，赶紧爬起来，腿早跪麻了，猛一站起差点摔趴下，努力站稳了，才快步走到皇上身边，挥手让小太监退了，亲自为皇上换上睡衣。

皇上靠在榻上，手拍着脑门，道："再有一个时辰就上朝了，今天是睡不着喽。"云北归想起以前在家时，老娘有时候睡不着觉，自己就为她按摩脑袋，于是道："皇上，您，您龙头……"

皇上一睁眼道："什么龙头？"云北归赔笑道："皇上的身子是龙体，那您的脑袋不就是龙头了。"皇上笑了下，旋即又冷了脸。

云北归壮着胆子道："皇上，奴才会几下按摩手法，您要是脑袋不清爽，奴才为您捏一捏？没准儿还能睡着哩。"

皇上不置可否，闭眼不动。云北归凑过去，轻轻捏在他的太阳穴上，接着用中指的指腹在附近几个穴位有节奏地、一起一落地进行按摩，用手腕的力量带动，配合皇上的呼吸有节奏地平衡使劲，力度由轻到重，逐渐增加。

一会儿工夫，皇上发出均匀的呼吸，似乎已经睡着。云北归拿起一块毯子，轻轻盖在他身上，心里暗道：小皇上你就知足吧，这世上也就我娘被我这么伺候过，我老爹都没这福气！转身蹑手蹑脚出了内室，找个椅子坐下，很快就睡着了。

云北归迷迷糊糊又见着老娘了，好像又要跳城墙。他心里着急，刚要喊出来，忽然听到一个声音道："你小子心还真大啊！"

云北归一激灵醒了，睁眼见是皇上，急忙跪下道："皇上，奴才奴才……不小心睡着了，求……"

皇上没好气道："求什么求！是这件事吗？你办的这叫什么差使？！"

云北归急急道："皇上，昨晚是奴才疏忽了，没想到柴俊平这王八蛋竟敢派人跟着奴才，差点坏了您的大事！"

皇上一瞪眼道："有朕什么事？朕的什么大事？朕的大事是要裁撤藩王！昨晚上你没听见吗？宁王在朕手里，他儿子不敢动弹，大宁就差一道旨意了；最头疼的就是这燕王！昨晚上内阁大臣都到齐了，你个掌印太监却没影儿了！"

云北归跪在地上，默不作声。皇上发了一顿脾气，忽然道："那个谁安顿好了？"云北归会意，道："安顿好了，那天奴才不放心，于是悄悄出去……"

皇上打断道："朕为什么破格提拔你，就是看你既会功夫，办事也利索，你要是再留尾巴，可就是嫌自己活得命长了！"

云北归赔笑道："奴才记住了，皇上保重龙体。"

皇上刚要起身，又道："哎，不对，昨晚你和李维邦只是喝酒，别的就没干什么事？还有，你回来时和人打架，说说到底咋回事？有半句谎话，朕绝不轻饶！"

云北归道："是，奴才回来路上遇到李维邦，真的是赶巧了，他说晚上要请几个人吃饭，非要拉上奴才，说是给他长脸……"皇上没好气道："就你这张紫脸，还长脸！"

云北归赔笑道："奴才这张脸是不好看，可奴才是侍候皇上的，这张丑脸也就有面子不是？到他府上，来的客人有曹国公李景隆，一个叫陈瑛，说是李维邦的发小，还有一个李新建，是武当派马建成的徒弟……"

皇上道："李景隆倒也罢了，这个陈瑛你以为只是李维邦的发小？他是燕王的得力幕僚，看着是文弱书生，其实心狠手辣；这个李新建，是武当派年轻一辈中武功最好的了。"

云北归奇道："咦，皇上啥都知道！您也没去他家啊！"皇上冷笑道："就你，肚子里有几条蛔虫朕都清楚。"云北归心道：那你是我肚子里的屎吗？嘴上道："皇上明察什么毫，最是聪明哩！"

皇上道："马屁留着以后拍！接着说！"云北归道："奴才也不敢多喝，那些人说的话奴才又听不大懂，听来听去也都是拍奴才马屁的。后来奴才惦记着回宫，就出来了……"

皇上道：“亏你还惦记着回宫？你花天酒地，朕和几位大人商议军国大事到半夜！”云北归扇了自己一记耳光道：“奴才该死，奴才该死！”

皇上一瞪眼，示意他继续讲。云北归道：“奴才喝得有一点头晕，李维邦派人送奴才回来，到了河坊街，奴才酒醒了，就下车了，谁曾想遇到一大帮穿黑衣服的人，奴才就跟他们打了一架。”

皇上沉声道：“那群人是谁你可知道？”云北归心里盘算，昨晚柴俊平一顿攀咬，皇上应该已经知道是陈瑛带头的了，而且自己也和他们说了半天话，估计也被看到了，当下直起身，委屈地说：“皇上，您可得为奴才撑腰啊！”

皇上道：“你是掌印太监，柴俊平也被你整死了，你还要朕撑什么腰？”云北归道：“奴才后来才发现，昨晚那些人不是强盗，就是那个陈瑛带来的，说是燕王恼恨奴才截了他派来京师的人，一定要取奴才性命！”

皇上道：“你不是武当派高手吗？还害怕这几个小毛贼？”云北归更加委屈，道：“皇上，奴才早年在武当山学艺，为的就是日后可以为朝廷效力，为皇上分忧，可是，师父说武当山早有门规，不许和朝廷官府结交，还把奴才逐出武当山，弟子名册里也将奴才除了名！呜呜！”

皇上不耐烦道：“行了行了，这些朕都知道，你哭什么？马建成说得好听，不结交朝廷官府，哼！朕早就听说，他曾派人去北平拜见燕王，若要人不知，除非己莫为！江湖门派都还不急，等料理了藩王，朕再好好收拾他们。”

云北归顺杆爬道：“皇上，到时候您就把这事交给奴才，奴才一定把这些江湖人收拾得服服帖帖，乖乖地听您的话。”皇上一笑，道：“昨晚上你打了李新建，是不是很受用？哈哈！”

云北归赔笑道：“皇上，昨晚您不找奴才，奴才也一定会来向您请旨的。”皇上奇道：“请旨做什么？”

云北归道：“昨儿晚上，奴才一听说陈瑛居然是燕王的人，立马就想拿下他！不过，奴才一想，他来了京师，肯定不是一个人来的，保准儿还有同党！如果急吼吼下了手，那就搂草惊了蛇。”皇上点点头，道：“嗯，打草惊蛇，说得有点道理。”

云北归受了鼓励，大为兴奋，接着道：“皇上，奴才装着喝醉，回来后就想请旨拿人，谁料想陈瑛够狠够快，半路上竟敢截杀奴才！好在皇上洪福齐天，保佑奴才逢凶化吉，逃了回来！奴才想，这就带人去抓陈瑛，您看咋样？”

皇上站起身，道：“这才像你该说的话！告诉你，就在你刚才睡觉时，黄兴林已经带人去了！”看看窗外发白的天色，道，“更衣，上朝！”

大殿上，文武百官大气不敢出，偷偷瞄着跪在地上的几个人。

皇上冷冷道：“李维邦，你请的好客啊！”

李维邦赶紧磕头道：“皇上圣明，臣昨晚只是请了旧友一聚，不知道犯了何罪？”

皇上一拍龙椅，怒道：“人证物证都在，还敢狡辩！李景隆，你有何话说？”

李景隆往前爬了几步，道：“皇上息怒，昨天下了朝，奴才堂弟李维邦找到奴才，说是奴才办差回来，要为奴才洗尘，还说有几位客人在座，奴才也没问是谁就答应了，是奴才糊涂该死！”

皇上冷笑道：“你曹国公架子可不小，当真没问清楚客人是谁就去了？”李景隆磕头如捣蒜，道：“回皇上，奴才真是糊涂了！真的没问！”

皇上哼道：“你这次糊涂了，倒算聪明了。你和陈瑛在席上还吵了起来，对不对？”李景隆直起身赶紧道：“对对对，皇上明见千里、明察秋毫，最是圣明不过了！奴才言辞斥责陈瑛头脑不清、大逆不道，跟着燕王欲图不轨……”

皇上打断道：“行了，你闪到一边！黄兴林！”黄兴林从殿外进来，磕头道：“回皇上，奴才带人将陈瑛家搜遍了，没有找到陈瑛本人，其余家眷全部带回，暂押大牢。李新建应是已在返回武当山的路上，奴才已经派人前去追捕。”

皇上道：“好，继续全力搜捕陈瑛！李新建就不要追了，把人撤回来。”黄兴林应一声退了出去。

皇上道：“李维邦，你可知罪了？”李维邦不顾李景隆连打眼色，梗着脖子道：“回皇上，臣与陈瑛自小结识，不觉得他能依附燕王与朝廷为敌……”

皇上打断道：“反了！反了！你以为，你这榆木脑袋除了练武还会以为什么？你知道燕王这几年向京师派了多少密探？给京师里的官员送了多少金银财宝？这个陈瑛，就是来为燕王探听消息的！你李维邦觉着自己做了禁军统领，不忘旧交，讲义气，对吧？”

李维邦不服，还要再说，却被李景隆抢着道：“皇上，我这堂弟一介武夫，哪里懂得这其中的要害！奴才身为将门之后，自愿请缨做讨伐燕王的大将军，戴罪立功，为我李家洗刷耻辱！”

皇上刚要开口，身边的云北归也跪下了，道：“皇上，李维邦真不知道陈瑛是奸细……”皇上怒道：“干什么！成何体统！外臣议事，什么时候需要太监开口了？太祖祖训何在？来人啊！”

黄兴林应声跑进来。皇上喝道：“将李彦拉下去，杖责一百，听候处置！”黄兴林赶紧命人将云北归拉了下去。云北归忽然挣脱，重新跪向皇上，道：“皇上，恕奴才多句嘴，奴才要说大实话，奴才刚才不是要替李维邦说情，说起来，奴才还和他打过架哩！”

皇上怒视着他，却不说话。云北归继续道：“当时，奴才出宫办差，李维邦为先皇守卫，他看了奴才的腰牌，就是不让奴才进宫门，气得奴才跟他动了手！”

皇上冷冷道：“可是你后来却跟他喝酒吹牛，做了朋友，对不对？”云北归道：“奴才想，禁军就是为皇上当差的，先皇活着，他就为先皇当差；太孙继位当了皇上，他就为皇上当差。原来奴才和他不对付，可现在我俩都是为皇上办差，就没啥过节了。”

方孝孺出来道：“皇上，李彦人虽粗俗无礼，但是话糙理不糙，尊君重道，正该如此。”

皇上哼了一声，道：“方爱卿也为他们说情。”方孝孺道：“臣与他们从无私交，认理不认人。”又有几个官员出来为李维邦说情。

皇上叹口气，道：“死罪免了，活罪难逃，李维邦降为六品，罚俸三年，回家闭门思过，不得外出！再有过错，一并处罚！”李维邦跪倒谢恩，出了大殿。

皇上瞥了眼云北归，道：“拉下去！”

黄兴林带人将云北归带到牢里，嘱咐几个狱卒好生伺候，也不敢与云北归说话，急急走了出去。

云北归百无聊赖，坐等天黑。

云北归正在睡觉，听见牢门有动静，急忙侧耳静听，听见牢头等人在忙不迭行礼，又被噤了声，知道有人来了，也不起身，照样大剌剌地躺在床上。

牢头开门进来，道：“李公公，旨意来了。”云北归头也不扭，道：“你骗谁呢！皇上那么多军国大事要办，哪儿会在乎我一个死太监。”

牢头还要再说，却被一个声音打断道：“皇上自然政务繁忙，却对一个太监关怀备至，端的是圣心周详、爱民如子！”

声音不大，听在云北归耳里却如惊雷——成风！没错，就是他！劫持了燕王府上神机营主官王骥的少林僧人成风，他和师弟成化还与自己（当时还叫狗剩儿）交过手，自己打不过成化，只好使诈将成化引入坑里，骗得成风进去施救，自己趁机救了王骥。

云北归在黑暗中迅速镇定下来，现在的自己，老娘都未必认得出来，更别说他俩，而且，哎，不对，他们不是和尚吗？为啥会来这儿？

声音走近，道：“李公公，久违了，阿弥陀佛！”

云北归慢慢坐起来，看见昏暗灯光下站着的素衣僧人，正是成风。云北归笑道：“这倒奇了，咱家在监牢还能遇见大和尚！”

成风笑道：“李师兄见笑了，你我武当一别，竟已十年了！阿弥陀佛，善哉善哉！”

云北归心里一惊——成风竟然和李彦是旧相识，好在应该不熟，当下道：“可不是嘛，有句话叫什么他乡什么碰见老朋友啥的，高兴得很哩！”

成风一怔，旋即笑道：“他乡遇故知，确是人生幸事！”云北归站起身拍拍成风的肩膀，笑道：“老久没见了，谁承想会在这儿遇到，咱家出去了一定请你喝酒！”

成风又是一怔，缓缓道：“李师兄与当年在武当之时变化很大，贫僧几乎不敢相认了。”

云北归道：“哼哼，武当，咱家早忘了！现在咱家只知道为皇上效力！”

成风双手合十道：“李师兄见教得是。”顿一顿，“皇上密旨！”云北归一愣，赶紧跪下接旨。

成风道：“皇上口谕：着御前禁军成风提李彦觐见。”云北归领旨谢恩。

云北归跟着成风出了监牢，身后随即跟上来很多兵士，其中就有胖和尚成化。云北归笑道：“大和尚，别来无恙啊！”成化嘿嘿傻笑，没有说话。

云北归见了皇上，扑通跪倒，哭道：“皇上，半天不见皇上，奴才想得紧哩！”皇上冷笑道：“去一趟北平回来，倒学会了燕王这一套，他在北平装疯卖傻，以为我不知道！你在这里跟我演戏，哭给谁看呢！”

云北归流着泪，抽抽噎噎向皇上认错服软。他在家时，一旦在外边惹了事，回到家免不了老娘一顿数落，每次他都是撒娇带耍赖，磨磨唧唧哄老娘开心。这次，如法炮制，将暂时还离不开他的小皇上哄得没了脾气。

回到寝室，云北归立即换了夜行衣，伺机准备出门。出了今天的事，自己再想大大方方出宫恐怕就难了，今天得到不少消息，必须尽快传给燕王，最近的途径自然就是陈瑛了。那天夜里在河坊街，他与陈瑛正式接上了头，交换了联络方式。

云北归爬出窗户，轻轻跃上屋顶，沿着屋顶轻轻起落。太极轻功果然妙不可言，越是奔跑越是轻巧灵动。他觉着好玩，发足“狂奔”，仍然无声无息，速度也是越来越快，不到一盏茶工夫，就到了皇宫高墙之外。他跃上大树，辨清方向，朝着建初寺方向奔去，直到看见一座塔尖，才放慢脚步。

云北归跃进寺院，刚要迈步，忽然听见一个声音道：“……方丈此言差矣！师侄此举也是为了光大少林、遏制武当罢了，何来给少林带来罪孽？”

云北归心中一动，暗道：又是成风！小爷倒和这秃驴杠上了，哪儿都有他！好奇心起，凑到屋前，侧耳静听。

另一个声音道：“成风，我虽为方丈，但常年云游在外，寺内事务都由你师父操心，你是年轻一辈最为精明能干的，一向受你师父器重，可是我一直强调出家之人应当远离尘间俗务，更不可妄生功名利禄之心。”云北归听得声音有些耳熟，但又不能确定。

成风道：“方丈，您的教诲师侄记住了。”方丈缓缓道：“记住自然好，如何做才更重要。成风你可不要……”忽然一个声音道：“谁？”

云北归吓了一跳，以为自己被发现，刚要出来，却听一个声音笑道：“在这建初寺，却遇到了天下第一大门派少林寺方丈和高足，实是三生有幸！”云北归听得仔细，出来之人正是陈瑛！

成风嘿嘿冷笑道：“京师翻了个底朝天，陈先生倒躲这儿来了！”陈瑛道：“成风和尚大可以抓走小生，献给皇上，祈求皇上封赏少林，成风和尚也能做个国师。”

屋里陷入死寂。

云北归偷眼观瞧，但见成风站在屋子中间，面向一个纶巾书生，正是陈瑛，角落盘膝坐着一位和尚，想来就是那位方丈了。

成风开口道：“方丈，师侄想不通，当今皇上年轻有为，气势正盛，您为何一直……这陈瑛别看文弱书生一般，其实最是心狠手辣、手段残暴，正好拿他献给皇上，有何不可？”

老和尚道：“冥冥之中，自有天定。这天下谁属，绝非一朝之功！”成风哼道：“师侄知道，不就是有一次那朱棣跟随先皇去少林寺拜谒，您说少室山佛珠跳动，乃是二龙驾临的缘故云云。”

老和尚双手合十道：“明太祖真龙天子自是不假，那燕王身具天子之气，也绝无虚假。”

成风不屑道：“所谓天子之气，不过是旁人吹捧，您倒当真了。”

陈瑛笑道：“空见神僧，燕王爷向您老问好。”

空见和尚向陈瑛点头示意，转向成风道：“出家人不打诳语。”

成风道：“方丈，您莫怪师侄无礼，这些年来，我师父为少林寺可谓是操碎了心，大大小小所有事情都得他来主持，可是少林寺住持的名头却是您老人家顶着，您云游四海，四处逍遥，神龙见首不见尾，今天救救难民，明天收个徒弟，还时不时去去秦淮坊……”

空见低头合十道：“罪过罪过！师侄越说越不成话，空乾师弟确实受苦受累，这个我自然心里清楚，但是如果少林囿于门派之争，那中原武林又与蒙古统治时期的一盘散沙有何区别？武当派张真人几十年但做好事，不留姓名，这才是大超脱、大境界，是吾辈之楷模！”

成风提高声音道："哼，看来我猜得一点不差，我早就跟师父说过，师伯放着这么大一个少林寺不管，却跑去普度众生，不就是要做少林的张真人嘛！"

空见忽然吐出一口鲜血，剧烈咳嗽起来。陈瑛冷笑道："身为师侄却把自己的师伯、少林的方丈气得吐血，你这出家人的心肠也不比陈某软多少吧？"

成风嘿嘿冷笑道："光靠嘴来气是不够的，得靠药，是不是啊，师伯？"

空见大惊，道："你，你……居然……你！"

成风冷笑道："陈先生，跟贫僧走一趟吧！"出手如电，向陈瑛抓去！陈瑛面不改色，从怀里掏出一把火枪，狞笑道："不知道是你手快，还是火枪快！"

成风一惊，急向窗口跃出，身后"砰"地响了一声，划破了黑夜的静寂！

云北归心里紧急思量，是去帮陈瑛、救老和尚还是去追成风？陈瑛虽然是燕王的人，但是心肠歹毒而且手里有火枪，估计一时半会儿不会被成风拿住；成风虽然又奸又坏，但他也在宫里当差，一时跑不了；老和尚虽然素不相识，可是云北归侠义心肠顿生，路见不平拔刀相助自是云家的门风。

屋外的云北归还没想好，屋内的陈瑛开了枪，旋即逃了出去。成风在后追，却也不敢追得太紧。云北归再无犹豫，一个动作，跳进屋内，扶起已经委顿在床的老和尚，靠近身子，忽然又闻见那股怪怪的味道。

云北归急问道："老和尚，你，你咋样？"空见看清是他，苦笑道："浮屠自造，因果循环，善哉善哉！"

云北归哪儿听得懂，急道："老和尚，你赶紧说，怎么救你啊！我，我会武当功夫，咋帮你呀？"空见道："小兄弟，扶我起来。"

云北归依言将他扶起，端坐盘膝，将他嘴角血擦拭干净，自己坐在他身后，按照他的提示，双掌抵在他背后穴位上，猛一发功，却将他再次打出血来！云北归不禁骇然，不敢再有动作。空见惨然笑道："小兄弟，不必慌张，武当精要本就是道法自然、循序渐进，你听我口令，慢慢来。"

云北归点点头，开始小心发力，将自己的内力缓缓发到空见身上，自己也渐入化境，浑如做梦一般，忽觉双手犹如触炭，刚要缩手，听见空见道："小兄弟，再忍一忍，忍一……"于是继续发力，手上更是烫得厉害，睁眼一看，却见自己手上、空见头顶都升腾起一阵白烟，袅袅上升，越来越大。云北归觉得好玩，继续发力，却听空见道："小兄弟，听我口令，缓缓收功，大功告成矣。"说完"哇"地吐出一口鲜血，低头咳嗽起来。

云北归急忙将他扶好，说道："老和尚，对不住，我再给您发功……"空见低着头，手摆了摆，半晌才道："不必了，多谢了。"

云北归手足无措，站也不是，坐也不是，看见空见指了指放在门口的一只木盆，急忙拿来递给他，见他俯在木盆上吐了几口酸水，轻轻为他捶打后背。

又过了一会儿，空见慢慢坐起，双手合十道："小兄弟，缘法如此，老衲多谢了！"云北归也跟着合十行礼，嘴里道："老和尚，你到底咋样啊？可急死我了！"

空见微微笑道："不妨事了，张真人的真传，自是好的。想不到几十年后，又是武当功夫救了老衲一命。"

云北归听得懵懂，道："老和尚你要没事了，我可就走了，还有大事哩！"

空见点点头，道："去吧。"云北归刚要起身，却忽然发现这位老和尚居然皮肤紧绷，颌下也没有半点胡须，好奇心大起，脱口问道："你到底是老和尚吗？长得咋这么年轻？我看比成风还要小些。"

空见微微一笑，道："老衲这些皆是皮毛，贵派张真人才真的是大境界的大真人。"

云北归见他赞扬师父，心里高兴，道："你也见过我师父？"空见笑道："何止见过。还是他老人家眼光好，关门弟子，后生可畏啊！"

云北归听不懂，站起身道："老和尚，我这就走了，你真不碍事吧？"空见挥挥手，轻轻摇头。

云北归出来后，早已不见了陈瑛与成风的踪影。他跃上大树，四处张望，仍是不见任何踪迹，心里着急起来，眼下只有陈瑛可以把消息传给大哥，如果他被抓走，自己一时还真的没了办法，还有就是：他被抓了会不会供出自己？

第十二回　君臣礼朱棣赴京 问荆情富贵抢亲

云北归刚要跃下，却听西北方向“砰”地响了一声，紧接着是一阵嘈杂之声——他心中亦惊亦喜，喜的是枪声响处应该就是陈瑛的所在；惊的是恐怕他被成风袭击了。

云北归几个起落飞跃过去，到了近处，却见几个和尚与几十个黑衣人对峙，地上已经躺了十几个人。云北归心里奇怪：看来陈瑛早有准备，倒也不必自己冒险出手，要是被成风这小鬼头认出来，在宫里可就没法混了。

这时，一个大个子和尚走上来，喝道：“拿着这个破玩意就敢跟我少林寺对着干……”话音未落，枪声又起，那大个子和尚急忙矮身避过，骂道：“算什么本事！”

云北归看出那大个子和尚正是成化——乃是成风的师弟，曾被自己设计塞入泥坑。开枪的人却并不是陈瑛，而是一名黑衣人。

云北归终于看清楚，不但这名黑衣人手中有枪，其他几十名黑衣人都各自扔下一块黑布，露出一柄柄乌黑发亮的火枪！

成风冷冷道：“燕王的神机营来了，失敬失敬！”陈瑛道：“算你有点见识。要是没点准备，怎么敢到京师蹚路子！”

云北归看得大为兴奋，却又大惑不解：陈瑛既然带着神机营来的，那天在河坊街拦截我为何又没拿枪？哦，他早知道我是自己人了？不可能呀，我容貌变了、名字变了、身份更变了，他怎么知道？哎，神机营来了，王骥大哥不知道来了没有？

陈瑛沉声道：“神机营听令，全部射杀，一个不留！”云北归惊恐之下，看见黑衣人火力全开，“嘭嘭嘭”声不绝于耳！成化大喝声中，接连扑倒好几个黑衣人，挥拳猛打，把几个人的脑袋打开了花，忽然怔住不动，原来是被身后的陈瑛拿枪顶住了脑袋！

成风在一旁喝道：“住手！”话音未落，枪声已起，成化的脑袋登时开了瓢，鲜血四溅，脑浆横飞！

成风喝道：“陈瑛！还不住手吗？”陈瑛冷笑声中，几个和尚都已倒在地上，才道：“他们都不在王爷的视线中，死了就死了；你成风，倒是王爷指名要的人！”

成风从暗处慢慢走出来，从背后挟持了一名黑衣人。陈瑛笑道：“你这是干什么？”成风冷冷道：“放我走，不然……”

陈瑛毫不犹豫，举枪打在黑衣人身上！成风摇头道：“酷吏陈瑛，名不虚传！”

陈瑛笑道："承蒙夸奖！王爷说了，只要你跟我们走，少林住持就是你的！"成风道："我师父并无退居之意，我怎可……"

陈瑛淡淡道："只要王爷有此意就行。"成风冷笑道："眼下燕王自身难保，还谈什么……"说话之时，出手如电，直扑陈瑛！

云北归早已发觉成风身子前趋，像是有所动作，本要出声提醒，但见陈瑛滥杀无辜，对他孰无半点好感，正好看他吃些苦头。

成风一招之间已经夺了陈瑛手里的火枪，左手一个"环抱菩提"已把陈瑛制住，右手拿枪对准黑衣人们。这下变起仓促，黑衣人们虽然人多势众又有火枪，却都反应不及，眼睁睁看着主官被人制住。

陈瑛并不惊慌，淡淡道："成风师父，你智计无双，却未必逃得过这么多火枪。神机营听令，一旦情况有变，即刻射杀成风，不必管我！"

成风道："你够狠，够绝！"话音声中，已朝黑衣人开了枪，自己携着陈瑛向身后假山跃出！黑衣人顿时枪声大作，黑夜之中，发出的光亮十分密集！成风待枪声稍歇，立即飞出，炮弹般飞向黑衣人，出手奇快，倏忽之间，已经点了许多人的穴道。云北归看得目瞪口呆——上次他与成化交手，听成风在旁煽风点火，还以为少林年轻一辈之中成化是武艺最强之人，今天一看，成风比成化高出太多！

成风拍拍手，到假山后将陈瑛提来，冷笑道："拿个西洋的破玩意就想与少林为敌，跟朝廷对抗，实在是愚蠢至极！"说着，重重将陈瑛扔在地上。

陈瑛坐在地上，依然面无表情，道："我早跟王骥说过，火枪打一下，就要重新装填火药，再点燃，再发射，与高手对决，那里来得及。"

成风道："你够狠够聪明，却跟错了人！拿着你去见皇上，也算我少林立的第一件功劳！皇上说要抓你，却没说是要死的还是活的，你这么狡猾，被你逃了可不得了！"说着挥掌拍向陈瑛头顶！

陈瑛闭眼等死，却听"砰"的一声巨响，睁眼一看，却是一个黑衣人与成风打在一起！

这个黑衣人自然就是云北归了。

他知道再不出手，陈瑛登时就要命丧成风之手，立即带上面罩，飞掠而出，生生接了成风一掌！顿感手心酸麻，全身一震，知道自己与他短时间很难决出高下，当下也不啰嗦，架起陈瑛就跑。

成风哪里肯放，紧紧追赶，三人一前一后，在民居屋顶纵跃。建初寺本就建在民居区，方才的开枪打斗之声早就惊动了附近居民，但都不敢出来查看。有人报了官，但官兵动作迟缓，迟迟没有赶来。

云北归背了一人，动作毕竟慢些，跑了几个街巷，已被成风追上。成风出手奇快，抓住陈瑛后腰，刚一发力，却见对方气势汹汹涌了上来，不禁吃了一惊。

云北归虽然已将武当各项武功打得有模有样，但内里的原理却远未参透，至于武术修为之类更是一窍不通，只知道动作招式及把口诀背得滚瓜烂熟。遇到危险情况，第一反应仍是地痞流氓的打法，觉出后方有人拉扯陈瑛，立即停步，全身扑向成风！

成风变招奇快，避开一击，立即一套罗汉拳施展出来，刚猛十足，虎虎生风。云北归看得明白，自己却不敢轻易使用太极功夫，以防他认出自己，只好乱打乱踢，迫得成风后退几步。云北归趁机向后再跑。

成风再次追赶，依然还是抓住陈瑛，两人对打几下，云北归再次夺路而逃。如是几次，成风渐渐看出门道，不再追打云北归，而是冲着陈瑛几次出手，招招狠辣，次次致命！

云北归心里有气，他的打架生涯向来是痛快淋漓、潇洒随性，不管输赢，从不拖泥带水，今天带了陈瑛，着实是个累赘，老被对方挟制，而且不敢施展太极功夫，打得极为狼狈。

渐渐地，云北归流氓脾性上来，不管不顾，看准成风就是一拳。成风刚一触碰就知道对方内力非常，绝不在自己之下，心里一惊，便抄起陈瑛招架。云北归打得兴起，哪管这些，拳头到处，早将陈瑛打飞，逼得成风连连倒退，心里惊疑不定。

云北归眼见对方退步，得意至极，太极十三式立即打了出来，霍霍生风。成风惊呼道：“武当派！”云北归暗道：“坏了，露馅了！”手上不停，连攻三招，成风全力招架，依然退后几步。

云北归心道：“如此恋战，终归不能了局。”一招“飞云流水”打出，眼见成风向后闪避，便一口气打出“穿连不断”“乌云掩月”“红霞贯日”，迫得成风只有招架之功，没有还手之力。

云北归刚要再攻，却听见后边喝道：“成风，不许动！”回头一看，却是陈瑛举起火枪，对准了成风。成风一怔，道：“陈瑛，想不到你还请了武当高手。”陈瑛冷冷道：“对付你，不必高手出手，一枪就够了！”说话声中，已经扣动扳机！

枪声响处，成风急跃而起，飞出几丈开外。陈瑛装填火药，准备再次发射，却被云北归架了双臂，疾跃而出，跑了一阵，到了一个隐蔽所在。

云北归放下陈瑛，道：“知道我是谁吗？”陈瑛淡淡道：“你一开口，我就知道了。”

云北归心里好生失望，道：“你从啥时候知道是我？”陈瑛依然面无表情，扶着伤口坐起来，道：“我科举不中，又不会武功，更不会溜须拍马，却有一样本事——

对声音过耳不忘，你第一次去王府，我听过你的声音，就记住了。”

云北归冷冷道：“你除了这个，最起码还会折磨人、杀人。”陈瑛居然一笑，道：“这个赞赏我是认可的，王爷也说过。”

云北归冷冷道：“别废话了，我说你听。”

云北归回到大内寝室，刚要划亮火石点蜡烛，蓦地发现蜡芯尚有光亮，显是刚刚熄灭，登时大惊，立即喝道：“谁？”窗边一个黑影急掠而出，动作极快。云北归发足便追，但见黑影几个起落，已经不见踪影。云北归心里又惊又叹，自己的寝室被人窥探，必有隐患，而且对方武功极高，尤其是轻功好到惊人，却未对自己出手，不知是敌是友。

云北归回来查看屋内，并未丢失什么要紧物事，便不再想，倒头就睡。他将打探到的消息传了出去，心无挂碍，睡得便很香甜。不过，心里还是隐隐惦记着已经几天不见踪影的兄弟何富贵。

云北归此刻能睡个好觉，何富贵却没这个福气了。

小船顺流而下，又到了一个码头。被捆成粽子的何富贵听见岸边的叫卖声顿时来了精神：这里是北平！

北平的叫卖声何富贵听了二十年，却从未觉得如此熟悉和亲切！他并非第一次离家，可这一次“粽”归故里，端的是激动异常。

何富贵挣扎着向外张望，没错，是北平的早市，岸边摆摊的、卖货的、晒漕粮的、打鱼的，熙熙攘攘，煞是热闹。他正看得高兴，却被一把揪了回去，眼前出现那张苍老可怖的脸！

何富贵哀求道：“姑娘，您放了我吧！您要多少钱，我到家了，我向我老爹要！好不好？”

苏炳华冷笑道：“你家能有多少钱？一个土财主能满足洪洞派帮主的胃口吗？”何富贵道：“我会赚钱，你放我回去，以后贵帮的经费都是我来出，好不好？”

苏炳华恨恨道：“我要钱何用？我要的是我的容貌、我的青春、我的……”

何富贵听她语气凄楚，猜她与那“阴森森”李炳森必有一段未了情缘，便试探道：“姑娘，你在这儿自哀自叹又有何用？那‘阴森森’却在逍遥快活……”

苏炳华一把将他揪起来，喝道：“你再敢胡说，我就把你扔河里！”何富贵赔笑道：“姑娘，你如果动不动就打人，寻常男人可是不敢爱的呀！”

苏炳华怒道：“我要什么寻常男人！”手却放开了。何富贵笑道：“是是是，寻常男人哪儿能入了您的法眼。‘阴森森’可不咋样，一个寻常女人丁秀丽就把他迷得不行，自己戴了绿帽子还在帮人养闺女哩！”

苏炳华“噗嗤”一笑，恨恨道：“报应不爽，丝毫不差。你这书呆子，话讲得还是蛮有道理的。”何富贵心里得意，挪动着身子凑近她，道：“姑娘，以后这样，您继续当洪洞派帮主，出钱的事我来，咱们联手做到江湖第一大门派，把什么沧临派、少林派、武当派统统挤到没活路，让什么‘阴森森’阳森森跪着来求您，您看行吗？”

苏炳华冷笑道：“百无一用是书生，你除了会吹牛哄哄小姑娘，还会干什么？”何富贵豪气顿生，道：“姑娘，不瞒您说，这运河沿线的大小生意，我都琢磨过，以后咱就靠河吃河，您的帮会势力大，人员多，给我撑场子，我一年给您这个数，总比您让属下干苦力、干绑票挣得多来得快！”

苏炳华道：“就凭你一张嘴，我就放了你？想得美！”何富贵眼见利诱不成，立即变换招数，道：“姑娘，您不就是想拿我去找‘阴森森’算账吗？我倒有个主意。”

苏炳华不置可否。何富贵笑道：“说到底，您不就是想与‘阴森森’结良缘吗？”见她变了脸色，“不不，是他想和您结良缘，您非要练功，结果耽搁了，可是，缘分天注定，不如我认您做干娘，我俩一起去找‘阴森森’父女，恩怨化解，结为两对夫妻，岂不是皆大欢喜？‘阴森森’如果不变心，我就不变心；他要敢变心，我就不要李云婷……”

话没说完，脸上就被结结实实打了一个耳光，疼得何富贵眼冒金星，龇牙咧嘴，半天才道：“你，你，干吗又打人？”

苏炳华冷笑道：“打你是轻的，像你这样负心薄幸的男人，我只恨杀不干净！”何富贵撇撇嘴，扭向一边。

苏炳华道：“怎么？你现在心里一定在骂我了？”何富贵也不说话，嘟着嘴摇头。苏炳华怒道：“再不开口，我就把你扔河里，让你开口喝水！”

何富贵张大嘴，“啊啊啊”几声，却不说话。苏炳华忍不住笑道：“幼稚！”何富贵见她笑了，自己也笑道：“姑娘，你笑起来真的很好看，我第一次见你也是被你的笑迷住的。”

苏炳华却又冷了脸，道：“年轻漂亮自然爱笑，我这副样子哪还笑得出来。”何富贵道：“您的意思是‘阴森森’有办法让您恢复年轻漂亮了？”

苏炳华叹道：“普天之下，我也只见过师父如此，他老人家的道行实在深不可测，说起来也好久未见了。”何富贵奇道：“《悟真篇》当真有这等魔力？”

苏炳华道：“书我看了几遍，道理自是好的，但是始终未解其意。”何富贵笑道：

“即便未解其意，您现在看起来仍是年轻漂亮、楚楚动人。”

苏炳华冷笑道：“除了见我时的第一面，哪里还会楚楚动人？处处打人倒差不多。”何富贵笑道：“这可是您说的。”

苏炳华沉默半晌，似乎是自言自语道：“少了阳气扶助，我强行练功，却落得怕风怕雨，恐日惧月，人不像人鬼不像鬼，想要见到师父自是不易，想要拿回《悟真篇》再行练功也是如此艰难……”

何富贵正要出言安慰，却听到船篷外“噼噼啪啪”下起雨来，想到她说“怕风怕雨”的话，不禁打个激灵，胆怯地看向苏炳华，却见她浑身哆嗦，似乎冷得厉害，继而脸型狰狞，变得更加可怕。何富贵吓得魂飞天外，裹紧被子想要躲避，却被她一把拉住，掐住了脖子！

何富贵拼尽全身力气挣扎，却被越掐越紧，喘不过气来，心想指望狗剩儿哥是不成了，必须自己逃命，当下两脚乱踹，向舱外爬去，模糊中看见一条小船从旁划过，船上站着几个汉子，其中一人像是自己的三叔公——通惠河捞尸队的骨干，也不管是不是，用尽全身力气大喊道：“叔公，救命！我是富贵！”挣扎之中，扑通掉入河中，呛了几口水后立即晕了……

何富贵大叫一声醒了过来，坐起身子，呼呼喘气。父亲何东来一边忙着给他拍背揉搓，一边骂着丫鬟还不快点拿毛巾。

听见父亲的声音，何富贵心里落了定。

小时候自己读书，想要什么吃的喝的，父亲都舍不得，直到有一次他病了，父亲才打发人买回一只烤鸭，说是给他补补身子，何富贵吃了几块，剩下的却被父亲拿去厨房，说是给货栈做一锅鸭汤，气得何富贵第一次离家出走，跑到大通桥下看穷人晒漕粮，打鱼，也是在那儿第一次看见爱打架的狗剩儿。天黑了，大人孩子们都回家了，何富贵却迷了路，在河边转了半天也找不到回家的路，蹲在河边哇哇大哭，哭累了，缩在桥底下瑟瑟发抖。看见陌生人路过，吓得大气都不敢出，直到听见父亲焦急地喊他的名字，他才“哇”地哭出来。

何富贵看着父亲明显苍老的脸庞，哽咽地说：“爹，爹……”何东来也抹着泪，道：“富贵，回来就好，回来就好……想吃啥爹都给你买去……”

虽然何富贵这些年花钱如流水，却还是第一次见老爹这么大方，也想逗逗他，道：“爹，烤鸭，叫花鸡，这些我都不吃了，您就给我买点山东海参，不要荷花楼的，要满堂居的，新鲜，地道；再来一道佛跳墙，要闵桂楼的；再要一道……”眼看着老爹脸色变了，还想接着往下说，听见门外一个声音道：“贪！打小就贪，没够！”

何东来起身招呼道：“老三来了！”嘴里十分热情，又招呼丫鬟上茶。三叔进了门，却被何东来让到门口的椅子上，离床上的何富贵远远的。

何富贵凭着晕死前的一点记忆，说道：“爹，是不是三叔救的我？”何东来道：“可不是嘛！要不是你三叔，你可就去见你娘了……”看见丫鬟端上一杯茶，骂道，“死丫头，三叔来了，还上这个！换好茶！”

三叔大剌剌坐着，抽起旱烟，道：“哥，你可有日子没让我进门了，我记得上次来，在院子里站了半天你也没让我进屋，别说茶，一口凉水也没喝着。”

何东来讪笑着，一边亲自为三叔换烟叶，一边道：“自家兄弟，说那些都见外了。”三叔不理他，看向何富贵，道：“我何老三手里捞过的尸体没有一千也得八百了，第一回救活人，就赶上你何富贵了，你说你富贵不富贵？”

何富贵挣扎着起身，不顾老爹的劝阻，给三叔公重重磕了几个头，道：“三叔救命之恩，富贵永不敢忘！”三叔刚要开口，听见外面一阵喧哗，一个尖利的嗓音道：“何富贵是不是在家？”

何富贵听得声音，知道是燕王府的三宝太监到了，起身道：“三宝哥，别来无恙啊！”

进来的三宝向何富贵拱拱手，又向何东来、何老三环视一眼，道：“何大哥，四爷有请！”

进了王府，三宝说：“王爷正在前厅议事，一会儿就到。”何富贵笑道：“三宝大哥一向可好？”三宝苦笑摇头，正要开口，一阵爽朗的笑声从外面传来——燕王笑道：“叫北归的还没归来，何富贵的倒要富贵了！哈哈哈！”何富贵急忙下跪行礼，被燕王一把扶起，道：“三弟，你可回来了！”

何富贵也很激动，一番寒暄后，向燕王讲了别后情况，重点说了在京师探听的消息，自然，自己为了范丽华寻死觅活的事略去不表。

燕王边听边点头，不时插话。何富贵发现，其实很多情况燕王已经知晓，但还是把每一个细节都问了个清楚。何富贵不敢信口胡说，基本老老实实讲了详情。

燕王道：“三弟，我知道你这次遭遇非常，二弟更是……有喜有悲！这些大哥都记得，以后定为你们记上大功！不过眼下，情势紧急，你也不能歇着，马上就有大事。”

何富贵道：“大哥说哪里话，但有吩咐，义不容辞！”燕王摆摆手，道：“最新情报，新君已经登基，宁王也被扣下，情势已经明朗，他发一道圣旨就会对我动手，你说，大哥该怎么办？”

何富贵道："为今之计，必须着手准备了。"燕王目光如炬，道："准备什么？"

何富贵起身跪下，道："大哥，小弟披肝沥胆说句心里话，若是见怪，当是燕王责罚何某罢了。"燕王道："但说无妨。"

何富贵道："现在事情明摆着，大哥即使没有任何动作，以后也难有善终。"说着又看了一眼燕王，发现其脸色如常，又道，"小弟在京师虽未见到小皇帝，但听二哥讲，宫内大事小情都是围绕如何顺利撤藩进行，大哥更是首当其冲。"

燕王点点头，道："肚子里都明白，各自装糊涂。和尚头上的虱子，不打不行啊！"

何富贵道："摆在大哥面前的路也只有两条，要么像其他藩王委屈地被裁撤，去别的地方当个富家翁；要么……"却没说出口。

燕王长叹一口气，道："当个富家翁也难了！我刚接到旨意，让我赴京面见新君。"

何富贵惊得站起，道："这么快！大哥不能去啊！"燕王摇摇头，道："不去就是抗旨不遵，这小子正好有了借口。"

何富贵思忖半晌，道："大哥，箭在弦上，不得不发。"

燕王道："三弟直说吧。"何富贵道："自今日开始，应当抓紧招募大量兵士，名义可以说是为了对抗北方的蒙古余部，也可以是加强王府的护卫。"燕王道："对，有了人，还要抓紧操练，土包子是打不了仗的，还没上战场就吓得尿裤子了！"

何富贵道："大哥说的是，为防走漏风声，不妨就在王府内进行。还有就是抓紧打造兵器，民间都说燕王爷府里有神机营，个个都是神枪手……"

燕王哈哈笑道："民间讹传，不过传多了也好，也让他们心有忌惮。说起这个，还得感谢二弟，是他把神机营的王骥送了回来，若是没有王骥，这神机营根本建不起来。"

何富贵问道："目前神机营大约多少人？能否成建制上阵对敌？"燕王道："满打满算也就一百支火枪，可以熟练开枪的兵士最多两百人，陈瑛去京师带走了三十支火枪三十个人。"

何富贵满脸忧虑，道："大哥，火枪还得抓紧造，不能耽误啊！"燕王点点头，道："已让王骥开工了，只是有一个大问题。"

何富贵道："什么问题？"燕王眉头紧锁，道："打造火枪，还有这些斧钺钩叉，叮叮当当，声音太大，容易引起外围怀疑，虽然王府之内还算可靠，可声音传出去，难免落人口实。"

何富贵沉思良久，忽然道："大哥，我家里开货栈，原来在庆丰桥西北有个大仓库，进进出出的工人很多，附近居民都说扰民，后来我家就在庆丰桥涵洞口挖了个地下仓库，入口不大，里面却大得很，工人在里面干活，外面听不到一点动静的。"

燕王笑道："好主意！亏你想得出来！"当即叫来三宝，吩咐在王府后花园内开挖地下室。何富贵补充道："如果王府方便，也可以在上面养些鸡啊、鸭啊、鹅啊什么的。"燕王略一思索，仰天大笑。

燕王亲自送何富贵出门，道："若要举事，少不得要问天卜卦，以利军心，我听说运河沿线的沧临派掌门人李炳森还有一个洪洞派的什么苏帮主，都是这方面的行家，三弟家里在运河开货栈，若是能够联系上他们，那是最好。"

何富贵心里打鼓，嘴上道："小弟一定尽力。"燕王叹道："我这一次去京师，也不知凶吉如何，家中事务都交给王妃，她一向操持惯了，得力的很，若有遗漏，兄弟一定要大力帮忙了！"

何富贵跪下道："大哥知遇之恩，兄弟绝不敢忘！"燕王又交代了些北平布防事宜，才让他回了家。

何富贵回到家，心事重重，躲在屋里闷闷不乐。

何东来轻轻敲门进来，道："小富贵，爹知道你外面事情多，你也不是小孩子了，也该娶个正房媳妇了……"

何富贵道："爹，不是为了这个！"何东来笑道："那是为了哪个？爹知道你风流多情，多个媳妇咱家也养得起……"

何富贵岔开道："爹，我还没问呢，那天三叔救我上来，到底咋回事？"

何东来奇道："你咋还忘了？不就是你跟一个姑娘坐船胡闹，失足落水，让你三叔救了吗？"

何富贵心情烦躁，知道老爹没在现场，也不清楚详情，于是匆匆出了门。何东来那里放心得下，赶紧派了两个小厮跟着。

何富贵去了大通桥，让小厮去荷花楼买了烤鸭、熏兔肉，提了两坛子酒，找到三叔家，拍门道："三叔在家吗？"

破木门"吱呀"开了，迎面一股潮气。何富贵捏了鼻子定睛看见站在门口的三婶，笑道："三婶，老久没看见您了，这一向身体可好？"三婶唠唠叨叨，把他们迎了进去。

三叔坐在炕沿上抽烟，底下板凳上坐着他的儿子何荣华。

何富贵笑道："三叔，荣华，都在呢？"三叔抬抬头，却没说话。何荣华站起来，笑道："富贵哥，真是稀客啊！"

何富贵讪笑道："这一向是哥哥不对，来家太少了。"何荣华道："自家兄弟客气啥！"三叔没好气道："自家兄弟，你问你大伯啥时候当你是自家侄子了？"

何荣华闭了嘴，低了头。何富贵赔笑道："三叔，您看我好不容易上次门，您就给我脸色。来来来，大侄子带了好酒好肉，一起喝些吃些。”

何富贵与三叔公一家吃着饭，喝着酒，气氛渐渐活跃起来。

何荣华道：“富贵哥，我就要娶媳妇了……”何富贵笑道：“好啊，嫂子哪里的啊？”

三叔打断道：“哪里的？天上掉下来的就好了，家里穷得叮当响，拿啥娶媳妇！”

何富贵急忙叫进来一个小厮，低声嘱咐几句，回来坐下道：“三叔，三婶，荣华，这个不用愁，我让小厮取来五百两银子，不知道够不够？”

三叔一家瞪大了眼睛，半天没说话。何富贵道：“还是不够吗？”何荣华赶紧道：“够了够了，小门小户娶媳妇哪里用得了这许多！”

三叔仰脖喝了一碗酒，道：“你，是贪，但是对人也大方，跟你爹大不一样，他呀，一辈子会挣钱，更会攒钱，对别人抠，对自己也抠！”

何富贵笑道：“那可不是，小时候我想吃一回好吃的就得装病，爹给我买来一只烤鸭，我就吃了几口就被他拿去大锅炖汤了！”一家人哈哈大笑，其乐融融。一群人在一起说另一个不在场的人的坏话，总是会带来意想不到的快乐。

三叔笑道：“你爹从小就这样，对自己抠门得很，岁数大了，挣钱多了，架子也大了，看不起我这捞尸的……”何富贵这才想起三叔的行当：沿河捞尸。

何富贵盯了几眼三叔泡得发白的双手，心里发怵，还是问道：“三叔公，您和沧临派打过交道没有？”三叔摆摆手，道：“通惠河沿线一带，到处都是沧临派的人，想不打交道都难……”

何富贵喝得微醉，和三叔一家道了别，在小厮陪同下往家走。路过大通桥时，被一块石头绊了下，小厮赶紧扶住他，一迭声地骂这破石头放的不是地方，还要拿脚踹。

何富贵忽然低头一看，正是狗剩儿说的那块避蚊石，忙道：“停！”然后一屁股坐在石头上，微微喘气。

一个小厮催促道：“少爷，咱回家吧，要不老爷又该担心了！”

何富贵想起狗剩儿哥，哪里还走得了，道：“小五，你去一趟狗剩儿家，要是不知道门儿就打听一下，看看狗剩儿娘在不在家？要是在家，就留些银子，说是狗剩儿现在外面帮人跑买卖挣的银子，让人捎回家里的，明天我再让老爷派个丫鬟过来侍候她，还磨蹭什么，快去！”

何富贵又对另一个小厮说：“小七，去打听下在大通桥上卖水果的王林杉家在哪里，打听到了也是留些银子，就说是狗剩儿跑买卖挣的让人捎回来的。”小七刚迈步，又被喊住，“对了，告诉王林杉，让她一定等狗剩儿哥回来啊！”

小厮都走了，何富贵坐在石头上，呆呆出神。

一会儿，小五回来了，说狗剩儿家早没人了，邻居们都说狗剩儿不学好，跟人打架犯了事，跑路了，老娘瞎着眼睛出去乱找，也失踪了。何富贵这才想到：对了，是燕王的安排，一定是他派人接走了狗剩儿娘，还安排了这个假象，以防有人过来刺探底细。

一会儿，小七气冲冲回来了，说到了王林杉家，正赶上桥头的屠户长生带人去说媒，一大帮人堵了门，没让他进去。

何富贵一听急了，好嘛，狗剩儿哥在京师拼命，后院却着了火，这还得了！站起来就要冲过去，刚走几步，才想起来自己不会武功，只带俩小厮过去，哪里会是什么胖屠户的对手？转念一想，对小五嘱咐几句，打发他赶紧去了，自己带着小七急匆匆去了王林杉家。

到了门外，小七说："少爷，那个屠户带的帮手可横了，刚才就把我推出来了！"何富贵心里盘算，今天一定得把这事搅黄了！我要说我是狗剩儿哥派来的，王林杉他爹也不答应，不如……

小七走上前，两个大汉拦道："哎，你怎么又来了！不是告诉你这家有喜事，今天不卖水果！赶紧走，小心揍你啊！"

小七嚷嚷道："快点让开，小七爷今天不买水果，是来跟着少爷提亲的！"

大汉一愣，冷笑道："你家少爷是哪根葱！也敢跟长生哥抢亲！哼哼！"

何富贵出现在门口，道："我不是葱，何某是洪武二十六年的举人是也！"俩人一愣，不自禁地让开了，却又再次堵住道："举人也不行！"

屋里的王老汉听见动静，赶紧出来了，问道："谁在门口吵闹？长生，你看你来提亲，带这么多人干啥？"

长生跟着走出来，笑道："王叔，听说我要来提亲，这帮小子非要跟来，说是提亲时人气旺，以后人丁兴旺不是？哈哈！"

何富贵在门口嚷道："王叔叔，您真愿意让您如花似玉的宝贝闺女嫁给一个杀猪的！"

长生喝道："谁在外边？哪儿冒出来的王八犊……"何富贵喊道："长生，何某乃堂堂大明举人，你敢骂我，就是骂当朝皇上，你可知罪？还有你们，再敢帮着坏人干坏事，让官府把你们一个个都抓起来！"说着话，连吓唬带硬闯，终于挤了进来。

何富贵挤进来站定，见胖墩墩的长生站在瘦小的王老汉跟前，显得极为滑稽，不禁仰天笑道："王叔叔，你看看这个长生，又胖又蠢，哪儿配得上你的好闺女！你可不能为了多吃几斤破猪肉，就狠心卖闺女呀！”

王老汉哼了一声，也不说话。何富贵察言观色，知道王老汉并不得意长生，心里有了底，更加理直气壮，道：“王叔叔，小生知道您并不情愿，朗朗乾坤、燕王治下，我看谁敢强娶民女？”

长生再也忍不住，疾步走到何富贵面前。何富贵只觉得一堵墙压了过来，心里突突发颤，强作镇定仰着头道：“怎么？娶亲要比个头啊？大马个儿高，为啥好姑娘不找匹马嫁了？”满院子的人大笑起来，连长生带来的人也都跟着起哄。

长生揪住何富贵衣领，怒道：“你，你一个举人，就能随便欺负人吗？也不看看我是谁！”

何富贵忍着害怕，声音发颤，道：“你不就是桥南头杀猪的，猪肉里面老注水，我家厨子都不乐意去你那儿买肉！”围观的人又是大笑。

长生扬起巴掌打在何富贵脸上，顿时肿起老高。小七怒道：“你敢动手打人！”上去就要撕扯长生，却被身后一个大汉拉住，动弹不得。

何富贵一手捂脸，另一手指着长生道：“好，你竟敢殴打本朝举人，知道多大罪过吗？啊！”王老汉怕事闹大，出来打圆场道：“两位，都请回吧，没得让邻家笑话！”

长生洋洋得意道：“不，今天就得把事定了，这门亲今天必须有个说法！”眼睛盯着何富贵，“今儿我长生提亲，谁敢跟我抢？谁！”

第十三回　中圈套武当落败 做交易少林逞能

何富贵尽管心里怕得要死，兀自瞪眼喝道：“王叔叔，今天我何家也向王家提亲！我何富贵大小是个举人，家里开有货栈，不算大富大贵，也是有吃有喝，不会让你家闺女受苦！”

这番话说得义正辞严、大气凛然，众人一时都愣了。长生也张着嘴，一时没了词。

一个大汉突然指着何富贵的裤子笑道：“哈哈哈，大举人吓得尿裤子了！哈哈哈！”众人定睛一看，果不其然，都笑得前仰后合。

王老汉别了脸，要回屋去，却被长生拉住。长生好半天才笑完，道：“王叔，您老真会把杉杉嫁给这样一个怂包？哈哈，反正我不信！”一个大汉道：“长生哥，我认得何举人，可花呢，去年放灯节，调戏一个大官儿家的姨太太，差点让人扔河里淹死！”

另一人出来道：“可不咋的，我也听说了，好像是被云秃子救下的，他没啥事，云秃子倒死了！”那大汉道：“对，就是他！王老汉，你闺女要是嫁了他，可就守空房吧！哈哈，要是嫁给我长生哥，嘿嘿！”众人哄笑。

有人出来道：“哎，说起云秃子，他儿子狗剩儿可有日子没露面了吧？他不是，不是……”看见长生脸色不善，急忙住了嘴。

长生扫视一眼众人，拉住王老汉胳膊，喷着酒气的嘴凑到他面前道：“王叔，今儿你必须撂句话，我，还有尿裤子的何富贵，你选一个当女婿！”

王老汉气得浑身哆嗦，没好气地道：“我谁都不选！都给我出去！”

何富贵趁机道：“听见没有？王叔叔说都出去！别在人家赖着！”

长生一巴掌打在何富贵脸上，怒道：“都是你小子坏了好事，本来我跟王叔说得好好的！不行，今天必须把杉杉带走，来人！”

两个老妈子出来应声。长生指着西屋道：“你们进去把杉杉拉住，今晚就跟我回家！”

何富贵挡住西屋门口道：“你们干什么？强娶民女！还有王法吗？”长生上去就踢了何富贵一脚，骂道：“在这儿我就是王法！”

何富贵疼得弯下腰，却依然站在门口，努力站起身道：“这个门谁都不能进！”

长生暴怒之下，抄起身后一个大汉拿的哨棒，抡圆了朝着何富贵的头就要砸下，忽然身后响起一个清脆的喊声：“住手！”

王老汉急道：“你，你回来干啥！”

何富贵直起腰，看见迎着众人目光进来的，正是狗剩儿哥朝思暮想的王林杉。

云北归看见杉杉，笑道："杉杉，你可算来了，我攒了好多好多钱，这回你爹要彩礼我可就不愁了。"杉杉惊异道："你，你的脸咋了？"云北归想解释，却说不出话来了，心里一急，就醒了。

云北归看看睡在内室的皇上，好像翻了个身。他知道，白天的事情让皇上忧心忡忡，晚上能睡好觉那才是怪事了。

驿站八百里加急送来最新消息，说燕王接旨后二话不说就要来京师面见新君。满朝文武大臣都极为耸动，本都以为燕王这次接到旨意必定不敢前来，朝廷正好以此为借口，发兵讨伐，谁知人家偏偏说："等着我，来了！"

皇上尤其坐不住，北平传来的各种讯息，包括布政使张昺、都指挥使谢贵、张信都纷纷反映，燕王虽然看不出造反的迹象，而且燕王本人近来似乎有点疯疯癫癫，精神不太正常，但有一点非常可疑，那就是国丧期间，燕王府阖府素裹，大办丧事；新君登基，却没有半点动静，这不是心怀不满是什么？凭这一条是不是就可以起兵讨伐？文武大臣议论纷纷、争议不定，最后方孝孺引经据典坚持认为不可行，方才作罢。

燕王让新皇帝不爽，新皇帝也要恶心燕王——换防山海关时，他看见一个叫宋忠的名字，虽还只是个副将，但是为了给燕王"送终"，朱笔一批，擢升宋忠为将军，镇守山海关及屯平一带，牢牢看住燕王的军队，随时听候旨意。

退朝后，皇上在御书房与方孝孺、黄子澄等人商议燕王上殿后宣布抓捕的机密方案。云北归听了大为紧张，必须尽快把消息传给陈瑛。想到这里，他再也睡不着了，听皇上的呼吸均匀缓慢了，悄悄起身。

云北归回到自己寝室，换上夜行衣，悄悄跃上屋顶，观察四周如常，展开轻功，在大内屋顶上纵跃如飞——近来他每天晚上都要出去一番，有事办事，没事就当练轻功。

他此次出行的目的地仍是建初寺。发生那次震动京师的枪击案后，虽然成风言之凿凿说是燕王属下的陈瑛带人干的，大理寺、刑部联合查禁了建初寺，但是查来查去，却并未拿到真凭实据——除了几个死和尚，那些黑衣人的尸体都已消失不见，在现场也没有发现一支遗留的火枪，弹痕倒是多得很，死和尚身上就有很多。最后，大理寺与刑部互相推诿，不了了之，渐渐成为一桩悬案。

被查封的建初寺没有解封，寺里的和尚却已照常吃斋念佛了。

前一天，云北归伺候皇上午睡后，慢慢走回自己的寝室，手里捧着皇上赏的如意——近来他屡立功劳，皇上随手就把手边的一些先皇的物件赏给他。云北归心里美着，拿这些东西当彩礼去向杉杉提亲，王叔一定没话说——皇上御赐的宝贝你王老汉都敢嫌弃，还想不想活了！哈哈哈！心里正美，却被一个小太监撞了一下，手里的如意盒子和小太监手里捧着的杂物都掉在了地上。作为司礼监掌印太监，他大大骂了小太监一顿，“走路不长眼睛啊！下边没了就拿眼睛撒尿是吧！这宝贝如意要是磕碰坏一点，我就让你上边下边都没喽！”

小太监吓得连连磕头，急急忙忙从地上捡起如意盒子，恭恭敬敬捧给云北归，然后又在地上磕头如捣蒜。云北归心下不忍，但又必须维持着“李彦”的人设，扔下一句：“长点记性长点心吧！宝贝要是坏了咱家再找你算账！”才回了自己寝室，刚想把宝贝藏起来，心里又痒痒，担心万一真磕碰坏了，赶紧打开盒子，拿起如意仔细查看，确定没问题才放心，刚要放到盒里，却看见盒子底部多了一张字条，上面写了几个字。

云北归心下惊疑不定，看来字条是刚才的小太监趁机放的，都怪自己光顾着心疼宝贝骂人，却没看他一眼长相。这字条写的啥，我狗剩儿哪儿看得懂啊！

云北归琢磨半天，要不让小卓子过来认一认——虽然太祖祖训不许太监读书识字，可小卓子入宫前念过几年私塾，认几个字该是没问题，可这小子心眼活，嘴巴大，万一传出去，可不就抓瞎了！哎，有了！

云北归躺在床上，慢条斯理道：“小卓子，这几天你手底下的奴才还好使吧？有没有不听话的？”小卓子满脸堆笑，道：“干爹您放心，除了柴俊平养的几个干儿子，别的都不敢跟儿子顶嘴，干爹您运筹帷幄，三下五除二就把柴俊平办了……”

云北归猛地坐起，“嘘”了一声，低声道：“小点声！上次差使办得不错！”小卓子笑得开心，低声道：“是干爹您安排得好，奴才只是跑跑腿儿罢了。干爹您进宫晚，不知道柴俊平多不是东西！横行霸道，欺男霸女，凡是他看上的宫女必须做他的‘对食儿’，凡是他看上的小太监，晚上必须过去陪他……”

云北归道：“咱家知道了。秦淮坊的老鸨伙计都安排好了？”小卓子道：“干爹放心，都安排好了，塞给老鸨不少银子，又连吓唬带威胁，她以后一个屁不敢乱放，不过……”

云北归一愣，道：“不过啥？”小卓子嗫嚅道：“别的都办妥了，就是上回进宫来的那个伙计没找见，老鸨子也说有几天没看见他了，说让干爹放心，那伙计的银子回来就给他，也会封好他的嘴。”

云北归记起上次在御前对质，这伙计从自己身边经过，身上的味道好像在哪儿闻过——他名叫狗剩儿，属狗，长着一只狗鼻子，闻过的味道一般都不会忘。他在秦淮坊第一次见这伙计，就闻出他身上有怪味，有点香，又有点酸腥味，起初以为他在妓院干活，沾了姑娘的味道而已，所以并未在意，但是后来几次闻见，不禁起了疑心。忽然，心念电转，猛地想起来，对了！是那个老和尚，少林寺方丈空见！在他身上也闻到过这股味道！

云北归心里盘算，捉摸不透，一个是秦淮坊的伙计，一个是得道高僧，身上的味道怎么会这么像、甚至是一样！

小卓子为云北归续了茶，低声道："干爹叫儿子来，就是为这事吗？"云北归还没回过神来，嘴里喃喃道："不对啊，不对啊……"

小卓子试探道："干爹，什么不对？儿子说的不对吗？"云北归想不明白，便不再想，喝了口茶，旋即瞥见茶几上压着的字条，心里骂道："差点忘了！"嘴上道："小卓子，是这样，虽然太祖有祖训，不让咱太监读书认字，可是有些人，比如你吧，入宫前就上过学，认得字，我跟皇上提过，这些也是好事，可以用起来，皇上一个人看不了那么多大官的奏折啦，告状信啦，像你这样的人，以后也可以帮着看一些。"

小卓子喜道："真的？干爹，帮着看奏折，这可是司礼监最了不起的差使！"

云北归心里憋着笑，道："我吧，虽然当着掌印太监，可是大字不识几个，以后得多用人。"

小卓子自告奋勇道："干爹，儿子以后帮您看！"云北归笑道："你是第一份，可皇上说了，不能让一个太监看这么些奏折，要多找些识字的太监，为了防止啥'宦官干啥'……"

小卓子接口道："是'宦官干政'。干爹，您放心，儿子这就给您找人去！"

不大工夫，小卓子带着几十个太监跪在大厅内，听候云北归使唤。云北归坐在椅子上，尖着嗓子道："猴崽子们，今儿要你们过来干的事情，小卓子也都跟你们说了，这都是皇上交办的秘密差事，出去了谁敢说出半个字，咱家就扒了他的皮！"

众太监诺诺答应，都说出去不敢乱说。云北归道："今儿算是个考试，看看你们谁是真认字，谁是装大尾巴狼！一会儿我到内厅，你们一个个进来……"

云北归坐在内厅，等着小太监进来。他早将那张字条撕成好几块，一块纸一个字。进来一个太监，他就给看一个字。很快，那些字他都知道了，在脑子里来回排了几遍，终于确定："丑时到建初寺一见。"

皇上睡着了，云北归悄悄出了宫，直奔建初寺而来。他跃上大树，观察一会儿，不见异常，便轻轻落在屋顶上，然后落在院内，心里得意——轻功如此了得，师父见了也会高兴……

忽然，四周火把亮起，照得大院犹如白昼！云北归急切中抬头，看见大院四周房上房下站满了人！心里骂道：“坏菜了！着了道了！”

云北归大喝道：“上排琴过来打个秋风，拿这些亮子干啥（我进来顺手拿个东西，你们打这么多火把干什么）？”他在北平通惠河畔混迹二十年，这些江湖切口张口就来。

从堂屋走出一人，众人让出一条过道。云北归迎着火光，看清来人却是成风！

成风哈哈笑道：“李彦，等你多时了！”

云北归心念电转，猛地意识到，燕王和陈瑛都知道他大字不识，怎么可能会让人传给他一张字条！而且夹带字条本就容易被人抓住把柄，以陈瑛的行事作风，怎么可能这么蠢！唉，是自己太蠢了，这么简单的把戏居然没有看穿！

成风笑道：“李彦，明人不说暗话，摘了面罩吧，热不热？”

云北归粗着嗓子笑道：“哪个里延外延，排琴莫不是合子上的朋友，一碗水端来一起喝么（兄弟是不是也是道上混的，想要过来分一分财物）？”

成风冷笑道：“我看你能装到什么时候？见你的第一面，我就知道你根本不是李彦！”

云北归一惊。成风接着道：“十年前那场声势浩大的武林大会，你我还都是小字辈，自然不能代表各自门派上台比武，可是少林寺方丈、马建成道长都说，你我二人乃是年轻人中的佼佼者，这些，难道李公公都忘了？”

云北归流氓本性上来，抓住话头骂道：“你他娘的一会儿说我不是李彦，一会儿又说我是李彦，你一个大和尚说话有准儿没准儿？”

成风并不生气，淡淡道：“我奉旨去大内监牢提你，你居然不认识我了！还说请我喝酒！十年前那次大会，少林寺一个小和尚遇见武当派一个发小，偷着出去吃饭，只喝了一杯酒，回来被人举报，我师父为了明正典刑，当着天下众英雄的面，命人将小和尚活活打了一百棍！小和尚身体弱，当场就死了！你说，参加大会之人还会请少林寺之人喝酒吗？”

云北归不屑道：“十年前的事谁还记得？也说不定李彦咱家平时就爱请客喝酒，见了你高兴，随口一说，你又当啥真哩！”

成风笑道：“所以，即便你已露出马脚，我还是不能确定，直到你又见到成化。”

云北归咽口吐沫，道：“那又咋了？”

成风冷笑道：“十年前的武林大会乃是二十年一次的盛会，参与人员有名额限制，各门各派都是派出各自最优秀的人才参会，我少林寺人才济济，又怎会派出一个傻子参加？所以，你压根就没有见过成化，还谈什么‘老久不见’？”

云北归反而镇定下来，笑道：“如果我李彦就是热情好客，看见谁就是自来熟呢？”

成风道："所以，我去了你的寝室……"云北归一惊，想起那晚他救了空见神僧之后，携着陈瑛逃出建初寺，后来自己回到寝室，有一个人从屋内逃出，而且轻功极高。

成风接着道："我虽是少林和尚，但在大内效力已久，对所谓太监的生活习性还算了解，我仔细查看了你屋里的生活用品，我敢肯定——你，根本不是太监！更不是李彦！"

云北归无赖本性上来，笑道："我是不是太监，这个好办，你上来，摸一摸不就知道了！"

成风怒道："放肆！给我上！"

众人答应一声，围了上来。云北归已经看清，最前面的乃是少林俗家弟子练功衣打扮，后一圈乃是少林僧人装扮，情知今天难免一场恶战。

几十人围上来，各展拳脚，一起攻击云北归。云北归打架自不必说，学了武功之后对战也越来越多，经验日渐丰富，见众人围拢过来，立即直奔一个方向，冲着一人兜头便打，那人并不避让，硬生生举拳招架，两拳相接，发出一声闷响。云北归心道：听说少林拳法"硬"，果然硬得可以！不过一试之下，知道对方内功远不如己，这一下就够他受的，果见对方和自己对打之后，飞出好远，结结实实摔在地上。云北归刚要得意，头上就挨了一记重击，顿时头脑发蒙，不禁怒道："还他娘的少林大派！这么多人打老子一个啊！"拳脚回击，将背后偷袭之人打出老远，还不解气，冲上去继续暴揍，"嘭嘭嘭"打在那人脸上，很快觉出手上湿了，低头一看，那人脸上已经血肉模糊，自己手上也沾满了血！

云北归站起来，向再次围拢上来的人喝道："再敢上来，就跟他一样！"

众人一时站住不动。成风在后面喊道："抓住此人，赏银二百两！"众人耸动，眼神发出光彩。云北归嘴巴却被气歪了，心道自己怎么也是燕王派来的王牌奸细，现在又在皇上手底下当了太监头子，在这秃驴眼里自己却只值二百两！不禁怒道："一帮没见过钱的穷老帽儿！我出五百两，抓住成风！"

众人再次一愣，都是半信半疑。成风怒极反笑，道："无赖就是无赖，市井流氓的招数都使上了啊！"

云北归从怀里掏出一沓银票，高声道："听着啊，这是一千两银票……"成风怒极，对那些俗家弟子吼道："还不抓人！"

众人面面相觑，再次围拢上来。云北归将银票朝天上一撒，大声道："谁捡了就是谁的！"众人先是一愣，继而争先恐后抢了起来。

云北归趁乱跃上屋顶，心里刚要佩服自己，却见十几个和尚齐齐跃上屋顶，围在自己四周。

云北归笑道："和尚难道不爱银票！"成风喝道："罗汉阵！"云北归眼见这些和尚迅速移位，心道等你们布了阵法，我还怎么走？当下急跃而出，施展太极轻功疾奔，听得身后风声飒然，知道众僧都在身后追赶，但是根据落地声音判断，轻功应该不是自己对手，心里暗笑：想追我，再练几年吧！眼前一黑，却是一人挡住了去路。

云北归笑骂道："成风秃驴，小爷上辈子一定把你家房子扒了，要不就是霸占了你媳妇？你咋老是阴魂不散地跟着老子哩！"

成风也不出手，双手合十挡在他面前，道："你若不敢尝试这十八罗汉阵，不妨与小僧一战，逃跑，可不是武当弟子的一贯作风！"

说起武当弟子，云北归这才意识到，今日一战，果然又是武当对战少林，自己受了师父亲传，可不能给他老人家丢脸，当下道："好，你们要是十八个人一起上，小爷不愿跟你们打；要是你一个人，小爷奉陪！"

成风抬手制止了奔跃而到的众僧，道："如此，成风领教阁下高招。"

云北归立即道："这可是你说的，单挑啊！"

成风迅疾出手，手如利剑，直取云北归面门！云北归一惊，知道他是想要揭开自己的面罩，立即侧身避过，仓促中回击一脚，乃是太极十三式中的"单鞭救主"。

成风手上不停，嘴里冷笑道："武当孽徒倒是妥妥的了！"看着云北归踢来的一脚，并不闪避，一招"巨龙显力"生生接住。

成风为人极为精明，学艺之初就知道所有少林武僧都学的少林长拳只是本门功夫的基础，乃是少林的入门功夫，掌握之后不可就此止步——比如他的师弟成化几乎天天习练此艺——这种学法绝不可取！于是他央求师父开始学习金刚拳——乃是本门的一种极为古老的拳术，也是少林功夫中的上乘功夫，一反少林长拳以守为主的打法，纯以进攻为主，短打长击，刚疾快猛，变化绝伦，起落翻转，进退自如，式正法圆，非攻即防，进则有方，退亦有法，在武林中有"起如扛鼎，落如分山"的赞誉。

云北归不知底细，眼见成风出手如电，浑不似以往交手的成化的风格，只得勉力招架，一个疏忽，后背就被翻身飞掠的成风重重砸了一拳！顿时怔住。他打架无数，挨过的拳头更是数不胜数，可是从未像今天这样，只挨了一拳，却觉得五脏六腑就像翻江倒海一般！

云北归挣扎站稳，咧嘴笑道："死秃驴几天不见长本事了是吧？"一招"顺风摆柳"直冲过去。太极功夫讲究借力使力、因势利导，云北归打野架出身，从来都是好勇斗狠，虽然学了太极功夫的心法口诀，个人领悟却远未到家，遇到成风这等高手，立即相形见绌。

成风微微冷笑，看云北归招数已老，迅疾一个“铁拳穿壁”打在他身上，接着一招“青龙分水”从他头上踩过，直取后心！

云北归被打得头昏眼花，自打学武之后从未如此狼狈，但既已承认是武当弟子，就不能再像混混儿时打不过就求饶请客。他抹了下嘴角的血，笑道：“打得痛快！再来！”

成风也不说话，再次抢上，接连施出“蜈蚣浅行”“罗汉卧禅”“金龙坚尾”等招数，堪堪将一套少林金刚拳全数打完，气定收功。

再看云北归，已经委顿在地，不省人事。成风喝道：“架起来！”过来两个和尚将云北归架了起来。成风走上前，伸手去揭面罩，试了两下竟没揭开，当下着恼，让一个和尚将他的头向后仰，自己凑上前去解他后脑勺的面罩。孰料，云北归突然睁眼，一大口鲜血稳稳吐在成风脸上！

众僧人大吃一惊，立即上前将云北归痛打一顿，很快没了声息。成风被吐了鲜血，立即疾步向后跃开，听得徒弟们已经制住了云北归，这才命人将自己脸上的鲜血擦掉。

看着躺在地上没了声息的云北归，成风沉声道：“先把他捆起来，带到东厢房。”

云北归晕晕乎乎，似乎看见老娘又在城墙上站着，自己要喊，却喊不出声；一会儿又是杉杉，看着他说：“你是谁？为啥要装成我狗剩儿哥的样子？”他要解释，却见杉杉兀自不理，急匆匆走远了，急得他大喊大叫，却一点声音也发不出来……突然下起大雨，全部浇在云北归身上，凉得刺骨！

云北归睁开眼，眼前是几个和尚。

成风冷冷道：“小子，你到底是谁？”云北归舔了舔嘴角的血，就着泼在头上的凉水一起咽下去，笑道：“我是大爷！”

一个和尚用鞭子“噼噼啪啪”抽了云北归几下，喝道：“老实点！”云北归笑道：“江湖第一大派，干的勾当跟小流氓没啥两样！我呸！”一口浓痰吐向成风。成风已有防备，闪身避过，夺过皮鞭，使劲抽在云北归嘴上！

云北归睁开眼，觉得嘴里有异物，吐了一口，却是几颗牙和着血掉在地上。

成风怒道：“我没工夫跟你磨牙，说！你到底是谁？”

云北归仰着头，将嘴边的血微微吹起，形成气泡，笑道：“爷爷玩得不赖吧？”成风怒极，向几个和尚示意一下。

几个胖大和尚走过来，一个抓住他的头使劲后仰，另一个拿出一张黄纸罩在他脸上，另外一人开始在纸上浇水。云北归立即觉得湿纸糊住了整个脑袋，鼻子已经不能呼吸。他在运河边长大，水性极好，立即改为用嘴呼吸，孰料，一只手伸进来，狠狠在他嘴里塞上一团抹布。水还在浇，脸上的纸还在加厚……

成风示意胖和尚撤了黄纸，拿掉云北归嘴里的抹布，拍拍他的脸，道："醒醒，醒醒！"他兀自不动。胖和尚伸手探他鼻息，道："小子装死！"

成风使个眼色，一桶水兜头浇在云北归身上，登时醒了。

成风笑道："小子，再不开口，你就不用装了，直接去死好了行，我会禀报皇上，说你李彦大太监本就是武当卧底，潜入宫中，为燕王打探消息，这一夜私自出宫，密会陈瑛，被我少林弟子拿获……"

云北归哈哈大笑，不住摇头。成风冷冷道："你笑什么？"云北归心念电转，思忖脱身之计，像这样硬抗肯定不是办法，即使不被弄死也讨不了好去，当下道："你真想我当着这么多人的面儿说？"

成风示意其他人都出去，冷冷盯着他道："我师伯去了哪里？上次是不是你救了他？"云北归冷笑道："哦，你也知道害怕了？"

成风哼了一声，不置可否。云北归立即顺杆爬，道："他老人家虽然岁数不小了，却跟我有些交情，我自然不能看着他被自己师侄下了毒手，既然看见了，就出手帮帮他喽。"

成风脸上微微变色——师伯这些年云游在外，确实结交了很多其他门派的朋友。师伯若是没事，自己就要有事了。

云北归故意道："你不用担心，他被我送到一个地方静养，过不了几天就会回来的。"

成风狐疑道："就凭你？"云北归笑道："咋了？觉得我打不过你，就救不了你师伯？"成风盯着他却不说话。

云北归道："行家一出手，就知有没有，刚才咱俩打，你觉得我内功咋样？"成风还是不说话，上下打量他。

云北归知他信了几分，心里有底，接着道："你也不用害怕，你师伯本就慈什么为怀，我给他好好说说，你出点血，喝几顿大酒，上次你给他下药的事估计就能过去了。"

成风低头沉思。云北归知道现在是关键时刻，如果不能说服他，小命就此报销，便道："大和尚，你觉得我到底是不是李彦？"

成风沉声道："你绝不是李彦！"云北归微笑道："那我是不是武当弟子？"

成风点点头。云北归笑道："对啊，我不告诉你我是谁，你也知道我代表谁了。"

成风道："你，你是马建成派来的宫中卧底？"云北归微微一笑，道："我虽然不读书不认字，可是也知道一个道理，有些事能做不能说，有些事能说不能做，你说是吧？"

成风盯着他，满脸狐疑。

云北归道："这么说吧，你今儿杀了我，心里痛快了，这很好，可你想过没有，你师伯会放过你吗？派我的人会放过你吗？当然，你最在乎的是皇上，你以为我在皇上跟前当差，能干到掌印太监是吃干饭的？皇上会信了你那一套鬼话？白白饶了把自己最得意的太监头子打死的和尚！你为宫里办事不短了，为啥武功恁高却只干了一个御前大头兵？"

成风脸上阴晴不定。云北归接着道："反过来说，你要是放了我，你师伯那儿我会说好话；派我来的人自然不会知道这件事，以后你当了少林住持，咱两大门派……"

成风哼道："少林自古就是第一大门派，武当还不足以与我少林相提并论！"云北归忍着气，道："少林是厉害，可要当住持，光你一人厉害成吗？你为朝廷办事，不就是想让朝廷帮你当上住持吗？"

成风瞅他一眼，咽口唾沫。云北归信心更足，道："有武当的支持，你上位是不是更容易？还有，当今皇上最信任谁？你不会不知道吧？"

成风沉默半晌，动手为他解了绳索。云北归活动下身子，笑道："多个朋友多条路，多个对头多堵墙，你……"话没说完，却见成风迅捷出手，点了他的几处穴道！

这下变起仓促，又是在他放了自己以后出的手，端的是毫无防备，惊愕不已，感觉一下身上也没啥不对劲，不禁喝道："大和尚，你发啥神经？"

成风冷笑道："就凭你一张嘴，就想让我信你，未免太小瞧我了。刚才我点了你手少阳三焦经几处大穴，你若真有我师伯这个朋友，他自然会帮你化解；如果没有，三日之后你就会领教到我第一大派武功的厉害！"

云北归心里骂了他祖宗十八代，嘴上道："大和尚真是不信好人，行了，咱家能走了吧？"说完勉强站起身，身上的伤疼得厉害。

成风冷笑道："我不怕你回宫后跟皇上胡喷，能解我点穴手法的人，世上不会超过三个。师伯真要为你解了，算你有造化；要是没有，和尚我就勉为其难，为你解了，不管如何，以后你我在宫里互为援手，你干你的，我干我的，这样可好？"

云北归冷笑道："你不该当和尚，去干买卖吧！"一瘸一拐出了门。

受了重伤，无法施展轻功，云北归只好慢慢走回宫里，直到黎明时分，才到宫门口。他清楚虽然自己大大方方走进去也能办到，可宫门守卫人多嘴杂，盯着自己的人又多，势必会成为对付自己的把柄，便强作精神，奋力攀上宫墙，四下查看，并无异常，纵身一跃，想要轻轻跳进墙内，孰料腿上受伤严重，发不出功，"啊"的一声，重重落在地上，发出一声巨响！

云北归骂句脏话，想要赶紧爬起来溜走，可是刚刚挣扎起身，却见一队禁军提着灯笼远远赶过来，心知不妙，心念电转，急思对策。

禁军黄兴林统领近来意气风发，竞争对手李维邦犯了事被处罚，自己接连办的几件差事都让皇上非常满意，亲口夸奖了几次，心里美滋滋的，想着空缺已久的禁军大统领的位子真的离自己不远了，于是更加卖力当差，不管是不是自己的班都要过来绕一圈，生怕关键时候出岔子。今晚后半夜，他睡醒一觉，心里不踏实，又出来巡查，听见朝阳门附近有响动，赶紧跑来搜寻。

禁军打着灯笼越走越近，云北归灵机一动，赶紧把夜行衣脱了，隔着高墙使劲扔了出去，嘴里大喊道："刺客哪里走？快来人啊！"

黄兴林吓了一跳，怕什么来什么，真有刺客？急匆匆跑来，却见司礼监掌印太监李彦穿着内衣也向自己跑过来。

黄兴林急道："李公公，怎么回事？"云北归急道："问什么？有刺客进来！还不快追！"

黄兴林问道："往哪儿跑了？"云北归一指，道："快追！"

黄兴林赶紧指挥禁军进行搜捕，又调动了几队兵士前来增援，朝阳门一带火把通明，亮如白昼。

开始时云北归心里暗笑，自己几句瞎话，就让禁军如临大敌，黄兴林这个官迷更是拿着鸡毛当令箭，非要把这个凭空出来的"刺客"抓住。不过很快，他就意识到，禁军扩大搜索，很快就会去宫墙外搜寻，自己扔出去的夜行衣势必会被捡到，虽然可以不承认这是自己的，但明眼人一眼就可看出自己身上的伤与夜行衣的缺口十分吻合，夜行衣的尺寸也与自己相当，这可咋办？

云北归正发愁，迎面看见黄兴林急匆匆走来，心里惊道：老小子这么快就发现老子有问题了！

黄兴林走到云北归面前，低声道："李公公，朝阳门前前后后里里外外都找了，没有一点踪迹啊！"

云北归一瞪眼道："什么？你们禁军都是干什么吃的？咱家睡得好好的，有人进来寻仇，看把咱家打得！照你说的，这些伤是我自个儿整的呗！"

黄兴林赶紧赔笑道："李公公息怒，关键是这刺客现在跑了，咱上哪儿找去啊？"

云北归不依不饶道："这是你的事，你是禁军统领，又是你当班是吧？出了事难道让咱家顶雷？"黄兴林低声道："李公公说的是，可是……"云北归冷笑道："可是刺客今天跑了，你的大统领的位子也要跑了，是吧？"

黄兴林讪笑道："李公公一向仗义，对我老黄也够意思，"压低声音，"刺客跑了，不但大统领位子没了，老黄的脑袋怕也保不住了！"

云北归早听小卓子说过，太祖管理属下极为严格，一点小错就要重罚，涉及皇宫大内的疏忽更是绝不放过，所以皇宫之内上到皇后妃嫔，下到禁军太监宫女，做起事来都是战战兢兢，生怕出现一点过错。

云北归道："你想咋办？"黄兴林低声道："李公公能否就当没这事？"

第十四回　一石多鸟化危机 阴阳双修致情迷

云北归一瞪眼，道："没这事？咱家这一身伤，还有这么多禁军……"黄兴林赶紧道："李公公您瞧我的。"转回头命令朝阳门所有禁军集合听命。有人拿衣服给云北归披上，由黄兴林引着，去了禁军值守房。

黄兴林低声下气赔笑道："劳李公公屈尊到这值班房稍等，看老黄嘱咐几句。"云北归哼了一声，想要看他如何处理，心里也在琢磨夜行衣的事。

黄兴林走出值班房，问副统领道："人都齐了？"副统领道："禀统领，今晚负责值守朝阳门的所有禁军共有五个小队，每队二十人，合计一百人，加上刚才参与搜捕的两队午门弟兄四十人，共计一百四十人列队在此，均已到齐。"

黄兴林点点头，慢慢走向队伍，突然喝道："宫里走失刺客，该当何罪啊？"禁军兵士鸦雀无声，大气也不敢出。

黄兴林冷冷道："我知道，你们上有老下有小，可我姓黄的不怕，我是一人吃饱全家不饿！我是把这份差事打算干到死的！为了皇上我啥都肯干也啥都敢干！今晚的事谁要是说出去……"拔出长剑"唰"地砍断了副统领头盔上的盔缨！喝道："这就是嘴巴不严的下场！"说完瞪了一眼副统领。

禁军齐声应道："谨遵黄统领号令！守口如瓶！"黄兴林点点头，道："今晚这事，我还要继续追查下去，在我追查出来之前，谁敢泄露出去半个字，就是与全体禁军为敌！听懂了吗？"兵士齐声答应。

黄兴林挥手让队伍解散了，快步走回值班房。云北归见他走进来，也不起身，淡淡道："黄统领威风得很啊！"

黄兴林换了一副嘴脸，赔笑道："李公公您放心，这些当兵的看着横，其实胆小得很，在宫里当差，谁不知道一不小心就要掉脑袋，而且全家都会跟着受牵连，给他们几个胆子也不敢瞎说去！"

云北归冷冷道："这些兵还好说，这个副统领……"黄兴林立马跷起大拇指，赞道："怪不得别人都说李公公精明强干！果然神目如电！我这个副统领叫李德勇，是李维邦的远房亲戚，前几年和我一起争这个统领，他才进宫几年哩！哪儿争得过咱！"

云北归道："他争不过你，倒可以害你。"黄统领阴着脸道："是，李公公教训的是，这小子背地里没少告我黑状……所以刚才那些话就是说给他听的，还砍了他的盔缨。"

云北归笑道："他能当副统领，看来不是个怂货，对吧？"

黄兴林点点头，头上微微出了汗。云北归接着道："他本就眼红你的位子，眼下有了机会，他为啥为了几句吓唬就不敢了呢？要是换了我，我一定得告状去！"

黄兴林紧张擦汗，眼神望着云北归，写满了紧张与恳求。云北归掸掸外衣，缓缓道："把他叫来，让他跟我走。"

云北归看看跟在李德勇身后的一队禁军，冷冷道："刺客早跑没影儿了，跟这么多人干什么？等着领赏啊！"李德勇赶紧示意禁军撤了，一个人跟在云北归身后。

云北归一言不发，心里盘算着怎样堵住他的嘴，忽然又想起一件事，道："让他们回来！"李德勇赶紧叫回那队兵士。云北归道："刚才宫墙里面都搜遍了，没啥收获，一会儿你们这队人就去宫墙外好好搜搜，我知道刚才已经有人搜过了，可是为皇上办事，不得不小心，不管有啥发现都直接到我那里禀报，你们李副统领也在那儿等着。"

李德勇看那些人还愣着，喝道："还不快去！"兵士们急匆匆去了。

云北归进屋，让小太监为李德勇倒了茶，退出去了。云北归开口道："维邦大哥还好吧？"

李德勇一怔，赶紧道："劳李公公惦记，大哥……大哥还好。"

云北归冷笑道："还好！请个客落个处罚，就他那个脾气能好得了吗？"李德勇叹道："是啊，我哥他脾气又急又直，也不向皇上服软，可不就……挨了处罚。"

云北归道："大殿之上咱家可是为你大哥说了话的。"李德勇起身跪倒，道："德勇听大哥提起，李家上下都感李公公恩德！"

云北归赶紧扶起来，笑道："副统领你这是干啥，我和你哥可是兄弟！"李德勇站起来，激动道："不瞒公公说，德勇出身贫寒，千里投奔远房堂哥而来，靠着他的助力还有在下的蛮力，也算在宫里站住了脚跟。我这大哥哪儿都好，就是太较真，动不动就跟人起冲突，我听说他跟公公您也……"

云北归一挥手，笑道："我俩是不打不相识，见第一面就打了一架，打了就成兄弟了。"李德勇嘿嘿赔着笑。

云北归见火候到了，话锋一转，淡淡道："今晚的事，贤弟打算咋办呀？"

李德勇一怔，嘴巴张了几下，没说出话来。云北归慢条斯理道："你呀，你就去告诉你哥，让他去找曹国公李景隆，这不就能上奏皇上了……"李德勇睁大眼睛，仔细听着。

云北归忍住笑，继续道："你猜皇上会咋办？皇上英明得很，一定会马上把黄兴林和你哥还有你都找来，当面对质，对不对？"李德勇点点头。

云北归接着道："你和你哥肯定一口咬定有刺客闯进来过，黄兴林肯定是抵死不认账，对吧？皇上一定会找来值班的禁军……"李德勇插口道："我哥是禁军统领，我又是在黄兴林手下当差的副统领，他黄兴林只是一个人，我想，皇上会信我们的吧？"

云北归笑道："现在你哥被处罚闲在家里，宫里有没有刺客他哪儿知道！还不是听你去说的！你在宫里的时间比我长，这叫擅自泄露宫中消息吧？该当何罪，你肯定门儿清吧！"

李德勇咽口吐沫，不再言语。云北归道："所以你那儿一方其实也就是你一个人，对方是你的头头儿黄兴林，到时皇上一定会找来禁军当兵的问清楚，你说，当兵的会咋说？支持你还是支持黄兴林？"

李德勇望望云北归，眼神迟疑。这时，小太监进来，说出去巡查宫墙外的禁军兵士回来了。云北归示意让他们进来。

一个禁军总管走进来，分别向云北归和李德勇行了礼，然后道："属下带人在宫墙之外来回仔细巡查了三遍，没什么可疑。"

云北归心里奇怪，却也大为放心，向李德勇使个眼色。李德勇会意，让主管出去了。

云北归道："你觉得当值的禁军会咋说？"李德勇低了头，默不作声。

云北归想站起来，孰料牵动伤口，不禁"呀"了一声。李德勇赶紧道："属下这就派人去请太医……"

云北归摆手道："德勇贤弟，在宫里当差，不光是比谁武功高、资格老，主要是比啥？人机灵、脑瓜儿活！"李德勇使劲点头。

云北归道："你一叫太医来，这事可就彻底瞒不住了！你、黄兴林还有那些禁军兵士谁能讨得了好去？"李德勇彻底服了，道："那，那……"

云北归道："咱还是说回对质这事，你去告密，你头上的官儿还有你手下的兵说的都跟你不一样，你说，皇上会信你一个人吗？"

李德勇摇摇头，他在宫里当差快十年了，一共见过三回皇上，每回都是远远观望，哪儿有近距离说话的机会？还谈什么信任！

云北归道："所以啊，当卧底去告密不是那么容易的。"心里暗暗佩服自己，当卧底真不是好玩儿的！

李德勇忽然道："李公公，您可以为我作证啊！你可是亲眼看见刺客了呀！"

云北归看着李德勇，眼神冷峻，半天没说话，直把他看得低了头，才缓缓道："在宫里活得长、升官快，是靠啥？第一个自然是要效忠皇上；第二个嘛，就是多交朋友。"

李德勇抬起头，有些不解。云北归道："咱家若是跑到皇上那里喊冤，说自己半夜睡着被人刺杀，这不明摆着说禁军护卫宫城不力嘛！皇上生气了要怪谁？自然是要怪昨晚上值守的禁军将士们，包括你，对吧？”李德勇点点头，咽口吐沫。

云北归进一步道：“这是一层意思，还有一个，刺客没抓到，禁军们又肯定不承认有刺客来过，皇上尽管信任咱家，可心里也要起疑，说李彦这小子是不是对派他去北平当卧底心怀不满呢？本来都已经赏赐过了，这又平白无故嚷嚷着有仇家报复，不就是又想着受赏吗？您看，这是咱家想要的结果吗？”李德勇使劲点头，又使劲摇头。

云北归心里暗笑，嘴上道：“老弟，我跟你哥交情不错，但是他刚受处罚，他的事只能等一等再说，你的事倒可以提提。”李德勇两眼放亮，凑近了听他说话。

云北归低声道：“眼下你哥闲在家里，他的副手暂时代理他的位子，咱家想，这统领让谁当都行，为啥不让自己兄弟当呢？”

李德勇听了，十分激动，连连作揖，却说不出话来。云北归心里暗笑，嘴上道：“行了，咱家瞅着有机会跟皇上提提，成不成是你自己的造化。”

送走千恩万谢的李德勇，天色已经发白。云北归知道皇上还得再睡一会儿——近来朝廷事务繁重，他晚上入睡困难，到了早上却又困倦不醒——晚上不睡，早上不起，自古有之。

云北归让小太监打来一大桶热水，让他们都出去，自己挣扎着起身，忍着剧痛下水洗了澡，拿些金疮药敷在伤口，换了干净的太监服，思量一番后，还是悄悄潜到了皇上寝宫装睡，孰料，一开门，却见成风站在门口，笑嘻嘻地看着他。

云北归拍拍心口，骂道：“真是晦气！你站这儿是想吓死谁啊？”

成风并不说话，闪身进来。云北归嚷道：“哎，还有点规矩没有？你个禁军大头兵……”突然眼前多了一套衣服，正是昨晚自己扔出宫墙的夜行衣！立即闭了嘴。

成风笑道：“李公公记性好，还记得和尚只是个禁军大头兵——这衣服自然也是记得的了，还有，三天之后的感觉，我想李公公会记一辈子的。”

云北归道：“想升官是吧？这个难了。”成风晃动夜行衣，嘴里啧啧道：“看看，这夜行衣要是让皇上看到了，李公公要解释不知道难不难？”

云北归道：“你武功恁高，为啥在宫里这么久连个队长都没混上？”

成风冷笑道：“起初我也不解，我等在太祖手下当差，大大小小也立了不少功劳，但太祖总是口头夸奖一番，偶尔赏些财物，加官晋爵、赐予封号却从未有过。”云北归道：“后来呢？”

成风苦笑道：“后来经人指点我才醒悟，太祖本就当过和尚，据说当时饱受师兄弟欺负，所以一直看不惯和尚……”云北归哈哈大笑，牵动伤口，不禁龇牙咧嘴。

成风冷笑道："亏你笑得出来！你听好了，我就在大殿外等着，最晚午时，若仍不升官，我立马就把这个呈奏皇上，说清楚昨晚发生的一切，请皇上裁断，只要结果不满意，我等立即返回少林寺，从此不为朝廷效力！"

云北归想了下，淡淡道："等着吧。"说完出门，直奔皇上寝宫。

云北归走到皇上寝宫门口，见站着几个小太监，一问才知道，皇上已经起来了，心里一惊，轻轻推开门，探头探脑进来了。

皇上瞥见是他，道："你来。"云北归凑近了，赔着笑。

皇上抬脚踢了他一下，骂道："想来就来想走就走，还有点规矩吗？怪不得武当山也不要你！"

云北归触动伤口，不禁"呀"了一声。皇上还要再打，忽然闻见一股味，喝道："什么味儿？是不是金疮药？"

云北归急忙道："皇上息怒！您听奴才解释……"皇上怒道："解释什么？朕大早起看不见人，要你何用？这是没事，要是来了刺客，朕早挂了！还等着你解释！"

云北归磕一个头，道："皇上恕罪，奴才刚才练功去了……"皇上余怒未消，喝道："练功，练什么功？"

云北归道："皇上您知道，奴才自小练的武当功夫，讲究早睡早起，师父说过，早起什么天地朝气什么，最是吸收天地精华之类，奴才也没记住……"皇上骂道："不长进的奴才！"

云北归接着道："是是，师父说的话奴才没记住，可是这事奴才坚持下来了，这么多年每天早上奴才都去练功，奴才想，只有练好了功夫，才能为皇上更好地办差……"皇上笑骂道："狡辩！"

云北归侍候皇上洗了脸，道："奴才功夫要是不如人，来了刺客，奴才也是白搭。"皇上沉吟道："眼下就是需要功夫的时候……"

云北归试探道："皇上指的是……擒拿燕王？"皇上缓缓点头。

云北归小心道："皇上，奴才听了几位大人议的方案，有点……有点小心思，但太祖……"皇上坐回椅上，道："现在没有外人，你说说看。"

云北归道："奴才想，大殿当场抓燕王，奴才肯定可以出力。"皇上点头道："他征战多年，一般的禁军不是他对手，你，应该行。"

云北归道："皇上说要拿下谁，奴才没有二话，可奴才听唱戏，听评书，都说万岁爷扳倒奸臣要有名头，奴才不知道这名头有了吗？"

皇上沉吟道："你虽然不认字，懂的道理倒也不少，师出有名，正该如此。方大人也是这样说。”云北归不禁心花怒放，随口道：“街上流氓打架还得找个借口不是……奴才该死，信口胡诌了！”

皇上缓缓点头，道：“朕本来给燕王下旨，召他入京觐见，满朝文武大臣都料想他不敢前来，正好借机发兵讨伐，他却一口答应要来……”云北归道：“评书上说，‘兵来将挡水来土掩’，燕王要来，皇上为啥发愁啊？”

皇上恨恨道：“朕筹措已久，即将动手，但就跟你说的似的，他这一来，反倒让朕的借口没了！方孝孺说不能无故动手，黄子澄他们却坚持要动手，说机不可失失不再来。”云北归道：“皇上您的意思呢？”

皇上迟疑道：“朕自然是……是，可燕王毕竟是朕的至亲，朕不想背负杀叔的名声啊。”云北归见状，趁机道：“对啊，奴才也这样想，毕竟是一家人，何必非要打来打去呢！”

皇上咬咬牙道：“最狠莫过帝王家！朕饶了他，他却未必会放过朕！你没见那天宁王是如何对待朕的吗？”

云北归见劝和无效，只好道：“皇上还是要动手了？”皇上道：“动手，看来是免不了了……”

云北归道：“奴才听唱戏，有一出‘鸿门宴’，说西楚霸王请刘邦喝酒，酒桌上设下埋伏。”皇上点头道：“可是项羽没有杀了刘邦，最后倒是自己在乌江自刎，历史教训，朕得吸取啊！”

云北归暗骂自己胡乱扯淡，反帮了燕王倒忙，赶紧道：“皇上，奴才记得戏文里说，是西楚霸王和刘邦打过赌，谁先打进长安谁就是什么王……”

皇上笑道：“骗人的把戏，岂能当真？也就是哄哄你这样不读书、不知事的人罢了。”云北归笑道：“皇上说的是，西楚霸王也不能跟皇上比！您是真龙天子、圣明仁义，最是了不起！”

皇上笑骂道：“马屁留着以后拍，说说你的想法。”云北归道：“刘邦要来，西楚霸王有项庄耍剑，皇上有啥？”

皇上道：“昨天内阁商议的不就是如何下手吗？”云北归道：“燕王打过那么多仗，要是没有十足的准备，皇上您就在大殿上，奴才可不放心……”

皇上见他住了嘴，呵斥道：“直接说，什么时候学得吞吞吐吐了！”云北归赶紧道：“皇上，是这样，奴才知道眼下禁军大统领空缺，禁军统领里武艺最好的李维邦又受了处罚……”

皇上冷冷道：“你小子又要给他说情？”云北归赶紧道：“皇上，您听奴才把话说完，您就是借奴才一百个胆子，也不敢做什么‘私交外臣，干预朝政’，奴才一心想的都是保证皇上安全。李维邦犯了罪，就该受罚，这个没得说。可是离了李屠夫，皇上也得吃肉啊！所以，奴才就去打听了下禁军的情况，听说有个成风和尚功夫也是极好的……”

皇上眼前一亮，又道：“不行，不行！”云北归心里一紧，道：“他功夫不行吗？”

皇上摇头道：“朕清楚成风是少林年轻一辈中武艺最好的，以后也是少林住持的后备人选。”云北归假装惊奇道：“哦，他恁厉害呢？那皇上为啥又说他不行呢？”

皇上道：“皇爷爷……你应该知道，皇爷爷不喜欢和尚，虽然手底下用了不少和尚，却一直只赏财物、不封官职。”云北归道：“皇爷爷自然圣明，可他老人家没碰到皇上今儿的情况呀，奴才的小心思，不管是和尚还是道士，只要朝廷用得上，就都可以用。”

皇上笑笑，道：“你小子，成风给了你多少好处？”云北归赶紧道：“皇上圣明，您现在就可以派人去搜奴才的狗窝，除了皇上御赐的宝贝，奴才啥也没有！”

皇上沉吟道：“提拔成风，这大统领绝对不行！统领也不合适，他眼下好像只是个御前禁军吧？”云北归道：“皇上圣明，他眼下就是个大头兵，皇上给他个甜头，他就得乐得不行，奴才斗胆，您看让他去朝阳门当个副统领行不行？”

皇上道：“朝阳门？朝阳门是黄兴林吧，好像他手底下有个副统领，叫什么，好像还是李维邦的一个什么亲戚。”云北归趁机道：“皇上最是‘体恤属下，爱民如子’！奴才问过了，朝阳门副统领叫李德勇，是李维邦堂弟。”

皇上陷入沉思，道：“那成风去了……”云北归小心道：“皇上，您看这样行不行？李维邦现在在家待着，就让他弟弟李德勇去玄武门替他管着，成风到了朝阳门当个副统领，一定高兴地鼻涕泡都流出来，对皇上更得感恩戴德了！燕王来了，他不得拼命上啊！”

皇上点头道：“有点道理，李家的忠心朕还是相信的，放着李维邦不用也是浪费——拟旨，李维邦官复原职，但是罚俸不变，继续看守玄武门；擢升李德勇为朝阳门统领，成风为副统领。”

云北归心里暗喜，又道：“哎，黄兴林去哪儿啊？”皇上道：“黄兴林忠心耿耿、办差得力，升为禁军大统领！”

云北归向自己寝室走去，心里不住得意，评书里说“一箭双雕”，自己这可是“一网多鱼”：提拔了成风，免除了自己眼前的危机；提拔了李德勇，这小子以后见了自己不得感恩戴德；黄兴林算是意外之喜，卖他一个大人情；最意外的是让李维邦官复原职！云北归想破脑袋也没想到还有这好事！

云北归一推门，一只黑口袋兜头罩下来！他吃一惊，急忙施展轻功闪避，蓦地听见一阵刺耳的笑声：“哈哈哈，武当轻功果然有点意思！”

云北归站在屋外，看清楚屋内之人正是成风，惊魂稍定，冷笑道：“咱家让你升了官，你就这样报答啊！”

成风看着进门的云北归，不自禁地摇头道：“啧啧，果然是御前的大红人！三言两语，就提拔了十年不升官的大和尚！”

云北归这才看清楚，掉在地上的“黑口袋”原来就是自己穿过的夜行衣。他哼了一声，捡起已被扯坏的衣服，扔在茶几上，道：“算你上道。”成风笑道：“也不知道三天后，某些人上不上道？”

云北归冷冷道：“你到底对老子干了啥？现在解了！”成风笑道：“李公公急啥？不是还有一位神僧帮您吗？”说着拱拱手，走了出去。

云北归对着他的背影呸了一口，骂道：“装模作样！不是东西！”一句脏话骂出口，心里的流氓习性也翻了上来，之后一连串的脏话骂将出来，恨不得成风祖宗十八代、少林上下一百个和尚都统统去见阎王！

他正骂得开心，却见门口一个小太监探头探脑，不自禁顺口骂道：“天杀的死太监，伸个头儿干啥呢？”

小太监赶紧走出来，跪下道：“李公公，是黄统领来了……”云北归道：“好，好好好，还不有请，跪那儿挺尸呢！”

黄兴林、李德勇兴冲冲走进来，拱手笑道：“大哥好手段，我等佩服至极！”一番寒暄，好不亲热，半天才分宾主落座。

两人在屋内说了许多感恩戴德的话，半天才走。临出门时，黄兴林先出了屋，李德勇走在后面，低声对云北归说：“李公公，我大哥托我转告公公，十分感激公公仗义执言！不过我哥他古板，非说本就犯了内监结交外臣的过错，这次就不过来谢您了。”

云北归道：“自家兄弟，客气啥？咱家听戏，说啥狗的富贵啥的……”李德勇一怔，旋即明白过来，笑道：“‘苟富贵，勿相忘！’”

云北归送走他们，嘴里念叨着“苟富贵，勿相忘”，自然想起了在北平荷花楼结拜的燕王大哥和三弟何富贵——燕王不日就要来京师面见皇上，自然也会看见自己——尽管他已经认不出眼前的大太监李彦就是他的二弟狗剩儿；可三弟何富贵好久没有消息，不知道现在咋样了？

何富贵听说屠户长生到狗剩儿自小的相好王林杉家里提亲，急急忙忙带着伙计去了王林杉家。一番争执，长生趁着酒劲，又仗着人多，非要王老汉当场答应婚事。王老汉气得哆嗦，也没吐口。长生气急败坏，就要往王林杉住的西屋闯，何富贵尽管吓得尿了裤子，还是挡在门口，不让他进去。

长生狠狠打了何富贵一个耳光，恶狠狠道："不让开，我就接着打！"刚扬手，身后一个清脆的声音喊道："住手！"

王老汉急道："你回来干啥？！"何富贵是第一次看见王林杉，心里不禁为狗剩儿哥竖起大拇指——果然好眼光、好福气！端的是清秀大方、楚楚动人！

不过，此时的她俏脸愠怒，没有笑容，进门对着长生喝道："长生，话早就跟你说了多少遍了，怎么还来我家？我嫁不嫁人、要嫁给谁都跟你没关系！"

长生嘿嘿傻笑，一边伸出手道："杉杉，我就喜欢你生气的样儿，忒好看……"杉杉打开他油腻腻的肥手，转身进门，却看见堵在门口的何富贵，杏眼圆睁道："你又是谁？闪开！"

何富贵笑道："小生……小生还是没有狗剩儿哥有福气啊！"本已进了门的王林杉听了，站住脚步，侧着头问道："你是……是狗剩儿让你来的？"

长生嚷道："什么狗剩儿猪剩儿，他要是敢回来，我就拿杀猪刀阉了他！"

何富贵看见王林杉，不自禁地心生敬意，不敢冒犯，不理长生的聒噪，大声道："嫂子，小生就是狗剩儿哥派来向您提亲的，您可一定等他回来啊！"

王林杉哼了一声，道："等他回来？你告诉他，趁早别回来，回来……没人等他！"

何富贵听出她声音里的愠怒，正想调笑几句，身子一个趔趄被摔到院子里去，仰面倒在地上。长生张着满是酒气的大嘴，大声道："兄弟们，给我看好这个书呆子，也看住王老汉，今天长生哥要做新郎！"

院子里的流氓地痞纷纷起哄，打着口哨助威。何富贵想要起来，却被两个汉子摁住了。王老汉气得浑身哆嗦，想要往里挤，也被两个人架住，不能动弹。何富贵喊伙计小七去帮忙，但小七早被两个大汉堵住，瞪了两眼，呵斥几句，就不敢动了。

西屋里传出王林杉的叫骂声和长生的威胁声。王老汉气得大骂不止，却也挤不过去。

门口一人喊道："少爷，少爷！"何富贵一激灵，兴奋地喊道："长生，快点出来！燕王府的人到了！"

地痞们听了，交头接耳。一人凑到西屋门口说了几句。长生慌慌张张出来了，嚷道："在哪儿呢？在哪儿呢？"一个地痞指指刚挤进院门的伙计小五，嘴里喃喃道："燕王府就来一个人？"

小五跑到何富贵跟前，急急道："少爷，少爷，我跑着去了燕王府，跟门口的家丁说了半天，他们就是不让我进去，我气急了大骂，家丁还要打我，后来还是他们家一个小少爷出来说不许动手，他们才放了我……”何富贵急道：“你没说是狗剩儿家里要出事，让燕王爷或是三宝派人过来吗？”

小五急得指天发誓道：“少爷，小的指定说了，真的！可他们说，说他们去京师了！”

何富贵放开小五，长叹一声，闭上双眼，耳朵里充满了长生等众地痞的刺耳笑声。

何富贵睁开眼，看见长生又要进去，便一个箭步窜上去抱住了长生的双腿。长生雨点般的拳头砸在他头上，又招呼几个大汉将他拖走，按在地上，还叫了两个人守在门口，自己哼了一声，再次进屋。

屋里传出激烈的打斗声。

长生呼喝几声，从屋内扔出一把剪刀，狞笑道：“拿把剪刀就想谋杀亲夫？杉杉，你可真带劲啊！”一边往里走，一边解着裤带。

何富贵不忍再看，闭上眼睛——忽听人群惊呼，急忙睁眼，却见一条长绳如毒蛇一般，将守在门口的两个大汉卷了起来，轻轻松松抛上半空，接着突入屋内。屋里传出杀猪般的叫声，惨不忍闻，却不是长生是谁？

何富贵心下疑惑，却又极为兴奋，大喊道：“苏姑娘，是你吗？”话音刚落，那条绳子忽然飞了出来，卷起何富贵凌空飞起，吓得他大叫大嚷，呼喊救命，可是谁又能救他下来？

何富贵犹如腾云驾雾般来回纵跃，始终不能落地，吓得再次小便失禁，闭上眼睛喊道：“苏姑娘，您大慈大悲，放我下来吧！”忽然闻到一股檀香味道，接着胯下忽然一紧，像是坐到了什么东西，一阵震动，睁眼一看，却是骑在一匹马上，身后一人拥着他，在一条小路上疾驰。

何富贵惊魂稍定，恳求道：“苏姑娘，您大慈大悲，去救救王姑娘吧？”

他话音未落，嘴巴却被抽了一下。

苏炳华喝道：“什么王姑娘李姑娘，关我什么事？再敢说话，就再把你扔河里，看这回还有人救你没有！”何富贵闭嘴闭眼，跟着她向前奔去。

两人一马奔了好大一会儿，到了一处河埠停下。何富贵睁开眼，认出是离大通桥很远的一处码头，名叫积水潭——他跟家里的伙计来这里清点过货物，有些印象。

苏炳华跃下马，喝道：“下来！”何富贵磨磨蹭蹭下了马，裤裆里湿的难受，又在一个姑娘面前，实在难堪得很。何富贵心道：好在此时天色已晚，她看不见我的湿裤裆。却听她道：“你去小船里捡一条裤子换了！快点！一个大男人被人吓得尿裤子，丢不丢人！”

何富贵大囧，急匆匆向河边奔去，看见拴在河边一棵小树上的小船，里面好像没有人。他上了船，东翻西找，借着一点光亮，看出是一些船家渔夫的衣裤，虽然鱼腥味很大，但此时也顾不上了，手忙脚乱地换了衣服。他心里琢磨，一出小船，一定马上又要被这老女人拿住，还不知道要被她带着去和李炳森干什么，此时不逃，还等什么？要想逃，只有划船离开此地！想到这里，他急忙解开缰绳，奋力划开船桨，离开河岸，这一番操作下来，肩膀又酸又疼，但是心里庆幸——好在还是逃了！

一个冷冰冰的声音道："划船舒服还是坐船舒服啊，何公子？"短短一句话就把努力划船的何富贵吓到瘫软，嘴巴试了几次还是没说出话来。

苏炳华冷冷道："这么急着跟我走？"何富贵强装笑脸道："苏姑娘，别来无恙啊？"

苏炳华冷笑道："托何公子的福，老太太我还没死！"一旦张了口，何富贵便觉得没那么紧张了，反正都这样了，发愁、紧张也都没用，凑过去笑道："我跟苏姑娘真是有缘，几日不见，如隔三秋！"

苏炳华躺在船舱里，道："划船去！记住，你只要有一点异动，我立马把你踢下水，看这回还有人救你没有！往南划，快点！"

何富贵无奈，只得又去划船。他自小娇生惯养，哪儿干过这些活计，刚才为了逃命不得已拼命划船，现在费了半天劲，船才缓缓荡了起来。

何富贵偷眼向后瞧，苏炳华一动不动。他四下寻摸，只有运河里的哗哗流水声，没有一个人影。他心里懊丧，想救王林杉还没成功，自己却又落入虎口。划了一会儿，过了两道闸，水向改为顺流，他早就疲惫不堪，也不问苏炳华，自己径直躺在甲板上，蜷缩成一团，沉沉睡去。

不知过了多久，何富贵被冻醒了，天色兀自漆黑一片。他胆子本来就小，从小到大何曾在野外过过夜？看着一点光亮也没有的四周，心里害怕极了，也不管船舱里的老女人如何弑杀、如何冷血，急匆匆钻入船舱。

他躺了一会儿，还是觉得身上冷，不自禁靠近对面睡得深沉的苏炳华，闻得一股檀香味沁人心脾，心里不免又对她多了几分亲近，身子又向她靠近一些，再近一些，模糊中似乎看见她身上搭着一张厚毯，再也忍不住，伸手轻轻撩开毯子，一猫腰钻了进去……

苏炳华早已醒了，却不愿动，任由这个比自己小了三十岁的男人钻进自己的被窝。这样的情景，以前也曾有过。

她怎会忘记，一辈子都不会忘记。

武功已经大成的"阴森森"与她，开始练习师父赠的《悟真篇》。师父早就说过，习练这门功夫，必须需要男女双修，而且要求极为严格，“心意不通者不可练，心情压抑者不可练，心存芥蒂者不可练，风雨交加者不可练……”师父云游四方，不在近前指导，二人进展缓慢，甚是苦恼。

在一个月色时有时无的夜晚，师兄妹练了一会儿，仍无进展，于是决定休息。她在睡梦之中，梦见师兄“阴森森”笑意吟吟地看着她，对她说：“师妹，我要娶你！”她激动极了，笑道：“我等你这句话等得好苦！”两人抱在一起缠绵。她忽然觉得有些喘不过气，憋得难受，忽然醒了，却见“阴森森”真的就在自己被窝里，抱着自己不停动作。

她大为紧张，却又很是期待，完全不知道下面该干什么。“阴森森”见她醒了，忙乱之中喘着粗气道：“师妹，我，我看这男女双修，最要紧的，便是这……你我，是不是该……”

她也语无伦次，喃喃道：“都听你的……听你的……”二人动作半天，却无法再进一步，不禁大为沮丧，各自悄悄睡了。第二天见了面，自然有些不自然。到了晚上，“阴森森”锲而不舍，再来挑战，她也尽力回应，无奈，最后仍是无功而返。

第十五回　创立洪洞断尘缘 相会沧州叙旧情

此后的日子，两人又试过多次，始终无法踢出这临门一脚，懊丧的情绪萦绕在二人心中。有一天，他带着她去找了一位乡间产婆，给了银子，求她帮忙查看。

他在外面等得心焦，她在里面透心冰凉。产婆出来告诉他，她是个石女，民间也叫“石芯子”。石女又分为“真石”和“假石”，若是“假石”，兴许还有办法；倘是“真石”，她是回天无力。不幸的是，屋里的女子是“真石”。

“阴森森”如遭雷击，从身上拿出全部银两，都交给产婆，求她无论如何都要想想办法。产婆接了银子，揣进怀里，低声告诉他：“石女不详，克夫克子，最是晦气……”云云，让他赶快休妻完事。

苏炳华想到这里，泪水再次打湿了枕巾——这样的不眠之夜，她经历了多少，自己也记不清了。回去之后，“阴森森”真的阴森森待了几天，之后就消失不见了。多年之后，已经创建洪洞派的她才得知，崛起于运河沿线的沧临派的掌门人，就是那个让自己又爱又恨的“阴森森”——李炳森。

她恨自己，为何生在富贵之家，偏偏却是个石女；她恨“阴森森”，知道之后就不辞而别，完全不在意两人这么多年的情意；她也恨那产婆，短短几句话就把她的甜蜜、她的武艺、她的一切憧憬毁于一旦！

她又去了那产婆家，扬起长绳想要结果她一家人的性命！师父的及时出现，不仅救了这一家的命，也救了苏炳华的心。

师父将她带离运河沿线，一路驰骋，看到了洪洞百姓东迁，让她知道这世上比她更苦更难的事情还有很多，劝她振作起来，以天下为己任，普度众生。开始她根本听不进去，只不过不敢违抗师父命令，跟随他打坐吃斋，修习武功。渐渐地，她习惯了坐在师父身边，闻着淡淡的檀香味道静静入定，压抑许久的心情慢慢得到缓解，后来跟着师父在移民途中解救受苦百姓。师父从不以真面目示人，而是让她打出了“苏女侠”的名头。

师父在一天夜里飘然而去，留下一盒檀香，还有一张字条，字条大意是嘱咐她潜心修行，普度众生，苦心孤诣，终有大成，同时提醒她在烈日下、月食夜、风雨天小心谨慎，不可贸然发功云云。

此后，苏炳华抛却尘缘俗念，潜心钻研武艺心法，除了那读了很多遍仍然无法悟透的《悟真篇》，别的武功都已接近极致。在搭救数以百万计的移民期间，很多无家可归、无依无靠的人表示愿意追随苏女侠，随着人数的逐渐增多，终于创建了人员庞杂的洪洞派。后来，她根据师父教的绳法，结合劳动实际创造了“洪绳九连环”传给本派弟子，并依据他们的武功进展和对本派贡献的大小，将他们依次分为一绳弟子、二绳弟子、三绳弟子、四绳弟子、五绳同道、六绳长老、七绳长老、八绳长老及九绳长老，九绳长老共有九人，之上就是她苏炳华。

二十多年前，她在新收的一批弟子里，发现了容貌娇美的丁秀丽。

创建洪洞派期间，虽然她弟子众多，但却多是男子，很多事情非常不便。此后，她便刻意留心有资质的女孩。经过她暗中观察，丁秀丽不仅模样漂亮，而且手脚勤快，干活麻利，深得众长老的满意。苏炳华虽然已经身为一帮之主，但是常年孤苦，心里难免压抑，脾气更是日渐暴躁，侍候她的弟子或侍女始终难得她的满意。丁秀丽却将她侍候得妥妥帖帖，无微不至。苏炳华大为满意，心里将她列为自己的亲传弟子、掌门接班人，将自己的武功心法开始系统教授于她，同时也将一些无法对人说的心中酸楚向她倾诉。二人白天是师徒主仆，晚上却是无话不谈的闺蜜。

在一个月食夜，难受至极的苏炳华艰难走向丁秀丽房间，想要找她“拥抱取暖”。孰料，却听到了令她面红心跳的男女欢好之声，女的不是别人，正是在她面前百依百顺、体贴入微的丁秀丽！

而男人，竟是自己最为信任的九绳长老高黎明！

她至今难以忘记他们的对话。

丁秀丽娇笑道：“高哥哥，你弄得人家好疼呀！下次可要轻些！要不……”高黎明笑道：“不弄得你疼些，你怎会记得我是谁！”

丁秀丽笑道:“我怎会不记得你是谁？你是咱洪洞派最最厉害的大英雄大豪杰呀！”高黎明哼道：“整天被一个女人管着，算什么英雄豪杰！”

丁秀丽道：“你不想被女人管着还想管女人呀？”高黎明沉默半晌，忽然道：“秀丽，咱俩跑了吧？”

丁秀丽大吃一惊，道：“你，你怎么会这么想？”高黎明激动起来，道：“是，我是帮主救的，可是投靠她之后，学了这些武艺，却是不让干这不让干那，还得天天去救那些难民，你说帮主这是图个啥？”

丁秀丽道：“我知道，却不能告诉你，不过，我在外面吃苦太多了，在这里挺好，我可不想走。”高黎明突然怒道：“你当然不愿意走，你在这有那么多相好！跟我走了还得被我管着！”

丁秀丽哼道："嗬，这就吃醋了？爱吃醋别找我啊！"高黎明哼了半天，也没再说出话来。

丁秀丽看他生气，又软语安慰道："你不是想知道帮主为啥爱做好事却又不图回报吗？我告诉你吧……"她轻声浪笑，将苏炳华身为石女，感情受挫，欲寻短见，被师父搭救，后来被教育点化等诸般事由一一说了，听得高黎明啧啧称奇，听得窗外的苏炳华杀心大起。

苏炳华本想一脚踹进去结果了这对狗男女，却又羞于看见二人赤身裸体的样子，更想到丁秀丽能把自己的心事说给高黎明，也会说给其他与其苟且之人，于是在窗外厉声道："高黎明，丁秀丽，你们干的好事！"

屋内两人大吃一惊，慌作一团。

苏炳华继续道："宣同道以上长老都到洪洞大厅议事！丁秀丽，把你……把你苟且之人全都找出来！"

苏炳华撂下几句话，跺脚走了。高黎明早已吓得魂不附体——他见过帮主普度众生，却也见过她长绳索命，眼睛都不眨一下的！自知留在此地难逃一死，于是再次提出带着丁秀丽私奔。

丁秀丽这次满口答应，却非要回住处收拾一下东西再走。两人约定在大院外以北的大槐树下见面。丁秀丽回到住处，将金银细软打好包袱，又想到师父最是珍爱《悟真篇》一书，便顺手抄进怀里，心里想着万一被师父抓到就以此为要挟，换得自己性命。

丁秀丽悄悄出了大院，走到大槐树下，四下找不到人，抬头却见树上吊着一人，正是高黎明！

她大惊之下，急忙连夜出逃，加入难民队伍当中。走到半路，遭遇土匪抢劫，官兵不敌，都被杀死。她满以为自己跟着师父学了本门许多武艺，出头迎战，哪料想师父早就留了心眼，教给她的只是武功心法，具体实战却是一点没有传授，对战之下，她大败亏输，金银细软自是被洗劫一空，人也差点被强盗掳走，直到众多难民忍无可忍，群起围殴强盗，她才得以脱身。钱没了，倒是留了那本她根本看不明白的《悟真篇》。后来，她遇到了萧德志，再后来，她嫁给了李炳森，生下了李云婷……

一天，苏炳华得到李炳森因事出远门的消息，便派人秘密抓来了丁秀丽。丁秀丽惊吓之下，把从师门逃出来的一切都讲了，恳求师父看在她年幼的女儿份儿上饶她不死。苏炳华看着自己亲手培养却又出卖自己的丁秀丽，本想一下子吊死她，却又想到《悟真篇》还未追回，便令她三日内拿回《悟真篇》便可饶她性命。丁秀丽满口答应，回去之后便杳无音信。苏炳华再次派人潜入沧临派，却得知丁秀丽已被李炳森沉河溺死！

苏炳华叹口气，乱世之中，人人都是悲剧，女人更是苦不堪言。自己情感不顺，是老天作祟；丁秀丽命运多舛，却多是咎由自取，唉，时也命也，会了绝世武功又能如何？

眼前这个小男人已经紧紧抱住了她，兀自睡得香甜。苏炳华知道，自己一抬手就可以结果了他；或者，踢他一脚，将他丢入河中，他也绝难活命。可是，这样做了，自己心里真会痛快吗？自己手里救过的人数不胜数，可是杀的人却也记不清了。救人后别人的感恩戴德她早已充耳不闻，杀人后的短暂快感似乎也要消失不见了。

她要拿他去干什么？

近期，潜伏在沧临派的探子来报，说掌门人李炳森的女儿李云婷从京师回来了，心情败坏，大吵大闹。李炳森已经下令，全派上下捉拿举人何富贵！得知消息的她立即觉出这是一个与他坐上谈判桌上的绝好机会，拿回《悟真篇》自是不在话下，还可以……

何富贵抱着软玉温香，体味着天下极致的快乐，浑不知今夕何夕，忽然听见一片哨声，喧哗大作，惊得猛地坐起，却见自己衣衫不整，刚才所抱之人，竟是怕得要死的——苏炳华！

何富贵结结巴巴道："这，这，你，我……"苏炳华冷笑道："怎么？又想着提了裤子不认人了？"

何富贵急忙摇手，嘴里还没辩解，却见一支船队已将自己所在的小船围在当中。他赶紧胡乱系上衣服，探头一看，不禁吓得呆了——船队慢慢聚拢，形成阵型，头船打出一面旗帜，青黑底大白字，写着斗大的"沧"字。

何富贵紧张地语无伦次，道："苏、苏姑娘，是、是、是沧临派……"苏炳华冷笑道："看把你吓得！勾引人家闺女时怎么不见你紧张？"

这时，船外一人朗声道："小船听了，我等是运河水帮沧临派，有请出来说话！"

何富贵哪儿敢出去，哆哆嗦嗦坐着没动。苏炳华出了船舱，朗声道："让李炳森出来！"

头船上的水手道："请问阁下……"话被打断，却是在他身后一个船舱里有人吩咐了几句。水手立即道："沧临派欢迎洪洞派苏帮主驾临我派水域，请到敝派总舵一叙如何？"

苏炳华冷冷道："我等这一天很久了！"

船队有两个水手跳上小船，划动船桨，跟着大船船队向东划去，船速很快，却又不觉颠簸。

何富贵探出头，悄悄对苏炳华说："苏姑娘，真要去沧临派啊？我看这阵势，去了肯定凶多吉少，你武功那么高，不如把这俩水手杀了，咱二人逃吧？”

孰料，苏炳华大声道：“沧临派听了，这小子想要逃跑，你们还不拿根绳子绑了他！他要跑了，你们帮主还不宰了你们！”

一艘大船上马上跳过来两个人，拿着绳子，手法娴熟，将大呼小叫的何富贵捆了个结实，嘴巴也被塞了一块船上的抹布，熏得他几乎窒息。

船队行进很快，过了三道闸，远远望见一座庞然大物傲然矗立，极是威风。何富贵定睛细看，却是一座铁铸狮子，狮身向南，头向西南，再近一些，更看出狮子两只左脚迈步在前，两只右脚在后，像是正在阔步向前。他自幼在父亲货栈翻看账簿资料、行船记录，熟悉运河沿线各地的风土人情，加上读书又多又杂，自然知道船队到了铁狮子城——沧州——也是沧临派总舵所在地。

船队驶过开元寺，何富贵心里默念：阿弥陀佛，佛祖保佑我何富贵此行平安返回，回去之后必定要老爹为您重塑金身……

何富贵对佛祖的许诺还没想完，就被一个水手提了起来，拔掉了嘴里抹布。何富贵大喊：“你们干什么？我们可是你们沧临派的贵客哩！是吧……”打眼去看苏炳华，却已不知去向。

何富贵心说靠人不如靠己，继续道：“兄弟，你要知道我可是你们李帮主的乘龙快婿！你可对我恭敬点……哎，你要干什么！”话音未落，已被扔进水里！

何富贵本就不识水性，此时双手又被捆绑，端的是“叫天天不应，叫地地不灵”，急得手脚挣扎，却又挣脱不开，一急便晕了过去。

何富贵被重重摔在坚硬的地上，顿时疼得醒了过来，嘴里“哎呀”乱叫，接着又被塞了抹布。他努力睁开眼，却发现自己此刻正身处地牢，周围阴暗潮湿，不时听见老鼠“吱吱”的叫声。吓得他蜷缩成一团，嘴里使劲把抹布吐出来，大叫：“来人啊！有人吗？有老鼠啊！”

一人从小窗口探头，呵斥道：“喊什么喊！”何富贵急忙抬头喊道：“哎，大哥，这里有老鼠啊！”

那人冷笑道：“想吃老鼠？好，晚上给你做！”“嗒”地把小窗口关了！急得何富贵再次大叫起来。

大门“哐当”打开，进来一个汉子，把抹布捡起来，又要塞进何富贵嘴里。何富贵急忙道：“兄弟，我怀里有银票，你都拿去，你帮帮……”嘴里又被塞住，怀里的银票也被掏走了。

何富贵心情沮丧，只能努着换个舒服点的姿势，将嘴里的抹布再一次吐出来。地板上又硬又凉，实在待不住，见边上有个草床，于是慢慢向那边挪动，一寸，两寸……

费了半天劲，终于到了草床边上，何富贵仰天喘了口大气，琢磨着怎样把腿搭上去，一咬牙，终于够到了，哎，使劲，上去了！心中一松，嘴里对自己赞道："好样的！"刚想舒舒服服躺一下，忽然觉得耳边毛茸茸的，震惊之下，忙侧头去看，只见两只灰黑发亮的大老鼠正瞪着大眼睛盯着他！

何富贵吓大叫一声"妈呀"，滚下草床，使劲往远处挪，比刚才的挪动更有速度更有力度。挪到一处远离草床也远离木门的角落，刚喘口气，木门底部便开了个小口，那个大汉喝道："哎，吃饭！"

何富贵赶紧道："等等！"那人不理他，关了门，就要走开。何富贵大声道："你知道我是谁？等我见到你们帮主，我就告诉他：我给他准备的银票都让你拿走了！"

那人站住，像在犹豫。何富贵赶紧抓住机会，低声道："兄弟，你如果够意思，我也够意思，你要是不仗义，哼哼！"

那人伸出头，喝道："有屁就放！"何富贵道："告诉你们大小姐我的位置……"还要再说，那人已经走了。

何富贵看了眼放在地上的饭碗，一碗糙米饭和一点黑乎乎的咸菜。他自小娇生惯养，哪儿吃得惯这个！

何富贵扭头不吃，可折腾了这么长时间，早就饿了，扛了一会儿，肚子就开始"咕噜咕噜"叫。叹口气，开始向门口的饭碗挪动，一寸，两寸……

终于到了，他抬头一看，汗毛都竖起来了——碗里趴着两只大老鼠，正津津有味地吃着！他又要尖叫，嗓子却哑了。

夜幕再次降临。

何富贵心知已在地牢待了三天。在这三天里，他一口饭没吃，因为只要想到大老鼠趴在碗里的情景，就恶心得想吐。后来再见到那个送饭人，他总是提醒"见到你们帮主女儿了吗？"

那人开始时还停一下，但后来也不再理他，放下饭碗就走。

何富贵从小到大，从未被如此冷落——他是父亲眼里的宝贝，很多风尘女子眼里的风流才子，甚至还是燕王爷眼中精明能干的三弟，可在这里，在这个送饭人的眼里，他还比不上那两只大老鼠。

他预想过再次见到李云婷和李炳森的情形，甚至编好了自己"为了完成机密任务，不得不与范丽华逢场作戏"的绝好故事，但是李云婷会如何反应、李炳森会不会饶了他，他都没有把握——没把握的事他愿意尝试，可是眼下根本没有尝试的机会。

他懊丧至极，却又无计可施，忽然想起天生乐观、无所畏惧的狗剩儿哥——如果换作是他，他会咋办？嗯，他一定会掐死老鼠就着糙米饭吃了！唉，我哪儿做得到啊！

何富贵迷迷糊糊睡着了，忽然听见一点动静，脚步声不似先前那人笨重，知道来了别人。他闭眼不动，闻到一股脂粉味，登时明白：李云婷来了！

他心中一喜，暗道：还是舍不得我吧！当下装着说梦话，嘟囔道："婷婷，婷婷，你别走，别走啊！别抛下我一个人！"

一个冷冰冰的声音道："别装了，还玩这些老掉牙的把戏！"正是李云婷。

何富贵作惊醒状，故意道："咦，婷婷你真来了？"

李云婷没说话，冷冷盯着他。何富贵自言自语道："看来我做的这个梦是够灵的，想谁谁就来！太好了！我再做一个，丽华姑娘，丽华姑娘……"身上重重挨了几脚。

何富贵哈哈大笑，看着愠怒的李云婷，心里暗爽。李云婷怒道："狗改不了吃屎！爹爹说得太对了！"

何富贵笑道："逗你玩儿的，又当真了？"李云婷不作声，扭过头去。

何富贵道："刚才我真做了个梦，谁骗你谁是小狗！我给你讲讲。"见她不动，于是讲道，"刚才我做梦被一群人暴打，没有你保护，我哪儿打得过，结果被打醒了，醒了之后躺在地上没意思，我就接着睡，谁知道又梦见那群人，他们一看见我就说，嗬，你小子还敢回来！接着又是一顿暴揍！"

李云婷"噗嗤"笑了，却又站得更远了。何富贵笑道："笑了就笑了，憋着会有内伤的……"还没说完，身上又被踢了一脚。

何富贵忍痛，软语安慰道："我知道你生气，恨不得打死我，可是，你知道吗？我这次从京师回来真的是九死一生，差点就见不着你了！我总是想起第一次遇见你的情景，在运河的大船上，河水虽然清澈，却不及你眼里的目光清澈之万分之一！秋风乍起，凉风习习，可怎么能与我内心的开心可比！这次回来，物是人非，哦不，人变了，景色也变了，在所有物非人非的景色里，我最喜欢你！"

李云婷兀自站着不动，身子却在抽抽噎噎。何富贵还想调笑，却见她拔腿要走，不禁喊道："哎，你真这么绝情吗？那就让你爹杀了我得了……"话没说完，嘴巴已被一只手堵上了。

何富贵以为计策成功，心中大乐，却见她满眼含泪道："何郎，你，我……"

何富贵看着她梨花带雨的面庞，心中大动，暗骂自己见一个爱一个，实在不是东西，激动道："婷婷，你听我说……"她却打断道："你听我说——"顿一顿，"我，我有了……"

何富贵以为听错了，怔怔道："你有了……有什么了？"她扭过头，不理他。

何富贵试探道："你，你是有喜了？不会吧？"她扭回头，在他胸口使劲打了一拳，疼得他龇牙咧嘴，不住求饶。

她气道："我早知道你是个花心大萝卜，却没想到你这样绝情绝义……"起身要走，却被他伸腿勾住。他央求道："婷婷，好婷婷，你得给我说清楚啊！"

她说："有什么好说的？"他道："怎么这么快就有了？我以前……"见她瞪眼，急忙闭了嘴。

他问道："那怎么办？"她急得直跺脚，哭道："你是男人，却要问我？"

何富贵只好道："可是我……你爹咋说的嘛？"她道："我，我从京师被你气得跑了回来，本来爹爹很是高兴，说日夜盼着我回来，可是，可是我……我的肚子日渐大了……"何富贵凑得近了，终于看清楚，她的肚子果然大了许多。

她继续道："爹爹知道后大发雷霆，先把我关了起来，后来还下令抓你回来！"他笑道："我这不是来了。"

她哼道："你来了能干什么？我听李姐说，爹爹要……要将我沉河！"何富贵大吃一惊，心下凉了半截，道："天底下哪儿有这样狠的爹爹？"如果他连自己闺女都要沉河淹死，自己这次就死定了！"阴森森"，真是"阴森森"！

她抽抽噎噎道："爹最是痛恨女子不贞……当年我妈和萧……就是如此……"他道："那你怎么能来看我？"

她恨恨道："你个没良心的，还知道派人给我送信儿，我……就装病骗看门人进来查看，然后点了他们穴道……"他赞道："几日不见，不但更美，智谋也更高了！"

她红了脸，嘟嘴道："都这样了，你还来取笑！"他思忖一下，道："此地不宜久留，婷婷，我就问你一句话，你跟我走吗？"

她看着他，半天没说话，末了，低了头，低声道："怎么走啊？"他挣扎着坐起，手使劲向她勾着。她伸过手握住。

他认真道："婷婷，我何富贵以往对不住你，今后，我想照顾你一辈子，好吗？"她怔怔呆住，盯着他半晌无语，一滴泪从眼里流出。

他伸手去为她擦泪。她低了头，任由他的脏手在她脸上摸了几下……

何富贵趴在窗口，低声喝道："喂，看门的，不好了，小姐晕倒了！"看守急急忙忙走过来，开了门，疾步走进来，刚要往里迈步，忽然道："哎，不对，你怎么松开了？"

何富贵道："是你家小姐为我解开的呀！你不知道我是她相好呀？"看守狐疑地看看他，又看看大小姐，轻声唤道："大小姐，大小姐！"

李云婷暗中拧了何富贵一下。何富贵怪叫一声，道："看守大哥，你在家老婆打你不？”

看守不理他，慢慢走近大小姐，低声道：“大小姐，快些回去了，帮主要是……”何富贵霍地起身，拿着抹布要堵他的嘴！

孰料，看守反应很快，轻易就躲开了，退后两步，喝道：“你干什么？”何富贵笑嘻嘻道：“跟你逗着玩儿，别生气嘛！哎，岳父大人到了，小婿有礼了！”说完翻身跪倒。

看守大吃一惊，急忙回头。何富贵急道：“你再不出手，咱俩都得沉河！”李云婷这才翻身起来，在何富贵的搀扶下，冲着看守后背出了手——她有孕在身，动作已然慢了不少。

看守后背穴道被点住。

何富贵笑道：“看守大哥，我去拜会岳父大人，见面礼可得有，把银票还我一些吧！”说着在他身上翻找。

看守失声道：“你，你……”何富贵吓了一跳，道：“你你怎么还会说话？”李云婷喘着气道：“我，我气力不足，点不了他哑穴，点的这一下，撑不了太久，你，你快点！”

看守猛然警觉，刚要高声喊人，嘴巴却被狠狠堵住了。

何富贵气哼哼道：“你叫啊！你叫啊！来了人我就告诉你师父，你从我身上拿走了一万两银票，现在居然只有这一点！”转向李云婷，道：“你先背过脸去。”

李云婷不解，却也转过身去，好奇心起，偷偷回头一看，见他正脱看守的衣服，不禁啐道：“你，你为了银子，居然……”

何富贵手上不停，嘴上道：“你懂什么，要出去不得换身衣服啊！”忽然住了手，“哈哈，你小子居然跟我爹一个德行，把银票藏在内裤里！”在看守瞪大的眼睛注视下，将银票悉数塞回自己怀里。

李云婷走过来，偏着头喝道：“还不走！”何富贵想把看守放倒在地，无奈自己本就体弱劲小，何况又饿了几天，实在扳不动，只好放弃，拿了他的钥匙，挽着李云婷出了牢门，在外面将牢门锁上了。

出了地牢，两人互相搀扶，慢慢往前走。何富贵忽然放开她手。

她一惊道：“你……”他低声道：“有人来了。”

迎面几个下人走过来，看见李云婷，惊奇道：“大小姐，你……”李云婷张口结舌，道：“我，我……”何富贵赶紧道：“帮主让大小姐来地牢审问新来的那个人几句话，你们啰嗦什么！”

那几人诺诺连声，急忙让开路。李云婷回头看向何富贵。他示意快走。

二人一前一后，急匆匆出了地牢。

到了门口，李云婷停住，扶住门框。何富贵心里着急，催道："赶紧走啊，磨磨蹭蹭干吗呀！"

她闭眼站着，来回晃动。他立即醒悟，打了自己几下嘴巴，骂道："我真是该死！婷婷，是不是动了胎气？先找个地方坐一下吧？"

李云婷依言坐下，微微喘气。何富贵心里焦急，却不敢再催。

李云婷忽然道："何哥，我，我不能……我不能就这样走了！"何富贵急道："你怎么变卦了呢？这还是我那个言出必行的婷婷吗？"

李云婷道："何哥，虽然我爹狠心，但是……我相信他终究不会杀我的……我上次离家出走，对他的打击很大，我回来后看见他，他老了好多……"

何富贵急道："那你，你……肚子里的孩子怎么办？"

李云婷沉默半晌，下定决心道："何哥，我还是跟你走，但是……我得设法转告我爹，说我一切安好，让他不必挂念……"

何富贵按照李云婷说的路线，慢慢摸到一排房子，本想走到最里面一间，谁知刚走到第三间，就听见屋内传出一个男人的声音道："大小姐一回来，咱可是好久没这样了！"

一个女子道："你就知足吧，还想天天这样啊！让帮主知道了，还不把你吊死！"

男子轻笑一声，道："帮主自己家的事都弄不清楚，还来管咱们的闲事哩！"女子"噗嗤"一声，笑道："可不是咋地，外人看着是个大帮主，威风八面，其实嘿嘿！"

男子大感兴趣，问道："小红，你都知道些啥？跟我说说。"女子低声道："以前的你不都知道吗？大小姐是你大师兄的种儿……"

男子道："那个我知道，可新来的这个小老太太……到底是谁啊？神神秘秘的。"女子低声道："开始我也纳闷呢，后来我闹明白了。"

男子催道："你快说呀！"女子声音压得极低，何富贵只得趴在门上静听，才听到里面说："……她竟然是帮主的老情人儿！看样子感情深得很，这么说吧，不但比那个二房亲，比大夫人还要亲哩！"

男子"啧啧"称叹，低声笑道："看着师父平时阴沉着脸，花花儿事还挺多！"女子笑道："你们男人，都一个德行，有的明着来，有的偷偷来。我亲眼看见帮主与小老太太抱头痛哭哩，亲兄妹也就这样吧？"

男的忽然道："该不会真是妹妹吧？"女子笑道："亲热起来哥哥妹妹叫得亲，

那就是兄妹啦？你没看见他俩……抱着亲嘴哩！这么大岁数，也真够味儿！”

男的嘴里“啧啧”赞叹，女的忽然笑道：“怎么？又想来了？”两人又是一阵调笑。

门外的何富贵一脚踹开门，低声喝道：“你们干的好事！”床上二人惊叫一声，旋即闭了嘴。

何富贵道：“嚷啊，怎么不嚷了？”学着狗剩儿哥的太监嗓音，语气极为傲慢。

男的结结巴巴道：“你，你是谁？怎么闯进来的？”

何富贵道：“神龙见首不见尾，真人下凡无处寻。我是谁不要紧，你们是谁才要紧！”

何富贵看见女的想拿衣服，喝道：“小红，名节要紧还是性命要紧？再敢乱动，就别怪我喊人了。”小红听他喊出自己，更是大囧，低头不敢动作了。

男的沉声道：“阁下到底是谁？想要干什么？还请明言！”

何富贵走上前，将他二人的衣服一股脑卷起来抱住，对坐起来的男的喝道：“哎，又想逼我喊人是吧？”

男的僵住，怒道：“你到底想干什么？想要银子，我衣袋里有些，你都拿走！”

何富贵道：“这点银子我还看不上，我来就是想跟你们做个交易。”男的一怔，道：“什么交易？”

何富贵道：“小红听了——”小红听见喊自己，吓得一哆嗦，低声道：“你，你要干干……干什么？”

何富贵道：“大小姐已经逃出总舵……”床上两人一惊，同时脱口道：“又逃了！”

何富贵道：“她本是让真人我告诉李姐一声，先碰见你了，就请你转告帮主，就说她一切安好，不必挂念，日后自会回家。”小红犹豫半天，道：“大小姐逃走，我……我，帮主可饶不了我啊！”

何富贵道：“饶不了你会怎样？打你一顿，还是扣减工钱？总不会要了你的命吧？”小红沉默不语。

何富贵哼道：“你要不答应，也好办，我把你俩的衣服挂在铁狮子上，让全沧州的人都来认认你们，可好？”小红连忙摇手。

男的沉声道：“只是转告一句话就完了？”何富贵道：“当然。”

男的应承道：“好，一言为定！”小红忽然道：“我告诉帮主大小姐跑了，他要问我大小姐啥时候跑的、咋告诉的那些话？我又该咋说？”男的怔了怔，一起看向阴影中的何富贵。

何富贵笑道：“这才是重点！”说完指着男的，又指向小红，“你将她绑了！”

男的一愣，小红更是向后一缩，摇头不止。

何富贵道："你将她绑了，等我走后，你回你屋，就当没来过。"小红恍然大悟，道："要是帮主问起，我就说是大小姐绑的！"

何富贵笑道："正是如此。"

何富贵回去找到李云婷，忍着笑三言两语将事情经过讲了。她知道他最爱扯谎，对小红与人通奸之事半信半疑。两人换上那二人的衣裤，趁着夜色悄悄走向院外。

两人都没有夜行经验，加上一个不会武功，一个怀有身孕，更是紧张得要死。

李云婷擦着汗道："何哥，正门肯定出不去，西面有个偏门，看门的是个哑巴，耳朵也聋，咱们去那边吧！"

两人一路小心，慢慢往前移动，终于拐过一个大弯。李云婷喘口气道："到了。"语气很是兴奋。但何富贵的脸却高兴不起来——他看着李云婷身后站着的那个人。

那人喝道："装神弄鬼糊弄一番，就想从这里逃出去，未免太小看我们沧临派了！"

李云婷失声道："五师兄，你……你怎么来了？"

那人惊奇道："师妹，你，你在这里？"转向何富贵，"胡说八道！没一句实话！"

何富贵笑着对李云婷道："婷婷，你知道你五师兄今晚在忙些什么，他……"话音未落，却听风声飒然，一条长绳倏然飞来，直取何富贵咽喉！

李云婷急道："五师兄不要！"拔剑斩向长绳。

何富贵眼见突袭，吓得呆了，见李云婷用剑挡住，精神大振，立即往外便逃，跑了几步又觉得不妥，这么跑了，是不是不太仗义？狗剩儿哥知道了又得骂我，得嘞，还得回去看看，可是回去自己也帮不了什么忙，哎，这样……

何富贵快步回去，见那二人还打在一起。李云婷动作迟缓，这时已经处于下风。

何富贵喊道："五师兄，你再不住手，我就把你的好人好事嚷出来，你信吗？"

五师兄江胜清本就无意与李云婷对打，此时有了台阶，急忙收手。李云婷用剑支地，气喘吁吁，何富贵急忙上前扶住。

江胜清沉声道："你就是何富贵了？"李云婷抬起头，道："江胜清，本小姐高兴了叫你一声五师兄，不高兴了就得骂你们奴才！还敢与我动手！"

第十六回　富贵私奔发毒誓　太孙暗恋下决心

江胜清道：“帮主有令……”何富贵打断道：“帮主如果知道了你的好人好事，不知道会不会又下令呢？”

江胜清急道：“你……”何富贵笑道：“不是说好了，我们走我们的，你玩你的，井水不犯河水，如果你再要阻拦，哼哼！”说完，扶着李云婷一步步走了出去。

两人走到一处渡口，来回走了两遍也不见一个船家。何富贵眼见岸边一个小屋亮有灯光，便壮着胆子前去叫门。

二人刚到门口，门便“吱呀”一声开了。何富贵一惊，李云婷更是扬起宝剑，准备迎敌。

从屋内出来一人，个子极为矮小，一边咳嗽一边道：“你，你们……你们大半夜的……干啥啊？”

何富贵缩在李云婷背后，道：“船家，恭喜发财，有买卖上门！”

那人又是咳嗽几声，半天才道：“大半夜的……干啥买卖！老汉……老汉我只会划船！”何富贵接口道：“对啊，就是请你出趟船嘛！价钱好商量……”李云婷不耐烦，急道：“船家，出趟船，多少银子？”

船家道：“一口价加一个条件，不答应就是不出船！”

何富贵道：“做买卖哪有一口价的……”李云婷打断道：“你说啊！”船家咳嗽几声，道：“一百两银子……”

何富贵惊道：“一百两？你怎么不去抢钱！”李云婷不满道：“又不是没银子，计较什么？”何富贵还要再说，却见船家已经要走回屋子，只好道：“好，一百两就一百两，走吧！”

船家也不回头，道：“一百两是刚才的价，现在是二百两！还有一个条件，上船之后，我问你们三个问题，必须照实回答，有一句瞎话，老汉即刻赶人下船！”

远处忽然人声喧哗，看方向就是沧临派总舵。何富贵不敢再计较，道：“好，一言为定！我先付你一百两定金，到了对岸，再付一半！即刻开船！”

三人摸黑走去码头。船家熟门熟路，像在白天一样麻利，倒是苦了何富贵与李云婷，磕磕碰碰，还失足踩进水坑里。好不容易上了船，后面火光已经亮起，人声也传了过来。何、李二人大为紧张，催促船家开船。

船家在船头站定，却并不急着开船。何富贵急道：“你这船家，我们付了定金，你还不开船？”

船家慢条斯理地说：“这是我的船，规矩自然都是我来定，不知道啥叫定金。”何富贵还要再说，却被李云婷从怀里掏出一张银票，拍在船家手里，喝道：“开船！”

岸上众人安静下来，一人喊道：“是小师妹吗？师父说了，现在回去，一切好商量！”何富贵吓得大气不敢出，见李云婷要开口，急忙示意噤声。

船家忽然唱道：“下雨了，撇泡了，王八带着草帽了；下雨了，撇花了，王八光着脚丫了……”

好些人抬头看天，果然哩哩啦啦开始下雨了。岸上那人喊道：“船家，我等是沧临派的，快快靠岸！”

船家完全不加理会，嘴里歌声不停，已将小船稳稳划出老远，渐渐已经听不清岸上人的喊声。何富贵道：“哼，沧临派了不起啊，咱就不理他！”转向李云婷，“只理我婷婷一人！”

雨越下越大，何富贵搀着李云婷去船舱躲避。又过一会儿，雨更大了，船夫也进了船舱，摘掉斗笠，脱下蓑衣，直勾勾盯着二人。

何富贵壮着胆子道：“船家，你、你看我们干什么？”李云婷早就按捺不住，喝道：“无礼！”想要起身，腹中一阵剧痛，只得作罢。

船家冷笑道：“半夜私奔的小情种儿！我没说错吧？”何富贵道：“你，关你什么事啊？”

船家向外看看越下越大的雨，道：“你搞大人家姑娘肚子不关我的事，可是你坐我的船，就关我的事了。”何富贵这才想起来，道：“你还要问问题？哪儿有划船的问人家问题的！”

船家道：“三个问题，不回答、答不上、不说实话，统统赶下船！”何富贵瞅一眼船外，怯怯地道：“好，你问吧，天文地理，古往今来，小生也读了不少书……”

船家抬手打断道：“第一个，这姑娘是不是你第一个搞大肚子的姑娘？”

何富贵一怔，没想到这个古里古怪的船家会问这个问题。他搞过的姑娘实在已经数不过来，但是要说搞大肚子，这个应该或许可能真是第一个吧？青楼女子吃着药，良家女子也没听说谁大了肚子去他家算账的——至少到目前还没有。他看一眼怀里的李云婷——闭着眼，似乎浑不在意，但一定在听——于是道：“婷婷是我何富贵……为我何家要娶过门的大太太。”

他感觉到她动了一动。一道闪电划过，瞥见她苍白的脸上流下一行泪水，不禁心中一动。

船家听了，哼道：“读书人就是狡猾得紧！好吧，这个算你过。第二个，你要娶这位姑娘进门，打算咋个办？”

何富贵奇道：“船家，我坐船可是给过银子的，整整二百两哩！你这条是金船也够了，还东问西问人家的私事，我邻居家的八婆也没这样八卦！”

船家也不与他争辩，从怀里拿出银票，道：“这是你的银票，不答问题，现在就下船！”语气坚决，没有半分商量的余地。

何富贵看一眼风雨交加的船外，只好道：“好，好，坐了二十年船，头一次遇见你这样的。你问什么？哦对，娶我媳妇过门是吧？那自然是明媒正娶、大操大办……”

船家打断道：“要摸着自己的良心说，不许信口开河！一句假话，我立马扔你下河！”

何富贵沉吟一下，道：“我何富贵半世浪荡，读书不少，却未考中进士，想要随父从商，老爹又不让，可说是一事无成，但是，遇见婷婷，是我二十年来最美好的事情，我一定会尽我所能，给她幸福……”

船家打断道：“哎哎哎，肉麻的话以后说，现在要你一句话，打算咋娶她过门？废话真多！”

何富贵道：“我都说了，明媒正娶，大操大办，我何家虽然不是大富大贵，可也绝不会寒酸，不能委屈了我的婷婷！”

船家点点头，又道：“最后一个……”此时，闪电如昼，雷声隆隆，完全听不到船家的声音。

船家凑近了，大声道：“你何富贵可敢对着河神发誓，今后只爱李姑娘一人，绝不三心二意去找别的女人！”

何富贵此时的心里不是开始时的奇怪，而是莫名的愤怒：你一个划船的，管天管地居然要管别人找女人！不禁怒道：“我何举人脾气好，可也不能让你一个艄公这样欺负！坐船给你那么多银子，还要问个没完没了……”

船家也不着急，直勾勾盯着他，等他说完了，才淡淡道：“不说，那就下船，没商量。”何富贵又急又气，却是束手无策，赌气扭过头，不再理会。

船家叹口气道：“小姑娘，那就对不住了！”说着上前来拉李云婷！何富贵大吃一惊，喝道：“你，你放肆！”扭过身子阻挡。

船家手法奇快，在他双臂上只是点了几点，何富贵顿时觉得浑身酸麻，本就虚弱的身体登时委顿下来，眼睁睁看着船家从自己怀里将李云婷拉了过去，抱在怀里，一步步走向甲板。

何富贵急道：“哎，你，船家有话好说嘛！”船家仍是冒雨向前，脚步不停。何富贵只得喊道："好，好，我说，我说还不行吗？"

船家转回头，大声道："你对着河神起誓，声音要大，心意要诚，一句说不对，第一个先扔这女娃，下一个就是你！"

何富贵无奈，咽了口吐沫，舔舔发干的嘴唇，道："我北平举人何富贵向河神起誓：从今往后，只对爱妻李云婷一人好，一心一意，百般呵护，不再招惹别的女子，如若……"声音转低，说不下去了。

船家大声道："如若咋样？读书人恁的嘴笨！"何富贵抬头接着道："如若有犯，情愿……甘愿河神惩罚！"

船家道："我听得不过瘾！"何富贵气道："你想听戏，小爷请你去北平戏园子过瘾，折腾我干什么！"

船家不依不饶，道："必须发下毒誓，不然这事不算完！"何富贵叹口气，只好道："好好，如若有犯，让我何家生意惨淡……"

船家打断道："不行，要毒誓！"何富贵道："这还不算毒誓！好好，让我何家满门抄斩行了吧？"话说出口，心里后悔，不禁暗自呸了几口。

船家听了，朗声道："干爹，您老满意吗？"双手将李云婷放在地上。

何富贵惊愕之下，看见李云婷款款走向自己，接着发现刚才的狂风暴雨都已停了，竟然变为月色皎洁、星光熠熠！

更令他意外的，自然是那个船家最后说的话——他师父，莫不是……

答案很快揭晓了——船外火把四起，照得船里船外极是明亮。李云婷走到何富贵跟前，挽起他的胳膊，嫣然一笑道："何哥，咱们出去吧。"

何富贵兀自像在梦里，跟着她一步步走向船外——壮观有序的船队，火光如昼的场面。众人簇拥着一位老者缓缓走了过来，脸色阴沉，面无表情——正是李炳森。

船家向李炳森行了礼，道："请干爹示下。"李炳森抬抬手，道："鲤鱼，不错。"转向目瞪口呆的何富贵，"手无缚鸡之力，还想从我沧临派总舵把我闺女带走，哼！"

何富贵愣了半天，才在李云婷提示下，低头道："李帮主，我……"

李炳森哼一声道："你还叫我李帮主吗？"何富贵智商慢慢恢复，接口道："爹，您……我……"

李炳森道："也不知道婷婷看中了你什么？你你我我说不出个整话！"边上李云婷嘟嘴道："爹，你还说！"

李炳森转过身，扔下一句："快些话别，天快亮了。"在众人簇拥下，回了大船。

李云婷看何富贵还在发愣，不禁笑道："这回可把你唬住了吧？呵呵。"何富贵道：

“你，你跟他们是一伙的，合起伙来欺负你相公啊！”

李云婷笑道：“老被你欺负，我堂堂帮主千金还不能逗逗你啦！”何富贵摇头道：“我总以为自己智计无双，今日……唉！年年打雁，今年倒被雁啄瞎了眼！”

李云婷笑道：“刚才那船家是我爹的义子，叫李豫，因他水性极好，武艺也不错，我爹就给他取个绰号叫鲤鱼，叫得久了，知道他真名的反倒不多了。”何富贵看看船家，气不打一处来，道：“长这么大头一次让人当猴耍……”

李云婷赶紧道：“何哥，你别生气了！这是，是我的主意……”何富贵道：“不会，不会，你哪儿能想得出这么……阴险的主意！”

李云婷低了头，道：“我向爹爹求恳，想，想要……和你成亲，可爹就是不答应，说你风流成性，最是靠不住……”顿了一顿，“后来，苏阿姨，就是跟你一起来的那位洪洞派女帮主……”

何富贵打断道：“对对对，那个老妖婆去了哪儿？怎么一直没信儿了？”李云婷白他一眼，道：“什么老妖婆！那是我爹……我爹青梅竹马的情人，还是她帮我想了这个主意……”

何富贵恨恨道：“老妖婆，老妖婆！耍我一次还不够！”李云婷拉住他胳膊，低声道：“那你是后悔刚才说的话了，对不对？”说完两眼盯着他，眼泪又要流下来。

何富贵知道上当之后本来大为愤怒，可是知道自己一介书生，落在这里，可以说是人为刀俎我为鱼肉，毫无还手之力，只得道：“不是后悔，只是……我对你的心意，还需要这么大费周折吗？”李云婷低了头，捶打他胳膊，哭道：“你，你还有脸说！在京师，你……”

何富贵轻轻揽住她，安慰道：“你放心，以后不会了，不会了……”李云婷抽泣道：“反正你发了毒誓，要是你不改，你何家就满门……”

何富贵心里掠过一丝不快，嘴上道：“以后你不也是何门的？哎，对了，你这肚子到底真的假的？该不会也是蒙我的吧？”

李云婷使劲打在何富贵身上，疼得他龇牙咧嘴，心道：熟悉的李云婷回来了！

李云婷气道：“你，你……你摸摸这个肚子，除了你，谁还敢碰姑奶奶！”何富贵低了头，趴在她肚子上听了听，道：“婷婷，你可真有本事！”

李云婷哼了一声，道：“那还用说，我……”话没说完，身后响起李炳森的声音道：“婷婷，回大船去，外边天凉，免得动了胎气。”

李云婷还要再说，看着父亲阴沉的脸，只得与何富贵依依作别，一步三回头，回了大船。何富贵急道：“这，这算怎么回事？”

李炳森缓缓道："小子，虽然我没相中你这个女婿，可婷婷自小宠惯了，她又……没了亲娘，我也就随着她的性子，认你当这个女婿。"何富贵点点头，看看远处的婷婷。

李炳森继续道："你还年轻，大丈夫当以事业为重，不可成日沉湎于儿女私情。我听婷婷讲了，你要为燕王办事，这个我支持，婷婷眼见快要生了，她留在这里安心待产，你这就去辅佐燕王，老皇帝死了，天下易主，大丈夫正可建功立业！你不会武功，我让鲤鱼护你左右，等你谋个一官半职，才好回来迎娶婷婷。"

何富贵急道："李帮……爹，您老说得对，可是……婷婷生了孩子，我再来迎娶，是不是……"李炳森一瞪眼道："你还有脸说这个！自己做的好事，又来怪谁！"

何富贵心里一百个不服气：你李炳森年轻时和苏炳华相好，后来娶了原配，又纳了小妾丁秀丽，接着又要和老相好复合，现在却要求我只爱你女儿一人，还怪我婚前越轨……

李炳森一声断喝，打断他的腹诽，道："……你家不过是个小康之家，如何配得上我沧临派帮主！你要不去谋个官职，怎算得上门当户对！"

何富贵辩解道："您老说的都对，可是……京师朝局混乱，太孙刚刚登基，燕王只是一介藩王，哪有实力与朝廷对抗？我去辅佐燕王，您不怕……婷婷当了寡妇？"

李炳森哼道："我沧临派不图什么荣华富贵，只想在运河沿线捧好这碗饭。燕王实力虽弱，却跟他爹最是相像，也是一位能成大事的人，你去辅佐他老夫才放心，你要是混不出个名堂，有何面目迎娶婷婷？拿着你爹抠抠搜搜攒的钱来我这儿当小白脸吗？"

何富贵心里发狠，一言不发，盯了李炳森一眼，向婷婷招了招手，钻入小船。鲤鱼向李炳森拜过，登上小船，划动起来。小船行驶快速，很快远离了船队。

何富贵心里清楚，鲤鱼名义上是来保护自己，实际上也是看住了自己，这样也好，带个会武术的，心里踏实了很多。他被李炳森一顿奚落，心情烦闷，不想说话，好在鲤鱼本就话少，在船头只顾划船，一路无话。

何富贵睡了一觉，醒来后看到鲤鱼仍在划船，不禁问道："哎，李大……我该咋叫你啊？"

鲤鱼一边划船，一边道："我知道你的心思，看着我老，不像是帮主的儿子，倒像他大哥！"何富贵笑道："这可是你说的！昨晚我第一次见你，确实看着老迈不堪，还老咳嗽。"

鲤鱼换个姿势，继续荡着双桨，道："干爹让我跟着你，我也不瞒你。我家在河南，有一年田里大旱，庄稼没有收成，我推着小车带着爹娘跟着灾民往北走，一路走到沧州，看见码头上正搬运粮食，一袋又一袋，看着人眼馋……”

何富贵道：“想必是官府的漕粮吧？”鲤鱼哼道：“我哪儿知道，只知道吃了粮食能活命！一群灾民你争我抢，都上去抢粮食，那些当官的不是东西，立马就让大头兵拿刀砍人……”说到这里，声音激动。

何富贵从舱里倒了一碗水，递给他。他一仰脖喝了，抹一抹嘴，道：“我爹娘就跟着人去船上……他们，他们……一不小心掉进河里……”擦了一把泪，继续划船，“我们一家本就不会游水，又是好多人一起掉进河里，码头乱哄哄的，登时就看不见我爹娘了！我急得跳脚，身上生着病就跳下河去救人，可惜，我也不会水，哪里救得上来！自己也被呛了一肚子水。”

何富贵道：“后来是李炳……李帮主救了你们？”鲤鱼喘口气，道：“后来，干爹带着沧临派好多人划船过来救人，先把我救上来，后来还救上我娘，可怜我爹……”

何富贵拍拍他的肩膀，道：“我有一个狗剩儿哥，家里也是只有一个老娘，他爹，也是淹死的。”

鲤鱼道：“李帮主救了我娘儿俩，我娘当场就让我认了李帮主做干爹，虽然他只比我大了五岁。我娘还让我也加入沧临派，学本事，救灾民！自那以后，我白天跟着师父练武功，晚上就泡在河里学游水，我就不信找不回爹的尸身！”

何富贵叹道：“你这孝心，倒是难得。”鲤鱼道：“我的孝心感动了干爹，有一天，他老人家施法，真的就把我爹的尸身带了回来！”

何富贵半信半疑，道：“难道他，他……真会作法？”鲤鱼立即道：“当然会！我可是亲眼见的，再有，刚才又刮风又下雨，这会儿天就晴了，你说为啥？”

何富贵无言以对，便道：“后来你学得一身武艺，游水又游得好呗！”鲤鱼嘿嘿一笑，道：“是干爹教得好，不过，因为我常年泡在河里，得了咳嗽病，一到深更半夜，总是咳不停，起床活动半天才好些。”

何富贵点点头，又问了帮内一些情况，猛地想到——出来这么久，被老妖婆、“阴森森”折磨得够呛，几乎忘了自己出来时二哥狗剩儿的相好王林杉正被屠户长生欺负！他心里发急，以后见了狗剩儿哥，可怎么交代？

何富贵急忙对鲤鱼道：“李大哥……”鲤鱼打断道：“甭说那个，我听不惯，你就叫我鲤鱼就中。”

何富贵道：“好，鲤鱼，咱们加快，去北平！”

何富贵与鲤鱼在大通桥弃舟登岸，急切中忘了王林杉家的确切方向，只好去向路人打听。那人一指桥头，道：“王林杉？不就王老汉家的漂亮闺女嘛，喏，不就在桥头卖水果呢嘛！”

何富贵一抬头，恰好看见一个老汉正从车上卸东西，此时站起身，正是王老汉——在他身边，笑吟吟给人称水果的姑娘，不是王林杉是谁？

何富贵心里嘀咕，真是低估嫂子了——心理承受力真不一般，出了那样的事，没几天就出来卖水果，还笑得这般灿烂！

何富贵慢慢走过去，身后鲤鱼悄声道：“姑爷，这么快就忘了……”他回过头，低声斥道：“你懂什么，这是我嫂子，前几天刚……刚出了事！”

王林杉称好梨，笑着递给一个大妈，道：“林婶儿，您慢点走，小心台阶。”转向下一个顾客，笑道：“客官您好……”迟疑着，“你，你来过我家？”

何富贵一脸严肃，沉重地看着她。王老汉咳嗽两声，道：“杉杉，他是那个何举人，前几天也去咱家提亲……”

王林杉盯着何富贵道：“你，前两天来我家是替狗剩儿来的，还是……”王老汉打断道：“哎，提亲那儿有替别人的！我看这何举人不错，要不……”

王林杉道：“爹，你又这样！咱们不是说好了嘛！”王老汉一梗脖子，道：“说好啥？反正狗剩儿不行，现在又犯了事逃没影儿了，正好，赶紧给你找个好人家！”

何富贵心情沉重，听着两人拌嘴，也不说话。王林杉忍不住问他：“你不是哑巴吧？怎么不说话呀！”

何富贵叹口气，道：“我对不起狗剩儿哥……”王老汉道：“哎，这那儿有对得起对不起的呢，我家杉杉多少人抢哩，何举人你可得抓紧哦！”

王林杉红了脸，冲着爹瞪了一眼，转脸对何富贵道：“你要是见着狗剩儿，就说让他别回来了，死外边得了！”何富贵点头道：“是啊，回来了可咋办啊！”

王老汉还要说话，却被闺女一把推了回去。王林杉对何富贵道：“你这人真是奇怪，说了半天不着边际的话，狗剩儿怎么净交些狐朋狗友！”

何富贵低声道：“嫂子，想来我狗剩儿哥心胸大，也不会……也不会计较啥，只是街里街坊最是人多嘴杂，实在烦人……”王林杉奇道：“你说什么，嘀嘀咕咕，把话说明白了呀！”

何富贵忽然道：“嫂子，要不你去京师，跟狗剩儿在那儿安家……”王林杉一惊，道：“什么？狗剩儿哥去了京师？啥时候的事？”

何富贵自知失言，赶紧道：“我猜的，我猜的……”见王林杉兀自不信，还要再问，只得转身要走。

王林杉几步走过来，挡在何富贵面前，道:“你到底怎么回事？大老爷们磨磨唧唧！哪儿有狗剩儿哥的半点男子汉气儿！”

何富贵眼见周围聚了不少人，低声道：“嫂子，借一步说话——”两人向桥下走，找个没人的胡同拐了进去。鲤鱼在不远处盯着，慢慢尾随着走过来。

何富贵眼见四周无人，向王林杉扑通跪倒，道:“嫂子，是小弟无能，不能解救嫂子，致使嫂子名节有失……”王林杉初时手足无措，听到后来，不禁“噗嗤”笑了。

何富贵大为惊奇，心说真是不是一路人，不进一家门，王林杉真跟狗剩儿哥配套，心胸够大！

王林杉笑够了，才道:“我说你磨磨唧唧的，我跟你说，那天你走之后，来了好多官兵，说是奉了燕王爷的命令，把那群坏蛋全给抓走了！”

何富贵大喜过望，可转念一想，那天自己派伙计小五去燕王府搬救兵，小五回来说燕王爷带着三宝太监等人去了京师，王府根本没让他进门，怎么还会派人来救人呢？

王林杉接着道：“你是狗剩儿哥什么人？他那些狐朋狗友我都认识，你倒是眼生。”

何富贵道：“小生庆丰桥何富贵，是与……”王林杉快人快语，笑道：“我知道了！狗剩儿哥出事前老提起你！可没几天，他人就没影儿了！”

何富贵斟酌着词语，道:“嫂子放心，狗剩儿哥一定会回来找你的，还要娶你过门。”王林杉虎着脸，道：“谁说要嫁给他了！这么不靠谱一人，鬼才想嫁他！”

何富贵知道王林杉无事，心里一块石头落了地，便道：“嫂子，你安心回去卖水果，有人向你打听狗剩儿哥，你就说……”王林杉打断道：“就说他死了！”

何富贵笑着摇头，道：“行吧，随你怎么说。可是你得等他回来呀！”向她拜了两拜，起身走了。

何富贵也不回家，带着鲤鱼向燕王府走去。两人七拐八绕，终于到了燕王府所在的街上，看见王府前后站了许多兵士，不时驱赶附近路过的百姓。

何富贵心里思忖，看来燕王府已被朝廷派人看住了——王妃王子当了人质，你燕王爷本事再大，又能使出什么花招，还不得乖乖向小皇帝磕头赔不是？

到了京师，依照惯例，燕王爷住进了十王府。

身为掌印太监的云北归自然知道了燕王爷进京的消息，而且早已掌握了小皇帝与内阁们商议的大殿抓捕方案，但是他却一直没能把这个至关重要的消息送出去。为了应对燕王觐见，皇宫进入戒严状态，日夜宫防都提到了最高级别，想要贸然夜行外出绝非易事。期间，云北归还要日夜侍候皇上，在他仅有的两次外出机会里，一次是中了成风设计的圈套，另一次他把建初寺的房间找遍了，也没能见到那个让自己很不舒服的陈瑛。

明日，他就能见到阔别已久的燕王大哥——他们自然不能相认，相信大哥此时也根本认不出他了。皇上的抓捕方案可谓滴水不漏，大哥一旦下了战马、脱了盔甲、放下雁翎刀，能否在这场实力极为悬殊的会面中全身而退？先是五千禁军把住宫门，不许燕王携带一兵一卒、一刀一剑进入大殿，然后是埋伏在大殿两侧的一百名刀斧手，还有藏于皇帝宝座之后的盔甲锦衣卫……

云北归坐不住了，今晚无论如何都要把这个消息送出去，阻止燕王明日进殿面君！

可他知道，今晚又是遇到事就失眠的小皇上的不眠之夜，自己咋出去啊！

御书房，皇上点点头，看着方孝孺、黄子澄和齐泰等人缓缓退出，微微闭上眼。云北归凑上来，低声道："皇上，已经过了子时，您不就寝吗？"这样绕口的皇宫话语，是小卓子教了很久的成果。

皇上哼道："朕的就寝习惯你还不清楚吗？明天是什么日子？朕能睡得着吗？"

云北归扶着皇上站起来，伸个懒腰，来回溜达几步——这是他一天里为数不多的体力活动，又喝了几口茶，嘴里"咕噜咕噜"几声。云北归早拿过痰盂，接了他吐出的漱口水，又用一块丝巾为他擦了嘴边。

皇上叹口气，似乎是自言自语道："明天真能顺利吗？"云北归道："皇上别想了……"

皇上却莫名恼怒起来，道："朕能不想吗？这个燕王，最是让人不省心！"云北归凑上来道："皇上，方案都改了这么多遍，肯定是和尚头上捉虱子——手拿把掐，一万回没有一回跑的！"

皇上道："那叫'万无一失'！明日上朝，朕得打起十二分的精神，绝不能让眼睛长在头顶上的四叔小瞧了！"

云北归趁机道："所以啊，皇上您今晚可得睡个好觉啊！要不奴才把后宫牌子给您拿来，您翻一个……"皇上一挥手，不耐烦道："朕现在哪儿有这心思，净出馊主意……"

云北归低声道："皇上，丽华姑娘前日奴才已经接来了……"皇上一惊，这才想起是自己吩咐他去办的，咳嗽一声，低声道："安排在哪儿了？"

云北归道："清秋宫。"皇上不言语，心里大为满意。他从小就知道，清秋宫是犯了过错的妃嫔住的居所，也就是民间俗称的"冷宫"——与外界基本没有交流，且地处偏僻，人迹罕至，最是冷清。

皇上咕哝一句："太后、皇后她们……"云北归道："奴才亲自带着小卓子几个去办的，他们连里面是谁都不知道，绝对的'神不知鬼不觉'！"

皇上站起来，犹豫着——前几天兴许是青春萌动，一时兴起，又想起了范丽华。

前年春日，身为太孙的他，站在御书房里听皇爷爷与内阁大臣们讨论政务。一个大臣说起遵照旨意去京师各大青楼例行巡查，抓到当朝官员若干云云。皇爷爷破口骂道："一帮斯文败类！读着圣贤书，却去妓院厮混！拿住了，先打！脱了裤子打！然后遍发全国通报！"

大臣们都跪下来，唯唯诺诺，一致同意惩处这帮"斯文败类"，态度坚决，义正严辞。

他在廊外送皇爷爷回了寝宫，正要回东宫时，想起皇爷爷赏赐的几本书忘带了，于是吩咐小太监回去取，自己在廊角等候。一会儿，听到几位大臣走了过来。

一个说："唉，这可惨了，前面送的银子打水漂了！这下整顿青楼，秦淮坊去不得了！"另一个低声笑道："张大人不会到现在还没见着丽华姑娘吧？哈哈！"

张大人叹道："可不是嘛！你想，去那儿又不敢报身份，只能跟着排队，排半个月了！"另一人道："张大人您就知足吧，这次皇上突查各大青楼，幸好没在那儿遇上您！"

张大人道："是啊，是啊，不幸中的万幸！"另一人低声笑道："张大人不必沮丧，皇上恨的是去那儿的官员，又不是与丽华姑娘过不去，等皇上气消了，风声过了，不就又能去了……"

几个人拐弯时，迎面遇见太孙，都吓了一跳，急忙行礼，嘴上道："见过太孙殿下！"太孙淡淡道："免礼，几位大人走好。"

几位大人走了，太孙却在廊下伫立良久，心里琢磨这位誉满京师甚至誉满天下的丽华姑娘到底是何种风采，竟引得王公贵族、文武大臣个个趋之若鹜？他回过头，却见司礼监的李彦慢慢走过来，向他行礼。他本来没有在意，却在李彦起身时听见一句"太孙今夜如果方便，不妨随奴才去一趟秦淮坊"，不禁怔住。

他厉声问道："你一个太监，难道也去过那里？不怕皇上砍了你的狗头吗？"李彦低着紫色圆脸，低声道："奴才是太孙的一条狗，随时愿意为太孙去死！"

几天后，装扮为富商"祝二公子"的他终于见到了传闻已久的丽华姑娘——虽然隔着一道纱帘，但听她弹了一曲《丽人行》，她的温婉动作、清脆嗓音、淡淡轻笑，都让青春年少的他无比神往。他本想让李彦加银子，无论如何也要与她共度良宵，孰料，老鸨子急匆匆赶来，说是来了与丽华姑娘相熟的贵人，非要带走丽华姑娘。他登时大怒，作为太孙，除了皇爷爷谁还敢在他面前说自己是什么"贵人"！老鸨子急得黄了脸，拿出银票放在李彦手上，还贴近了说是一位亲王到了！

"祝二公子"在几个下人的陪同下走了，走得很不甘心，就让李彦暗中守着，一定搞清楚来的这位“贵人”是谁。李彦办事果然利落，很快就回来答复，说来的这位贵人就是太孙的十七叔宁王！

他恨了好久，这几位叔叔，不光想着与他争天下，还跟他争女人，是可忍孰不可忍！

皇爷爷驾崩前，郑重地将操劳了一辈子的江山社稷交给了他——虽然年轻稚嫩，但还是迎着众多野心勃勃的叔叔们的目光，踏上了大明的最高权力宝座！这个天下所有的一切都是他的，土地、臣民，自然也包括范丽华。

前面由小卓子带路，云北归陪着坐在龙辇里的皇上。一行人悄无声息走向清秋宫。

云北归派了一队太监在前面开路，以防禁军盘查喝问，暴露皇上行踪。

到了清秋宫院前，云北归侍候皇上下了龙辇，低声道：“皇上，按您的旨意，事先没有告诉她，不过奴才斗个胆，先让宫女做好接驾准备，就怕这些小蹄子毛手毛脚，侍候不好。”

皇上点点头，慢慢步入院里，隔着亮着灯光的窗户伫立良久，才缓缓往里走，宫女见了，都忙不迭地低声施礼。云北归站在屋外，听见里面一阵忙乱，一个女子失声道：“你，你是……”

皇上笑道：“祝二公子，想必丽华姑娘早就不记得了吧？”一个宫女低声说了几句。范丽华颤声道：“你，您是……皇上！”

第十七回　孽徒对阵八仙剑 逆王舌战君臣言

皇上笑道："倾国之容，绝世之姿，果然不凡！惊慌失措之下，依然是如此惊艳动人，实在难得！"

范丽华道："皇上，请恕小女子……请恕小女子无礼之罪，奴家……"皇上道："朕记得上次听你弹了一曲《丽人行》，怀念至今，今日再为我弹奏一曲如何？"

须臾，屋里传出琵琶之声，曲调优美，令人感伤，连不懂音律的云北归也感到心里酸酸的，不禁想起了好久没见的杉杉。

云北归出了院子，叫来小卓子，吩咐了几句，然后快步回了寝室，换了夜行衣，听着屋外没有动静，立刻飞掠上房，展开轻功，起落腾挪，很快出了皇宫。他先去了建初寺，翻找一遍，并无陈瑛的踪迹，只好奔去十王府。

他趴在屋顶，细细观察院内情景，见亲兵并不很多，心里意外，刚要下去，忽然看见一个兵士急匆匆从院外赶来，说了口令，火急火燎进了正厅。

云北归等了一会儿，不见兵士出来，刚站起身，一个硬邦邦的东西抵住了后腰，一个冷冰冰的声音道："别动！火枪走了火，送你见阎王！"

云北归道："哥们是人是鬼？想吓死小爷啊！"

那人冷冷道："不知是人是鬼的怕是你吧！双手举起来，慢慢站起来，敢耍花样，就等着挨枪子吧。"说着话就扯掉了云北归的面罩。

云北归慢慢站起来，转回身，借着院里的灯光，看见对方是个俊朗青年，只是神色孤傲，面无表情，手里端着一把黑洞洞的火枪。

云北归笑道："看你穿的衣裳是个武将，为啥拿这个吓唬人？"那人招招手，屋顶四周很快站起来许多人，吓了云北归一跳，脱口道："哇他娘的，你们是吓死人不偿命啊！这么多人在屋顶上装鬼！"

青年冷笑道："贼喊捉贼，反咬一口！王将军，今日你的神机营又立了一功，王爷又得赏你了！"一个汉子快步走上来，拱手道："张大人过奖了！如果没有张大人指挥有方、部署得力……"

云北归脱口道："王骥大哥……"那汉子"咦"了一声，道："你是……"

云北归刚要答话，听见院子里一个兵士喊道："张大人，王将军，王爷有令，捉到刺客，押到大厅，王爷要亲自审问！"

张大人向王骥抬下手，转身要走，又转过身，对云北归道：“不人不鬼，你记住了，你逃不过我的手心！”

王骥示意兵士过来，将云北归绑了，一起押了下去。

下到院子，走向大厅，云北归心里窝囊，没想到久别后第一次见燕王大哥，居然是被人绑来的，而且还是自己救过的王骥大哥，心里憋屈，身体就开始挣脱绑缚，几个兵士发现了，喝道：“老实点！再不……”话没说完，却见对方已经挣脱绳子，一手一个，已将他们扔向屋顶！

这下变起仓促，神机营兵士“呼啦”围上来一堆，王骥喝道：“神机营听令，一队把住上风口，二队守正门，三队守后门，四队听我口令，列阵……”

云北归不等他布置完毕，一个箭步冲上去，随抓随扔，将十几个兵士抛向半空。王骥大怒，喝令：“四队退下，五队补上！”兵士进退得当，脚步沉稳有力，很快二十名兵士再次围了上来。

云北归打架经验丰富，自然知道“擒贼先擒王”的道理。他暴怒下出手，却只是扔了十几名兵士，始终没向神机营指挥王骥出手，自是顾念与他的交情，不想让他在燕王面前出丑，眼见重新围拢来的兵士，急急思索了解决的办法——他很小就知道，打架容易，怎样体面地收场才是一个流氓的水平所在。

王骥沉声道：“来者何人，报上名来！要不然一声令下……”云北归抓起几个兵士乱掷一通，声东击西，自己一个翻身向大厅跃去！

王骥大吃一惊，万没料到来人轻功如此了得，居然在自己布置如此周密的阵型里轻易逃脱，大厅里燕王等人正在议事，自己这个罪名可太大了！当下一边喊道：“听我口令，不要轻易开火！”一边亲自冲进大厅。

云北归从兵士头顶飞过，心里甚是得意，武当轻功，果然了得，眼见大厅在望，心里要在燕王大哥面前卖个乖，开个玩笑，于是使出一招“飞沙落雁”从大厅门口从天而降，兴冲冲跃进大厅，忽然，眼前一黑，一股疾风迎面袭来！他急忙闪避，肩头还是被劲风带到，虽未受伤，却已被卸了前进的势头，人也落了下来。

云北归定睛一看，对面站着的乃是一个中年道士，面色和善，眼神却是极为冷峻。在他身后，一条长长的议事桌，顶头坐着的，不就是自己的燕王大哥！

云北归笑道：“道士功夫不赖嘛！”议事桌旁一人喝道：“李彦无礼！难道你背叛师门，见了授业恩师也不认识了吗？”

云北归斜眼一看，笑道：“哦，我说声音这么耳熟哩，这不是武当掌门人的得意弟子李新建吗？”李新建喝道：“孽徒李彦，见了掌门师父为何不跪？”

云北归由此判断，刚才与己对敌之人就是武当掌门人马建成，怪不得功力如此深厚，自己现在绝不是对手，但就此收手却也不是他狗剩儿的风格，当下大剌剌地道：“他当年赶我下山时，可是把我除了名的，他不认我当徒弟，我为啥贱兮兮地去认师父！”

马建成已经坐回椅子，听了云北归的话，冷笑道：“看来贫道狠下决心是对的，孽徒果然是孽徒！”

云北归笑道：“那儿那么多废话，要打架的赶紧上啊！老子还要赶回去。”

李新建向师父一拱手。马建成看向燕王。燕王淡淡道：“武当帮内事务，本王不插手，尽可随意。”

李新建得了准许，喝令一声，立即出来七名道士，各持长剑，疾步走出，迅速将云北归围在核心，形成阵型。

云北归心里暗骂李新建以多欺少，脸上却是毫无惧色，大声道：“来啊，一起上啊，马建成你也一起来啊！”李新建喝道：“放肆！武当正宗，气吞长空！”一招“冷月惊魂”直刺云北归面门！

云北归曾听师父张三丰系统讲过剑法，知道武当剑法种类极多，但由其本人所创的只有太极剑法一种。他隐退之后，弟子孙碧云及马建成依照常人体质，在太极剑法基础上创设了太乙玄门剑、龙华剑、八仙剑和九宫八卦剑等剑法。

云北归堪堪避过李新建刺出的这一剑，却见那七名道士都已拔剑出鞘，前后夹击，冲他袭来。他看了步法阵势，知道是八仙剑，登时仔细回想师父当时的教诲：“这八仙剑，其功夫的意境构思来源于八位仙人的动作姿态，结合太极剑法，加强了攻击性、合围性，剑法主要特点是刚柔相济、势如游龙，延绵不绝……”

云北归一一招架，动作不停，嘴里却在记诵师父所教的口诀，什么“一缩形周身无缝隙，一撒臂通身皆有手”“拉大架犹如铺天盖地，使小式则为仙人变形”，凭着一股蛮劲，硬是与八人打成平手。

马建成凝视良久，道：“此人绝非李彦，虽然长相有个七八分相像，武功招式也是武当功夫无疑，可是如此境界的内功修为和这泼皮无赖般的打法，着实匪夷所思。”

燕王微微一笑，道：“依道长之见，这家伙功夫倒还了得？”马建成笑道：“燕王见笑了，此人内功其实极为深厚，不过贫道看他疯蛮呆傻，不知如何运用罢了，倘若得到真正高手指点，必定进步神速，深不可测。”

燕王招来在屋顶偷袭云北归的青年将领，低声说了几句，又向马建成嘱咐几句。

青年将领朗声道：“燕王有令，两方高手，即刻收手！”

马建成站起来，高声道：“无量寿佛！八仙剑法，收了吧！”几人齐声答应，都是虚晃一招，齐刷刷向后纵跃，只有李新建兀自站在当地，怒视云北归。云北归流氓本性上来，自然还没打够，但见对方先撤，燕王大哥又下了令，也只得收回攻势。孰料，李新建突然一个箭步，一招“弓步劈剑”刺向背对自己站立的云北归！

众人都是一惊！燕王、马建成都喊了住手，云北归未加防备。李新建本就站在左近，剑一出手，已经逼近要害，当真避无可避！

云北归心知不好，却也不及躲闪，只得就地打滚，向前疾奔，情形极是狼狈，毕竟保命要紧，他狗剩儿向来不知道体面是什么玩意。李新建一击不成，立即变招，使出“左右劈剑”，急攻尚在地上打滚的云北归。

马建成大声喝道：“新建还不住手！”

李新建第一次与云北归交手落败，今日请出众师弟，也只是堪堪与他打成平手。他自小出身名门，心高气傲，上得武当山学艺，也是经常得到师父马建成的单独指导，武功进境自是比同门师兄弟高出不少，这也让他越发心气高傲，不可一世，上次遭遇云北归吃了大亏，早就憋着一口气报仇，今日逮到机会，说什么也要拿下云北归，对师父的连声劝止充耳不闻。

云北归蹲在地上，左脚分开半步，两手向前平举，屈膝下蹲按掌，转腰上步，弓步分手，练了无数遍的“野马分鬃”霍然打出，将李新建刺来的一剑化解于无形。

李新建还要再攻，却被对方一个“手挥琵琶”打个正着，剑“当啷”脱手，脚向后“噔噔噔噔”退了几步，使劲稳住，才没有跌倒在地。

马建成快步上前，朝着李新建打了一巴掌，喝道：“不听劝阻，大败亏输，武当的脸都被你丢尽了！”李新建面红如炭，低头不语。

燕王鼓掌道：“好好好，武当功夫，果然精彩绝伦！后辈较量，马掌门又何必如此认真呢？”马建成向燕王拱手道：“徒儿学艺不精，又不遵师命，贫道当真惭愧得紧！”

燕王向青年将领使了个眼色。他点点头，朗声道：“燕王感谢各位道长献艺，请各位回房歇息。”众道士向燕王施礼，鱼贯退出。

大厅只剩下燕王、青年将领、马建成和已经找把椅子坐着的云北归。

燕王笑道：“这位大侠，功夫如此高超，却为何要偷鸡摸狗啊！哈哈！”云北归一听之下，知道燕王应该是猜出了自己的身份，心下大喜，当着外人的面，又不便相认，当下笑道：“偷鸡不成蚀把米，今晚上运道不好。”

燕王向青年将领道：“张玉，你先陪着马掌门下去休息，好生安顿，不可有丝毫怠慢！”张玉答应一声，陪着马建成走了出去。

燕王笑道：“人都走了，你还不现出原形！”云北归道：“王爷又没有照妖镜，我为啥要现原形！”

燕王招招手，一个矮个太监走进来，向着云北归道：“狗剩儿哥，别来无恙啊！”正是三宝。

云北归早想对燕王大哥说出实情，诉诉委屈，可大半天都是与他带来的高手对决，浑不把自己的安危放在心上，倔脾气来了，兀自不管不顾，见了三宝，仍是嘴硬道：“谁是狗剩儿猫剩儿，咱家不明白！”

燕王从怀里掏出一包东西，慢慢摊在桌上。云北归看清了，那是一把已经枯黄的——问荆草。

云北归再也忍不住，跪下磕头道：“大哥！”燕王扶他起来，左右端详一番，摇头道：“陈瑛说得不错，果然是面目全非啊！”

云北归道：“我，我……我娘还好说，她也看不见，就是……”燕王笑道：“对了，你娘在王府里很好，开始派的几个丫头侍候得不好，后来我专门让你嫂子挑了几个丫鬟给送过去，现在挺好了。”

一旁的三宝道：“狗剩儿哥，王爷多次抽空去看老太太，对她老人家很是挂心。老太太开始……开始不习惯吧，老是骂那几个丫头，后来换成王妃送过去的丫鬟就没事儿了。”

云北归笑道：“我娘几天不骂我，她就浑身难受，可不就逮谁骂谁了。”三宝笑道：“老太太自然是想狗剩儿哥，虽然嘴上却不说，但我来之前，奉王爷命令去看了一次老太太，说是来京师见你，老太太非要跟来呢！”

云北归鼻子一酸，低头道：“唉，希望这差事……”燕王道：“二弟的心情，大哥自然清楚，但眼下最是要紧儿的时候，离了谁也不能离了你呀！”

云北归急忙道：“大哥，差点忘了正事！明儿您可千万不要去见皇上啊！”急急将皇上与内阁大臣商议的大殿擒拿方案说了，而且强调说即使前面擒拿失利，皇帝宝座之后尚有人数未知、神秘莫测的盔甲锦衣卫——这都是老皇帝秘密训练多年，除了皇帝本人一概无法指挥的绝密武器。

云北归道：“大哥，小弟知道您跟鞑子打了不少仗，可是您单枪匹马——哦不，没有马，只有人，又不让带刀剑，那就是眼睁睁往火坑里跳，根本出不来的！”

燕王听了，沉吟良久，道：“二弟的消息还是更加详尽，此前大哥陆陆续续知道了一些。你放心，大哥也不是吃干饭的，没有把握，我也不会孤身犯险，再说了，真要不行了，不是还有二弟你吗？”

云北归不假思索，道：“这个没的说，为大哥卖命，兄弟我没二话！对了，三弟……

没了消息，我找了好久还是没找到。”

燕王笑道：“你来之前，驿站快马加鞭给我送来北平的一些消息，想不想知道？”云北归道：“三弟回北平了？这个怂包，是不是怕了？”

燕王笑道：“这个你就冤枉三弟了。”当下将何富贵被胁迫一路辗转回到北平的情状说了，又说派他接触沧临派和洪洞派等江湖势力，以求尽可能扩大北平军力。

云北归这才笑道：“我就说嘛，何富贵虽然胆儿是不大，但骨头还是有的！除了见了漂亮姑娘走不动道儿外，别的没啥毛病！”

燕王与三宝对视一眼，神秘地道：“你可知道，三弟回北平就去提亲了……”云北归脱口道：“那个李云婷？对了，她是沧临派掌门的闺女，对三弟也有意思，上门提亲倒真是个办法，三弟就是有主意……”

燕王看看三宝，自己端起茶碗喝茶。三宝会意，小心道：“狗剩儿哥，探子来报，说，说……”云北归急道：“说啥呀？你三宝啥时候也这么磨叽了？！”

三宝道：“我说了，狗剩儿哥可不许……着急上火、撂挑子不干了？”云北归奇道：“我为啥要着急上火？”

三宝谨慎道:“探子报说,何举人去王家提亲……”云北归打断道:“啥？哪个王家？”

三宝往后退了几步，低声道：“就是桥头卖水果的王老汉家……”云北归大喝一声，紫色圆脸涨得更加可怖……

云北归走后，燕王让三宝请马建成回了大厅。

马建成正色道：“王爷，贫道以武当山百年基业为保，确信此人绝非劣徒李彦！”

燕王不置可否，道：“道长不妨说说看。”马建成道：“几年前，李彦是贫道弟子里资质最好、武艺最高的，可是他……也怪贫道辨人不严、用人失察，本来还在着重考察他、重用他，可是根据后来查实，就是他设计盗走了贫道本来打算献给王爷的那一批丹药……”

燕王道：“真的是他？”马建成道：“本来贫道并不确信，所以派出弟子暗中探查，他们回报说在一天夜里，李彦回房休息，一夜并未有人进出，第二天开门，却出来一位紫色圆脸的汉子。贫道跟随师父习武炼丹时，就曾听他老人家说过，方寸乾坤炉乃是天下至真至纯之材所制，用以武当不传之秘法炼制丹药，期限满后才可服食，以点化世人之阴质，使之化为阳气。”

燕王道：“确实有效吗？”马建成点头道：“陈师道曾说‘道家以烹炼金石为外丹；龙虎胎息，吐故纳新为内丹’，真人张三丰至今已经一百八十余岁，就是早晚服用丹药的缘故。”

燕王沉吟道：“张真人本非常人，尊师孙道长好像也并未如此长寿吧？”马建成道：“王爷有所不知，我师父亡故乃是别有一段隐情，只是为尊者讳，还请王爷不要见怪。”

燕王不再追究，问道：“那你如何确定这个李彦不是你的徒弟？”马建成道：“当时徒弟来报，说李彦一夜出来，容貌大变，我就大为奇怪，想起师父当年告诫的话，贫道敢断定，他必定是服用了方寸乾坤炉里还未炼满期限的丹药，而且是紫色的养心丹！师父所言，服用之后，人会气血不畅，经脉运行紊乱无序，也无法站立或坐正，非死即残，可是他本就资质极佳，又偷得我派经书，冒险习练，含光凝神，闭口藏舌，心不外驰，一意归中，居然被他意通八脉，练成了天下少有的武当功夫！这种功夫别说贫道，就是我师父乃至张真人都未必见过。”

燕王先是惊异不已，后来却突然笑了，微微摇头。马建成道：“王爷是不信贫道所言吗？”

燕王笑着摇手，道：“这种遭遇当真匪夷所思！”马建成道：“王爷所言甚是，贫道翻过经书，书上说夹生服用养心丹，可谓习练武当功夫速成之捷径，但是凡事有一利必有一弊，习练之人可谓后患无穷……”

燕王惊道：“什么后患？”马建成缓缓道：“服用丹药之人周身经络气血通畅，精力充沛，但是脸部如火灼烫，很快便会蜕皮粉化，肤色转为紫色，脸型也会变肥变大，面容和其本人自然大不一样了。”

燕王喃喃道：“是啊，是啊！”心里不禁为狗剩儿惋惜，变了模样，当兄弟倒不妨事，做夫妻可就难了，何况……这个何富贵真不像话！

马建成却道：“这个还在其次，夹生服用养心丹，虽然可以在短期内使得功夫大进，可是血脉因此受损颇多，老年必定疾病缠身，更兼男子精血失阳，恐难生育子嗣。”

燕王眉头紧锁，陷入深思……

第二天一早，三宝轻轻敲门，道：“王爷，该起了。”燕王应道：“知道了。”缓步走出卧室，看一眼仍在夜色里的北方，道：“此次进宫，当真凶多吉少啊！”

三宝躬身道：“王爷莫要如此说，宫外一切布置妥当，若有异动，奴才一定杀入宫城……”燕王抬手道：“祸福天定，这一遭是必须要走的！本王一夜没睡，想必那小子也睡不着吧！”

清秋宫。皇上搂着范丽华睡得香甜，全然听不见门外的云北归等人的说话声。

云北归听到何富贵居然去杉杉家提亲，不禁气炸了——早就告诉过你，你小子有那么多相好，我可只有这一个，你敢打主意，我回去非把你阉了，送给大哥当太监不可！

等等，猛地想起，就在他离开北平时，远远看见屠户长生去纠缠杉杉，他就对自己发誓，要把长生阉了送给大哥当太监——三宝说，何富贵和另外一伙人争着去提亲，那伙人应该就是长生！何富贵去提亲莫不是为了搅黄这件事？——对对对，何富贵虽然好色得离谱，但去向嫂子提亲，该是干不出来的。

他想通了这件事，心情登时大好，脚下轻功也好了不少，很快进了大内，回到寝室，换了太监服，快步去了清秋宫。

小卓子赶紧凑上来，向他汇报说皇上听了半天曲儿，有些乏了，就下旨在这清秋宫歇了。

云北归点头。小卓子瞪大眼睛道："干爹，这可是了不得的事啊！"

云北归道："有啥了不得！皇上想睡谁就睡谁，这不天经地义嘛！"小卓子使劲摇手道："干爹，儿子不是这个意思，人是……儿子也不知道这人是谁，可这地方不对啊！"

云北归一想，对啊，这里是清秋宫——也就是冷宫，那出戏文里也没听说过皇上去冷宫睡觉的，不过，皇上就是皇上，他想睡那儿就睡那儿，谁敢怎么样？

小卓子紧张地说："这事要是让太后和皇后知道了，我们几个还有干爹您，都讨不了好去！您得皇上宠信，一时掉不了脑袋，儿子几个必死无疑！"

云北归问道："你说咋办？"小卓子低声道："只有在天亮之前，早早让皇上回到寝宫，不被他人知道，方才无事。"

云北归兀自不信，道："这皇宫大院，还不是皇上老子说了算，几个娘们儿还能翻天？"小卓子示意他低声，紧张道："干爹您入宫晚，不知道娘娘们争风吃醋，都是要人命的！她们这会儿看您得宠，一时半会儿还不怎样，一旦皇上跟您发了脾气，她们就能吃了您！"

云北归倒吸口冷气，也不自禁地紧张起来，道："那依你说现在就去把皇上从美人被窝里拉起来？那样的话，脑袋现在就得搬家！"

小卓子急道："所以奴才急得不行，现在离天亮可就剩一个时辰了！干爹您说咋办呀？"

云北归急思对策，慢慢走到卧室窗前，思忖着怎么让皇上心甘情愿地起床，哎，有了！

云北归尖着嗓子低声道："皇上，皇上——"里面似乎有了动静，却无人应声。

云北归硬着头皮继续道："皇上正事要紧，皇上可该回去了。"

里面又有动静，皇上似乎醒了，却未理会。女子道："皇上，皇上，外面……"

皇上不耐烦道："李彦，你小子不想活了！"

云北归爹着胆子道："皇上，明日早朝可是要办大事的呀！"

屋里登时静了一下，继而响起皇上的吩咐："李彦，更衣！"

清秋宫马上灯火通明，云北归带着小太监、小宫女为皇上洗漱更衣。云北归忙里偷闲，看了范丽华一眼，见她也在偷看自己。

范丽华吓得迅速低了头，拉住皇上衣袖，像是有话要说。皇上笑道："丽华，舍不得朕吗？不要紧，等朕处理完手头的几件大事，就为你……"

范丽华瞥了云北归几眼，紧张地摇了摇头。皇上很是奇怪，就让云北归他们出去候着。

云北归走到屋外，猛然想起，对了，范丽华一定是看到自己，想起了那晚被李彦折磨的情状！当时自己就在他们床下，憋得极是难受，幸好后来……哎，就在当时，自己的模样就变得跟这死太监差不多了，范丽华还是第一个把他认作李彦的呢！现在，她得了皇上宠幸，还不得使劲说我的坏话，不把我整死，她是不会罢休的吧？

云北归脑子里乱成一团，一时也想不出应对之策，为李彦背的黑锅已然不少，不在乎再多一个，可这次是给皇上戴绿帽子，他能饶了自己？

皇上出来后面色果然不善，看见云北归就踢了一脚！吓得太监宫女们都跪了下去，不敢抬头。

云北归打架无数，自不会把这一脚放在心上，最担心的还是皇上会不会下旨宰了他？纵然自己凭着功夫逃了，但大哥的任务可就泡汤了……

龙辇里的皇上一言不发，云北归小心翼翼跟在后面。小卓子凑上来，低声道："干爹，不要紧的，皇上现在踢一脚，以后就不会怪罪您的。他回去后一想，您也是为他好！"

云北归心里冷笑，你小子想哪儿去了！又想，死太监李彦，真是狗胆包天！比你狗爷我还胆大，连皇上指名要的女人都敢欺负！

由于回驾匆忙，云北归并未派出小太监去前面探路。路上遇到几队禁军，他快步走过去，低声说了几句，安然通过。

在一个拐角处，遇到了成风带领的少林禁军。

云北归走上前，低声道："成风统领，咱家记得你好像是在朝阳门值守吧？"

成风笑道："劳李公公惦记，正是。和尚们刚下班，这就去歇息了。不知道李公公这个时辰怎会从那个方向过来？"眼睛瞅着后面，甚是奇怪。

云北归低声道："瞎看什么？当奴才的该看的看，不该看的瞎看，当心挖了你的眼！"

成风一怔，道："三天可快到了，你牛，你横，就别来求我！"

云北归不管那个，喝道："还敢顶嘴，跪下！"

成风一行和尚跪了下来，低着头让一行人走过。

成风抬起头，惊奇地发现，过去的居然是龙辇！

回到寝宫，太监过来禀报说，几个内阁大臣都在御书房候着。

皇上阴沉着脸，喝了口茶，也不看云北归一眼，直接去了御书房。云北归吐吐舌头，也只得跟着。

黄子澄、方孝孺、齐泰等人跪倒行礼。皇上坐定，问道："几位爱卿，大殿布置得如何了？"

黄子澄上前道："皇上放心，殿内布置一切妥当，人员到位，绝无差池！"皇上点点头，很是满意，又看向方孝孺。方孝孺赶紧道："皇上放心，几个宫门布防都已完备，五千禁军臣都悉数筛查过，定无疏漏！"

皇上忽然道："朕有一个新想法，不知道爱卿以为如何？"

几位大臣面面相觑，都感意外。齐泰道："皇上请讲。"

皇上道："当初下旨给燕王，大臣们都说他必不敢来，我们正好可以发兵讨伐，可是他居然真的来了，即便今日拿下了，可他毕竟是朕的亲叔叔，小时候对朕也甚是疼爱……"

黄子澄急道："皇上，老臣冒死进谏，隋朝杨坚、杨广还是父子呢？又待如何……"皇上一拍龙椅，怒道："你，怎可……怎可拿朕与隋炀帝相提并论！"

黄子澄赶紧跪倒，却梗着脖子，不说软话。齐泰也跪下道："皇上，黄大人一时情急，难免口不择言，请皇上不要怪罪。"

方孝孺也跪下道："皇上，黄大人所言自是极为不妥，隋炀帝如何能与皇上相提并论！但是眼下迫在眉睫便是接见燕王一事，至于处罚之类，都可以后再说。"

皇上摆摆手，道："都起来吧，朕也不是小心眼的人，不会因为臣子一句话就要如何如何。朕有个新想法，既要拿下燕王，又要给天下一个好说法！"

几位大臣面面相觑，一起盯着皇上。

云北归尖声宣道："宣燕王觐见！"殿外的太监依次传了出去。

燕王来了，不带一兵一卒，不佩一刀一剑。

他踩着石阶，一步步上来。大殿已经映入眼帘，走上这个台阶，就是走入大殿的最后一条路——这条路，他曾经多么熟悉……

他站住了——路的两旁，跪满了文武大臣，路的内侧跪满了一排太监、一排宫女——这是从未有过的事情，至少在他记忆所及的本朝历史上，从未有过这种情景。中间只剩下一条路——皇道。

朱棣笑了，气极而笑——小皇帝他们不就是想让他嚣张跋扈、不可一世、目无新君，然后顺理成章地拿下自己。他迅速冷静下来，现在不是在北平，更不是在自己运筹帷幄的北方战场上，这里是京师，是在侄子皇上说了算的地盘上。

朱棣看一眼大殿，近在咫尺，却又似乎极为遥远。

殿口的太监又在催促："宣燕王觐见！"

朱棣提一口气，忽然跃上跪着的太监背上，大步往里便走。众人都感意外，不免交头接耳议论起来。

小太监们本就瘦弱，哪里禁得起燕王的高大身躯，待朱棣迈到第三个小太监时，忽然失足，大步一跨，迈到了皇道之上！他只一愣神，旋即走回太监一排，喝道："都给我让开！"太监们都是浑身一颤，不知道让是不让，彼此抬头观望。

方孝孺出来道："藩王觐见新君，岂有挡道之理，让开！"太监们这才嗫喏地纷纷避让，闪开一条便道。

方孝孺兀自喝道："后宫侍女怎可在前朝挡道，真是闻所未闻！退下！"一百名宫女依然低着头，一动不动，气得方孝孺不住摇头。

朱棣在便道上大步流星，很快进了大殿，看见了坐在上面的小皇帝，还有站在他身边的"李彦"。

朱棣迅速整理下冠带朝服，行了君臣大礼，口呼万岁。磕头下去，却一直没听见动静——小皇帝玩起了初见怠慢这一招，哼，老子会这个时，你他娘的还没生出来呢！

朱棣等不到皇帝招呼起身，便抬头道："皇上，王叔我身体不好，战场受伤尤多，当不起这般跪在地上！"

皇上这才笑道："好好，王叔平身！"

朱棣站起，守在殿外的文武大臣鱼贯而入，分站大殿两侧。

皇上笑道："王叔一路辛苦了，让朕十分挂念！"朱棣笑道："让皇上担忧，是臣属之失职……"

一个御史出来道："皇上，臣有一本参奏燕王！"皇上惊讶道："张爱卿，燕王刚到京师，你有何话说？还这么着急？"

张御史朗声道："臣可以等，但是朝廷法度不可等！"皇上道："好，你说吧！"

张御史的声音传遍大殿内外："臣参燕王朱棣目无朝廷法纪，藐视新君，欺君罔上，大逆不道！”

燕王冷笑道：“张启强，本王昨晚到京，依例住进十王府，今日早早过来觐见皇上，你说的什么‘欺君罔上，大逆不道’，有没有过脑子？”

张御史冷笑道：“太祖早有祖训，御史大人可以随时具奏，不必查有实据……”朱棣大声道：“不必查有实据，你就可以随意栽赃了吗？”

张御史毫无惧色，道：“其一，燕王昨晚入住十王府，彻夜灯火通明，客人络绎不绝，来往人等身份神秘。王爷今日觐见皇上，头天夜里却是如此行为做派，可算‘目无朝廷法纪’！”

朱棣阴着脸，并不答话。

张御史见皇上深有嘉许之意，十分得意，声音更加洪亮镇定：“刚才在大殿之外，陛下特意让臣等列队迎接燕王，这是亘古未见的尊长之礼，而燕王又如何回应的呢？先是踩着大内太监强行闯入，后来更是硬生生行皇道入，登陛不拜……”

朱棣仰天大笑，打断了张御史的滔滔不绝，笑罢才道：“张启强，这套词背得好像还不太熟，不像你平日的作风！”

张御史急道：“你……燕王此话何意呀？”朱棣笑道：“何意？你睁大眼睛看清楚，我为什么要踩着太监进来，不就是因为你们把便道都占了，只留出一条皇道！太监顶不住，本王才失足滑落，怎是‘行皇道入’？还‘登陛不拜’，简直荒唐！”

张御史一时语塞。黄子澄立即出来道：“燕王，这是京师金銮殿，不是王爷的议事厅！”朱棣怒火被点燃，兀自压制不住，大喝道：“皇上未必有除却本王的念头，都是你们这些佞臣挑唆……”

方孝孺再也忍不住，喝道：“燕王，在大殿之上大呼小叫成何体统！先皇驾崩，举国哀悼，燕王居然也能告病未到，这种行径于国、于法、于情、于理，哪一点说得通？”

这番话大义凛然，义正严辞，说得朱棣竟然一时愣住，无言以对。

黄子澄、张御史等立即向皇上跪倒，齐道：“请皇上圣断！”

皇上面色凝重，冷冷道：“拿下！”

第十八回　强镇定王府被围 发病情蒙混过关

大殿两侧呼啦涌出很多兵士，各执刀斧，动作敏捷异常，显是训练有素，很快便将朱棣绑了起来。

皇上本来十分紧张，不时示意云北归时刻注意救驾，却万没料到朱棣竟然毫无反抗，乖乖束手就缚，不禁喜出望外！

皇上笑道："四叔，不想你也有今日！"朱棣傲然道："朱棣半生戎马，问心无愧，面见新君，却被如此对待，实在难以接受！"

皇上自知失言，大声道："哼，你，司马昭之心路人皆知！是不是黄大人？"

黄子澄赶紧道："是，陛下，老臣对一件往事记忆尤为深刻：当年陛下还是太孙之时，老臣忝为老师，一次课业结束，太孙准备回家，刚出门，燕王恰巧路过，居然伸手搂过太孙，用手使劲拍打太孙后背，实在是大不敬至极！"

张御史凑上来道："此事臣也曾耳闻，燕王居然还说'不意儿乃有今日'！这等荒唐犯上举动，简直大逆不道！"

黄子澄接着道："先皇此时路过，目睹燕王的无礼举动，登时龙颜大怒，痛骂了燕王一顿！老臣可敬可叹皇上的反应，皇上不但没有向先皇告发，反而还帮着燕王说话，说这是叔侄之间开玩笑，所以先皇才没有继续追究此事。"

满朝大臣跪下磕头，齐声称颂皇上宽宏大量，是有道明君。燕王忽然仰天大笑，声音中充满凄凉与愤怒。

黄子澄怒斥道："燕王，休得放肆！证据确凿，还敢在朝堂无礼！"

皇上忽然道："李彦，你上去，点了他的穴道！"云北归一怔，这才意识到皇上是在喊自己。

云北归往前走着，脑子里乱成一团，自己到底是谁？到底应该帮谁？这些原本十分确定的问题突然变得模糊起来，自己脑子笨，想不通这些大问题，如果何富贵在就好了，这些费脑筋的问题尽可以问他……

云北归想起的何富贵，此时正在燕王府外徘徊。云北归是身在其中无法自拔，何富贵却是为了进入抓耳挠腮。朝廷兵士将燕王府团团围住，所有人员不得进出，连路过的老百姓都被无故驱赶。

鲤鱼见何富贵一筹莫展，问道：“姑爷，你想进这座宅院？”何富贵点头道：“这是我大哥——就是我老泰山吩咐我追随的燕王爷的府邸，现在已经被盯上了，但我必须得进去！正门人多，咱们去后门看看。”

两人绕到王府后门，并不意外地，这里也有不少兵士。这时，几辆送菜车慢慢靠近后门，菜农向兵士说着什么。

何富贵心念一动，低声道：“对啊，可以扮成菜农混进去！”眼见兵士对着几个菜农问东问西，细细盘查，另有几人在菜车里查找，还拿单刀随意捅刺一番，才让菜车进去。

鲤鱼道：“姑爷，看这意思，咱们进不去啊！”何富贵眉头紧锁，一筹莫展，看看天色已晚，只好先回家。

何东来见了何富贵骂道：“你个小祖宗，没事去管什么闲事！想提亲你给爹说啊，什么好姑娘咱们娶不到！哎，这位是……”

何富贵扔下一句：“他叫鲤鱼。”后转身去了自己房间，留下鲤鱼接受何东来的细细盘问。

晚饭时，何富贵还是没出来。何东来让丫鬟催了几次，还是不见儿子出来，只好亲自去了。

何东来咳嗽一声道：“小富贵啊，爹的心思你知道，等你中了状元再考虑成婚大事，眼下，你既然有了婷婷，爹也不反对，我听鲤鱼说亲家还是沧临派帮主哩……”

何富贵不耐烦道：“爹，你想说什么呀？”何东来赔笑道：“爹的意思也简单，就是早点娶婷婷过门，爹也好早点抱孙子！”

何富贵嘟囔道：“人家可是沧临派帮主的千金，还没说非得嫁给你儿子呢！”何东来奇道：“啊，她一个黄花大闺女怀了咱何家的孩子，不嫁你还能嫁谁？”

何富贵低了头，道：“爹，你说，儿子这人咋样啊？”何东来诧异道：“什么咋样？你没发烧吧？”

何富贵闪开父亲摸向自己额头的手，道：“爹，我是认真的，前几天在沧州，儿子被人一顿奚落！”何东来气道：“我看谁敢！我家小富贵才高八斗、一表人才，多少家的姑娘做梦都想做我的儿媳妇哩！”

何富贵道：“那个帮主说我考了几次进士也没考中，家里的银子也都是您挣的，说……说我想当小白脸呢！”何东来气道：“好个沧临派！你瞧不起我们，我们还不要你家闺女哩！儿子，明天，爹就给你找好人家的闺女……”

何富贵打断道：“不是，爹！儿子觉得李炳森话说得难听，可也是……反正，儿子不能一直靠您养活，儿子也得长本事、挣大钱！”

何东来笑道：“你有这份儿心就好，咱家……”何富贵知道他又要唠叨，赶紧打断道：“爹，儿子今晚就去各货栈看看！”

何东来拦道：“你这孩子想一出是一出！爹早就跟你说，做买卖是爹的事，你就老老实实考功名！”

何富贵嘟着嘴道：“考功名，考谁的功名？小皇上跟燕王爷都要打起来了，天下大乱……”何东来赶紧捂住儿子的嘴，急道：“你胡说什么！这些事也能乱说！”

何富贵道：“卖菜的老大爷都知道这事，你还神神秘秘哩。”何东来压低声音道：“前些日子燕王爷派人给咱家送来贩盐的牌照，爹就知道不能要，这不，要惹祸了不是？”

何富贵奇道：“哎，我记得牌照送来时最高兴的就是您吧？一看人家要出事了，立马就往外摘自个儿！”何东来紧张道：“你，你是在外面听见啥风声了？”

何富贵道：“今天我们从燕王府后门路过，看见好多当兵的把王府围了，连送菜车都被查呢。”何东来咋咋舌头，道：“当官的争权夺利，没想到当了王爷还是不得安宁啊！”

何富贵趁机道：“所以，爹，您看咱家就不当官了吧？咱们把买卖干大了，银子挣多了，照样过好日子，何必天天跟人斗来斗去的。”何东来不言语，半天才道：“爹听鲤鱼说，那个李帮主也想让你当个官才去娶婷婷是吧？他那儿你打算咋办？”

何富贵笑道：“我亲爹让我当官我都不爱当，一个老丈人说啥就是啥了？没门儿！”何东来“噗嗤”笑了，继而发愁道：“可他是帮主，话既然说出来了……”

何富贵道：“爹，您放心，等儿子发了大财，咱把运河的买卖都买下来，让他沧临派求着咱们派活儿，到那天，看他李炳森还神气什么！”

何东来笑道：“你呀，就是嘴硬！走吧，吃饭去！”

吃完饭，何东来听伙计汇报一天的收支。

何富贵坐在一边听着，忽然插嘴道：“哎，咱家啥时候开始送鱼虾了？”

何东来看着账本，道：“入秋后运河里的鱼虾特别多，味道也好，不比南方运来的差，当官的、有钱的都爱吃这一口，爹就安排伙计开始干这个了，来，小五，你把河鲜收支账簿拿给少爷看看。”

何富贵翻着账簿，心里却在琢磨别的事，便问道：“都给谁家送鱼虾，你知道吗？”

小五赶紧道：“知道，老爷吩咐我专门负责这个。”何富贵试探道：“当官的，都有谁家？”

小五道：“开始都是官家的厨子派人来取，后来他们嫌麻烦，就开始让咱们送了，燕王府，都指挥使家，布政使家……”

何富贵一激灵道：“谁？布政使家？”小五一头雾水，道：“对啊，布政使张大人家。”

何富贵想起来了，北平布政使张昺的小妾柳如香，就是去年放灯节与自己邂逅的中年美妇，后来自己去大通桥与她密会，却差点被张昺派人杀了，狗剩儿哥的老爹云秃子也被连累至死。

何富贵让小五叫起已经熄灯上床的鲤鱼，一起去了庆丰桥码头。

路上，小五殷勤地向少爷汇报鱼虾送货情况，却被打断道：“开条船，把去燕王府的路线走一遍！”

小五招呼水手把船靠岸，请何富贵、鲤鱼上了船，悄悄沿着通惠河向北划去。

过了积水潭，水面渐渐收窄，明河也越来越浅。

小五道：“少爷，前面不远就是暗河了，平常都是几个水手从暗河过去，把鱼虾送到王府的一个小偏门，交给厨子们……”

何富贵打断道：“接着走，不要停！”小五十分奇怪，平常连他都是不屑下暗河的，嗫嚅道：“少爷，老爷有规矩，动船就要跟他说，何况又是夜里……”

何富贵一瞪眼道：“怎么，我说话不管用是吧？你没看老爷已经开始让我看账簿了，他岁数大了，早晚不还是交给我打理，你以后还想不想干了？”

小五赶紧赔不是，忙不迭催促水手向前划。小船进入暗河，漆黑一片，连仅有的一点星光都没了。

鲤鱼划亮火石，点着了一个火把。何富贵喜道：“哎，你倒有经验是吧？”

鲤鱼咳嗽几声，也不答话，眼睛盯着四周。过了暗河，逐渐看见前面亮起星星点点的光。

小五道：“少爷，前面就是王府，鱼虾平时不下船，直接进府，从船上卸给厨子。”

何富贵低声道：“这个门有人把守没有？”小五道：“没有，许是当兵的不知道这个小偏门——这是后来改建的，地方又隐蔽，庆丰桥的菜贩子吴老六前两天还找我，想跟着咱们从这儿送菜哩，说去王府后门查得特别严，还把菜弄得磨磨唧唧，人家都不爱要了，不过，我可没答应啊，少爷……”

何富贵打断道：“今晚就送我俩进去，你俩在偏门等着。”小五惊道：“少爷，出了事可咋办？老爷非得把我用秤砣砸死不可呀！”

何富贵道：“你还记得上次我派你去燕王府你没进去门儿……”小五道：“记得，记得！”

何富贵道：“你知道为啥不？那个正门的管家跟我不对付，不给钱就不让进，我偏不给，就从这偏门进去，找到他家王爷，告他一状！也给你出气！”小五听得半信半疑，也不敢顶撞，只是闷着不动。

何富贵凑到他耳边，低声道：“账簿我看了，起码有二百多斤河虾的价钱对不上，一类虾的进价，三类虾的卖价……”小五赶紧道：“走，走，开船！”

何富贵跟在鲤鱼后面，摸着黑往前走——鲤鱼说到了这儿再打火把就是招人来抓，所以就把火把弄灭了。

何富贵心里紧张，好在知道鲤鱼身手不错，才敢一步步走进王府，迈上最后一节台阶，向着光亮处刚走两步，忽然听到一个声音喝道：“什么人？竟敢夜闯王府！”

何富贵刚要答话，却见四周围拢来十几个大汉，不禁吓得缩在鲤鱼身后——鲤鱼个子比他矮了不少，显得极是滑稽。

为首一大汉喝道：“没听见问你话啊，还往里走！爷儿几个困这儿好几天了，正愁没处活动筋骨呢！”

鲤鱼不住咳嗽，顾不上答话。何富贵吓得结结巴巴道：“我，我是……要见你们王爷！”

大汉笑道：“我们还想见王爷哩！俩草包，先陪你们大爷玩玩儿！”说着就扑了过来。四周几个大汉也摩拳擦掌，挤了上来。

何富贵吓得急忙弯腰抱头，只听“嘭嘭嘭”几声闷响，有人发出惨叫，有人重重摔在地上。

何富贵偷着一看，鲤鱼依然在弯腰咳嗽——被打的居然不是他！不禁又惊又喜，道：“鲤鱼，好样的！”鲤鱼也不答话，从腰里掏出一条长绳，说了句：“离我后面远点！”

几个没被打的汉子迅速扑上来，却被鲤鱼的长绳一一打脸，都疼得龇牙咧嘴，苦不堪言。

何富贵笑道：“早知道你有这般身手，我还怕什么！”蓦地想起刚才说话的大汉声音耳熟，便走到那人面前，道：“你认识长生？”

那人捂着腮帮子道：“是，我们几个就是因为他才进来的……”

原来那天在王林杉家，苏炳华用长绳打伤长生，挟着何富贵而去。之后，燕王府大公子带亲兵赶到王家，解救了王林杉，并将像杀猪一般嚎叫的长生及其同伙全部带到王府关了起来。

何富贵问道：“大公子有多大？”

大汉道：“也就七八岁吧，长得胖墩墩的，肯定没二公子长得精神！”几个人也都附和。

何富贵道:“哎,不对呀!既然把你们关起来了,你们怎么还能出来撒野?越狱啊?”大汉没好气道:“别提了!我们几个本来是长生雇来的,他说去提亲,让我们去显得人多,也没说要打架啥的,这可倒好,架也打了,还被燕王府抓了!不过关了没两天,就听说燕王府也被什么官兵围了,关我们的人说大公子放我们走,可他娘的把门的官兵不让出去!我们哥几个这不也打算从这儿出去呢!”

何富贵道:“长生呢?死翘翘了?”大汉哼道:“死胖子伤还没养好,不知道在哪看到二公子玩蛐蛐儿,他别的本事没有,玩蛐蛐儿是一绝,逗得二公子挺高兴,看样子还不想出去了呢!”几个人议论纷纷,有的艳羡,有的笑骂,有的不屑。

何富贵见问不出什么了,就放他们走了,自己跟在鲤鱼身后,继续往前走,迎面看见一队巡逻的兵士,还没上前打招呼,就被他们围住了。为首的兵士喝道:“干什么的?竟敢夜闯王府!”

何富贵心里窝火,以往燕王大哥在时,自己坐着轿子风风光光走进来;王爷不在家,自己做贼一般摸进来,还被几次盘问!当下学着狗剩儿哥的做派,大声道:“赶紧通报大公子,就说他三叔来了!”

兵士将信将疑,一面吩咐看住他俩,一面派人去通报。

何富贵坐在凉亭下,冷得直打哆嗦,看见只穿一件单衣的鲤鱼,不禁道:“这都入冬了,你怎么穿这么少?能不咳嗽吗?”鲤鱼并不答话,抬抬下巴,示意有人来了。

一个小胖子急急忙忙走过来,连声赔礼,道:“三叔,侄儿朱高炽怠慢了!”何富贵万没想到王府大公子如此客气,赶紧回礼道:“大公子可别如此,折煞何某了!”

大公子引着两人去了客厅,吩咐下人看茶。何富贵见他小小年纪,居然如此通情达理、老练成熟,显是燕王大哥调教得当,看他接过下人端上来的茶碗,亲自递给自己,心里过意不去,赶紧起身接住,道:“大公子千万不要如此,何某不敢当啊!”

大公子笑道:“父王跟我提起多次,侄儿盼着叔叔前来呢。”

何富贵问起那天向王府求援一事。大公子道:“也是巧了,平素我们哥儿三个按照父王吩咐,极少出门。那天我本来要去母妃那里问安,临出门时听见几个兵士提起,说刚才有人火急火燎说什么救人,什么狗剩儿家的王林杉,我一听就揪住他们问了个明白,赶紧带人就去了!”

何富贵起身,向大公子深施一礼,道:“我代二哥谢过大公子大恩!”大公子赶紧回礼,道:“父王亲口言道,说与二位叔叔乃是结拜兄弟,侄儿理当如此,不敢受拜。”

两人客气一番,再次落座。

何富贵又问起长生。大公子不住摇头道："说来也怪，那天我带亲兵到了王家，看见长生躺地上喊叫，其他人正要生事，我便命人将他们都带到王府，还派大夫给长生治伤，不过大夫说他……那里受伤严重，已经无法恢复了。"

何富贵奇道："你说他……被阉了？"大公子面露尴尬，道："侄儿也不懂，只是听大夫说治好了也是个太监。"

何富贵道："我怎么听说他和二公子玩得挺好？"

大公子摇头道："所以侄儿才觉得怪了，二弟脾气顽劣，任性胡为，平日谁都怕他，可偏偏见了长生，玩得却是极为开心，尤其玩起蛐蛐儿，简直废寝忘食！实在……唉！"

何富贵提醒道："长生心术不正，还请大公子时时提防才好。"大公子拱手道："侄儿明白。"

何富贵看看外面，道："燕王大哥远在京师，王府被围，大公子有何计较？"大公子表情郑重，缓缓道："国家大事，自然轮不到我等多嘴，父王要做什么，孩儿跟从便是。"

何富贵心里佩服，便道："大公子少年老成，何某佩服得紧，愿效犬马之劳，以报燕王大哥知遇之恩！"大公子急忙起身还礼。

何富贵打发鲤鱼去告诉小五，不必再等他，自行回去禀报老爷。

大公子带同副将给何富贵介绍了王府外朝廷官兵的大致情况：官兵分为两路，前门左近都是北平布政使张昺的人，后门左近是都指挥使谢贵的人。围困王府也不是第一次了，只是每次的派出人员不尽相同。另外，燕王妃徐丽慧现在通州。

何富贵沉吟道："我听大哥讲过，张昺和谢贵是小皇帝调来的，还有个都指挥使张信却是大哥提拔的，对不对？"

大公子摇头道："这个侄儿就不清楚了。"何富贵缓缓道："朝廷官兵公然围困王府，却又没有进府抓人，说明燕王在京师并无异状，北平与京师，只要有一方动手，另一方就会跟着动手。"

大公子道："母亲密信也如此说，照三叔的意思，咱们还是按兵不动了？"何富贵摇头道："按兵不动等于坐以待毙，万一京师有变，这边就会立即下手，王府的这些亲兵绝不是官兵的对手！这样，设法转告王妃，将通州屯兵悉数派出，秘密围住王府外官兵，同时秘密围困布政使府和都指挥使府，只要他们稍有异动，不必急着救我们，拿下张昺、谢贵，官兵就不敢怎么样！"

这时王府外响起一阵嘈杂之声，马蹄声和脚步声隐隐传来。两人脸上变色，预感大事不好。

果然，一个兵士急急忙忙跑进来禀报：“大公子，围困的官兵突然换防，大批骑兵正在到来！”

何富贵强自镇定，道：“快，快派人通知王妃！兵分三路，一路围困张昺府，一路围困谢贵府，一路来救咱们！要快！”

大公子急忙给副将下令，又道：“哎，三叔，现在事态紧急，不如燃放火石，让母亲有所准备？”

何富贵脸色苍白，道：“好好，快些放吧！”心里暗骂自己真怂，还不如这个孩子镇定。

兵士急匆匆回来禀报，说派出去的兵士都被拦截，朝廷骑兵围得严严实实，根本出不去！

这时，院里“嗤”的一声，亮起一道火光。大公子道：“三叔，是火石。”

何富贵点点头，刚要说话，却见院外又开始亮光，而且是持续不断地亮。大公子大惊，急忙跑去看究竟。

院内，一个大胖子正在划亮手中的火石。一个七八岁的小孩子又蹦又跳，嘴里嚷道：“胖长生，放得好，火石放得呱呱叫！都放了，都放了！”

大公子急道：“长生，你住手！二弟，你干什么？”小孩子兀自不理，还是嚷着让长生放。长生躲避着大公子，手里不停，仍是要放。

大公子急得大喊：“朱高煦，这是父王与母妃的……珍贵之物，你这样随随便便就给放了，成何体统！”小孩子撇撇嘴道：“他们一个成天领兵打仗，一个又不在家，都不管我，我自己找点乐子你还要管我！长生，给我放！”

何富贵走上前，喝道：“长生，你好大的胆子！火石乃是告知救援友军的关键之物，更是王爷与王妃的珍贵之物，你竟敢如此对待！当真不知死活！”

长生直起肥胖的后腰，狞笑道：“我说是谁，原来是尿裤子的何举人啊！二公子愿意看，我就放了，怎么着啊！”

大公子气得满脸通红，不住哆嗦，说不出话来，呼吸也变得极为急促。下人见了，赶紧去叫大夫。

何富贵跟下人扶大公子回屋，一路听他们絮叨，才知道大公子本就身体不好，从小就有喘鸣，不宜过度激动。大夫急匆匆赶来，抓紧给大公子诊治。

院外又在燃放火石，何富贵又急又恨，不禁冲出来喝道：“长生，二公子年幼，你知道你在干什么？你这样会害死大家的！”

二公子大声嚷道：“你是谁呀？竟敢三番五次管我的闲事！”长生笑道：“二公子，他就是奴才给您讲过的何富贵，就是他在提亲的姑娘家尿了裤子，哈哈哈！”

何富贵气急道:“你,你们……”长生凑过来,狞笑道:“怎么,何举人要单挑啊……”话没说完，却被一条绳子“唰”地套住脖子，登时吓得不能动弹，一双粗腿不住哆嗦，嘴里结结巴巴道：“大大大侠……大侠饶命，大侠饶命啊……”

何富贵想起长生在王林杉家就是被苏炳华的长绳打伤致残，不得不成了太监，今日蓦地又被绳子袭击，自是噩梦重现！不禁笑道：“长生，克星来了！”

长生跪下哭道：“大侠饶命，我已经成了残废，您可……”鲤鱼慢慢走到长生面前，不时咳嗽。

何富贵见又高又胖的长生跪在地上仍比站着的鲤鱼高了些，却被他吓得痛哭流涕，不禁好笑，忽然闻到一股臭味，大笑道：“长生，你小子吓得拉裤子了吧？哈哈哈！”二公子急道：“胖长生，你给我起来，陪我玩儿！”

何富贵凑近二公子,捂着嘴道:“二公子,他可玩不了了,吓得拉裤子了,哈哈哈！”

孰料，二公子“啪”地打了他一巴掌，尖声骂道：“都怪你！都怪你！你不来，长生陪我玩得好好的，你一来就这样了，来人啊！把他给我抓起来！”

几个亲兵就要动手，却被鲤鱼挡住。二公子咬牙切齿道：“你们还等什么，把他给我抓了、砍了！”

亲兵拔出刀来，就要上前。

忽然，王府外一阵喧哗。一个兵士急匆匆跑来：“不好了，不好了，外边骑兵要冲进来了！”

何富贵一惊，急忙跑到大厅，见大公子仍是昏迷不醒，只得喊道：“副将何在？”副将过来问道：“何公子请讲！”

何富贵强自镇定,道:“你知道我是谁吗？副将道:“末将知道,先生是王爷的贵客！”

何富贵道：“王府被困，大公子发病，情势危急，你可愿意听从号令？”副将看看仍在昏迷中的大公子，又看看进来的二公子，兀自犹豫不决。

二公子嚷道：“吴买驴，你竟敢不听我的话，却要听一个外人使唤！”副将道：“二公子，我……”

二公子不管不顾，指着何富贵嚷道：“我不管，我就要你杀了他！”吴买驴看向何富贵，拱手道：“先生，得罪了……”话未说完，就听大夫喊道：“你们静一静，大公子有话说！”

何富贵赶紧凑到大公子面前，见他喘息平复了些，微微睁眼，断断续续道：“吴，吴副将，现在我……我将令牌交给何先生，所有王府亲兵，都要听他号令！不得有……”说得急了，又喘不过气了。

何富贵接过令牌，大喝道："吴副将，你还不听令！"吴买驴赶紧跪下道："末将听从号令！"

何富贵心里打鼓，声音却是出奇地镇定："吴买驴，命你带府中精锐护送几位公子从偏门出府，不得有误！"吴买驴抬头道："末将听令！不过……"

何富贵打断道："其余人等，跟我开门迎客！"

大门开处，一员将军矗在当中，身后是火把通明的骑兵队，将王府围得水泄不通。

何富贵强打精神，走上前道："在下何富贵，是燕王爷朋友，不知将军名讳？为何在王府前大摆阵仗！"

那将军拱手道："末将北平都指挥使张信，奉旨严密保护王府上下人等，还请诸位不必惊慌。"何富贵抬手道："奉旨保护燕王府？这话真是让人听不懂啊！"

张信道："先生此话何意？末将不明白。"何富贵冷笑道："不明白？恐怕是揣着明白装糊涂吧！燕王爷，为大明抵御北方元蒙余孽、守卫中原大好河山！什么时候需要别人保护？蒙古、鞑靼没有进犯迹象，张将军却带着骑兵过来保护燕王府？笑话！"

张信也不争辩，转头下令道："骑兵听令，奉旨严密保护燕王府，任何人不得进出！"骑兵齐声答应，迅速列开阵型。

何富贵问道："张将军，你这是……"

张信道："何先生，想来你与王爷并不熟识，我张信是什么人，他最清楚！"

何富贵刚要说话，看见匆匆跑来的副将，知道情况有异，迅速走回院内。副将急切道："何先生，所有出路都被看住了！明门、暗道都有骑兵看着……"

何富贵心里焦躁，走回大门，对张信冷笑道："听说张将军是燕王爷一手提拔的，现在却亲自带兵围困王府，实在有情有义！"张信一扬手道："我张信做事向来对得起自己的良心，是友是敌……"话音未落，只听"噗"的一声，一支羽箭正中张信面门！

骑兵顿时大哗，几个副将、首领刚要呼喊，都被一一射杀！何富贵吓得浑身哆嗦，躲在门内嚷道："快关门，关门啊！"

大门关上了，何富贵兀自躲在鲤鱼背后，结结巴巴地说："怎么回事？到底怎么回事？"

门外惨叫响了一阵，忽然静了下来，一个威严的声音道："骑兵营听了，皇上有旨，骑兵营主将张信欺君罔上、挑拨是非，罪不可赦，着北平布政使张昺、都指挥使谢贵将其就地正法！骑兵营其余将士与此无关者免罪！现在听我号令，即刻放下武器，撤离此地，回防原地待命，不得有误，不听号令者格杀勿论！"

门外一片寂静，继而响起了兵器落地之声，蹄声"地地"，渐渐远离了王府。

何富贵紧闭双眼：看来张信真是来保护王府的，却被自己挡在门外，眼睁睁看着被人射杀，自己真是该死，该死！

副将小心翼翼凑过来说：“何先生，大公子醒了，现在几位公子都在正厅候着，还有一位老太太，大公子嘱咐说一定要带上她，说是云二叔的母亲……”

何富贵抬起头，表情郑重，自言自语道：“大哥二哥都在京师，情势肯定更为凶险，妻儿老小都在北平，我何富贵虽然手无缚鸡之力，却要保护好他们！”

京师，金銮殿。

在皇上严厉的目光下，云北归一步步走向已经被绑住的燕王大哥。众大臣鸦雀无声，都盯着这个长着一张紫色圆脸的司礼监掌印太监，看他使出太极功夫，将不可一世的燕王点了穴道。

云北归脑子一片混乱：是就此与小皇帝撕破脸、救下燕王杀出一条血路逃出皇宫，还是真的听从小皇帝旨意将燕王大哥点了穴道下入天牢——他听小卓子讲过，京师的天牢看守严密，自太祖开朝以来，从未逃出过任何人。

云北归心下一横，暗道：“管他娘的！老子进宫就是为了帮大哥，这要再不出手，要我干啥？”一抬手就将一个禁军点了穴道——群臣大哗，不明所以，却见这位掌印太监忽然一头栽倒，重重摔在地上！

这下变起仓促，连龙座上的小皇上都吃了一惊。黄子澄赶紧示意几个太监将云北归架出去。

皇上惊愕之余，嘱咐一句：“传太医给他好好诊治！”

黄子澄道：“皇上，大事要紧——”

皇上恢复镇定，冷冷道：“燕王，你可知罪？”

燕王笑道：“我朱棣戎马半生，为朝廷镇守北疆，枕戈待旦，兢兢业业，从不敢懈怠！远的不说，父皇驾崩，北方蒙古蠢蠢欲动，想要再次进犯我大明江山，还派来明为使臣实则密探的王臣贵族到北平和京师四处刺探，妄图派出军队伺机偷袭，是我未雨绸缪，提前布置防御军力，使大明可以顺顺当当办完国丧，父皇入土为安，更使你可以顺利登基为帝，我有罪？什么罪？欲加之罪吧！”

皇上霍地站起，喝道：“大胆！你，你……”黄子澄急忙出来道：“燕王公然藐视新君，罪不可赦，臣请皇上大义灭亲，下旨即刻褫夺燕王封号，降为平民，打入天牢！”

张御史气愤道：“臣收到消息，燕王意图谋反，证据确凿，不容抵赖，臣请皇上当机立断，下旨即刻诛杀燕王，兵发北平！”此言一出，大殿之上登时一片哗然，群臣交头接耳，议论纷纷。

皇上阴沉着脸，观察着群臣的反应。

一个大臣出来道："皇上，臣赞成张御史的谏言！"一大片臣子跪下来，表示附议张御史谏言。

皇上点点头，道："既如此，朕……"方孝孺跪下道："皇上，关于燕王谋反都是传闻，刚才燕王进殿并无太大过失，何况又将他未来参加国葬的情由说了，臣觉得情有可原……"

张御史跳出来道："方大人，你这话是什么意思？燕王谋反，连路边卖菜的都知道，还要什么证据？还有，燕王未来参加国葬，当时给出的理由可不是什么守卫北疆，是称病！方大人学问大，脑筋嘛……哼哼！"

方孝孺也不与他争辩，面向皇上道："臣觉得凡事辩不过一个理字，臣……"皇上喝道："好啦！朕还没下旨呢！哪儿这么多说的！来人，将燕王押入天牢！"

在一队禁军护卫下，两个兵士挟着被绑的燕王往外走。

朱棣走了两步，转回头道："皇上，事已至此，莫怪叔父了，"转向方孝孺，"方大人，您有古臣之风，朱棣敬重！"

方孝孺也不看他，沉声道："臣尊君重道，绝非为你燕王求情！"燕王点点头，昂然走出大殿。

御书房。

皇上摔了茶杯，踢了太监一脚，喝道："滚，让李彦赶紧滚过来……哦，他死了没有？"

太监战战兢兢道："太医们说，说，李公公全身火烫一般，是……"皇上怒道："是什么？一句整话都说不利索！"

太监磕头道："是，皇上，太医说的话，奴才听不懂！"皇上踢了他一脚，喝道："拉出去，砍了！"

两个禁军进来，将吓瘫的太监架了出去。迎面几个内阁大臣快步走过来，见这情况，都不禁对视一眼，更加紧张了。

皇上喝道："来了还不进来，站外面干什么呢？"

几个大臣急忙进来施礼，跪在地上不敢动弹。

皇上没好气道："本来说好的方案，你们……最可气的就是你方孝孺，你什么意思啊？"

黄子澄直起身子，道："皇上，老臣以为方孝孺首鼠两端，居心叵测，应当严加审查，依律治罪！”

方孝孺还未开口，一个禁军首领急匆匆赶来，颤声道：“皇上，大事不好了！燕王逃了！”

君臣都大吃一惊。黄子澄首先道：“自开朝以来天牢从未有此先例，必须严加惩治……”方孝孺打断道：“现在不是追究责任的时候，皇上，臣请旨立即带领禁军拦截燕王及其同党！”

皇上盯着他，一字一顿道：“看你的了，方大人！”

第十九回　治身病了却心病 查案情夹带私情

云北归身上像着了火，浑身燥热，头痛欲裂，来回打滚，睁开眼看见一群人围着自己，张口骂道："你们他娘的什么人？咋进老子家了？信不信老子把你们都宰了！"

小卓子凑上来，道："干爹，他们都是太医，是大夫，来给您瞧病的。"云北归捂着头，嚷道："他们是大夫，你他娘的又是谁啊？公鸭嗓子，跟个死太监似的！"

众人面面相觑，又不敢顶嘴。

一个小太监跑进来，对小卓子说了几句。小卓子看看云北归，喃喃道："他来干什么？刚升了官儿还不知足……"

云北归喝道："死太监嘀咕啥呢？"小卓子凑上来，赔笑道："是成风和尚来了，想要见您，您要是不想见，小子这就去打发了他！"

云北归听了，问道："和尚？这儿是啥地方？咋还有和尚？"小卓子不住摇头，低声道："烧糊涂了，唉！"转脸看见小太监还在，"还站这儿干什么？让他走！没听干爹说嘛，一个和尚不好好念经来这儿干什么？"

门外一个声音道："卓公公好大的火气啊！要不要和尚为你调理调理。"小卓子眼见成风进门，哼道："大和尚不用吹牛，你要有本事能把我干爹治好了，我小卓子谁都不服就服你！"

成风微微一笑，道："这可是你说的。"走近病床，坐在云北归身边，出手如电，"唰唰唰"在他身上点了几处穴道。云北归大睁双眼，直起身子，嘴里"啊呀"几声，很快耷拉下脑袋，一动不动了。

小卓子骂道："你个秃驴，我说你不行，偏要硬来，我干爹可是皇上跟前的大红人，刚才皇上还派人专门打听干爹的病情哩，要是治坏了，你这颗光脑袋就得搬家！"

成风冷冷道："大红人？还红吗？未必吧。"突然一个尖利的声音道："不但红，而且发紫哩！"

小卓子又惊又喜，道："干爹，您，您好了？"云北归坐起来，冷冷道："多亏成风和尚出手相救，是吧？"两眼盯着成风，同时挥手让小卓子等人退了出去。

成风笑道："李公公，发病的滋味如何啊？是不是欲仙欲死、欲罢不能啊？"云北归淡淡道："少跟老子来这套，老子让你升了官，你就拿这个回报我啊！"

成风站起来，笑道："李公公真是贵人多忘事，我这个副统领是你那身夜行衣换的，不是吗？”云北归不置可否，道：“几天发一次病？”

成风笑道：“三天，先是无征兆的晕倒，继而浑身发烧，头痛难忍，继而短暂失忆，胡言乱语，当然，只要方法得当，也可以说出某些平时不说的实话！”

云北归嘴里压着几乎喷薄而出的脏话，沉声道：“你，你他娘的到底要干什么？”成风耸耸肩，道：“那天在建初寺，你不是都知道了吗？”

云北归道：“我可以让你再升官，不过……”小卓子急忙跑过来道：“干爹，干爹，皇上驾到！”

两人都是一惊，万没想到皇上居然会到一个太监寝室来。云北归首先反应过来，指着床底下，喝道：“钻啊，愣着干啥！”

成风一瞪眼，刚要答话，却听皇上已到门口，只好一咬牙，钻了进去。

云北归急忙起身，穿着内衣跪在地上，作有气无力状，道：“皇上，皇上，奴才该死！”

皇上进屋，拧了鼻子，皱眉道：“这屋什么味儿啊？起来吧！”见云北归还跪在地上，没好气道：“怎么？耳朵烧聋了？”

云北归抬起头，挤了半天的泪终于含在眼眶里了，哽咽道：“皇上，您交办的差使，奴才办砸了！”

皇上挥手让其他人都出去，才道：“说说吧！”云北归抽抽噎噎道：“皇上，您让奴才去点燕王的穴道，奴才真是没用！”

皇上哼道：“朕现在说的不是这个，你说，你对……”压低声音，“你对丽华姑娘做过什么？啊！”语气严厉，眼神冷峻。

云北归这才反应过来，原来小皇帝念念不忘的是这事！可这事真的没法解释——狗日的李彦胆大包天，居然欺负皇上看上的女人，我一个冒牌李彦却要顶这个雷！当下小心道：“皇上，丽华姑娘说啥了？”

皇上冷冷道：“她什么人没见过，见了朕，仍能大大方方、姿态从容，可唯独见了你，吓得几乎说不出话来！”云北归咽口吐沫，心道：“可不是，死太监李彦那么折磨她，能不怕吗？”

皇上一字一顿道：“她说了半天，只说了三个字。”云北归抬起头，又赶紧低下，小声道：“那仨儿字？”

皇上凑近云北归，将手搭在他脖子上，慢慢道：“她说‘杀了他！’”

云北归装出一副吓坏了的样子，瘫在地上，恳求道：“皇上，奴才虽然长得丑，可从来对皇上都是什么耿耿的呀！”

皇上冷笑道：“忠心耿耿？朕看未必！当时她说看见你心里害怕厌恶，想要朕杀了你，可朕岂是那种听信后宫嫔妃的无道昏君，对臣属岂能说杀就杀！”云北归赶紧顺杆爬道：“是啊，是啊，皇上您是有道的明白皇上，谁都不能蒙您……”

皇上挥手打断道：“丽华姑娘第一次开口，朕也不好办，只好当着她的面踢了你一脚，不能给你好脸子！”云北归接口道：“是是是，皇上的贵足踢得奴才好舒服！”

皇上笑了一下，旋即正色道：“大殿上，朕与几位内阁大臣商定的抓捕方案本来无懈可击，毫无漏洞，朕就想给你个机会露脸，显示一下你的武当功夫，顺便打击一下燕王的嚣张气焰，可是，你倒好！”

云北归道：“皇上，都怪奴才练功练得过了，奴才想要和北平打仗了，担心燕王他们加害皇上，所以日夜不停练功，有点走火成魔了。”

皇上哼道：“走火成魔？你还成魔？做个死鬼差不多！”云北归见皇上消了气，心中大宽，凑上来为他按摩，道：“皇上，今后奴才一定注意，不给您丢人……”

皇上打断道：“哎，又被你带沟里了！燕王跑了你知道吧？”云北归一惊，心里高兴，脸上却要装出大吃一惊的样子，嘴上道：“这，这天牢里也会逃出人来？”

皇上气得一拍桌子，怒道：“看来皇爷爷留下的锦衣卫是该好好整顿了！如此重要的人犯居然给跑了！”云北归赶紧道：“皇上，奴才立马去抓他回来，戴罪立功！”

皇上站起来，道：“你呀，就老老实实留在朕身边，别再出什么纰漏！现在满城都在抓捕，我就不信抓不到！走，摆驾慈宁宫！”云北归一怔，道：“慈宁宫？”

皇上没好气道：“李彦，你给朕查清楚，是谁把丽华姑娘的事传到皇太后耳朵里的，朕要扒了他的皮！”云北归唯唯诺诺，在皇上前面出了屋，尖着嗓子喊：“摆驾慈宁宫！”

云北归出了门，回头看了一眼藏在床底下的成风，脑中灵光一闪——对了，就是成风这秃驴告的密！那天大早起，自己陪着皇上从清秋宫回皇上的寝宫，路上就碰见这小子，还一个劲地问东问西。

到了慈宁宫，云北归侍候皇上下了龙辇，刚要陪着进去，却听皇上道：“李彦，你在门口候着！你这张脸，别说丽华姑娘，母后见了也得害怕。”云北归嘴上答应，心里暗骂。

云北归要把门口侍候的太监宫女都赶走。宫女说没有皇太后吩咐不敢擅离。

云北归压低声音道：“皇上要和皇太后说大事，知道的都要丢脑袋！你不想活了？”眼睛盯着一个为首的宫女，紫色大脸凑到她面前，几乎就要碰着她的脸，吓得她往后连退几步，又不敢声张，道：“李公公，奴婢没有皇太后懿旨，不敢走开的！”

换成以前，云北归早就脏话出口了，面前要是个男人，巴掌都打上去了。可在皇太后的慈宁宫前，他压着火气道：“皇上已有严旨，知道这事的都得弄死，你信不信？

嗯！”宫女害了怕，低头走了。

云北归心里暗笑，赶紧凑门口偷听。

一个女人的声音道：“皇上登基了，亲政了，是九五之尊了，为娘的话也不中听了……”

皇上赶紧道：“母后说哪里话？母后的话孩儿一直记在心里。”女人哼道：“记在心里！记在心里，你会把一个青楼女子接到宫里来？而且，还是在你皇爷爷龙御归天之时！这件事要是传出去，黄子澄、方孝孺他们会怎么办？他们一个个都是以理法自持，以道学先生为荣，他们可不管你是不是皇帝，直接就会联合参你！你皇爷爷要是地下有知，也得气得跳脚！”

皇上静默半天，才道：“母后说得对，孩儿早就知道错了，可孩儿毕竟是皇上，想要个女人，还……这么麻烦。”声音转低，几不可闻。女人道：“是，你是皇上，天下的女人都要顺着你、跟从你……”

云北归听得累了，直起腰活动下，心道：他一人当皇帝，就要全天下的女人，这可太不讲理了！难道他要我的杉杉，我也得拱手相让？不行不行，坚决不行！

屋里说说停停，过了很长时间，云北归听得烦了，想要出去溜达会儿，忽然听到女人道：“皇儿，燕王真的跑了？”

皇上道：“回母后，他真跑了，居然是从锦衣卫的天牢里逃的！刚才黄兴林他们查问了一圈，说是有个黑衣人从天而降，出手快如鬼魅，倏忽几下就把牢里的十几名锦衣卫制住，他们连他怎么开的牢门都没看清楚，就看见这人架着四叔一溜烟就奔了出去。”

云北归乍听之下非常吃惊，仔细一想，却也在情理之中：燕王大哥思维缜密，如果没有万全之策自然不会贸然独自进宫，想是料定皇上会将他押入天牢，于是提前在里面潜伏了高手，伺机营救。只是这位高手是谁却不能确定，三宝，好像武艺没有这么高；张玉，马建成，都有可能，武艺最高的马建成可能性最大……

他还在想着，门忽然开了，皇上慢慢退出来，脸色极为难看。云北归小心翼翼跟着，大气不敢出。

皇上上了龙辇，一言不发回到寝宫，一屁股坐在椅子上，下巴都要耷拉到地上了。宫女太监都吓得悄无声息，得到“李彦太监”的手势，都悄悄退了出去。

云北归递上茶杯，低声道：“皇上，又有烦心事了？”皇上瞥他一眼，道：“你这张脸真是越来越难看，你那什么武功不行就别练了，功夫成不成不知道，练得这张脸越看越恶心！”

云北归别过脸，道：“皇上不愿看奴才的脸，奴才就不要脸了呗！”

皇上噗嗤笑了，道：“就你嘴贫！”喝口茶，“你知道刚才母后跟朕说了什么吗？”

云北归摇摇头，道：“奴才不知道。”皇上恨恨道：“她让朕放过朱棣！说什么一家人不要自相残杀，让外人笑话……真是妇人之仁！”看见云北归惊讶地看着自己，自知失言，急忙道：“朕说的话要是传出去，第一个先宰了你，灭你九族！”

云北归急忙跪下道：“皇上放一百个心，奴才吃饭的家伙都是皇上的，皇上什么时候想拿就拿走！奴才生是皇上的人，死是皇上的鬼。”

皇上笑了一下，旋即发愁道：“开战在即，皇太后却说了这番话，着实令人为难。这样，你赶紧找来小太监拟旨，京师全城搜捕朱棣旨意不变，只是加一条：不要伤他性命，违者必究！还有，给北平布政使张昺、都指挥使谢贵下旨，即刻查抄燕王府，将燕王家属全部抓捕！”

云北归心里一边默记，一边紧张：燕王府被查抄，自己享了几天福的老娘自然也在其中，这可咋办？等皇上停顿的间歇，试探道：“皇上，皇太后不是说一家人不要自相残杀……”

皇上打断道：“她那是妇人之仁！跟你说这个真费劲！她一个妇道人家哪里知道皇位之争的残酷，皇家又哪里会是一家人！亲兄弟、亲叔侄甚至亲生父子，为了皇位，都是仇人！你这个猪脑子懂不懂？”

云北归唯唯诺诺，答应着出去，吩咐小太监赶紧拟旨、用印，又返回侍候皇上。

皇上喃喃道：“真要杀了四叔，朕……但是王府必须查抄，家属必须控制起来，这是不能商量的！谁知道他会跑去哪里？”

云北归道：“皇上，要不您先歇着，奴才这就去查是哪个老小子吃了熊心豹子胆把丽华姑娘的消息漏给皇太后的！”他心里琢磨，皇上歇了，自己就可以出得皇宫，即使一时半会儿找不到燕王大哥，找到陈瑛还是可能的。

皇上一摆手，道：“朕现在哪儿睡得着！你查你的，朕在一旁看着。”云北归犹豫道：“皇上，您在……奴才不好使出手段啊！”

皇上大感兴趣，道：“你有什么手段，朕更要见识一下了！”云北归想了一下，道：“不如这样吧，奴才在司礼监大堂查问，皇上移驾司礼监后厅坐镇，随时指挥奴才就行。”

皇上笑道：“好，这个有点意思，朕答应不给你添乱，但是你务必尽快查问出这个内奸是谁！”

司礼监大堂。

云北归看着堂前站着的成风，心里打鼓，万一这个秃驴当场翻脸，抖落出自己的隐秘事，那该咋办？既要让他为自己保密，又要在皇上面前揪出他来，这可难倒我狗爷了。

云北归开口道："为成风副统领看座、上茶。"趁着小太监搬椅子、倒茶的工夫，他快步走下去，低声对成风道："该说的说，不该说的闭嘴，知道吧？"也不等他反应，即刻按照小卓子教他的套话喝道："司礼监开始依例问询！"小卓子及记录、传唤等人答应一声。

云北归道："成风，咱家知道，你的功夫好得很，我也知道你去天牢看了，说说你对燕王被劫走一事是咋看的吧？"本来皇上要他追问范丽华泄密一事，但他心里清楚，成风狡猾得很，直接问肯定一无所获，必须绕着圈子诳他。

成风也感意外，想了一下，道："李公公，贫僧的确去天牢现场看了，我倒以为李公公与这件事大有关系！"此言一出，满座皆惊，记录也抬头看着云北归，不知道该不该记录在案了。

云北归知道前面的对答都被皇上听了去，索性对记录道："记下来，成风说啥，你就记啥！"

成风笑道："李公公不必紧张，贫僧作为禁军副统领勘查完现场，又去医房仔细查验了那十几名伤员的伤情，凭借这了无痕迹的出入手法、轻松击倒大内锦衣卫却未留下任何打斗痕迹的功夫，贫僧敢断定，当今江湖之上这种高手不会超过三个人。"

云北归大感兴趣，追问道："你说说看。"成风道："一个乃是我少林寺住持空见神僧，"盯着云北归看了一眼，意味深长，"另外两位倒都与李公公大有关系，一位是武当派张三丰张真人，另一位就是武当派现任掌门人马建成！"

云北归听他说的与自己的猜测大致吻合，知道必是马建成无疑，忽然问道："成风师父今儿晚上是不是当班啊？"成风一怔，道："当班，上半夜。"

云北归追问道："你们禁军当班是咋排的？"成风道："朝阳门的禁军共有五个小队，每队二十人，合计一百人，分为三班，贫僧亲自带领的二十个僧人为独立一班，其余都是两队为一班，轮流值守，今夜值守上半夜，明天就是白班，大后天就是下半夜……"

云北归抓住话头问道："昨儿你是啥班？"成风随口道："下半夜，李公公是要问什么？"

云北归笑道："下半夜，那昨晚我碰到的禁军就是你的人喽？"成风盯着他不说话，不知道他葫芦里卖的什么药。

云北归道："你没做亏心事，值个班为啥不敢认？"成风冷笑道："你心术不正，贫僧可不上你的当。”

云北归笑道：“真是‘猪八戒倒打一耙’，还说我心什么不正，这样吧，我最后问你一个问题，你就给个痛快话，你下了下半夜的班是不是没去睡觉，而是去了别的地方？对不对？”

成风闭了嘴，一言不发。

云北归慢慢走下来，笑道：“成风师父，都说‘出家人不打瞎话’，你说句实话能死啊？”成风看着他，恨恨道：“李公公，小心再发病啊！”

云北归一怔，旋即大声道：“小卓子，你带他们都下去！”小卓子带着记录等人退了出去。

成风抢先道：“李公公，有些事你还是不知道的好。”语气郑重，似有威胁。

云北归道：“咱家自然知道哪些事该问，哪些事不该问。可问清楚一个禁军副统领下了班后去干啥，好像也说得过去。”

成风道：“你还想尝尝发病的滋味是吧？”云北归不答，追问道：“这里就咱俩人，也没有记录，说，你是不是去了慈宁宫？”

成风哼了一声，不置可否，道：“你虽然官儿当得比我大，不过是靠着拍马屁，知道的内情未必比我多。”云北归凑近他，笑道：“哦，你知道啥我不想知道，我只想问清你的行踪，你要没事，那就皆大欢喜；说出个理由，咱家也好替你周旋，要是你打死不说，再来问你的可就不是司礼监大堂，而是锦衣卫的手段了！”

成风沉默半晌，道：“我希望你能保守秘密，否则，你我二人在宫里都活不长。”云北归好奇心起，脸上却装得满不在乎，道：“当然。”

成风还是不放心，道：“我知道这次问话是例行公事，每个人都要过堂，贫僧本不需要说出这件事，只不过你的事情……”云北归立即打断道：“哪儿那么多废话……”眼睛瞅着堂外，像是在看外面的小卓子等人，其实不过是为了不让皇上听见。

成风低声道：“昨晚下班之后，皇太后身边的宫女小青过来找我，拜托我将一个包裹带给……天牢里的燕王……”云北归吃了一惊，道：“咋回事？这都哪儿跟哪儿？”

成风道：“小青是我出家前的表妹……”云北归打断道：“她是不是你姘头咱家管不着，咱家问的是皇太后咋会给燕王递东西？为啥是让你送？你一个禁军副统领有多大本事能让锦衣卫给你走后门？”

成风神秘一笑，道：“还是那句话，不该问的别问……”云北归刚要骂人，听见身后响了两下敲击声——这是他与皇上约定的暗号。

云北归慢慢走下来，缓缓道：“好，你不愿说就别说，”凑近成风，“你还是去了慈宁宫？”成风刚要张口，蓦地发觉背后大椎穴被点，登时动弹不得。

云北归躬身道：“奴才已经制住成风，恭请皇上亲审。”

皇上走出来，一脸怒气。

云北归正要开口，却被皇上摆手制止，示意他去门外把守。

皇上盯着成风，良久才道：“成风，你在宫里虽然有些年头了，也不过是最近才当了副统领，锦衣卫向来傲得很，怎会给你开后门？”

成风额头上的汗不断渗出。皇上换了个口气，道：“朕知道，这些年按照你的功劳和能力，就算是大统领也差不多了，可皇爷爷向来不喜欢和尚，所以你一直被压着，最近才升了副统领。”

成风咽口吐沫，开口道：“奴才谢陛下隆恩……”皇上突然怒道：“那你就是这样报恩的！居然背着朕为燕王传递东西！这罪名一旦坐实，朕要灭你九族，扫平你少林寺！”

成风闭上眼，任汗水涔涔流过眼皮。皇上道：“现在你还有机会开口，但走出这个门后，你再想说可就没机会了！你的九族，还有少林寺上下可都是你害的！”

成风仍是闭眼不答。皇上“啪”地打了他一巴掌，喝道：“李彦，先弄死他，然后抄他家、灭了少林寺！”云北归答应一声，走了进来。

成风道：“皇上，皇上，奴才说！”云北归看看皇上，悄悄退回门外，支起耳朵听着。

成风道：“皇上，奴才绝非燕王的奸细，奴才是少林寺中最拥护陛下的！”

皇上不置可否，冷冷盯着他。

成风继续道：“奴才向师父建议，三年前来到京师，通过表妹的引荐，进入大内成为禁军兵士，三年来兢兢业业……”皇上打断道：“谁要听你讲这些，说重点！”

成风道：“是，奴才两年多来付出极大，却得不到什么回报，眼看着与师父约定的三年期限将到，别说当初追求的少林荣誉，就连一个禁军统领都没当上，于是想着出宫一趟立些功劳，原本抓住了燕王神机营的主将王骥，却又被他跑了，后来又想抓住燕王的幕僚陈瑛，谁知……”看一眼皇上，“奴才无计可施，决定退出皇宫，返回少林，前几天去向表妹辞行，却被告知了一个天大的秘密……”

门外的云北归心一直揪着，生怕成风说出自己的事。

成风道：“小青说皇太后一直关注我们，但因为身份问题，始终不敢重用，直到我们即将离开大内，她才托小青让我去办一件事……”皇上紧张道：“去救燕王？”

成风赶紧摇头道：“不不，奴才就是胆子再大，此事也绝不敢干！小青说，皇太后认为我身份特殊，又与宫里其他人没有瓜葛，让我把一个包裹送到天牢天字一号……

奴才对天发誓，在这之前，奴才真不知道里面关着什么人，而且里面当时并没有人……”

皇上逼视着他，道：“锦衣卫为什么会让你进去？”成风道：“小青说，锦衣卫的指挥使廖振东是皇太后的亲戚，直接找他就让进了。”

皇上问道：“廖振东是皇太后的亲戚，她为什么不直接找他，却要拐着弯来找你？”成风道：“小青说，锦衣卫不得擅入后宫，更不得与妃嫔、宫女接触，倒是禁军有此便利，而且因为奴才是和尚，即使被人发现，包裹里也只是几本经书，今天又是九月十九，乃是观音菩萨出家日，正是出家人给世人送经书的日子。”

皇上问道：“里面除了经书还有什么？”成风紧张道：“奴才并未打开，所以不清楚。”

皇上怒道：“还在撒谎！说！”成风急道：“奴才，奴才打开了，除了三本《般若波罗蜜多心经》别无他物！”

皇上沉吟良久，低声道：“小青一定还说了什么？”成风犹豫道：“她说，说皇太后与燕王……关系匪浅，时时惦记，别的真的不知道了。”

皇上招手让外面鬼头鬼脑的云北归进来，道：“你有什么要问的？”

云北归挠挠头，道：“你送完东西，是不是去了慈宁宫？”

成风面如土色，道：“皇上，是……奴才一时糊涂！”看一眼云北归，连使眼色，“奴才对皇上忠心耿耿，不信您可以问李公公啊！”

云北归不理这茬，追问道：“所以，你就将丽华姑娘的事顺嘴说了，对不对？”成风摇头道：“不不，奴才第一次蒙皇太后召见，心里激动，一时糊涂，就说了……说皇上可能去了清秋宫，但奴才不知道皇上去那儿干什么了……”声音变低，几不可闻。

皇上大步走了出去，忽然又折返回来，从旁边兵器架上拔出一把刀，快步走到成风面前。成风吓得面无人色，眼睛使劲瞅着云北归。云北归急忙拦住道：“皇上，息怒息怒！哪能脏了您的龙手，奴才替您办了！”

皇上对着成风劈了一刀，成风耳朵被划破，流了不少血。

云北归笑道：“皇上，您放心回去，奴才办妥了给您回话。”皇上将刀扔在地上，恨恨走了。

云北归看着几乎吓脱相的成风，笑道：“大和尚，有句话咋说来着，山不转水转，前些日子你把咱家折腾得够呛，今日……嘿嘿！”成风喝道：“姓李的，你别小人得志，你的事我可没说，你要是敢对我下黑手，我就……大不了鱼死网破！大家都别活！”

云北归笑道：“你不是爱做买卖吗？今儿就有一桩，要不要听听？”成风点点头，额头的汗随之落在地上，提醒了云北归——自己功力有限，这家伙的穴道没准儿快开了，急忙又点了几下，又拿来一条绳子将他结结实实绑了。

成风冷笑道："和尚今日着了道，你有屁快放！"云北归嘴上从不吃亏，立即道："和尚的屁真是够臭！"

成风闭上眼，任凭他随意侮辱。

云北归过了嘴瘾，才道："皇上的意思你也看见了——你他娘的知道的太多了，他让咱家宰了你！"成风睁开眼，怒视着云北归，欲言又止。

云北归笑道："咱家听一个兄弟说，做买卖就得都挣钱才行，如果就一头儿挣钱，那就不叫买卖。你要是不想死，就解了咱家身上的病，然后出宫滚蛋，再别回来了！"

成风目光闪烁，显是动着心思。云北归冷笑道："你自己作死，触了皇家霉头，可怪不得别人。"

成风冷冷道："贫僧答应就是。"

云北归将他嘴堵了，出门将小卓子叫来，低声道："你上次跟我说，柴俊平的寝室有密室，对不对？"小卓子急忙点头道："是。"

云北归对他耳语几句，打发他走了，又叫来几个小太监各自吩咐了几句，才回了自己寝室。

云北归刚喝了口茶，禁军大统领黄兴林急匆匆走来，从院外就笑道："李公公召唤，黄某一刻不敢耽误啊！哈哈！"

云北归把他迎进来，笑道："黄大统领客气了，李某可不敢当！"两人客气一番，分宾主落座。

黄兴林笑道："李公公有何吩咐，黄某必定照办。"云北归道："成风和尚勾搭燕王的事你听说了吧？"

黄兴林立即收起笑容，道："末将听说了，成风不知死活，罪该万死！"云北归凑近他，道："他是该死，可其他和尚不知情，咱家向皇上禀报了，得到旨意——处死成风，其他和尚由咱家管教。"

黄兴林半信半疑，张着嘴说不出话。云北归喝口茶，慢条斯理道："黄大统领去向皇上问问清楚嘛！"

黄兴林赶紧道："不不不，李公公误会了，黄某自然信得过李公公，只不过……只不过将一队禁军交给司礼监，以前倒是从没有过的事——不过交给李公公，自然都是皇上的旨意了。"

云北归知道他并未全信，便道："他们在宫外是和尚，在宫内就是禁军，是禁军自然都归你黄大统领管，过了这几天，咱家便向皇上请旨，还是都给了你！咱家这个司礼监的事儿已经够多的了！"

黄兴林客气一番，又说了会儿话，就告辞离去了。

云北归喝着茶，看见小卓子急匆匆跑进来，道："安排好了？"小卓子点头道："干爹放心，都按您的吩咐办妥了。"

云北归起身出屋，带着小卓子去了柴俊平的寝室。柴俊平死后，这里一直没人居住，院子也没人打扫，显得极为荒凉。

十几名和尚围了过来，向云北归施礼。云北归道："成风师父奉皇上密旨出宫公干，过几天就会回来，黄大统领给你们交代了吧？"

一个和尚出来道："李公公，黄大统领说了，我们一切听凭李公公差遣。"云北归点点头，让和尚们列队站好，一一看了一遍，问了几个和尚的法号，点点头道："行，你们守好这个院子，谁也不许靠近，没有我的命令，谁也不准进屋！"

和尚们答应一声，列队围住了院子。

云北归带着小卓子进了屋，看着他扳动卧室墙上的一个机关，墙壁应声打开，露出一截台阶，顺着台阶，两人一前一后下到地下密室。

微弱烛光中，成风抬起头看着站在眼前的云北归和小卓子，一脸迷惑。

云北归亮出刀慢慢靠近，一脸狞笑。

成风慢慢反应过来，叫道："哎，你干什么？你不想活了？你身上的穴道还没完全解开！"

云北归拿刀抵住他裆部，狞笑道："咱家没了这个，以后又得三天发一次病，活着也没意思，咱家胆子小，黄泉路上想让大和尚做个伴儿！"

成风道："这是何苦。刚才不是说好的，你放了我，我来救你，两不相欠！"

云北归将刀慢慢上移，"啪啪"割断他手腕上的绳，撩了撩他身上的铁链，笑着对小卓子道："猴崽子，办事越来越靠谱了！"

小卓子笑着接过云北归手里的刀，道："干爹放心，孩儿就站他跟前，寸步不离，看着他为您治好病，他要敢乱动，孩儿就结果了他！"

云北归坐到成风面前，道："开始吧，大和尚！"

京师的云北归转危为安，北平的何富贵恰好相反。

北平军队中唯一支持燕王的都指挥使张信，兴冲冲率领骑兵营过来保护燕王府，却被对自己毫无信任的何富贵拒之门外，最后被谢贵的属下放冷箭射死。

何富贵躲在门内吓得浑身哆嗦，却清楚地知道，王府里有燕王大哥的几千口家眷（除了燕王妃徐丽慧现在通州），还有狗剩儿哥的老娘，外面是以张昺和谢贵为首的朝廷官兵。

门外响起急促的砸门声，几个兵士喊道：“燕王府接旨！燕王府接旨！”

何富贵往后退着，被鲤鱼一把扶住。大公子踉踉跄跄走出来，道：“三叔，圣旨到了，我等必须，必须接旨！”说完便吩咐下人开了门。

大门开处，一文一武两名官员站在一名太监左右。文官上前一步道：“几位公子请了！下官乃是北平布政使张昺……”

何富贵盯着他看，嘴里喃喃道：“干巴老头，却把着柳如香，不要脸！”鲤鱼诧异道：“姑爷说啥？”

何富贵道：“喏，就这个干巴老头，害死了我二哥的老爹，找机会一定弄死他！”鲤鱼点点头，继续弯腰咳嗽。

张昺继续道：“……燕王府上下人等在册一共三千二百二十八人，全部解往京师，不得有误！”

武将走上前，喝道：“末将乃是北平都指挥使谢贵，奉旨抓捕燕王家属，其余闲杂人等一一格杀勿论！”此言一出，王府上下哭声一片。

二公子骂道：“你们吃了熊心豹子胆，居然敢到这里撒野！长生，去给他们好看！”长生向后缩着，低声道：“二公子，别说话了，快别说话了！”

谢贵喝道：“闲杂人等自己站出来，别让军爷费事！”长生忽然跳出来，指着何富贵道：“军爷，他就是闲杂人等，不信您查查，王府没有这号人！”

谢贵大踏步走到何富贵面前，喝道：“喂，你叫什么？”何富贵强自镇定，道：“谢将军，圣旨可否让小生一观？”

谢贵一愣，继而仰天大笑，笑完才道：“书呆子我见得多了，这号的倒也不多。好，今天军爷我心情好。”说着从太监手里接过圣旨，一只手打开来，另一只手揪住何富贵脖子，使劲把他的脑袋往前按，笑道：“书呆子，你可看好喽！”话音未落，自己的脖子却被一条绳子牢牢缠住，急忙松开了何富贵，左手拿的圣旨也掉在了地上。

第二十回　悲喜交加求神医 未雨绸缪救朱棣

官兵大惊，想要上前解救，却听那个矮小的汉子吼道：“谁再上前一步，立马勒死了他！”闻言，官军都立住了脚步，看着主将谢贵不住挣扎。

何富贵捡起圣旨，迅速看了一遍，大声道：“圣旨上只说将燕王家属‘严加看管’，哪里说有抓捕？还有，圣旨上什么地方说过对其他人等格杀勿论了？你们擅自曲解圣旨，是何居心？”

张昺阴沉着脸出来道：“阁下是谁？”何富贵乍见仇人，不甘示弱，一挺胸膛，刚要说出“庆丰桥举人何富贵”，猛地意识到眼前之人乃是北平最大的地方官，今日过了嘴瘾，难免日后家里遭殃，话到嘴边改为：“在下路人甲，路见不平，仗义执言！”

张昺道：“仗义执言，那得够本事！弓箭手！”弓箭手应声上前一步。好不容易挣脱开绳子的谢贵快步跑回来，气急败坏地指着何富贵和鲤鱼，喝道：“对准他俩，放箭！”

众人惊呼声中，羽箭如雨点般射向何富贵和鲤鱼，鲤鱼将绳子舞得密不透风，堪堪将箭打落在地，拉着何富贵向后退却。

张昺冷笑道：“挡得住羽箭，挡得了这个吗？”拔出一把火枪，不等众人反应，对着何富贵开了火！

何富贵吓得呆了，心知这玩意的厉害，身子却不听使唤，动不了地方。鲤鱼使劲将他拉向一边，躲过一枪，孰料谢贵也持枪在手，紧接着又是一枪！

何富贵蹲在地上，吓得浑身哆嗦，听得大院突然静寂下来，抬头一看，鲤鱼站在自己身前，傲然不倒，却也僵直不动，心知不妙，探头一看，果然是中了一枪。何富贵大惊，急道：“鲤鱼，鲤鱼！”

鲤鱼右手持绳，怒视着眼前的张昺、谢贵。

谢贵冷笑道：“知道燕王府有神机营，我们那哪儿敢怠慢啊！来啊，将王府上下全部围了，三千多口，一个也不许放走！”兵士们答应一声，迅速行动，女人孩子哭喊之声震天。

鲤鱼舞起长绳，又将几个冲上来的兵士打翻在地。何富贵大喊道：“鲤鱼，小心！”转过来的后背又被火枪打中，登时委顿在地。

谢贵吹着火枪口，洋洋得意。这时，一个兵士匆匆跑进来，在张昺耳边急急汇报，张昺脸上变色，盯着谢贵。

谢贵笑道：“张大人莫慌！燕王府有多少府兵，你我不都一清二楚吗？燕王妃在通州能有多少人，还围攻我们！”说完转向副将，“传令下去，外围一半兵士即刻反包围，务必将来犯兵士全部歼灭，除了为首的女将，其余格杀勿论！”副将得令而去。

两人商议声中，朝廷官兵已将王府上下三千多人全部抓住，何富贵和鲤鱼也被捆了起来。

很快，副将返回汇报外围战况。谢贵笑道：“张大人，怎么样？就通州那点人，还想包围北平官兵，简直笑话！”

张昺点点头，慢慢走向何富贵，阴沉着脸，缓缓道：“我说看你有点面熟，幸好还有下人认得你，近来可好啊，何举人？”

何富贵心道既然已被认出，索性大方承认，便笑道：“张大人，别来无恙啊——我说的是您的爱妾柳如香！”张昺恨恨道：“贼心不死！来人啊！”兵士答应一声。

张昺道：“上次没有淹死你，实在遗憾得很，别急，这次补上！”向谢贵说了几句。谢贵点点头，高声道：“将王府家眷押至南苑营集中看管，一路上严加看护，不得走失一人！”兵士们齐声答应。

出了王府，张昺乘轿，谢贵骑马，带着浩浩荡荡的队伍向南苑进发，路过通惠河时，队伍站住听令。

副将骑在马上向前几步，对着通惠河两岸围观的百姓喊道：“北平的百姓听了，皇上有旨，燕王图谋不轨，意图谋反，罪不可赦，今下旨将其家眷全部抓获，并将挑唆闹事的举人一名当场溺毙！”

兵士将何富贵架了出来。人群中发出惊异的议论声音，有的说：“这不是庆丰桥的何富贵吗？他还敢挑事造反？我可不信！”有的说：“可不是嘛！他呀天生胆小，他老爹，哎，赶快去给他爹报个信儿吧！”

副将指挥着兵士将吓得瘫软的何富贵押到河边，人群寂静下来，气氛极为恐怖。

何富贵虽然害怕，但这一年经的事情多了，胆子也比先前大了不少。他知道将要发生什么，感觉到一只大麻袋套在了自己脑袋上，这种情景不是第一次发生在自己身上了，继而身子被人抬起来，悬空了，真的要结束了？“扑通”身子重重一击，知道自己落入了水中，丽华姑娘，婷婷，柳如香，还有老爹，真的要再见了。

何富贵迷迷糊糊间，感觉到身子被推着移动并向上升，身上压力骤减，“呼啦”一声像是冒出了水面，登时开始大口喘气，麻袋口被打开，一个声音道：“姑爷，醒醒，醒醒！”

何富贵听见喊姑爷，以为是鲤鱼，睁开眼一看，来人虽然眼熟，却不是鲤鱼。那人见他醒了，高兴道："姑爷，不认得我了，我是五师兄江胜清啊！"

何富贵想起来了，自己带着李云婷从沧州私奔时，遇到这位五师兄与小红幽会，不禁哑然失笑道："五师兄，幸会幸会！"

江胜清笑道："幸什么会！是师父派我等来帮你的！喏！"抬手一指，眼见通惠河两岸，大批官兵正与人厮杀。

江胜清将何富贵扶上小船。小船如离弦之箭，快速驶过大通桥。

何富贵恢复意识，问道："岸上这些人是从哪儿来的？鲤鱼呢？燕王府的家眷怎么办？"

江胜清笑道："姑爷别急，我们沧临派与洪洞派第一回联手，保准成功！"指着紧跟其后的一条船，"鲤鱼在那条船上，受伤不轻，要尽快送到双桥老太太那儿！"

何富贵点头道："北平也就她能治这火枪伤了，不过……她女儿可不好惹。"努力直起身子，"王府家眷……"江胜清道："看不出姑爷也是重情重义之人，对兄弟的事如此看重，却不问问妻儿的情况。"

何富贵一怔，道："妻儿？难道……难道婷婷她……"江胜清拿出一条精致的小绳子，笑道："小师妹生了，男娃，八斤三两，这是上秤称时用的绳子——咱们沧临派的门规，新生的孩子上秤称时用的绳子要跟着他长到成人，就叫长命索。"

何富贵捧起绳子，激动不已，喃喃道："我，我真有儿子了？儿子……"江胜清笑道："恭喜姑爷喜得贵子！少不得打发个红包吧！"

何富贵嘿嘿傻笑，翻了翻身上，掏出几张银票塞给江胜清，笑道："多谢五师兄，同喜同喜！婷婷还好吧？"江胜清接了银票，笑道："听小……小红说，小师妹生的时候着实凶险，接生婆说小师妹身子骨儿瘦，孩子却大，费了不少工夫。"

何富贵捧着小绳子，闭眼道："婷婷，难为你了！你可太棒了！"皱皱眉，"这么短，却叫长命索！"江胜清道："姑爷可别乱说，要让师父听见了，少不得一顿脾气！小孩子小，绳子自然就短；等到长大成人，正式入了沧临派，就要换成长绳了。"

何富贵看着绳子，想起了同样以此为武器的洪洞派掌门人苏炳华，笑道："李帮主与苏帮主，近来可好？"江胜清向岸上打着旗语，并未留意到何富贵的表情变化，随口道："好，好着哩！前一阵听说师父带着苏帮主又开始练什么绝世武功了，不过这几天整个沧临派都放假，都为小公子庆生哩！"

何富贵眼见岸上战况趋于尾声，官兵且战且退，似乎是放弃了此次抓捕任务。

江胜清低下身子，从怀里掏出一个精致小盒，打开后却是一支毛笔。

何富贵不解其意，问道：“五师兄，您这是——”江胜清笑道：“临出门时，小师妹托人给我带来这个……”

何富贵旋即醒悟，脱口道：“胎毛笔！”江胜清点点头，示意低声，道：“姑爷，有些事你也知道，师父并不赞成这门亲事，是小师妹……孩子落地，师父高兴极了，却想孩子跟从李姓……”

何富贵愣在原地，说不出话来。江胜清低声道：“姑爷莫要烦恼，小师妹知道一时说不过师父，就托小红和我给你带来这个，你可知道小师妹的用意吗？”

何富贵道：“我岂能不知，胎毛笔是婴儿出生后第一次剪的头发做成的毛笔，是宝宝离开娘胎后唯一可留作纪念的东西了。”江胜清道：“在咱们沧临派不仅如此，师父一向认为，这胎毛笔是人仅有的一次自然毛发，弥足珍贵，以其作法，趋吉避凶，最是灵验。”

何富贵拿着笔，仔细端详。江胜清凑过来道：“师父还说，用胎毛笔第一次写出的字——至关重要！”

何富贵看一眼江胜清，点头道：“婷婷是让我为孩子起名，并用胎毛笔写下来，对吧？”江胜清跷起大拇指，道：“姑爷果然精明！还有……我和小红可是冒着被师父严处的风险为你俩传递消息，师父在我临行前还嘱咐我不可向你吐露孩子的事哩！”

何富贵感激地笑笑，道：“五师兄，您这份情我自然记在心上，那晚的好人好事，我何富贵发誓终生不向任何人提起！”江胜清拱拱手，道：“姑爷，别愣着了，给孩子起个名吧！”

这时后边一只小船急速驶来，向江胜清一拱手，道：“五师兄，前面就是清河了！双桥马上就到！”

何富贵一拍脑门，道：“清河，何清，就是它了！”说完立刻提起笔来在砚盒里蘸足了墨，在长命索上小心翼翼写上了“何清”二字。

船停靠岸，江胜清吩咐几人抬着奄奄一息的鲤鱼下了船，急急向岸上跑去。

何富贵将长命索和胎毛笔揣进怀里，跟着下船，知道鲤鱼生死不明，心里焦急，急忙追赶。

一行人好不容易到了医馆，却见大门紧闭。江胜清使了个眼色，一个水手跑上去拍门，喊道：“有人吗？有人吗？有病人上门啦！”

门“吱呀”开了，一个伙计露出头来，喝道：“喊啥！今天关门歇业，不看病人！”说着就要关门，何富贵抢上去，扒住门，笑道：“小伙计，年纪不大，脾气不小，大小姐在家没？”

伙计瞪他一眼，刚要喝问，身后一个声音道："谁在外面嚷嚷？"大门开处，一个胖墩墩的姑娘大剌剌走了出来，见是何富贵，气道："我说是谁，原来是你这个没良心的！来人呀，给我打出去！"

何富贵赶紧赔笑道："明明，好明明，上次放灯节是我不对，我真是家里有急事才没去赴约……"明明哼一声道："何富贵，别把别人都当傻子，我明明不比你小，心眼也不比你少，竟敢放我鸽子！"

何富贵笑道："明明，好明明，那天我家货栈真有事……"明明打断道："那天你家货栈屁事没有，还放了假，因为你爹知道放灯节码头人多，没法装卸货物。伙计们着急去放灯，心思没在干活上，干脆放了假，凭你爹的抠门劲儿，那天伙计们自然也都没有工钱。至于你，你他娘的去了大通桥，还想勾搭人家官家的姨太太……"

何富贵连打手势阻止，急道："明明，你可不要乱说……"江胜清在一旁等得不耐烦，急道："姑娘，这里有位病人受了重伤，耽误不得，请您……"

明明一翻白眼，道："我不管，你要是没带这小子过来，没准儿我还能让你进去；你带他来，摆明了就是给我难看，哪儿来的回哪儿去！"

江胜清眼见鲤鱼脸上没了人色，急道："都说双桥老太太急公好义、妙手仁心，哪像姑娘这般刁蛮……"明明一瞪眼，眯成一条缝的眼睛居然露出了眼球，喝道："你竟敢骂我，来人呀！打出去！"

话音刚落，从里面跳出十几个汉子，"呼啦啦"堵在了门口，手里拿着明晃晃的兵刃。

江胜清毫无惧色，傲然道："姑娘，想必你听过沧临派的名头！"明明哼道："知道又咋样，一群打鱼的有啥了不起！"

江胜清气道："好，兄弟们，先打一架再说！"何富贵赶紧拦住，道："哎哎，两位有话好说，为何非得动刀动枪的呢？看我的面子……"忽听"啪"的一声，脸上已被狠狠打了一记耳光！

明明笑道："我就看看你的面子响不响，哈哈哈！"何富贵捂着脸，气道："五师兄，给我上！"沧临派几十人呼啦堵住大门，亮出绳索。

明明退后一步，喝道："打！"

两帮厮杀，各有损伤，但沧临派人多势众，渐渐开始攻进门来。

何富贵吐着嘴里的血，骂道："胖丫头，手劲儿这么大！"江胜清看着躺在伙计怀里的鲤鱼，急道："给我打，打进去！"

忽听"砰砰"几声，几个沧临派弟子连人带绳被打了出来，有的人居然被扔上天，然后重重摔在门外的地上！

何富贵定睛一看，正是胖得发蠢的明明，不禁退后一步，故作惊讶道：“明明，你竟有这等功夫，厉害厉害！”

明明瞪他一眼，手脚不停，将迈进门的几个人像扔麻袋一样丢了出来。

江胜清向前一步，喝道：“沧临派江胜清，领教阁下高招！”

明明刚要上前，后面一个伙计匆匆跑上来在她耳边嘀咕几句。

明明急道：“干什么！我刚上手……”伙计紧着解释，要将明明拉回。

明明大不甘心，向江胜清喝道：“打鱼的，今天没完！”一步一回头，被拖着回了后院。

一位老太太颤巍巍走出来，向江胜清等人抬下手，道：“各位大侠，我家大小姐向来不懂事，有冒犯的地方还请见谅，只是今日医馆闭门谢客，不接病人，还请各位自便……”江胜清向前一步道：“这位大婶想必就是神医罗妈妈了，我等……”

老太太摆手打断道：“我只是医馆的老妈子……”何富贵上前一步，笑道：“林奶奶，您还认识我不？我是小富贵啊！”

老太太盯着何富贵看了一会儿，点头道：“是，真是小富贵来了，怪不得大小姐发这么大火哩！”何富贵笑道：“林奶奶，好久没来看您，您想我了吧？”

林奶奶拿手轻拍他脸，笑道：“你这小滑头，就会贫嘴……”江胜清忍不住，又要上前说话。何富贵赶紧道：“林奶奶，小富贵这回带来一个病人，您可一定得让罗妈妈收了啊！好奶奶，好奶奶，最漂亮的林奶奶！”

林奶奶看一眼鲤鱼，为难道：“要是其他时候，奶奶总会给你想办法，可今天……”何富贵拉住她手，摇晃道：“今天到底咋了嘛？整个医馆都关着门，感觉怪怪的。林奶奶，这人可是小富贵的亲人，您可一定想想办法嘛！”

林奶奶一边点头一边摇头，慢慢转回身，嘴里道：“我去跟文秀商量下……”颤巍巍向后院走。

江胜清抱怨道：“怎么这么麻烦！双桥医馆的架子恁大！”何富贵道：“整个北平谁不知道双桥老太太的名声，来这儿瞧病的海了去了！好多达官贵族得了病也来这儿排队，架子能不大吗？不过，像今天这样闭门谢客的情况倒真不多见。”

好大一会儿，林奶奶才慢慢走了出来，何富贵赶紧迎上去，搀住她道：“林奶奶，怎样了？劳烦您出来进去的。”林奶奶为难道：“小富贵，不是林奶奶不帮忙，实在是……文秀，唉！她对你的心思你也知道，就想让你当她的上门女婿，你又……”

江胜清再也忍不住，喝道：“岂有此理！上门看病，大夫见死不救，还要强迫别人当女婿！来呀，给我往里冲！”几十名沧临派弟子冲向后院，却见胖大小姐明明又出现了！

明明站在走廊,来一个踹一个,薅住一个扔一个。江胜清喝道:“都退下！”上前一步,拱手道：“沧临派江胜清领教了！”

明明眯缝着小眼,上前一大步。何富贵感到整个走廊都在晃动,不禁吐了吐舌头——想起小时候有一次，明明非要亲他一口，他不让，就被她一把举起来扔进通惠河里喝了个水饱。

明明哼道：“来呀，耍绳的！”

江胜清一扬绳子，喝道：“出手吧！”一招“横贯运河”扫了过去!

明明伸手接住绳子，孰料绳梢儿顺势打在她脸上，不禁怒道：“大胆打鱼的，竟敢打我脸！”顺势就要夺下绳子，孰料绳子倏然抽了回去。江胜清施展轻功，在走廊之中与明明游斗起来。

林奶奶唠叨道：“哎呀呀，又打架，又打架！”说着摇着头颤巍巍走进偏院。何富贵记得以前来的时候，由此偏院可以进到后院，便悄悄跟着她，一步步走了进去。拐了几个弯，后院的拱门出现在眼前，忽然一个声音喝道：“什么人？不许靠近！”林奶奶唠叨道：“我老太太一天走八回，今儿咋还走不得了！”

那人快步走出来，喝道：“哎，说你呢！年轻人！”何富贵拱手道：“在下庆丰桥举人何富贵，因为家有病人，特来拜访罗神医……”那人喝道：“不行！今儿罗神医不看病！赶紧回去！”

林奶奶看看何富贵，又看看那人，不住摇头道：“唉，来的到底是啥人啊！还不让别人瞧病了！”何富贵搀住她，道：“林奶奶，后院有病人啊？”

林奶奶道:“可不是,昨儿半夜,十几个人闯进来……”那人喝道:“老太太,不能说！”

林奶奶气道：“我说说怎么了！老太太我在医馆一辈子了，侍候罗大夫几十年都没受过这个气,你们几个外人闯进来,就对我们吆五喝六,成何体统！”何富贵帮腔道:“对啊，罗神医都对林奶奶客客气气的，你们到底干啥的！”

那人阴沉着脸，喝道：“小子，识相的赶紧出去，要不然别怪我不客气！”何富贵心里害怕，嘴上却不甘示弱，道：“凭你是谁，也不能在北平如此横行霸道……”嘴里说着，手却不住哆嗦——那人一步步靠近，着实魁梧雄壮得很。

林奶奶拿着拐棍一戳那人，喝道：“你干什么？你也要打架，你知道他是谁不？他是罗神医相中的女婿……”猛听得走廊一阵惊呼，接着是巨大的响声传来。

林奶奶记挂着明明，小脚飞快倒腾往外走，嘴里唠叨着：“又打架，又打架……”在何富贵的搀扶下，急急走向走廊。

拐过弯来，眼前的场面让何富贵吃了一惊——走廊的一根柱子倒了，零零碎碎的瓦片洒了一地，一个大胖子倒在走廊边的草地里，嘴里骂骂咧咧——不是大小姐明明是谁?

何富贵心里暗笑，不禁佩服江胜清的手段——明明本就力大无穷，又跟着来看病的江湖人学了不少武艺，虽说学得毫无系统、不成体系，但也算是个高手了。何富贵就跟爱吹牛的狗剩儿说过，你在大通桥称王称霸，那是没跟双桥的明明见过面，要不然早就挂了!

林奶奶心疼极了，快步走过去，想要拉起明明，可她哪儿拉得动，急着又喊伙计帮忙，嘴里兀自唠唠叨叨。江胜清一挥手，道："进!"

几十名沧临派弟子拥在江胜清身后往前冲，十几个伙计知道不是对手，边退边喊道："后院禁地，闲人莫入，各位留步!"

江胜清意气风发，喊道："就算是凌霄宝殿，爷今儿也要闯进去!"一挥绳子，撂倒了几个伙计，大踏步就往里冲!

何富贵跟在后面，心道："客气的不如来硬的!以后还得让我儿子何清学武艺，他老爹我这辈子是不学了……"还没想完，却见前面一人飞了起来，差点砸到他身上!他定睛一看，却是刚刚还不可一世的江胜清!

迎面站着一位中年道长，面色和善，眼神冷峻，气场却是极为强大，迫得几十名沧临派帮众止步不前。

何富贵站在众人后面，喝道："哎，道长，你干什么?我们是来看病的!哪有你这样的!"那道长行个道礼，道："贫道稽首了!"

何富贵道："别来假客气!识相的赶紧让路，否则……"道长抬眼看他，微笑道："否则怎样?"

江胜清迅速爬起来，快步走到何富贵身后，朗声道："阁下武艺高强，我等一对一自然不是对手，可是我们穷苦人别的没有，就是人多势众，"何富贵蓦然发觉，身后多了许多帮众，想来沧临派已经结束了与官兵的对战，匆匆赶了过来，顿觉胆气更壮，喝道："牛鼻子道士，我们救人要紧，你快点让路!"

那道长立在走廊中央，眼见对面源源不断的沧临派弟子越聚越多，兀自面不改色，也不让路。江胜清一挥手道："给我上!"乌泱乌泱的帮众挥舞着绳子冲了上去，却又像碰了弹簧般被扔了回来。

江胜清大喝道："沧临震通惠，列阵!"十名沧临派帮众手持长绳，摆开阵型。

何富贵抽身出来，转头看见曾经协助师父柯艾胤绑架自己的洪洞派弟子吴飞带人冲了进来，不禁奇道："哎，吴飞，你来这儿干什么?"吴飞看见何富贵，笑道："何公子，老久没见了！我们就是来救你的呀！”

何富贵一怔，登时想起刚才在船上江胜清说的什么“沧临派与洪洞派联合行动”，笑道：“这么说，你们洪洞派真要和沧临派合并了？苏帮主名花有主了呗？”吴飞笑笑，低声道：“上头的事我也不懂，帮主让我咋干就咋干，这回就是我带队来的。”

何富贵一瞅他的绳子，笑道：“几天不见，升官儿了啊！”吴飞还要再说，却见前面呼喝声大作，几个沧临派帮众飞了出来。

何富贵忙道：“吴飞，一会儿叙旧不迟，赶紧上啊，拿下这个牛鼻子！”吴飞挥手召集帮众，喝道：“洪绳九连环，列阵！”

何富贵退到角落，眼见九个洪洞派帮众摆成阵型快速靠近那道长，先前遭到破坏的沧临震通惠阵型很快得以恢复。吴飞与江胜清对视一眼，彼此点点头。江胜清喝道：“旗手何在？”

一个沧临派弟子飞掠到旁边的一棵大树上，答道：“旗手在此！沧临震通惠，洪绳九连环，听我号令！‘凌波踏浪向前行’！”

十九名帮众摆成阵势，快速向前进攻。那道长“咦”了一声，退后几步，终于拔出长剑，笑道：“沧临派与洪洞派真要凑成一家，可喜可贺啊！”嘴上客气，手上不停，“唰唰唰”施展剑法向阵型急攻。

何富贵看得紧张兮兮，却也看不大明白，眼见躺在长椅里的鲤鱼始终一动不动，心道：“打打打，就知道打架，一会儿人死了，还打个屁啊！”眼睛越过那道长，却见里面一位中年妇人走了出来，脱口喊道：“罗妈妈，罗神医，快来救命啊！我是小富贵，庆丰桥的何富贵啊！”

那妇人看也不看他一眼，径直拐向一旁走了。后院屋内快步走出一名青年，对何富贵喊道：“阁下可是庆丰桥举人何富贵？”

何富贵道：“正是，阁下怎么称呼？”青年却未理他，对道长道：“马道长，住手吧。”这才对何富贵道：“你，一个人进来。”

何富贵心里打鼓，对方只一个道长就将自己这边大批人挡在外面，实力可想而知，自己手无缚鸡之力，那敢只身进去，可是众目睽睽之下，只好硬着头皮答道：“为什么要我进去？我们是来找罗神医治伤的。”

青年冷笑道：“你再不进来，就等着给你的人收尸吧！”何富贵无奈，看看江胜清，慢慢往里挪步。路过江胜清时，低声道：“听见动静不对，你们就往里冲啊！”

何富贵随着青年走进屋内，立即闻到一股刺鼻的血腥味，赶紧捂住鼻子，皱眉道：“什么味儿啊？又不是我受伤，干什么让我进来……”话还没说完就愣在了原地——

因为他看见了一个人，一个他做梦都没想到会在这里碰到的人——燕王大哥！

此时的燕王，已经没了在王府时的雍容华贵，只有威严大气的架子还在。他躺在床上，依然微笑地看着何富贵，缓缓道："三弟，别来无恙啊！"

何富贵凑上前，激动道："大哥，您，您这是怎么了？"燕王笑笑，递给那青年一个眼色。青年拱手道："王爷，末将去请罗大夫给他们带来的伤员治伤吧？"

燕王点点头，对何富贵笑道："辛苦三弟了！我刚收到消息，大哥阖府上下三千口人没有落在朝廷手里，可都仰仗三弟的鼎力相助了！"说着不住咳嗽，显是受伤不轻。

何富贵握住燕王的手，激动道："大哥说得是哪里话，都怪弟弟我不会武功，干着急帮不上忙。"旁边一位大汉低声道："王妃派人来报，说王府家眷都被沧临派和洪洞派帮众所救，三位公子安然无恙，三千多人无一受伤。"

燕王笑着拍拍何富贵的手，吃力地道："你，还有狗剩儿，都是好样的！我，我没有看错人！"何富贵赶紧擦了眼泪，问道："大哥您怎么受的伤？狗剩儿哥怎样了？"

燕王疲倦地合上眼，示意旁边的大汉讲了事情经过。

燕王被下到天牢天字一号牢房之后，趁着看守松懈，在几处砖墙处敲敲碰碰，很快就取出了一个包裹，看着门口无人，转身迅速打开，见到是三本经书，立即抱在怀里，心潮起伏，难掩激动。

门口的牢头喝道："哎，身后藏了什么？快点拿出来！"燕王哼了一声，道："我是什么人，你小子难道不知道吗？"

牢头道："别管你是谁，到了这儿都是我老孙的犯人！乖乖地，把东西交出来！"燕王转回头，冷笑道："有种你就进来拿！我这儿可是有宝贝的！"

牢头冷笑道："少给我来这一套！来人啊！"几个狱卒闻声快步走了过来，答应一声。

牢头沉着脸道："犯人私藏东西，你们几个怎么当差的！天牢什么规矩不懂吗？啊！"狱卒吓得战战兢兢，迅速打开牢门，冲着燕王走了过去。

燕王站起身，喝道："放肆！本王乃大明王朝堂堂燕王爷，就算小皇帝对我不满，我这个藩王称号可还没撤呢！你们几个狗奴才竟敢如此无礼！"牢头冷笑道："燕王爷，您威风，您厉害，那是在外面，到了这儿，就得听我老孙的！搜！"

几个狱卒又要上前，燕王大手一挥，打在一人脸上，骂道："狗奴才没规矩！本王就来管管你们！"几个狱卒害了怕，不敢上前，牢头骂道："没用的奴才，平时吆五喝六，见个大佬就怂了！魁五！"

一个魁梧大汉带着几个狱卒快步走进来，问道："干爹，啥事？"牢头指着燕王道："认得不？"

魁五笑道："认得，干爹的犯人！"牢头道："干他，敢不？你今儿办了他，干爹给你把月钱涨双倍！"

魁五瞪大眼睛，道："真的？得嘞！您老请好吧！"慢慢走向燕王，"敢惹我干爹，你他娘的是活腻了！"不由分说，扑了上来！

牢头得意地笑着，却发觉魁五突然停住不动了，喝道："魁五，你小子愣着干啥呢？"这时燕王从魁五身前走出来，对牢头笑道："他在想，涨来的月钱怕是没福花了。"

牢头一惊，喝令几个狱卒道："你们几个，都给我上！"狱卒上前几步，却都被定在当地，不能动弹。牢头知道遇到了高人，惊恐地抬起头，四下看看，结结巴巴道："什，什么人？竟敢到天牢来撒野！"眼前突然一黑，栽倒在地上。

燕王笑道："马道长，想不到你还有童心未泯。"一个黑影落下来，淡淡道："在牢里待得久了，难免腻烦，总要寻点乐子。王爷，东西拿到了？"

燕王将包裹塞进怀里，拍了拍，道："妥了。"接过马建成递过的外衣开始更换，"你安排的人……"马建成"嘘"了一声，将被点了穴的几个人都补了一掌，统统扔到牢房土坑上，才道："王爷，事不宜迟，我们出去再说。"

两人出了牢门，一前一后，径直走到天字牢房出口处。马建成在墙壁上来回比划几下后，突然发力，结实的墙壁应声转动九十度，露出一个幽深的洞口。

燕王微笑道："李贤的手笔？"马建成点点头，先钻了进去，等燕王也进来了，便转动墙壁，一声闷响后，墙壁恢复原状。

马建成划亮火石，带着燕王在密道里穿行。密道狭长幽深，极为潮湿，燕王渐渐开始呼吸不畅，放慢了脚步。

马建成熄了火石，架起燕王，健步如飞，在黑暗的密道里如履平地。燕王忍不住赞道："道长果然好身手！武当派名不虚传啊！"

马建成道："王爷夸奖了，贫道功夫是有一些，可是说到夜间辨物、呼吸吞纳的内家修为，却是丹药的功效了。"燕王道："道教修丹，看来果有效用。"

奔了一顿饭工夫，燕王虽不必自己出力，却也累得大汗淋漓，喘不过气来。马建成道："王爷，此处不宜久留，朝廷一旦发现王爷逃出天牢，必定封锁京师，到那时再想出城可就难了。"

燕王道："本王知道道长说得对，可是……"顿了顿，"可是我现在喘气都感困难……"马建成划亮火石，道："王爷，贫道身上就有一颗丹药，王爷可愿现在服下？"

燕王看着他从怀里掏出一个小盒，从里面取出一颗丹药，在昏暗的火光下，泛着幽幽的绿色。

燕王迟疑，想起父皇的教导——“信佛信道都可以，但是你们给朕记住了，绝不可服用什么灵丹妙药！妄想着长生不老，别人叫咱们万岁、千岁，但是咱们心里要有数，自古到今，哪里有长生不老之人？天道、王道，最后都抵不过一个人道罢了！”

马建成似乎了解他的心思，并不急于劝他服用，淡淡道：“我辈武当，源自辅极帝君王重阳创立的全真教，讲求三教合一，更以‘全精、全气、全神’为修习的宗旨，信念若不坚定，效用一定大打折扣，王爷既然心有疑虑，现在不服也罢。”便收起丹药，再次背起燕王，摸黑前行。

又走了许久，燕王气喘吁吁，实在坚持不住了，便拍拍马建成的肩膀，示意停下。马建成划亮火石，看见燕王向他伸手，便立即掏出丹药，递了过去。

燕王再无犹豫，接过丹药，仰脖吞了下去。很快，一股清凉之气自丹田处开始生发，渐渐扩至全身，呼吸登时顺畅许多。

燕王缓缓道：“道长所言不虚，本王舒服多了，咱们上路吧！”黑暗中的马建成露出得意的笑——关键的一步，终于做到了！

行了许久，终于到了密道尽头。马建成将燕王放下，划亮火石，手探查着头顶的土，终于摸到了一处机关，双手运功，“轰隆”一声，头顶上豁然洞开，明亮的火光照了进来。

第二十一回　绝密身世心底痛 朝廷用兵选贤能

一个声音传了下来："王爷，道长，张玉等候多时了！"马建成面向燕王道："请！"蹲下身子，等候燕王踩踏。

燕王拱拱手，说一声："承情，多谢了！"扶墙踩在马建成背上。马建成只一抖肩，他便倏地飞出洞穴，稳稳落在地面上。眼见四周火把通明，亮如白昼，笑道："张玉，这里便是建初寺吧？"

张玉上前道："回王爷，这里正是建初寺。"燕王笑笑，道："我在京师多年，却从未来过这建初寺，倒是陈瑛和狗剩儿……对了，那位前朝工部尚书……"

一个黑黑瘦瘦的男子走上前，道："草民李贤，见过燕王爷！"燕王仔细瞅了瞅，笑道："李贤，几年没见，愈加消瘦了啊！"

李贤道："承蒙燕王爷不杀之恩，李贤才在京师谋得碗饭吃，愿为王爷赴汤蹈火，在所不辞！"

燕王点点头，转向张玉，道："下面你怎么安排的？"

张玉道："回王爷，一切按计划进行，陈瑛继续留守京师，负责接应宫内的消息传递，我等护卫王爷返回北平。"燕王问道："王骥呢？"

张玉道："王骥带神机营在寺外布防，以防外围包抄。"燕王满意地点点头，拍拍张玉的肩膀，道："好，撤！"

燕王在张玉和马建成的陪同下上了一辆马车，很快行至河边，上了一艘小船，并换了衣服。便衣兵士们也都分批上了其他小船，趁着夜色向渡口驶去。

燕王回望京师，感慨道："再回京师，也不知是何情景了！"张玉道："再回京师，便是我等辅佐王爷登基之时了！"马建成也道："王爷不必烦恼，这次王爷来京的几个目的都已达到，又能安然出去……"

话音未落，岸边响起一阵脚步杂沓之声，一个声音喝道："喂，哪里来的船队？快快靠岸，接受巡查！"

燕王向张玉使个眼色，点了点头。张玉出了船舱，朗声道："军爷辛苦，我们是贩运漕粮的民船，刚在前边渡口接受了盘查。"

岸上兵士喝道："少废话，快点把船靠过来！京师戒严，水陆交通统统接受严查，一辆车、一艘船都不能放过！"张玉道："好，军爷请稍等。"回到船舱，与马建成对视一下，点了点头，示意船夫划船靠岸。

岸上兵士越来越多，几十名兵士分别下到各船进行盘查，动作粗野，态度蛮横，单刀直接戳破了粮食口袋。张玉忙不迭道："军爷，军爷，我等都是押着身家性命来贩运漕粮的，可不敢大意了啊！"说着掏出银票，偷偷塞给首领。

首领接了银票，对其他几条船上的兵士喊道："喂，船上都有什么人？装了什么玩意？"

兵士们纷纷答道："都是粮食，没有别的。"首领放了心，刚要出舱，看见船舱里坐着一位大汉，检查全程始终目不斜视，气度不凡。

首领喝道："喂，你是干什么的？看样子可不像是贩粮的呀？"张玉急忙过来，却被首领一把推开，喝道："我在问他！你少插嘴！"

那人冷笑一声，道："他们是贩粮的，我是掌柜的，不行吗？"首领道："吆嗬，口气还不小！信不信爷截了你这批船！在这条河上，除了当今皇上，谁他娘的也管不着咱！"

那人淡淡一笑，道："除了驾崩的先皇，谁也管不着咱！"首领一惊，刚要拔刀，却被点住了穴道，一个声音在他耳边道："宣布放行，你就坐船上陪着！敢动一动，道爷就捏死你！"

首领浑身酸麻，想要呼救，却知道只要自己一呼救，手下还没到，自己就得被弄死，只好忍痛大声道："放行啦，放行啦，开船吧！"船队即刻起航，向北行去。岸上一名副将喊道："夏头领，您不下船吗？"

夏头领看着眼前的汉子，忍痛答道："你们不用跟着，我到下一渡口找老李喝酒去！"副官答应着。

夏头领央求道："各位英雄，你们交代的我都做了，你们就放了我吧！"张玉凑上来，道："说，京师为何盘查得这么严？前边渡口什么情况？"

夏头领道："我等也不清楚，只听说宫里天牢走了要犯，也不知道是什么人，上头逼着我们连夜盘查，连个囫囵觉都睡不成！哦，您说前边渡口，前边是我一个发小老李做首领——您就把我搁那儿就成。"

张玉道："待我们出了京师便放你，敢耍花样。"一把乌黑发亮的火枪，慢慢抵在他头上。夏头领吓得魂不附体，赶紧道："好好好，您说了算，都您说了算！"

张玉向后船示意，意思是拉开距离，免得引人注意。

到了瓜州渡口，夏头领在张玉陪同下站出来，喊道："老李头，今儿你当值呗！"

李头领刚要上船盘查，听见喊声，定睛一看，笑道："我说是谁，你小子又溜号了呗！听哥一句，今晚上可是大事，马虎不得！”夏头领表情僵硬，笑道：“可不是嘛，这不我陪着……陪着几条船过……”

李头领奇道：“你咋回事？今儿说话结结巴巴，跟前这是谁？”夏头领忙道：“老李，行个方便，这都是咱的……咱的关系户，贩漕粮的。”

李头领笑骂道：“你小子胆子真大，赶紧的，回头请我喝酒啊！”夏头领嘴上答应，眼睛却看着张玉。

船队再次起航，眼见就要出了渡口，突然，岸上火把通明，大批骑兵赶到，最前面的兵士骑着高头大马，直接跑到李头领面前，喝道："内阁方大人亲自带队出来巡查！”

李头领急忙上岸，忙不迭带队迎接。方孝孺看都不看他一眼，径直走向渡口，看着长长的船队，喝道：“这是什么船？”

李头领心里骂娘，腿却快步走到方孝孺面前，恭敬答道：“回大人，这是漕粮船，下官刚刚下船检查……”

方孝孺喝道：“船只全部靠岸停泊，所有人全部上岸，一一检查，不得疏漏！”李头领只得道：“好，好！”回头命人传令下去，即刻检查。

燕王看着走进船舱的张玉和马建成，低声道：“别慌，让他查，咱们上岸！”几个人低着头，挨次上岸。很快，整个船队的人都上了岸，稀稀拉拉排成三队。方孝孺带的兵士迅速登船查验起来。

方孝孺在人群前走了两遍，眼睛盯着每一个人，最后站在李头领面前道：“后面的船只，都得这么查，知道吗？”李头领点头道：“是，是，下官一定照办！”

方孝孺挥挥手，示意人群上船。燕王松了一口气，按照次序，刚要迈步，身后响起一个声音道：“燕王爷，您就别上了吧！”

燕王情知被发现，索性笑道：“方大人，本王敬你是个人才，何必跟着一个毛孩子过家家，不如跟我一起去北平，开创不世之功！”

方孝孺斥道：“口出大逆不道之词，实在有违太祖心血！来人啊！全部拿下！”夏头领喊道：“冤枉啊，下官是前边渡口的头领，是被他们……”

马建成一使劲，夏头领登时说不出话来了——燕王、张玉和马建成挟持着夏头领，背靠背被围在当中。

张玉喝道：“三营营救，神机营掩护！”本已上船的“漕粮贩子”呼啦涌上岸来，向着官兵开始进攻。

方孝孺镇定自若，哼道：“什么三营、神机营，船上别说火枪，连把刀都没有，看你们怎么进攻！火枪营，围歼这批假‘粮民’！”

“砰砰砰”火枪开火，大批“粮民”倒在岸上和河里。

方孝孺看着被围在垓心的燕王，笑道：“敢来抓捕英勇善战的燕王爷，没点准备怎么可以！”

燕王兀自面不改色，沉声道：“方孝孺，本王的大门依然为你敞开。”说完立刻低声对马建成道：“强攻，突破，抢船！”

伴着夏头领的一声惨叫，马建成架着燕王飞掠而起，张玉殿后，一起向河里突围！

方孝孺万料不到这三人被围得如此严密居然还能突围！急忙下令道：“除了燕王，其余人格杀勿论！”火枪营的官兵听到是燕王，谁还敢开枪？举枪的手纷纷都放下了。

马建成趁着这个间隙，已携燕王跃上一艘小船，张玉随后赶到，拔剑砍断缆绳，一撑之下，小船登时离岸划出！

方孝孺大急，一面喝骂兵士，一面夺过火枪，朝着小船开了一枪，接着又拿一把，再开一枪……

张玉施展武功，马建成在另一侧助攻，船如离弦之箭，飞快划过渡口，驶向黑暗当中。

过了许久，张玉道：“刚才实在凶险得紧，当年在漠北战场，也没有如此紧张。”燕王缓缓道：“是啊，元蒙余孽，哪有……哪有这样的火枪！”

马建成觉察声音不对，忙问道：“王爷，您，您中枪了？”

何富贵听了燕王逃离京师的惊险经历，不禁叹道：“大哥大难不死，必有后福！”

燕王睁开眼，苦笑了下，看着进来的张玉和马建成，道：“马道长，张玉，这位便是我向你们说起过的三弟何富贵。”张玉拱拱手，马建成点点头。

张玉弯下腰，低声道：“王爷，王府家眷都已安顿好了，朝廷官兵一时半会儿查不到。”燕王闭上眼，道：“这次江湖人士出手相救，实是意外之喜，多亏了三弟的面子。”

何富贵刚要客气几句，却听张玉道：“情报收得多了，我才知道，其实都指挥使张信本就按照王爷的密令去王府护卫，却被挡在门外，无端被谢贵放冷箭射死，不知道消息属不属实？”身子朝着燕王，眼睛却盯着何富贵。

何富贵脸上一热，硬着头皮道：“大哥，是三弟判断失误，致使大哥失去一员大将，实在惭愧得紧，我……”燕王抬手打断道：“三弟不必如此！你能请得动沧临派与洪洞派过来帮忙，实在大大超乎大哥的意料，对朝廷用兵只在旦夕之间，这些江湖势力必须紧紧抓住！”说到激动处，又开始剧烈咳嗽起来。

张玉将何富贵挡在身后，亲自服侍燕王服下汤药，又对何富贵道：“王爷刚刚服药，需要休息，何先生不如改日再来？你受伤的朋友现正接受罗神医的救治，先生大可前去看看。”

何富贵情知张玉出言赶人，心中不爽，但也只好向燕王道：“大哥好生休息，小弟改日再来。”

燕王点点头，目送他出门，朦朦胧胧刚要睡着，一个激灵又醒了，手四处乱抓，却握住了一只手，引导他手捏住了三本书。张玉俯在他耳边说：“王爷放心睡吧，经书已经拿到了。”

燕王将书抱在怀里，沉沉睡去，睡梦里有父皇，有亲娘，还有……

应天府（即后来的京师，南京）一战，朱元璋的明军被陈友谅打得几乎全军覆没。朱元璋找到一个死尸，换了他的装束，狼狈逃到运河边，搭上一条渔船，一路向北逃窜。艄公生性豁达，与“逃兵”朱元璋把酒言欢，甚为投机。船到扬州，艄公接上女儿，说是在此做工，接上回家过节。

一路，朱元璋艄公女儿有说有笑，在一次醉酒后成其好事……

酒醒后的朱元璋后悔不迭，可是大错已经铸成，根本无法挽回，于是磕头恳求姑娘等他三年，三年后必定娶她过门云云。船到临清，姑娘坚持下船，朱元璋只得答应，却在暗中跟随。见姑娘上得高山，进了玉河庵后，朱元璋才悄悄下山，再次返回老家凤阳重整旗鼓，意图卷土重来。

几年后，打了胜仗的朱元璋暗中派出徐达、吕本寻访那位艄公的女儿，从应天府一路找到临清的玉河庵，终于得到确切消息：那位姑娘在玉河庵带发修行，几个月后却产下一名男婴，被师太交给玉河庵附近的金山寺住持空见师父收养。艄公的女儿则难产而死，只留下三本《般若波罗蜜多心经》，乃是仅存的遗物。

当时金山寺住持已经易主，空见师父转任少林寺。徐达和吕本商议之后，将四岁的小和尚成棣带回，亲自交给了朱元璋。朱元璋无暇照管，嘱托吕本妻子看护，并严词告诫徐达、吕本及其妻子，关于成棣的真实身世绝不可泄露，对外便说成棣乃是其原配妻子马氏所生的第四子，名为朱棣。

在凤阳，朱元璋的四儿子朱棣，徐达的女儿徐丽慧，吕本的女儿吕思晴，天天吃在一起，玩在一起，晚上睡在一起，青梅竹马，三小无猜。随着年龄逐渐长大，三人情窦初开，竟然私订终身，暗自决定成为一家。

蒙古朝廷趁朱元璋与陈友谅混战之际，派兵袭取了朱元璋的老巢凤阳，攻伐掳掠，大肆截杀，吕本的妻子也在混战中被杀死。朱棣带着徐丽慧、吕思晴拼命奔逃，后来又抢了一匹马，三人骑了拼命疾驰，直到马被累倒在地，三人才下得马来，喘息稍定。

天色渐黑，徐丽慧提议生火做些吃的，然后靠在火堆边过夜。朱棣掏出父亲留给他的特制火石——既可生火，也可发信号求救——生起一堆火，嘱咐二女守在火边，自己去打些野味儿回来，将身上带的一小袋火石、几本兵书和一些银两交给徐丽慧保管，当然还有他一直随身携带的三本经书。

朱棣一路走到运河边，看到几条渔船，却始终一无所获，好不容易看见一只野兔，正要下手，却见天空响起信号，知道二女遇险，于是火速赶回，果然看见成队的狼群正在缓缓靠近，徐丽慧搂着吓得浑身哆嗦的吕思晴无计可施。

朱棣从小胆大有谋，当即喝令徐丽慧在火堆里找出三根火把，三人分别拿了，由他指挥方向，徐丽慧在前，朱棣断后，慢慢向运河边走去。狼群不疾不徐，始终尾随在后。

上了渔船，朱棣砍断缆绳，三人一船离岸而去。吕思晴惊慌稍定，便使劲将火把抛向狼群，孰料这一举动激怒了头狼，它竟然纵身一跃扑向渔船！吕思晴吓得半死，朱棣掏出腰刀拼命与其缠斗，后来渔船倾覆，三人落入水中。幸好，朱棣与徐丽慧都识得水性，两人架着已经昏迷的吕思晴上了另一条空船，继续在运河上飘荡。

三人衣服都已湿透，索性都脱了。吕思晴乍脱险境，心力交瘁，躺在船板上沉沉睡去。朱棣将舱里的一条破毡布搭在她身上，起身看见徐丽慧正在整理身上携带的东西，听见她低呼一声，赶紧过去查看，月光之下，却见一本经书污秽不堪——原来是落水之后，几粒火石遇水变成污秽黏到了经书之上。

朱棣虽然着急，但也知道不能责怪徐丽慧，便将书晾在船板上。第二天清晨，一夜未睡的徐丽慧将他叫醒，递过那本经书。阳光之下，经书居然映出淡淡血迹——竟是与之前完全不同的血字！朱棣惊骇之下，细细阅读，却是母亲将她如何与朱元璋遭遇，如何生下男婴等种种情事记在了里面。

看完内容之后朱棣心情复杂，徐丽慧坐在他身旁，默默不语，后来提议等火石干了，便将经书付之一炬，这些秘密也就随之消亡。朱棣沉默良久，点头答应。日出三竿，火石干了，经书也干了，两人却发现经书上的血字也不见了。

朱棣想起父亲将经书交给他时的郑重其事，担心另有别情，于是决定不再焚毁经书，妥为保管。

三人在船上月余，以捕鱼烤鱼为生。后来，到得一处码头，三人才上得岸来，辗转找到父亲朱元璋。最后朱元璋率部大举反攻，夺得大片土地后论功行赏，分封藩王，钦点亲事，却将吕思晴许配给大儿子朱标，将徐丽慧许配给四儿子朱棣。

朱棣被封了燕王，却闷闷不乐。知他心意的徐丽慧暗中将吕思晴约到一处房子，并将朱棣也哄了过来。

两人见面互诉衷肠，竟不知不觉聊至天明。

凌晨，北方有了紧急军情，徐丽慧派人过来送信。朱棣匆忙出来，将经书遗落在床上。

吕思晴知道这些经书对朱棣甚为紧要，便为他收了起来。从此二人天各一方，再未相见。

朱棣抱着经书沉沉睡着，一会儿惊醒，一会儿又睡，折腾地筋疲力尽，多年的征战不曾将他击垮，身世的不堪却让他蒙羞，初恋的无奈让他愤恨，对父皇的怨念与日俱增，时刻啮噬着他的心灵……

何富贵从屋里出来，正好碰见刚为鲤鱼治伤出来的罗神医，赶紧赔笑道："罗妈妈，好久没见您了，可想念得紧哩！"罗神医白他一眼，径直去了偏院。

何富贵心里叹气，问世间情为何物？直教人不成亲便成仇，唉，无奈啊无奈！老爹说得对，人世间能用钱解决的事都不算事。感情的无奈，老天爷也无能为力吧！

他叹着气，走进屋子，见江胜清等人围在床边，听他说了情况，知道鲤鱼已无大碍，但得在此将养些时日。又说起外围战况，燕王府家眷已由燕王妃徐丽慧接手，安置到一个秘密所在，沧临派与洪洞派帮众暂时撤到沧州。死伤兄弟的后事已交给六师弟打理了。

何富贵点点头，慢慢走出屋子，想起远在京师的二哥狗剩儿，据大哥身边的随从说，二哥晕倒在大殿之上，也不知道现在情况怎样了……

云北归浑身燥热，体内郁积的无穷真气四处乱窜，几乎将他活活焚毁，一睁眼却见到一个和尚坐他对面，不禁喝道："臭秃驴，你干啥？"

边上站着的小卓子吃了一惊，立即将匕首抵在成风脖子上，喝道："成风，别耍花招！"成风冷冷道："不是我耍花招，是你干爹撒呓症！"

意识逐渐恢复，云北归开始记起了眼前状况，深吸一口气，道："和尚，我身上是不是全好了？我要喝酒，我要喝荷花酒！嘴里都淡出鸟来了！"

成风冷冷道："做梦！"云北归怒道："你他娘的敢怼我！小卓子，阉了他！"小卓子答应一声，作势要刺。

成风道："我给你点的穴道已经解了，可你自己做的孽远未化解。"云北归示意小卓子住手，问道："我作孽？啥孽？"

成风道："你知道刚才有多凶险？贫僧拼尽全力才抵得住你身上的奇热之毒，这些绝非少林点穴所致，想来便是你们武当派炼制的所谓灵丹妙药了。"

云北归站起来，道："行，咱家一向说话算话，大和尚为咱家解了毒，咱家就放你走，不过——”接过小卓子手里的刀，“你去把那个叫成圭的和尚叫进来，”转向成风，“你想出去，可不能这么轻巧，总得留个念想吧……”

云北归回到御书房，见皇上正坐着发呆，心道当了皇上还成天发愁，还不如我狗剩儿当混混时的逍遥快活！凑上去施礼，低声道：“皇上，料理干净了。”

皇上哼了一声，没有说话。云北归从怀里掏出一个手帕，打开后捧给皇上，赫然一只带血的耳朵！

皇上摆手道：“拿走，拿走！恶心不恶心？”云北归出去将手帕交给了小卓子，返身回屋。

皇上依旧眉头不展，沉默不语。云北归小心道：“皇上，奴才不知道大杀的成风跟您说了啥，可是狗嘴里吐不出象牙，您甭信他的！”

皇上叹口气，道：“大战在即，后院起火，朕能不上火吗？唉！”云北归试探道：“奴才听说全城搜查，不知道抓到燕王没有？”

皇上不禁怒道：“他就在方孝孺眼皮底下跑的！早知如此，还不如让你去抓呢！”云北归暗喜，凑上来道：“皇上，奴才倒觉得这没准儿是天意哩！”

皇上盯着他道：“你什么意思？盼着他跑了？！”云北归赔笑道：“哪儿能啊！皇上您想，太祖爷如果在，也不愿意看您和亲叔叔闹掰吧？既然他都跑了，这事就拉倒吧！”

皇上哼道：“岂有此理！你呀，不读书就是没文化，没文化真是太可怕！事情闹到这个地步，怎么可能和平收场？一家人？皇室哪有一家人！”云北归暗吐舌头，不敢再言语了。

皇上喃喃道：“隋文帝、隋炀帝是父子，李世民和李建成、李元吉是兄弟，那又怎样？还不是杀来杀去！也不知成风说的是真是假，母后……母后……成风的师弟们也一并处理了？”

云北归一怔，赶紧道：“皇上，奴才该死！奴才听您说把成风处理干净，别的和尚不知道这事，所以都打发走了，您要改主意，奴才立马派人去追……”

皇上摆摆手，道：“大战在即，先不管这些乱七八糟的了，赶紧把几位内阁大臣叫来，派兵，北伐！”

御书房外，方孝孺跪在地上，额头已经磕头出血，任太监怎么拉都不起来。云北归心中不忍，走过去道：“方大人，皇上和几位大人都在等你哩，你在这儿跟自己死磕有啥用？”

方孝孺脸如死灰，沉声道："钦犯在我手中逃了，罪臣无颜面见皇上！皇上不治罪，臣就长跪不起！"云北归还要再说，身后一个声音道："怎么？方大人，非得让朕亲自来请你进去不可吗？"

方孝孺赶紧再次磕头，泣道："臣走失钦犯，罪无可赦，恳求皇上降罪！"皇上哼道："你有罪，你当然有罪！可是你不能罪上加罪！朝廷马上要北伐，你要是贻误战机，那才是罪无可赦！"

方孝孺一脸惶恐，颤声道："皇上，臣愿意戴罪立功，亲自带兵……"皇上一摆手，道："进屋再说。"

齐泰将北平布政使张昺、都指挥使谢贵围捕燕王府的情况大致说了，气得皇上摔了茶杯，骂道："废物！一群废物！养兵千日用兵一时，朕早早将张昺、谢贵安插过去，仗还没开打居然就让燕王府三千多口人全跑了，自己还死了几百人！"

齐泰道："皇上息怒，探子来报说抓捕工作本来进展顺利，可是有一个什么何举人引来许多江湖人士，沧临派和洪洞派帮众，与北平官兵混战一场，张昺他们被打得莫名其妙，故而落败。"

黄子澄哼道："说到底还是张昺无能，盯了燕王这么久，居然也没发现他身边还有江湖门派聚集！"

云北归心里松口气，暗道："老娘平安，三弟好样的！"

齐泰道："这个何举人确实蹊跷，探子摸了底，只不过是北平庆丰桥的一名普通举子，以前与燕王并无交情，只是去年放灯节无意中和一个叫狗剩儿的混混儿联手救了燕王……"

皇上盯着他道："去年放灯节？"齐泰道："正是，臣已查明，去年的计划就是这二人横空插入，导致……"

黄子澄打断道："一个普通举人，一个混混儿，居然就将齐大人策划许久的雄大计划破坏殆尽，老臣实在难以置信！"齐泰涵养再好，也忍不住道："黄大人，自古评判容易做事难，再完美的计划一旦付诸实施，也保不准会有意外，不是吗？"

黄子澄还要再说，却被皇上拦住道："好了，你们不要一开口就吵架好不好？方孝孺，别抻着了，说说吧！"

方孝孺道："虽然皇上宽宏大量，赦免了……"黄子澄插口道："方大人，皇上让你进来议事，什么时候说过赦免你的罪了？"

皇上抬手道："黄大人，您喝口茶，让方大人说嘛。"方孝孺接着道："皇上，罪臣以为，北平官兵绝不是燕王的对手，最多一个月，必然落败；北平官兵一旦失利，必然向南溃败至怀来的宋忠处，而宋忠所部抵挡燕王顶多支撑一个月而已。”

皇上愁眉紧锁，道：“方爱卿的意思是，留给我们的准备时间只有两个月了？”方孝孺道：“正是，好在皇上英明，提前予以布置……”黄子澄打断道：“非也非也！是燕王早有不臣之心，先皇驾崩，托故不到，到了京师，行皇道入，大殿之上，咆哮暴怒，不尊新君，罪无可赦，故而皇上才顺天应命，吊民伐罪！”

方孝孺不悦道：“黄大人出口成章，这讨伐檄文也不必罪臣代笔了。”

皇上道：“两个月，足够了！传旨，兵部、户部抓紧准备！还有，主将，先锋，各位心中可有人选？”

方孝孺道：“臣早已将朝中武将详查了一番，却难以选出一位德才兼备的理想主将。”黄子澄道：“笑话！我太祖皇帝凤阳起兵，带出多少骁勇战将，怎么能说没有人选？”

方孝孺沉着脸，道：“黄大人不妨说说看。”黄子澄张嘴就说出一串名字，却忽然意识到——这些人要么获罪被处死，要么已经病死，所谓真正具备战斗经验的武将竟一时说不出一个来！

皇上喃喃道：“我偌大朝廷，居然无将可用！不可能！”齐泰开口道：“莫若让李景隆、李维邦兄弟出征？”黄子澄道：“第一，这二人还在戴罪期间，皇上怎么放心将几十万大军交给他俩；第二，李景隆与燕王私交甚笃，不怕一万，就怕万一；第三，李维邦其人，带几百人几千人还是不错，可是带上几万几十万人，肯定不行！”

方孝孺道：“罪臣琢磨很久，心中有两个人选，大家不妨议一议。第一个乃是魏国公之子徐辉祖……”

齐泰点头道：“徐辉祖，文韬武略，谋事深远，颇有乃父之风，可堪大用！”黄子澄却摇头道：“不可不可，徐辉祖固然读了几本兵书，可是根本没有上场作战的经验，更紧要的是，各位莫要忘了，他的妹妹就是燕王妃！这打起仗来，难免心有挂碍。”

皇上心情烦躁，道：“黄大人，那你说，派谁去合适？”黄子澄没料到皇上突然发怒，一时语塞。齐泰道：“方大人不是还有第二人选吗？不妨说说看。”

方孝孺道：“耿炳文。”皇上眼前一亮，道：“这个好，这个好！朕小时候就听皇爷爷讲，长兴侯耿炳文久经沙场，历经磨难，又是皇爷爷的凤阳嫡系，最是忠诚可靠！”

齐泰道：“耿大人驻守长兴十年之久，最大限度地牵制了张士诚的进攻，使得太祖得以腾出手来对付北方的蒙古鞑子。”

方孝孺补充道：“孝孺读书之时，就耳闻张士诚做梦都在骂耿大人顽固不化，坚守不出，将一个小小的长兴城守得固若金汤！”

皇上注意到沉默不语的黄子澄，便道：“黄大人为何缄口不言了，平时你不是最爱说的吗？”黄子澄还在生闷气，半天才道：“老臣出言不受待见，皇上不爱听，老臣还是闭嘴吧！”

皇上起身走到黄子澄面前，笑道：“大战将起，朕一时烦忧，难免说话欠考虑，老师何必如此介意？”黄子澄哽咽道：“多谢皇上体恤！既然皇上问起，老臣绝不藏着掖着，一定有一说一。”

皇上道：“请讲。”黄子澄道：“老臣以为，兵法二字，其实就是‘攻守’之战，也就是‘矛与盾’的博弈。”

皇上点头道：“有道理。”黄子澄受到肯定，情绪上来了，接着道：“老臣以为，将领天生，是矛不是盾，是盾不是矛，有的将领善于进攻，打硬仗，比如鄂国公常遇春；有的将领却最长于防守，比如这位耿大人。”

皇上沉吟道：“您的意思朕明白了，容朕再想想。今天先这样，明日再议。”

大臣们都走了，皇上疲惫地靠在龙椅上，接受云北归的按摩。

皇上突然问道：“你怎么看？”

云北归一边按摩，一边琢磨老娘会被安排在什么地方，猛听到皇上发问，随口道：“要不让奴才试试……”皇上刚喝了口茶，遍“噗”地吐了出来。

云北归忙不迭为皇上擦拭，琢磨着是不是自己又说错话了。皇上笑道：“你小子倒是敢说，但是朕还不敢用啊！你呀，不读书什么都不懂！一个大内太监，就想着到战场带兵打仗了？太祖早有祖训，后宫太监不得干政，你这话要是让他老人家听见，非扒了你的皮不可！”

云北归吐吐舌头，笑道：“奴才只是想为皇上分忧，不知道规矩。”皇上道：“除了你自己，你是不是想让李维邦去？”

云北归小心道：“朝廷大事，奴才哪里懂得，只不过，奴才觉得谁都会犯错，犯了错也得给个改错的机会，一棒子打死，好像不太好吧？”

皇上沉默半晌，道：“李维邦的忠心，朕还是放心的，这样吧，主帅还是耿炳文，先锋官倒是可以给他。”

第二天早朝，皇上下旨，令齐泰、方孝孺着手整顿军备，一个月内务必调拨出三十万大军，并且为此筹集足够的粮草；令耿炳文为北伐元帅，杨松和李维邦分别为左右先锋官。一个月后，兵发北平，讨伐朱棣——燕王的封号就此被削夺。

云北归抽空出宫见了陈瑛，将朝廷的人员安排及军备情况告诉了他。

北平，双桥医馆。

朱棣喝着汤药，认真听三弟何富贵讲着：“小弟这几天也没闲着，已经把北平左近的沧临派与洪洞派势力分布摸了个底，一旦朝廷真要用兵，咱们可以组织反击……”

一个亲兵匆匆跑进来，俯在朱棣耳边嘀咕。朱棣听了，点头笑道：“三弟，二弟的消息非常及时！朝廷派耿炳文为主帅，杨松和李维邦为先锋官对我进行讨伐，再有……对，再有半个月，就要起兵了。”

何富贵道：“这个耿炳文，小弟也有耳闻，也是员名将……”院外突然人声喧哗，很多人四处乱跑。

张玉匆忙进来，对朱棣道：“王爷，医馆已被包围，张昺与谢贵带人到了。”何富贵吃了一惊，却见朱棣淡然道：“好，这一天还是到了。”

何富贵站起来，紧张道：“大哥，要不赶紧发信号，让各路势力过来增援？”朱棣笑笑，道：“三弟，你是见过那份圣旨的对吧？”

何富贵道：“对，小弟仔细看过。”朱棣道：“上面可有逮捕我本人的旨意？”

何富贵仔细回想，喃喃道：“上面说是抓捕燕王亲属，确实没有逮捕您本人的。”朱棣笑道：“眼下的京师恐怕到处都是逮捕我朱棣的官兵，而在北平的圣旨上却只有抓捕我家属的意思，所以，我就算被褫夺了封号，为啥要怕两个北平的官员？张玉，请张昺和谢贵进来，记住，只许他二人进来。”

张玉出去了一会儿，回来道：“王爷，他们不进来。”朱棣笑道：“怎么，怕了？”

张玉点头道：“他们也不是傻瓜，自然好说歹说不肯进来。”

第二十二回　挟人质凌空摘心　据北平宣布靖难

何富贵道：“大哥，依小弟之见，他们不是来抓捕王府亲属的吗？您就说已经列好了亲属名单，并且已经亲自抓住了这些人，就等着他俩进来验明身份、交付朝廷了！”

朱棣笑道：“三弟，很上道啊！”说着转向张玉，“去，就这么说，要是他们再不进来，就别怪我朱棣翻脸了！”

张昺和谢贵这次进来了——看得出他们的紧张，虽然带的兵很多，但他们知道，这次面对的是燕王，虽然没了封号，但是燕王还是燕王，这次说不好就得去见阎王了。

何富贵扶着大哥坐在大厅的主座。他知道，深谋远虑的大哥必定已经有所准备，要不然不可能让敌军主将堂而皇之地进来。

看见一脸老人斑的张昺，何富贵心里暗道：“糟老头子，居然霸占柳如香这么多年！真是岂有此理！哎，对了，自己有一次做梦，柳如香居然是范丽华的母亲！模样是有点像，应该不是真的吧？柳如香还这么年轻，怎么会有这么大的女儿？美女总是长得很像吧……”

何富贵还在胡思乱想，张昺与谢贵已经向“燕王”见礼了——不出意外，依然是面见藩王的礼节。

朱棣委坐在椅上，有气无力，眼神涣散，也不理会他们二人。

张昺爹着胆子问道：“王爷……”“等等……”朱棣忽然坐了起来，“张大人，朝廷明发旨意褫夺了我的藩王封号，你作为北平的父母官会不知道吗？居然进门就给我行了面见亲王的大礼，现在又叫我‘王爷’，你是何居心？是对朝廷旨意不满喽？”

张昺额头上的汗已经出来了，支支吾吾说不出话，心里的肠子都悔青了——刚才进门时自己带的亲兵被要求留在门外，自己为什么就要听了？他一个被夺了封号的落难贵族，自己堂堂二品大员却要任他摆布？

朱棣盯完了张昺，又看向谢贵，笑道：“谢指挥使，你好威风、好手段啊！上前线打仗没见出多大力，暗箭刺杀同僚你倒下得去手，啊！”谢贵低着头，咽口吐沫。

朱棣继续问他：“如果是你被围在府中，你会怎么做？”谢贵冷冷道：“擒贼先擒王，王……你不是已经在做吗？”

朱棣笑道：“好，算你读过几本兵书——手里的信号弹快被你搓碎了，放下吧！”谢贵一惊，立即将信号弹抛向门外，孰料，信号弹刚一出手，就被凌空夺了去——武当派的“虚空飞渡”向来是例不虚发——掌门人马建成随手将信号弹扔进了痰盂。

朱棣笑着对何富贵道：“三弟，如果你一开始就发你的信号弹，这两位可就死活不肯进来了！”何富贵笑道：“现在他们进来了，我就可以发了。”走到院外，点燃了信号弹。

院外的官兵一阵骚动，纷纷向大门拥挤。

胖胖的明明嚷道：“干什么，干什么？挤什么？”手上使劲，推开了不少人。

何富贵返回大厅，对朱棣笑道：“半个时辰，他们就会赶到。”朱棣走到已经吓得发抖的张昺面前，笑道：“张大人，岁数大了，就不要硬撑着了，再有，岁数大了，就不要霸着美人不放，自己又什么都做不了，还不如让给我这位兄弟呢！哈哈哈！”

张昺满是皱纹的脸此时因为紧张变得更加扭曲可怖，阴沉着道：“何富贵，燕王爷我张昺惹不起，你一个小小举人，我还是敢动的！”何富贵道：“张大人，你也是读过书的人，应该知道‘识时务者为俊杰’，别看你们外头都是人，可你老人家在我们手里，他们要是敢强攻，我们先拿你开刀！”

张昺向谢贵点点头，谢贵突然高声道：“架起来！”

外围忽然安静下来，院墙外竖起一个高高的架子，上面绑着一个身躯瘦小的老头，嘴里被塞了布，兀自“唔唔”地哼着。

何富贵一看之下，顿时如坠冰窖之中，喊道：“爹，爹，是你吗？”老头听见喊声，急忙探头，看见了何富贵，使劲点头，嘴里的布被人扯下，顿时放声喊道：“富贵，小富贵，快救救你爹呀！”

何富贵看向张昺，怒道：“张昺，这种下三滥的手段你都使得出来！”张昺笑道：“哎呦，您可过奖了！您和燕王爷是兄弟，我们也没个靠山，不做点准备，敢单独来见燕王爷吗？”

何富贵强自镇定，喝道：“张昺，少废话，说说你的条件！”张昺道：“很简单，我等奉旨看管燕王家属，你只要说出藏匿那些人的地址，等我们找到人，另找地方妥为安置，燕王爷也大可放心，圣旨只说看管，没提如何处置，我等区区下官，又怎敢为难王爷家属。”

何富贵沉声道：“我要是不肯呢？”张昺瞅一眼谢贵，谢贵喝道：“动手！”

外面的高架子齐刷刷冒出三把明晃晃的尖刀，上下齐飞，已将何东来上衣剥了个干净。

何富贵喊道：“谢贵，你要干什么？”谢贵洋洋得意道：“在下虽然身为武将，但在张大人的督促下，亲自研制了这套刑具，目的就是震慑人心，壮我气势，各位看得清楚，架子上有三把尖刀，也有三道程序，这第一道程序最简单，就是剥干净犯人的上衣，当然如果需要，剥掉裤子也可以，哈哈哈！”

张昺笑道：“谢大人，有个事儿你好像忘了吧？”谢贵一拍脑袋，连道：“对对对，看我这个猪脑子！这套刑具试验了几次，效果极是不错，张大人亲自为它取了个文雅的名字，叫‘凌空摘心’！”

何富贵吓得蹲在地上，一句话也说不出，眼睛可怜巴巴地看向燕王——他盯着高架，默不作声。

何富贵低声道：“张昺，谢贵，我一介布衣，怎会知道燕王府家眷的所在，你们……你们……”声泪俱下，说不下去。

张昺笑道：“你不知道，可有人知道，我等可不敢为难贵人，只好劳烦你去问了，对了，你刚才说不到半个时辰救兵就到，所以，谢大人。”谢贵会意，高声道：“第二步！”

高架上的尖刀上下齐飞，两把平行抵住了何东来的胸部侧位，第三把刀对准了心脏位置！

何富贵急忙跪倒在张昺面前，哭道：“张大人，以前都是小生的错，你要杀就杀我，不要为难我爹……”张昺抬脚将他踢倒。

明明大喝一声：“糟老头子你敢！”却被谢贵伸手拦道：“哎，胖姑娘，私人恩怨，旁人莫插手得好！”

明明哪管这些，反手去打谢贵，孰料肚子“砰”地被踢了一脚，顿时仰面倒地。伙计们大喝着涌上，谢贵不慌不忙，施展拳法一一化解。

何富贵爬起来，道：“都住手！”撕开自己上衣，露出雪白的胸膛，夺过家丁的一把刀，递给张昺道：“张大人，你有私仇冲我来，刺几刀我都受着！”

张昺接过刀，抵在他胸膛，笑道：“我张某人身为朝廷命官，一向先公后私，你只要说出王府家眷的所在，我就放了你爹，至于和你的那点恩怨，咱们慢慢算。”

朱棣喝道：“张昺你当本王不存在吗？”张昺向他拱拱手，道：“该怎么称呼您好呢？您也说了，王爷封号撤了，您最多也就是个世家了，我尊您为朱先生怎么样？”

朱棣沉声道：“放下老爷子，否则休怪我翻脸！”张昺收起笑容，道：“谢大人，朱先生要动真格，你还要过家家吗？”

谢贵喝道：“动手！”尖刀寒光一闪，直插何东来胸膛！

何富贵大喊一声，不敢再看，耳朵听到众人齐呼，心知有异，忙抬头看，却是一条人影飞掠过去，定睛一看，却是鲤鱼！

何富贵心中激动，喜道：“鲤鱼，小心！”

话音甫落，枪声响起，鲤鱼跌落在墙外，不知死活。

谢贵冷笑道："武林高手能出手救人，我们北平的兵就是吃干饭的？"转向外围，"继续，动手！"

被吓晕的何东来此时疼得杀猪般喊叫起来，何富贵气血上涌，栽倒在地，意识却是极为清醒，听到四周除了老爹的哭喊，可谓万籁俱寂——他闭上眼睛，听到自己的心在滴血，喉咙被堵住，耳朵也像是聋了……

忽然，他觉得又能听到声音了，声音越来越大，是喊杀声，是沧临派信号弹的声音——救兵终于到了！

他爬起来，看到朱棣在马建成和张玉的护送下进屋的背影。

他的眼睛喷着火，心在怒吼：什么结拜大哥，什么同荆情义，统统都给我玩儿去！

何富贵抢了一把刀，疯了般往外冲，毫无武功的一个人，竟然被他杀出一条血路！他杀红了眼，四下寻摸，爹，爹，鲤鱼，你们在哪儿……

他先看到了鲤鱼——鲤鱼又中了一枪，已经被赶来的沧临派弟子架着走了过来。何富贵冲上去，使劲抱了抱他，一句话也说不出。他使劲往里指，示意他们去找罗神医。他转回身，看到了那个高架子，已经倒在地上的高架子，架了好长好窄，只容得一个人绑缚在上面，上面已经没了人，怎么会没了人？

何富贵四下寻找，还是看不到老爹，脱口喊道："爹，爹，你在哪儿？"

后背忽然被人拍了一下，他心里一惊，急忙回身，却是明明。他抓住她问道："明明，明明，你看到我爹了吗？你妈呢？快请她来救救我爹啊！"

明明一脸泪水——何富贵从小到大从没在她脸上看到过泪水，顺着她手指的方向，他看到了，罗神医在为他爸治伤——确切地说是治完了伤。罗神医站起身，少有地拍了拍何富贵的肩膀，叹口气道："富贵，节哀吧！"

何富贵刚刚冒起的一点希望化为泡影，俯在老爹身上放声大哭……

周围聚集了很多人，而且越来越多。

何富贵哭累了，坐着发呆——这一年来，他为了燕王的事离家在外，跟爹待的时间少之又少，还都是他赔着笑脸凑上来，自己却想法子躲开，想想真是不孝！

一个人站在他面前，弯下腰，低声道："三弟，节哀。老爷子的丧礼，咱们一定办得风风光光……"何富贵抓住他的衣领，旁边的张玉喝道："何富贵，你干什么！"却被这人摆手示意，让何富贵继续。

何富贵道："我，我，你，哇……"话没说完，何富贵便一口鲜血吐在地上。那人挥手示意几个人过来扶住他，为他揉搓后背。

何富贵坐在地上，看着站到高处的那个既熟悉又陌生的燕王大哥，看着他慷慨激昂地说："大家都是有爹有娘、有亲有戚的，你们想想，平常老百姓也得讲究血脉联系、宗族情分的对不对？我朱棣身为先皇的嫡子、当今皇上的亲叔叔，却连自己的性命都要担忧，连自己结拜兄弟父亲的命都救不下来……"

何富贵心里动了动，看见人群的目光向自己投过来。

朱棣继续道："……我为大明守卫北疆多少年，打过多少仗，各位都知道，可谓是久经沙场、出生入死！小皇帝登基，下旨让我面见新君，我只身前往，不带一兵一卒、一刀一剑，但朝廷是怎么对我的？两边的路跪满了人，只剩下中间一条皇道，我本想踩着太监的后背进去，孰料，功亏一篑，还是踩在了皇道上，然后就有御史参我'行皇道入'！大殿之上，不由分说，凭着莫须有的罪名将我打入天牢！我好不容易逃出京师，王府家眷却要被逮捕入狱！我在这里养伤，也被逼上绝路！朝廷如此苦苦相逼，天下还有什么事是不可以干的了！"大手一挥，"带上来！"

几个兵士将五花大绑的张昺和谢贵揪了过来。朱棣接过刀，边走边道："我朱棣上对得起列祖列宗，下对得起北平的百姓，奸臣却要如此陷害我，是可忍孰不可忍！"说完盯着张、谢二人，"你们既然送上门来了，我朱棣就接着！"张昺哼道："燕……朱棣，你阴谋造反、大逆不道，早晚……"嘴巴被旁边的兵士堵了个严实。

谢贵浑身哆嗦，恳求道："燕王爷，末将可没想找您麻烦，是，是张昺非要拉着我来的呀！"张昺向他怒目而视，嘴里"唔唔"着怒斥。

朱棣看都不看他们一眼，转身走到坐在地上的何富贵面前，蹲下身子，将刀递在他面前，道："三弟，大哥不能救你爹，但能帮你报仇，来，你来动手！"

何富贵抬眼看着他。

一年前他们意外相遇，结识，结拜，自己稀里糊涂被卷入这场争斗。今天，老爹死了，这位大哥要他拿刀杀人，为父报仇……

他哆哆嗦嗦接过刀，却没料到刀这么沉，险些脱了手。他兀自站着不动，身子不住颤抖。

朱棣走到他身后，喝道："三弟，你当年寒窗苦读是为了什么？"

他一怔，想了一下，才道："父亲……父亲要我光耀门楣，为我何氏列祖列宗挣得荣耀！"朱棣大声道："正该如此！大丈夫生于天地之间，自然要上对得起皇天后土，下对得起祖宗爹娘！今天，这两个杂种，却无端端杀了你爹，生你养你的爹，你却……"

何富贵突然大喝一声，举刀快步冲到张、谢二人面前。谢贵吓得往后猛缩，恳求道："何举人，不关我事啊……"

他却不理谢贵，怒视着张昺，伸出左手拿出了他嘴里的东西。

张昺极为紧张，却是倒驴不倒架，梗着脖子道：“何富贵，你……你知道你现在在干什么？你在跟着朱棣造反！你们全家都要被株连！”

何富贵冷笑道：“全家？托你俩的福，我爹死了，我哪儿还有家！”张昺还要再说，旁边的谢贵叫道：“何举人啊，您可要明察秋毫，抓你爹可都是张昺的主意！跟我可没关系啊！”

张昺气得胡子发抖，一口浓痰吐在谢贵脸上，骂道：“身为武将，却是这般贱骨头！软骨头！见了便宜就上，遇着事儿就躲，朝廷的事情都是让你们这般怂包搞坏了！”谢贵也不理他，继续恳求何富贵饶命。

张昺冷冷道：“事到临头，就把事一股脑都推到我头上，好啊，给我一刀啊，何富贵！”谢贵连连点头，急忙道：“何举人，你看看，他都承认了，您就……”

谢贵突然住了嘴，嘴再次张开，冒出的不再是絮絮叨叨的软话，而是一大口鲜血——何富贵手里的刀已经插在了他的胸口！

朱棣大步走到何富贵身后，道：“好！三弟你迈出这一步，才算是条汉子了！”何富贵闭上眼，突然大声道：“闭嘴！都给我闭嘴！”

张玉呵斥道：“何富贵，你好大的胆子！竟敢……”朱棣伸手制止，沉声道：“让他骂出来、哭出来才好。”

何富贵使劲拔出刀，谢贵颓然倒在地上，挣扎了几下，便不再动弹了。

满院子的人寂静无声，都看着何富贵。他慢慢站起身，看着张昺——此时已经晕了过去。

朱棣走上前，踢了张昺一脚，喝道：“刚才装得挺像回事，遇到真格的就他娘的怂了，三弟，给他来一刀，直接送他俩上路！”何富贵提刀站了一会儿，冷冷道：“张昺，我想留给狗剩儿哥，让他为父报仇。”

朱棣立即道：“好！三弟果然思虑周全，不负问荆情义！”转向众人，“朝廷奸臣当道，陷害忠良，事已至此，我等不得不要大干一场了！”

院子陷入一片可怕的寂静之中，众人你望望我，我看看你，眼里都带着疑问和担忧。每一个人都清楚：要打仗了，而且是与朝廷为敌，跟着已被褫夺了封号的“燕王爷”去拼命，自己的脑袋，不，全家人的脑袋都要系在“燕王爷”的裤腰带上了。命运即将改变，前途凶险未知，大家都是人，是有血有肉、有家有口的人，这种只在戏文、评书里听到的造反真的来了，每一个人都在嘀咕和犹豫。

何富贵还在悲伤，却敏锐觉察到院子里众人的心理变化，甚至感觉到燕王大哥心里的紧张——登高一呼，却无人响应，该是多么尴尬与悲凉？

何富贵当即扔下刀，站到高处，大声道：“各位听我一句！”众人纷纷看向他，齐刷刷的眼睛充满了疑惑与忐忑。

何富贵朗声道：“太祖皇帝早有遗言，一旦朝中奸臣犯上作乱，各地藩王须要起兵勤王，所谓‘朝无正臣，内有奸恶，则亲王训兵待命，天子密诏诸王，统领镇兵讨平之。’就是说一旦朝廷当中出了奸臣，别的大臣又不敢仗义执言，为民请命，各地的王爷就要刻苦训练府兵等待皇上的密旨，现在——”看一眼站在朱棣身后的张玉。

张玉会意，立即站出来，大声道：“不错，这次燕王爷进京面见新君，终于确定……呃，黄子澄依仗曾为太孙之师，在朝中嚣张跋扈、陷害忠良……”何富贵接着道：“张大人所言句句属实，黄子澄联合齐泰在京师一手遮天，胁迫小皇帝下旨裁撤各地藩王，这次燕王爷进京更是凶险至极、九死一生！所以，小皇帝秘密托人将身在天牢的燕王爷救了出来，并给王爷下了一道密旨，要其发动‘靖难之役’，清除朝中奸臣！”

朱棣大声道：“本王早就知道朝有奸臣，所以早早就开始加紧训练，士兵、兵器和粮食也都准备充足，以备勤王之需。”何富贵接口道：“王爷说得极是！几个月前，王爷就命我起草了一份奏折，向小皇帝陈述朝中奸臣的所作所为，请求小皇帝使出霹雳手段，将黄子澄一党绳之以法……”

正说得起劲，忽然开始起风，乌云很快涌了上来。众人纷纷望天，互相嘀嘀咕咕。

何富贵继续道：“……燕王爷这几十年为朝廷守卫北疆，可谓枕戈待旦、兢兢业业，多次击溃北方蒙古余部，战功赫赫、无人可及……”

这时，风更大了，雨点也“噼噼啪啪”砸了下来，医馆房屋上的瓦片居然都被吹了下来，正砸在说得起劲的何富贵面前，吓了他一大跳。

看到这一幕，院里的官兵们、沧临派和洪洞派的帮众本来被说服的心立刻被吓退了——一说要“造反”，或说是“靖难”，老天爷就给脸色看，这不证明他老人家反对这事吗？

何富贵看一眼朱棣，在他的眼睛里看到了一丝慌乱——可不是嘛，刚才还是好好的天气，一说“造反”，老天爷就来砸场子，分明就是不给面子！怎么办？怎么办？

何富贵咬咬牙，使出吃奶的力气迎风喊道：“常言道‘落地开花，富贵荣华’！这风吹瓦片落地，正是上天响应此事的吉兆啊！只要大家心往一处想、劲往一处使，敢打仗、打硬仗，各位以后的荣华富贵都在燕王爷的身上！”

朱棣摆摆手，大声道：“何举人说得极是！本王向各位保证，一旦大事顺遂，若不践行承诺，为各位谋得富贵，我朱棣就如同这房上的瓦片，粉身碎骨、不得好死！”

这话说得极重，张玉等人率先跪了下来。马建成朗声道：“各位，贫道乃武当派掌门人马建成，自古真龙飞天，一定会有风雨相随，如今风雨交加，瓦片落地，乃是预示此行大吉大利的征兆啊！”

何富贵率先喊道：“愿意追随燕王左右，替天行道，为君除害，靖难卫国，保我大明！”其余众人一起喊道：“替天行道，为君除害，靖难卫国，保我大明……”

密室内，没有了刚才的慷慨激昂，沉重的压力压在每个人的心头。

朱棣首先道：“各位，开弓没有回头箭，还请各位对接下来的行动畅所欲言！”

众人一时都陷入沉默——毕竟，造反这事，谁都没有经验。

朱棣道：“三弟，你鬼点子最多，先说说看。”何富贵抬起头，缓缓道：“大哥，我一介书生，哪儿懂打仗……”

张玉冷冷道：“何举人何必客气！”朱棣也道：“现在事态紧迫，谁也不要藏着掖着，有话就说。”

何富贵道：“好，何某人从小在北平长大，对这座城算是比较了解，为今之计，我们必须迅速拿下北平城，有了立足之地，才能以此为据，力图南方！”

朱棣点头道：“三弟说得有理！还有，自现在开始，咱们统一口径——‘靖难之役，清除奸臣’，各位都清楚了？”众人纷纷响应。

朱棣又道：“三弟，怎么控制北平城，说说具体做法。”

何富贵道：“北平城，九道门，关门打狗虽然通俗，却也极为实用，现在我等抓张昺、杀谢贵的消息暂时还没传开，我们必须趁此空隙迅速接管北平的九道城门，如此一来……”

朱棣接口道：“……如此一来，北平城的控制权自会落到我的手中！城里的官兵群龙无首，只能乖乖投降；城外的宋忠，哼哼，也只有回去送终了！张玉，传令下去，将府中将士们全部集结，分为九路，迅速以藩王的名义接管城门，不得有误！”

燕王府府兵迅速集结，由各路将领引导快速开赴各个城门。

何富贵、马建成陪在朱棣身边，神情肃然，静候消息。

很快，兵士们陆续汇报：城门守将要么被杀，要么投降，已经夺取了六个城门的控制权。

朱棣笑道：“守将，守将，只想着守住城门、抵御外敌，却没想到城门里面出了问题。”马建成捋着胡须点头道：“出其不意，攻其不备，乃是兵家之大胜。”

黎明时分，张玉亲自带兵回来禀报：九座城门悉数接管，整座北平城已拿下！

朱棣缓缓道："附近官兵去了哪里？"张玉道："回王爷，如您所料，官兵们都奔了怀来。"

朱棣看看马建成，笑道："道长，怎么样？"马建成赞赏道："王爷果然久经战阵、神机妙算！"

朱棣看着地图，淡淡道："宋忠，小皇帝本来派你过来给本王送终，这回先给你送终吧。"马建成走到朱棣身边，低声道："贫道这就去接应。"

午饭后，朱棣又召集了一次小范围密商。

朱棣首先道："据可靠消息，北平附近的官兵都涌进怀来，宋忠将是我们遇到的第三个对手，马道长，你来说说情况吧。"

马建成开始侃侃而谈，面容虽仍淡定从容，眼神里却是十分的得意。何富贵猜想，马建成必定是有着可靠的消息来源，否则不可能知道得如此详细、这么具体。

"……宋忠本来在小皇帝的布局中并非紧要角色，可是张昺、谢贵被拿下，他便无意间站到了风口浪尖上。据贫道所知，这个宋忠年纪不小，能力不大，不过带兵的经验还是有的，这不，这才半天时间，他就已经将涌进怀来的数万官兵重新编队，正式接受他的领导了。"

张玉哼道："收容逃兵，末将十岁时就会做！关键是稳定军心、为其所用才行。"

马建成淡淡道："那依张将军所言，平定军心、恢复战力最好的办法是什么？"

张玉答道："激起军士们士气的最好办法，无外乎两条，一是重赏，二是愤怒。俗话说'重赏之下，必有勇夫'，士兵们如果相信自己拼了命就会有高回报，战斗力自然大大提高；第二条，就是怒气！即使一时没有回报，士兵们也会拼死向前、锐不可当！"

马建成笑道："张将军倒是与宋忠不谋而合。据贫道所知，宋忠已经激起了怀来兵士们的敌忾之心。"

朱棣惊异道："哦，宋忠居然这么快就已经办到了？"马建成道："正是，他派出亲信四处散播谣言，污蔑说燕王爷已经下令杀死了家在北平的官兵的所有家属！"

张玉气得一拍桌子，骂道："这个宋忠，真是不要脸！下三滥！这样的招数都使得出！"朱棣却笑道："宋忠高抬我了，现在这么乱，即使想要查出家在北平的官兵名单也不是件容易事。"

马建成沉吟道："那些大头兵才没有想到这些，他们都信了，现在怀来的官兵们可谓群情激奋、斗志昂扬，憋足了劲要和咱们打呢！"

一直沉默的何富贵突然道："好啊！好得很啊！"张玉喝道："何富贵，你胡说什么呢？脑子坏掉了……”

朱棣拦住了张玉的话头，使个眼色。他知道何富贵死了老爹，对自己有了芥蒂，但是大敌当前，也顾不了那么多，便道：“三弟，你说什么好？”

何富贵道：“我说这是天赐良机，大哥难道看不出吗？”朱棣略一沉思，哈哈大笑，道：“正是如此！”

北平城下，围满了怀来的官兵，可谓来势汹汹、不可一世。北平城的兵士们却都退避三舍，让大批老百姓站到了城头上。

朱棣对张玉道：“安排好了？”张玉答道：“王爷放心，属下派出得力兵士，已经将住家在北平、现已逃出北平的官兵家属全数找到，就在这城头上了。”

朱棣点点头，示意开始。张玉挥手，给城门守将下达了指令。很快，大群大群的老百姓们涌上城头，开始呼喊城下官兵的名字，“二柱子”“高晓山”“李吉吉”“栓柱，我是你爹呀，爹没事啊！”……

城下怒气冲冲的怀来官兵们愣住了——毕竟这样的“守城将士”还是第一次见——不，是见了很多年了！是自己的亲爹，是三伯，是大姑妈……

城下士兵们又惊又喜，有人忽然喊道：“上当啦！上了宋忠的当了！”群情激奋，形势大乱。

朱棣与何富贵相视一笑，又看了张玉一眼。

张玉会意，立即走到城头上朝下喊道：“城下将士们听了，朝廷里出了奸臣，胁迫皇上褫夺藩王，燕王爷奉了密旨，要向京师发起靖难之役！清君侧！各位在北平的家眷一切安好，燕王爷气度如海、宅心仁厚，早就吩咐我等善待官兵家属，请各位放心！各位若是有心归来，弃暗投明，就请现在离开，三日之后弃械归降，燕王爷一律欢迎！”

城下登时哗然，官兵们互相看看，犹豫不定。

宋忠早就发现情势不对，等看到城头上出现了喊叫亲属的场面，就知道自己撒的谎穿帮了，恼羞成怒之下，他亲自骑马冲了出来，喝道：“谁敢异动，格杀勿论！”

宋忠附近的士兵闭了嘴，却见城头下的士兵依然与亲属聊得高兴。宋忠拍马冲了过去，喝道：“所有官兵，各回本部，不得异动！”

宋忠实在高估了这帮前不久刚刚过来投奔他的逃兵们的纪律性，他们才不管你的什么军令——是你先撒谎骗我们亲属都被杀了，可不能怪我们城下倒戈！

张玉拿起一张大弓，向宋忠射了过去。宋忠只顾着训斥躁动的士兵，竟忘了这是在敌军城下，等到听到风声，急忙低头，那箭正中他的盔缨，头盔应声落地！

宋忠大惊，急忙驱马往回便跑，这下可好，本就人心思变的士兵们顿时四散奔逃，丢盔弃甲，溃不成军。

只用了三天，朱棣就将整座北平城完全控制在了自己手中。

守在清秋宫外的云北归首先得知了北平落入朱棣之手的消息。他凑近窗户，听里面没了动静，便轻轻喊道："皇上，打胜仗了！"这是自来的规矩，冷不丁传来军情，当着其他人的面，无论己方打得多惨，都要喊打胜仗了。

屋内很快有了动静，灯亮了起来，接着是范丽华和宫女们侍候皇上更衣的声音。

云北归跟在龙辇旁，将消息低声向皇上做了汇报。皇上沉吟道："传旨，让内阁大臣紧急进宫，还有，把耿炳文他们也叫来！"

几天前，皇上刚刚下旨：命令齐泰和方孝孺着手整顿军备，一个月内调拨出三十万大军，并且为此筹集足够的粮草；命令耿炳文为北伐元帅，杨松和李维邦分别为左右先锋官。

云北归陪皇上进来时，几位大臣都已经候着了。他与多日未见的李维邦匆匆交换了一个眼神，算是打过了招呼。

皇上抬抬手，让跪着的大臣们都起来，劈头就问齐泰："怎么样？军备都妥当了吗？"齐泰与方孝孺对视一眼，道："皇上，臣与方大人接到旨意一刻也不敢停……"

皇上打断道："朕就问你准备得如何了？不想听过程！"齐泰无语。方孝孺道："皇上，臣等接到旨意也才几天工夫，况且臣等从未接触过军务……"

皇上又要发火，云北归赶忙出来道："皇上息怒。各位大人，北平刚刚传来紧急军情，燕王，哦不，朱棣拿下了北平城，抓了张昺，杀了谢贵……"

大臣们都愣住了——对手动作之快的确超出预期。

黄子澄首先骂道："狼子野心，胆大妄为，罪不可赦啊！"方孝孺道："既然已经开战，这也在情理之中，不过朱棣的先招的确够快够狠，唯今之计，只能用刀剑说话了！"

皇上没好气道："废话！朕就问你们三十万大军准备得怎样了？粮草筹集到多少了？"方孝孺道："皇上，臣与齐大人接到圣旨，片刻不敢耽误，时时督促兵部及各州府，据臣所知，可以调拨的军队约为二十万，粮草……"

皇上打断道："好，二十万就二十万，赶紧，耿老将军，率兵出发，务必尽快将朱棣叛军扼杀在北平！"

耿炳文谨慎道："皇上有旨，老臣自当尽力而为，只是……"皇上一瞪眼道："只是什么？你说，要钱给钱，要人给人！"

耿炳文磕个头，才道：“皇上有旨，老臣自当为君分忧，怎奈老臣年逾古稀，精力不济，还望皇上体恤……”皇上腾地站起来，快步走到他面前，喝道：“你说什么？你耿炳文深受皇恩多年，养兵千日用兵一时，事到临头你却说自己老了！”

耿炳文赶紧施礼道：“皇上息怒！老臣绝无推脱的心思，老臣是想，朱棣军力虽然远不如朝廷，但其征战多年，久经沙场，而且我也听说燕王府暗自筹谋已久，此番开战，定会全力对抗朝廷。所以，老臣是想请皇上授予老臣全权指挥大权。此番老臣带兵深入敌境，更该稳扎稳打，不可急于求成，万望皇上莫要催促才好。”

皇上听了，挥手道：“说了半天，不就是要全权指挥大权吗？朕给你就是了！”耿炳文磕头下去，刚要谢恩，皇上又补了一句，“还有，打仗是打仗，杀人就杀人，但是，耿老将军，你要传令下去，不可伤了朱棣的性命！”耿炳文一怔。

皇上缓缓道：“虽然动手的是你手底下的将士，但在史书上背负杀叔之名的可是朕啊！”

大臣们面面相觑，却又不敢再劝。黄子澄张了几次嘴，终于还是闭上了。

大臣们退下时，云北归看见李维邦给自己使眼色，知道他有话要说，便向他点点头，歪了歪脑袋，示意他去自己寝室等着。

云北归将毯子轻轻搭在皇上身上，听呼吸是睡着了，便出来对小卓子吩咐几句，自己匆匆回了寝室。

寝室亮着灯，却是静悄悄的。

第二十三回　探虚实越俎代庖 借刺杀轮岗治军

云北归推门而入，笑道："李大哥久等了！"李维邦笑着起身，向他施了个大礼。

云北归赶紧扶起他来，笑道："哎呀呀，咱家虽然不识字，可这么大礼也是认得的，兄弟可不敢受，免得折了寿数！"

李维邦起身道："大哥虽然愚钝，却也知道此番能够得以戴罪立功，都靠兄弟鼎力护持！堂弟德勇也升了职，我们李家实在感激得很……"说到激动处，声音竟有些哽咽。

云北归道："李大哥，说到底还是皇上信任你，你要是没出上次那档子事，这大统领哪儿还有黄兴林的份儿！这次出去带兵打仗可是个翻盘的好机会啊！"李维邦点头道："是啊，不瞒贤弟说，愚兄生性耿直，本就不适合在大内任职。战事一起，愚兄正好可以建功立业、告慰列祖列宗了。"

云北归喝口茶，随口问道："耿老将军兄弟我不大认识，照你来看，他会咋打？从哪儿开始打呀？"

李维邦一怔，谨慎道："这些……"云北归摆摆手道："大哥要是觉得不方便就算了，兄弟我也是随便问问，就怕皇上哪天问起来，我要是狗屁不懂，估计要被皇上笑话，算了，算了！兄弟我也是练家子，却不能上战场杀敌，故而想听大哥说点新鲜的，总好过那些说书的、唱戏的吧？李将军信不过咱家就算了。"

李维邦忙道："兄弟说哪里话！大哥我自然信得过兄弟，只是军前会议还没开，耿老将军也未与我就此详谈过，故而……"云北归点点头，打了个哈欠。

李维邦赶紧起身，笑道："兄弟侍奉皇上辛苦，愚兄就不多打扰了，就此别过，"云北归起身握住他手，笑道："你急啥呀？是不是家里小嫂子等得急了？等你回去交皇粮啊？"

李维邦讪笑几声，心里暗骂李彦嘴贱，虽然没了功能，嘴上倒是不干不净。

云北归低声道："皇上下旨说不能伤了朱棣性命，我看大哥好像……"李维邦长叹一声，欲言又止，终于还是没说出来。

云北归坐回椅上，喝了口茶，淡淡道："李将军，你我几天不见面，肚里有话也不愿意说了，对吧？"

李维邦忙道："不是不是！兄弟您千万别多想！实在是……难以开口啊！"云北

归看着他，也不说话。

李维邦只好道："好吧，有些话我李维邦只对兄弟说，对李公公绝不敢说！"云北归点点头。

李维邦低声道："贤弟武艺高强，对行军打仗却不一定熟悉，今日皇上……最后给耿老将军的嘱咐，可谓……唉，投鼠忌器、无从下手！"

云北归听不懂，冷冷道："李大哥又欺负兄弟不读书不识字对吧？"李维邦赶紧解释道："不不，哥哥的意思是，两军交战，刀枪无眼，谁能保证几十万大军混战之时不会伤到朱棣？况且他本就是个亲自上阵杀敌的主儿！可皇上当着内阁大臣的面儿，居然给耿老将军下旨不得伤害敌军主帅！你说，这仗还怎么打？没法打嘛！反正我是从没接过这样的旨意。耿老将军今天一开始为何推辞？就是担心将在军中，身后比划的手太多，才向皇上请求了全权指挥大权！本以为没啥阻碍了，最后这下可好，先把自己手脚绑上了！"

云北归点点头，不置可否，随口道："大哥你说，耿老将军会咋办？要是换了你，你会咋办？"李维邦沉吟道："耿老将军一向稳健，没有绝对把握不会贸然出击，我想，他会率领二十万大军在河北先行拦截，但是并不急于出战，而是分兵部署，同时等候后续援兵的到来。"

云北归道："咱们有二十万大军，朱棣顶多一两万人吧？这还不是手到擒来，还需要再等援兵？"李维邦谨慎道："贤弟有所不知，朝廷的二十万大军，据我所知，普遍纪律涣散，不经战阵，不是哥哥长他人志气灭自己威风，耿老将军确已年边，杨松更是……有勇无谋；朱棣这些年可没闲着，跟北方蒙古余部打了多少年仗，几乎未尝败绩！面对面杀过蒙古人的虎狼之师，我们这一帮生瓜蛋子人数虽多，结果可还真不好说哩。"

云北归又问了可能的行军路线，暗暗记在心里，直到小太监过来说皇上找他，才匆匆与李维邦告了别，径直去了御书房侍候。

一直到皇上睡着，云北归才返回自己寝室，换了夜行衣，出皇宫去和陈瑛接头，将朝廷的作战意图、具体部署及不可伤害朱棣的军令等情况向他做了通报。

这日午后，皇上在仔细听着军前密探带回来的奏报："……耿老将军率军抵达正定，派出副将驻守河间，左先锋官李维邦驻守莫州，右先锋官杨松进驻雄县，待后援部队一到，集中兵力就向北平发动进攻……"

皇上打断道："朕就纳闷了，朝廷二十万大军压过去，他朱棣只有区区两万人，这耿炳文还要等？等什么？这十万人可没准儿哪天才凑齐，凑不齐他就在正定死守啊？

就跟当年守长兴时一样呗！但这能一样吗？这回朕是要他进攻、进攻！”

密探吓得只顾磕头，不敢答话。

云北归为皇上递上茶，熟练地在他背后揉起了肩，笑道：“皇上，别动气，朝廷上上下下可都指着您呢！”皇上喝口茶，气道：“朕能不生气吗？耿炳文真是老糊涂了，这点情势都看不清楚吗？还要朕亲自给他下旨吗？”

云北归笑道：“皇上，您的心情奴才懂，可一口吃不成胖子，饭要一口一口地吃，仗也得一步步打嘛！奴才记得耿老将军说，这回是深入别人的地盘，必须稳扎稳打，不能操啥过急……”

皇上“噗嗤”笑了，笑骂道：“连个操之过急都说不成，你小子居然也开始在朕面前拽词了！”说着站起身，走到地图前，用几个茶碗比画着对峙的战局。

云北归赶紧凑过来，看了一会儿，笑道：“皇上，奴才肯定是胡说八道，不过倒觉着耿老将军很了不起！”皇上惊讶地看看他，一脸狐疑，道：“你？你能看出什么道道儿来？”

云北归道：“皇上，奴才当然不懂打仗了，但是评书听得多，戏文也看了不少，奴才觉得耿老将军把杨松和李维邦各派一边，中军坐镇正定，这不就把北平围了个严实——除了北边，朱棣要往南打，就得撕破这个防线，都说耿老将军最拿手的就是防守，朱棣没个一年半载哪儿冲得破！到时候咱们的后援也顶上了，再来个几十万大军不成问题，可他呢，别说人马，粮食也早没了，评书里说‘兵马未动，粮草先行’，没了粮草，兵马不得饿死啊？不饿死也得逃了吧？那还打啥仗呀！”

皇上笑道：“你懂什么！就会瞎掰哄朕开心。”嘴上这样说，紧锁的眉头倒是舒展了不少。

云北归盯着地图上代表“朱棣”的茶碗，心里念道：大哥，三弟，你们准备得咋样了？

北平，朱棣派人找来了何富贵。

何富贵一脸胡茬，满脸憔悴，一边咳嗽着，一边裹紧了身上的单衣。朱棣命人取来一张毯子，亲自给他披上，道：“三弟的病还不见好吗？这是蒙古国师阿鲁台派人送来的波斯毛毯，你进出时披上点。”

何富贵看看毛毯，笑道：“阿鲁台？好久没见了。”

朱棣盯着地图，缓缓道：“如果没有朱允炆这般苦苦相逼，本王现在就能再上漠北，彻底剿灭这帮元蒙余孽！”示意刚进门的马建成坐了，“对这位耿老将军，我比他朱允炆更熟悉，他精通兵法，屡立战功，绝非等闲之辈！在他们到来之前，我就派出张玉前去探查虚实，还有就是接应京师的消息……”一个兵士进来禀报，说张玉将军到了。

张玉进来，向朱棣施了礼。朱棣点头道：“说吧。”

张玉走到地图前，道：“据可靠消息，朝廷的所谓三十万大军其实只有二十万，而且多是未曾上过战场的新兵。”朱棣点头道：“咱们突然发难，留给他们的准备时间很短，能凑够二十万已经不少了。”

张玉接着道：“目前耿炳文中军驻扎在正定，距离北平五百里，据臣实地侦察，他已派出徐凯驻守河间，李维邦驻守莫州，杨松抵达雄县，距离北平最近的只有二百五十里。”

朱棣注视着地图，缓缓道：“三角进攻，稳扎稳打，倒是这位老将军一贯的路子。”说完抬头看着张玉，“你怎么看？有把握没有？”

张玉沉吟道：“分兵布局，犄角鼎立，王爷也都教过属下的，没什么稀奇！”朱棣笑着摇摇头，道：“你别小看了耿老将军，这三角布局虽然常见，但是我军军力有限，不可能分兵迎战对方，如果集中兵力进攻一处，不说兵力仍不如对方，而且这次布局的高明之处就在于，三方军力可以彼此照应、互为支援。”

马建成沉吟道：“我方进攻莫州，雄县的杨松必定来救，会和莫州城内的李维邦形成内外合围之势，我军……”说着缓缓摇头，不停捋着胡须。

朱棣看向正在咳嗽的何富贵，道：“三弟，有何高见？”张玉轻哼了一声，低声道：“百无一用，这是打仗，又不是阴谋算计！”

何富贵借着咳嗽，假装没听见，走到地图旁，看了良久，道：“张将军，若你是主帅，莫州与雄县，你会先打哪一个？”

张玉道：“雄县地势平坦，几乎无险可守，莫州则不然，且不说自北平过去的长途山路，单是靠近城池处的几处峡谷就极为险要，最是易守难攻。”朱棣沉吟道：“而且，雄县的主将杨松相较于莫州的李维邦，能力还是有所不如。”

何富贵手指落在大运河上一座叫作小通桥的地方。朱棣若有所悟，沉吟道：“贤弟的意思是，在此设伏？”

何富贵咳嗽着点头，道：“埋伏乃是后招。大哥，我的想法是这样，既然莫州与雄县的优劣我们都能看得出来，我想耿炳文也一清二楚，所以雄县就会成为他们重点防御的地点，既然如此，我们就反其道而行之，派人先进攻莫州……”张玉打断道：“什么？敢情你是不去前线打仗，就躲这儿耍耍嘴皮子！”

朱棣扬手制止道：“哎，张玉，让三弟把话说完。”何富贵不慌不忙道：“张将军何必心急，派人进攻莫州只是一个幌子，如此一来，雄县的防备必然较为松懈，到时候张将军神兵天降，一定可以一举攻下雄县！”

张玉愤愤道：“说得轻巧！我们一共只有两万人，一部分人还要去佯攻莫州，余部才跟我去打雄县，雄县守军少说也有五万，岂是你说拿下就拿得下的！”

何富贵笑了笑，低声道：“王府府兵是否还有多余的兵士服？”朱棣一怔，登时醒悟，笑道：“好啊，三弟，你又立了一功！”

李维邦听完密探的禀报，奇道：“朱棣为何舍近求远，放着雄县不打，跋山涉水来攻我莫州？来人足有上万人，燕王府上上下下也就两万人，总不会各分一半，两路进攻，那是必败无疑啊！”副将道：“或许朱棣明知雄县比我们莫州容易进攻，反倒想着来个出其不意？”

李维邦缓缓道：“不大像，上万人行军，想要出其不意谈何容易？原来我以为他首先会闪电进攻雄县，在我们救援赶到之前吃掉杨松所部，然后集中兵力与我对抗，真要那样，可真是一场硬仗了。”

副将道：“现在他们直接冲我们莫州来，是不是觉得我们好欺负了？”

李维邦摇摇头，道：“不管如何，朱棣的军队绝对不可小觑，传令下去，全城戒备，准备迎敌！”

副将答应一声，出去传令布置。

北平以南的娄桑，燕军大营。

兵士们忙着为战马马蹄包上旧布料，还在每人腕上系了一条长布条。

朱棣对何富贵笑道：“三弟博闻强识，知道这些是干什么的吗？”

何富贵笑道：“大致猜出一些，却不知道端详，还请大哥赐教。”

朱棣道：“依贤弟之言，今晚府兵夜袭雄县，为防打草惊蛇，特地将我的老法子拿来用，用旧布料包上马蹄是为了行军时动静小点，兵士手上的长布条是到近前蒙上战马眼睛，以免它们受惊嘶鸣……”

这时，一个密探过来禀报，说小通桥部署已毕。

朱棣道：“三弟怎会对小通桥这般熟悉？”

何富贵道：“去年我与老爹……”说到这里，鼻子一酸，差点掉下泪来，平静一下，“我爹在运河上经营货运，我也多次路过，对那儿还算了解。”朱棣接口道：“三弟，大哥答应你，大事得成以后，这运河上的货运都交给你来做可好？”

何富贵拱拱手，道：“多谢大哥美意！正事要紧，今晚是中秋之夜，咱们派出的沧临派和洪洞派帮众一万余人先行大张旗鼓奔赴莫州，如此一来，雄县守备必定松懈，没准儿还会过过节，喝喝酒，想想家人……”

朱棣笑道：“酒酣耳热之际，张玉所部已在夜色掩护下悄悄爬上雄县的城头，杀死看门兵士，打开城门，迎接大部队进城。”

何富贵接着道：“杨松必定派人出去报讯，而得讯的李维邦必定火速赶往雄县救援，他赶往雄县必定会从大运河的小通桥上经过，如果他先前从桥上走过，就会发现桥下多了好多水草……”

朱棣笑道：“他们过桥之后，这些‘水草’突然全都动了起来，先前消失不见的神秘部队会在他们的后方冒出来，这些人迅速占据小通桥，彻底截断李维邦所部的后路。”何富贵继续道：“李维邦还会发现这些军士用的兵器居然都是长绳！”

朱棣哈哈大笑，道：“三弟啊，你和你的沧临派、洪洞派又立了一功，要我怎么赏你呀！”

正说着，一个兵士匆匆进来禀报道：“禀王爷，张将军已经攻入雄县，双方激战已有一个时辰，我方控制了四座城门！”朱棣点点头，脸上异常镇定，手却在微微颤抖。

很快，又有兵士回来禀报——雄县已被全部拿下，敌将杨松死在乱箭之中，张玉恭请燕王爷进城。

朱棣摆摆手，示意兵士退下。又有另一拨密探回来禀报——李维邦率部到达小通桥，遭遇我部合围，双方鏖战正酣。

朱棣看着何富贵，沉声道：“这才是此战的关键啊！”何富贵点点头，神色同样郑重。

一个兵士急匆匆赶来，何富贵拦住他，急道：“是不是拿下了李维邦？”那兵士道：“不是，有人求见马道长，说有要事。”

一直坐在远处默不作声的马建成站起身，向朱棣拱拱手，起身去了。何富贵望着他的背影，道：“马道长在南军也有内应对吧？”

朱棣淡淡道：“‘知己知彼，百战不殆’，宋忠落败，一是归功于你的将计就计，二就是马建成道长。”

一个兵士骑马匆匆赶来，下马后直奔中军大营，口喊“报——！”众人不以为意，也没有盘查，眼看着他冲进了中军大营。

朱棣向何富贵笑道：“这回看来是李维邦被拿下了？”何富贵看着来人，也笑道：“沧临派、洪洞派的动作倒也够快，吴飞……”蓦地发觉有异，“你，你干什么！？”

那兵士动作奇快，三步并作两步直奔朱棣而来。何富贵吓得心头发颤，指着那人喝道：“你，你还往前走！不知道燕王军中规矩吗？”

那兵士掏出匕首，冲着挡在前面的何富贵就是一刀！何富贵本就不会武功，加上这几天身子虚弱，胆子又被吓得突突直跳，眼见匕首当胸刺来，却是傻站着不知躲避！

眼见匕首已经戳中何富贵衣服，却突被一条绳子缠住，那兵士一愣，想往回抽，却已不由自主，匕首脱手而出，飞向营帐的大柱子，“腾”地入木三分！兀自摇晃不已。

兵士不及多想，迈步去抓怔住的何富贵，却又抓住了绳子，使劲一扯，竟然纹丝未动！知道另有高人，便迅速放脱绳子，避开何富贵，直冲朱棣而来！

何富贵虽被吓得魂不附体，却喊道：“鲤鱼，救……救大哥啊！”刚才使出长绳救下何富贵的自然是神出鬼没的鲤鱼了，他沉声道：“姑爷，您忘了自己的老爹是咋死的了！”何富贵急道：“鲤鱼大哥，这事以后我再给你讲明白，先救人啊！”

鲤鱼还未出手，燕王府的亲兵营已经赶到，将整个中军大帐团团围住。副将喝道：“小子，识相的赶紧住手，求王爷饶你不死！再敢动手，一会儿将你剁成肉酱！”

那兵士也不理会，只是对着朱棣快速出手。

鲤鱼将何富贵扶到一边，低声道：“那人出手没有杀招。”何富贵仍道：“你快上啊，要不然咱们做的一切可都没了意义啊！燕王一旦被抓，一切都完了！”

鲤鱼迅疾出手，一条长绳飞了过去。那兵士显然未曾与沧临派之人交过手，攻守都极不适应。朱棣抓住机会，立即撤后一步，跳出圈外。

那兵士刚要再上，却见一杆黑洞洞的火枪对准了自己！

朱棣笑道：“小子，李维邦派你来的吧？李家军的打法长进不大嘛！”

那兵士默不作声，突然凌空跃起，想要去夺火枪，“砰”的一声巨响，将站在一旁的何富贵吓了一跳，急忙去看——那人已倒在血泊里，挣扎了几下，便不再动了。

朱棣招手让副将进来收拾现场，自己走到何富贵跟前，笑道：“三弟受惊了，这种场面对我朱棣来说，已是家常便饭了！”何富贵半天才缓过神，嗫嚅道：“是，真是李维邦……派来的？”

朱棣轻笑一声道：“曹国公李文忠当年跟着父皇作战时，就将这‘擒贼擒王’的路数用得多了，想不到后辈还在用，这法子虽然老套却也管用，李维邦也不算怂了，只是，我的亲兵营可得好好整饬一番了！”后半句话是对着副将说的，口气已经极为严厉，吓得副将诺诺连声，体如筛糠。

大营外响起“报——”，又有密探飞骑过来报讯，却被兵士们拦下来，细细盘查了一番，好半天纠缠不清。朱棣气恼至极，喝道：“因噎废食，一个兵士的身份都搞不清楚，你们都是干什么吃的？”

副将急忙跑出去查问，又匆匆跑回来，禀道：“禀王爷，是，是……他说是沧临派的，没有腰牌也不知口令，故而……”何富贵听了，立即快步走出大营，亲自将那人迎了进来。

朱棣站在地图前，也不回头，道：“小通桥战况如何了？”那人看了何富贵一眼，何富贵立即道：“快点见过燕王爷！”

那人施礼见过，跪在地上，道：“禀王爷，禀姑爷，我等奉了姑爷命令……”何富贵立即打断道：“什么奉了我的命令！那是燕王爷的命令！李帮主平时是怎么教你们的？”

朱棣摆摆手，道：“无妨，让他说吧。”

那人吓得不轻，半天才缓过神，道：“我等，我等奉了……命令，穿着官兵衣服去打莫州，按照……事先安排，到了小通桥就地埋伏，共分了三部分，一部分人在运河里，听到莫州官兵到来的信号后就全部憋气潜水扮成水草，第二、三部分人埋伏在大路两侧……”

何富贵眼见朱棣面色阴沉，立即打断道：“战前布置不用说了，直接说战况！”那人道：“是，姑爷，莫州官兵到来后，我们都按兵不动，直到他们全都过了桥，我们立刻放了一炮，水草——就是埋伏们就都冲了出来，截断了他们后路，大路两侧的兄弟们跳出来给他们来个当头猛打！打得那个痛快啊！”

何富贵知道朱棣想听什么，问道：“李维邦怎样了？”那人一怔，道：“李维邦是谁？是他们头儿吗？”

何富贵见朱棣面色越发难看，快步走到那人面前，“啪”地打了他一巴掌，喝道：“打了半天仗，连对方首领是谁都不清楚！我替你们帮主教教你！”那人捂着脸，支吾道：“是，是……他们都被打趴下了，那个头儿……李维邦肯定跑不了的……”

人都下去了，何富贵向朱棣施礼道：“大哥切莫动气，底下人不长进……”朱棣笑笑，摆摆手道：“虽然打了胜仗，不过你我的队伍看来都得好好整顿整顿了！”

何富贵道：“是，开门红自然好，但也只是打掉了先锋营罢了，真正的决战还在后面呢。”朱棣点点头，道：“耿炳文是父皇的老部下，也算是我朱棣的一位老师了……”

这时，马建成带着一名兵士走了进来，向朱棣一拱手道：“王爷，听说刚才差点出了乱子？”朱棣哼道：“这个张玉，光想着上战场立功，却没想到亲兵营的纪律已松弛到这种地步了！”

马建成指了指那名兵士道：“张将军的亲随又过来报讯，贫道亲自将他带进来了！”那兵士磕头见礼，道：“禀王爷，张将军已经拿下雄县，敌将杨松已被乱箭射死，余部投降我方……”

朱棣道：“这个已经报过了，还有没有最新情况？”那兵士接着道：“是，王爷，张将军想乘胜追击，打算绕到耿炳文所在的滹沱河以南，请示王爷……”

朱棣仰天大笑，站起来道：“张玉啊张玉，你小子算是我朱棣肚子里的蛔虫了！亲兵营纪律松弛这笔账我就先给你记上！”转向那兵士，“你即刻回去，传我的命令，告诉张玉，从莫州向东一百里绕行，绝对不可以被南军发现，一直绕到正定的西南，也就是到达鹿泉，少则三日，多则五日，必须发动攻击，不得有误！”那兵士接了军令，诺诺连声，退了出去。

马建成走到朱棣跟前，低声说了几句。朱棣明显吃了一惊，半晌才道：“这么快！耿炳文出手果然不凡！”

马建成道：“眼下您看……”朱棣略一思索，却对何富贵道：“三弟，刚才的情况你也看到了，我的亲兵营，还有你的沧临派、洪洞派，显然都得大加整饬，否则后患无穷！”

何富贵点头道：“大哥说的是，小弟也在琢磨该如何给江湖帮众立立规矩了。”朱棣笑道：“正是英雄所见略同！兄长我戎马半生，最是知道一个军营的弊病，乃是熟极而懒！不论是高阶将领还是底层兵士，在一个位子上待久了，最是容易变得懒惰，不动脑子，更不会想着变通，这还不是最可怕的，最可怕的就是搞团伙、小帮派，形成一个个小圈子。”

何富贵点头道：“正是如此，所以，大哥的意思是……轮岗换位？”朱棣笑道：“正是。三弟意下如何？”

何富贵心里纳闷，带兵多年的燕王爷居然会为这事与自己商议？肯定有更深的原因，便试探道：“大哥的意思是将亲兵营撤出去……”朱棣一摆手，道：“那个力度太小了，不是我朱棣的作风。刚才你也看见了，我的亲兵营纪律松弛，麻痹大意，警惕性不高，而你的沧临派、洪洞派因为是江湖帮派，对于行军打仗又不十分熟悉……”

朱棣继续说着，何富贵心里已然明白：沧临派、洪洞派人数众多，势力庞大，它的最终指挥权才是眼前这位大哥最为在意的——通过所谓“轮岗换位”，就可以将这些人真正控制在他自己的手中！

朱棣继续道：“……如此一来，换了岗位，将士们的积极性肯定起来了，干劲也更足了，对于沧临派、洪洞派的队伍素质的提高也更加有利了，是不是？”说完眼睛盯着何富贵，等着他的反应。

何富贵心里清楚自己无法拒绝——即使明知道后果并不会多么“有利于”沧临派、洪洞派，便道：“大哥带兵经验丰富，随便一个想法就将两个队伍的痼疾都解决了，小弟佩服得紧！”

朱棣一摆手，笑道："那就这样，张玉的队伍已经出发暂且不论，你把你说的那位吴飞叫来，带我的亲兵营，我亲自调教他；我派一小队人过去，训练你的帮派。"朱棣说着又看一眼马建成，"马道长，如此安排，你觉得怎么样？"马建成意味深长地笑笑，道："王爷用兵如神，由此可见一斑，贫道佩服！"

朱棣摆手示意马建成和何富贵走到地图旁，道："南军所谓三十万大军根本没有到齐，也就不到二十万，而且还处于分散状态，基本都在滹沱河南北两岸。"

何富贵沉吟道："如此一来，对我们岂不是好事？我方军力明显不如，正好可以分别阻击、各个击破！"马建成难得地点头道："贫道附议。"

朱棣笑笑，却道："我倒不这么看，敌人虽说没有三十万，可是二十万仍是我军的十倍，如果分开对敌，耿炳文拿手的就是合围，到时候我们刚打一处，另一处肯定过来包抄，给我们来个腹背受敌，以后……我想也就没有以后了。"

何富贵点头道："所以大哥的意思是，您想'以彼之道还施彼身'，让张玉绕道鹿泉，先给他们来个合围？"朱棣笑笑，不置可否，却道："自古治军，没有惩戒，一切都是白说！来人啊！"

营外军士答应一声。朱棣厉声道："全军集结！将亲兵营副将绑了！"

燕王府军队列队完毕，齐刷刷看着威风凛凛的燕王爷登上点将台。亲兵营副将被五花大绑，嘴里也被堵了东西。点将台的一个角落，赫然摆着一口"阴森森"的闸刀，几个大汉光着上身站在近前。

朱棣缓缓走到副将面前，亲自将他嘴里的东西拿掉，冷冷道："袁坤生，看样子还是不服气？"

袁坤生跪下道："王爷，末将跟随您和张将军多年，一直兢兢业业、恪尽职守……"朱棣打断道："兢兢业业、恪尽职守，那刚才的刺客是怎么进来的？骑着高头大马一口气冲到中军大营，差点就要宰了我！"

袁坤生浑身哆嗦，仍道："王爷，军情紧急，报讯的兵士络绎不绝，末将……末将，请您再给末将一个机会，末将一定严加整治……"朱棣一扬手，喝道："我给你机会，不知道敌人给不给我机会！来人啊！"

刀斧手应声上前两步。朱棣沉声道："正因为军情紧急，更要严明军纪，出不得一点闪失，袁坤生，你家中妻儿老小，我会妥善安置，你，安心去吧！"

袁坤生知道已无生路，索性道："王爷，末将治军不严，罪有应得，多谢王爷抚恤末将家眷！"站起身，面向众人，高声道："我袁坤生御下不严、治军不力，致使王爷出现险情，我罪有应得、咎由自取，望各位以我为鉴！"说完，俯身到了闸刀处。

何富贵不敢再看，悄悄转过身，却见刚刚赶回的吴飞就站在他身后，不禁问道：“吴飞，王爷点名让你去亲兵营，你……你可愿意？”

吴飞脸色有点苍白，却道：“姑爷派我去，我就去。”说完又低声道，“姑爷，我刚才得知，王爷派到洪洞派的几个人，其中有一个乃是武当派的弟子……”

何富贵一惊，问道：“此话当真？”吴飞点点头，道：“应该错不了，此人名叫李新建，是马建成的弟子，不过，他现在的身份是亲兵营统领李杰……”

何富贵猛然想到，马建成几次得到所谓南军的消息，应是李新建在宋忠处卧底得来的，现在身份可能已经暴露，所以本要回到马建成身边，却被朱棣顺手派到了洪洞派，以江湖势力牵制另一派江湖势力，不用自己出手却将几大门派收为己用——这朱棣的心思、手段，确实厉害至极！

全场突然静寂，何富贵一回头，却见大哥朱棣已经走到他面前，朗声道：“所谓‘疑人不用，用人不疑’，我就将亲兵营交给我最信任的兄弟何富贵手下的吴飞，吴飞听令！”

吴飞站出来，高声道：“草民在！”朱棣道：“今日我破格提升你为我亲兵营副将，负责守卫我的安全，你可敢吗？”吴飞看看何富贵，高声道：“敢！”

朱棣眼睛盯着何富贵，嘴上却道：“吴飞，刚才你也看见了，军纪松弛，办事不力，即使副将也可能被一刀宰了，你可还敢吗？”吴飞看着何富贵，却没说话。

何富贵只得道：“吴飞，王爷问你话，你直接回禀即可！”吴飞高声道：“守卫王爷安全，乃是末将莫大的荣耀，末将一定枕戈待旦、尽心尽力，绝不辜负王爷的重托！”

朱棣点点头，面向全军道：“旗开得胜，自然是好事，但是更要记住，真正的战斗和考验还在等着我们，敌军是我们的几倍、十几倍，有没有信心？”众人回应：“有！”

朱棣不满地喊道：“秋后的蚂蚱也比你们喊得响亮些！”吴飞立即带头喊道：“有信心！有信心！”声如雷震，气势如虹。

朱棣满意地点点头，道：“好，这几天吃饱了，喝足了，一起干大事！散了！”

各队依次退场，快而不乱。马建成赞道：“王爷治军，果然不同凡响！”

朱棣笑道：“我带兵打仗多少年，这杀鸡给猴看虽然老套，却是最为好用，我的兵常年与蒙古余部作战，战力自然还在，只是脑子里的弦还得紧一紧。”说着转向吴飞道，“在南军的战俘里挑一个带过来。”

朱棣看着跪在眼前的南军将领，缓缓道：“你叫什么？”那人十分紧张，却梗着脖子喝道：“问什么？给爷一个痛快的！”吴飞在旁喝道：“老实点，跟燕王爷说话客气点！”

朱棣却毫不在意，笑道：“你倒有点骨气，说，说好了就不杀你。”那人扭头不说话。

吴飞将长绳搭在他脖子上，正要发力，却被朱棣摆手制止道："我朱棣打了半辈子仗，最敬重不怕死的汉子，这样吧，不管你叫啥，也不管以后如何，今天我都放你回去。"

众人都吃了一惊，只有何富贵微微点头，眼睛却盯着吴飞发呆。

那人也很意外，不敢相信自己的耳朵。朱棣继续道："你回去告诉耿炳文，我已经知道他们的军力部署在滹沱河两岸，不出两日，我就率军赶到，他若是愿意归降，我朱棣举双手欢迎；他要是顽抗，必定是死路一条！去吧！"

兵士解开了他身上的绳索。那人兀自跪在地上，不敢轻易就走。吴飞看看朱棣的脸色，踢了那人一脚，喝道："你还不谢恩！"

那人怒视吴飞一眼，犹犹豫豫站起来，向朱棣一拱手，立即退了出去。

何富贵注意到，吴飞招手叫过来一个兵士，低声吩咐了几句，兵士迅速跟了出去。

马建成道："王爷此举何意？"朱棣笑笑，却看着何富贵，道："三弟，你觉得如何？"何富贵拍手道："大哥胆略过人，绝非一般将领可比！"

朱棣笑道："三弟过奖了。如果我们分开对敌，一旦腹背受制，那就回天无力了；可是只要他们合兵一处，即使人再多，也不过守着一个小小的正定城而已。张玉由南突袭，我们由北策应，六十多岁的耿老将军，不知道能不能扛得住！"

第二十四回　石鼓重现北平府 老将退守邢台城

何富贵慢慢走回自己的营帐，心里不是在估量着耿炳文的应对和两军的输赢，而是惊讶于今天吴飞在朱棣面前的种种表现。作为一个江湖帮派的中层，吴飞为何如此熟稔军中事务？刚才的应对和做派绝非是一个刚刚得到提拔的江湖人能想得到、做得出的！不对，难道……

他还在想着，帐外有人求见，听声音就是吴飞！

他看看鲤鱼，低声道："要小心！"

吴飞进来，施礼道："姑爷……"脖子已被鲤鱼的长绳拿住！

何富贵走到他面前，冷冷道："吴将军，有失远迎，还望恕罪啊！"吴飞道："姑爷，姑爷，您这是干什么呀？我可是您亲口答应了才去的呀？"

何富贵示意鲤鱼放开手，哼道："难得你还记得！"吴飞道："姑爷要是不乐意，我即刻去王爷面前辞了……省得姑爷不待见。"

何富贵心情复杂，却又不能说破，便道："你说哪里话！不但是你，包括我，咱们沧临派、洪洞派上万人不都在为王爷尽心办事？"吴飞仍道："可是，姑爷派我去了王爷身边，却又不待见我，我……我心里委屈！"

何富贵心里冷笑，嘴上却道："什么话！哪有的事！我的意思是，王爷身边不比从前在帮中自由散漫，军令如山你也是看到了的，以后尽心办差，绝不可吊儿郎当，还有，就是别学你师父柯艾胤那般见钱眼开、因小失大。"

吴飞嘴里答应着，见机道："姑爷，刚才我听马道长与王爷聊天，想跟你说说。"何富贵心中一动，喝了口茶，道："哦，他们说什么了？"

吴飞声音压低，神秘道："据说王爷常年骑马打仗，身上老有旧伤，刚才在兵营又犯了病，几个大夫瞧了也不见好，马道长就劝王爷吃什么灵丹妙药，您读书多，也不知道这灵丹妙药管不管用？"

何富贵沉吟半晌，缓缓道："马道长身为武当掌门人，应该不会随随便便劝人服食丹药吧？"吴飞几乎赌咒发誓，急道："小人不敢胡说，是小人亲耳听到了，这才赶过来向姑爷汇报的。"

何富贵笑笑，道："嗯，还有什么稀罕事？"吴飞道："马道长平时话好像不多，可是只要他和王爷单独在一起时，话就可多了，刚才他还说什么陈仓石鼓，事关国运，吧啦吧啦地说了好大一堆，小人也听不懂……”

何富贵想起小时候听私塾老师说过一些，也曾听大通桥的吕半仙讲过，说陈仓石鼓一共十面，其中九面一直安放于曲阜文庙，唯有这第十面石鼓可谓命运多舛、历经磨难——每当天下大定，它就踪迹皆无，无从查考；可一旦战争一起，天下大乱，它就突然出现，更奇怪的是，它出现的地方，居然全是最后胜利的一方！

何富贵打发吴飞回去当值，又对鲤鱼嘱咐几句，让他赶紧出去办事。

中军大营。

朱棣神采奕奕，容光焕发，丝毫不见什么旧伤复发的迹象，看着病恹恹的何富贵，道：“三弟，身子还没好吗？”何富贵咳嗽几声，笑道：“不碍事，只是受了风寒，吃几服药就好，马道长还没到吗？”

朱棣压低声音道：“三弟，你读书多，见识广，可曾听说陈仓石鼓的事？”何富贵道：“陈仓石鼓？小弟略知一二，不知大哥为何问起这个？”

朱棣缓缓道：“近来听了不少传闻，也不知真假，想听听贤弟的说法。”何富贵道：“这石鼓，传闻是秦始皇的立朝之基，共有十面，最早被后人在陕西凤翔陈仓山发现，故而得名陈仓石鼓。”

朱棣点点头，道：“这些我都清楚，而且那九面石鼓被发现后一直存放于曲阜文庙，安然无恙，只有这第十面石鼓，据说极为奇特，像是被施了诅咒，一旦它惊现于世，必定天下大乱！”

何富贵道：“有没有诅咒小弟不清楚。据传唐玄宗时，在陕西凤翔府陈仓山上，一个牧羊老人最早发现了这十面花岗岩大石头，硕大的石头形如大鼓，上窄下大，圆而见方，甚是奇特，当然，最为奇特的乃是它们上面的泥土被清除干净后，露出了大量神秘文字，可谓奇形怪状、笔法奇特，许多饱学之士看了也不解其意。”

朱棣哼道：“正因为此，愚民才会小题大做、传播流言吧？”何富贵点头道：“或许如此，据说当时大量乡民闻风而至，焚香跪拜，都把它们敬为天赐之物！”

朱棣轻笑一声，道：“无稽之谈，无稽之谈。”何富贵却道：“此后不到两年，安史之乱爆发，盛极一时的大唐王朝风雨飘摇，朝不保夕。即位的唐肃宗也打不过勇猛彪悍的安禄山、史思明所部，只好躲在雍城——也就是凤翔府以南避祸，听说石鼓在附近，就命人将它们从山上运下，迁到了雍城。唐肃宗听取了大臣的谏言，将这十面石鼓供奉起来，每逢朝廷祭天之时，必定到石鼓处观摩一番，如此两年以后，安史之乱平定，天下得以太平。”

朱棣摇头道："打仗，靠的是将领争先，兵士用命，与这劳什子石鼓有何关系？"何富贵笑道："这些话信就有，不信就没有，但事关国运国体，应予重视。"

朱棣点点头，道："你接着说。"

何富贵道："后来凤翔府地方官郑余庆读到了韩愈所作的《石鼓歌》，大为触动，于是上表奏请朝廷，将十面石鼓送到曲阜文庙供奉，此后很久都没听说这些石鼓的动静，一直到了宋徽宗时……"

朱棣哼道："宋徽宗自诩'天下第一学士'，却枉自丢了江山社稷。"何富贵道："他丢了江山社稷不假，可是痴迷书画、醉心艺术倒也颇有造诣。他不仅比他的父皇宋仁宗更加珍爱这些石鼓，简直可以说是溺爱至极了。他找人考证出一个结论，就是其中的九面石鼓乃是同一批所铸，这第十面石鼓却与众不同，而且因为其相貌丑陋、形状奇特而不加以重视。"

朱棣忽然叹口气，道："所谓'龙生九种，种种不同'，父皇这么多皇子，单就建功立业而言，谁又能比得上我朱棣！可是……他始终不曾重视我！"

何富贵赶紧道："大哥贵不可言，何必自轻自贱！您听我往下说——有的说是因为嫌弃第十面石鼓的外貌，也有的说囿于九五之尊的数目，总之，宋徽宗命人只将那九面石鼓从曲阜文庙运到了汴梁，经文武大臣商议，移送到太学之内保存供奉，后来甚至被送到了保和殿，与宋徽宗朝夕相伴。有一天，宋徽宗突发奇想，命工匠在这九面石鼓上的文字槽缝之间填注黄金，为它们装了金身……"

朱棣插口道："那第十面石鼓怎样了？"何富贵道："宋徽宗将九面石鼓奉为神明，却将这第十面弃之不用，曲阜文庙的看管人员也撤了，这第十面石鼓被人在一天夜里偷了去，几年后，天下再次大乱！"

朱棣道："莫不是——靖康之变？"何富贵赞道："正是。北方金军大举攻入汴梁，掳走了宋徽宗、宋钦宗两位皇帝，还有大量后宫嫔妃和文武大臣，而那九面石鼓，因为被装上了金身，自然也被金军一起抢走了！"

朱棣沉默不语，若有所思。

何富贵低声道："当年金军将九面石鼓掳到的地方不是别处，正是今日的北平！"朱棣一惊，抬头看着何富贵，眼神犀利。

何富贵接着道："多年后，南宋朝廷与蒙古的联军攻破了金军都城燕京——就是今日的北平，在众人庆祝胜利的时刻，随军到达燕京的御史大夫王檝可谓'蓄谋已久'，因为他是凤翔府人氏，与这些石鼓算得上是同根同源，他派人在废墟之中大加搜索，终于将这九面石鼓找到，并上书朝廷，将它们就近安置在燕京的孔庙之中，只是这第十面石鼓仍然下落不明。”

朱棣沉吟道：“前年放灯节，我收到了它再次现世的消息。”何富贵吃了一惊——沧临派搜集到的资料可没有这个！

朱棣盯着何富贵，缓缓道：“传闻有鼻子有眼儿，说什么‘天下乱于北平城，石鼓起于大运河’，这些你都知道吗？”何富贵咽口吐沫，谨慎道：“没有，没听过这句话。”

朱棣喃喃道：“安史之乱，靖康之变，还有今日的靖难之役，难道都与这面石鼓有如此关联？按照你的说法，它是宋徽宗时在曲阜文庙丢的，去向一直未明，距今也有几百年了……”何富贵不敢再说，默默坐着。

朱棣道：“近来我还听说，它居然还和武当派张真人和少林寺空见神僧有瓜葛——说第十面石鼓上的文字记载，居然有道家的原始心法和武功秘籍，也有儒家最早的原始经典和传世秘义，是秦始皇焚书坑儒前流传于世的儒家讲义，这些你可知道？”

何富贵摇头道：“这个确是第一次听说，如果和武当派有关，道教经典还说得过去……”

窗外忽然亮如白昼，尖利的声音彻底划破了寂静的夜空！

朱棣霍地站起，朗声道：“太好了！张玉开始进攻正定城了！三弟，你我兄弟同上战场如何？”说罢，也不等何富贵回答，兀自大踏步出了大厅，向刚到的马建成点下头，对跑来的吴飞喝道：“传令，全体进攻正定城北门！”

何富贵在鲤鱼的陪同下，骑马跟在了急行军的队伍后头。

俯在马背上咳嗽喘气的何富贵心里感叹——队伍前头的王爷大哥生于战火，半生戎马——当他做个安稳王爷时，人虽华贵却失去了存在的意义；当他骑上心爱的战马，踏着熟悉的炮火声和喊杀声，挥舞着长刀带头冲向正定城时，他才找到了自己本身无上的价值！

密探飞马赶到，将西南方的战况做了简略的汇报：张玉带兵从正定城西南方突然杀出，打了南军一个措手不及，本就不是防守重点的西南门就此被攻破！耿炳文反应也算迅捷，知道自己兵员数量远多于对方，于是立即吩咐列兵出阵，正与张玉所部在城中激战。

朱棣喝道：“传令下去，全力攻击北门！”一声炮响，燕王府府兵发起了疾如闪电般的进攻！

何富贵看着厮杀，莫名紧张。鲤鱼道：“姑爷，要不咱们还是回去吧！”

何富贵摇摇头，道：“我了解燕王军，张玉、王骥、谭渊还有朱能，都是和蒙古人打了多少年仗的良将，这次两下夹击，耿炳文一定扛不住。”鲤鱼道：“姑爷，您说耿炳文丢了城，会往哪儿跑？”

何富贵沉吟道：“耿炳文带来的南军其实更擅长水战，我想他们必定会往滹沱河方向跑，也就是往东撤离……”鲤鱼忽然指着前面道：“姑爷您看！”

何富贵定睛一看，真是大开眼界——大批的南军队伍狼狈逃窜，只有几十个人的道士在马建成的带领下，就像驱赶绵羊般追赶着他们。

鲤鱼道：“姑爷，我记得你说过，穷寇莫追，这些老道们还真敢追啊！”何富贵笑道：“兵败如山倒，这些南军第一次打仗，偏碰上这些武艺高强的道士们，可不就崩溃了嘛！”

鲤鱼看了一会儿，道：“姑爷，您看，南军好像停住了，是不是要回头再打呀？”何富贵道：“是啊，如果传出去，几千人被几十个人追着打，这些人也别说自己当过兵了！为了起码的面子也该再打一打的，不过，依我看也是徒劳！”

果然，停下的队伍刚与道士们交上手，便发现仍然不是对手——道士们的轻功、点穴、剑法都是如此变幻莫测，南军再次崩溃，纷纷开始弃械投降。

鲤鱼笑道：“这还打啥仗？燕王爷不是赢定了？”何富贵看着退向东南方的大批南军，道：“经此一战，燕王爷自然声势大盛，但是要说势力，仍是远远弱于朝廷，南军经此一战，也都该知道了打仗的滋味，再往下打就不容易了——耿炳文最擅长的就是防守，我猜他会带兵撤到邢台城，然后坚守待援。”

燕王府的北军大获全胜，兴高采烈地冲进了正定城。

庆功宴上，朱棣笑着向各位举起酒碗，朗声道：“此战大获全胜，全赖各位拼死攻城，我朱棣敬全体将士一碗酒！”将士们欢声雷动，齐声喊道：“燕王爷天下无敌、洪福齐天！”众人喝酒吃肉，气氛热烈。

朱棣瞥见何富贵嘬着一杯酒，神色黯然，便起身离座，走了过来，慌得何富贵赶紧站起来。

朱棣压压手，道：“三弟，今日我军大胜，你却为何郁郁寡欢？是不是又想起了老父亲？”何富贵赶紧道：“大哥莫怪，刚才大伙儿敞怀喝酒，我不由想起了嗜酒如命的二哥狗剩儿了！去年此时，在通惠河畔的荷花楼上，你我三人，畅谈喝酒，激浊扬清，那是何等的畅快！”

朱棣感慨道：“是啊，哎，我记得老二最爱喝什么荷花酒，现在怕是喝不着了！”何富贵叹口气，道：“大哥，莫让小弟的多愁善感坏了您的兴致，咱们接着喝酒！”

朱棣却停了杯，问道：“今日大胜，我却隐约觉得好像有点不对劲，三弟你怎么看？”何富贵斟酌着道：“此战能够大胜，自然首推大哥的运筹帷幄……”

朱棣打断道：“三弟，直说！”何富贵道：“好。其二，我方谋划得当，打了南军一个措手不及；其三，燕军久经战阵，经验丰富，心理成熟，南军虽然人数众多，却多是大姑娘上轿头一遭，自然被吓破了胆；其四，就是老将耿炳文……”

朱棣道：“哦，他怎么了？”何富贵小心道：“小弟从未见过这位老将，但是对于他的事迹却多有耳闻——想当年，他可以做到固守长兴城十年之久！”

朱棣道：“你的意思是？”何富贵道：“小弟以为，本就不擅进攻的他到了这把岁数，怎么还有心力去攻打对方？按照狗剩儿哥传来的消息，小皇帝已给他下了不得伤害您性命的旨意——那您说，他还怎么打？都知道刀枪无眼，万一两军交战之际，您冲锋在前，万一，我是说万一，有个不长眼的冷箭伤着您，那对于他来说，是福是祸呢？”

亢奋的朱棣渐渐冷静下来，对啊，二十万大军被自己的两万人打得落花流水，说起来自己都觉得匪夷所思，更何况对方还是一位战场经验极为丰富的老将。

何富贵接着道：“经此一役，耿炳文就可以顺理成章地退到邢台城，固守待援——这可是他的拿手好戏，咱们可是耗不过这位老爷子的，一是后勤供给，他们可谓吃喝不愁，高枕无忧，可是咱们呢？只能靠北平这点供给，可能很快就跟不上了；二是，他们的后援也在快速增加，各地的军力也正迅速向京师集结，再来个几十万大军绝非不可能，而我们，仍然还是这些人；第三，北方的蒙古余部，据说也在蠢蠢欲动，一旦我方落败，他们的狼子野心您是最清楚的。”

朱棣陷入深思，缓缓道：“其实你还有一个没说，我也清楚——我们虽然打着清君侧的旗号，可是说到底，在天下人眼里，我们还是造反，是反叛朝廷的人，名声不好，时间越久，对我们越不利！”

过来敬酒的张玉凑过来道：“干爷，您放心，我再带人绕道，依葫芦画瓢，把邢台城也抄了！”

朱棣道：“今时不同昨日，耿炳文老谋深算，吃了上次的亏，绝不会再吃一次。”何富贵也道：“我研究了地形，正定城左近多有山地，张将军带兵绕道还容易些，可是邢台城周遭是一望无际的大平原，上万人的队伍想要不被发现根本不可能！”

张玉酒劲上头，推搡着何富贵嚷道：“你干什么长他人志气，灭自己威风，是不是朝廷派你……”鲤鱼挡在何富贵身前，就要动手。

朱棣喝道：“好啦！几碗酒下肚就没了规矩！扶他下去！”吴飞赶紧吩咐几个兵士将兀自骂骂咧咧的张玉扶了下去。

朱棣又与何富贵喝了一杯，忽然笑道：“三弟分析得很对，可这个耿炳文，却也不必再伤脑筋，”压低声音，“据可靠消息，他身体本就不好，年纪又大，经昨夜一战，还能活几天已不好说！”

何富贵笑道："那么，我们的眼光又该盯着京师了，不知道朝廷下次会派什么人来带兵。"朱棣忽然道："哎，三弟，二弟现在在小皇帝跟前如此受宠，你说小皇帝会不会心血来潮，就派二弟带兵打仗来呢？"

何富贵一怔，旋即和朱棣一起哈哈大笑起来。

笑罢，朱棣冒出一句："二弟真要来了，你说他会直接跟咱们汇合，还是真的会……帮着小皇帝打我？"

何富贵心里一惊，急忙道："大哥说哪里话！二哥虽没读过什么书，却最是仁厚忠义，绝不可能做出对不起大哥的事！"朱棣也笑道："是啊，我们仨儿是问荆结拜的好兄弟，岂是小皇帝的恩宠能比的……"

耿炳文溃败的消息很快传到了京师，震惊了本就压力巨大的小皇帝——他在御书房里来回转圈，看得云北归很是眼晕，只好跑出去催促门外的小卓子道："大人们还没到吗？"小卓子刚要答话，听见外面动静，喜道："来了，来了！"

君臣坐定。黄子澄起身大骂道："耿炳文，成事不足败事有余，实在是辜负了皇上的信任和托付！"齐泰沉吟道："此战虽败，可仍有几万人驻守邢台，情势未必不可挽回……"

皇上打断道："二十万大军被区区两万人打得落荒而逃，他不丢人，朕都替他觉得丢人！"方孝孺出来道："皇上，胜败乃兵家常事，何必计较一城一地的得失。耿老将军本就擅长守城，臣以为只要他守住了邢台城，阻住叛军向南的攻势，谅朱棣一党在这太平天下也撑不了多久！"

皇上不满道："朕，还有你们，手里握着几十万大军，居然要被一个小小燕王的几万人进攻！要是皇爷爷在世……哼！"终于没有说出下面的狠话，但愤恨之意却谁都听出来了。

黄子澄道："皇上，既然耿炳文死守不战，有失朝廷体面，不如再派良将，重新带兵进攻朱棣如何？"方孝孺道："皇上，臣觉得此时派兵并非良策……"

黄子澄打断道："那你方大人倒是出个良策瞧瞧啊！难道我们都只能眼睁睁看着朱棣围攻邢台城，整个朝廷束手无策不成！"

方孝孺沉声道："臣想耿老将军乃是料定朱棣叛军不能长久，故而决计守城固守，以此拖垮叛军！皇上您想，对于叛军来说，第一宝贵的便是时间，作为一支公然对抗朝廷、对抗全国的叛军，他们要是在乱世之中或许还能存活，可如今是太平天下，太祖和皇上德政清明、体恤百姓，对朝廷心怀不满之人绝对不多，敢于参加造反的人可谓少之又少，即便是那些叛军兵士也多是迫于形势不得已参与罢了，时间拖得越久，对我方越有利，叛军兵士定会开始逃亡，到那个时候……”

“到那个时候，老臣早就气死了！朱棣目无新君，横行朝野，我黄子澄可没有方大人这般好度量！”黄子澄气哼哼地打断道。

皇上道：“齐大人怎么看？”齐泰谨慎道：“耿老将军老成谋国、稳扎稳打，断不会随随便便输给朱棣，料想固守邢台城也是一个办法……”

皇上听得不耐烦，打断道：“那你的意思也是等了？”齐泰道：“不，臣这几日和方大人不敢松懈，经过周密测算，可以再为皇上调拨出五十万大军！”

皇上又惊又喜道：“多少？五十万！太好了！怎么不早说！”齐泰道：“兵员多了自然是好，可是……臣以为选派良将才更加紧要，常言道‘千军易得，一将难求’！”

皇上陷入深思，缓缓道：“这样，把兵部报上来的奏折都给朕梳理出来，朕今晚再看看，今日就议到这儿，你们都下去吧！”

云北归为疲倦的小皇帝揉着肩膀，心里仍在为大哥和三弟叫好不已——两万人就把小皇帝派去的二十万人打得躲了起来，真该喝大酒庆祝了……

皇上斥道：“……你做梦呢？！朕问你话呢！”云北归咽口吐沫，将刚翻上来的酒虫子咽了下去，赶紧道：“皇上，奴才该死，奴才……奴才刚才瞎操心，竟然想为皇上去战场杀敌！”信口胡诌，本就是他的拿手好戏。

皇上笑骂道：“以前不是跟你说过嘛！你一个大内太监，怎么老想着上战场立功！再说了，朕身边还离不了你。”说着两腿一伸，示意他捏腿。

云北归心里骂着娘，恭恭敬敬弯下腰为皇上捏着腿。皇上忽然道：“哎，你的脸怎么又变了？”

他心里一惊——自己一直低着头，还是被皇上发现了！

他那儿知道，张三丰教他的武当内功、被李彦强迫服下的紫色丹药还有少林成风给他使得阴招乃至后来为他化解的各路真气在他体内越积越多，互相交融，彼此混合。所谓内功，用今天的话来说，就是一股真气，也可以说是把所谓的寸劲变成自己的本能，在极短距离甚至是零距离就可以发出极大的爆发力。用今天的科学解释来说，就像高频振动器，练习内功就是把高频振动转化为肌肉本能，与人或物体对抗时，在发出的力量不变的前提下，对其进行零距离或短距离高频率打击。依次推开来，就可以解释诸如太极的气功、高手的隔山打牛以及剑客的剑气等等。无论哪一种内功，都不是一朝一夕可以练成的，需要大量的时间对自身肌肉和神经反应的高强度锻炼，或者便是外力作用使得肌肉与神经反应被彻底改造。

对于云北归而言，离奇的学艺和种种的遭际，便是其被彻底改造的外力了。近些日子以来，他每天晚上都会睡得很死，一旦入眠，就会进入自动运功模式一般，一种姿势静止许久，自动体验所谓“桩功”，一直感到一股热气从脚上涌泉穴冒出，缓缓“流至”腰间，然后当时在武当山学会的所谓的练功心法在脑子里一一闪过，调身，调息，最后调心，直至身心舒泰不已。早上起来，便默念着“能柔软，所以能灵活，能呼吸然后能刚硬”等口诀，自然吸气，小腹凸起，呼气时心中意念肚脐与小腹内收，并后贴于命门。

云北归依然懵懵懂懂，只是觉得身体每日格外舒爽，甚至可以感觉到体内有一股真气运行的感觉——他不知道，这就是太极中的“身知”，乃是太极内功的至高境界，意思是“身体本身知道气的运行”，更通俗来说，就是彻底打通了任督二脉，没有了任何关碍。云北归觉得自己身体内里火烧火燎，像喝了一碗烧酒一般，即使寒冬也只需穿上单衣即可——张三丰当年创设的“寒暑铁布衣”也被他在无意间掌握了。

可是，太极原理早就言明，万事万物，有一利必有一害，内功修为的神奇进境，也预示着他阳寿的加速缩短——张三丰完全明了内功修为的最快达成路径，可是仍然遵循点滴积累、逐步达成的修习方法，便是体现了他早年熟读儒教经典追求“中庸之道”的至高境界——可是这些，岂是云北归这个粗人所能知道的！

内功修为只是他一个人的自娱自乐，可是它的进境却逐步带动了外在的返璞归真——那张令人可怖厌恶的紫色大圆脸开始一点点褪色、变小，狗剩儿那张虽然泼皮无赖却也清秀鲜嫩的原始面貌逐步露了出来。

第一个发现变化的不是云北归本人，更不是平常都不正眼看他的小皇帝，而是“干儿子”小卓子。

云北归那天下了值，舒舒服服躺在靠椅上，几个小太监抢着给他洗脚、捏脚。小卓子最得宠，站在上端为干爹按摩头部，忽然失声道：“哎，干爹，您的脸怎么了？”

云北归也不在意，懒懒道：“多大点屁事也值得大惊小怪！咋的了？”小卓子道：“哎呀，干爹，不是儿子瞎咋呼，您的脸……好像变了，跟以前不一样了呢？”

云北归心里一惊，毕竟“做贼心虚”，稀里糊涂冒充李彦进了宫，能够隐瞒这么久已经让自己几乎完全习惯了“死太监李彦”这个角色，可每当午夜梦回，总有一个声音提醒自己——你是假冒的！你是冒牌货！时时担心被人认出的那一天。

云北归一抬脚，示意几个小太监都下去，对小卓子道：“拿镜子来。”小卓子赶紧拿来镜子递给他。

云北归看了一会儿，一直面无表情，心里却是又惊又喜——讨厌的紫色大圆脸终于开始离自己远去了，杉杉喜欢的那张脸终于要回来了——可是，问题在于，这可咋解释给周围这些人听？尤其是喜怒无常却握有生杀大权的小皇帝？

现在连小皇帝也发现了——幸好，他在唯唯诺诺的小卓子面前已经演习过一番了。

皇上直起身子，盯着他道："这一向也没注意，你小子怎么像是慢慢变了一个人？该不会是假冒的吧？嗯！"说到后来，口气已经极为严厉。

云北归心里镇定得很——他的泼皮无赖品格深入骨髓，早就做好了有一天穿帮的准备，大不了撕破脸，依仗自己的武功，一口气冲出皇宫罢了——可在小皇帝面前，他还得装出一副诚惶诚恐的样子，道："回皇上，奴才为了给皇上效力，小时候去武当山学武功，您都是知道的……"

皇上打断道："胡说八道！敢有半句瞎话，立刻推出去砍了！来人啊！"门内霍地洞开，十几名盔甲兵迅速走进来，以迅雷之势将刀架在了云北归的脖子上——云北归如果在皇上刚开口时就反抗，自然不会如此轻易就被人制住，可是他的妄自托大，生生贻误了这个时机。看着这些传说中的盔甲锦衣卫，他的心开始狂跳——想要逃出生路，已经绝非易事。

皇上盯着他的脸，冷冷道："朕早就发现不对劲，虽然你那张大丑脸跟李彦是很像，可是口音、做派跟他明明就是两个人！"云北归心里一直在盘算，不知道皇上拿到了多少证据，自己又暴露了多少。

皇上一伸手，一个锦衣卫拿出一沓信恭恭敬敬放在他手上。

皇上缓缓道："皇爷爷祖制，官员给皇帝上奏有两种文书格式，一种是题本，另一种是奏本——哦，这些给你说也是白说，朕现在才明白皇爷爷为何不让太监学习的良苦用心，就是为了防止你们这些狗奴才蹬鼻子上脸！还有，皇爷爷专门会指定一些人写密报，不通过什么内阁、六部，直接交给锦衣卫，也就是密奏，朕也采用了，好用得很，不过对于你，似乎有点小题大做，你大字不识几个，身为掌印太监却不知道眼前的那一封奏表是揭发你的！"

云北归盯着那叠信，心里琢磨是谁揭发我？里面写了些啥？

皇上倒是很知心，问道："想知道谁在揭发你？信里写了些什么？对吧？"

云北归勉强笑道："皇上，奴才实在听不懂您在说啥……"

皇上将信摔在他脸上，骂道："死到临头还敢耍赖！"

云北归扫了眼信封，瞥见一个醒目的标志——一个深色的圆圈，里面写了一个字——这个标志他以前见过，就在那些僧人侍卫的帽子上。他立即明白了，原来是成风这王八蛋告的密！他搅和老子的好事已经不是一次两次了！当初老子瞒着皇上偷偷搞了个调包计，让他一个师弟替他受死，这王八蛋不知道感谢老子反而还写信告发！

云北归额头沁出了汗。

皇上冷笑道：“你到底还有多少秘密，要么现在说出来，要么一起进棺材——不，把你扔进乱葬岗，跟那些不许收尸的死刑犯一个下场！”

老底被揭穿，云北归索性放开了，笑道：“皇上，奴才知道，现在奴才说啥您都不信，您干脆把奴才杀了喂狗吧！”皇上冷笑道：“怎么？又想耍赖、瞒天过海？朕杀你跟杀条狗没什么两样！”

云北归笑道：“正好，我就属狗，您来吧！让他们动手好啦！”皇上气得指着他骂道：“你，你，无赖！”上前一步，狠狠打在他脸上，浑身哆嗦着，“你以为死硬到底，朕就拿你没办法是吗？天牢有一百种方法让你求生不得求死不能！”

云北归体内郁积的真气按照时辰自然运行，四肢百骸舒泰不已，禁不住仰天“啊”了一声。

皇上怒道：“你个狗奴才，又使什么幺蛾子？”

云北归笑道：“皇上，现在抓着奴才的这几个哥们应该就是盔甲锦衣卫了？”皇上哼了一声。

云北归微微晃动肩膀，脖子上的刀立刻收紧。皇上沉声道：“再敢动一动，立刻砍了你的狗头！”

云北归冷笑道：“皇上，奴才要是一下子把他们都放倒喽，会不会让您很没面子？”

皇上冷冷道：“你？就凭你！还一下子，你可知道皇爷爷……”话未说完，就见十几具金黄色盔甲在天上飞，直到他们重重摔在地上，皇上才醒悟过来——这“死太监李彦”居然在不动声色间就把皇爷爷引为“最后的后手”的盔甲锦衣卫轻易摆脱了！

皇上的震惊已经远远超过了刚才听到耿炳文战败的消息——发生在眼前的情景总是让人印象深刻、触动心灵。他呆坐在龙椅上，看着那十几名锦衣卫迅速爬起来，想要继续进攻，却好像中了邪一般，接连摔在距离云北归一尺的地方。

皇上想要喊人——门外的禁军离得也不远，听见动静本该闯进来，可是今天自己已经做好了处置云北归的“万全准备”，所以提前告诫他们不要进来——孰料，却被一个“死太监李彦”抢占了主动！

皇上眼见这个“死太监”慢慢站起来，一步步朝自己走过来，越来越近——他张开嘴，还没出声，却见“死太监李彦”跪在了自己面前，就像以前一样。

皇上惊魂未定，结结巴巴道：“你，你想干什么？”云北归语气镇定，淡淡道：“皇上问啥，奴才答啥，奴才不敢说瞎话。”

皇上惊疑不定，试探道："你，当真……当真不会害朕？"

云北归的主意已定——即使撕破脸打破天，自己冲了出去，可是燕王大哥的任务还是没完成，拼武力不如拼口才，自己张嘴编瞎话的功夫好像不比武艺差多少。

云北归道："回皇上话，奴才知道，一定是成风那个秃驴出去以后乱咬奴才的对不对？"皇上小心道："他，他……朕不是让你杀了他，怎么你……"

第二十五回　弥天谎太监过关 念旧情宁王逃遁

云北归重重磕一个头，道：“请皇上恕罪，奴才虽然从小在武当山学武，可奴才的老娘是信佛的，天天在奴才的跟前念叨啥‘佛法无边、普度众生’的大道理……”

皇上打断道：“你，你到底是谁？”

云北归抬起头，道：“奴才确实不是李彦……”皇上一下子坐直，惊道：“真的不是？”

云北归心里暗笑，脑子里快速编着故事，嘴上缓缓道：“奴才真的不是李彦，但奴才是李彦的同门师弟。”皇上瞪着他，问道：“真的？那你叫什么？为何要冒充李彦欺瞒朕？”

云北归边想边说道：“回皇上，奴才真名叫李新建，是李彦的远房堂弟，奴才老家在北平……”

皇上一惊，道：“北平？你可……与燕王认识？”云北归装傻充愣乃是一绝，立即道：“认识啊！”

皇上失声道：“你，你真是他的卧底？”云北归接着道：“……奴才认识他，他却不大记得奴才吧！皇上不是下旨让奴才在大殿上点他的穴道吗？”

皇上骂道：“你个狗奴才，说话干什么大喘气！”

云北归心里暗笑，继续道：“奴才小时候家里穷，就在运河上跟着老爹抓鱼、晒漕粮、搬东西，啥都干过，后来听说远房堂哥李彦在武当山学武艺，很是不得了，就投奔他去了。”

皇上沉声道：“武当派掌门人马建成……他，你可熟悉？”

云北归记起陈瑛向他透露过的信息——武当派坚决支持燕王朱棣——嘴上道：“那个掌门牛气得很，奴才一共也没见过他几回！武当山净骗人，新徒弟去了都是师兄教功夫，师父一年也见不了几次面儿。”

皇上仍是半信半疑，盯着他道：“说下去。”云北归道：“后来，师哥——也是奴才的堂哥李彦，在一天半夜里把奴才叫醒，说他偷到了武当派的武功秘籍，要带我一起下山……”

皇上打断道：“你说他当年偷了丹药还带你一起下山？”云北归脑如电转，立即道：“是，是，偷了丹药，奴才睡得迷迷糊糊，但是一直听他的话，就稀里糊涂跟着他下了山。”

皇上盯着他道：“那为何武当发的江湖通告，只将李彦一人逐出师门，半点也没提你？李新建！”

云北归心里叫苦，这个李新建是个大活人，皇上耳目遍天下，稍微一打听就会穿帮——李新建本是马建成的得意弟子，还与自己在李维邦府上交过手——自己还是吃了没文化的亏，急切之中想不出个像样的名字，只好拿李新建顶上了。眼下已被逼到墙角，只好走一步是一步了，支吾着道：“这个……这个奴才也不大清楚，兴许奴才当时功夫太差，掌门没把奴才当回事吧！”

皇上摇头道：“武当是武林大派，马建成做事一向老成持重，不可能单单漏了你。一号！”一个盔甲锦衣卫立即跪倒在地，道：“在！”

皇上道：“你江湖路子最熟，尽快问清楚，马建成是否有个叫李新建的徒弟？现在去向如何？要快！”一号答应一声，出门去了。

云北归心里叫苦不迭，却也只能硬着头皮撑下去，再一抬头，更是苦上加苦——一杆黑洞洞的火枪对准了自己！

皇上笑道：“四叔带来的贡品朕都大都看不上，只有这杆火枪最是实用了，你说呢？李新建！”云北归苦笑道：“是，皇上说的是。”

皇上一手握枪，一手喝茶，盯着他道：“说下去，不过你记住了，一会儿要是穿了帮，你可得小心了！”

云北归稳稳心神，继续道：“是，奴才说的都是实话。奴才跟着李彦下了山，走了好远，找了个深山老林，在那儿练武功，奴才也不认字，都是他一点点教我……”皇上诧异道：“只是练功，没有别的？”

云北归猛然想起皇上刚才说李彦偷了丹药，顺杆爬的本能促使他立即道：“他还拿药丸给我吃……”皇上神情紧张，追问道：“什么样的药丸？”

云北归回想着李彦在大运河上塞进自己嘴里的丹药，道：“好像是个深色的药丸，苦苦的，有点涩，反正不好吃！”皇上问道：“吃了以后，你有什么感觉？”

云北归道：“头晕乎乎的，后来……后来身上特别热，热得厉害，肚子胀得难受，脸也憋得厉害，反正就跟生病一样难受。我急了，就要跟他打架，可我哪儿是他的对手，几下子就被他打晕了。”皇上好奇道：“他为何要喂你吃药？他自己不是也吃了吗？”

云北归道：“我也不大清楚，他从小就神经兮兮，后来，我醒了以后，他说武当功夫博大什么深，我们就是苦练十辈子也赶不上那个掌门人，更别说张真人啥的了，但要是吃了丹药，就会容易得很。”皇上点点头，道：“朕明白了，李彦这小子狡猾得很，先给你吃了，看你没事，才自己吃。”

云北归假装生气道：“哼，他还说都是为了我练武快些，说半天都是骗人！”皇上笑道：“也不都是骗你，你现在不是很厉害吗？”

云北归傻笑道：“也是，反正后来他也吃了药丸，我们的武功真的厉害了好多呢！不过……”故意停住，等着皇上着急——他听评书时学到这门技巧，说到关键处故意留个悬念，吊起听众胃口，使他们更加投入进去才会更愿意听，也更容易相信故事的真实性。

皇上果然大为好奇，催道：“你小子还卖什么关子？快说！”云北归继续道：“是，不过，有一天夜里，我的脸火烧火燎，烫得厉害，师哥他也捂着脸在炕上打滚，把我们吓得够呛！后来，后来……我们的脸就肿成这样了，连我亲爹亲妈都认不出了。”

皇上忍不住笑道：“而且还肿得很像！脸色、脸型居然也都差不多。”

云北归苦笑道：“我们哥俩小时候就有点像，记得有一回他来我们北平家玩儿，第一回看见炮仗，高兴得不行，去一个货栈偷了好多，带我到运河边去点，结果一大堆炮仗都被点着了，炸得我俩屁滚尿流……”——狗剩儿小时候带着小伙伴到何富贵家货栈的“偷盗经历”被搬到了这里。

皇上仰头哈哈大笑，拿枪的手随之上下晃动起来。云北归心中电闪——此时若是扑上去，一定可以制住小皇帝！这个念头一闪即过，身子仍是乖乖地跪在地上。

皇上发现了险情，立即正襟危坐起来，仍是拿枪对着他，喝道：“你讲这个干什么？”云北归道：“当时，李彦哥和我都被炸得满脸黑，回到家，家里人就分不清我俩谁是谁了。”

皇上还是忍不住笑了，道：“两个狗奴才，一个德性！这么说，服了丹药后，你俩几乎同时发作，脸就成了那个样子了？”云北归哭丧着脸，道：“可不咋地，我俩的脸被烧得紫不溜秋，又肿又大，模样也变得差不多了，可是有一样还是不一样。”

皇上问道：“什么不一样？”云北归道：“武功不一样，他的武功本就高出我好多哩，吃了药以后更厉害，我比以前是强不少，可跟他比还是不行。”

皇上不再说话，显然在琢磨他话里的可信成分。云北归继续道：“后来，我哥说要出来闯天下，效忠朝廷，要不然一身本事就可惜了，我们李家本来就数他最有出息。”

皇上问道：“他出来闯天下，你当时为什么没跟着？”

云北归支吾道：“我，我……他骗我说脸上很快就消肿了，我等了好多天还是不见好，觉得丑，又觉得是他骗了我，可我又打不过他，一生气就跑回了老家。”

皇上一惊，道：“你回了北平？”云北归道：“是啊，要不然我也不知道去哪儿，在运河上找活儿干容易得紧，我又学了些本事，干起重活儿来轻巧得很。”

皇上摇头道：“暴殄天物，学了一身武艺，却又回去干苦力！”云北归道：“我哥就不一样了，听说他来了京师，还真下得了狠心，还没给李家留种儿自己就当了太监……”

皇上忽然警觉，拿着枪对准云北归道：“你，把裤子脱了，快！”云北归张大了嘴，结结巴巴道：“皇上，您……”

皇上不依不饶，道：“少废话！脱裤子！”十几名盔甲锦衣卫围在四周，虎视眈眈地盯着他。

云北归做极不情愿状，慢慢站起身，慢慢开始解裤带。皇上喝道：“敢有异动，朕……立刻开枪！”

云北归心里暗笑，当年宁王为了检查直接一脚踢向他的裆部，小皇帝可好，非得让老子脱裤子，行吧——他手上解着裤带，内里运起真气，“阴阳同体”立即上身，尿尿的玩意瞬间钻入体内。

皇上盯着他的裆部看了一眼，立即道：“赶紧穿上，多恶心！”云北归心里骂道：嫌恶心你他娘的还非要看，看完又说恶心，吃完包子骂厨子，最是没良心！

皇上道：“李彦进了皇宫，开始也不得势，是朕发现他有些功夫，办事麻利，人也机灵，才开始派他出宫办差，上次派去北平，差使也办得不错。你小子是不是那时候跟他换了？”

云北归小心道：“是，他在运河上遇到了奴才，他那时候可了不得，多少跟班跟着，大船坐着，威风得紧哩！我可就惨了，还在码头上晒漕粮干杂活！他奚落了我好半天，后来才说要提拔我，让我跟着他干。”

皇上奇道：“你们当时长得不是一样吗？你要是跟着他，不也很麻烦吗？”

云北归边想边说道：“他说我的功夫已经很不赖了，咋还在码头上受苦？他说武当功夫必须用一段再练一段，隔个一年半载的就要锁关练习……”皇上打断道：“什么锁关，那叫闭关！什么都不懂！”

云北归赶紧道：“对对对，是闭关，闭关。他说他要闭关，可万岁爷的差使又不敢耽误，于是就叫我……替他来了……”声音变低，几不可闻。

皇上左手一拍案几，大喝道：“李新建，你好大的胆子！”云北归“吓得”魂不附体，赶紧道：“皇上饶命，皇上饶命！奴才啥也不懂，他让我干啥就干啥，皇上您饶了我吧！我可从来没干过对不起您的事哩！”

皇上缓缓道：“他让你干啥就干啥，他阉了你你也心甘情愿？”云北归道：“我开始不知道当太监要……要这样，要是早知道我……我也不知道，在码头太苦了，挣的钱又少，我不后悔来这儿！”

皇上盯了他半天，哼道：“笨蛋！被一个人骗几回还嘴硬。”云北归道：“皇上，我是笨，不认字没文化，可我对皇上一直忠心耿耿！这个我敢发毒誓！”

门口一亮，先前出去的一号悄悄进来了，幽灵般附在皇上耳边低语了几句。他的声音极低，料想除皇上以外别人都听不到，可他低估了眼前跪着的这位大太监的内功修为，云北归听到一号说的是“江湖消息，武当派掌门人马建成的弟子李新建已经失踪许久，但是对外一直没有宣布处置结论。”

皇上盯着云北归，冷冷道：“还敢狡辩！李新建在武当山上好好的，说，你到底是谁？”

云北归磕一个头，道：“奴才真是李新建，皇上可以找武当掌门来对质，要不就干脆杀了奴才吧！”

皇上冷笑道：“杀你易如反掌，现在是要你说清楚，”瞥了眼地上的信，压低声音，“说，你为什么擅自做主放了成风？你不知道他该死吗？”

云北归昂着头道：“皇上，奴才刚才说过，奴才的老娘信佛，天天念叨‘佛法无边，普度众生’，耳朵都被她念叨得长茧子了！可出来久了，奴才……奴才也真是想我娘……”

皇上打断道：“你扯哪儿去了！这事跟你老娘有什么关系！？”

云北归道：“想老娘的时候，她就给我托梦，梦里还是老一套，但是我……我想听。”

皇上嘿嘿冷笑，盯着他道：“你老娘托梦给你，让你放了成风？你糊弄鬼呢！”云北归镇定道：“不是，老娘在梦里说‘佛法无边，普度众生’，说杀和尚不吉利，杀品阶高的和尚最是大大的不吉利！”

皇上怒道：“因为这些你就敢违抗圣旨！”云北归立即道：“奴才不敢！奴才想了好久，想要想出一个既要遵旨除掉成风，又不是奴才下手的办法，后来，奴才就……擅自做主，让小卓子传话给那些和尚，说他们犯了宫规，依照规矩都要弄死，可皇上有好生之德，答应他们出一个和尚死了就行……”

皇上又好气又好笑，道：“你这想的什么馊主意！”

云北归一脸认真，道：“奴才脑子笨，也想不出啥好主意，想着那个成风辈分大，武艺又高，想来会主动就死，我听说佛家里说啥我不下地狱谁下地狱是吧？他要是死了，不就既了了皇上的差使，我又没有杀和尚不是？”

皇上冷笑道：“成风，他会主动送死！他比鬼都精！你个大笨蛋，你知道他在信里怎么说你的吗？他说你是燕王设在朕身边的卧底，大卧底！说你勾结燕王手底下的陈瑛，处心积虑要谋害朕……”看着一脸无辜的云北归，“李新建，成风说的对吗？”

云北归一怔，立即反应过来，道：“是，皇上喊奴才啥奴才都答应！”皇上敲着火枪，缓缓道："少来这套！说，你到底是大笨蛋还是大卧底？"

云北归嬉皮笑脸道："皇上说奴才是啥奴才就是啥！"

皇上道："成风这件事，你擅自做主，抗旨不遵，朕先给你记下了！"

云北归松一口气。皇上继续道："……李彦，什么时候出来？"

云北归一怔，道："他没说，时候不短了，也该出来了吧！"

皇上哼道："出来，出来朕就把你们哥俩一块儿斩了！"

云北归嬉皮笑脸道："皇上，我们哥俩一起伺候您，一个按左腿，一个按……"

皇上把枪放在案几上，摆摆手道："去去去，谁要你们按腿！你们学了精深的武艺，都窝在宫里干这个！我问你，你如果遇到你师父马建成，你会怎么做？说实话！"

云北归没想到皇上会突然问这个，思忖一下，道："他，说是我师父，可是也没咋教过我，说到底是我们对不起武当……哎呀，奴才也不知道该咋办！"

皇上点点头，道："还算你有点良心。朕告诉你，马建成现在就在反贼朱棣身边，为他出谋划策，甚至亲自上阵杀人——公然与朝廷为敌！"虽然云北归早已从陈瑛处得知了这个信息，但仍做出了一副惊呆状，喃喃道："不能吧？我，他，他咋会去帮燕王呢？奴才想不通！"

皇上起身，走到他面前，盯着他的眼睛道："朕问你，在战场上遇到马建成，你会怎么做？"云北归一咬牙，道："奴才会抓他！"

皇上脸露不悦，道："只是抓他？不杀他？"云北归梗着脖子道："奴才在皇上身边伺候，见好学好，皇上不杀亲叔叔，奴才咋能亲手杀师父呢！"

皇上怔住，旋即满意地点点头，道："好！朕正烦心新的主帅人选，你的回答朕很满意……"云北归心"怦怦"乱跳，统领几十万大军的主帅该不会砸到我狗剩儿脑袋上吧？

皇上继续道："……所以，朕今日下旨，命李景隆为主帅，你李新建，哦不，你对外还叫李彦，你来做副帅，统领五十万大军……"云北归"嗡嗡"的脑袋慢慢冷静下来，哦，敢情是副帅，还得听那个纨绔子弟李景隆的指挥，可有点没劲……

屋里忽然安静下来，云北归一抬眼，看见皇上正盯着自己，赶紧道："奴才领旨！"皇上哼了一声，道："只是领旨？朕知道你小子学了一身本事，不想在朕身边侍候，光想着到战场上建功立业，对不对？朕违背皇爷爷的训示，破格让你一个太监去带兵，你还不满意？你小子难道还想当主帅？"

云北归赶紧道："不是，不是，这个副帅奴才已经招架不住了，奴才想是不是在做梦哩！"

皇上道：“到了战场上，一定要努力杀敌，但是你给朕记住了，一定要把朱棣活着抓回来……”

这时，门外响起一阵急促的脚步声，一个太监慌慌张张在外面喊道：“皇上，皇上，出大事了！宁王跑了！”

皇上摔了茶杯，恨恨道：“一波未平，一波又起！如今天牢是摆设吗？”

御书房内气氛凝重。

刚调任锦衣卫指挥使的李德勇汇报：“……臣仔细勘察过，天牢二号牢房绝无破损之处，只是几个看守的牢头狱卒违规喝了酒，已经被全部下狱，听候处置。”

皇上怒道：“堂堂的锦衣卫天牢居然接连走失两名钦犯！皇爷爷在世时，那里可是号称‘天下第一狱’！现在是怎么了？啊！说话啊！”

黄子澄首先道：“皇上息怒，老臣以为锦衣卫指挥使李德勇工作不力，职责有失，应予严惩！”

方孝孺沉声道：“皇上，臣以为宁王刚刚越狱，谅他还未逃出京师，当务之急乃是搜捕，而非在此追究责任——况且，李德勇接任锦衣卫指挥使不到一天，即使有责任，也恐难怪到他头上吧！”

黄子澄想要反驳，被皇上抬手制止道：“黄大人，方大人说得有理，即使宁王再快，现在肯定还在京师。李德勇，即刻全城搜捕，就是把京师翻个底朝天，也要把他抓回来！”李德勇答应一声，快步退了出去。

黄子澄哼道：“但愿李德勇能争气，可别像某些人一样，亲眼见到了钦犯，却又让人跑了！”方孝孺默不作声，袖子却在微微颤抖，显是内心极为愤怒。

皇上道：“几位大人，如今对战燕王情势不利，现在却又走失了宁王，万一二人联手，那可就……”语气焦急，说不下去。

方孝孺沉吟道：“他们二人素来不和，这次谋反，说到底还是为了谋朝篡位，可皇位只有一个，所以他们现在可谓各怀鬼胎，不足为虑。”黄子澄哼道：“不足为虑？一个燕王就闹得鸡犬不宁，更别说再加个宁王了！”

皇上听他们吵来吵去，不得要领，心中烦躁，于是道：“几位大人也都累了，早些回去休息，明日早朝，务必商议出个方案才行。”

大臣们都退下了，皇上疲倦地委坐在龙椅上，忽然道：“哎，李彦——叫惯了，你以后还是叫李彦，免得宫里传出闲话。”云北归答应着，替他轻轻按着肩膀。

皇上道：“天牢接连出事，事出蹊跷，朕现在给你下密旨，负责秘密调查此事，务必三日内查出结果！”云北归一瞪眼，道：“皇上，上次燕王跑了，锦衣卫查来查去，都一个多月了还没有结果吧……”

皇上道：“怎么？你还敢跟朕讨价还价了？”云北归赔笑道：“皇上，奴才哪儿敢，可三天太短了。”

皇上恨恨道：“皇爷爷在世时，太平无事，朕登基以来，麻烦不断，现在务必快刀斩乱麻，懂不懂？现在齐泰他们正在各地调拨人马，三日后你和李景隆就要上战场杀敌了，哪儿还有时间处理这些！”

云北归心里暗骂：“鞭打快牛，累死舅舅！”嘴上道：“奴才一定尽心办差，可三天……”皇上骂道：“朕也没说让你三日就要查出真凶、拿住宁王。缉拿宁王是李德勇的事，查出线索才是你的活儿！”

云北归立即抓住话头道：“对，对，皇上说得对，三天之内，奴才一定查出线索！”

云北归让属下守在天牢外，自己一个人走了进去。

上次燕王逃出时，他正在“犯病”，没到这里实地勘察。这次领了差使，心里不住叫苦——专业干这个的锦衣卫忙活了一个多月都没结果，自己匆忙接手，哪儿会有什么结果。他在一号、二号牢房里敲敲碰碰，始终没有发现砖块松动、机关密室之类，心里很是失望，正要走出二号牢房，忽然鼻子一动，嗯，这味以前闻过，啥味都瞒不过我的狗鼻子，对了，是秦淮坊里的那位伙计，也就是空见神僧的！怎么会是他？哦，也只能是他了！

云北归回想与空见神僧的几次接触，送自己迷药，救自己一命，自己也曾救过他一命，自己与他素昧平生，说起来可能因为自己是燕王的人，所以他才出手相帮吧！可这次他为何要帮宁王逃跑呢？哦，对了，现在朝廷与燕王战情胶着，放跑了宁王，无疑是给燕王搭了把手。

小卓子走进来，低声道：“干爹，黄兴林来了！”

禁军大统领黄兴林向云北归施礼见过，低声道：“知道公公奉密旨调查此事，我们禁军全力支持，这些锦衣卫牢头狱卒都被控制了，要不要一起听听口供？”云北归点头，由他引导，一起去了审问室。

几个牢头狱卒浑身是血，精神委顿，看见有人进来，只是歪了下脑袋。

黄兴林使了个眼色，一个禁军“啪”地一鞭子抽在一个牢头脸上，喝道：“把口供捡紧要的再说一遍！”

那牢头张张嘴，断断续续说了起来：“各位大人，昨儿个夜里，几个太监送来一些酒菜，说是后宫一位娘娘犒劳我们锦衣卫的……”那禁军打断道：“哪位娘娘派人送来的？说清楚！”

牢头道：“那太监死活不说，说是娘娘吩咐过不许说的。可是我们锦衣卫纪律严明，不明来路的酒菜怎敢轻易吃喝……”黄兴林冷笑道：“纪律严明？笑话！锦衣卫今年最是麻烦不断！”

牢头接着道：“当时我们确实不曾吃喝，但因为是后宫娘娘送来的，也只能暂且收下，后来一个属下，就是那边那个狱卒周立，他说……”禁军抽了那个周立一鞭子，道：“你说！”

周立吓得哇哇大叫，一个劲求着饶命，半天才说道：“各位大人，恳求皇上饶命！奴才是看见送来酒菜的桥公公乃是奴才的同乡，也是靠着他的关系，奴才才进得宫来当差，所以……”

牢头继续道：“他当时拍着胸脯说桥公公是他的贵人，酒菜不会有问题……”

牢头、狱卒断断续续说着，云北归想起这位桥公公本是自己掌管的司礼监的一名中层太监，前些日子调到尚膳监做了掌印太监，隐约听小卓子提过，此人颇受皇太后宠幸，嚣张得很，对自己也颇有微词。

牢头兀自唠唠叨叨：“……我们锦衣卫也不是……也不是那么轻易就被人下毒的，事先确实验过毒了……”云北归道：“验过毒咋还会倒了呢？”

牢头哭丧着脸道：“我们在酒和菜里分别验毒，确实没事，谁知道……这也是事后太医们查过了才知道，他们在酒里和菜里各自放了问荆草和石鼓苔……”

云北归冷笑道：“问荆草哪里有毒！瞎掰！”

牢头道：“太医说问荆草是没毒，那个什么石鼓苔也没毒，可是这俩放一起就有毒了！”

一个禁军兵士端来一个托盘，托盘上盛着吃剩的一些饭菜。

那牢头继续道：“……太医说，问荆草磨成粉末，本是极好的药材，人吃了强身健体，可一旦遇到这个石鼓苔就会变成迷药，轻则令人头晕，重则……重则……”

黄兴林喝道：“有话直说，吞吞吐吐干什么？”牢头道：“重则……使人神志不清，甚至意乱情迷，妄生男女苟合之念，江湖上也叫情丝绕……”说到后来，声音变低，几不可闻。受审的几个锦衣卫都是满面羞惭，像是被人捉奸一般。

云北归听得不甚明白，却也知道了大概，笑道：“几个大老爷们被人灌了春药，是这意思吧？”锦衣卫们都低了头。

黄兴林笑道：“李公公说笑了，酒菜里药量不大，他们也都被毒晕倒地，哪儿还有心情想别的。”

牢头赶紧点头，道：“周立害我们着了道，他自己倒是没喝酒……”

周立喊道：“李公公为小的做主啊！小的绝对不知道酒菜里有毒！小的一向不能喝酒，闻见酒味都头晕，昨晚只是吃了些菜，没有喝酒。”

云北归道：“这么说昨晚只有你一个人没有中毒，那你后来看到啥了？”周立结结巴巴道：“小人……小人虽未喝酒，但是他们几个喝得痛快，酒味好大，小人也是迷迷糊糊的，后来隐约好像看见一个小厮模样的人走了进来，在牢头身上摸出了钥匙，打开了三道牢门，扛着宁王……”

云北归打断道：“你可看清了？宁王是被扛着出来的？”周立却又犹豫了，思忖一下才道：“小人当时也迷迷瞪瞪，确实记不大清了……”

云北归沉声道：“往下说！”周立道：“那人像是扛着宁王出来，然后从这出去，一拐弯就没影儿了。”

云北归盯着牢房的拐弯处，对黄兴林道：“外面的锦衣卫没发现有啥不对劲的地方，古怪肯定在这拐弯了，黄大统领，多找些工匠，比照着牢房图纸查一查。”

他心里隐约有了答案，忽然又问牢头：“桥公公送酒菜时，是几个人来的？”牢头愣了一愣，道：“来了总有五六个人，带的酒菜可不少……”周立插口道：“小人留意了，算上桥公公一共是五个人。”

云北归盯着他道：“五个人你都认得吗？有没有觉得奇怪的？”

周立回想道：“倒也没有什么奇怪的，只有桥公公身边那个小太监看着眼生……”

牢头也赶紧道：“对对对，小人也注意到了！桥公公身边跟着的小太监，模样清秀得紧，跟桥公公寸步不离，我们还猜想……猜想桥公公换了新欢……”

云北归又问道：“石鼓苔是啥玩意？”

牢头支吾半天也没说出个究竟。黄兴林道：“据太医们说，石鼓苔乃是传世国宝——石鼓上面长的青苔，工匠们将其取下来，在烈日下晒制而成，但九大石鼓一直被供奉在曲阜文庙，后来在北平的孔庙，据说已经很多年未曾长出青苔了，太医们也只是在医书上查到的，谁也没见过真的石鼓苔。”

云北归皱眉道：“不就是石头上长的青苔吗？别的石头上长的就不行？”

黄兴林赔着小心道：“石鼓是上千年的传世国宝，且不说材质质地，单说上面的古怪文字，那可是多少代大文人都没法解释的……”云北归听得云里雾里，摸不着头脑，挥手道：“咱家还要去皇上那里侍候，这些情况明儿再说吧！”

云北归带着太监们回了寝室。案情重大，头绪繁杂，正没作理会处，门口小卓子探头探脑道："干爹，清秋宫又派人送来点心水果，小的们就不跟您客气了……"

云北归招手让他进了屋，问道："近来清秋宫为啥老送东西？"小卓子眨巴着眼睛道："您是皇上身边的大红人，宫里娘娘派人给您送东西送银两，不就盼着您在皇上跟前美言几句，多到她们宫里走走嘛！"

云北归一拍脑门，道："想起来了！清秋宫前几天第一回送东西，现在的清秋宫可不是以前的冷宫，是热得发烫的热宫！新美人特招皇上宠幸，宁可将皇后那里得罪了，都不能得罪清秋宫……"小卓子赶紧道："干爹，这些话可不能说出去！说出去皇后、皇太后还不得要了儿子狗命呀！"

云北归喃喃道："清秋宫这么受宠，为啥开始紧着巴结咱家了呢？皇上这些天哪儿也不去，就去清秋宫，按说她犯不着这样吧？"小卓子道："花无百日红，人无千日好，皇上现在稀罕她，兴许过一阵就稀罕别人了，可干爹您这儿可是……"

云北归摇头道："还是不对劲……"想起范丽华看见自己时吓得魂不附体的样子，还有后来怂恿皇上杀掉自己的决心，便道："猴崽子，送来的吃的喝的没啥毛病吧？"小卓子疑惑道："没毛病啊！干爹要吃，儿子这就给您拿来。吃的喝的都没毛病，不过送东西的小宫女以前倒没见过……"

云北归盯着他道："真的？"小卓子被盯得发毛，结巴道："应……应该不会错的。"

云北归思忖片刻，道："皇上今晚要操劳国事，去不了清秋宫，打发咱家过去说一声，走吧！"

太监通报后，云北归进去，给坐在里间的范丽华施了礼后，眼睛偷偷四处扫视。

范丽华淡淡道："李公公特意过来，是皇上有什么吩咐吗？"云北归笑道："是，皇上今晚要和几位大人商量打仗的事，没空过来了，特意命奴才过来说几句话。"云北归突然住了嘴，眼睛看了看周围。

范丽华道："你们都下去吧！"太监宫女都退了出去，只有范丽华身边的一个宫女兀自站着未动。

云北归早发现以前从未见过这个宫女，便道："娘娘，皇上的话十分要紧，还是……"范丽华忽然有了怒气，道："有话就说，这是我最亲近的妹妹，入宫时也曾禀报过皇上的！"

云北归心里一动，结合小卓子先前探听到的范丽华在秦淮坊时，身边有一个武艺很高的妹妹叫作范丽云，顿时觉得豁然开朗，案情似乎一下子有了转机，心里有了底，便笑道："哦，既然都是自己人，听听倒也不碍事。娘娘八成也听说了，奴才奉皇上密旨正在调查天牢逃了钦犯的案子。"

里间沉默良久没有回应。

云北归接着道："不是奴才吹牛皮，这后宫数不清的娘娘妃子都给咱家送过吃的、喝的、用的、玩的，逢年过节，谁家送了啥东西，咱家不记得，可是咱家记得，有两家娘娘从来没送过。"

范丽华忽然开口道："李公公口气大，谁敢不送啊？"云北归笑道："这两家可比奴才口气大多了。一家自然是皇太后她老人家了，这个奴才巴结还来不及，哪还敢挑理！可另一家嘛……"

范丽华哼道："有话直说，不必拐弯抹角！那一家不就是清秋宫嘛！"

云北归拱手道："娘娘别生气！说正事，奴才奉旨调查天牢走失钦犯一案，查来查去却查到了清秋宫……"

里面一个茶杯"啪"地摔在地上。范丽华怒道："胡说八道！"语气严厉，却透出一丝紧张与不安。

云北归心里更加有谱，便道："是啊，锦衣卫粗心大意丢了犯人，交不了差使就乱咬人，清秋宫最得皇上宠幸，咋会去救皇上的死对头呢！"

范丽华道："这是自然，所以还望李公公秉公查案，不要轻信无端谣言。"

云北归道："不碍事，皇上让奴才这几天专心查案，不用过去侍候。话说应天府，一位是冠绝当世、风流什么傥的皇子，一位是艳名远播、才艺双绝的青楼头牌交椅，二人……"

第二十六回　查要案清除异己 搬救兵合力断金

那宫女打断道："李公公，你的评书不好听，说人话吧！"云北归扫了兴致，暗自骂娘，没好气道："好，咱家就直说了，你，清秋宫娘娘早就和宁王有一腿，安排你妹妹范丽云进了宫，还找了一个帮手，一块把宁王弄出去了对不对？"

里间霎时陷入寂静，没有一点动静。

云北归知道自己说对了，继续道："皇上只知道你想家里人，想着让你高兴点，才下旨答应你把妹妹接进宫，却不知道她是武当……"话音未落，一柄长剑悄无声息地刺了出来！

云北归说到后来，已经开始暗中提防，而且他如今的武功又大有长进，岂是一个范丽云可以拿下的。果不其然，不到三招，他就将那柄长剑拿到了自己手里，轻轻松松搭在范丽云脖子上，笑道："要是没有你姐姐比着，你也算是不多见的大美妞儿了！"

范丽云怒道："要杀便杀，怎敢轻薄于我！"云北归撇撇嘴，道："嗓子也不赖，就是脾气太凶了。"将剑顺手一带，轻轻巧巧插进范丽云留在里间桌上的剑鞘里！

范丽云道："你想怎样？我姐姐可是皇上最喜欢的妃子，你要是敢动她……"云北归摆摆手，道："皇上最喜欢她，她可不一定最喜欢皇上吧？冒这么大险救皇上最恨的人，不是死罪你信吗？而且全家都得死！"

范丽云看看里间，道："此事姐姐全不知情，是我一人所为！"

云北归笑道："就凭你？出宫的大路你都不知道该往哪儿走，何况走的还是密道！"

范丽云僵住了，动手打不过，把戏被拆穿，事先觉得天衣无缝的方案，却被这人掀了个底朝天。

云北归接着道："你装成一个小太监，挟持了桥公公，一起去天牢给锦衣卫们送了酒菜，锦衣卫们喝酒吃菜，统统中毒！你，还有你们秦淮坊的一位伙计——这位伙计厉害得紧，居然知道天牢里有一个密道，通过那里，他把宁王偷偷救了出去，范姑娘，咱家说的对吗？"

范丽云咬着牙不吭声，两只大眼睛直勾勾瞪着云北归，忽然道："那人不是什么伙计，他是……"里间的范丽华快步走了出来，大声道："他是谁我们也不清楚，只知道他武功极高，一向急公好义、打抱不平。此事与我妹妹无关，李公公你不是记恨我吗？尽管把我交给皇上处置便可！"

云北归看着艳丽不可方物的范丽华，不禁后退一步，除了心爱的杉杉，他一向对其他美女一向不太感冒，可是这个范丽华实在美得不像话。他镇定了心神，笑道："好一场姐妹情深！你们够意思，难道我狗剩……我李公公就没有义气吗？"

范丽华盯着他，缓缓道："你，你不是李彦！"云北归道："咱家是，当然是，可不是你原先认识的李彦！唉！几句话说不清楚，这么说吧，咱家对你们没有坏心眼，何况你妹妹还是武当弟子……"

范丽云道："你到底是谁？想对我们干什么？"云北归道："咱家可以把这事遮过去。"

范丽华盯着他，眼神里有愤恨，有忌惮，但更多的是疑惑——这个前不久在秦淮坊胆大妄为至极，甚至对她狂暴施虐的"死太监李彦"，现在不但模样跟以前大不一样了，心肠也会随之变好？

云北归道："皇上自会处置好多人，可有我在，这把火不会烧到清秋宫。"

范丽华道："你为何要帮我？难道……"身子斜侧，眼神戒备。云北归撇撇嘴，道："咱家知道，你恨死了'死太监李彦'，可咱家是个咋样人，你以后会知道。为啥要帮你？是，是有人看上你了，不过不是咱家，咱家心里有人了。"说完起身告辞出了清秋宫。

小卓子跟在后面唠叨："干爹，您老进去的时辰可不短，是不是……小的可听说这位贵人跟宁王以前……您说会不会……"

小卓子没有继续说下去，因为他的干爹云北归突然停住了脚步，转身冷冷盯着他！吓得他赶紧开始掌嘴……

养居殿。

大臣们刚刚退下，彼此的争吵声还留在皇上的耳朵里。与燕王作战陷入胶着，宁王突然逃脱，后宫的波涛汹涌，种种的不顺利，使得年轻的皇帝感到极其疲倦，但疲倦的感觉刚来，"李彦"那双手就开始了给他的按摩。

皇上缓缓道："朕不是说了吗？这几天你专心查案，不必时时过来侍候。"

云北归轻声道："皇上辛苦，奴才不来侍候，心里不落忍。奴才的差使……"

皇上坐直身子，看着他道："怎么？这么快就有结果了？"

云北归小心道："奴才记得皇上说……说让奴才查出线索就行……"皇上打断道："说，怎么回事？朕怎么听到些风声，说跟清秋宫有关？"

云北归故意道："皇上都知道了？奴才，奴才不敢说。"皇上骂道："有什么不敢说的，实话实说！"

云北归继续卖关子："皇上，其实这事不难查，禁军、锦衣卫的查案本事可都比奴才大得多……”

皇上挥手打断道：“你怎么也学会这套玩意了！朕让你查，就是看中你不拘泥于刻板规矩，心里没有条条框框，直接说！”

云北归道：“皇上，奴才觉得，宁王逃跑和燕王逃跑其实是一回事。”皇上疑惑道：“这话怎么说？”

云北归道：“天牢里有密道，燕王、宁王都是从那跑的。”

皇上震惊不已，道：“真有此事？密道，什么时候挖的？通往哪里？”

云北归道：“这个奴才不大懂，怕说不明白，奴才特意请了工部尚书楼大人，他现在在殿外候着。”皇上点点头，云北归示意小太监将楼尚书请了进来。

楼尚书施礼见过皇上，道：“禀皇上，密道挖成的时间并不长，应该不会超过三个月，而且手法极为专业，能在这么短的时间内熟悉大内天牢的位置和布局，同时避开所有的机关设置，带人如此隐秘、高效地完成这项不小的工程，臣相信，普天之下除了臣领衔的工部，恐怕也只有一个人有此本事了！”

皇上问道：“谁？”楼尚书道：“前朝工部尚书，李贤。”

皇上瞪大眼睛，道：“李贤？朕有印象，朕记得他好像是触怒了皇爷爷，被罚去什么地方干苦力了吧？”楼尚书道：“皇上天纵英明，记忆超群，微臣佩服！说起来，这位前朝工部尚书也是微臣的师父，先皇指定微臣向他学习地质、宫殿建筑之学，平心而论，确实学到了不少东西，微臣真心佩服！”

皇上道：“朕记得他好像是因为什么事在朝堂上和皇爷爷顶撞，是不是？”楼尚书道：“正是，当时微臣只是工部侍郎，第一次因为工程上的事忝列朝堂。归降大明的工部尚书李贤在正阳宫的建筑布局上与先皇意见不合，起了争执。李贤业务上确是无人可比，可说起话来却失了分寸，居然在朝堂上说先皇关于正阳宫的建筑布局不是皇家宫殿，倒像是寺院佛堂！”

皇上道：“对对，朕想起来了，气得皇爷爷当场发飙，骂他是元蒙余孽，贼心不死，归降后又获重任却不知道戴罪立功，把他罚去一个什么寺院去做苦力了！”

云北归接口道：“建初寺。皇上，先皇将李贤罚去了建初寺，天牢密道出口就在建初寺！”皇上惊得目瞪口呆，喃喃道：“居然是李贤！建初寺！”

云北归立即道：“皇上放心，黄兴林已经带人过去了。”

皇上道：“李贤本事再大，说破天也就是一个工匠！他背后一定有人指使，宫里一定有人……”

云北归示意楼尚书退下，才道：“皇上，奴才审问看守宁王的人，是尚膳监给天牢送去了好多酒菜，牢头们喝酒吃菜后，纷纷噼里啪啦晕倒在地，宁王嘛，就从密道逃走了。”

皇上摇头道：“李贤平白无故为何要挖这个密道？只是为了报复皇爷爷？他与宁王……没听说有什么交情，为什么为他卖命？”

云北归神秘道：“奴才问过了，李贤与宁王不熟，却和燕王熟。”

皇上一惊，失声道：“对对，当年李贤与皇爷爷争执，大臣们全都站在皇爷爷一头指责李贤，只有四叔为他说话，还被皇爷爷好一顿斥责。这么说，李贤挖密道是为了救燕王？”

云北归点头，心里开始得意。

皇上仍是不解道：“李贤在建初寺，他怎么知道皇宫里的情形？万一挖着挖着，正好赶上巡查呢！朕猜想，皇宫内一定有内应！”云北归竖起大拇指，道：“皇上英明！奴才查问了锦衣卫、禁军还有巡防营，还有与建初寺有关的所有人，最后，您猜奴才查到了谁？一个老熟人。”

皇上嘴里念叨：“建初寺，建初寺……”突然瞪大眼睛，“莫不是成风？”

云北归跪下道：“皇上最是天下第一英明，谁都比不上……”

皇上挥手打断道：“马屁留着以后拍！真的是他？”

云北归道：“奴才把建初寺住持叫来了，要不让他进来？”皇上点点头。

一个老和尚慢慢悠悠走进来，正要施礼，皇上挥手道：“免礼吧，直说！”

老和尚口宣佛号，慢慢说了起来，大意是少林寺二十几名和尚长期在建初寺挂单借住，领头的叫成风，与寺里的李贤交往甚密云云。

老和尚下去了，皇上陷入深思，神情愈发冷峻。

云北归小心道：“成风进出皇宫方便，和李贤勾搭，挖通了密道，合伙救出了燕王……”

皇上一摆手道：“成风犯不着去干这事，背后一定有人指使！朕记得，上次他说他有个表妹叫什么……”云北归接口道：“好像叫小青，现在在……”停住不说。

皇上沉着脸道：“现在皇太后宫里做宫女。尚膳监具体是谁送的酒菜查到了吗？”

云北归低声道：“是尚膳监掌印太监桥浩辉，刚升的官儿。”皇上神情变得越发难看，喃喃道：“怪不得母后对他赞赏有加，亲自跟朕说升他的官儿，原来是去干这事！这就说得通了，说得通了……”

偌大的养居殿静寂异常，浑若无人。

皇上突然一拍桌子，道：“关于这事的所有人全部处死，不留一个！你告诉黄兴林，抓住李贤不必带来，就地处死！尚膳监的所有涉及人员，天牢的牢头狱卒，包括小青，朕会把她调出来，你亲自动手，全都处死！对了，还有成风！”站起来，来回走了几圈，“你这次出征，一定亲自绕道去一趟少林寺，务必将此人除掉！”

云北归点着头，心里却在打鼓，皇家丑闻自然是不想传扬出去，可自己也是知情者，没准儿哪天皇上想起来，也会要了咱家小命吧？

云北归带人连夜逮捕了尚膳监以桥浩辉为首的与此有关的几十名太监和杂役、锦衣卫天牢与失守有关的几十名人员，还有皇太后身边的宫女小青——皇上这次很有力度，不顾皇太后的强烈反对，强行将其身边的宫女、太监全部撤换。

上述人员的结果只有一个——全部处死。

后宫的风波逐渐平息，天牢的密道也被堵死，皇上关注的重点自然又转到了前线，于是由李景隆任主帅、“李彦”为副帅的五十万征讨大军今日就要开拔，前往北方讨伐反贼朱棣。

皇上嘱咐完李景隆，走到一身戎装的云北归面前。云北归赶紧下马见礼，学着评书里的话道：“皇上，请恕末将甲胄在身……”

皇上挥手打断道：“少给朕来这一套！你来！”云北归附耳上去，“此去事关重大，朕违反祖制提拔你做了副元帅，你可清楚？”

云北归咧嘴笑道：“皇上最是了解奴才，从小就想着带兵打仗！”皇上严肃道：“少来嬉皮笑脸，这是军国大事，不是无赖儿戏！”

云北归正色道：“奴才记住了！奴才不在皇上身边，皇上您可要多保重。”皇上道：“宫里虽说出了不少事，不也都被朕发现和处置了吗？你就安心去为朕打仗！虽然你屡次欺瞒朕，可说来也是朕的一员福将，但愿你能不负朕望，扫除叛贼！”

云北归道：“是！”皇上忽然低声道：“还有，别忘了绕道少林寺的事！”

云北归一怔，立即道：“奴才不敢忘！”皇上恨恨道：“这次你要是再敢妇人之仁，别怪朕翻脸无情！”

云北归道：“奴才不敢。”皇上一招手，一小队盔甲兵走了过来，向皇上弯腰施礼。

皇上道：“这五十人隶属于盔甲锦衣卫，朕全都派给你，贴身保护你的安全。”

云北归心中一凛——皇上说得好听，其实就是不放心我、派人牢牢盯住我呗！看这些人全副武装，还都配了火枪，任你内功深厚、外功强悍，给你几枪，全都做了无用功！

李景隆在旁提醒道：“李公公，快谢恩啊！”云北归立即跪下谢恩。

浩浩荡荡的五十万大军正式向北开拔，骑在高头大马上的云北归意气风发，像匹脱缰的野马一般来回驰骋，哪有一点大军副元帅的架势。李景隆几次派人招呼，才将他叫了回来，商议下一步的战略部署。

李景隆道：“朝廷上上下下都说李公公深受皇上器重，今日情景更让李某羡慕——皇上居然派出盔甲锦衣卫护佑左右，实在让人眼红得紧！”云北归道：“这有啥稀罕？你若想要，兄弟立马让给你！”

李景隆笑着摇头，道：“李公公，眼下的局势您也明了，耿炳文死守邢台，朱棣带着一万多人围城，您说，下一步我们该如何进行啊？”他表面上奉承云北归，骨子里却自诩名门之后，哪里看得上这个皇宫太监！这番问话，看起来恭恭敬敬，内里却是存着看笑话的心思。

云北归随口道：“这个好说，朱棣不到两万人，我们五十万，人马直接趟过去，踩也得把他们踩死了！”

李景隆摇头笑道：“贤弟此言差矣！这朱棣我是熟悉的，别的不说，打起仗来真是一把好手！而且他带的兵跟他一样，见了敌人就非常凶悍，要不北方元蒙余孽也不会多年不敢进犯咱们中原！”

云北归道：“朱棣不是在邢台跟老耿较劲吗？咱们横竖不管，直接去打北平，抄了他的老窝！”李景隆坐直身子——以往还真小瞧了他，道：“好，愚兄也是如此打算，但是朱棣所部也不得不防，咱们做个分工，兄弟率领……”

云北归打断道：“大哥，咱家奉密旨，半路去一趟河南。”李景隆一怔，旋即笑道：“当然当然，皇上交办的差使要紧，兄弟但去无妨，不过，可否……可否给哥哥透个底？”

云北归道：“这事跟天牢犯人有关，哥哥还听吗？”李景隆神情一凛，赶紧道：“哥不问了，兄弟打算带多少人过去？”

云北归嘬着牙花子，道：“咱们一共五十万大军，哥哥是大帅，您占大头，我少点，二十万吧！”李景隆一口茶喷出来，道：“二十万！兄弟没开玩笑吧？你知道二十万大军开拔得惊动当地多少官府和老百姓？后勤供给又是如何提供？再说了，二十万人要去干什么？就为了一个案子？”

云北归哪里懂得带兵打仗，所谓带走二十万人，部分原因是为了保险起见，将成风等人一网打尽；另一原因是想最大限度减少李景隆的兵力，从而使得燕王大哥面临的军事压力大大减轻。听到李景隆的发问，便道：“哥哥是带兵的行家，兄弟我是大姑娘上轿——头一回，要是说错了话，哥哥可不要笑话咱家！可是，皇上交办的差使事关重大，人带少了肯定不行。”

李景隆思忖道：“这样吧，哥哥拨出一万人随同……”见云北归瞪了眼，赶紧道：“兄弟莫急，听哥哥把话说完，你先带着一万人过去，河南距离邢台、北平也都不甚遥远，若是事情不顺，兄弟将副帅军符交给可信之人随时过来调兵，如何？”

云北归虽然心里不乐意，可一时也想不出反驳的话，只好快快答应了。

云北归带着一万人留在营地，看着其余的大军浩浩荡荡向北进发，心里不免开始打鼓：这四十九万人马，马蹄子就能踏平了邢台、北平，不知道大哥和三弟准备得咋样了？

云北归牵挂的燕王大哥朱棣正和三弟何富贵坐在马车上商议对策。

密探陆续到来，凑近马车低声汇报军情。朱棣只是听着，不动声色，常年的征战，朝局的斗争，早已使他的城府深不可测。

听完汇报，朱棣缓缓道：“三弟都听见了？悲喜交加啊！”何富贵奇道：“哦，此话怎讲？”

朱棣脸上的神情古怪神秘，道：“朝廷真是家大业大，居然在这么短的时间内又能调拨出五十万大军专门对付我朱棣！可三弟知道这五十万大军的统帅是谁吗？”

何富贵略一思索，瞪大眼睛道：“不会真是二哥吧？他……他毕竟是个‘太监’呀！”朱棣笑道：“三弟说对了一半，这五十万大军的主帅乃是当朝曹国公之子李景隆，哼哼，别人我不敢说，打他我还是有把握的！另外……”压低声音，“副帅才是二弟！陈瑛刚才也派人送来情报，说二弟近来因为容貌变化差点暴露，幸好这小子一番胡诌，又瞒了过去。”

何富贵笑道：“二哥虽然没读过什么书，可他的心思、心机还是极高的。”朱棣也笑道：“据说现在武艺也练得极高了。还有一个消息——宁王也逃出了京师。”

何富贵吃了一惊，道：“哦！天牢接连出事，这可闻所未闻啊！”朱棣笑道：“说起来老十七也是借了我的光，当初李贤挖暗道救我出来，想不到他也依葫芦画瓢。”

何富贵大惑不解，道：“小弟从未去过皇宫，更未见过天牢，可是很早就听说其号称‘天下第一狱’，大哥果然手段高明，居然可以派人挖出一条暗道！”言下之意是希望朱棣讲个究竟。

朱棣却未回答，喃喃道：“难道她……真的先帮我，又帮了他……”何富贵不敢打扰，静静坐着。

朱棣长叹一声，道：“据狗剩儿给陈瑛的情报说，小皇帝派狗剩儿专门负责调查天牢走失钦犯一案，结论是……狗剩儿真不白给，他查出是我朱棣带着前朝工部尚书李贤，勾结皇宫内应，生生在天牢与建初寺之间挖出了一条暗道，就是从这里，我朱棣逃出生天；而宁王，也是靠着皇宫内应，先是用下了迷药的酒菜放倒了牢头狱卒，接着如法炮制，沿着密道逃了出来……”

何富贵心中疑窦丛生，却又知道不便追问，小心道:“这么说宁王肯定也逃出来了？”朱棣点头道:“只要有人帮他逃出天牢，凭着他的智谋，一定可以逃出京师，回到大宁。”

朱棣吩咐先锋官每日照常虚张声势，自己带着主力部队在一个夜里撤出包围，返回北平。

前方兵士奏报，说前方五十里就是通州。

朱棣所部一路急行进入通州城。但并不算小的通州城内居然空空荡荡，连城门也无人值守，大街上更是空无一人，静寂得可怕。

何富贵心中疑虑，不解地看着朱棣。朱棣笑道：“三弟心里在想，大军路过此地，那位驻守通州城的燕王妃却为何不出来迎接，对不对？”

何富贵道：“是啊，难道大哥已有安排？”朱棣道：“知弟莫若兄，我那位燕王妃虽说岁数不小了，可是也比张咼夫人年轻些，何举人驾临，可不得让她避一避嘛！”

何富贵挣扎着翻身下马，跪在地上道：“大哥，小弟……小弟纵有天大的胆子，岂敢冒犯……”话未说完就被朱棣一把抄起，稳稳放在马上，笑道:“三弟何必如此害怕?大哥跟你开个玩笑罢了！”

何富贵心里突突乱跳，额头冒着冷汗，听朱棣继续道：“……大军压境，通州地小势弱，已无御敌之功能，与其分散兵力不如捏成拳头，所以我已放出火石，通知她回北平了，通州军民，全部带走，可谓坚壁清野，一致抗敌。”

何富贵心情放松，思路打开，道:“自古抵抗外敌，不外乎两招，一是挖自己的潜力，二是借别人的外力。通州官兵移师北平，先给李景隆唱个空城计，这是挖自已的潜力；通州官兵一旦到来，互相有个比较，也利于提高自身的士气，这又是借‘别人的外力’，可谓一石二鸟，一招儿全活！”

朱棣所部于傍晚回到北平城。

徐丽慧带着三个儿子到城外迎接，朱棣介绍众人相见，一同入城。

朱棣看着燕王府大门，感慨道：“今天还能顺利回来，实属苍天眷顾，也不知以后如何？”一只温暖柔软的手轻轻握住了他的大手——徐丽慧借着夜色轻轻靠在他肩上，缓缓道：“纵有千难万险，只要你说要走，我就跟着，孩子们也跟着！”语气温柔，态度坚决。

朱棣心中一阵感动，搂过她的肩膀，道：“开弓没有回头箭，我朱棣向来敢作敢为，从不后悔！为了你，为了我们这个家，说什么也要搏一搏！”

议事厅。

朱棣开口道："现在的情势大家都清楚，耿炳文的几万人马还在，朝廷又派出五十万大军过来，何去何从，我想听听各位的意见。"

何富贵道："根据线报，南军副帅李彦中途带着一万人马去了别处，这是其一；其二是李景隆，我特意搜集了很多关于他的信息，可以用八个字形容——成事不足，败事有余……"

张玉打断道："说得轻巧！你不用亲自上场杀敌，但你可知道五十万人马是什么场面？也不用李景隆布置什么战术，直接骑马冲过来，北平城就扛不住，哼！"朱棣抬手道："张玉，听何先生把话说完。"

何富贵继续道："其三，宁王公开与朝廷为敌，他能逃出京师，自然不会善罢甘休，敌人的敌人就是朋友，我们的胜算岂不是更大了！"张玉站起身，道："何举人，纸上谈兵谁不会？可你对宁王了解多少？凭什么就敢断定他敢继续与朝廷为敌？"

徐丽慧缓缓道："宁王这次失手，想必他的心也死了。"朱棣点点头，道："三弟有所不知，我这位十七弟可谓天纵奇才，调兵遣将的天分极高，所以父皇才会把骁勇善战的朵颜三卫交给他指挥，可他最大的弱点就在于一旦遭受挫折，就会一蹶不振，灰心丧气，难堪大用！"

张玉补充道："五年前，大宁守军与蒙古阿鲁台部交战，本来宁王策划周密，想在红峡谷一带设伏全歼敌军，怎奈天不遂人愿，本来的晴天忽然刮起大风，后来竟又下起大雪，阿鲁台所部故而没有按照预期进驻峡谷，宁王心浮气躁，赌气放弃作战，带领伏兵后撤。阿鲁台立即命人全力进攻，反倒打了他一个措手不及！他带领残兵回到京师，被先皇一顿斥责，从此一蹶不振，后来更是沉迷于青楼妓院。"

朱棣道："他不想干，有办法让他跟着干！"转向何富贵，"三弟，明日一早我们出发，你今晚回家看看。"说完一抬手，几个兵士抬着一个柜子走了进来，"三弟，老爷子不幸亡故，你顾不上掩埋祭奠，跟着我四处奔走，着实难为你了！这是愚兄的一点心意，你务必带回去，替我向老人家多磕几个头吧！"

何富贵磕下头去，泪如雨下。

众人散去，偌大的议事厅只剩下燕王一家五口。

朱棣看着老婆孩子，道："王妃，孩儿们，走上这条路，断无回头的可能，你们怕不怕？"徐丽慧摇摇头，眼神坚决。

三公子朱高燧颤声道："父王，非……非要打仗吗？"二公子朱高煦讥笑道："老三，吓得尿裤子了吧！哈哈！”转头向外，“长生，给三弟拿条裤子！”徐丽慧斥道：“高煦，休要胡说！”

长生进来向朱棣等施了礼，对三公子笑道：“三公子，跟老奴出去吃瓜好不好？”将三公子带了出去。

朱棣看着老大，眼神复杂。大公子朱高炽道：“父亲所命，儿子誓死跟从！”

朱棣欣慰点头，转向徐丽慧，眼神温柔而坚决：“少则半个月，多则二十天，我一定带人赶回来，北平一定要守住！”一家四口搂在一起……

何富贵回到家，温言抚慰下人，说货栈生意会继续做下去，暂时交给管家何大操持，并给大家涨了工钱，嘱咐好好干活，然后就散了。

何富贵叫过何大，交代了几件事，嘱咐他务必办好，同时要守口如瓶。

凌晨，下人通报说王爷派人来接了。

朱棣见到何富贵，问：“家里安排妥了？”何富贵答：“是。”

再问：“对付宁王的东西呢？”再答：“随后就到，请大哥放心。”

夜色中，一行人秘密启程。

中午时分，到达魏梁。

朱棣吩咐下马休息片刻。突然，后面响起一阵马蹄声，越来越近！

吴飞霍地站起，吩咐亲兵保护王爷，刀出鞘，弓上弦，随时待命。

何富贵迎了上去——来人却是鲤鱼，翻身下马，咳嗽着施礼拜见。

何富贵道：“鲤鱼一路辛苦，事情办妥了？”鲤鱼点点头，扫了眼不远处的朱棣，低声道：“姑爷，你可想好了，这可是老爹几十年的心血！以后小姐和小公子……”

何富贵抬手道：“不用说了，我心里有数。”转身走向朱棣，“大哥，东西准备好了。”朱棣笑笑，道：“你办事，我放心。”转身吩咐全军启程，拉着何富贵上了自己的马车。

何富贵问道：“这一向没有见到三宝，不知道他去哪儿了？”朱棣微微一笑，道：“三宝做事沉稳老练，自然是去为我做一件极隐秘的事了。”

何富贵知他有所保留，便道：“大哥，民间都传说您的神机营所向披靡，小弟无缘得见……”朱棣笑道：“远在天边，近在眼前，这次跟着我们出来的便是神机营。”

何富贵吃了一惊，道：“大哥用兵如神，小弟自是佩服，可神机营被我们带了出来，嫂夫人与公子们守卫北平可是极为凶险。”朱棣道：“对付宁王，没有神机营肯定不行，朵颜三卫的战力着实惊人，一旦失手，我们哥俩必定有去无回！至于北平，李景隆一时半会还到不了，还有，王妃守城的能力，丝毫不亚于其父魏国公，何况还有马道长。”

何富贵仍不放心，但知道朱棣决定了的事断难更改，便道："大哥，虽然十万火急，可要拿下宁王，却万万不可操之过急啊！"

朱棣点点头，道："三弟说的是，我们越不着急，宁王才越可能放松警惕。这十几个兄弟，我朱棣真正看在眼里的也就老十七了。"

朱棣打了个哈欠，何富贵起身出了马车。

行了两日，密探禀报，前方五十里就是大宁城——宁王已经回到城内，至今闭门不出。

朱棣召集何富贵、神机营王骥到马车上通报了情况。

王骥立即道："末将立即传令下去，准备偷袭……"

何富贵笑道："王将军，请将王爷的旗号打出来，越醒目越好！"

王骥瞪大眼睛，道："这，这是为何？"朱棣笑道："王骥，照办就是。"

很快，密探回来禀报，说大宁守军已经列阵以待。

朱棣道："备马！"何富贵道："两匹吧，小弟陪您。"

朱棣道："不是说好了，我单枪匹马进去让他放心。"何富贵道："大哥，小弟反复想了，您一人进去，不带任何随从，反倒是此地无银三百两，宁王多谋，必然猜疑。想必宁王早就知道我何富贵的存在，我一介书生，手无缚鸡之力，跟您进去对他没有威胁，"压低声音，"进去之后，后面的事交给我就成。"

朱棣骑在马上，喝道："王骥听令！"王骥大声道："末将在！"

朱棣朗声道："命你率神机营驻守此处，没有我的号令，不得妄动！"王骥答应道："末将遵令！"

朱棣与何富贵对视一眼，转回马头——大宁城前列队的朵颜三卫气势逼人。

何富贵听朱棣提起过几次这支民间传为神话的部队——成吉思汗亲手创建了一支骑兵队，跟随他东征西讨，大肆搏杀，战斗力惊人。后来，元朝没落，这支骑兵队驻守在兀良哈地区，后勤供应青黄不接，明太祖朱元璋趁机拉拢，送来许多军需物资，并和骑兵首领建立起私人友谊。洪武二十二年，明太祖亲临兀良哈，宣布设置泰宁、福余和朵颜三卫，泰宁卫最为强大，福余卫次之，朵颜卫最小。朵颜卫在明朝暗中扶持下迅速壮大，短短几年间就成为三卫之首，明太祖便把三支骑兵队合称"朵颜三卫"，指挥权交给了封地在大宁城的宁王。

驻守北平、时时与蒙古余部作战的朱棣早就对这支骑兵队垂涎不已，梦想着拿这支军队去对付经常骚扰边界的蒙古人，以蒙古人对付蒙古人，实在是再好不过的想法了。如今，他们就在眼前，雄壮威武，撼人心魄，何富贵有点后悔在朱棣面前的主动请缨，毕竟打过仗的人见了这支军队都要哆嗦，何况他了。

朱棣不带兵器，身后跟着一个战战兢兢的瘦弱书生，穿过战马如林的骑兵队，缓缓走到城门口。

早有兵士将情况通报给了宁王。

听说朱棣未带兵器，只带一人到了城门口！宁王不禁坐直了身子，放下酒杯，问道："跟随的人是谁？是武当派掌门马建成吗？"

兵士答道："不是，是举人何富贵。"

宁王笑了——四哥啊四哥，你也有今天！吩咐道："开城门，只许他二人进来！"

宁王更衣后去了议事厅，刻意没让下人通报——他想再暗中观察一下，毕竟四哥从小就不是省油的灯。

透过屏风的缝隙，他看见四哥朱棣正大口喝着茶，看起来极为烦躁，举人何富贵也很不平静——剧烈的咳嗽像是要把骨架震碎。

宁王咳嗽一声，走了出来，孰料却并未惊动朱棣二人——毕竟何富贵的咳嗽声几乎没有停止，哪还在乎多出一声。

他看了眼副将。副将会意，立即高声道："宁王到！"

朱棣站起身，大步上前，一把抓住他的胳膊。

他惊道："四哥，你干什么？"反手就要施展擒拿功夫挡拆，副将拔出佩刀，迈步向前！

孰料，朱棣接下来说的话让他哭笑不得、尴尬不已："十七弟，你可要为四哥做主啊！咱哥几个可不能让一个毛孩子欺负了呀！"

宁王松回摆出的擒拿姿势，笑道："四哥你这是说哪里话！我们哥几个一向都是听你的呀！"瞥一眼副将，示意收回佩刀，做好警戒。

第二十七回　出奇兵以少胜多 全身退败中立功

朱棣道："你给评评理——圣旨一到，我就启程去了京师，他们可好，大殿前跪满了人，只留着皇道，我本想踩着太监进去，谁知道失足落下，还是踩着了皇道，狗屁御史就因为这个参我不尊新君，这不是明摆的构陷嘛！在大殿上我还没说几句话，就被以莫须有的罪名关进天牢！我好不容易跑出来，好家伙！小皇帝让耿炳文带着二十万大军来打北平，四哥的脾气你是知道的，我能白白让人打嘛，肯定要还手，这不，把耿炳文打进了邢台，死守不出了！我以为这就完了，哪料到他又派出五十万大军，这不明摆着以多欺少嘛！"

宁王一面亲自布茶，一面笑着听朱棣絮叨——事不关己，高高挂起，是自古的优良传统，甚至，别人的苦难，才是自己开心的源泉。

朱棣说了半天，没有得到回应，不禁问道："老十七你倒说句话啊！光等着看四哥笑话是吧？"宁王摇头笑道："四哥，这些我也听说了，可他毕竟是父皇亲自选定的新君，满朝文武都认可，咱在自己的地盘称王称霸也就罢了，真要和朝廷作对，那不是自找没趣吗？"

朱棣哼道："当年统领朵颜三卫横扫兀良哈的十七王去哪儿了？"宁王叹道："去哪儿了？大风刮跑了吧！四哥，如今人为刀俎，我为鱼肉，胳膊拧不过大腿，何必非要如此呢？"

朱棣长叹一声，半晌才道："我何尝不知道不是朝廷对手，可我一时没忍住，就稀里糊涂开了战，小皇帝也不知道见好就收，现在居然派出五十万大军！你说，我现在能去哪儿？四哥想来想去，只好找你了！"

宁王试探道："四哥的意思……罢战？"朱棣沉声道："你知道，四哥是个要面儿的人，又是他长辈，总不能让我亲自向他低头认错吧？"

宁王盯着他道："四哥诚心休战，不再打了？"朱棣抬起头，摊开手道："怎么打？你说，怎么打？我北平只有两万人，他那儿，这次就五十万！打个屁呀！"

宁王没有在意他的语气，继续问道："四哥主动休战，有没有什么要求？四哥跟蒙古人打仗可是从来不吃亏的！"朱棣笑道："还是你懂我！打仗各有损伤，这下和解，那就两不亏欠，只要朝廷答应赦免哥哥，另外处置黄子澄还有御史张启强就成！"

宁王沉吟道："赦免哥哥，应该不是大问题，可处置黄子澄、张启强，怕是不行吧？"

朱棣手中的茶杯茶水四溢，怒道：“怎么不行？咱们朱家的天下，几个外人乱插嘴，还设计陷阱让我们踩，你说，该不该死！”

宁王劝道：“四哥，您先消消气！咱们先一起吃饭，从长计议。”朱棣道：“城外有我两千人马……”

宁王一惊，沉声道：“四哥要做什么？”朱棣道：“他们带着干粮，就在城外安营扎寨了，十七弟，你看可好？”

宁王松一口气，道：“好！请！”

宴席上，菜肴丰富，酒香四溢，几名歌姬弹奏轻歌，曼妙异常。

宁王与副将陪着朱棣与何富贵，觥筹交错，开始还有些拘谨客气，但很快就熟络了起来，彼此勾肩搭背，称兄道弟。美人在侧，何富贵心情大好，又喝了几杯塞外烈酒，更是舒畅无比，连多日的咳嗽都好了许多。

朱棣带着几分醉意问道：“十七弟，你是不是觉得四哥是个孬种，‘靖难’干到一半就他娘的歇菜了？”

宁王笑笑，不置可否，将酒一饮而尽，半晌才道：“春江潮水连海平，海上明月共潮生。滟滟随波千万里，何处春江无月明。”

朱棣瞪眼喝道：“四哥跟你说打仗，你背什么诗！”宁王也不理会，转头对何富贵道：“何先生才高八斗，这几句诗想必耳熟能详吧？”

何富贵起身走到一名歌姬旁，低声道：“姑娘可否移驾，容小生弹奏一曲？”那歌姬看向宁王，见他点头，方才起身告退。

何富贵借着酒意，手指轻弹，拨动琵琶，一曲《夕阳箫鼓》悠然传出。

一曲终了，满座寂静，都沉浸在这曼妙的琵琶曲中，直到朱棣拍手笑道：“好曲子！好演奏！好手法！兄弟此奏，大哥都深感意外啊！”

宁王抬起头，泪光闪烁：“绘声绘影，如临其境，如见故人！果然好弹奏！”

何富贵微微躬身，道：“多谢两位王爷谬赞！小生愧不敢当！”

宁王道：“当得起！上次听此曲，还是在京师，身边还有佳人，如今……唉！”朱棣笑道：“十七弟说的是哪位佳人？哈哈哈！”

宁王笑道：“范丽华范姑娘，何先生是否也曾一睹芳容？”

何富贵赶紧道：“小生从未得见。小生乃是和着唐朝张若虚的《春江花月夜》，即兴弹出这曲《夕阳箫鼓》，窃以为：唐诗多不胜数，唐朝却只有一个，《春江花月夜》也只有一首。这曲《夕阳箫鼓》映衬这首诗的意境，弹奏开来，确实绘声绘影，使人如临其境，将《春江花月夜》的诗情画境换个感觉完美呈现于世人面前，使人如梦回唐朝，心中感怀今日盛世之万千气象，比之唐朝有过之而无不及！”

宁王仰天大笑，笑罢道：“她要是见了你，也没我朱权什么事了。”朱棣道：“十七弟，我这小兄弟手无缚鸡之力，最爱舞文弄墨，吟诗作赋，知道我来你这儿，听说可以见到大漠风沙，塞外边关，便非要跟来不可！”

何富贵坐回酒桌，笑道：“燕王爷取笑了！何某年少时看了不少边塞诗篇，心中对此甚是神往，这几日想找几位将军谈谈说说，问一些闲话，敢问宁王爷可否答允？”

宁王大手一挥，笑道：“小事情，不就聊聊天嘛！去吧！”

宴席散去，宁王没了刚才的醉意，慢慢品着茶，道：“你说本王刚才是不是该答应那个书呆子？”

副将不禁大为紧张——前不久这位王爷一不高兴，就把身边的主事太监宰了，还撤换了王府内外的一百多位太监，死的死，关的关，没几个有好下场，自己真是嘴欠，没事找事！赶紧道：“末将没别的意思，末将只是担心……”

宁王轻笑道：“你的担心也不是没有道理，何富贵乍一看弱不禁风，可透着一股子邪性，不得不防，这几天你全程陪着他，他到哪里，见什么人，都给我盯住了！”

副将赶紧道：“末将遵命！”

第二晚，芳菲厅。

宁王一边欣赏歌舞，一边听副将汇报：“……他先去了城北大漠，做了几首酸诗，又去了中军大帐，还特地去看了朵颜卫……”

宁王顾着看美女，后面的没听见，回过神道：“什么？你说他去了朵颜卫？去干什么？”副将赶紧道：“他去看蒙古乐器，尤其对马头琴和笳很有兴趣，当场又念了几句酸诗，什么‘我生之前’‘我生之后’的，末将也没记住……”

宁王打着拍子唱道：“我生之初尚无为，我生之后汉祚衰。天不仁兮降乱离，地不仁兮使我逢此时！”副将赞道：“王爷长了顺风耳吗？一字不差！”宁王白他一眼，道：“他唱的是蔡文姬的《胡笳十八拍》，下去吧！好生看着啊！”

三天后，宁王请朱棣、何富贵用早膳。

何富贵笑道：“宁王爷，这几天小生收获颇丰。”宁王道：“此话怎讲？”

何富贵朗声道：“来大宁之前，小生身染小恙，咳嗽不止，可一到这大漠飞天，感觉自己也跟着气势恢宏起来，这几日马不停蹄，走遍了大宁的里里外外，写了厚厚一沓诗稿！”朱棣哼道：“你呀，就是在家里好日子过多了，娇惯成性，这些军旅生活你去了北平驻军地也是一样。”

宁王笑道：“不不，这里的万千气势，这里的飞沙走石，哪是太平无事的北平可比的！”朱棣放下筷子，道：“十七弟，你赶紧给小皇帝写信，我回北平，我还真怕李景隆犯浑哩！”

宁王大喜，却做出不舍状，道：“写信无妨，四哥也不妨多住几天嘛！”何富贵也道：“对呀，大哥，小弟还想再去一趟飞沙丘呢！”

朱棣摆摆手，道：“天下没有不散的筵席，四哥落难之时，能吃上十七弟的几天好饭，看上几天歌舞，已经心满意足了！”心情激动，伸手过来要和宁王相握。

宁王始终保持警惕，见他伸手过来，不敢轻易便握，又不好拒绝，便一把拍在他手上，笑道：“四哥，别跟个娘们儿似的！你前脚走，我后脚就派人给小皇帝送信！”

朱棣站起身，拱手道：“如此多谢了！今日天气晴朗，正好赶路，我们这就起身！”宁王道：“哥哥说走就走，何必急在一时呀！”

朱棣望着北平方向，感慨道：“归心似箭，根本待不住了！”宁王道：“既然留不住，那弟弟送哥哥一程！”

大宁城，郊外。

宁王看着兵士装运马车，回头对朱棣道：“四哥，这些是蒙古太师阿鲁台派人送来的上好牛羊皮。弟弟也是戴罪之身，只怕帮不上四哥的大忙了……”

朱棣笑着打断道：“其实，十七弟倒真可以帮上大忙，别人谁都帮不了的大忙。”宁王立即警觉，退后一步，道：“四哥还有话说？”

朱棣一招手，不远处的何富贵走了过来。

宁王立即喝道：“亲兵营！”话音刚落，副将就带着一队亲兵齐刷刷跑了过来，站在宁王身后。

朱棣仰天大笑，笑罢才道：“十七弟，你以为小皇帝会放过你？在皇宫公然发动政变，这是多大的罪名？满门抄斩、死不足惜！他一旦除掉我，下一个就是你，朱权！”

宁王冷冷道：“他会怎样对我，不劳四哥费心！”朱棣哼道：“你我联手，或许还有一线生机，各自为战，必败无疑！”

宁王道：“四哥，这种事可不能乱说！你要是需要什么东西，弟弟可以考虑……”

朱棣上前一步，一字一顿道：“四哥需要你的朵——颜——三——卫！”宁王冷冷道：“四哥，这是大宁，不是北平！难道你以为我朱权是吃素的吗！”

何富贵摇头道：“造反这种事，一旦开了头，就没法回头的！”

朱棣叹口气，道：“‘心高气傲，遇挫颓废，难成大器’，还记得吗？十七弟，这十二个字可是父皇评点你的。”

宁王哼道：“这不过是父皇在盛怒之下说的气话罢了！亲兵营！”

身后的亲兵营竟然无人答应！

宁王怒道：“你们耳朵聋了！？没听见命令吗？”愤怒之下，使劲推搡着身边的几个亲兵，更是一脚踹倒了副将，又一把揪起来，骂道：“你聋了还是哑巴了？啊？”

副将低着头，任由他打骂。

朱棣笑道：“十七弟下令不好使了，四哥我试试？”收了笑容，“来人啊！”

亲兵营，包括嘴角出血的副将齐声答应！

宁王立即拔腿就往后跑——功夫不是白练的，虽然耽于酒色，疏于练习，但在生死攸关的时刻，施展轻功逃命还是没有问题的！宁王跑到城门口，立即大喝道：“传我命令，朵颜三卫，倾巢而出！”

城头上的传令官立即挥动令旗。

一声炮响，城门大开，大批骑兵冲了出来——气势雄壮的朵颜三卫，还是那般的无可匹敌！

宁王跃上一匹战马，拔出长剑，对准朱棣等人，道：“给我全部拿下！”

最可怕的事情发生了——如战斗机器般听令、准确、狠辣的朵颜三卫，这次却鸦雀无声，无人回应！

何富贵骑马上前，笑道：“宁王爷，一呼百应实在爽，没人搭理愁更愁！”

宁王回头骂道：“你们一个个都死啦！枉我平时待你们不薄！”何富贵笑道：“宁王爷何必动怒，当兵吃饭，自古皆然！我家祖辈都是生意人，给钱办事，花钱消灾，都是再正常不过的事了！”

宁王回过头，怒视着何富贵，咬牙切齿道：“你一个人就把我的朵颜三卫全收买了？我不信！他们只听得懂几句汉话口令，你难道还会说蒙古话不成！”何富贵笑道：“蒙古话我是不懂，可你的副将懂啊！”

宁王叹口气，收剑入鞘，催马向城内驰去。

朱棣喊道：“十七弟，队伍我要带走了，你不一起吗？”宁王也不回头，道：“朵颜三卫你的了，我的命留给我，由弟弟我自生自灭吧！”

朱棣转回头，大声道：“即刻返程，驰援北平！”

李景隆率四十九万大军早已抵达，将北平城围得水泄不通。

少了皇上的大红人、“死太监李彦”的掣肘，李景隆感到了空前的自信——当他带队进入空荡荡的通州城时，根本没有朱棣预期中的司马懿般的惊慌失措，反而感到了前所未有的权力与征服感——燕王爷，你打小就欺负我，今天我要你好看！他吩咐属下在北平城周围的九座城门处都修筑了堡垒，同时，在中军坐镇的郑村坝设置了九座大营——人多就是好办事，几十万人随心所欲地调配真是太爽了！

前方密探传来消息，说朱棣带着神机营秘密外出，方向是大宁城。李景隆不禁冷笑，想搬救兵，你可抓点紧吧！“来人啊，给我打！打进北平，升官发财！”

大量火炮对着九座城门齐轰，几十万人蚂蚁般密密麻麻涌上，一波波人潮顺着云梯往上爬！

徐丽慧、马建成、张玉、朱高炽等人分别带着一队人马拼死防守，杀红了眼，一步不敢退后。

朱高煦在长生的陪同下驻守在顺城门，兵士们本就心里没底，又受了朱高煦、长生的窝囊气，士气普遍低迷，很快就出现了松懈。

拿着御赐望远镜的李景隆远远看到了，急忙喊道：“传令下去，重兵进攻顺城门！”

很快，几拨人马迅速涌向顺城门，城门被火炮轰开了一个窟窿，许多兵士趁机钻了进去……

李景隆露出笑意，口子一旦撕开，几十万人拥进去，北平城就是我的了……啊！怎么回事？爬进去的兵士居然被一个个扔了出来！

李景隆大惊，喝道：“副将，赶快查明顺城门怎么回事？”话音未落，他看见了——一个蒙面人扛着一个麻袋出现在大门窟窿口，气场居然如此之强，逼得潮水般的南军纷纷后撤。

李景隆怒道：“你们都是吃屎的吗？他不就一个人！用火枪打，用火炮轰！”

火枪声起，火炮大作，李景隆在远处甚至都听到了大门再次破裂的声音……

硝烟散尽，在南军震惊之极的目光里，蒙面人慢慢站了起来，浑若无事，甚至还向他们招了招手！

得知顺城门吃紧的张玉赶到了，趁着蒙面人与南军对敌的空隙，重新组织兵士堵住城门，加强了防守。

李景隆心里怯了，这蒙面人到底是人是鬼？火枪打不着、火炮轰不死，看看天色已晚，下令鸣金收兵。

蒙面人拍拍落满土的麻袋，笑道：“大和尚，爽不爽？”里面居然装了一个人，居然还没死！

里面传出一个声音道：“李彦，快放我出来！”

蒙面人自然就是云北归（狗剩儿）了。

他笑道："咱家架打够了，该去喝酒了！"一提麻袋，竟如飞鸟般从城头急掠而过，惊得守城将士慌作一团，却又无计可施。

徐丽慧、马建成和张玉带着亲随四处巡查，叮嘱守城将士夜晚做好值班，不可掉以轻心，以防敌军夜袭。走到张掖门时，看见了站在城头一瘸一拐走来的大公子朱高炽。

朱高炽向几人拱拱手，道："母亲，马道长，张将军，高炽心里有个计较，但不知道当不当讲。"

徐丽慧等人都感意外，相互对视一眼。

张玉道："大公子请讲！"朱高炽低声道："父王经常教导我们几个，说行军打仗贵在出其不意，眼下敌军将北平城围成铁桶，士气大盛，他们绝想不到……"

李景隆躺在中军太师椅上，心想纵使父亲当年英勇无敌，却也不曾带着几十万人纵横千里作战吧……

突然，大营外一片嘈杂！副将急急跑进来，禀道："大帅，敌军偷袭！"

李景隆大吃一惊，张着大嘴半天合不上。

他急急走出中军大营，看见整个军营都乱成一片，喝道："传令下去，全军退后十里扎营！"副将答应一声刚要下去，都督瞿能出来拦住，大声道："大帅，末将仔细看了，来偷袭的敌军人数很少，想来只是掩人耳目、虚张声势罢了，所以末将主张趁此良机一鼓作气攻进城去……"

李景隆看着越烧越旺的大火，打断道："瞿能，就你会逞能！你能，皇上为啥不把大军交给你呢！传令下去，退后十里扎营！"副将即刻下去传令。

瞿能咬咬牙，看着在亲兵护送下迅速远去的李景隆，恨恨道："三大营，我们还有多少人？"亲兵立即禀道："禀都督，三大营尚有八千余人。"

瞿能大声道："你们都跟着我十几年了，眼下正是建功立业的好机会——张掖门守将只是一个十来岁的孩子，兵士又少，攻进去！敢不敢？"兵士们大声道："敢！愿听都督号令！"

张掖门不少兵士被调去了顺城门，守将朱高炽亲自出来夜袭敌营，守卫可谓极其薄弱。

瞿能率三大营势如破竹，很快便撞开了并未关严的城门，胜利似乎近在咫尺！

突然，身后响起火枪声！中军副将急急赶来，大声道："主帅有令，停止攻城，即刻撤防！"

瞿能吼道："你眼瞎啊？这城门都打开了！"副将兀自大声道："主帅说了，令行禁止……”话音未落，一个酒坛子不知从哪儿飞了过来，正中副将脑袋！

瞿能定睛一看，见一个蒙面人到了眼前，急忙举刀招架，却倏忽被夺了兵刃，惊骇之下，大喝道：“众将士，给我上！”涌在城门口的兵士们大喊一声，刚要涌入，却被那人像扔白菜一般统统甩了出来！

瞿能无计可施，只好下令道：“三大营，撤防！撤防！”调转马头，往外就走，却冷不防被那人掷出的一杆长枪贯穿后心，来了个透心凉！

李景隆坐在重新搭好的中军大营内，喘息未定，听了禀报，哼道：“瞿能瞿能，就爱逞能！这下好了，偷鸡不成蚀把米！”忽然一拍大腿，“得防着朱棣搬救兵回来，高辉，你带一万人路上拦截！”

先锋官高辉答应一声，出了大帐。

李景隆仍不放心，带人出去巡查，嘱咐各营提高警惕，正说着话，突然狠狠打了几个喷嚏。新任副将赶紧将一件大衣披在他身上，道：“北平这鬼天气，十一月就这般冷了！大帅可得多穿些。”

城内，徐丽慧、马建成、张玉及朱高炽兄弟一起商议战事。

徐丽慧道：“眼下南军虽然受了挫败，军力仍然远胜于我，不日必会加以报复，各位有何良策？”马建成沉吟道：“请王妃放心，贫道即刻传令各地武当教众赶来北平救援。”

徐丽慧道：“多谢道长鼎力援手！高炽，还不谢过马道长！”朱高炽道：“马道长鼎力支持，高炽没齿难忘！”说完又看着窗外天色，“眼下天气寒冷，南军必然大不适应，莫若如此这般……”

夜色下，大批兵士提着木桶上来，开始给城墙浇水。

第二天，天色阴沉，天气干冷。北平城，已变成一座“冰雕之城”。

大营里，众兵士冷得缩成一团，毫无斗志。巡查的李景隆骂道：“天冷怎么了？天冷就不打仗了？天冷朱棣就不回来了？”副将赔笑道：“大帅息怒，您想啊，咱们的人大都来自南方，哪儿受得了这么冷的天！何况，您看看这城墙，都成冰雕了，别说架云梯攻城了，连搁云梯的地方都没有。”

李景隆猛一转身刚要喝骂，却脚下一滑，摔倒在地，亲兵们赶紧抢上来扶起。

李景隆又急又气，不住咳嗽。副将安慰道：“大帅莫急，咱们人多势众，供给又足，咱们耗得起！您先回营休息，等养好了病，咱再跟他们算账！”

云北归心情不错——一辈子吃苦受累的老娘居然胖了不少！

盔甲锦衣卫固然厉害，却哪里跟得上早已达到“身知”境界的云北归。一万人马驻扎河南当夜，副帅“李彦”（云北归）便失踪不见了。

他趁着夜色秘密潜入少林寺。

成风机警异常，立即向北出逃。云北归一路追赶，在北平附近终于抓到了成风！恰遇南军攻打北平，云北归看到顺城门吃紧，便蒙面出手施救。待到夜晚吃饱喝足，本想去看老娘，却听见杀声再起，却是城内守军出来偷袭！他在高处看见南军攻打张掖门，便将手里的酒坛摔在李景隆的副将头上，打退了敌军，这才去了王府。

见了老娘，免不了一顿责骂，没皮没脸的狗剩儿早就习以为常，而且他事先办了两件大事——一是他潜入王府大牢，将杀父仇人、北平布政使张昺亲手宰了，以此告慰老爹的在天之灵；二是带回了为老娘治眼睛的草药。

李景隆裹着毛毯多次出营查看，眼前的北平城始终“冰雕玉琢”，无处可攻，气得他整日喝酒，喝完酒就打人，吓得亲随们个个战战兢兢，大气不敢出，都盼着天气赶快转晴，晒化了这该死的“冰城”。

但盼望的晴天没来，先锋官高辉回来了——去时一万人，回来只剩他一人！

听崩溃了的高辉说完他噩梦般的作战经历后，李景隆直接下令将其军法处置。强装的愤怒是为了压抑内心的恐惧——传说中的朵颜三卫真的来了！

朵颜三卫如狼群般冲向南军大营，如入无人之境，杀得南军兵士哭爹喊娘。

前方来报，朵颜三卫已经连续攻破南军五座大营。朱棣看着地图，一言不发。

又有来报，说南军紧急集结，开始围剿朵颜三卫，战况陷入胶着。

朱棣望着帐外，冷冷道：“李景隆，我来了！”

朱棣亲率一队人马开始冲击南军中军大营，兵士边冲边喊：“燕王爷来啦！燕王爷来啦！”

南军兵士听到喊声居然自动让出路来，圣旨上可是说了，不能伤害这位爷一根毫毛。

朱棣眨眼之间便冲到中军大营，砍瓜切菜般左冲右突。李景隆在亲兵保护下开始紧急转移，指挥中枢一动，情势再变——北平城内守军居然也杀了出来，马建成、张玉等人各自带领精兵开始冲击南军大营的左翼！李景隆慌乱中调兵遣将急于应付，孰料，刚拆完东墙补了西墙，右翼又杀声四起——何富贵、鲤鱼所部开始进攻！

李景隆一面号令将士抵挡，一面慌不择路地向南逃命。

刚跑了一段，在前开路的亲兵忽然往后飞来，几乎将李景隆的战马撞昏过去——

原本唯一安全的南面也打了起来！是数以千计的道士在一个矮个子的带领下抄了他的后路！

何富贵惊奇地发现，那位矮个子竟是许久未见的三宝！当下恍然大悟——他自是奉了朱棣密令，去武当派各地道观联络召集帮众——他们的意外出现是压倒李景隆心理防线的最后一根稻草。

李景隆带着不到三万人终于突围成功，狼狈向南逃窜。副将说北军本就善于陆战，不如到大运河乘船南行，即使再遇到敌军，凭着己方三万人的规模，谁也无法抵挡。于是，在逃出主战场后不久，李景隆余部抵达大运河，以朝廷的名义征用所有民船。孰料渔民的态度出奇地好，热情招呼官兵上船，不用他们出言号令，就主动划船南行。李景隆回望主战场，已经陷入一片火海。

看见北风乍起，自然想到放火灭敌，可何富贵认为，放火只是手段，如果可以逼降南军，收获这么多的生力军岂非更加有利？于是，大火烧了南军连成片的营帐，也烧了他们仅存的一点信心。

船上的李景隆还在庆幸自己逃得快时，却发现脚下的船开始进水——船漏了！划船的渔民脱下外衣，露出写着"沧"字的粗布衣服，从腰间掏出了绳子——沧临派在此埋伏，已经整整一天了。

李景隆咬牙跳进刺骨的河水中，奋力向岸边游去，活命要紧，这是本能。游到岸边，却发现此处的运河沿岸极为陡峭，常人很难爬上去。

正在绝望时，一根绳子垂了下来。李景隆冻得牙齿"格格"作响，想都没想就薅住绳子爬了上去，吃奶的劲儿都使出来了，爬上了岸，一抬头，心里冒出一句话——"刚出虎穴，又入狼窝"——大大的"洪"字粗布衣服映入眼帘！

一个年轻人一手提着绳子，一手持剑对准了他。洪洞派最后的拾遗补漏，活捉了李景隆这条大鱼。

李景隆大军惨败的消息传入京师。

大殿上，黄子澄等人无休止的争吵，却拿不出一个像样的主意。

"死太监李彦"至今杳无音信，怎么办？到底该怎么办？皇上红着眼睛四处逡巡，大臣们闭了嘴，低着头，回避着他的目光——终于，方孝孺站出来，举荐了一个人——徐辉祖。

皇上沉默了，徐辉祖这个名字，在早先选帅时就曾被提到过。论能力，眼下的朝廷中无人可及；论资历，他是开国功臣魏国公徐达的长子，年富力强，经验丰富；但问题是，他也是徐丽慧的胞兄，面对着亲妹妹、妹夫及外甥们，他能全力杀敌吗？

方孝孺慷慨陈词："皇上，臣举荐徐将军，一是出于公心，其二，这是他主动登门请缨的！"皇上还没开口，黄子澄立即高声道："徐辉祖主动请缨，其用心更加可疑，皇上，老臣以为此事还需三思！"

方孝孺朗声道："皇上，徐将军早知有人怀疑他惮于亲情不能全力抗敌，所以情愿将阖府家眷送到皇宫做人质，自己一人带兵出战！"

皇上与群皆臣瞠目结舌，面面相觑。

三天后，率领着各地紧急抽调的二十万大军，徐辉祖开赴济南。

邢台城传来消息：耿炳文本就年老有病，经与朱棣一战，终于撒手西去。

打了胜仗的朱棣决定犒劳三军，该升官的升官，该赏赐的赏赐。朵颜三卫被赏了极多的金银财宝，乐得指挥官眉开眼笑、胡须乱颤；守城有功的马建成、抄了南军后路的武当派都领到了远超月俸的赏银和两套新道袍；出谋划策并指挥沧临派和洪洞派参与截和的何富贵本人没要任何赏赐，却为两派参与人员争取到了最高的赏银。亲手抓住李景隆的洪洞派"李杰"（李新建）更是被朱棣大加赞赏。

朱棣亲自端给三宝一碗水，笑道："多日未见，你瘦多了，多方联络，辛苦了！"三宝接过水，道："王爷，您也辛苦！三宝也就是多跑了些路，应该感谢狗剩儿转交陈瑛带来的那支簪子，道观的道长见了无不俯首听命。"

朱棣看了眼不远处的马建成，低声道："张真人退隐多年，连徒弟孙碧云都去世了，外界原以为马建成已牢牢控制武当派，孰料……"微微摇头。三宝点头，并不多言。

朱棣笑道："三宝，你又立了大功，想要什么赏赐？"三宝张了张嘴，却没说出来。

朱棣道："我朱棣早就向你承诺，日后功成，必定帮你实现夙愿。"三宝显出少有的激动，使劲点点头。

朱棣问道："我记得你本名叫'和'？"三宝道："正是，属下本名马和，父母为我取名为'和'，自是祈愿世道平和，我能平安长大的意思。"

朱棣笑道："今日大胜，靠的是众人齐心、将士拼命，而你，是我朱棣最后的底气！此地名叫郑村坝，你以后就叫'郑和'吧！"三宝端起水，郑重道："郑和谢王爷赐名！"两人一饮而尽，大为畅快。

云北归带着麻袋中被点了哑穴的成风，向着邢台城进发——他带着皇上的另一道密旨：罢黜耿炳文主帅职务、全面接管邢台守军。

离开北平前夜，他去了一次杉杉家——没敢见面。既想让她放心，知道自己安然无恙；又想让她安心，明白自己的心一直惦记着她，怎么办？他使出功夫，将大通桥上的避蚊石稳稳搬到了杉杉家里。

丢了副帅的河南驻军军心不稳，盔甲锦衣卫更是急得像热锅上的蚂蚁——皇上严旨寸步不离副帅李彦，可现在他去了哪儿、是生是死，完全不知道！

所以，当副帅李彦（云北归）骑着战马、身后拥着四万人马浩浩荡荡出现在他们眼前时，谁都没有反应过来。

云北归一扬手，后面的队伍站定，威武雄壮，气势逼人！对跑上来的副将笑道："咋啦，几天看不见咱家，心里惦记？哈哈哈！"盔甲锦衣卫默默跟在他身后，敢怒不敢言，因为跟丢了目标的事若传出去，双方都有罪，闷声不吭才是唯一安全的做法。

云北归大声道："兄弟们，前边传来消息，说李景隆打了大败仗，还被抓了去，真是鼻子眼儿喝水——够呛！咱家奉皇上密旨，去了趟邢台，本来要去罢了耿炳文的官儿，可小老儿死了，这事就不提了。咱家接手了邢台的四万人马，与咱们兵合一家。李景隆完了，咱们可得马上回京师保护皇上，你们说对不对啊？"

这番话说得不伦不类，却也是他琢磨了一路的成果。看着鸦雀无声的队伍，又想起了一件事，道："还有，皇上交代咱家的头等大事，那就是抓成风，喏。"说着踢了一脚身边一匹马上的麻袋，"喂，动一动！别死了啊！"又指了指后面一辆马车，"那是耿老将军，死了也得带回去。现在，死的活的全齐活了，咱们赶紧回去！咱家会在皇上面前为你们请功的！"眼睛盯着副将，示意他赶紧说话。

副将会意，立即道："李公公说的对啊！李景隆打了败仗，咱们可没有！咱们还跟着李公公立功了呢！听口令，回师京师！"

于是，副帅李彦在主帅李景隆全军覆没的严峻形势下，顺利完成皇上嘱托的两个秘密任务，为朝廷带回五万人马。

第二十八回　温旧梦惊天杀戮 争立功仍有真情

小皇帝听完云北归颠三倒四、夹七夹八的汇报，真是又惊又喜：新任主帅徐祖辉带走了朝廷最后的家底二十万大军，“意外”重获的五万人正好负责空虚京师的安防；一直横亘在他与云北归之间的成风居然被活着抓回来了！

他大手一挥，传了几道旨意：厚葬耿炳文；剐了成风；重赏云北归；五万人并入巡防营，交给云北归管辖，负责京师安防。

再次将北平守卫任务交给徐丽慧、马建成和几个儿子后，朱棣带着何富贵、张玉及朵颜三卫等共计八万人马浩浩荡荡向着京师进发，一路势如破竹，将沿线几个城池一股脑收为己有，很快就到达了军事要塞——济南城。根据密探消息，新任南军主帅徐辉祖已于前日抵达，重新部署了济南城防，摆开架势要与妹夫朱棣大战一场。

朱棣直接下令张玉带军攻城。士气高涨的北军很快发现，眼前的济南城绝不像之前遇到的空架子城防，南军主帅徐辉祖亲自出来作战，像是为士气低迷的南军打了鸡血，城里老百姓也上来凑热闹。就这样，北军一次次组织进攻，又被一次次打了回来。

三个月过去，仍然没有攻克，朱棣气得发疯，脾气变得极为暴躁易怒，属下一句话没说好，就可能被他随手宰了。全军上下战战兢兢，全然没有了京师大捷时的高涨士气。

何富贵终于决定了——几个月随军奔波，一向娇生惯养的他吃不消了，鲤鱼的咳嗽也是越发严重，现在他要去中军大帐，向大哥朱棣献上攻城计策——即使仍于心不忍。

朱棣抬起头，酗酒和失眠使他的眼睛布满血丝。

何富贵道：“大哥，有几位故人来访。”朱棣眼睛发直，哼道：“什么故人？我现在要的是济南城！别的都是屁话！”

何富贵心里不悦，面上依然带笑，道：“安南王子陈天平派人来了，听说他们先去京师想见小皇帝，却吃了个闭门羹，这才跑来见大哥。”朱棣喝口酒，道：“胡季犛阴谋篡位，陈天平到大明求援，咱们自顾不暇，哪儿还帮得了他！”

何富贵道：“大哥，我和陈天平的人深谈了几次，应承说咱们大事一定，即刻发兵讨伐胡季犛！但眼下他们内中一人却可以为我们所用。”朱棣一怔，道：“谁？”

何富贵走到战局形势图前，道：“大哥请看，济南城西面崇山峻岭，地势高耸，而城内却地势低洼……”朱棣一摆手道：“你的意思我明白，不就水攻吗？可这刚刚开春，哪来的水源？”

何富贵缓缓道：“如果有人可以将西边大运河的水引出来，一直引到济南城西面山顶上，那他是不是值得留下来？”

朱棣瞪大眼睛道：“真有此人？他是谁？我要见他！”何富贵笑道：“大哥要见他，那是他的福气！他叫阮安，本是侍候陈天平的一名太监，但正所谓天纵奇才，这人从小就对中原风土人情极感兴趣，陪王子读书期间，读了我中华大地的几乎所有文献古籍，官儿没升上去，学问倒是极高的。”

朱棣不禁笑道：“我朝不许太监读书识字，交趾却养出了一位太监学问家！”何富贵道：“大哥，所谓英雄莫问出处。阮安也是有心人，昨日我和王骥将军在帐中讨论水淹济南的可行性，说到了水源问题，他毛遂自荐，提出十日内可带人修出一条暗渠，将大运河的水源引到西山来。”

朱棣一拍桌子，喜道：“好！天助我也！”

五天后，水源问题就解决了。

朱棣站在西山顶，看着下面的济南城，沉声道：“开闸，放水！”潺潺的水开始流出，越流越快，渐渐形成奔涌的洪水，涌向了寂静的济南城！

两天后，徐辉祖派出亲兵，交给朱棣一封亲笔信，大意是济南情势危急，愿意率部归降。

朱棣沉吟道：“我这位大舅哥在信里别的倒没说，说念在王妃的面上，请我单骑入城接受投降。”

何富贵摇头道：“大哥，这正说明他是诈降！若是真降，为何不许我们全军入城？这是其一，其二，徐辉祖，名将之后，能力非凡，他会带二十万人投降十万人？”

张玉打断道：“何先生说得轻巧！敢情快被淹死的人不是你！他怎么没提条件？要求王爷单骑入城，这就是条件！看的就是王爷的诚意罢了。王爷，末将认为持续等待消耗，于我军大大不利，后勤供应早已捉襟见肘；况且，此时接受投降，于王妃那里也好交代。”

最后一句话显然打动了朱棣，他大手一挥，决定单骑入城，接受投降。

洪水虽然停了，但城里城外仍是汪洋一片。朱棣骑着马，在两军的注视下，缓缓驰向济南城。

城门缓缓打开，欢迎新主人的到来。

朱棣走到城门口，勒马站定，眼睛扫视城门内外，一个人都没有，催马前行，忽听里面有人喊道："殿下驾到！"

朱棣觉出背后风声，刚要回头，却被人裹挟着往后飞去！

他正要挣脱，猛听得身后一声巨响，一块巨型铁板从天而降，将战马与他分割开来！城内伏兵大叫失手，眼睁睁看着两人向外疾奔，踏着泥水，奔出城门！

何富贵急忙派人送去战马，将二人接了回来。朱棣此时才看清楚，从背后拦住自己进城的那个人，居然是身材矮小、其貌不扬的鲤鱼！

原来，何富贵断定徐辉祖乃是诈降，但朱棣执意要去，谁都拦不住，于是便让鲤鱼提前在洪水的掩护下摸近城门，藏在了城门之上，待看到城门有诈，果断出手相救。

朱棣向何富贵与鲤鱼拱拱手，转回头，看着济南城，恨恨道："你不仁，莫怪我不义了！王骥何在？"

神机营指挥使王骥答应一声，跑了过来。

朱棣阴沉着脸，道："王骥，看你的了！"王骥答应一声，迅速下去布置。

很快，济南守军就发现，城下的北军开始将数以百计的巨型火炮对准了他们，运送弹药的小车子"吱吱呀呀"在每一个守军的心上碾压——没被洪水淹死，难道要被大炮轰死？

何富贵知道，王骥已将北平几乎所有的火炮火枪分批运了过来。

神机营布置已毕，王骥注视着城头，正要下令，却看到一个奇怪的场景——让朱棣亲自下令喝止了神机营的万炮齐轰。

城头和城墙，齐刷刷挂出几十块大木牌子，上面用巨型墨笔写着——"大明太祖高皇帝神牌"。

前线战报陆续送来，时时刺激着皇帝和众大臣的神经。

担负着京师城防任务的云北归，同时兼着司礼监掌印太监，使得他每天除了陪伴担惊受怕的小皇帝外，还要出宫巡视，整日忙得脚不沾地，叫苦不迭。

瞌睡虫袭来，即使站着，也依然进入了梦乡……忽然，听见有人叫"李彦"。

云北归赶忙道："奴才好困，请皇上责罚！"

皇上道："朕知道你现在担子重，可非常时期，谁能轻松！朕问你，李景隆、李维邦都降了，这锦衣卫指挥使还让李德勇担着，你觉得靠得住吗？"

云北归近来担负城防任务，进出皇宫极为频繁，孰料入宫盘查愈发严格，早对一根筋的李德勇十分不满，趁机道："皇上圣明！奴才也觉得李家有问题！带兵打仗，都吃了败仗，被抓住了个个活得好好的！李德勇当指挥使，锦衣卫今年可没少出事啊！”

皇上一挥手，道：“你别顺杆爬！你就说你的想法。”云北归道：“是，奴才觉得黄兴林靠得住。”

皇上点头道：“朕知道了，这有小卓子侍候，你下去吧。”

云北归出了御书房，叫上了巡防营指挥使，出宫开始巡视京师布防。走到河坊街，他看见了一个熟悉的身影——陈瑛。

云北归借故支开了众人，一个人慢慢走入深巷，很快，身后响起了轻微的脚步声，他知道，陈瑛来了。

陈瑛拱拱手，皮笑肉不笑地道：“恭喜了李公公！身兼多个要职，炙手可热呀！”云北归没好气地道：“少他娘的泛酸！老子今儿没啥说的，你有屁快放！”

陈瑛冷冷道：“济南战况胶着，王爷一筹莫展，无计可施。”云北归点头道：“朝廷现在上上下下都对徐辉祖满意得很哩！就连从不夸人的黄子澄也破了例，还撺掇皇上给济南增兵呢！”

陈瑛笑容诡异，低声道：“于王爷、于我们都是大大的不利，对于李公公倒未必是坏事吧？”云北归本要骂人，忽然灵光一闪，道：“哎，从北平到京师非得走济南不可吗？大活人干什么在一棵树上吊死！我来京师也没过济南啊！”

陈瑛眼睛一亮，认真点了点头……

朱棣决定：留下张玉继续以他的名义进攻济南城，他带同何富贵、郑和等取道徐州，目标直指京师！

一经拍板，说干就干，朱棣披挂上阵，带着包括朵颜三卫在内的六万人，悄悄撤出了济南前线，趁着夜色，向着徐州进发。何富贵在鲤鱼的陪护下，跟在队伍后头。

朱棣所部轻而易举拿下了邢台城，经由馆陶渡河，接着是东阿城，东平城，在攻下单县后，偌大的徐州城已经在前方等着了。

风过留声，雁过留痕。朱棣的秘密行动终于不再是秘密。徐州守将急忙派出几路兵士，分别向京师、济南城徐辉祖所部求援。

徐辉祖隐约觉得不对劲，可看着城下如常的叫阵声和依旧漫山遍野的旌旗招展，楞没料到大妹夫朱棣已经走了三天！徐州求援信送到时，他才感到了情势的严峻！见招拆招，自来是高手的不二法门。徐主帅果断下令，留下十万人守城，以防敌军有诈；自己亲率十万人迅速出击，向着徐州方向疾行。一路上，他想只要徐州扛得住三天，他就可以赶到外围，到时候城内城外夹击朱棣，定可一举成功！

前方战报陆续传来，朱棣抵达徐州，双方激战，相持不下！徐辉祖不禁为徐州庆幸：朱棣是急行军，没带那些火炮，要不然……

战报再到，徐州作战失败，固守城池不出。朱棣居然并未接着攻城，而是果断放弃徐州，转而开始向宿州进发！谁都清楚，宿州一旦失守，京师就完全暴露在朱棣眼前了！

徐辉祖心里感叹：疯了，疯了！

清秋宫。

皇上听范丽华弹奏了一曲，听到动情处，不免心猿意马、颠鸾倒凤一番，让近来承受的压力得以暂时舒缓，积攒的青春能量得以纵情释放。他在心里叹气，谁都想当皇帝，可当皇帝的累与苦，又有几个人可以体会？

范丽华在他怀里睡得香甜，甚至让他嫉妒——心思少、操心少、没心没肺，是一种福气与天分。

突然，窗外响起呼唤，声音虽低，但是很急——“皇上、皇上，打胜仗了！”

皇上知道不妙，小卓子的语气告诉他——出大事了！

养居殿。

空前的寂静，连憋不住的黄子澄也闭了嘴。

皇上拍着桌子叫道：“怎么都不说话了！养兵千日用兵一时，兵临城下，你们这些忠臣们怎么都哑巴了？方孝孺，你说！”

方孝孺沉吟道：“皇上，唯今之计，臣以为有两条路，一是派出大臣出京募兵，号召天下齐来京师勤王；二是派人与朱棣谈判，表示可以割让土地，划江而治……”

黄子澄打断道：“划江而治！你要皇上做宋高宗吗？岂有此理！”

方孝孺冷冷道：“朱棣距离京师不足百里，远水难救近火，找人与朱棣谈判，只是缓兵之计，为的是争取时间。”皇上点点头，道：“方爱卿之言有理。募兵还好说，可谁去和朱棣谈判？”

众人再次陷入沉默。

半晌，方孝孺斟酌道：“谈判的人选有几个条件：一是身份尊贵，使得朱棣不得不接见面谈；二是与他有交情，可以说得上话；三，可以让朱棣相信他说的话可以代表皇上。”

皇上眼睛盯着外面，点头道：“我想到一个人……”

一直沉默不语的云北归也想到了，这个人应该是最合适、最完美的人选了。

慈宁宫。

皇上在里间已和皇太后谈了好久。

门外的云北归脚都站麻了，心里琢磨着皇太后答应此事的可能性：小皇帝如果继续做皇帝，她还可以继续当这个尊贵无比的皇太后；一旦朱棣登了基，即使顾念旧情，她顶多也只是做个低于皇后徐丽慧的皇贵妃。她只要不傻，就会去的。

果然，皇上出来后，就开始吩咐云北归开始安排皇太后秘密出宫的各项事宜。

何富贵心里奇怪，平素冷静的可怕的大哥，在接到信后居然显出罕见的激动，呼吸也变得短促，看完信，站着久久不动。

何富贵试探道："大哥，有什么事吗？"朱棣坐回椅上，不自禁地摇头笑道："居然是她！居然是她！"

驻扎在距离京师五十里的北军大营迅速摆开架势，迎接一行神秘客人。

何富贵知趣地回了自己的营帐，却又按捺不住心中的好奇。他觉得已经足够了解这位燕王大哥——志向之坚定、城府之深厚，使得今晚的说客必定无功而返——现在，除了天下唯一的宝座，还有什么条件可以诱惑得了他呢？

事实证明何富贵只猜对了一半，今晚的来客显然诱惑住了久经沙场、胜利在望的朱棣。

何富贵听鲤鱼转述他暗中看到的种种细节，越听越心惊，脑海里不自禁蹦出一个念头——除了吕皇太后，还有何人？

第二天清晨，朱棣照常在中军大帐召集众人议事，没有丝毫异常。

何富贵百思不得其解，却又不敢追问，上百号人居然消失得无影无踪！是做梦，抑或是幻觉、错觉？

京师，皇宫。

皇上呆坐在龙椅上，喃喃道："不可能……她是他的皇嫂，她是他的……怎么可能！"

一个浑身是土的小太监，跪在地上继续道："奴才说得句句是真！刚进大营，奴才们就被带去了别的营帐，皇太后去了一个大营帐。奴才们吃了饭，头脑就昏沉沉的，后来，奴才被冷风吹醒，迷迷糊糊睁开眼，才发现身在一个大坑里！身边是同行的宫女太监，大坑上面站着当兵的，一声不吭，铲土埋坑……"

皇上打断道："这么说，你后来并未看见皇太后了？"小太监道："是，是，奴才趁着天黑，一直闭着眼睛装死，等到当兵的都走了，奴才才拼命爬了出来。"

皇上闭上眼，叹口气道：“你下去吧！”小太监赶紧磕头，弓腰站起，一条白绫突然自脑后套住了他的脖子，一块毛巾堵住了他张开的嘴巴！他蹬了几下腿，便倏然不动，接着被悄悄抬到了侧间。

这一切进行的迅捷无伦、悄无声息、干脆利落——杀人，盔甲锦衣卫是专业的。

即使自诩长着狗鼻子的云北归，也没发觉自己站的地方刚刚死过人。

皇上阴沉着脸道：“谈判破裂，朱棣一定会攻城！李彦，京师守得住吗？能守几天？能不能等到徐辉祖赶来？你给朕一句准话！”

云北归低声道：“皇上放心，奴才守得住！”

巡防营指挥使惊讶于顶头上司——司礼监掌印太监李彦的频繁调度，可看着他手里御赐的军符，自己又不得不听从差遣。禁军大统领兼锦衣卫指挥使黄兴林也是如此，在被几次莫名其妙的调度后，亲自去见李公公。

此后，再没人见过他俩。

皇城内外喊杀声响起，皇上吓得浑身发抖，扯着云北归的袖子道：“李彦，你……你不是说……守得住吗？”云北归沉声道：“皇上，我说的是——我守得住我的心！”

皇上如遭雷击，放开了他，颤声道：“你，你到底是谁？”

朱棣站在熟悉而又陌生的皇宫大殿门口，心情极为复杂——今天，我朱棣，真的要做这里的主人了！

大踏步走进去，迎接他的却不是百官跪拜、后宫臣服，而是越烧越旺的熊熊烈火和抹脖子上吊自杀的妃嫔宫女们——你们干什么？我允许你们死了吗？你们为何对一个乳臭未干的小皇帝如此愚忠？

何富贵走到他身后，低声道：“大哥，眼下最要紧的是拿住小皇帝！再就是安抚人心，本不必死这么多人的。”朱棣点点头，又摇摇头，缓缓道：“我何尝想要杀他们？他们……”

陈瑛、纪纲带人进来，向朱棣施礼见过，示意跪着的太监宫女们，说都是近些年培植的宫中卧底。

朱棣点头。陈瑛让他们自报家门：“内官监，小李子”“司礼监，小卓子”“慈宁宫，晴红”……

何富贵搪塞了几句，悄悄溜了——因为在他心里，范丽华的生死重于一切，这也是他壮着胆子、支着身子跟着大军闯进皇宫的最大动力。

何富贵清楚这事不能让鲤鱼知道，因为就是他逼着自己在运河上立下“只爱李云婷一人”的毒誓。何富贵煞费苦心支开了紧随左右的鲤鱼，拉上了跪着的小卓子。

如何在一片火海的后宫找到心上人？首先是解决自身的安全问题，他与王骥打得火热，趁机得了一把火枪；其次就是路径问题，小卓子不就是最好的向导吗？狗剩儿哥汇报中多次提到这个机灵乖巧的小太监；最后就是安置问题，一个名动天下的大美人，自己得着了，必须悄悄带出宫去，并找到一个安全的所在妥善安置。

心急如焚的何富贵已经带着小卓子出发了——若是晚去一步，佳人香消玉殒，必定是他终生的痛。

朱棣见过了这些埋在小皇帝身边的小钉子，却始终没看见亲手安插的大钉子——狗剩儿。还有，最是念念不忘、耿耿于怀的小皇帝现在在哪儿？是死是活？

陈瑛继续汇报——朝廷官员多被拿获，外出募兵的官员在赶来的路上，请示如何处置。

朱棣慢慢坐到龙椅上，淡淡道：“说说你的意见。”

陈瑛道：“禀殿下……”忽然意识到什么，急忙纠正，“禀陛下，奴才认为凡不主动迎接陛下的大小官员，皆应处以极刑……”

朱棣意识到，那些躲着不出来迎接他的文武大臣、后宫嫔妃的生死荣辱全部掌握在自己手里。杀人并不是他最大的兴趣，何况那些人中还有很多熟人。他闭上眼，前几天发生在京郊中军大营的一切又浮上心头……

皇太后吕思晴，缓缓向他走来。他站起身，亲自将她迎进帐来，挥手让所有侍从出去了。

四目相对，微微一笑。

静默——此时无声胜有声。

“你终于来了。”她先开了口。

“来了。”所有坎坷和磨难，最终化成两个字。

正如宴席的开场酒，见面后的重温旧梦，瞬间拉近了彼此间的距离。

她依偎在他怀里呢喃道：“骨肉至亲，不可自相残杀，你若就此退兵，小皇帝愿与你划江而治。”

他静静听着，心里仍在回味与她的激情时刻——岁月不饶人，即使保养得再好，但她还是老了。

她在他怀里仰望着他，等待着答复。

他开口了，也彻底击碎了一个中年少女不切实际的幻想——“父皇打下的江山，怎能在我手里分成两半？我之所以大动干戈，不过是想整顿朝纲、诛灭奸臣。为了不惊扰各位兄弟姐妹、侄儿侄女，希望大家都主动搬去父皇陵墓处暂住几天，等我料理好前朝之事，再来处理家事——当然，你可以住在后宫。”

她离开他的肩膀，裹上外衣，冷冷道：“你一点没变，说走就走、说翻脸就翻脸，心里全然没有情义可言！”

朱棣笑笑，淡淡道：“世上有两种人，一种是支持我的，另一种是与我作对的。第一种人，我让他升官发财，荣华富贵；第二种人，结局只有一个——死！”

吕思晴逼视着他，冷冷道：“你听着，要么现在撤兵，我回宫让他恢复你的封号，你回北平继续做你的富贵王爷；要么，你攻进京师，登基称帝，封我为皇后，允炆为太孙！”

他闭上眼，默默摇头。

她挣脱他手，冷冷道：“你以为把那三本经书拿走了，这世上就没人知道你的身世了……”

她没能说下去，因为一只大手紧紧扼住了她的脖颈！

征服，是朱棣最喜欢干的事，杀人却不是——但对于陈瑛和纪纲，杀人就是最大兴趣。

陈瑛继续说着——“靖难之役”的发起，就是为了清除朝廷里的奸佞大臣，现在大事已成，不将他们诛灭干净如何向天下交代？

朱棣仍在犹豫，但是答应了陈瑛的一个请求——接见方孝孺。

陈瑛亲自带着同窗方孝孺来了——后来事情的发展也达到了甚至超出了他的预期。

一向恭谨儒雅的方孝孺哭着进了大殿，全然不理坐在上面的朱棣，不行礼，不说话，只是大哭。

朱棣压抑着不悦，走下来道：“方大人，何须如此！今日召你前来，是请你起草诏书，以向世人言明，靖难之役，如同周公辅政……”

方孝孺打断道：“周公辅政？请问周成王何在？”朱棣立即道：“周成王自焚而死。”

方孝孺紧追不舍，道：“周成王儿子可在？”朱棣一时语塞。

陈瑛立即道：“希直，你不要冥顽不化！大明需要一位年富力强、经验丰富的君主！”

方孝孺冷冷道：“即使周成王儿子年幼，也有周成王的弟弟在……”朱棣忍无可忍，大喝道：“方孝孺，这是我朱家的家事，你一个书呆子懂什么！来人啊，给他纸笔！起草诏书！”

太监立即将一个茶几搬来，摆上笔墨纸砚。方孝孺看都不看，一脚踹上去，墨汁洒了一地。

朱棣刀锋般的眼神盯着他，用最后一点耐心压制着内心的暴躁，沉声道："来人啊，再给他纸笔！"太监再次摆好了笔墨纸砚，并将毛笔塞在了方孝孺手中。

这一次，他终于俯身开始写字。

朱棣走近，看清了纸上的几个大字——"燕贼篡位"！

陈瑛露出了笑容。

朱棣闭上眼，缓缓道："方孝孺，你是在逼我灭你九族！"方孝孺傲然道："灭我十族又如何？你照样还是谋朝篡位、大逆不道！你能依靠武力夺得皇位，你的部下、你的权臣难道就不能仿照你，造你的反？！你杀得了我方孝孺十族，难道可以堵得住天下人的嘴！"

朱棣终于怒了，抽出剑"噗"地刺进了方孝孺的胸膛，嘴里却在对陈瑛道："传旨，灭他九族，不，灭他十族！"

陈瑛一怔，旋即道："臣遵旨！方孝孺常年讲学，莫若将他的学生算第十族？"朱棣大吼道："那还等什么？快去，一个也别放过！还有黄子澄，齐泰，那些不来朝见我的文武大臣，一个也别放过！"

于是，屠杀开始。京师，血雨腥风。

黄子澄，齐泰，都是被凌迟而死，同时被灭了三族；第一个参奏朱棣的御史张启强，苦苦哀求无果后也被凌迟，灭三族。其他获罪官员的妻女均被没入秦淮坊为妓女。

云北归办完一件大事，心里轻松许多。

他施展太极轻功，在皇宫房顶上飞来跳去，忽然看见一个熟悉的身影——范丽云，正与一堆官兵展开厮杀，雪白的衣服上沾满了鲜血，动作越发迟缓，显是受伤很重。

他接连掷出几个瓦片，打倒不少官兵，飞身跃入，架着她凌空飞起，一番辗转腾挪，终于找到一个僻静所在。

云北归扯下面罩，笑道："你又欠我一个人情，不喝一顿花酒是不成的了，哈哈！"范丽云一把推开他，挣扎着喊道："你，你是皇上派来杀我们的，对不对？"

云北归听得丈二和尚——摸不着头脑，猛然想起，皇上确曾下旨：皇宫一旦失守，后宫所有妃嫔宫女均要自裁。当下笑道："小妹妹，你运气不赖，咱家……呸呸！狗爷我不杀人，只救人。"

范丽云急道："李公公，求你救我姐姐！"云北归再不多言，架起范丽云，一边向前腾跃，一边听她说了情况。

原来皇宫大乱，一名青年将领带着一队官兵涌进清秋宫，问清了范丽华的身份后，即刻下令拿人。范丽云气急，便与官兵交上了手。她武功虽也不弱，却寡不敌众，眼睁睁看着姐姐被那青年将领带走了，自己也受了重伤。

奔了许久，始终没找到，云北归纵身一跃，携着范丽云站在大内最高处，终于依稀看清一队官兵挟着一名黄衣女子快速疾奔。范丽云叫道："那个就是姐姐！姐姐今天穿了一件黄色锦袍！"

云北归道："合上眼！"左手揽着她的腰，右手一摆，一招"平沙落叶"极速向下坠落，眨眼间已到那群人身后，他已看清，那名黄衫女子正是范丽华，而挟持他的人，却是大哥朱棣的心腹爱将——张玉！

张玉本在济南前线，后来见徐辉祖亲率主力追赶朱棣所部，便飞鸽传书给李杰（李新建）带领洪洞派、沧临派帮众过来增援，自己带着一干精锐火速赶往京师。刚到徐州，听前方奏报说燕王爷已经准备进驻京师，张玉立即命令全军丢弃辎重，全速前进，一路疾驰，由看守虚弱的金川门进入京师。

身先士卒、勇立头功一向是主子爷朱棣的风格，张玉如何敢抢？那么，如果俘获"天下第一美人"范丽华，恭恭敬敬献给新晋的万岁爷，岂非大功一件！所以，他入宫之后目标明确，心无旁骛，并且一击得手。

但螳螂捕蝉，黄雀在后！

张玉正急急前行，忽听身后响起呼喝打斗，回头一看，却是一男一女两个蒙面人正与属下交手，女的还好，但见那男子出手似慢实快，初轻后重，堪堪几下就将自己的一干精锐摔出老远。

张玉心知遇到了高手，便松开范丽华，伸手去掏腰间的火枪，不料却摸了个空，想来是一路忙乱，无意中丢了。

张玉道："阁下怎么称呼？真是好身手！"蒙面人一指范丽华，粗声道："放下她，你走！"

张玉一怔，迟疑道："阁下是……"蒙面人忽地出手，冲他面门一拳打来！

张玉急忙闪躲，堪堪避过一招，已是险象环生，急道："阁下有话好说……"话未说完，胸口已被打中一拳，顿时觉得五脏六腑如翻江倒海一般，一口鲜血"哇"地吐了出来！

蒙面人走向范丽华，却见她举起一杆火枪，失声尖叫道："你，你不要过来！"张玉顿时明白过来：原来是她趁乱从自己身上偷走了火枪！

蒙面人站住不动。蒙面女人轻轻道："姐姐，我是云云啊！"说着摘下面罩，慢慢走向范丽华。

范丽华哭道："云云，我们快走，快走啊！"范丽云快步上前，接过火枪，架起她快步前行。

蒙面人刚要跟上，却又被火枪指住！范丽云冷冷道："谁再跟来，莫怪火枪无情！"蒙面人骂道："你，你个小丫头片子过河拆桥啊！老子就是不信邪，你打呀！"说着上前一步！

范丽云"唰"地收回火枪，却对准了范丽华！这下变起仓促，众人面面相觑，不明所以。

范丽云道："我跟了这么多年，哪能临到交货时，却便宜了外人！"

云北归脑子急转——范丽云虽也漂亮，却与范丽华毫无相像之处，自然不是什么亲姐妹，而且她看似柔弱，却学了一身武当派功夫，结合她刚才的话，是了，她是武当派掌门马建成安插的卧底！

范丽华浑身哆嗦，失声道："云云，你干什么？"范丽云冷冷道："干什么？大家之所以拼了命地抢你、救你，目的都是一样的——献给万岁爷，只不过，是谁献的比较重要！"

云北归无赖性子上来，冷笑道："那你个丫头片子还敢打她吗？"上前一步，立时就要动手。

一声枪响，范丽华惨叫一声——小腿已被火枪打中！

范丽云两手并用，快速装填弹药，手法利落，动作熟练。

云北归气道："好了，算你狠！人，你带走就是！可她受了伤，得赶紧治！"说着迈步向前。

范丽云喝道："别动！你再往前，我会再开一枪，这都是你害的！"云北归气道："你他娘的听不懂人话呀！"

张玉道："姑娘，我这儿有金创药，我给她敷上药可好？"范丽云看他一眼，冷冷道："你……不行！"

云北归又要骂娘，忽听身后一个声音道："我来吧！"

众人回头去看，却见一个书生咳嗽着走出来，文雅瘦弱，弱不禁风——正是何富贵。

云北归回头对范丽云道："他不会武功，你总该放心了吧？"范丽云看着何富贵，半晌才点点头。

何富贵接过张玉手里的药，一步步走向范丽华。

在众人的密切注视和黑洞洞的枪口下，一个病人为一个伤员敷药，手法不专业，动作不熟练，但众人都看得出来，他是真心实意的。

四目相对，泪流两面。

范丽云催促道："快点！"云北归道："你师父是咋教你的？一点人情也不讲，可以想见，马建成怕也没啥人情吧！是不是张将军？" 云北归回头一看，张玉已然不见了。

范丽云喝道："行了，起来吧！"说完不顾范丽华连声"哎呦"，强行架起就走。

何富贵哽咽道："保重，丽华姑娘！"范丽华挣扎着扭回头道："今生你我……还能相见吗？"

何富贵无言以对，低下头，长叹一声，再抬起头时，她已消失不见。

默然，流泪。

肩上忽然多了一只厚重的大手——何富贵知道，那是二哥狗剩儿（云北归）。

他转回头，抱住二哥，放声大哭……

图书在版编目（CIP）数据

大明风云录 / 王宇飞著. -- 南京 : 江苏凤凰文艺出版社, 2020.6
ISBN 978-7-5594-4799-9

Ⅰ. ①大… Ⅱ. ①王… Ⅲ. ①长篇小说 – 中国 – 当代
Ⅳ. ①I247.5

中国版本图书馆CIP数据核字(2020)第061241号

大明风云录

王宇飞 著

责任编辑 李龙姣
策划编辑 韩成建
装帧设计 刘 哲
出版发行 江苏凤凰文艺出版社
南京市中央路 165 号，邮编：210009
网 址 http://www.jswenyi.com
印 刷 唐山富达印务有限公司
开 本 690 毫米 ×980 毫米 1/16
印 张 21.5
字 数 350 千字
版 次 2020 年 6 月第 1 版 2020 年 6 月第 1 次印刷
书 号 ISBN 978-7-5594-4799-9
定 价 45.00 元